a mentira

Nora Roberts

Romances

A Pousada do Fim do Rio
O Testamento
Traições Legítimas
Três Destinos
Lua de Sangue
Doce Vingança
Segredos
O Amuleto
Santuário
Resgatado pelo Amor
A Villa
Tesouro Secreto
Pecados Sagrados
Virtude Indecente
Bellíssima
Mentiras Genuínas
Riquezas Ocultas
Escândalos Privados
Ilusões Honestas
A Testemunha
A Casa da Praia
A Mentira

Trilogia do Sonho

Um Sonho de Amor
Um Sonho de Vida
Um Sonho de Esperança

Trilogia do Coração

Diamantes do Sol
Lágrimas da Lua
Coração do Mar

Trilogia da Magia

Dançando no Ar
Entre o Céu e a Terra
Enfrentando o Fogo

Trilogia da Gratidão

Arrebatado pelo Mar
Movido pela Maré
Protegido pelo Porto

Trilogia da Fraternidade

Laços de Fogo
Laços de Gelo
Laços de Pecado

Trilogia do Círculo

A Cruz de Morrigan
O Baile dos Deuses
O Vale do Silêncio

Trilogia das Flores

Dália Azul
Rosa Negra
Lírio Vermelho

Nora Roberts

a mentira

Tradução
Carolina Simmer

3ª edição

Rio de Janeiro | 2025

Copyright © 2015 *by* Nora Roberts

Título original: *The Liar*

Imagem de capa: © Nejron Photo/Shutterstock

Texto revisado segundo o novo
Acordo Ortográfico da Língua Portuguesa

2025
Impresso no Brasil
Printed in Brazil

CIP-BRASIL. CATALOGAÇÃO NA PUBLICAÇÃO
SINDICATO NACIONAL DOS EDITORES DE LIVROS, RJ

Roberts, Nora, 1950-

R549m   A mentira / Nora Roberts; tradução de Carolina Simmer. –
3ª ed.   3ª ed. – Rio de Janeiro: Bertrand Brasil, 2025.
490 p.; 23 cm.

Tradução de: The liar
ISBN 978-85-286-2076-4

1. Romance americano. I. Simmer, Carolina. II. Título.

CDD: 813
16-35389   CDU: 821.111(73)-3

Todos os direitos reservados pela:
EDITORA BERTRAND BRASIL LTDA.
Rua Argentina, 171 – 2º andar – São Cristóvão
20921-380 – Rio de Janeiro – RJ
Tel.: (21) 2585-2000

Não é permitida a reprodução total ou parcial desta obra, por
quaisquer meios, sem a prévia autorização por escrito da Editora.

Atendimento e venda direta ao leitor:
sac@record.com.br

Para JoAnne,

a incrível amiga para sempre.

Parte I

O falso

♦ ♦ ♦ ♦

*"A mentira que nos faz sofrer não é
a que passa pela mente, mas a que ali
se infiltra e se entranha."*

FRANCIS BACON

Capítulo 1

◆ ◆ ◆ ◆

No casarão — e Shelby sempre pensaria naquele lugar como o casarão —, ela se acomodara na grande cadeira de couro do marido, à enorme e imponente escrivaninha dele. A cor da cadeira era "expresso". Não marrom. Richard fora muito meticuloso quanto a esse tipo de detalhe. A própria escrivaninha, tão polida e brilhante, era de zebrano africano, produzida na Itália especialmente para ele.

Quando Shelby dissera — era só uma piada — que não sabia que havia zebras na Itália, Richard lhe lançara *aquele* olhar. O olhar que dizia que, apesar do casarão, das roupas chiques e do diamante gigantesco no dedo anelar da sua mão esquerda, ela sempre seria Shelby Anne Pomeroy, a dois passos de voltar para aquela cidadezinha caipira do Tennessee onde nascera e crescera.

Houvera uma época em que Richard teria rido, pensava ela agora, saberia que a esposa estava brincando e cairia na gargalhada, como se Shelby fosse a pessoa que mais lhe divertia na vida. Mas, ah, Deus, ela perdera a graça aos olhos dele, e bem rápido.

O homem que conhecera quase cinco anos antes, em uma noite estrelada de verão, havia mudado sua vida, a levado para longe de tudo que conhecia, para mundos que nem achava possíveis.

Ele a tratara como uma princesa, mostrara lugares sobre os quais ela só lera em livros ou vira em filmes. E ele a amara um dia — não amara? Era importante se lembrar disso. Ele a amara, a quisera, realizara todos os sonhos que uma mulher poderia ter.

Sustentara. Essa era uma palavra que Richard usava com frequência. Ele a sustentara.

Talvez tenha ficado nervoso quando Shelby engravidara, e talvez ela tenha ficado com medo — por apenas um instante — do olhar nos olhos dele quando contara a notícia. Mas os dois eram casados, não eram? Richard a levara para Las Vegas para a cerimônia, como se estivessem vivendo uma grande aventura.

Naquela época, eram felizes. Também precisava se lembrar disso agora. Precisava se lembrar disso, se prender às memórias dos bons tempos.

Uma mulher que enviuvava aos 24 anos precisava de lembranças.

Uma mulher que descobria estar vivendo uma mentira, que não estava apenas falida, como também endividada até o último fio de cabelo, precisava se lembrar dos bons tempos.

Os advogados, contadores e fiscais do imposto de renda haviam explicado tudo, mas, quando começaram a mencionar alavancagem, fundos de cobertura e embargo judicial, parecia que estavam falando grego. O casarão, aquele que a intimidara desde que passara pela porta, não era de Shelby — ou não era dela o suficiente para fazer diferença —, mas da credora. Os carros, alugados, não próprios, estavam com os pagamentos atrasados e também não eram seus.

Os móveis? Comprados a crédito, também ainda não quitados.

E os impostos. Shelby não conseguia nem pensar nos impostos. Ficava apavorada só de ouvir falar deles.

Nos dois meses e oito dias desde a morte de Richard, parecia que tudo que fazia era pensar nos momentos em que o marido dissera para que não se metesse em coisas que não eram de seu interesse. Coisas, afirmava enquanto lhe lançava *aquele* olhar, que não eram da sua conta.

Agora, tudo lhe interessava, tudo era da sua conta, porque devia tanto dinheiro aos credores, à seguradora, ao governo dos Estados Unidos, que se sentia paralisada de medo.

Mas não podia ignorar seus problemas. Tinha uma filha, uma menina. Callie era tudo que importava agora. Ela só tinha 3 anos, pensou Shelby, e sentiu vontade de apoiar a cabeça naquela escrivaninha brilhante e chorar.

— Mas não vai. Você é tudo que ela tem agora, então tem que fazer o que for preciso.

Shelby abriu uma das caixas, a que dizia "Documentos Pessoais". Parecia a ela que os advogados e os fiscais do imposto de renda haviam levado tudo, vasculhado tudo, tirado cópias de tudo.

Agora, era sua vez de analisar o restante e ver o que podia ser salvo. Por Callie.

Precisava encontrar o suficiente, em algum canto, para sustentar sua filha depois de conseguir pagar todas as dívidas. Arrumaria um emprego, claro, mas isso não seria suficiente.

Não se importava com o dinheiro, pensou enquanto começava a remexer os recibos de ternos, sapatos, restaurantes e hotéis. De jatinhos particulares. Descobrira que não se importava com dinheiro depois do turbilhão que foi o primeiro ano, depois de Callie.

Depois de Callie, tudo que desejava era um lar.

Shelby parou, analisou o escritório de Richard. As cores fortes das obras de arte moderna que ele gostava, as paredes branquíssimas que alegava destacarem as pinturas, as madeiras e couros escuros.

Aquilo não era um lar, nunca fora. Nunca seria, pensou ela, mesmo se tivesse vivido ali oitenta anos em vez dos três meses desde a mudança.

Richard comprara a casa sem consultá-la, mobiliara os cômodos sem perguntar o que a esposa gostaria. Uma surpresa, dissera ele, abrindo as portas para aquela mansão monstruosa em Villanova, aquele casarão ecoante no que alegara ser o *melhor* dos bairros residenciais da Filadélfia.

E Shelby fingira amar, não fingira? Ficara feliz por se estabilizarem em um lugar, apesar das cores fortes e do pé-direito alto serem intimidantes. Callie teria um lar, frequentaria boas escolas, brincaria em uma vizinhança segura.

Faria amigos. Shelby faria amigos também — estava torcendo por isso.

Mas não houvera tempo.

Assim como não houvera um seguro de vida de dez milhões de dólares. Ele também mentira sobre isso. Mentira sobre a poupança para Callie.

Por quê?

Deixou essa pergunta de lado. Nunca saberia a resposta, então por que questionar o motivo?

Pegaria os ternos, os sapatos, as gravatas, os materiais esportivos, os tacos de golfe e os esquis. Venderia tudo para lojas de produtos de segunda mão. Conseguiria o máximo de dinheiro que pudesse com as coisas dele.

Faria isso com tudo que não levassem embora. Anunciaria as coisas na droga da internet, se fosse necessário. Ou em classificados. Ou numa loja de penhores, não importava.

O armário dela estava cheio de roupas para vender. De joias também.

Shelby olhou para o diamante, o anel que ele colocara em seu dedo assim que os dois chegaram a Las Vegas. A aliança de casamento ficaria, mas o diamante seria penhorado. Havia muitas coisas dela para vender.

Por Callie.

Ela leu os arquivos, um por um. Os computadores haviam sido levados, e ainda não tinham sido devolvidos. Mas os papéis estavam ali.

Shelby abriu o arquivo com o histórico médico do marido.

Richard se cuidava, pensou ela — o que a fez se lembrar de que precisava cancelar a sociedade no *country club*, na academia. Nem parara para pensar nessas coisas. Ele fora um homem saudável, que mantinha o corpo em forma, nunca deixava de fazer seus check-ups.

Decidiu, enquanto virava uma página do arquivo, que precisava jogar fora todos aqueles suplementos vitamínicos que o marido tomava diariamente.

Não havia motivo para manter os remédios, assim como não havia para guardar o histórico médico. O homem saudável se afogara no Atlântico, apenas alguns quilômetros fora da costa da Carolina do Sul, aos 33 anos de idade.

Shelby deveria picotar aquilo tudo. Richard adorava picotar as coisas; até tinha sua própria fragmentadora de papel no escritório. Os credores não precisavam saber como fora o último exame de sangue que ele fizera nem ler seu comprovante de ter tomado vacina de gripe dois anos antes ou a documentação do pronto-socorro sobre quando deslocara o dedo jogando basquete.

Pelo amor de Deus, isso fazia três anos. Para um homem que picotara papéis suficientes para criar uma montanha, Richard fora bem apegado ao seu histórico médico.

Shelby suspirou ao se deparar com outra folha, datada de quase quatro anos antes. Ia jogá-la fora, mas parou e franziu a testa. Não conhecia aquele médico. Era da época em que moravam naquele arranha-céu em Houston, e quem conseguiria se lembrar de todos os médicos quando se mudavam uma vez ao ano — às vezes, com mais frequência que isso? Mas esse médico era de Nova York.

— Isso não pode estar certo — murmurou ela. — Por que Richard iria a um médico em Nova York para fazer uma...

Foi como se tudo congelasse. Sua mente, seu coração, sua barriga. Os dedos tremiam quando Shelby levantou as folhas, trazendo-as mais para perto, como se as palavras fossem mudar com a proximidade.

Mas continuaram iguais.

Richard Andrew Foxworth se submetera a uma cirurgia eletiva, executada pelo Dr. Dipok Haryana no Hospital Mount Sinai, em 12 de julho de 2011. Uma vasectomia.

Seu marido fizera uma vasectomia sem lhe contar. Callie mal tinha completado dois meses, e ele dera um jeito de não ter mais filhos. Fingira querer mais quando Shelby começara a comentar sobre outro. Concordara em fazer exames, assim como ela, quando nenhuma gravidez acontecera mesmo após um ano de tentativas.

Ela conseguia ouvi-lo agora.

Você precisa relaxar, Shelby, pelo amor de Deus. Se ficar preocupada e tensa com isso, nunca vai acontecer.

— Não, nunca vai acontecer, porque você resolveu o problema. Mentiu para mim, até mesmo sobre isso. Mentia todo mês, sempre que os resultados partiam meu coração. Como pôde fazer isso? Como pôde?

Ela se afastou da cadeira, apertou os dedos contra os olhos. Julho, meio de julho, Callie tinha cerca de oito semanas. Richard dissera que era uma viagem de negócios, era isso mesmo, ela lembrava bem. Para Nova York — não mentira sobre o destino.

Shelby não quisera levar o bebê para lá — e o marido sabia que essa seria sua reação. Ele mesmo fizera todos os preparativos. Outra surpresa. Um jatinho particular levara a filha e ela para uma visita ao Tennessee.

Para que pudesse matar as saudades da família, dissera Richard. Levaria a bebê para que todos a conhecessem, deixaria a mãe e a avó mimarem Callie e ela por duas semanas.

Shelby se lembrou de como ficara tão feliz, tão *grata*. E o tempo todo, tudo que ele queria era tirá-la do caminho para poder se certificar de que nunca mais teria outro filho.

A mulher voltou até a escrivaninha, pegou a foto que tinha emoldurado para o marido. Era uma dela e de Callie, tirada por Clay, seu irmão, naquela mesma viagem. Um presente de agradecimento que Richard parecera gostar, já que a mantinha sobre a escrivaninha — onde quer que estivessem — desde então.

— Outra mentira. Foi só mais outra mentira. Você nunca amou a gente. Não teria mentido tanto se nos amasse.

A raiva da traição quase fez com que jogasse a foto contra a mesa. Só o rosto da sua garotinha a impediu. Shelby colocou a moldura de volta ao lugar com tanto cuidado quanto se ela fosse uma porcelana frágil e cara.

Então deixou seu corpo descer até o chão — não conseguiria se sentar àquela escrivaninha, não agora. Ficou ali, com as cores fortes contrastando com as paredes brancas demais, balançando de um lado para o outro, chorando. Chorando, não porque o homem que amara estava morto, mas porque ele nunca existira.

Não havia tempo para dormir. Apesar de não gostar de café, Shelby se serviu de uma xícara enorme da cafeteira italiana de Richard — e a incrementou com uma dose dupla de expresso.

Com a cabeça doendo de tanto chorar, elétrica pela cafeína, leu todas as folhas da caixa, criando pilhas.

Recibos de hotéis e restaurantes, vistos sob uma nova perspectiva, lhe mostravam que não apenas o marido mentira para ela, como também a traíra.

As cobranças de serviço de quarto eram caras demais para apenas um homem. Adicione a isso o recibo de uma pulseira de prata da Tiffany — que Shelby nunca recebera — na mesma viagem, mais cinco mil gastos na La Perla — a marca de lingerie que Richard preferia que ela usasse — em outra ocasião, o comprovante de um fim de semana de hospedagem em uma pousada em Vermont quando ele dissera que iria finalizar um acordo em Chicago, e tudo ficara claro.

Por que o homem guardara tudo aquilo, todas as provas de suas mentiras e infidelidades? Porque, percebeu Shelby, ela confiava nele.

Na verdade, não era isso, pensou, aceitando a verdade. Ela suspeitara de um caso, e o marido provavelmente soubera disso. Mas guardara as provas porque pensava que a esposa era obediente demais para vasculhar suas coisas.

E ela fora.

Richard escondera suas outras vidas. Shelby não saberia onde encontrar a chave para os segredos, nunca o teria questionado — e ele sabia disso.

Quantas outras mulheres?, ela se perguntou. Fazia diferença? Uma já bastava, e todas seriam mais sofisticadas, mais experientes e inteligentes do que a garota de 19 anos deslumbrada e boba da cidadezinha no meio das montanhas do Tennessee que ele engravidara

Por que ele se casara com ela?

Talvez a amasse, pelo menos por um tempo. E a quisesse. Mas Shelby não fora suficiente, não para mantê-lo feliz, para mantê-lo fiel.

E isso fazia diferença, no fim das contas? O homem estava morto.

Sim, pensou ela. Sim, fazia diferença.

Richard a fizera de boba, a humilhara. Ele a deixara com uma dívida que a assombraria por anos e colocaria em risco o futuro da sua filha.

Fazia muita diferença.

Shelby passou mais uma hora analisando sistematicamente o escritório. O cofre já fora liberado. Ela soubera da sua existência, mas não tinha a senha. Dera permissão aos advogados para abri-lo.

Eles haviam levado a maioria dos documentos, mas havia cinco mil dólares em espécie. Shelby os tirou de lá, separou-os do resto. A certidão de nascimento de Callie, seus passaportes.

Abriu o de Richard, analisou sua foto.

Tão bonito. Tão simpático e refinado, como um astro de Hollywood, com seus cabelos castanhos brilhantes e olhos caramelo. Shelby quisera tanto que Callie herdasse as covinhas do pai. Adorava tanto aquelas malditas covinhas.

Separou os passaportes. Apesar de ser improvável que ela e a filha os usassem, os levaria. Destruiria o de Richard. Ou... talvez fosse melhor perguntar aos advogados se isso era o melhor a se fazer.

Não encontrou nada escondido, mas olharia de novo antes de picotar os papéis ou guardar tudo de volta nas caixas.

Pilhada pelo café e pelo sofrimento, andou pela casa, atravessou o enorme hall de entrada, de dois andares, e subiu a escada em caracol; as meias grossas que usava abafavam os som de seus pés contra o piso de madeira de lei.

Primeiro, foi dar uma olhada em Callie; entrou no belo quarto, abaixou-se para beijar a bochecha da filha antes de cobrir o corpinho deitado de bruços com um cobertor.

Deixando a porta aberta, Shelby desceu o corredor até a suíte principal.

Odiava aquele quarto, pensou. Odiava as paredes cinza, a cabeceira de couro preto, as formas retas dos móveis escuros.

E o odiava ainda mais agora, sabendo que fizera amor com o marido naquele lugar, depois de ele ter dormido com outras mulheres, em outras camas.

Seu estômago embrulhou quando percebeu que precisava ir ao médico. Precisava se certificar de que ele não lhe passara nada. Não pense nisso agora, disse a si mesma. Simplesmente marque uma consulta amanhã e esqueça isso por enquanto.

Shelby entrou no closet de Richard — que era quase do tamanho do quarto dela na casa dos pais, em Rendezvous Ridge.

Alguns dos ternos mal tinham sido usados, pensou. Armani, Versace, Cucinelli. Ele dava preferência a marcas italianas. Para sapatos também, pensou enquanto tirava um par de mocassins Ferragamo de uma prateleira, virando-os para analisar as solas.

Quase não tinham marcas de uso.

Seguindo em frente, abriu um armário, pegou capas de terno.

Na manhã seguinte, levaria todos que pudesse para a loja de artigos de segunda mão.

— Devia ter feito isso antes — murmurou ela.

Mas, primeiro, houvera o choque e a dor, depois os advogados, os contadores, o fiscal do governo.

Shelby revirou os bolsos do terno cinza listrado para ter certeza de que estavam vazios e o colocou em uma das capas. Caberiam cinco em cada uma, calculou. Quatro capas para os ternos, depois mais cinco — talvez seis — para jaquetas e casacos. E então cuidaria das camisas e calças informais.

Era uma tarefa que não a fazia pensar muito, então ficou mais calma; a liberação gradual de espaço ia deixando seu coração um pouco mais leve.

Shelby hesitou quando chegou à jaqueta de couro bronze-escuro. Era a favorita de Richard; ficava tão bem nele, com seu estilo *aviador* e a cor forte. Era, ela sabia, um dos poucos presentes que dera ao marido de que ele realmente gostara.

Acariciou uma das mangas, macia como manteiga, maleável, e quase se rendeu à vontade de separá-la, guardá-la, pelo menos um pouco mais.

Então, pensou no recibo da cirurgia e começou a vasculhar os bolsos com raiva.

Estavam vazios, é claro; Richard sempre tivera o cuidado de esvaziá-los toda noite, jogando quaisquer trocados que houvesse na tigela de vidro sobre a cômoda dele. O celular ia para o carregador, as chaves, para o pote perto da porta da frente ou penduradas no armário do escritório. Nunca deixava nada nas roupas que pudesse criar peso, estragar o corte ou ser esquecido.

Mas, quando Shelby apertou os bolsos — um hábito que aprendera com sua mãe nos dias que lavavam roupa —, sentiu algo. Analisou o interior mais uma vez, mas estava vazio. Colocou os dedos lá dentro de novo, virou o tecido do avesso.

Notou um buraquinho no forro. Sim, aquela jaqueta fora a preferida do marido.

Levou-a para o quarto, pegou uma tesourinha de unha de seu kit. Com cuidado, aumentou o buraco, dizendo a si mesma que costuraria depois, antes de colocar a jaqueta na capa para vender.

Enfiou os dedos no buraco e encontrou uma chave.

Não era a chave de uma porta, pensou enquanto a virava para a luz. Nem de um carro. Era a chave de um cofre bancário.

Mas de que banco? E o que estaria nele? Por que ter um cofre no banco quando já tinha um em sua própria casa?

Provavelmente seria melhor contar aos advogados, pensou. Mas não faria isso. Até onde sabia, o marido guardava naquele lugar uma lista com o nome de todas as mulheres com quem dormira nos últimos cinco anos, e Shelby já fora humilhada demais.

Encontraria o banco e o cofre e veria por si mesma.

Eles podiam ficar com a casa, os móveis, os carros — as ações, os títulos de crédito, o dinheiro que não chegava nem perto da quantia que o marido afirmava ter. Podiam ficar com as obras de arte, as joias, o casaco de chinchila que ele lhe dera no primeiro — e último — Natal que passaram na Pensilvânia.

Mas Shelby ficaria com o que restava de sua dignidade.

Ela acordou de sonhos aterrorizantes para encontrar alguém puxando sua mão insistentemente.

— Mamãe, mamãe, mamãe. Acorde!

— O quê?

Shelby nem abriu os olhos, apenas esticou um braço e puxou a menina para a cama. E se aconchegou a ela.

— Já é de manhã — cantarolou Callie. — Fifi está com fome.

— Humm. — Fifi, a cadelinha de pelúcia amada da menina, sempre acordava com fome. — Tudo bem.

Mas ficou aconchegada por mais um minuto.

Em algum momento, ela se deitara, ainda com as mesmas roupas, sobre a cama, puxara a manta de caxemira preta para se cobrir e apagara. Nunca conseguiria convencer Callie — ou Fifi — de ficar ali por mais uma hora, mas conseguiria enrolar por alguns minutos.

— Seus cabelos têm um cheiro tão bom — murmurou.

— Cabelos de Callie. Cabelos de mamãe.

Shelby sorriu quando os dela levaram um puxão.

— Iguaizinhos.

Aquele tom ruivo-dourado havia sido herdado da mãe. Da parte MacNee da família. Assim como os cachos quase incontroláveis, que — uma vez que Richard os preferira lisos e brilhantes — ela escovava e alisava toda semana.

— Olhos de Callie. Olhos de mamãe.

A menina abriu os olhos de Shelby com os dedos — os mesmos olhos azuis-escuros que pareciam quase roxos sob algumas luzes.

— Iguaizinhos — repetiu Shelby, e então se retraiu quando Callie cutucou um deles.

— Vermelho.

— Aposto que sim. O que Fifi vai querer de café da manhã?

Mais cinco minutos, pensou ela. Só mais cinco.

— Fifi quer... balas!

A felicidade na voz da filha fez Shelby abrir seus avermelhados olhos azuis.

— É mesmo, Fifi? — Ela virou o rosto felpudo e feliz do poodle rosa em sua direção. — De jeito nenhum.

A mãe girou Callie de barriga para cima e começou a fazer cócegas nas costelas da menina; apesar da dor de cabeça, os gritos alegres da filha a encheram de felicidade.

— Então é hora do café. — Shelby pegou a filha no colo. — Depois, temos lugares para visitar, minha fadinha, e pessoas para ver.

— Marta? Marta vai vir?

— Não, querida. — Ela pensou na babá que Richard insistira em contratar. — Não lembra que eu disse que Marta não pode mais vir?

— Que nem o papai — disse Callie enquanto Shelby a levava para o andar de baixo.

— Não do mesmo jeito. Mas vou preparar um café da manhã fabuloso para nós duas. Você sabe o que é quase tão bom quanto balas?

— Bolo!

Shelby riu.

— Chegou perto. Panquecas. Panquecas de cachorrinho.

Com uma risada, Callie apoiou a cabeça no ombro dela.

— Eu amo a mamãe.

— Eu amo a Callie — respondeu Shelby, e prometeu a si mesma que faria de tudo para que a filha tivesse uma vida tranquila e segura.

$\mathcal{D}$EPOIS DO CAFÉ DA MANHÃ, ajudou Callie a se vestir, empacotando as duas em casacos grossos. Havia aproveitado a neve na época do Natal, mas quase não prestara atenção nela em janeiro, após a morte de Richard.

Mas agora já era março, e Shelby estava cansada daquele tempo, do ar frio que não mostrava sinais de esquentar. A garagem estava aquecida o suficiente para acomodar Callie na sua cadeirinha, para guardar as pesadas capas de terno no elegante SUV que provavelmente não seria dela por muito mais tempo.

Precisaria arranjar dinheiro para comprar um carro usado. Algum que fosse bom e seguro para crianças. Uma minivan, pensou, enquanto dava a ré na garagem.

Shelby dirigiu com cuidado. As estradas haviam sido limpas, mas o inverno afetava até mesmo as vizinhanças mais exclusivas, e elas estavam esburacadas.

Não conhecia ninguém naquele lugar. O inverno fora tão difícil, tão frio, e sua situação era tão avassaladora, que passara mais tempo em casa do que na rua. E Callie pegara um resfriado forte. Fora aquele resfriado, pensou Shelby, que as impedira de ir com Richard na viagem para a Carolina do Sul. A viagem que teria sido as férias de inverno da família.

Teriam estado com ele naquele barco, e, ouvindo a filha tagarelar com Fifi, Shelby não suportava nem cogitar a ideia. Em vez disso, se concentrou no tráfego, em encontrar o brechó.

Colocou Callie no carrinho e, xingando o vento frio, arrastou as três primeiras capas para fora do carro. Enquanto lutava para abrir a porta da loja, não deixar as roupas caírem e bloquear o vento da filha, uma mulher surgiu.

— Oh, uau! Deixa eu ajudar.

— Obrigada. Elas estão um pouco pesadas, então preciso...

— Pode deixar. Macey! Conseguimos um tesouro!

Outra mulher — esta bastante grávida — veio de uma sala nos fundos.

— Bom dia. Ah, olá, gracinha — disse para Callie.

— Você tem um bebê na barriga.

— Tenho, sim. — Colocando uma mão sobre a protuberância, Macey sorriu para Shelby. — Bem-vinda a Segundas Chances. Trouxe algo para vender?

— Sim.

Uma olhada rápida mostrou a ela estantes e prateleiras cheias de roupas e acessórios. E uma área minúscula dedicada a peças masculinas.

Seu ânimo diminuiu.

— Não consegui vir aqui antes, então não tinha certeza do que vocês... A maior parte do que trouxe são ternos. Ternos, camisas e jaquetas masculinas.

— Quase não conseguimos roupas de homem. — A mulher que a ajudara a entrar deu um tapinha nas capas de terno que depositara sobre um balcão largo. — Posso dar uma olhada?

— Sim, por favor.

— Você não é daqui — comentou Macey.

— Ah, não. Não mesmo.

— Está a passeio?

— Nós... eu moro em Villanova agora, nos mudamos para cá em dezembro, mas...

— Minha nossa! Estes ternos são maravilhosos. E estão praticamente novos, Macey.

— Qual o tamanho, Cheryl?

— São 42. E deve ter uns vinte aqui.

— Trouxe 22 — disse Shelby, e então entrelaçou os dedos. — E tenho mais no carro.

— Mais? — disseram as duas mulheres juntas.

— Sapatos, tamanho 42. E casacos, jaquetas e... Meu marido...

— As roupas do papai! — anunciou Callie quando Cheryl pendurou mais um terno em uma arara. — Não pode encostar nas roupas do papai com a mão grudenta.

— Isso mesmo, querida. Ah, o caso é que... — começou Shelby, procurando a melhor forma de explicar.

Callie resolveu o problema por ela.

— Meu papai foi para o céu.

— Sinto muito. — Com uma mão na barriga, Macey esticou a outra e tocou o braço da menina.

— O céu é bonito — contou Callie. — Tem anjos lá.

— Você tem razão. — Macey olhou para Cheryl, fez que sim com a cabeça. — Por que não pega o restante lá fora? — disse a Shelby. — Pode deixar a... Qual é seu nome, gracinha?

— Callie Rose Foxworth. E esta é Fifi.

— Olá, Fifi. Ficaremos de olho em Callie e Fifi enquanto você pega as coisas.

— Se não for muito incômodo. — Ela hesitou, mas então se perguntou por que duas mulheres, uma delas grávida de mais ou menos sete meses, fugiriam com Callie no tempo que levaria para ir até o carro e voltar. — Só vai levar um minuto. Callie, seja boazinha. A mamãe vai pegar umas coisas no carro.

$\mathcal{E}$LAS FORAM LEGAIS, pensou Shelby mais tarde, enquanto seguia de carro para fazer sua busca nos bancos locais. As pessoas geralmente são quando se dá uma chance. As duas ficaram com tudo, e Shelby sabia que haviam comprado mais do que podiam, pois Callie as deixou morrendo de amores.

— Você é meu amuleto da sorte, Callie Rose.

A menina sorriu com o canudo da caixinha de suco na boca, mas manteve os olhos grudados na tela do DVD diante do assento traseiro, assistindo a *Shrek* pela milionésima vez.

Capítulo 2

◆ ◆ ◆ ◆

SEIS BANCOS depois, Shelby decidiu que toda a sorte que poderia ter aquele dia já havia acabado. E sua filha precisava almoçar e tirar uma soneca.

Depois que Callie estava alimentada, de banho tomado e na cama — e a parte da cama sempre levava o dobro do tempo que a mãe desejava —, tomou coragem para enfrentar a secretária eletrônica e a caixa de mensagens do celular.

Shelby havia negociado as dívidas com as empresas dos cartões de crédito, e achava que elas tinham sido compreensivas, considerando a situação. Fizera o mesmo com a Receita Federal. A credora havia concordado em aceitar a casa como parte do pagamento, e uma das mensagens era da corretora de imóveis querendo marcar as primeiras visitas.

Uma soneca também faria bem a ela, mas aquela uma hora — se Deus fosse bom — de sono de Callie a permitiria fazer muita coisa.

Por ser a opção que fazia mais sentido, usou o escritório de Richard. Shelby já havia fechado a maioria dos cômodos do casarão, desligado o aquecimento do máximo de lugares que podia. Quis acender a lareira, olhou para a saída preta e prata de gás sob a cornija de mármore escuro. A única coisa de que gostava naquela casa opressiva era poder acender a lareira — cheia de calor e alegria — apenas apertando um botão.

Mas aquele botão custava dinheiro, e Shelby não o gastaria para ter chamas produzidas por gás, quando um suéter e meias grossas a aqueciam o suficiente. Pegou a lista que fizera — do que precisava ser feito — e ligou de volta para a corretora de imóveis, combinando de abrir a casa no sábado e no domingo.

Levaria Callie para um passeio de modo que a mulher pudesse cuidar da venda. Enquanto pensava nisso, buscou o nome da empresa que comprava móveis, indicada pelos advogados, para evitar que fossem tomados.

Se não conseguisse vender todos, ou pelo menos a maioria, de uma vez só, tentaria leiloar as peças pela internet — se algum dia voltasse a ter acesso a um computador.

Caso não ganhasse dinheiro suficiente com as vendas, teria que enfrentar a humilhação de tê-los tomados.

Não achava que a vizinhança chique gostaria que fizesse um bazar no quintal; e estava frio demais para isso, de toda forma.

Depois, retornou as ligações da mãe, da avó, da cunhada — e pediu que dissessem para as tias e os primos que telefonaram que ela estava bem, que Callie estava bem. E que a quantidade de coisas que precisava fazer para deixar tudo em ordem tomava muito de seu tempo.

Não poderia contar o que acontecera à família, pelo menos não tudo, não agora. Seus parentes sabiam de parte da história, é claro, mas era só isso que podia compartilhar por enquanto. Discutir o assunto a deixava irritada e chorosa, e ainda havia muito que precisava ser feito.

Para se manter ocupada, Shelby foi até o quarto e analisou suas joias. O anel de noivado, os brincos de diamante que foram presente de Richard no seu aniversário de 21 anos. O pingente de esmeralda que o marido lhe dera quando a filha nascera. Outras peças, outros presentes. Os relógios dele — seis, no total — e um exército de abotoaduras.

Fez uma lista meticulosa, como fizera com as roupas que vendera para o brechó. Guardou as peças nas caixinhas adequadas, com suas garantias e informações de seguro, e então usou o telefone para procurar uma joalheria, o mais próximo possível, que comprasse joias.

Nas caixas que coletou quando estavam na rua mais cedo, começou a guardar as coisas que considerava dela, as que eram importantes. Fotos, presentes da família. A corretora a aconselhara a deixar a casa "impessoal", então era isso que faria.

Quando Callie acordou da soneca, Shelby a distraiu lhe dando pequenas tarefas. Ao mesmo tempo em que empacotava as coisas, fazia a limpeza. Não havia mais uma equipe de empregados para esfregar e polir a infinidade de azulejos, madeiras de lei, vidros e cromados.

Ela preparou o jantar, comeu o que conseguiu. Cuidou da hora do banho, da hora da historinha, da hora de dormir, e então empacotou mais coisas e levou as caixas para a garagem. Exausta, permitiu-se tomar um banho quente de banheira, com seus jatos de água relaxantes, e se aconchegou na cama com seu bloquinho de anotações, pretendendo escrever os planos para o dia seguinte.

Caiu no sono com as luzes acesas.

$\mathcal{N}$A MANHÃ SEGUINTE, saiu novamente, com Callie, Fifi e *Shrek*, e a maleta de couro de Richard abrigando as joias dela com sua documentação, e os relógios e abotoaduras dele. Tentou mais três bancos, ampliando a área de busca, e então, lembrando a si mesma de que orgulho era algo que não poderia mais ter, estacionou na frente da joalheria.

Lidou com a criança de três anos mal-humorada por ter seu filme interrompido de novo, e acalmou Callie com a promessa de que ganharia um DVD novo.

Dizendo a si mesma que aquilo se tratava apenas de negócios, apenas notas e moedas, entrou na loja empurrando o carrinho da filha.

Tudo lá dentro brilhava, e o lugar era tão silencioso quanto uma igreja entre missas. Shelby queria dar meia-volta e ir embora, simplesmente fugir dali, mas se obrigou a continuar andando em direção a uma mulher que usava um terninho preto elegante e brincos de ouro de muito bom gosto.

— Com licença, gostaria de conversar com alguém sobre a venda de joias.

— A senhora pode falar com qualquer um de nós. Vender joias é nosso negócio.

— Não é isso. Quis dizer que sou eu quem está vendendo. Gostaria de vender algumas peças.

— Mas é claro.

O olhar da mulher era atento, e pareceu analisar Shelby da cabeça aos pés.

Talvez ela não estivesse com sua melhor aparência, pensou. Talvez não tivesse conseguido camuflar as manchas escuras sob seus olhos, mas, se havia uma coisa que sua avó havia lhe ensinado era que, quando um cliente entra em seu estabelecimento, você o trata com todo o respeito.

Shelby reuniu a coragem que começava a querer abandoná-la e manteve contato visual.

— Há alguém com quem eu possa conversar, ou você prefere que eu faça negócios com outro estabelecimento?

— A senhora tem os recibos de compra das joias que quer vender?

— Não, não de todas porque algumas foram presentes. Mas tenho as garantias e a documentação do seguro. Por acaso pareço uma ladra, carregando a filha por joalherias chiques, tentando vender mercadoria roubada?

Shelby sentiu que estava pronta para dar um escândalo, como se uma represa dentro dela parecesse prestes a explodir, alagando e destruindo tudo em seu caminho. Talvez a vendedora também sentisse isso, pois deu um passo para trás.

— Um momento, por favor.

— Mamãe, quero ir para casa.

— Ah, querida, eu também. Nós já vamos.

— Posso ajudar?

O homem que se aproximou parecia o avô pomposo de alguém, o tipo que aparece num filme de Hollywood sobre pessoas ricas que sempre foram ricas.

— Bem, eu espero que sim. A placa diz que vocês compram joias, e tenho algumas que desejo vender.

— Mas é claro. Por que não vamos até ali? A senhora pode se sentar enquanto eu analiso as peças.

— Obrigada.

Shelby lutou para manter firme a coragem enquanto atravessava a loja até chegar a uma mesa ornamentada. O homem puxou uma cadeira para ela, e o gesto a fez se debulhar em lágrimas como uma boba.

— Tenho algumas joias que meu... meu marido me deu. Tenho as garantias e tudo isso, toda a documentação. — Ela remexeu na maleta, tirou os saquinhos e as caixas de joias, e o envelope pardo com os papeis. — Eu... Ele... Nós... — Shelby se interrompeu, fechou os olhos, respirou fundo. — Sinto muito, nunca fiz isto antes.

— Está tudo bem, Sra...?

— Foxworth. Shelby Foxworth.

— Wilson Brown. — Ele pegou a mão que lhe era oferecida, apertando-a de forma gentil. — Por que não me mostra o que trouxe, Sra. Foxworth?

Ela decidiu começar pela maior, e abriu a caixa que continha sua aliança de noivado.

O homem depositou o anel sobre um pedaço de veludo, e, enquanto ele pegava uma lupa, Shelby abriu o envelope.

— Diz aqui que a pedra tem três quilates e meio, de lapidação esmeralda, classificação D. Pelo que eu li, isso é bom. E é cravado em platina com faixa de seis diamantes. É isso mesmo?

Ele tirou o olhar da lupa.

— Sra. Foxworth, sinto dizer que este diamante é artificial.

— Como?

— É um diamante feito em laboratório, assim como as pedras na faixa.

Shelby colocou as mãos embaixo da mesa, para que o homem não as visse tremer.

— Isso significa que é falso.

— Só quero dizer que foi criado em laboratório. É um ótimo exemplar de diamante artificial.

Callie começou a chorar. Shelby ouviu o som através do latejar de sua cabeça e automaticamente remexeu na bolsa, tirou um telefone celular de brinquedo.

— Ligue para a vovó, querida, conte a ela o que você anda aprontando. Quer dizer — voltou ao ponto — que esse não é um diamante de classificação D e que o anel não vale o que o papel afirma? Não vale 155 mil dólares?

— Não, minha querida, não vale. — A voz do homem era extremamente gentil, o que só tornava a situação pior. — Posso lhe dar o nome de outros avaliadores, se quiser pedir a opinião deles.

—Sei que o senhor não está mentindo. — Mas Richard mentira, várias e várias vezes. Ela não ficaria histérica, disse a si mesma. Não agora, não ali. — Poderia olhar o restante, Sr. Brown, e me dizer se também são falsas?

— Mas é claro.

Os brincos de diamante eram de verdade, mas só. Shelby gostara deles porque eram bonitos e simples. Cravejados com uma pedra cada, não a faziam se sentir desconfortável ao usá-los.

Mas o pingente de esmeralda era algo que ela valorizava porque o marido lhe dera no dia que trouxeram Callie do hospital para casa. E era tão falso quanto ele fora.

— Posso lhe dar cinco mil pelos brincos, se ainda quiser vendê-los.

— Sim, obrigada. É o suficiente. Pode me orientar sobre onde levar o restante? É melhor ir a uma loja de penhores? Sabe de alguma boa? Não quero levar Callie a um lugar... o senhor sabe. Estranho. E talvez, se não se importar, poderia me dar uma ideia de quanto tudo realmente vale.

O homem se recostou na cadeira, a analisou.

— O anel de noivado é um bom trabalho, e, como eu disse, tem um bom exemplar de diamante de laboratório. Posso lhe dar oitocentos por ele.

Shelby o analisou de volta enquanto tirava a aliança de casamento que fazia conjunto.

— Quanto pelos dois?

Shelby não ficou histérica e saiu de lá com 15.600 dólares — as abotoaduras de Richard não eram falsas e lhe deram o que considerava ser um bônus. Aquilo era mais dinheiro do que tivera antes. Não era suficiente para pagar as dívidas, mas, ainda assim, mais do que tivera antes.

E o homem lhe dera o nome de outra loja que avaliaria os relógios.

Ela abusou da sorte com Callie, testou mais dois bancos, depois desistiu até o dia seguinte.

A menina escolheu um DVD de *Meu Pequeno Pônei* enquanto Shelby comprava um laptop e alguns pendrives. Ela justificou o gasto argumentando que aquilo era um investimento. Uma ferramenta de que precisava para organizar sua vida.

Negócios, lembrou a si mesma. Não pensaria nas joias falsas como outra traição, mas como algo que lhe ajudara um pouco.

Shelby passou a hora da soneca fazendo uma planilha; adicionou as joias e o que recebera por elas. Cancelou o seguro — isso ajudaria com as despesas.

As contas do casarão, mesmo com os cômodos fechados, eram um absurdo, mas o dinheiro das joias ajudaria.

Ela se lembrou da adega de vinhos da qual Richard tanto se orgulhara, pegou o laptop e começou a fazer um inventário das garrafas.

Alguém as compraria.

E, por que não, ficaria com uma para ela mesma, tomaria uma taça no jantar. Escolheu uma garrafa de *pinot grigio* — aprendera um pouco sobre vinhos nos últimos quatro anos e meio, e pelo menos sabia do que gostava.

Pensou que a bebida cairia bem com frango e bolinhos — um dos pratos favoritos de Callie.

Quando o dia finalmente acabou, Shelby se sentia mais no controle da situação. Principalmente depois de encontrar cinco mil dólares escondidos em uma das meias de caxemira de Richard.

Agora, já tinha vinte mil no fundo para consertar aquela bagunça e recomeçar a vida.

Deitada na cama, estudou a chave.

— Onde você entra, e o que irei encontrar lá? Não vou desistir.

Talvez pudesse contratar um detetive particular. Isso provavelmente sugaria boa parte do fundo do recomeço de vida, mas talvez fosse a coisa mais prudente a se fazer.

Tentaria por mais alguns dias, visitaria bancos mais perto do centro da cidade. Quem sabe até iria ao centro.

No dia seguinte, adicionou mais 35 mil ao fundo pela venda da coleção de relógios de Richard, e então mais dois mil e trezentos pelos tacos de golfe, esquis e raquete de tênis do marido. Aquilo a deixou de tão bom humor que levou Callie para comer pizza em um intervalo entre as visitas aos bancos.

Talvez já pudesse pagar o detetive — talvez fizesse mesmo isso. Mas precisava comprar a minivan, e sua pesquisa dizia que isso envolveria boa parte dos seus 58 mil. Além disso, o certo a fazer seria usar parte do dinheiro para diminuir a dívida com os cartões de crédito.

O que precisava fazer era encontrar um comprador para os vinhos, e, com os ganhos disso, contratar o detetive. Por enquanto, visitaria mais um banco no caminho de casa.

Em vez de pegar o carrinho, apoiou Callie contra seu quadril.

A menina estava com aquele olhar — meio teimoso, meio mal-humorado.

— Não quero, mamãe.

— Eu também, mas este é o último. Depois vamos para casa brincar de festinha. Só você e eu, querida.

— Quero ser a princesa.

— E assim será, Vossa alteza.

Shelby carregou sua filha agora risonha para dentro do banco.

Não podia continuar carregando a menina para cima e para baixo desse jeito, todos os dias, acabando com sua rotina, entrando e saindo de um carro. Droga, ela própria também estava mal-humorada, e não tinha a justificativa de ter 3 anos e meio de idade.

Aquela seria sua última tentativa. A última de verdade, e então começaria a pesquisar detetives particulares.

Os móveis seriam vendidos, os vinhos seriam vendidos. Era hora de ser otimista, em vez de se preocupar o tempo todo.

Ela ajustou Callie contra o quadril e se aproximou da caixa, que a olhou por cima de óculos de armação vermelha.

— Posso ajudar?

— Sim. Preciso falar com o gerente. Eu era casada com Richard Foxworth e tenho uma procuração. Perdi meu marido em dezembro.

— Meus pêsames.

— Obrigada. Acredito que ele tinha um cofre neste banco. Estou com a chave e a procuração aqui.

Shelby descobrira que tratar as coisas dessa forma era bem mais rápido do que explicar para bancários entediados que encontrara a chave, mas não sabia o que ela abria.

— A Sra. Babbington está no escritório dela e poderá ajudar. É só seguir reto e virar à esquerda.

— Obrigada. — Shelby seguiu as direções, encontrou a sala e bateu à porta de vidro aberta. — Com licença. Fui informada de que deveria conversar com a senhora sobre como acessar o cofre do meu marido. — Ela entrou direto, outra coisa que tinha aprendido, e se sentou com Callie no colo. — Estou com a procuração e a chave. Meu marido era Richard Foxworth.

— Deixe-me verificar. Seus cabelos são tão bonitos — disse a mulher para a menina.

— Da mamãe. — Callie esticou uma mão e puxou os de Shelby.

— Sim, iguais aos de sua mãe. A senhora não está listada no cofre do Sr. Foxworth.

— Ah... como?

— Sinto muito, mas não temos permissão para seu acesso.

— Ele tinha um cofre aqui?

— Sim. Mesmo com a procuração, seria melhor que o Sr. Foxworth viesse pessoalmente. Ele poderia liberar o acesso da senhora.

— Ele... ele não pode. Ele...

— Papai foi para o céu.

— Ah. — O rosto de Babbington irradiava pena. — Sinto muito.

— Anjos cantam no céu. Mamãe, Fifi quer ir para casa agora.

— Já vamos, querida. Ele... Richard... Houve um acidente. Ele estava em um barco, e houve um maremoto. Em dezembro. Foi no dia 28 de dezembro. Eu tenho as certidões. Não se pode emitir um atestado de óbito quando não encontram...

— Compreendo. Preciso ver os documentos, Sra. Foxworth. E uma identificação com foto.

— Também trouxe minha certidão de casamento. Só para a senhora ver tudo. E o boletim de ocorrência da polícia, relatando o que aconteceu. E aqui estão as cartas dos advogados.

Shelby entregou tudo a mulher, prendendo a respiração.

— A senhora poderia pedir uma permissão judicial para ter acesso.

— É isso que eu deveria fazer? Posso pedir para os advogados de Richard... bem, meus advogados agora, suponho, para fazer isso.

— Espere só um instante.

Babbington leu a papelada enquanto Callie se remexia, incomodada, no colo de Shelby.

— Quero minha festinha, mamãe. Você prometeu. Quero minha festinha.

— E vamos fazer isso assim que acabarmos aqui. Vamos fazer uma festinha de princesa. Você devia ir planejando quais bonecas serão convidadas.

Callie começou a listá-las, e Shelby percebeu que o nervosismo da espera lhe causara uma vontade súbita e incontrolável de fazer xixi.

— A procuração está certa, assim como o restante dos documentos. Vou levar a senhora até o cofre.

— Agora?

— Se preferir voltar em outro momento...

— Não, não, agora está ótimo. — Tanto que ela se sentia sem ar e um com vontade de rir à toa. — Nunca fiz isto antes. Não sei o que fazer.

— Vou lhe orientar. Precisarei da sua assinatura. Só vou imprimir isto aqui. Parece que você tem um monte de convidados para sua festinha — disse a mulher para Callie enquanto trabalhava. — Tenho uma neta mais ou menos da sua idade. Ela adora festinhas.

— Ela pode vir.

— Aposto que adoraria, mas ela mora em Richmond, Virginia, e isso fica bem longe. Pode assinar aqui, Sra. Foxworth.

Shelby mal conseguia ler com tantos pensamentos correndo por sua mente.

Babbington usou um cartão e uma senha para acessar uma sala com paredes cheias de gavetas numeradas. A sua era a número 512.

— Vou ficar lá fora para a senhora ter um pouco de privacidade. Se precisar de ajuda, só dizer.

— Muito obrigada. Tenho autorização para levar o que estiver dentro do cofre?

— Sim. Fique à vontade — adicionou a mulher, e então puxou uma cortina para fechar a sala.

— Bem, tenho que dizer... p-u-t-a m-e-r-d-a.

Shelby colocou sua bolsa, a grande que usava para carregar as coisas de Callie, e a maleta de Richard sobre uma mesa e então, agarrando a filha, seguiu na direção da gaveta.

— Muito apertado, mamãe!

— Desculpe, desculpe. Meu Deus, estou nervosa. Provavelmente é só um monte de papéis que ele não queria na casa. Não deve ser nada. Pode até não ter nada lá dentro.

Então *abra* logo isso, pelo amor de Deus, disse a si mesma.

Com as mãos trêmulas, colocou a chave na fechadura e a virou. Até deu um pulo quando ela abriu.

— Vamos lá. Não importa se estiver vazio. O mais importante é que eu encontrei o cofre. Por conta própria. Sozinha. Preciso colocar você no chão por um instante, querida. Fique aqui, fique bem aqui, comigo.

Ela colocou Callie no chão, puxou a gaveta e a colocou sobre a mesa.

E então a encarou.

— Ai, meu Deus. Puta merda.

— Merda, mamãe!

— Não diga isso. Eu não deveria ter dito isso.

Shelby precisou se apoiar na mesa.

A gaveta não estava vazia. E a primeira coisa que captou seu olhar foi uma pilha de bolos de notas presas com um elástico. Notas de cem dólares.

— Dez mil cada, e, minha nossa, Callie, tem tantos!

Agora, suas mãos tremiam de verdade enquanto contava os bolos.

— Há 25 deles. Há 250 mil dólares aqui, em dinheiro.

Sentindo-se como uma ladra, Shelby lançou um olhar ansioso para a cortina, e então enfiou o dinheiro na maleta.

— Preciso perguntar aos advogados o que fazer.

Sobre o dinheiro, pensou ela, mas e o restante?

E as três carteiras de motorista com a foto de Richard? Com o nome de outras pessoas. E os passaportes?

E a pistola semiautomática calibre .32?

Shelby começou a esticar o braço para pegar a arma, mas parou. Ela queria deixá-la onde estava, mas não sabia por que não desejava tocá-la. Mas se obrigou a pegar a pistola, remover o pente.

Havia crescido nas montanhas do Tennessee, com irmãos — um dos quais agora era policial. Sabia como manusear uma arma. Mas não iria andar com uma pistola carregada com a filha por perto.

Colocou a arma e os dois pentes extras na maleta. Pegou os passaportes, as carteiras de motorista. Descobriu mais documentos com os mesmos nomes estranhos, cartões da American Express, da Visa.

Alguma parte da sua vida fora real?

Qualquer parte tinha sido real?

— Mamãe. Vamos, vamos. — Callie puxava sua calça.

— Já vamos.

— Agora! Mamãe, agora!

— Já vamos. — Seu tom de voz, ríspido e firme, pode até ter feito o lábio de a menina começar a tremer, mas, às vezes, era preciso lembrar a criança de que não era ela quem mandava.

E uma mãe precisava lembrar que uma menina de 3 anos tinha direito de se cansar de ser arrastada de um lado para o outro da cidade todo santo dia.

Shelby se inclinou e beijou o topo da cabeça de Callie.

— Já estou quase acabando, só preciso guardar isso.

Sua filha era real, pensou ela. Era isso que importava. O restante? Seria resolvido, ou não. Mas Callie era real, e mais de duzentos mil comprariam uma minivan decente, pagariam parte das dívidas, talvez rendessem até a entrada em uma casinha depois que conseguisse um emprego fixo.

Talvez Richard não tivesse a intenção, e Shelby ainda não sabia o que aquilo tudo significava, mas ele acabara ajudando o futuro da filha, no fim das contas. E a deixara um pouco mais tranquila, então poderia pensar no restante depois.

Shelby pegou Callie no colo, colocou a bolsa no ombro e agarrou a alça da maleta como se sua vida dependesse disso.

— Certo, minha linda. Vamos fazer sua festinha.

Capítulo 3

♦ ♦ ♦ ♦

 $\mathcal{E}$ LA ABRIU todos os cômodos, ligou novamente o aquecimento, até mesmo acendeu as lareiras — todas as sete.

Comprou flores, assou biscoitos.

A pesquisa no laptop sobre a melhor forma de vender uma casa rapidamente havia sugerido biscoitos, flores. E, como a corretora de imóveis decretara, deixar a casa impessoal.

Criar um espaço neutro.

Na opinião de Shelby, seria difícil encontrar um lugar mais neutro que aquele. Ela não achava que o casarão parecesse acolhedor, mas isso não era de hoje. Talvez com móveis confortáveis, cores mais quentes — aquilo poderia parecer um lar.

Mas essa era a sua opinião, e ela não importava.

Quanto mais rápido se livrasse daquela porcaria de lugar, mais rápido se livraria de parte das dívidas absurdas.

A corretora chegou armada de flores e biscoitos, e Shelby percebeu que poderia ter economizado tempo e dinheiro. A mulher trouxera com ela o que chamava de equipe de cenário, que invadiu a casa, trocando móveis de lugar, arrumando mais flores, acendendo velas. Shelby havia comprado uma dúzia de velas perfumadas, mas achou melhor não comentar; as devolveria para a loja ou ficaria com elas, dependendo do que parecesse melhor no fim das contas.

— Esta casa está um brinco! — Sorriu a corretora, radiante, para Shelby, lhe dando um tapinha de parabéns no ombro. — Sua equipe de limpeza fez um ótimo trabalho.

Ela pensou nas madrugadas que passara sozinha esfregando e polindo, e sorriu de volta.

— Quero causar uma boa impressão.

— Acredite em mim, vai causar. Vendas para sanar dívidas podem ser meio complicadas, e alguns compradores evitam esse tipo de coisa, mas estou confiante de que vamos conseguir ofertas, das boas e logo.

— Espero que tenha razão. Queria avisar que uma pessoa vai vir aqui na manhã de segunda-feira para dar uma olhada nos móveis, mas, se algum dos visitantes se interessar por eles, qualquer um deles, estão todos à venda.

— Excelente! Há várias peças fantásticas aqui. Vou deixar isso bem claro para todos.

Shelby lançou um olhar avaliador ao seu redor, pensou na arma, nos documentos e no dinheiro que guardara em segurança no escritório de Richard.

Então pegou a bolsa grande que geralmente carregava.

— Callie e eu vamos deixá-los à vontade. Tenho algumas coisas para fazer. E uma minivan para comprar.

Seu pai talvez não aprovasse o fato dela não comprar um produto nacional, mas o Toyota com cinco anos de uso que encontrou na loja de carros usados era seguro e confiável. E tinha o preço certo.

O valor ficou melhor ainda quando Shelby começou a negociar — e ofereceu pagar em dinheiro. Dinheiro vivo.

Suas mãos ameaçaram tremer enquanto contava as notas — metade agora, metade quando pegasse o veículo na tarde seguinte —, mas se manteve firme.

Talvez tivesse que estacionar o carro três quarteirões depois de sair da loja, apoiar a cabeça no volante. Nunca na vida tivera que gastar tanto dinheiro de uma vez em um só lugar. Nunca na vida comprara um carro.

Agora, permitiu-se tremer, mas não de nervosismo; não, não naquele momento. Era de alegria.

Shelby Anne Pomeroy — porque essa era ela, independentemente do que os documentos diziam — havia acabado de comprar uma minivan Toyota 2010, de um vermelho-cereja festivo. Por conta própria. Sozinha.

E havia economizado mil dólares porque não tivera medo de negociar.

— Nós duas vamos ficar bem, Callie — disse ela, apesar da filha estar imersa no mundo de *Shrek*. — Vamos ficar bem, mesmo.

Shelby usou o celular, ligou para a empresa de aluguel de carros e pediu para que pegassem o SUV. E, mais uma vez se mantendo firme, obrigou-se a pedir uma carona para buscar a minivan.

Poderia muito bem lidar com a seguradora agora, enquanto Callie estava distraída. Simplesmente pensaria no carro como seu escritório temporário.

Depois de transferir o seguro do carro, verificou o site na internet no qual colocara os vinhos à venda.

— Minha nossa, Callie, temos ofertas!

Feliz, fascinada, ela foi descendo a página, fazendo contas em sua cabeça, e concluiu que já tinha mais de mil dólares em propostas.

— Vou colocar mais doze garrafas no site hoje à noite, isso sim.

Já que parecia que estava com sorte, criou coragem para ir até a Filadélfia. Mesmo com o GPS, entrou em ruas erradas três vezes, e seu estômago começou a embrulhar quando se deparou com o trânsito. Mas encontrou a loja de casacos de pele, e entrou lá com o casaco de chinchila nunca usado e a filha.

Para sua surpresa, ninguém a olhou como se fosse patética ou a fez se sentir inferior por devolver o artigo. E isso aliviou muito a dívida de um dos cartões de crédito, diminuindo as parcelas para um valor menos assustador e abaixando a dolorosa taxa de juros.

Ela havia sido inerte por tempo demais, admitiu enquanto deixava a filha saborear um McLanche Feliz. Por mais do que tempo demais. Mas, agora, havia acordado, e, droga, estava pronta para começar a retomar o controle.

Esperou até sair da cidade e abasteceu o carro — e xingou o frio e o preço da gasolina —, então, dirigiu sem rumo por um tempo enquanto Callie dormia.

Passou duas vezes na frente da sua casa — ou da casa da credora — e seguiu direto quando contava o número de veículos na porta. Isso era bom, claro que era bom, qualquer um que fosse visitar o lugar era um comprador em potencial. Mas, meu Deus, como queria levar Callie para dentro, ficar à vontade e mexer na sua planilha de contabilidade.

Enrolou tempo suficiente até só restar a corretora esperando.

— Desculpe, volto em um instante — disse Shelby, apressada. — Callie realmente precisa ir ao banheiro.

Elas chegaram lá a tempo — por pouco. Quando voltou para a sala principal, a corretora estava sentada, mexendo em um tablet.

— A mostra de hoje foi *muito* promissora. Mais de cinquenta pessoas, o que é ótimo nesta época do ano. Tivemos muitos interessados, e duas ofertas.

— Ofertas. — Chocada, Shelby colocou Callie sentada no sofá.

— Ofertas baixas, e não acho que a credora vá aceitar, mas é um bom começo. E tem uma família de quatro pessoas que ficou bem interessada. Tenho um bom pressentimento sobre ela. Ficaram de conversar e depois me dar uma resposta.

— Isso é ótimo.

— Também recebi uma oferta para a suíte principal. Um dos interessados trouxe a irmã, que não está procurando por uma casa, mas quer comprar móveis. A oferta é um pouco baixa, na minha opinião, e ela quer os móveis imediatamente. No máximo até segunda-feira.

— Vendido.

A corretora riu, então piscou, surpresa, quando percebeu que a outra mulher não estava brincando.

— Shelby, você nem sabe qual é a oferta.

— Não importa. Odeio aqueles móveis. Odeio toda a mobília desta casa. Menos do quarto de Callie — corrigiu-se ela, passando as mãos nos cabelos enquanto a filha pegava uma das cestas de brinquedos que Shelby guardava em um dos armários inferiores da cozinha. — Foi o único lugar em que escolhi tudo. Ela pode levar o que quiser hoje mesmo, se depender de mim. Há muitos outros lugares para dormir por aqui.

— Podemos nos sentar?

— Desculpe, é claro, Sra. Tinesdale. Só estou um pouco nervosa, é isso.

— Eu lhe disse para me chamar de Donna.

— Donna. Quer café ou alguma outra coisa? Eu me esqueci de oferecer.

— Sente. Você está passando por um momento ruim. Francamente, não sei como consegue lidar com tudo que está acontecendo. Quero ajudar. Esse é meu trabalho. A oferta pelos móveis é baixa demais. Deixe que eu faça uma contraproposta. Não há nada de errado em vender as coisas por menos do que elas valem, Shelby, mas não quero achar que estão tirando vantagem de você. Mesmo que os móveis sejam feios.

— Ah! — Algo pareceu se acender dentro de Shelby. Nada como receber apoio. — Você acha? De verdade?

— Cada um deles, menos os do quarto de Callie.

Ela soltou uma risada que, em um piscar de olhos e para sua surpresa, transformou-se em choro.

— Desculpe. Meu Deus, sinto muito.

— Mamãe. — Callie subiu em seu colo. — Não chore. Mamãe, não chore.

— Estou bem. — Shelby abraçou a filha, a balançou para a frente e para trás. — Estou bem. Só me sinto cansada.

— Mamãe precisa de uma soneca.

— Estou bem. Estou bem, querida. Não se preocupe.

— Vou servir uma taça de vinho para você — anunciou Donna, e tirou alguns lenços de papel do bolso. — Sente-se. Vi uma garrafa na geladeira.

— Ainda está um pouco cedo.

— Não para o dia que teve hoje. Agora, me conte — continuou a mulher enquanto ia pegar a taça. — O que mais quer vender? Os quadros?

— Ai, meu Deus, sim. — Exausta até os ossos, Shelby deixou Callie secar seu rosto com um dos lenços. — Isso está na minha lista de pendências. Não entendo nada de pinturas assim.

— Tapetes? Luminárias?

— Já encaixotei tudo o que vou levar, menos os móveis no quarto de Callie, minhas roupas e algumas coisinhas que preciso enquanto morarmos aqui. Não quero nada disso, Sra... Donna. Nem a louça é minha de verdade.

— Há uma bela coleção de vinhos lá embaixo.

— Coloquei 24 garrafas para vender na internet, em um site que encontrei. As pessoas já estão fazendo ofertas. Vou anunciar mais uma dúzia hoje.

Donna inclinou a cabeça, parecendo avaliar Shelby.

— Você é esperta.

— Se eu fosse esperta não teria caído nesta furada. Obrigada — adicionou quando a mulher lhe entregou o vinho.

— Não acho que isso seja verdade, mas vamos começar pelo começo. Pode me dar o nome da empresa que vai vir olhar os móveis?

— É a Dolby and Sons, da Filadélfia.

— Ótimo. Isso é ótimo, eu iria mesmo recomendar eles. — Bebericando o vinho, Donna fez anotações no tablet, e continuou a falar rápido: — Vou fazer uma contraproposta, mas essa mulher interessada vai ter que ser mais realista se quiser mesmo os móveis da suíte principal. Caso contrário, Chad Dolby, que é o filho mais velho e provavelmente será a pessoa a fazer a avaliação, fará uma oferta justa. Conheço uma pessoa que compraria a louça, os talheres e as coisas do bar. E há dois marchands que eu indicaria para ver os quadros.

— Não sei como posso lhe agradecer.

— É o meu trabalho — lembrou Donna a ela. — E fico feliz em ajudar. Tenho uma filha um pouco mais nova que você. Iria querer que alguém a amparasse caso acabasse... nesse tipo de furada. Notei que já esvaziou o closet de seu marido.

— Sim. A mamãe está bem, querida. — Shelby beijou os cabelos da filha. — Vá brincar. Levei a maioria das coisas para a Segundas Chances — contou a Donna quando Callie saiu de seu colo.

— Perfeito. Macey e Cheryl são muito boas no que fazem, e a loja delas tem muitos fregueses.

— Você conhece todo mundo, não é?

— Faz parte do trabalho. E os livros?

— Empacotei os meus, os que eu gosto. Aqueles que estão na biblioteca eram de Richard. Ele simplesmente os comprou em... Como é mesmo que se chama? Em lote.

— E vamos vendê-los assim também. — Donna assentiu com a cabeça, digitou algo no tablet. — Vou adicionar isso às minhas notas. E, se for mesmo o que quer, peço para alguns dos meus contatos ligarem para você. Pode agendar as visitas.

— Isso seria fantástico. Eu ficaria muito grata. Às vezes, sinto como se estivesse cambaleando; estou tentando decidir o que fazer com isto tudo há tanto tempo...

— Pelo que vejo, está indo muito bem.

— Obrigada, mas é de grande ajuda receber conselhos e dicas. Você é tão gentil. Não sei por que me deixava nervosa.

Agora, Donna riu.

— Não é a primeira vez que alguém me diz isso. Passo seu celular ou o telefone fixo para os meus contatos?

— Passe os dois, por via das dúvidas. Sempre estou com o celular no bolso, mas, às vezes, me esqueço dele.

— Pode deixar. Eles são pessoas de negócios e querem lucrar. Mas não vão lhe passar a perna. Se pensar em mais alguma coisa, me avise. — Ela sorriu. —

Realmente conheço todo mundo. E, Shelby, vou conseguir uma oferta para a casa, uma boa oferta. É um lugar lindo, bem-localizado, e o comprador certo está por aí. Vou encontrá-lo.

— Acredito em você.

E, como isso era mesmo verdade, Shelby dormiu melhor naquela noite do que em muito tempo.

A CABEÇA DELA NÃO PAROU de girar na semana seguinte. Fez negócio com a Dolby and Sons, enviou os vinhos vendidos pelo leilão na internet, pegou um cheque bem gordo do brechó pelas roupas de Richard — e levou três sacolas com as próprias roupas.

Aceitou a oferta pela louça e os cristais, embalou tudo — e comprou um novo conjunto de pratos, tigelas e copos de plástico coloridos.

Eles davam para o gasto.

Apesar de ser mais prudente fazer o pagamento aos poucos, ela quitou a dívida de um dos cartões de crédito.

Um já foi, pensou Shelby, agora só faltam onze.

Os quadros — que não eram originais, como Richard afirmava — não renderam tanto quanto ela esperava. Mas a quantidade compensou um pouco isso.

A cada dia que se passava, Shelby se sentia mais leve. Mesmo a nevasca que criou montes de 35 centímetros de neve não a abalou. Encasacou Callie como se a menina fosse uma esquimó, e, juntas, fizeram seu primeiro boneco de neve.

Nem era um boneco pelo qual se gabar, pensou ela, mas foi exatamente o que fez, tirando fotos com o celular para mandar para o Tennessee.

E a aventura deixou Callie e Fifi tão cansadas que, às 19h, já estavam aconchegadas na cama. Isso deu a Shelby a oportunidade de passar uma noite longa e ininterrupta com sua planilha, suas contas e sua lista de afazeres.

Deveria usar o dinheiro para pagar um dos cartões de crédito com dívidas pequenas, apenas para se livrar do problema? Ou deveria usá-lo para abater um pouco dos maiores, para fazer os juros baixarem?

Por mais que quisesse eliminar mais um cartão, fazia mais sentido diminuir os juros.

Cuidadosamente, fez o pagamento pela internet, do jeito que aprendera, e adicionou o valor à sua planilha.

Quatrocentos e oitenta e seis mil e quatrocentos dólares já foram, agora só faltam mais dois milhões e cento e oitenta e quatro.

Sem contar a próxima fatura que viria dos advogados e dos contadores. Mas, que coisa, no momento aquilo parecia uma ninharia.

O telefone tocou, e, ao ver o número de Donna na tela, Shelby correu para atender.

Quem sabe.

— Alô?

— Oi, Shelby, aqui é a Donna. Sei que está um pouco tarde, mas queria lhe contar que conseguimos uma oferta pela casa.

— Ah! Mas que boa notícia!

— Acho que a credora vai aprovar esta. Você sabe que pode levar semanas, até meses, mas vou fazer o máximo possível para apressar o processo. É aquela família que lhe falei, do primeiro dia. Eles realmente amaram a casa, a localização é exatamente o que estavam procurando. E mais uma coisa... a mulher detestou os móveis.

Shelby soltou uma risada, levantando o rosto para o teto, relaxando.

— É mesmo?

— Detestou de verdade. Disse que precisou ignorá-los, fingir que não estavam lá, para *realmente* ver o espaço, a disposição dos cômodos. O marido está nervoso com as condições da venda, mas ela quer a casa, então ele está disposto a seguir em frente com a compra. E acredito que, se a credora fizer uma contraproposta para conseguir um valor mais próximo do que está pedindo, acho que essa família aceita.

— Ai, meu Deus, Donna.

— Não quero botar a carroça na frente dos bois, mas acho que deveria comemorar, pelo menos um pouquinho.

— Minha vontade é tirar a roupa e sair dançando por esta droga de casa inteira.

— Fique à vontade!

— Talvez faça só a parte da dança. Obrigada. Muitíssimo obrigada.

— Cruze os dedos, Shelby. Vou entrar em contato com a credora amanhã cedo. Boa noite para você.

— Para você também. E obrigada novamente. Até logo.

Ela não tirou a roupa, mas ligou o som. Escolheu Adele, dançou pelo escritório, cantou junto com a música, soltou a voz.

Shelby tivera ambições um dia, desejos, sonhos. Seria cantora — uma estrela. Sua voz era um dom que ela cultivava, usava, e pelo qual era grata.

Conhecera Richard por causa disso, quando ele fora à pequena boate em Memphis onde ela cantava com uma banda chamada Horizon.

Só tinha 19 anos, pensou agora. Não era idade suficiente nem para comprar cerveja na boate, apesar de Ty, o baterista que tinha uma quedinha por ela, ter o costume de lhe arranjar long necks de Corona quando podia.

Deus, como era bom cantar novamente, dançar. Havia meses que não cantava nada além de cantigas de ninar. Depois de Adele, passou para Taylor Swift, e então foi atrás do controle remoto para diminuir o volume quando o telefone voltou a tocar.

Ainda sorrindo, ainda dançando, ela atendeu.

— Alô?

— Estou procurando por David Matherson.

— Sinto muito, mas você ligou para o número errado.

— David Matherson — repetiu o homem, e recitou o número do telefone.

— Sim, o número está certo, mas... — Um bolo surgiu em sua garganta. Shelby precisou pigarrear, segurar o fone com força. — Não há ninguém com esse nome morando aqui. Sinto muito.

Ela desligou antes que o homem tivesse a oportunidade de falar qualquer coisa e correu para o cofre, colocando a senha com cuidado.

Levou o envelope pardo para a mesa e, com uma fungada e dedos trêmulos, o abriu.

Era ali que guardava as identificações que encontrara no cofre bancário, aquelas estampadas com o rosto sorridente de Richard.

E uma delas tinha o nome de David Allen Matherson.

Sua vontade de cantar e dançar evaporou na mesma hora. Por algum motivo que não conseguia explicar, verificou todas as portas e o sistema de alarme.

Apesar do desperdício de eletricidade, deixou uma luz acesa no hall de entrada e outra no corredor do segundo andar. Em vez de ir para a própria cama, deitou-se com Callie.

E ficou acordada por um bom tempo, rezando para o telefone não tocar novamente.

A EMPRESA DOS MÓVEIS enviou uma equipe que empacotou tudo que estava nos dois quartos de hóspedes, no hall de entrada e na sala de jantar, onde Shelby não fazia uma refeição desde a morte de Richard. Depois de negociar um pouco, havia concordado em vender os móveis da suíte principal para a mulher interessada.

O pagamento de tudo quitou um segundo cartão de crédito.

Dois já foram, agora só mais dez.

A casa parecia ainda maior e menos amigável sem os móveis. Uma sensação engraçada na base da espinha dizia a Shelby que ela também deveria sair dali, mas ainda havia detalhes para resolver, e eles eram sua responsabilidade.

O comprador dos livros marcara uma visita para as 13h30 — hora combinada exatamente por ser o momento da soneca de Callie. Shelby prendeu os cabelos para trás, colocou os brincos bonitos de água-marinha que os avós lhe deram de Natal. Adicionou um pouco de bronzer e um pouco de blush, porque estava pálida demais. Trocou as meias grossas que gostava de usar em casa por um belo par de sapatos de salto alto pretos.

Sua avó dizia que saltos altos podiam até apertar um pouco os dedos, mas nunca falhavam em deixar uma mulher se sentindo mais segura.

Shelby deu um pulo quando ouviu a campainha. O homem dos livros havia chegado pelo menos 15 minutos mais cedo, tempo que ela queria usar para colocar café e biscoitos na biblioteca.

Desceu correndo, torcendo para ele não apertar a campainha novamente. O sono de Callie era leve durante a hora da soneca.

Shelby abriu a porta e encontrou um homem mais jovem e mais bonito do que esperava — o que, imaginava ela, dizia muito sobre o que acontece quando se cria expectativas.

— Sr. Lauderdale, que pontual!

— Sra. Foxworth. — Gentilmente, ele estendeu a mão para apertar a de Shelby.

— Entre, vamos sair do frio. Nunca vou me acostumar com o inverno aqui no Norte.

— A senhora se mudou para cá recentemente.

— Sim, só tive tempo de sofrer por um inverno. Vou guardar seu casaco.

— Obrigado.

O homem tinha um corpo forte e robusto, queixo quadrado, olhos castanhos e frios. Nada, pensou ela, como o rato de biblioteca magricela e mais velho que imaginara.

— Donna, a Sra. Tinesdale, disse que o senhor poderia se interessar por alguns dos meus livros. — Shelby pendurou o casaco grosso no armário do hall de entrada. — Por que não vamos para a biblioteca dar uma olhada?

— Sua casa é impressionante.

— Ela é grande, na verdade — disse ela enquanto o guiava para os fundos, passando por uma sala de estar com um piano de cauda que ninguém tocava e uma sala de jogos com uma mesa de bilhar que ainda precisava vender, finalmente chegando à biblioteca.

Aquele teria sido seu cômodo favorito depois do quarto de Callie se tivesse conseguido torná-lo mais aconchegante, acolhedor. Mas, agora, tinha acendido a lareira e tirado as cortinas pesadas — que também estavam na pilha de coisas para vender —, de forma que o sol de inverno, ou o que havia dele, pudesse entrar pelas janelas.

Os móveis ali — o sofá de couro numa cor que Shelby chamava de amarelo-torta-de-limão, as cadeiras marrom-escuras, as mesas brilhantes demais — iriam embora até o final da semana.

Ela esperava que isso também valesse para as caixas cheias de livros encadernados em couro que ninguém nunca lera.

— Como disse ao telefone, vou me mudar logo, então quero vender os livros. Já separei os que quero guardar, mas estes daqui... Bem, para dizer a verdade, meu marido os comprou porque achava que eram bonitos.

— São impressionantes, assim como a casa.

— Imagino que tenha razão. Estou mais interessada no que está dentro de um livro do que na aparência dele. O senhor pode dar uma olhada neles enquanto faço um café.

Ele caminhou pela sala, pegou um volume aleatório.

— *Fausto.*

— Eu li que muitas pessoas compram livros assim, em lote. Para decoração.

Shelby queria se contorcer de ansiedade, teve que dizer a si mesma para relaxar. Já devia estar acostumada a este tipo de coisa, pensou, não deveria mais ficar nervosa.

— Acho que seria melhor... mais bonito, pelo menos para mim — corrigiu-se ela —, se eles não fossem todos iguais. As capas, as alturas. E também acho que eu não seria o tipo de pessoa que se aconchegaria diante da lareira para ler *Fausto.*

— A senhora não é a única. — Ele devolveu o livro ao lugar e virou aqueles olhos frios para Shelby. — Sra. Foxworth, não sou Lauderdale. Meu nome é Ted Privet.

— Ah, o Sr. Lauderdale pediu para que viesse no lugar dele?

— Não sou comprador de livros. Sou detetive particular. Falei com a senhora no telefone duas noites atrás. Perguntei sobre David Matherson.

Shelby deu um passo para trás. Com ou sem salto, ela conseguiria correr mais que ele. Colocaria o homem para fora da casa, para longe de Callie.

— E eu lhe disse que ligou para o número errado. É melhor ir embora. Estou esperando por uma pessoa.

— Só preciso de um minuto. — Com um sorriso, ele levantou as mãos como que para mostrar que era inofensivo. — Só estou fazendo meu trabalho, Sra. Foxworth. Rastreei David Matherson até aqui, e as informações que obtive... Tenho uma foto. — Ele colocou uma mão dentro do bolso da jaqueta, deixando a outra afastada e para cima, como um sinal de paz. — Se puder dar uma olhada. A senhora conhece este homem?

O coração dela disparou. Deixara um estranho entrar em sua casa. Tornara-se descuidada, com tantas pessoas indo e vindo, e o deixara entrar. Enquanto sua filha dormia lá em cima.

— Você me fez pensar que era outra pessoa. — Shelby usou um tom indignado, torceu para fazer efeito. — É assim que faz seu trabalho?

— Na verdade, sim. Às vezes.

— Não gosto muito de você nem do que faz. — Ela pegou a foto da mão do detetive. E a encarou.

Sabia que seria Richard, mas vê-lo — o sorriso de astro de cinema, os olhos castanhos com manchas douradas — foi um golpe. Os cabelos dele estavam mais escuros, e usava um cavanhaque que o fazia parecer mais velho, igual à foto na identidade do cofre bancário. Mas era Richard.

O homem naquela imagem fora seu marido. E seu marido fora um mentiroso. E o que ela era?

— É uma foto de meu falecido marido, Richard.

— Sete meses atrás, esse homem, usando o nome de David Matherson, aplicou um golpe numa mulher em Atlanta e roubou cinquenta mil dólares dela.

— Não sei do que está falando. Não conheço nenhum David Matherson. Meu marido se chamava Richard Foxworth.

— Dois meses antes disso, David Matherson aplicou um golpe em um pequeno grupo de investidores em Jacksonville, Flórida, e levou o dobro disso. Eu poderia citar outros casos, incluindo um roubo grave em Miami, cerca de cinco anos trás. Foram 28 milhões em selos raros e joias.

Os golpes, depois de tudo que Shelby descobrira nas últimas semanas, não a chocavam. Mas o roubo, e a quantia que fora levada, fez seu estômago embrulhar, e sentiu a mente flutuar.

— Não sei do que está falando. Quero que vá embora.

Enquanto o detetive guardava a foto, manteve os olhos nela.

— O último local em que Matherson se estabeleceu foi Atlanta, onde aplicava golpes imobiliários. A senhora morava em Atlanta antes de se mudar para cá, não é?

— Richard era consultor financeiro. E ele morreu. Você entendeu? Ele morreu logo depois do Natal, então não pode responder às suas perguntas. Eu não tenho as respostas. Você não tem direito de aparecer aqui deste jeito, mentindo e me assustando.

Mais uma vez, o homem levantou as mãos — mas algo nos seus olhos disse a Shelby que ele não era nem um pouco inofensivo.

— Não estou tentando lhe assustar.

— Bem, mas foi isso que fez. Eu me casei com Richard Foxworth em Las Vegas, Nevada, no dia 18 de outubro de 2010. Não me casei com ninguém chamado David Matherson. Não conheço ninguém com esse nome.

A boca do detetive formou um sorriso sarcástico.

— Está me dizendo que foram casados por quatro anos, mas a senhora nunca soube como seu marido ganhava dinheiro? O que ele fazia de verdade? Quem ele realmente era?

— Se está tentando me contar o quanto sou idiota, pode entrar na fila. Como ele ganhava dinheiro? Que dinheiro? — Histérica, Shelby jogou os braços para o alto. — Esta casa? Se eu não conseguir vendê-la, e rápido, vão tomá-la. Você diz que Richard aplicou golpes, roubou pessoas? Quase trinta milhões de dólares? Bem, se isso for verdade, a pessoa que o contratou pode entrar na fila também. Estou contando moedas para pagar os três milhões de dólares de dívidas que meu marido deixou. Você precisa ir embora e dizer ao seu cliente que ele acusou o homem errado. Ou, se não foi o caso, que esse homem morreu. Não há nada que eu possa fazer. Se ele quiser cobrar de mim o dinheiro, bem, é como eu disse, existe uma fila, e ela é bastante longa.

— A senhora quer mesmo que eu acredite que morou com ele por quatro anos e nunca ouviu falar de Matherson? Que não sabia de nada?

A raiva superou o medo. Shelby já ouvira o suficiente. Mais que o suficiente, e esse sentimento tomou conta dela.

— Estou pouco me lixando para o que acredita, Sr. Privet. Pouco me lixando mesmo. E se o senhor se enfiou aqui pensando que eu simplesmente tiraria uma porcaria de coleção de selos e joias do meu bolso, ou lhe daria centenas de milhares de dólares para lhe deixar feliz, então *eu* acho que o senhor é um idiota, além de muito mal-educado. Saia daqui.

— Só quero informações sobre...

— Eu não *tenho* informações. Não sei nada sobre isso. O que eu *sei* é que estou presa num lugar que não conheço, numa casa que não queria, só porque...

— Porque..?

— Nem sei mais. — Até mesmo a irritação diminuiu. Só lhe restava o cansaço. — Não posso lhe contar o que eu não sei. Se tiver alguma pergunta, pode falar com Michael Spears ou Jessica Broadway. Spears, Cannon, Fife e Hanover. São os advogados na Filadélfia que estão lidando com esta bagunça. Agora, saia daqui, ou vou chamar a polícia.

— Estou indo — disse o detetive, seguindo Shelby enquanto ela saia da biblioteca e ia diretamente para o armário pegar seu casaco.

Ele pegou um cartão de visitas, estendeu na direção dela.

— Pode me contatar caso se lembre de alguma coisa.

— Não posso me lembrar do que nunca soube. — Mas pegou o cartão. — Se foi mesmo Richard quem roubou o dinheiro de seu cliente, sinto muito. Por favor, não volte aqui. Não o deixarei entrar de novo.

— Da próxima vez, podem ser policiais — disse ele. — Lembre-se disso. E guarde o cartão.

— Ninguém é preso por ser idiota. Esse foi o meu único crime.

Shelby abriu a porta e se surpreendeu ao se deparar com um homem se aproximando para apertar a campainha.

— Ah, Sra. Foxworth? Eu lhe assustei. Sou Martin Lauderdale.

Ele era mais velho, com olhos azuis-claros por trás de óculos com moldura metálica e uma barba curta quase totalmente branca.

— Obrigada por vir, Sr. Lauderdale. Adeus, Sr. Privet.

— Guarde o cartão — repetiu o detetive, e, desviando-se do outro homem, saiu andando pela calçada da frente até um veículo cinza.

Shelby conhecia carros — afinal de contas, seu avô era mecânico —, e observou aquele de forma meticulosa. Um Honda Civic, cinza, com placa da Flórida.

Se o visse novamente pela vizinhança, ligaria para a polícia.

— Deixe-me guardar seu casaco — disse para o Sr. Lauderdale.

No final da semana, a biblioteca e a suíte principal estavam vazios. Shelby vendeu a mesa de bilhar, o piano, os aparelhos de ginástica de Richard e várias outras quinquilharias pela internet.

Diminuiu tanto a dívida de um dos dez cartões de crédito restantes que já havia quase a quitado.

Ela retirou os quadros restantes das paredes, vendeu-os também, assim como a cafeteira chique e o liquidificador caro.

Quando acordou na manhã do que deveria ser o primeiro dia de primavera e se deparou com 15 centímetros de neve, que continuava a cair, desejou voltar para o saco de dormir da Princesa Fiona que atualmente servia como sua cama.

Estava morando numa droga de casa praticamente vazia. Pior que isso, sua filhinha estava morando numa droga de casa praticamente vazia, sem amigos, sem ninguém para conversar ou brincar além da mãe.

Quatro anos e meio atrás, em uma brilhante noite de outubro no Oeste, Shelby havia comprado um lindo vestido azul — Richard gostava quando ela usava azul —, passara uma hora fazendo escova nos cabelos porque ele os preferia lisos, e caminhara até o altar daquela capelinha carregando uma única rosa branca.

Ela pensara que aquele era o dia mais feliz de sua vida, mas aquela vida nem mesmo era sua. Era apenas uma ilusão, ou, pior, apenas uma mentira.

E todos os dias depois disso, se esforçara ao máximo para ser uma boa esposa, para aprender a cozinhar do jeito que Richard gostava, para fazer as malas e partir quando o marido queria, para se vestir do jeito que ele achava melhor. Para se certificar de que Callie estava limpa e alimentada e vestida com roupas bonitas quando ele chegasse em casa.

Tudo isso acabou, pensou.

— Tudo isso acabou — murmurou ela. — Então, por que ainda continuamos aqui?

Shelby foi até seu closet, onde começara a empacotar mais ou menos suas coisas na mala da Louis Vuitton que Richard lhe dera em Nova York, para substituir a bolsa de lona em que guardara suas roupas quando fora embora com ele.

Começou a guardar as coisas de verdade agora, e quebrou uma de suas regras de ouro ao deixar Callie na cozinha, assistindo a *Shrek* e comendo cereal, enquanto fazia as malas da filha. Seguindo uma das regras de ouro da mãe — nunca telefone para ninguém além da polícia, dos bombeiros ou de um encanador antes das 9h —, esperou até o relógio marcar nove em ponto para ligar para Donna.

— Oi, Shelby, como vai?

— Está nevando de novo.

— Este inverno não acaba. Estão dizendo que vamos ter mais uns vinte centímetros, mas deve chegar a mais de um metro até o sábado. Vamos torcer para ser só isso.

— Já perdi as esperanças. Donna, não resta muito na casa além de Callie e eu. Quero levar a televisão da cozinha, aquela embutida no armário, para a minha avó. Ela vai gostar. E uma das grandes de tela plana, qualquer uma. A casa tem nove, eu contei. Mas quero só uma para dar para o meu pai. Não sei se os compradores querem ficar com as outras. Sei que ainda não fizeram um acordo, mas talvez pudéssemos incluir as televisões na venda. Sinceramente, nem me importo se não quiserem pagar por elas.

— Posso fazer a proposta a eles, é claro. Deixe que façam uma oferta.

— Tudo bem. Mas, se não as quiserem ou quiserem apenas algumas, dou um jeito nas outras.

De alguma forma, pensou Shelby, esfregando as têmporas doloridas.

— Mas... depois que eu desligar o telefone, vou ligar para uma companhia de mudanças. Os móveis de Callie não cabem na minivan, não com as caixas que vou levar, além das malas e dos brinquedos. E, Donna, preciso que me faça um favor enorme.

— É claro, pode dizer.

— Quero que instale uma daquelas trancas com senha na casa e que a gente resolva qualquer papelada futura por carta, e-mail ou de qualquer outra forma. Eu preciso ir para casa, Donna.

Dizer essas palavras, simplesmente dizê-las, aliviou o peso sobre seus ombros.

— Tenho que levar Callie para casa. Com tudo que está acontecendo, ela não teve a chance de fazer amigos da própria idade. Este lugar está vazio. Acho que sempre esteve, mas agora não dá mais para fingir que não é bem por aí. Não posso continuar aqui. Se conseguir organizar tudo, vamos amanhã. Sábado, no máximo.

— Não seria favor algum, e não há problema. Vou cuidar da casa, não se preocupe. Você vai dirigir até lá, sozinha?

— Callie vai estar comigo. Vou cancelar esta linha, mas estarei com o celular caso precise falar comigo. E com meu laptop, então terei acesso ao e-mail. Se você não conseguir chegar a um acordo com os compradores, pode continuar a mostrar a casa. Mas estou torcendo para dar certo, para que essas pessoas queiram a casa e façam dela um lar. Só que nós precisamos ir.

— Pode me mandar um e-mail quando chegar? Vou ficar um pouco preocupada com vocês.

— Claro, e nós ficaremos bem. Queria ter descoberto mais cedo o quando você é legal. Isso soou meio bobo.

— Não soou, não — disse Donna, rindo. — Também queria. Não se preocupe com nada por aqui. Se precisar de algo, é só me avisar. Você tem uma amiga na Filadélfia, Shelby.

— E você tem uma no Tennessee.

Depois de desligar o telefone, ela respirou fundo. E fez uma lista, uma lista meticulosa, de tudo que precisava fazer. Depois de terminar todos os itens, iria para casa.

Levaria Callie de volta para Rendezvous Ridge.

Capítulo 4

♦ ♦ ♦ ♦

$\mathcal{F}$OI NECESSÁRIO a maior parte do dia e um pouco de criativas chantagens para evitar que Callie a interrompesse. Havia contas a serem fechadas, outras a serem transferidas, trocas de endereço, encaminhamento de correspondências. O valor cobrado pela companhia de mudanças para desmontar os móveis da filha, transportá-los e montá-los novamente doeu um pouco. E Shelby considerou alugar um caminhão e fazer tudo por conta própria.

Mas, de toda forma, precisaria de ajuda para levar a cama e a cômoda até o andar de baixo e colocá-las dentro da caçamba.

Então, tomou coragem e contratou a companhia.

O serviço se pagou, a seu ver, quando, no dia seguinte, após uma gorjeta de vinte dólares, os carregadores tiraram a televisão da parede da sala de estar, embalaram-na e a levaram para a van.

Donna, cumprindo sua palavra, mandara que a tranca fosse instalada.

Shelby empacotou o que restava, guardou o que poderia precisar na estrada em uma bolsa grande.

Talvez fosse besteira ir embora tão tarde numa sexta-feira. Seria mais esperto, mais sensato, sair cedo na manhã seguinte.

Mas não passaria nem mais uma noite numa casa que nunca fora sua.

Ela percorreu os cômodos, de cima a baixo, da frente aos fundos, e então parou no hall de entrada de dois andares.

Conseguia visualizar agora, com os poucos quadros restantes, sem os móveis lustrosos demais, como poderia ter sido. Com cores mais quentes, tons mais suaves, uma peça antiga e pesada, algo marcante, algum móvel curvado na entrada para abrigar flores, velas.

Uma mistura de coisas velhas e novas, pensou, para conseguir uma elegância casual, com toques divertidos.

Espelhos antigos — sim, ela juntaria espelhos velhos, de formas diferentes, naquela parede, misturaria livros com fotos de família e bibelôs naquelas prateleiras. E...

Nada daquilo era mais dela, lembrou a si mesma. Ali não era mais seu espaço, não era mais seu problema.

— Não vou dizer que odeio este lugar. Não parece justo com as pessoas que vão morar aqui depois de mim. É como se eu estivesse amaldiçoando a casa. Então, só vou falar que fiz o melhor possível enquanto eu pude.

Deixou as chaves na bancada da cozinha com uma carta de agradecimento a Donna, e então pegou Callie pela mão.

— Venha, querida, vamos viajar.

— Nós vamos ver a bisa e o biso e a vovó e o vovô?

— Claro, eles e mais todo mundo.

Shelby entrou na garagem com a filha carregando a mala de rodinhas da Cinderela — sua antiga princesa favorita, antes de ter sua posição roubada pela Fiona — atrás de si.

— Vamos colocar o cinto de segurança em você e na Fifi.

Enquanto prendia Callie na cadeirinha do carro, a filha deu um tapinha no seu rosto. Era o sinal que queria dizer: olhe para mim e preste atenção.

— O que foi, querida?

— Vai demorar muito?

Dividida entre diversão e resignação, Shelby deu um tapinha na bochecha da filha como resposta. Se as primeiras versões de *Já chegamos?* começassem antes mesmo de saírem da garagem, seria uma viagem bastante longa.

— Nós vamos até o Tennessee, lembra? Isso vai levar um tempo, e não vamos chegar muito rápido. Mas... — Shelby arregalou os olhos para demonstrar a diversão que estava por vir. — Vamos passar a noite em um hotel. Como aventureiras.

— Aventura!

— Isso mesmo. Eu e você, Callie Rose. Dedos no nariz — adicionou ela, e Callie riu, tocou o nariz com os dedos para a mãe fechar a porta da minivan.

Shelby deu a ré e esperou um pouco até a garagem fechar novamente.

— E fim de papo — disse.

Saiu dirigindo sem olhar para trás.

O TRÂNSITO ESTAVA TERRÍVEL, mas não ia reclamar. Aguentaria aquilo enquanto fosse necessário.

Tentando deixar *Shrek* reservado para quando o tédio realmente batesse, distraiu Callie com canções, algumas que a menininha conhecia, e outras novas, que guardara para evitar repetições intermináveis e, assim, manter sua própria sanidade.

Funcionou, na maior parte do tempo.

Cruzar a divisa do estado para Maryland pareceu uma vitória. Ela queria continuar na estrada, continuar até chegar, porém, depois de três horas, se obrigou a parar. Um McLanche Feliz colocou um sorriso no rosto de Callie e comida em sua barriga.

Só mais duas horas, pensou Shelby, e então estariam no meio do caminho. Parariam para dormir. Ela já havia escolhido o hotel, colocado a rota no GPS.

Quando pararam em Virginia, descobriu que fizera a escolha certa. Callie estava cansada e se tornava cada vez mais mal-humorada. A aventura de pular numa cama de hotel mudou seu humor.

Pijamas limpos, Fifi e uma historinha antes de dormir eram tudo de que a garotinha precisava. Apesar de Shelby achar que nem mesmo fogos de artifício a acordariam, entrou no banheiro para ligar para casa.

— Mãe. Paramos para dormir, como eu disse que faríamos.

— Onde vocês estão, exatamente?

— No Best Western perto de Wytheville, Virginia.

— O quarto é limpo?

— Sim, mãe. Dei uma olhada nas avaliações na internet antes de vir.

— Trancou a porta? — insistiu Ada Mae.

— Sim, mamãe.

— Coloque uma cadeira embaixo da maçaneta, só para garantir.

— Tudo bem.

— Como vai aquela bebezinha linda?

— Desmaiada de sono. Ela se comportou no carro.

— Mal consigo esperar para apertá-la. E a você também, meu doce. Queria que tivesse avisado que estava vindo mais cedo. Clay Júnior teria ido até aí para lhe trazer.

Ela era a única menina, lembrou Shelby a si mesma, e a caçula de três filhos. Era normal a mãe se preocupar.

— Estou bem, mamãe, prometo. Nós duas estamos bem, e já chegamos na metade do caminho. Clay tem família e trabalho com que se preocupar.

— Você também faz parte da família dele.

— Mal posso esperar para vê-lo. Para ver todo mundo.

Os rostos, as vozes, as montanhas, o verde. Só de imaginar, sentia vontade de chorar um pouco, então se esforçou para animar a voz.

— Vou tentar voltar para a estrada às 8h, talvez um pouco mais tarde. Mas devo chegar às 14h no máximo. Ligo para dizer a hora certa. Só queria agradecer mais uma vez por nos deixar ficar aí, mãe.

— Não quero saber de agradecimentos. Minha filha e a filha dela. Aqui é o seu lar. Venha para casa, Shelby Anne.

— Amanhã. Diga a papai que estamos bem.

— E trate de continuar assim. Vá descansar. Você parece cansada.

— Um pouquinho. Boa noite, mamãe.

Apesar de ainda ser pouco mais de 20h, Shelby se aconchegou na cama e adormeceu em questão de minutos, igual à filha.

*A*CORDOU NO ESCURO, assustada com um sonho do qual só se lembrava de pedaços. Uma tempestade no mar, ondas gigantescas inundando um barco — um pontinho branco oscilante num oceano negro revolto. E era Shelby quem segurava o leme, lutando para manter a embarcação à tona enquanto as ondas batiam, raios brilhavam. E Callie, em algum lugar, Callie chorava e gritava por ela.

E então Richard? Sim, sim, Richard em um de seus ternos bem-cortados, puxando-a para longe do leme porque ela não sabia lidar com um barco. Ela não sabia fazer coisa alguma.

Depois, Shelby se sentia cair, cair, cair naquele mar assustador.

Com frio, tremendo, ela se sentou na cama daquele quarto desconhecido, tentando normalizar a respiração.

Porque fora Richard quem caíra na água, não ela. Fora Richard quem se afogara.

Callie dormia, seu bumbum fofo empinado no ar. Quentinha e segura.

Shelby deitou novamente, ficou um tempo acariciando as costas da filha para se acalmar. Mas o sono desaparecera, então logo desistiu e caminhou silenciosamente até o banheiro. Ficou em pé, debatendo sobre o que fazer.

Deixaria a porta aberta para o caso de Callie acordar em um lugar estranho e saber onde estava a mãe? Ou a fecharia, de forma que a luz e o barulho do chuveiro não acordassem a menina, coisa que certamente fariam caso contrário?

Chegou a um meio-termo, deixou a porta entreaberta.

Shelby não se lembrava de nenhum chuveiro de hotel já ter sido tão bom, aquecendo os últimos calafrios do sonho, lavando os últimos resquícios de fadiga.

Ela levara seu próprio shampoo e sabonete líquido. Fora mal-acostumada com bons produtos desde muito antes de Richard. Fora criada usando tudo do bom e do melhor, já que a avó era dona do salão de beleza mais popular de Rendezvous Ridge.

E que agora também funcionava como spa, lembrou. Sua avó estava sempre inventando mais alguma coisa para fazer.

Mal podia esperar para vê-la, para ver todos eles. Só queria estar em casa, respirar o ar das montanhas, ver aquele verde, aqueles tons de azul, ouvir as vozes que não faziam a sua própria parecer, de alguma forma, errada.

Shelby enrolou uma toalha nos cabelos, sabendo que levariam uma eternidade para secar, e fez o que a mãe lhe ensinara desde que tinha praticamente a idade de Callie.

Passou hidratante em todo o corpo. Era uma sensação boa, pele com pele, mesmo que fossem apenas suas mãos. Fazia muito tempo desde a última vez que alguém a tocara.

Ela se vestiu, deu uma olhada no quarto para ver como a filha estava, deixou a porta um pouquinho mais aberta e começou a se maquiar. Não apareceria pálida e cheia de olheiras na sua casa.

Não podia fazer nada quanto a aparecer lá estando só pele e ossos, mas seu apetite voltaria depois que chegasse, se aclimatasse e aliviasse um pouco a tensão.

E estava bem-vestida — legging preta, com a camisa verde-bandeira que a fazia pensar na primavera. Adicionou brincos e uma borrifada de perfume, pois, segundo Ada Mae Pomeroy, uma mulher não estava bem-vestida de verdade sem essas coisas.

Consciente de que fizera o melhor possível, voltou para o quarto, guardou nas malas tudo menos a roupa de Callie para a volta para casa. Um vestido azul com flores brancas e um casaquinho branco. Então, depois de ligar um abajur, subiu na cama para acordar a filha com um abraço.

— Callie Rose. Onde está a minha Callie Rose? Continua na terra dos sonhos, passeando em pôneis cor-de-rosa?

— Estou aqui, mamãe! — Quentinha e macia como um coelhinho, a menina se virou nos braços de Shelby. — Estamos numa aventura.

— É isso aí.

Ela ficou ali, aconchegada por um instante, porque aqueles momentos eram preciosos.

— Eu não fiz xixi na cama.

— Eu sei. Você está muito crescida. Vamos fazer xixi agora, e depois colocar a roupa.

Apesar do tempo gasto penteando os cabelos de Callie numa trança presa com um laçarote azul que combinava com o vestido, limpando-a novamente após um café da manhã de waffles e abastecendo com gasolina a minivan, conseguiram estar na estrada às 7h30.

Ainda é cedo, pensou Shelby. Encararia isso como um bom sinal sobre o futuro.

Fez uma parada às 10h, para irem ao banheiro, abasteceu seu corpo com uma Coca-Cola, encheu o copinho de Callie e mandou uma mensagem de texto para a mãe.

Saímos mais cedo. O trânsito não está ruim. Devemos chegar às 12h30. Amo você!

Quando voltou para a estrada, o carro cinza entrou três carros atrás dela. Todas as ações de Shelby eram razoáveis, normais, comuns.

Mas ela sabia de alguma coisa, pensou Privet. E ele descobriria exatamente o que era.

Quando se deparou com as montanhas, aquelas grandes ondas verdes, o coração de Shelby foi parar na garganta até seus olhos lacrimejarem. Ela pensara que sabia o quanto queria chegar ali, o quanto precisava chegar ali, mas aquilo era além do que esperava.

Tudo ali era seguro e verdadeiro.

— Olhe, Callie. Olhe bem ali. Nossa casa fica lá. E aquelas são as montanhas Smoky.

— A vovó está na moky.

— Sssssssmoky — disse Shelby, sorrindo enquanto olhava pelo retrovisor.

— Sssssssmoky. A vovó e a bisa e o vovô e o biso, e titio Clay e titia Gilly, e titio Forrest.

A menina continuou listando nomes de parentes e, para a surpresa de Shelby, acertou a maioria deles, até mesmo os de gatos e cachorros.

Talvez, pensou, ela não fosse a única que queria e precisava estar ali.

Ao meio-dia, Shelby estava subindo, subindo por todo aquele verde, com a janela aberta para sentir o cheiro das montanhas. Os pinheiros, os rios e os córregos. Aqui, não havia neve. Em vez disso, flores silvestres brotavam — pequeninas flores, gotas de cor —, e as casas e os chalés pelos quais passava tinham narcisos plantados diante deles, tão amarelos quanto manteiga fresca. Aqui, as roupas balançavam nas cordas, de forma que os lençóis levavam aquele cheiro para os quartos. Falcões voavam no azul do céu acima delas.

— Estou com fome. Mamãe, Fifi está com fome. Já chegamos? Já chegamos, mamãe?

— Quase, querida.

— Podemos chegar agora?

— Quase. Você e Fifi vão comer na vovó.

— Queremos biscoito.

— Veremos.

Shelby atravessou o que os locais chamavam de Riacho de Billy, nomeado em homenagem ao menino que se afogara ali antes mesmo do pai dela nascer, e a estrada que levava ao vale entre as montanhas e a algumas casas dilapidadas e outras pré-fabricadas, onde cães de caça ficavam presos em seus canis e espingardas eram mantidas carregadas e à mão.

E a placa indicando o Acampamento Primavera na Montanha, onde seu irmão Forrest havia trabalhado num verão longínquo e onde ele nadara pelado — entre outras coisas — com Emma Kate Addison, coisa que ela sabia porque Emma Kate fora sua melhor amiga, da época que usavam fraldas até o ensino médio.

Agora vinha o retorno para o hotel/resort construído quando Shelby tinha mais ou menos dez anos. Seu irmão Clay trabalhava lá, levando turistas para fazer rafting nas corredeiras. Ele conhecera a esposa lá, já que ela trabalhava como chef de sobremesas no hotel. Agora, Gilly estava grávida do segundo filho do casal.

Porém, antes de existirem esposas e crianças, antes de existirem empregos e carreiras, todos eles brincavam ali.

Shelby conhecia as trilhas e os córregos, os poções onde se podia nadar e os lugares onde ursos negros viviam. Fora caminhando com os irmãos, com Emma Kate, em dias quentes de verão, até a cidade, para comprar Coca-Cola na mercearia, ou até o salão da avó, para implorar por alguns trocados.

Conseguia lugares para se sentar e admirar a paisagem para sempre. Sabia como era o som de noitibós cantando quando o céu anoitecia com macias nuvens cinza, depois que o sol vermelho se punha atrás dos picos.

Ela veria tudo isso novamente, pensou. Tudo. E, mais importante, sua filha também. Callie conheceria a sensação alegre de ter grama quente sob os pés ou da água fria de um riacho batendo em seus tornozelos.

— Por favor, mamãe, *por favor*! Podemos chegar?

— Já estamos bem perto. Está vendo aquela casa ali? Eu conhecia uma menina que morava lá. O nome dela era Lorilee, e a mãe dela, a dona Maybeline, trabalhava para a bisa. Ainda trabalha, e acho que a bisa me disse que Lorilee também a ajuda agora. E está vendo aquela bifurcação na estrada ali na frente?

— São duas ruas.

— Isso mesmo. — Quase tão impaciente quanto a filha, Shelby riu. — Mas, quando a estrada se divide em duas, chamamos de bifurcação. Se nós formos para a direita, sabe, na direção da mão que você usa para colorir, vamos chegar em Rendezvous Ridge num instante. Mas, se formos para a esquerda...

Ficando cada vez mais animada, Shelby entrou na esquerda — talvez um pouco mais rápido do que deveria.

— Estamos indo para casa.

— A casa da vovó.

— Isso mesmo.

Havia poucas propriedades espalhadas pela região, algumas construídas depois que Shelby fora embora —, e a estrada continuava ascendente e sinuosa.

Então surgiu a casa de Emma Kate, com uma picape gigantesca estacionada diante da porta da garagem, pintada na lateral com as palavras *Os Consertadores*.

E lá estava. Seu lar.

Shelby observou que havia carros e picapes por todos os lados. Estacionados diante da porta da garagem, embicados na calçada. Crianças corriam no jardim da frente, e cães as seguiam. As flores de que os pais cuidavam como se fossem bebês já floresciam nas margens da bela casa de dois andares. As telhas de cedro brilhavam sob o sol, e o corniso rosa que a mãe amava estava florido como se fosse uma manhã de primavera.

Uma faixa estava pendurada entre as colunas da varanda.

SEJAM BEM-VINDAS, SHELBY E CALLIE ROSE!

Ela teria apoiado a cabeça no volante e chorado de gratidão se não fosse pela filha pulando no banco de trás.

— Vamos! Vamos! Ande logo, mamãe.

Havia outro cartaz apoiado em um cavalete diante da casa.

RESERVADO PARA SHELBY

Enquanto ela ria, dois dos meninos viram a minivan e correram em sua direção, gritando.

— Vamos tirar a placa, Shelby!

Os filhos do tio Grady, que pareciam ter crescido mais uns 15 centímetros desde que os vira no Natal.

— Alguém está dando uma festa? — gritou ela.

— É para você. Oi, Callie, oi. — O menino mais velho, Macon, batia na janela da garotinha.

— Quem é esse, mamãe? Quem?

— É o seu primo Macon.

— Primo Macon! — Callie acenou com as duas mãos. — Oi, oi!

Shelby tirou o carro da rua e, sentindo-se muito aliviada, desligou o motor.

— Chegamos, Callie. Finalmente.

— Vamos, vamos, vamos!

— Estou indo.

Porém, antes que conseguisse dar a volta na minivan para abrir a porta de trás, cercada pelos meninos, sua mãe veio correndo.

Com quase 1,80m, Ada Mae tinha pernas longas que cruzavam rapidamente o espaço entre a casa e o carro. Elas estavam cobertas por um vestido amarelo, que destacavam sua coroa de cabelos ruivos.

Antes de Shelby conseguir se dar conta do que estava acontecendo, foi envolvida em um abraço forte e cercada pelo aroma de L'Air du Temps, o perfume que a mãe sempre usava.

— Você chegou! Minhas meninas chegaram! Meu Deus, Shelby Anne, você está um palito. Vamos dar um jeito nisso. Pelo amor de Deus, crianças, saiam de cima dela. Olhe só para você, olhe só! — Ela colocou as mãos sobre as bochechas da filha, inclinou seu rosto para cima. — Tudo vai ficar bem — disse, quando os olhos de Shelby se encheram de lágrimas. — Não vá estragar seu rímel. Está tudo bem agora. Como é que se abre esta porta?

Shelby puxou a maçaneta para a porta deslizar para o lado.

— Vovó, vovó! — Callie tentou alcançar Ada Mae, esticando os braços. — Vamos, vamos!

— Vou tirar você daí. Como tiro ela dali? Ah, olhe só para você! — A avó cobriu o rosto da garotinha de beijos enquanto Shelby soltava a trava de segurança, o cinto. — Está tão bonita quanto um raio de sol na primavera. E que vestido lindo. Ah, dê um abraço na vovó.

Em seus saltos amarelos com o calcanhar aberto, Ada Mae girou pela rua enquanto a neta se segurava a ela como um carrapicho.

— Estamos fazendo uma bagunça. — Lágrimas caíam pelo rosto da mulher enquanto ela girava.

— Não chore, vovó.

— Isso é apenas a felicidade transbordando, e ainda bem que passei um rímel à prova d'água. Estamos aqui, em casa, e já estão fazendo um churrasco enorme no quintal. Tem comida suficiente para alimentar o exército que somos, e também muito champanhe para comemorar.

Com Callie alojada contra seu quadril, Ada Mae puxou Shelby para um abraço de três gerações.

— Seja bem-vinda, querida.

— Obrigada, mamãe. Não sei nem como lhe agradecer.

— Vamos entrar, tomar um chá gelado. O caminhão da mudança deixou suas coisas aqui faz menos de duas horas.

— Já?

— Levaram os móveis para o quarto de Callie. Arrumamos tudo, ficou uma graça. Seu quarto fica bem do lado do da sua mãe — disse Ada Mae para a menina enquanto caminhavam até a casa. — Você vai ficar no antigo quarto de Clay, Shelby, porque é maior que o seu antigo. Foi pintado há pouco tempo, e trocamos o colchão. O que estava lá era velho demais. Callie vai ficar no antigo quarto de Forrest, então você sabe que vão dividir o banheiro que fica entre os dois. Colocamos umas toalhas novas lá. Eu as consegui no spa de sua avó, então são bem gostosas.

Shelby queria dizer que a mãe não precisava ter tido tanto trabalho, mas sabia que, se Ada Mae não estivesse paparicando alguém, não estaria respirando.

— Gilly fez um bolo lindo, todo chique. O bebê já está pronto para nascer, mas aquela menina continua cozinhando sem parar.

Seu irmão Clay apareceu. Ele tinha herdado a altura dos pais, e os cabelos e os olhos do pai. Sorrindo, tirou Shelby do chão e a girou no ar.

— Já era hora de você voltar — murmurou na orelha dela.

— Vim assim que pude.

— Passe ela pra cá — ordenou ele para a mãe, e roubou Callie. — Olá, docinho de coco. Você se lembra de mim?

— Titio Clay.

— As garotas sempre se lembram dos caras bonitos. Vamos brincar.

— Típico — disse Ada Mae, e passou um braço pelos ombros da filha. — Você precisa de uma cadeira e de uma bebida gelada.

— Parece que passei dias sentada, mas algo gelado para beber seria bom.

A família estava espalhada pela casa, então ela encontrou mais abraços e cumprimentos no caminho até a cozinha. Gilly — e o bebê parecia mesmo pronto para nascer — estava lá, com um menino apenas um ano mais novo que Callie apoiado no quadril.

— Eu fico com ele. — Clay transferiu o filho, Jackson, para o outro lado do seu quadril. — Tenho uma dupla agora.

Ele saiu correndo pela porta dos fundos, soltando um grito de guerra que fez as duas crianças rirem.

— Nasceu para ser pai. O que é bom — adicionou Ada Mae, tocando carinhosamente a barriga de Gilly. — Vá descansar um pouco.

— Estou bem. Agora, melhor. — Ela passou os braços ao redor de Shelby, balançou as duas no abraço. — É tão bom te ver. Colocamos jarras de chá gelado lá fora, e tem bastante cerveja. E quatro garrafas de champanhe. Sua mãe decretou que são apenas para as mulheres, já que nenhum dos homens aqui é capaz de apreciar a bebida.

— E é verdade. Vou começar com o chá. — Shelby ainda não havia parado para assimilar tudo, ainda não, mas decidiu que deixaria isso para mais tarde. — Gilly, você está linda.

Seus cabelos eram tão claros quanto os de Clay eram escuros, e estavam presos num rabo de cavalo que deixava o rosto — rechonchudo pela gravidez — livre. Os olhos azuis-claros brilhavam.

— Linda mesmo. Como está se sentindo?

— Ótima. Só faltam mais cinco semanas e dois dias.

Shelby foi caminhando para os fundos da casa, saiu na varanda traseira e observou o quintal enorme, com sua horta de legumes que já cresciam, crianças brincando nos balanços, a churrasqueira soltando fumaça e mesas alinhadas como soldados; havia balões presos nas cadeiras.

Seu pai comandava a churrasqueira — o general — usando um de seus aventais bobos. O que vestia agora sugeria que você beijasse o churrasqueiro.

Shelby estava em seus braços em questão de segundos. Ela não se debulharia em lágrimas, disse a si mesma. Não estragaria o momento.

— Oi, papai.

— Oi, Shelby.

Ele se inclinou do alto de seus 1,90m e beijou o topo da cabeça da filha. Bonito e em forma, corria maratonas por prazer e era médico por profissão, e a abraçou apertado.

— Você está magra demais.

— Mamãe disse que vai dar um jeito nisso.

— Então vai mesmo. — Ele se afastou. — O médico diz que precisa de comida, bebida, bastante sono e ser paparicada. Sua consulta custou vinte dólares.

— Coloque na minha conta.

— É o que todo mundo me diz. Vá pegar sua bebida. Preciso tirar as costelas do fogo.

Enquanto Shelby se afastava, recebeu um abraço forte por trás. Ela reconheceu aquele pinicar maravilhoso de barba, girou para o outro lado e retribuiu o abraço.

— Vovô.

— Outro dia, eu disse para Vi, "Vi, tem alguma coisa faltando aqui. Mas não sei bem o que é". Agora descobri. Era você.

Ela levantou a mão e acariciou aquela barba cinza-escura, olhou dentro dos olhos azuis alegres do avô.

— Que bom que me encontrou. — Shelby apoiou a cabeça contra o peito largo dele. — Aqui está uma loucura. Tudo tão cheio de diversão e cores.

— Já era tempo de você voltar para a loucura. Planeja ficar por aqui?

— Jack — murmurou Clayton.

— Não querem que eu faça perguntas. — Aqueles olhos alegres eram capazes de se tornarem mal-humorados num instante, coisa que fizeram naquele instante. — Mas é ruim que não vou perguntar à minha própria neta se ela pretende voltar para casa desta vez.

— Está tudo bem, papai. E sim, quero ficar.

— Ótimo. Agora, Vi está me olhando feio porque estou lhe guardando só para mim. Ela está bem atrás de você — disse o avô, e a virou.

E lá estava ela, Viola MacNee Donahue, em um vestido azul-vibrante, seus cabelos curtos e ruivos, cheios de cachos, óculos escuros gigantes, como uma estrela de cinema, inclinados sobre o nariz, os olhos ousados e azuis aparecendo sob eles.

Aquela mulher não parecia ser avó de ninguém, pensou Shelby, mas gritou para ela enquanto corria pelo gramado:

— Vovó!

Viola tirou as mãos do quadril e esticou os braços.

— Já não era sem tempo, mas imagino que tenha guardado o melhor para o final.

— Vovó. Você está tão bonita!

— E você não tem sorte de ser a minha cara? Ou a minha cara quarenta anos atrás. O segredo está no sangue dos MacNee e em cuidar bem da pele. Aquele seu anjinho também é assim.

Shelby virou a cabeça, sorriu ao encontrar Callie com os primos, rolando na grama com dois cachorrinhos.

— Ela é a minha vida.

— Eu sei.

— Eu devia ter...

— Ficar fazendo suposições é perda de tempo. Nós duas vamos dar um passeio — disse a avó quando os olhos de Shelby se encheram de lágrimas. — Vamos dar uma olhada na horta do seu pai. São os melhores tomates em Ridge. Esqueça seus problemas por enquanto. Esqueça.

— Mas são tantos, vovó. Mais do que posso explicar.

— Preocupação não resolve problema algum, só cria rugas. Então, esqueça tudo. O que precisa ser feito será feito. Venha, querida, aguente firme um pouquinho. — Ela trouxe a neta mais para perto, passou a mão em suas costas. — Você está em casa agora.

Shelby olhou para as montanhas, cobertas por nuvens, tão fortes, tão duradouras, tão verdadeiras.

Ela estava em casa agora.

Capítulo 5

$\bullet\ \bullet\ \bullet\ \bullet$

*A*LGUÉM APARECEU com o banjo do seu avô, e logo a esposa do tio Gary, Rosalee, veio com um violino, e Clay surgiu com um violão. Eles queriam *bluegrass*, a música das montanhas. Aquelas notas altas alegres, a harmonia das cordas sendo dedilhadas, ecoavam memórias dentro de Shelby, acendiam uma luz. Era como se nascesse de novo.

Aqui estavam suas origens, na música e nas montanhas, no verde e nas festas.

Família, amigos e vizinhos se amontoavam nas mesas. Shelby observou os primos dançando pelo gramado, a mãe com seus sapatos amarelos balançando Jackson no ritmo da música. E lá estava seu pai com Callie no colo, tendo com a garotinha o que parecia ser uma conversa muito séria enquanto comiam salada de batata e costelas assadas.

A risada da avó foi ouvida através da música enquanto Viola se sentava de pernas cruzadas na grama, bebendo champanhe e sorrindo para Gilly.

A irmã mais nova da mãe, Wynonna, observava, atenta como um gavião, sua caçula, que parecia grudada a um menino magricela que vestia calça jeans rasgada e a quem a tia se referia como "aquele garoto dos Hallister".

Como a prima Lark tinha 16 anos e um corpo tão curvilíneo quanto a estrada na montanha, Shelby concluiu que o olhar de gavião podia ser útil.

As pessoas ficavam lhe dando mais comida, e ela comia porque sentia o olhar de gavião da própria mãe a observando. Tomou champanhe, mesmo que a bebida a fizesse se lembrar de Richard.

E cantou, porque o avô pediu. "Cotton-Eyed Joe" e "Salty Dog", "Lonesome Road Blues" e "Lost John". As letras voltavam para Shelby como se as tivesse ouvido ontem, e aquela diversão pura, de cantar no quintal, deixar a música subir em direção à grande tigela azul banhada pelo sol que era o céu, acalmou seu coração maltratado.

Largara aquilo, pensou, tudo aquilo, por um homem que nunca conhecera de verdade e por uma vida que sabia ter sido falsa do início ao fim.

Não era um milagre que as coisas reais e verdadeiras tivessem ficado ali, esperando por ela?

Quando conseguiu, escapou para dentro da casa, foi até o andar de cima. Seu coração se apertou quando entrou no quarto de Callie.

Paredes rosa-claro e cortinas brancas bonitas emolduravam a janela com vista para o quintal nos fundos e as montanhas além dele. Todos os belos móveis brancos e a cama com dossel branco e rosa estavam montados. Sua família havia até mesmo arrumado alguns dos brinquedos, bonecas e livros na estante branca, colocado bichos de pelúcia sobre a cama.

Talvez o quarto fosse metade do tamanho daquele no casarão, mas estava perfeito. Shelby entrou no banheiro compartilhado — imaculado, como eram todos os cômodos na casa da mãe — e no que um dia fora o quarto do irmão. No que agora era seu quarto.

Sua antiga cama de ferro, onde dormira e sonhara a infância inteira, estava de frente para a janela, assim como ficava no quarto no fim do corredor. Shelby sempre gostara de acordar e olhar para as montanhas. Um simples dossel branco a cobria agora, porém, Ada Mae, sendo quem era, havia colocado travesseiros com fronhas com bordas de renda contra a cabeceira de ferro, e almofadas em vários tons de verde e azul amontoadas sobre eles. Uma coberta — novamente em tons de verde e azul — feita em crochê pela avó estava dobrada ao pé da cama.

As paredes foram pintadas de um verde acinzentado, como as montanhas. Dois quadros pintados em aquarela — trabalhos da prima Jesslyn — as enfeitavam. Cores suaves e tranquilas, um vale na primavera, uma floresta verdejante no pôr do sol. Um vaso de tulipas brancas — suas favoritas — fora colocado sobre sua antiga cômoda, junto com a foto dela segurando Callie aos oito meses, em uma moldura prateada.

Eles tinham levado suas malas para cima. Shelby não pedira para fazerem isso — não precisara. As caixas, bem, elas provavelmente já estavam empilhadas na garagem, esperando que ela decidisse o que fazer com as coisas de uma vida que não parecia mais ter sido sua e que se sentira obrigada a manter.

Emocionada, sentou-se numa ponta da cama. Agora conseguia ouvir a música, as vozes que passavam pela janela. Era assim que se sentia, um pouco distante de tudo, atrás de um vidro, sentada em um dos quartos da sua infância, perguntando-se o que fazer com o que trouxera com ela. Tudo que precisava fazer para se incluir em vez de se excluir era abrir a janela.

Porém...

Hoje, todos lhe deram as boas-vindas e deixaram o restante no ar. Mas as perguntas murmuradas sob os cumprimentos viriam. Parte do que trouxera com ela eram respostas, e ainda mais perguntas.

O quanto deveria contar e como deveria fazer isso?

De que adiantaria falar para todos que seu marido fora um mentiroso e um traidor — e Shelby temia que ainda existia coisas piores a serem descobertas. Temia, lá no fundo, que ele fora um golpista e um ladrão. E, mesmo assim, seja lá o que Richard tivesse sido — ainda que acabasse sendo o pior —, ele ainda era o pai da sua filha.

Morto, não podia se defender nem explicar nada daquilo.

E ficar sentada ali, remoendo o assunto, não resolveria coisa alguma. Ela estava desperdiçando aquelas boas-vindas, o dia ensolarado, a música em alto e bom som. Então, voltaria lá para baixo e comeria um pedaço de bolo — mesmo se sentindo um pouco enjoada. Enquanto se ordenava a levantar e descer, ouviu passos vindo pelo corredor.

Shelby se levantou e estampou um sorriso despreocupado no rosto.

Forrest, seu irmão, a única pessoa que não estivera ali para a receber, apareceu na porta.

Ele não tinha a altura de Clay, tendo um pouco menos de 1,80m, e o corpo era mais compacto. Um corpo de lutador, alegava a avó com certo orgulho, e o irmão realmente fizera sua parte para merecer isso. Tinha os cabelos escuros do pai, mas os olhos, como os dela, eram diretos e azuis. E a observavam agora. Friamente, pensou Shelby, e cheios dos questionamentos que ninguém fizera.

Ainda.

— Oi. — Ela tentou alegrar ainda mais seu sorriso. — Mamãe disse que você tinha que trabalhar hoje.

Ele era policial (seu irmão, um tira), emprego que caía nele como uma luva.

— Pois é.

Forrest tinha maçãs do rosto proeminentes, como o pai, e os olhos da mãe. E, agora, uma leve marca roxa no queixo.

— Andou brigando?

Ele pareceu não entender por um instante, mas então passou os dedos pelo queixo.

— Coisas do trabalho. Arlo Kattery, você se lembra dele, ficou um pouco... nervoso ontem à noite, no Boteco do Shady. Estão procurando por você lá fora. Imaginei que estivesse aqui.

— Quis voltar um pouco para onde comecei.

Ele se apoiou no batente, analisando o rosto da irmã com frieza.

— É o que parece.

— Mas que droga, Forrest. Que droga. — Ninguém na família conseguia a virar do avesso como o irmão. — Quando é que você vai parar de sentir raiva de mim? Já faz quatro anos. Quase cinco. Você não pode ficar com raiva de mim para sempre.

— Não estou com raiva de você. Já estive, mas agora estou mais para irritado.

— E quando vai parar de estar irritado comigo?

— Não sei.

— Quer que eu diga que estava errada, que cometi um erro enorme indo embora com Richard da forma como fiz?

Forrest pareceu considerar o assunto.

— Seria um começo.

— Bem, não posso. Não posso, porque... — Shelby apontou para a foto sobre a cômoda. — Isso significaria que Callie foi um erro, e ela não é. Ela é um presente, uma benção, e a melhor coisa que já aconteceu na minha vida.

— Você foi embora com um babaca, Shelby.

Todos os músculos no corpo dela ficaram quentes e rígidos.

— Eu não achava que Richard era um babaca, ou não teria ido embora com ele. E o que o torna tão cheio de moral, policial Pomeroy?

— Não é questão de moral, apenas estou certo. Fico irritado por minha irmã ter ido embora com um babaca e eu quase não a ter visto ou a minha sobrinha, que é a cara dela, por anos.

— Eu visitava quando podia. E trazia Callie quando podia. Agi da melhor forma que consegui. Você quer que eu diga que Richard era um babaca? Nesse ponto, posso lhe deixar feliz, porque acontece que ele era mesmo. Cometi o erro de me casar com um babaca. Está satisfeito?

— Um pouco. — Ele continuou observando a irmã. — Ele algum dia bateu em você?

— Não. Meu Deus, não. — Chocada, Shelby levantou as mãos. — Ele nunca fez nada assim. Juro.

— Você não voltou para enterros, para nascimentos, para casamentos. Veio para o de Clay, mas por pouco não apareceu. Por que ele a mantinha longe de nós?

— É complicado, Forrest.

— Simplifique.

— Ele dizia que não. — Irritação começou a borbulhar e queimar dentro dela. — Isso é simples o suficiente?

O irmão se mexeu para levantar os ombros e depois deixá-los cair.

— Você não era de aceitar não como resposta tão facilmente.

— Se você acha que era fácil, está muito enganado.

— Preciso saber por que você parecia tão cansada, tão magra, tão arrasada quando veio passar o que pareceu serem dez minutos com a gente no Natal.

— Talvez porque tivesse percebido que tinha mesmo me casado com um babaca que nem gostava tanto assim de mim. — A irritação foi de encontro à culpa, que, por sua vez, acertou a exaustão. — Porque percebi, antes mesmo de me tornar viúva e de minha filha ficar sem pai, que eu não o amava nem um pouco. E que nem mesmo gostava muito dele.

As lágrimas estavam presas na sua garganta, ameaçando escapar da represa que Shelby se esforçara tanto para construir.

— Mas não quis voltar para casa?

— Não, não quis voltar para casa. Talvez tenha me casado com um babaca porque eu também era uma. Talvez não conseguisse bolar um plano para tirar eu e Callie da bagunça em que tinha me metido. Podemos deixar o assunto por isso mesmo por enquanto? O que disse pode ser suficiente? Porque, se tiver que falar sobre o restante agora, acho que vou me partir em pedaços.

Forrest foi até ela, sentou-se ao seu lado.

— Talvez eu tenha passado de irritado para levemente aborrecido.

As lágrimas inundaram os olhos de Shelby e caíram; ela não conseguia mais se controlar.

— Levemente aborrecido é um progresso. — Ela se virou, pressionou o rosto contra o ombro do irmão. — Senti tanto sua falta. Senti sua falta como se sente a de uma perna, de um braço, de metade do coração.

— Eu sei. — Forrest passou um braço ao redor dela. — Senti a mesma coisa. É por isso que demorei quase cinco anos para ficar levemente aborrecido. Tem perguntas que quero fazer.

— Você sempre tem perguntas.

— Como por que dirigiu desde a Filadélfia em uma minivan que é mais velha que Callie, com duas malas e um monte de caixas, e o que parece ser uma televisão de tela plana gigantesca.

— É para papai.

— Hum. Exibida. Tenho mais perguntas, mas vou esperar. Estou com fome e quero uma cerveja... quero várias cervejas. E, se você não descer logo, mamãe vai aparecer para ver o que está acontecendo, e então vai me esfolar vivo por te fazer chorar.

— Preciso de um tempo para me aclimatar antes das perguntas começarem. Preciso respirar um pouco.

— Aqui é um bom lugar para isso. Venha, vamos descer.

— Tudo bem. — Shelby levantou com o irmão. — Vou ficar levemente aborrecida com você por estar levemente aborrecido comigo.

— Justo.

— Talvez isso melhore um pouco se você ajudar Clay a trazer a televisão para dentro da casa e decidir onde ela vai ficar.

— Ela devia ficar no meu apartamento, mas posso vir visitar, assistir o que eu quiser nela e comer toda a comida de papai.

— Isso também é justo — decidiu Shelby.

— Estou me esforçando para saber o que é e o que não é. — Forrest manteve um braço sobre os ombros da irmã. — Você sabe que Emma Kate voltou.

— O quê? Ela voltou? Pensei que ainda estivesse em Baltimore.

— Estava até uns seis meses atrás. Acho que há quase sete agora. O pai dela sofreu aquele acidente ano passado, caiu do telhado de Clyde Barrow, se quebrou todo.

— Eu soube disso. Pensei que ele estivesse bem.

— Bem, Emma Kate voltou para cuidar do pai. Você sabe como é a mãe dela.

— Inútil como um patinho sem pés.

— É mesmo. Ela passou alguns meses aqui. Ele entrava e saía do hospital, fazia fisioterapia, e, sendo enfermeira, Emma Kate podia ajudar bastante. O namorado dela vinha para cá de vez em quando. É um cara legal. Resumindo a história, as folgas e cortes no orçamento fizeram com que ela perdesse o emprego no hospital de Baltimore, ou tornaram a situação mais difícil para que continuasse lá. Então Emma Kate e o namorado vieram para cá quando ela conseguiu um emprego na clínica em Ridge.

— Papai.

— É. Ele diz que ela é bem competente. Matt, o namorado, veio junto, começou um negócio com o sócio. Griff também veio de Baltimore. É uma empresa de construção. Eles são Os Consertadores.

— Vi uma picape com esse nome na casa de Emma Kate.

— Estão reformando a cozinha da dona Bitsy. Soube que ela muda de ideia sobre o que quer a cada cinco minutos, então a obra está demorando. Emma Kate e Matt estão morando no apartamento em frente ao meu. Griff foi para a velha casa dos Tripplehorn na estrada Cinco Esquilos.

— Aquele lugar já estava caindo aos pedaços quando eu tinha dez anos de idade — lembrou Shelby.

Ela amava aquela casa.

— Ele está dando um jeito nas coisas. Provavelmente vai passar o resto da vida consertando o lugar, mas o cara continua firme.

— Você está cheio de novidades, Forrest.

— Só porque você não estava por aqui para saber das coisas. Deveria visitar Emma Kate.

— Queria que ela tivesse vindo hoje.

— Ela está trabalhando, e provavelmente ainda está irritada com você. Talvez precise dar um jeito de melhorar isso.

— É difícil saber quantas pessoas eu magoei.

— Então não faça isso de novo. Se decidir ir embora, se despeça direito.

Shelby olhou para a porta dos fundos e viu Clay lá fora, correndo com o filho sobre os ombros, e a avó empurrando Callie no balanço.

— Não vou a lugar algum. Já fiquei longe tempo demais.

*E*LA DORMIU NA SUA cama de infância, num colchão novo, e, apesar da noite estar fria, deixou a janela entreaberta para o ar noturno entrar. Acordou com uma chuva fininha e se aconchegou nos lençóis com um sorriso no rosto enquanto os pingos tamborilavam tranquilamente contra a casa. Acordaria dali a pouco, pensou ela, daria uma olhada em Callie e faria o café da manhã da filha.

E então desempacotaria suas coisas e faria tudo que ainda precisava ser feito. Só mais cinco minutinhos.

Quando acordou de novo, a chuva fininha tinha se transformado em um chuvisco nebuloso, com gotas pingando de folhas e das calhas. Por perto, ouviu pássaros cantando. Não conseguia se lembrar da última vez que acordara com esse som.

Virando de lado, deu uma olhada no belo relógio de vidro que estava na mesa de cabeceira, e então pulou como uma flecha atirada por um arco.

Levantou, atravessou o banheiro correndo e entrou no quarto de Callie para encontrar a cama vazia.

Que tipo de mãe ela era, dormindo até depois das 9h, sem ter ideia de onde a filha poderia estar? Descalça, um pouco em pânico, correu para o andar de baixo. A lareira estava acesa. Callie estava sentada no chão, e o velho cachorro Clancy se enrolara ao lado dela.

Bichos de pelúcia haviam sido enfileirados diante da menina, e ela estava ocupada cutucando um elefante rosa, deitado com a tromba para cima num pano de prato.

— Ele está muito doente, vovó.

— Ah, estou vendo, querida. — Aconchegada numa poltrona, bebericando café, Ada Mae sorriu. — Ele está parecendo meio abatido, sem dúvida. Ainda bem que você é uma ótima médica.

— Logo, logo ele vai estar melhor. Mas precisa ser corajoso, porque vai ter que tomar uma injeção. — Com cuidado, ela girou o elefante e usou um giz de cera vermelho grosso como seringa. — Agora dê um beijo. Beije o dodói. Beijos fazem os dodóis melhorarem.

— Beijos fazem tudo melhorar. Bom dia, Shelby.

— Desculpe, mamãe. Dormi demais.

— Mal passou das 9h, e está chovendo — começou Ada Mae enquanto Callie dava um pulo e corria até a mãe.

— Nós estamos brincando de médico, e todos os meus bichinhos estão doentes. Vou fazer eles melhorarem. Venha ajudar, mamãe.

— Sua mãe precisa tomar café.

— Ah, eu estou bem, só vou...

— Café da manhã é importante, não é, Callie?

— Aham. A vovó fez café pra mim depois que o vovô foi ajudar as pessoas dodóis. Eu comi ovos melidos e torrada com geleia.

— Ovos mexidos. — Shelby levantou a filha para lhe dar um beijo. — E está tão bonita com essa roupa. Quando foi que ela acordou?

— Mais ou menos às 7h. E não comece. Por que me negaria duas horinhas com minha única neta? Nós nos divertimos, não foi, Callie Rose?

— Muito, muito, *muito*. Eu dei um biscoito de cachorro pro Clancy. Ele sentou como um bom menino e também deu a pata. E o vovô me deu uma carona nas costas até aqui embaixo porque eu fiquei quietinha e não acordei você. Ele teve que ir ajudar as pessoas doentes. Então fiquei ajudando os bichinhos doentes.

— Por que não leva seus bichinhos para a cozinha enquanto eu faço café para sua mãe? E ela vai comer tudo, que nem você.

— Não quero lhe dar trabalho... Sim, senhora — terminou Shelby ao receber um olhar irritado.

— Você pode tomar Coca-Cola, já que nunca aprendeu a ser civilizada e tomar café. Callie, traga os bichinhos doentes e cuide deles aqui. Você vai comer ovos com presunto e queijo; vamos colocar um pouco de proteína aí dentro. Tenho o dia todo livre. Tirei folga até o meio da semana. Eu e a chefe somos amigas.

— Como vovó vai cuidar do salão sem você?

— Ah, ela vai conseguir se virar. Pegue sua Coca e sente aí enquanto eu faço a comida. Ela está bem, Shelby. — Ada Mae acrescentou mais baixo. — Está ocupada e feliz. E seu pai e eu gostamos de passar tempo com ela hoje cedo. Sua aparência já está melhor.

— Dormi por dez horas.

— Foi o colchão novo. — Ada Mae começou a picar fatias de presunto. — E a chuva. Esse tipo de coisa faz você querer passar o dia na cama. Não tem dormido bem, não é?

— Não muito.

— Nem comido.

— Não tenho sentido fome.

— Um tempo sendo paparicada vai melhorar isso. — Ela olhou para Callie. — Tenho que dizer que fez um bom trabalho com essa menina. É claro que o gênio dela ajuda, mas ela é bem-comportada sem ser cheia de frescura, que é uma coisa que me incomoda muito em crianças. E é feliz.

— Callie já acorda ligada na tomada.

— Queria ir atrás de você assim que levantou, mas só precisei levá-la ao seu quarto, mostrar que estava dormindo, e ela sossegou. Isso é bom, Shelby. Uma criança grudenta geralmente tem mais a ver com uma mãe grudenta do que com a criança. E imagino que tenha sido difícil não ficar agarrada a ela nestes últimos meses, sendo só vocês duas.

— Eu nunca via nenhuma criança da idade dela na nossa vizinhança lá no Norte. Mas, também, estava tão frio, e nevava o tempo todo. Mesmo assim, eu ia procurar uma pré-escola boa, para que Callie pudesse fazer amigos, mas... Acabei não fazendo isso depois de... você sabe. Achei que não seria o melhor para ela naquele momento. E você e papai foram visitar, e depois vovó apareceu, e isso foi bom. Foi bom para nós duas ter todo mundo lá.

— Que ótimo. Nós ficamos preocupados de te deixar sozinha lá cedo demais. — Ada Mae jogou os ovos batidos dentro da frigideira, sobre os pedaços de presunto, e ralou queijo sobre a mistura. — Não sei se conseguiria ter ido embora se você não tivesse dito que viria para casa assim que pudesse.

— Não sei se teria aguentado aquilo tudo se não soubesse que poderia voltar. Mamãe, aí tem comida para duas pessoas.

— E você vai comer tudo. — Por cima do ombro, ela lançou um olhar avaliador para Shelby. — Esse pessoal da moda está errado quando diz que nunca se pode ser magra demais, porque esse é seu caso. Vamos deixar sua mãe rechonchuda, Callie, e deixar esse rostinho mais corado.

— Por quê?

— Porque ela precisa. — Ada Mae colocou os ovos no prato, adicionou uma fatia de torrada e empurrou a refeição na direção da filha. — Tudo.

— Sim, senhora.

— Muito bem. — A mulher se ocupou arrumando a cozinha já arrumada. — Você tem uma massagem de pedras quentes marcada às 14h na mamãe.

— Tenho?

— Uma limpeza de pele também não faria mal, mas eu mesma posso fazer isso durante a semana. Uma mulher que vem dirigindo desde a Filadélfia com um bebê no banco de trás merece uma boa massagem. E Callie e eu temos planos para esta tarde.

— Têm?

— Vou levá-la na casa de Suzannah. Você se lembra de Suzannah Lee, minha amiga? Ela não pôde vir ontem, porque tinha o chá de panela da sobrinha. Não é Scarlet o nome da menina? Scarlet Lee? Você estudou com ela.

— Sim. Scarlet vai casar?

— Em maio, com um rapaz que conheceu na faculdade. A cerimônia vai ser na cidade, porque a família toda de Scarlet é daqui, e depois vão se mudar para Boston, onde ele trabalha com marketing. Ela tem um diploma em pedagogia, então vai dar aula.

— Vai virar professora? — Shelby precisou rir. — Pelo que eu lembro, Scarlet odiava a escola como se fosse espinafre ensopado em arsênico.

— Pra você ver. O que é que tem pra ver, na verdade, não sei, mas pra você ver. De toda forma, vou levar Callie na casa de Suzannah, exibi-la um pouco, e Suzannah vai estar com a neta, Chelsea. Ela tem três anos, que nem Callie. É a filha de Robbie, filho de Suzannah, que casou com Tracey Lynn Bowran. Acho que você não a conhece. A família dela é de Pigeon Forge. É uma menina tranquila, faz cerâmica. Foi ela quem fez aquela fruteira, onde estão os limões.

Shelby olhou para a fruteira marrom-escura com espirais azuis e verdes.

— É linda.

— Ela comprou uma fornalha, trabalha em casa. Vendem as peças dela na cidade, na Ridge Artística, e na loja de presentes do hotel. Suzannah e eu vamos dar a você e Tracey um dia de folga, já que vamos levar as meninas para brincar.

— Callie vai adorar.

— Eu também. Vou ser meio possessiva com ela por um tempo, então é melhor você me deixar à vontade. Vamos sair por volta das 11h. As meninas vão se conhecer e depois nós vamos almoçar. Se o tempo melhorar, podemos levá-las na rua.

— Callie geralmente tira uma soneca de uma hora no meio da tarde.

— Então elas vão tirar uma soneca. Pode parar de se preocupar, como já percebi que está fazendo. — Com o queixo para cima, Ada Mae colocou uma mão no quadril. — Eu criei você e mais dois meninos. Acho que sei como lidar com uma criança.

— Eu sei que sabe. É só que... Callie não sai de perto de mim há... nem sei há quanto tempo. E me preocupar por causa disso tem mais a ver comigo do que com ela.

— Você sempre foi esperta. Uma filha minha não teria como não ser — adicionou Ada Mae enquanto dava a volta na ilha da cozinha e colocava as mãos sobre os ombros de Shelby. — Meu Deus, menina, como está cheia de nós! Marquei sua massagem com Vonnie. Você se lembra de Vonnie, ela é sua prima por parte de pai.

Vagamente, pensou Shelby, já que tinha uma legião de primos na família.

— Vonnie Gates — continuou Ada Mae. — A filha do meio de Jed, primo do seu pai. Ela vai dar um jeito nisso para você.

Shelby passou a mão por cima do ombro, a colocou sobre a da mãe.

— Você não precisa se sentir na obrigação de cuidar de mim.

— É isso que você diria para sua filha, sob estas circunstâncias?

Shelby suspirou.

— Não. Eu diria que cuidar dela é meu trabalho e minha vontade.

— Muito bem então. Coma tudo — murmurou Ada Mae, beijando o topo da cabeça da filha.

Ela obedeceu.

— Amanhã, vai começar a lavar sua louça, mas, hoje, não. O que quer fazer agora cedo?

— Ah. Eu preciso desempacotar as coisas.

— Não disse "o que precisa" — lembrou Ada Mae enquanto pegava o prato da filha. — Eu disse "quer".

— É um pouco dos dois. Vou me sentir mais à vontade depois de guardar tudo.

— Callie e eu vamos ajudar. Quando o restante das coisas chega?

— Já está tudo aqui. Eu trouxe tudo.

— Tudo. — Ada Mae parou e a encarou. — Querida, o pessoal da mudança só trouxe umas duas malas e, bem, as coisas de Callie, que eram as caixas com nome. Clay Júnior não levou mais de meia dúzia de caixas para a garagem, se muito.

— E o que eu ia fazer com todas aquelas coisas, mamãe? Mesmo quando encontrar uma casa, e para isso preciso arrumar um emprego antes, não ia usar aquilo tudo. Você sabia que tem empresas que vão à sua casa olhar as coisas e compram todos os móveis de uma vez? — Ela disse isso num tom de conversa, leve, enquanto levantava da cadeira e se inclinava para pegar Callie, que estava dançando com os braços levantados. — A corretora de imóveis me ajudou a encontrar uma empresa boa. Ela me ajudou muito com esse tipo de coisa. Eu deveria mandar flores para ela quando a casa for vendida, não é?

A pergunta não distraiu a mãe da maneira como a filha esperava.

— Todos aqueles móveis? Meu Deus, Shelby, havia sete quartos naquela casa, um escritório enorme, e nem sei quantas salas. É o mais próximo de uma mansão que já cheguei sem ter que pagar pelo tour. E tudo era tão novo. — Com choque e preocupação estampados no rosto, Ada Mae esfregou a base da mão entre os seios. — Ah, espero que tenha conseguido uma quantia boa pelas coisas.

— Fiz negócios com uma empresa muito respeitável, juro. Eles já trabalham com isso há mais de trinta anos. Pesquisei bastante na internet sobre o assunto. Acho que podia até conseguir um emprego como consultora de tanto que fiz isso, se não fosse querer me matar de tédio depois da primeira semana de trabalho. Vamos desempacotar as coisas, Callie. Você quer me ajudar antes de você e vovó saírem?

— Vou ajudar! Gosto de ajudar, mamãe.

— Você é a minha melhor ajudante. Vamos começar. Mamãe, sabe se Clay levou lá para cima a caixa que tinha os cabidezinhos de Callie? Ainda não consigo usar os de tamanho normal para pendurar suas roupas.

— Ele levou tudo que estava com o nome dela. Vou lá fora olhar, só para ter certeza.

— Obrigada, mamãe. Ah, eu vou, aproveito e pego a cadeirinha de Callie para botar no seu carro.

— Eu não nasci ontem. — O tom na voz de Ada Mae dizia a Shelby que a mãe ainda estava chocada com a venda dos móveis. Ela não sabia da missa a metade. — Seu pai e eu compramos a mesma que você usa — adicionou Ada Mae. — Já está tudo pronto para Callie.

— Mamãe. — Shelby foi até a outra mulher e, com o braço livre, a puxou num abraço. — Callie, você tem a melhor vovó do mundo.

— Minha vovó.

E isso distraiu Ada Mae o suficiente, pensou Shelby, pois sabia que a mãe continuaria ruminando a ideia de vender todos os móveis de uma casa de quase novecentos mil metros quadrados de uma vez só.

$\mathcal{E}$RA ESTRANHO não ter Callie no seu pé ou brincando na sua linha de visão, mas a garotinha ficara muito animada com a ideia de sair para brincar. E era verdade que terminaria de empacotar e guardar as coisas na metade do tempo que levaria com a filha "ajudando".

Ao meio-dia, com tudo no lugar e as camas feitas, se perguntou o que faria agora.

Shelby olhou para o laptop com certo desânimo, mas se obrigou a ligá-lo. Nenhuma notícia dos credores — o que era uma coisa boa. Nada ainda sobre a venda da casa, mas não estivera esperando por isso. Havia recebido um e-mail curto da loja de segunda mão que dizia que tinham vendido duas das jaquetas de couro e o casaco de cashmere de Richard, e dois dos vestidos de festa dela.

Shelby respondeu agradecendo e dizendo que sim, não havia problema esperar até o primeiro dia do mês para que enviassem um cheque para o endereço que tinha dado.

Tendo acabado a arrumação e os negócios, tomou banho, vestiu-se. Ainda estava cedo demais para sair para a massagem — e isso não seria maravilhoso? Então resolveu que iria caminhando. Caminhar lhe faria bem.

Sentia-se tão leve, tão livre, que não sabia o que fazer com as mãos, então as colocou dentro do bolso do casaco de moletom e encontrou o pacotinho de lenços de papel que guardara ali da última vez que usara aquela roupa, quando não estava tão livre assim.

Respirou fundo o ar frio e úmido quando saiu da casa. Ficou ali, inspirando e expirando, com os dedos ao redor dos lenços de papel de Callie e uma tarde vazia diante dela.

Tudo estava brotando, crescendo e florescendo, com a chuva nebulosa tornando o verde mais vivo. Todos aqueles aromas — grama molhada, terra molhada, a doçura suave de jacintos roxos dançando entre o amarelo dos narcisos — vieram até ela enquanto caminhava pela longa e familiar rua.

Poderia passar pela casa dos Lee, só para dar uma olhada. Já estava quase na hora da soneca, e Callie ainda não sabia muito bem segurar o xixi enquanto dormia. Já fazia isso na maioria das vezes, mas a garotinha ficaria muito envergonhada se ocorresse um acidente porque a avó não pensara em levá-la ao banheiro antes da soneca.

Podia passar por lá, dar uma olhadinha para...

— Pare com isso. Apenas pare. Ela está bem. Está tudo bem.

Obedeceria à mãe e tiraria o dia para fazer o que quisesse. Caminharia na chuva devagar, com tempo suficiente para observar as montanhas com sua cobertura de nuvens, para admirar as flores e o silêncio.

Olhou para a casa de Emma Kate, notou a picape dos faz-tudo na frente da garagem e o carro vermelho-brilhante atrás dela. Perguntou-se como falaria com a amiga agora que as duas estavam de volta a Ridge.

E então ela saiu do carro.

Estava usando um casaco de moletom também, num tom rosa-chiclete que Callie teria adorado. Os cabelos estavam diferentes, pensou enquanto Emma Kate tirava duas sacolas de mercado do banco traseiro. Havia cortado a longa trança castanha que Shelby lembrava, e agora usava os fios em um corte bonito e desfiado, com franja.

Ela ia gritar o nome da amiga, mas então não conseguiu pensar em nada o que dizer, e se sentiu idiota e desconfortável.

Ao fechar a porta traseira, Emma Kate a viu. As sobrancelhas se levantaram sob a cobertura de franja marrom enquanto ela ajeitava uma alça em cima do ombro.

— Bem, olhe só quem está parada na chuva como um gato molhado.

— É só uma garoazinha.

— E você está molhada mesmo assim. — Ela ficou parada com o quadril inclinado por um instante, as sacolas penduradas nos ombros, a boca larga sem sorrir, os olhos castanho-escuros críticos mesmo através da chuva. — Eu soube que você tinha voltado.

— Soube o mesmo de você. Espero que seu pai esteja melhor.

— Ele está.

Sentindo-se ainda mais idiota parada onde estava, Shelby andou até a porta da garagem.

— Gostei dos seus cabelos.

— Vovó me convenceu. Sinto muito sobre seu marido.

— Obrigada.

— Onde está sua filha?

— Com mamãe. Elas foram brincar com a neta da dona Suzannah.

— Chelsea. Aquela menina é uma espoleta. Você estava indo a algum lugar, Shelby, ou só estava passeando na chuva?

— Vou ao Vi's, mas, já que minha mãe levou Callie para passear, estou cheia de tempo livre, então... resolvi dar uma volta antes.

— Então é melhor você entrar e cumprimentar a minha mãe, ou ela vai ficar falando no meu ouvido. E preciso levar as compras dela para dentro.

— Isso seria bom. Eu te ajudo, pode me dar uma sacola.

— Não precisa.

Rejeitada, como deveria mesmo se sentir, Shelby deixou os ombros caírem enquanto as duas seguiam para a porta.

— Eu... Forrest disse que você está morando na cidade com o namorado.

— Estou. Matt Baker. Já estamos juntos há dois anos. Ele está no Vi's agora, consertando uma das pias.

— Pensei que a picape fosse dele.

— Eles têm duas. Essa é do sócio dele. Griffin Lott. Mamãe está reformando a cozinha, enlouquecendo todos nós.

Emma Kate abriu a porta, olhou de volta para Shelby.

— As pessoas só falam de você em Rendezvous Ridge, sabe? Aquela garota bonita dos Pomeroy, que casou com um cara rico, ficou viúva jovem e voltou para casa. O que será que ela vai fazer? — Emma Kate sorriu um pouco. — O que será que ela vai fazer? — repetiu, e entrou na casa com suas sacolas de mercado.

Capítulo 6

◆ ◆ ◆ ◆

GRIFF SE considerava um homem paciente. Como regra, não perdia a cabeça por qualquer bobagem. Quando o fazia, realmente saía de si, mas demorava muito até chegar nesse ponto.

Porém, naquele instante, estava seriamente considerando fechar a boca da adorável mãe de Emma Kate com silver tape.

Ele passara a manhã montando os armários inferiores, e ela passara a manhã o enchendo de perguntas.

Andando atrás dele, vendo tudo que fazia, praticamente colada no seu pescoço.

Griff sabia muito bem que Matt fugira para o salão da dona Viola para evitar a dor de cabeça que era a doce, falante e — verdade seja dita — avoada mãe da namorada.

Pior ainda, a mulher continuava hesitante — "hesitante" era a palavra do dia — sobre os armários, mesmo enquanto ele os instalava. E, se Griff tivesse que tirá-los do lugar porque ela mudara de ideia mais uma vez, talvez fizesse pior do que usar apenas silver tape.

Ele tinha cordas e sabia dar nós.

— Ah, bem, Griff, querido, talvez eu não devesse ter escolhido branco. É tão sem graça, não é? E branco é frio, é uma cor tão fria, não é? Cozinhas devem ser aconchegantes. Talvez devesse ter escolhido madeira de cerejeira, no fim das contas. É tão difícil saber antes de ver tudo no lugar, não é? Como você sabe como as coisas vão ficar antes de vê-las prontas?

— Simples e modernas — disse ele, tentando soar alegre. — Cozinhas devem ser simples e modernas, e é isso que a senhora terá.

— Acha mesmo? — Ela estava praticamente encostada no cotovelo de Griff, estalando os dedos. — Ah, eu não sei. Henry finalmente desistiu de dar opinião e disse que não se importa com o resultado final. Mas vai chiar se ficar estranho.

— A cozinha vai ficar linda, dona Bitsy. — Griff sentia como se alguém, possivelmente ele mesmo, tivesse martelado um prego no meio do seu cérebro.

Ele e Matt tiveram clientes chatos em Baltimore. Havia os maníacos por controle, os reclamões, os que exigiam demais e os hesitantes, mas Louisa "Bitsy" Addison era, de longe, a pior de todos.

A mulher fazia os antigos donos da coroa — John e Rhonda Turner, que os fizeram derrubar uma parede no meio de sua casa geminada em Baltimore, construí-la de volta e depois destruí-la pela segunda vez — parecerem pessoas determinadas, firmes como uma rocha, em comparação.

O que haviam estimado como um trabalho de três semanas — com uma folga de três dias para o caso de emergências — já estava na quinta. E só Deus sabia quando iria acabar.

— Não sei — disse ela pela milionésima vez, batendo no queixo com as mãos. — Branco parece simples demais, não é?

Ele ajustou o armário, tirou o nivelador e passou uma mão por sua juba de cabelos louro-escuros.

— Vestidos de casamento são brancos.

— Bem, isso é verdade, e... — Os olhos que já eram grandes ficaram maiores e começaram a brilhar alegremente. — Vestidos de casamento? Ora, ora, Griffin Lott, você sabe de alguma coisa que eu não sei? Matt comentou alguma coisa sobre isso?

Ele devia jogar o sócio para os leões. Devia fazer isso e observar enquanto era feito em picadinhos. Mas...

— Foi só um exemplo, como... — Griff tentou desesperadamente pensar em outra coisa. — Magnólias, por exemplo. Ou... — Meu Deus, me dê outra ideia. — Ah, bolas de beisebol.

Droga.

— Os eletrodomésticos vão adicionar mais cor — continuou ele, um pouco nervoso. — E o mármore das bancadas. Aquele cinza vai deixar tudo convidativo e sofisticado ao mesmo tempo.

— Talvez seja a cor da parede que esteja errada. Quem sabe eu devesse...

— Mamãe, você não vai pedir para que pintem as paredes de novo. — Emma Kate entrou na cozinha.

Griff seria capaz de beijá-la; cairia de joelhos e beijaria seus pés. Então, desligou-se completamente de tudo quando a ruiva apareceu.

O que realmente passou por sua mente foi: puta merda. E torceu para não ter soltado as palavras em voz alta.

Ela era linda. Um homem não chegava aos 30 anos sem ter visto mulheres bonitas, mesmo que fosse em uma tela de cinema. Mas aquela, em carne e osso, só podia ser descrita como *uau*.

Uma cascata de cabelos cacheados da cor do pôr do sol emoldurava um rosto que parecia ter sido esculpido em porcelana — se é que porcelana se esculpe, ele não fazia ideia. Lábios cheios, macios, com uma curvinha perfeita no topo, e olhos azuis grandes, profundos e tristes.

O coração de Griff pareceu perder o compasso, e seus ouvidos foram enchidos de estática por um instante, fazendo-o perder a maior parte da discussão entre Emma Kate e a mãe.

— A cozinha é o coração do lar, Emma Kate.

— Do jeito que você muda de ideia como uma louca, tem sorte do lar ainda ter um coração. Deixe Griff trabalhar, mamãe, e vá cumprimentar Shelby.

— Shelby? *Shelby!* Ai, meu Deus!

Bitsy atravessou a cozinha correndo e agarrou a ruiva em um abraço espalhafatoso, balançando-a. Shelby, agarrou Shelby, pensou Griff. Era um nome bonito, Shelby. Atualmente, o seu favorito.

E então a ficha caiu. Shelby — ou Shelby Anne Pomeroy, como Bitsy gritou enquanto apertava a ruiva mais uma vez. A irmã do seu amigo Forrest.

A neta da dona Vi — por quem ele era loucamente apaixonado.

Dava para perceber em dois segundos, depois que se saía do transe, como dona Vi fora na juventude. Como Ada Mae poderia ter sido vinte anos atrás.

A neta da dona Vi, pensou de novo. A viúva.

Não era de se estranhar que tivesse olhos tristes.

Ele imediatamente se sentiu culpado por querer apertá-la do mesmo jeito que Bitsy fazia agora — depois lembrou que não era sua culpa que o marido dela havia morrido.

— Ah, fiquei louca por ter perdido sua festa de boas-vindas ontem, mas Henry e eu tivemos que ir ao casamento da filha da prima dele, lá em Memphis. E eu nem gosto dessa prima. Uma mulher metida, de nariz em pé, só porque casou com um advogado da cidade grande. Mas a cerimônia foi linda, e fizeram a festa no Hotel Peabody.

— Mamãe, dê um espaço para Shelby respirar.

— Ah, desculpe! Estou falando sem parar. Estou tão feliz de lhe ver. Griff, Emma Kate e Shelby viviam coladas uma à outra, juro, desde que tinham um aninho de idade até...

Ela pareceu se lembrar do motivo para Shelby ter voltado para casa.

— Ah, querida. Ah, querida, sinto tanto. Você é tão jovem para ter que passar por uma tragédia assim. Como está lidando com as coisas?

— É bom estar em casa.

— Não há nada como o lar. E o meu está todo quebrado, então nem posso lhe oferecer nada gostoso. E você está tão magra, querida. Está mais magra que uma modelo de Nova York. Sempre foi alta o suficiente para ser uma. Emma Kate, nós temos Coca-Cola? Você sempre gostou de Coca, não é, Shelby?

— Sim, senhora, mas não quero causar incômodo. Adorei os armários novos. Tão modernos e simples, e ficaram bonitos em contraste com o azul--acinzentado das paredes.

Viúva ou não, Griff quis beijá-la naquele momento. Ele a beijaria toda.

— Bem, foi isso que Griff disse. Ele falou que estava simples e moderno. Você acha mesmo que...

— Mamãe, nós não apresentamos Shelby. Shelby, esse é Griffin Lott, sócio do meu namorado. Griff, Shelby... Foxworth, não é?

— Sim. — Ela virou aqueles olhos maravilhosos para ele, e era isto mesmo, corações podiam perder o compasso. — Prazer em conhecê-lo.

— Oi. Sou amigo de seu irmão.

— Qual deles?

— Acho que dos dois, só que mais de Forrest. E é melhor deixar logo claro que sou apaixonado por sua avó. Estou tentando convencê-la a largar Jackson e fugir comigo para o Taiti.

Aquela boca maravilhosa se curvou, e os olhos tristes brilharam, mas só um pouco.

— Ela é difícil de resistir.

— Griff está morando na velha casa dos Tripplehorn — adicionou Emma Kate. — Quer fazer com que o lugar volte a ser habitável.

— Você faz milagres?

— Se eu puder usar ferramentas. Você deveria ir lá dar uma olhada um dia desses. Está ficando legal.

Shelby sorriu para ele, mas o sorriso não chegava até seus olhos.

— Você com certeza vai ter bastante trabalho. Preciso ir. Tenho hora no salão da minha avó.

— Shelby, volte quando a obra terminar para nós conversarmos. — Bitsy a balançou. — Quero ver você entrando e saindo daqui como nos velhos tempos. Sabe que tem uma família nesta casa.

— Obrigada, dona Bitsy. Foi um prazer te conhecer — repetiu para Griff, e se virou para ir embora.

— Eu levo você até a porta. — Emma Kate jogou as sacolas de mercado em cima da mãe. — Comprei frios, saladas e um monte de comida pronta. Não precisa se preocupar em cozinhar até instalarem o fogão. Volto logo.

Emma Kate ficou quieta até chegarem à porta.

— Mande um beijo para vovó — disse enquanto a abria.

— Pode deixar. — Shelby saiu e se virou. As boas-vindas calorosas de Bitsy tornavam a indiferença da amiga ainda mais dolorosa. — Preciso que você me perdoe.

— Por quê?

— Porque você foi a melhor amiga que eu já tive.

— Isso foi no passado. As pessoas mudam. — Depois de balançar os cabelos repicados, Emma Kate colocou as mãos dentro dos bolsos do moletom. — Olhe, Shelby, você sofreu um baque, e sinto muito por isso, mas...

— Você precisa me perdoar. — O orgulho exigia que ela fosse embora; o amor não permitia que fizesse isso. — Eu não fui justa com a nossa amizade. Eu não fui justa com você, e sinto muito. Sempre sentirei muito. Preciso que me perdoe. Estou pedindo que se lembre de nossa amizade como era antes de eu estragar tudo, e me perdoe. Pelo menos o suficiente para conversar comigo, me contar o que tem feito, como está. Só o suficiente para isso.

Emma Kate estudou o rosto dela, seus olhos escuros pensativos.

— Quero saber uma coisa. Por que não voltou quando meu avô morreu? Ele te amava. Eu precisava de você.

— Eu quis. Não pude.

Balançando lentamente a cabeça, Emma Kate deu um passo para trás.

— Não, isso não é o bastante para eu lhe perdoar. Quero saber por que você não fez algo que sabia que era importante; mandar flores ou um cartão teria ajudado. Quero que conte a verdade.

— Ele disse que não. — A vergonha por sua situação inundou o rosto de Shelby, queimou seu coração. — Ele disse que não, e eu não tinha dinheiro nem coragem para desobedecer.

— Você sempre teve coragem.

Shelby se lembrava da garota que sempre teve coragem da mesma forma que se lembrava da prima Vonnie. Vagamente.

— Acho que gastei tudo que tinha. Estar aqui, pedindo para que me perdoe, está exigindo tudo que ainda resta.

Emma Kate respirou fundo.

— Você se lembra do Bar e Grill do Bootlegger?

— Claro.

— Pode me encontrar lá amanhã. Às 19h30 seria bom para mim. Podemos conversar um pouco.

— Preciso perguntar para mamãe se ela pode ficar com Callie.

— Ah, sim. — A frieza voltou, mais gélida que a chuva que ainda caía. — Essa seria a sua filha, aquela que nunca nem vi.

Isso a fez se contorcer — tanto de vergonha quanto de culpa.

— Vou continuar pedindo desculpas até você não precisar mais ouvir.

— Estarei lá às 19h30. Vá se puder.

Emma Kate voltou para dentro da casa, apoiou-se contra a porta da frente e se permitiu chorar um pouquinho.

Griff instalou o último armário inferior numa paz abençoada, já que Emma Kate havia dado um tiro no pé e levado a mãe para fazer compras. Permitiu-se fazer um intervalo, bebendo Gatorade direto da garrafa e observando seu trabalho.

Não havia dúvidas em sua mente de que a campeã dos indecisos adoraria cada centímetro de sua cozinha reformada depois que a obra acabasse. Tudo ficaria lindo — que nem a ruiva.

Havia alguma coisa acontecendo entre as duas, pensou, com Bitsy tagarelando sobre como Emma Kate e Shelby eram amigas praticamente desde que estavam nas barrigas das mães enquanto a filha ficara estática na cozinha, mais dura e frígida do que ele já vira. E a ruiva parecia triste e desconfortável.

Briga de mulheres, imaginou. Ele tinha uma irmã, então sabia que brigas entre mulheres podiam ser longas e amarguradas. Teria que sondar Emma Kate. Era só questão de encontrar o momento certo para fazê-la abrir a boca.

Ele queria saber.

E então se perguntou qual seria o período de tempo aceitável antes de um cara convidar uma viúva para sair.

Provavelmente deveria sentir vergonha de si mesmo por se perguntar esse tipo de coisa, mas não conseguia tirá-la da cabeça. Não sentia uma atração tão rápida e forte por uma mulher desde... nunca, decidiu. E gostava bastante de mulheres.

Griff largou o Gatorade e decidiu que, já que Matt estava levando a porcaria do dia todo só para consertar uma pia, ele começaria a montar os armários superiores. Além disso, não seria só a pia, pensou enquanto apoiava a escada na parede. Teria conversa. Nada era feito em Rendezvous Ridge sem muita conversa.

E chá gelado. E perguntas, e pausas longas e preguiçosas.

Ele estava se acostumando àquilo, descobrindo que gostava do ritmo tranquilo, e com certeza apreciava o clima de cidade pequena.

Tivera que tomar uma decisão quando Matt resolvera vir para o Tennessee com Emma Kate. Ficar ou ir junto. Encontrar um sócio novo, continuar o negócio por conta própria. Ou aproveitar a oportunidade para começar de novo, mais ou menos, num lugar desconhecido, com pessoas desconhecidas.

E não se arrependia de ter aproveitado.

Ouviu a porta da frente se abrindo. O fato de ninguém em Ridge trancar a porta era o tipo de coisa que ele ainda não tinha se acostumado.

— Você precisou fazer uma pia nova? — gritou Griff, e então posicionou a furadeira sobre o último prego do primeiro armário.

— A dona Vi encontrou outras coisas para eu fazer. Ei, você adiantou bastante o serviço. Os armários estão ótimos.

Griff grunhiu, desceu da escada para dar uma olhada no seu trabalho.

— A palavra do dia é "hesitante", e todo dicionário no país inclui uma foto de Bitsy Addison ao lado para ilustrar.

— Ela tem um pouco de dificuldade para tomar decisões.

E Matt era um mestre do eufemismo.

— Não sei nem como a mulher consegue decidir levantar da cama pela manhã. Eu teria feito tudo mais rápido se sua namorada tivesse aparecido antes para levar a mãe às compras. Ela agora acha que branco é muito branco, e que talvez tenha escolhido o mármore errado. Ou a tinta errada para as paredes. E é melhor nem comentar sobre os azulejos.

— Agora já é tarde demais para mudar de ideia.

— Experimente dizer isso a ela.

— Ela é um amor.

— Sim, é mesmo. Mas, meu Deus, Matt, não podemos guardar a mulher numa caixa pelos próximos três dias?

Sorrindo, o amigo tirou a jaqueta e a jogou de lado.

Enquanto Griff era alto e esguio, Matt era forte e musculoso. Usava os cabelos escuros curtos e bem-cortados, enquanto os do sócio passavam da gola da camisa e cacheavam um pouco. Matt mantinha o rosto quadrado sempre barbeado, enquanto Griff, com as bochechas mais côncavas, tendia a deixar a barba por fazer.

Matt jogava xadrez e gostava de degustar vinhos.

Griff preferia poker e cerveja.

Havia quase uma década que os dois eram tão próximos quanto irmãos.

— Trouxe um sanduíche para você — disse Matt.

— Ah é? De quê?

— Aquele apimentado que você gosta. O que causa queimaduras no seu estômago.

— Ótimo.

— Que tal nós instalarmos mais dois e darmos um intervalo? Rapidinho. Quem sabe por quanto tempo Emma Kate vai conseguir manter a mãe ocupada?

— Combinado.

Enquanto trabalhavam, Griff decidiu começar a sondar.

— A neta da dona Vi passou por aqui. Aquela que acabou de voltar. A viúva.

— É mesmo? Ouvi as pessoas comentando disso quando estava na cidade. Como ela é?

— De parar o trânsito. Sério — disse Griff quando Matt lhe lançou um olhar. — Os cabelos dela são da cor dos da mãe e da dona Vi. Como aquele pintor usava.

— Ticiano.

— Esse mesmo. São compridos e encaracolados. E tem os mesmos olhos também. Aquele azul-escuro que é quase roxo. Tudo nela parece que saiu de uma poesia, até os olhos tristes.

— Bem, a mulher perdeu o marido logo depois do Natal. Boas festas, porcaria nenhuma.

Cerca de três meses atrás, calculou Griff; provavelmente era cedo demais para convidá-la para sair.

— Então, o que houve entre ela e Emma Kate? Dê uma olhada no nivelador.

— Como assim, o que houve? Incline um pouco o seu lado. Pode parar. Perfeito.

— Bitsy ficou tagarelando sobre como as duas eram, são, próximas, mas a linguagem corporal delas contava outra história. Não me lembro de ouvir Emma Kate comentando sobre Shelby.

— Não sei — disse Matt enquanto o amigo prendia os parafusos. — É alguma coisa sobre a forma como ela foi embora com o cara com quem se casou.

— Deve ser mais do que isso — insistiu Griff, se perguntando se precisaria ser mais direto. Matt nunca lia nas entrelinhas quando se tratava de pessoas.

— Muita gente se muda para outra cidade quando se casa.

— Elas perderam o contato ou coisa assim. — Matt deu de ombros. — Emma Kate falou dela algumas vezes, mas não tinha muito o que dizer.

Griff apenas balançou a cabeça.

— Matt, você não sabe nada sobre as mulheres. Quando uma mulher menciona algo e diz que não tem muito o que falar sobre o assunto, ela na verdade tem *muito* o que dizer.

— Então por que não diz?

— Porque ela precisa do momento certo, do argumento certo. Forrest também não falou muito, mas ele não é de se abrir. Não pensei em insistir no assunto antes.

— Antes de você saber que ela era de parar o trânsito.

— Isso seria um bom motivo.

Matt verificou o nivelador mais uma vez, em todos os lados, antes de eles passarem para o próximo armário.

— Não invente de ir atrás de uma viúva com uma filha, que ainda por cima é irmã caçula de um amigo.

Griff apenas sorriu enquanto eles alinhavam o segundo armário.

— Não invente de ir atrás de uma sulista cheia de marra que fica lhe dizendo que está ocupada demais para sair com você.

— Eu a fiz mudar de ideia, não fiz?

— E foi a melhor coisa que você já fez. Entendeu?

— Entendi.

Griff soltou o armário para prendê-lo ao primeiro.

— Você deveria perguntar a Emma Kate qual o problema entre elas.

— Por quê?

— Porque, depois que ela levou a ruiva até a porta, era *ela* quem estava com olhos tristes. Antes de sair da cozinha, parecia um pouco irritada, e, quando voltou, parecia chateada.

— Sério?

— Sim. Então você deveria perguntar.

— Por que eu perguntaria a ela algo assim? Por que trazer o problema à tona?

— Meu Deus, Matt. Alguma coisa aconteceu. E vai continuar dentro dela, sendo irritante ou triste, até que alguém traga o assunto à tona e o jogue no ar.

— Como um vespeiro — foi a opinião de Matt. — Se você quer tanto saber, fique à vontade para perguntar a ela.

— Frouxo.

— Sobre esse tipo de coisa? Sou mesmo, e não tenho vergonha de admitir. — Ele verificou o nivelador. — Está certinho. Nosso trabalho é bom mesmo.

— Nós consertamos tudo.

— Vamos terminar a fileira e depois comer.

— Isso aí, meu irmão.

$\mathcal{V}$IOLA COMEÇARA A fazer penteados por diversão, prendendo os cabelos das irmãs e das amigas como viam nas revistas. Ela contava a história da primeira vez que cortara — com a navalha do avô — os cabelos da irmã Evalynn, e só escapara das palmadas porque o corte ficara tão bom quanto os que a dona Brenda cobrava caro para fazer no salão de beleza.

Ela tinha apenas 12 anos e, desde então, ficara encarregada de cortar os cabelos de todo mundo na família, e de fazer penteados nos das meninas — incluindo nos da mãe — em ocasiões especiais.

Durante a gravidez do primeiro filho, trabalhara no salão da dona Brenda e começara a cortar cabelos no seu tempo livre, na pequena cozinha na primeira casa que ela e Jackson moraram. Quando Grady nascera — quatro meses depois de seu aniversário de 17 anos —, ela passara a fazer unhas e a trabalhar apenas na casa de dois quartos que alugavam de Bobby, tio de Jack.

Depois que o segundo filho viera logo depois de Grady, ela dera um jeito de estudar cosmetologia enquanto a mãe cuidava das crianças.

Viola MacNee Donahue nascera ambiciosa, e nunca tivera medo de incitar o marido a seguir pelo mesmo caminho.

Aos 20 anos, com três filhos e a perda de um, que quebrara um pedaço de seu coração para sempre, ela já tinha o próprio salão — comprara o da dona Brenda quando a mulher trocara o marido por um músico de Maryville.

Isso deixara o casal endividado, mas, apesar de Viola não ser o tipo de mulher que concordava com o pastor da igreja quando ele dizia que o Senhor proveria, acreditava que Ele ajudaria aqueles que trabalhassem enlouquecidamente.

E fora isso que fizera, passando, com frequência, dezoito horas por dia na labuta enquanto Jack fazia o mesmo na Oficina do Fester.

Ela tivera um quarto filho, trabalhara até pagar todas as dívidas, e então começara tudo de novo quando Jack abrira sua própria oficina e reboque. Jackson Donahue era o melhor mecânico da região, e era ele quem carregava o negócio de Fester nas costas enquanto o dono passava cinco dias dos sete da semana caindo de bêbado pelas ruas antes do meio-dia.

Os dois deram seu jeito, criaram quatro filhos e compraram uma boa casa.

E com o pé de meia que Viola juntara, comprara a antiga mercearia, expandira seu salão, e virara o assunto da cidade quando instalara três cadeiras chiques de pedicure.

Os negócios seguiram estáveis o suficiente, porém, se você é alguém que quer mais da vida, tem que pensar grande. Havia um turista ou outro que se aventurava por Ridge, buscando por um destino exótico, barato, pitoresco e mais tranquilo do que Gatlinburg ou Maryville.

Eles vinham fazer trilhas, pescar e acampar, e alguns se hospedavam no Hotel Rendezvous e aproveitavam as corredeiras. Pessoas de férias tendem a ser generosas com dinheiro e mais dispostas a gastarem com coisas supérfluas.

Então Viola se arriscara e expandira seu negócio mais uma vez. E mais uma vez.

Os locais chamavam o salão de Vi's, mas os turistas frequentavam o Salão e Day Spa Harmonia da Viola.

Ela gostava de como isso soava.

A mais nova — e, de acordo com a proprietária, última — expansão adicionara o que ela chamava de Sala do Relaxamento, que era um nome chique para sala de espera, mas o lugar era chique mesmo. Apesar de Viola gostar de cores fortes e ousadas, pintara a sala em tons claros, instalara uma lareira a gás, proibira equipamentos eletrônicos e oferecia chás locais especiais, água mineral, cadeiras acolchoadas e roupões macios estampados com seu logotipo.

Já que esta última expansão ainda estava em obra enquanto Shelby se mudara de Atlanta para a Filadélfia, ela ainda não vira o resultado final.

Mas não poderia dizer que ficou surpresa quando a avó a guiou por um vestiário e chegou à sala que tinha um leve aroma de lavanda.

— Vovó, está maravilhoso!

Shelby manteve a voz baixa, já que havia duas mulheres que não conhecia sentadas nas cadeiras creme, folheado revistas novas.

— Prove o chá de jasmim. É feito aqui em Ridge. E relaxe um pouco antes de Vonnie vir lhe buscar.

— Está tão bonito quanto qualquer spa que eu já tenha ido. Mais até.

As ofertas da sala incluíam pratinhos cheios de sementes de girassol, uma tigela de madeira cheia de maçãs verdes, jarras transparentes de água com fatias de limão ou pepino e chaleiras quentes de chá, que as clientes beberi-cavam em pequenas xícaras fofas.

— Você é que é maravilhosa.

— De nada adianta ter ideias se você não for aproveitá-las. Venha me ver depois da massagem.

— Pode deixar. E você... você pode ligar para mamãe e ver como estão as coisas? Só quero ter certeza de que Callie está se comportando.

— Não há nada com o que se preocupar.

Tem coisas que são mais fáceis dizer do que fazer — ou pelo menos era o que Shelby pensava até Vonnie, que não tinha mais de 1,60m, a colocar sobre uma mesa aquecida em um quarto pouco iluminado com uma música suave tocando ao fundo.

— Menina, você tem pedras suficientes nestes ombros para construir uma casa de três andares. Respire fundo. Mais uma vez. Assim mesmo. Deixe o ar entrar e sair.

Shelby tentou, e depois não precisou mais. Ela se deixou levar.

— Como se sente agora?

— O quê?

— Ótima resposta. Quero que levante devagar. Vou acender um pouco a luz, e coloquei seu roupão sobre suas pernas.

— Obrigada, Vonnie.

— Vou dizer à dona Vi que seria bom que você voltasse na semana que vem. Vai demorar um pouco até suas costas ficarem lisas.

— Eu me sinto lisa.

— Que bom. Agora, não levante muito rápido, está bem? Vou pegar um copo de água para você. Precisa se hidratar agora.

Shelby bebeu a água, vestiu suas roupas e voltou para o salão.

Quatro das seis cadeiras de cabeleireiro estavam ocupadas, assim como duas das quatro de pedicure. Viu duas moças fazendo a mão e olhou para as próprias unhas. Não as pintava desde um pouco antes do Natal.

Enquanto a Sala do Relaxamento era um santuário da calma, o salão era inundado de vozes, do borbulhar de água para botar pés de molho, do vento dos secadores de cabelo. Cinco pessoas chamaram o nome dela — três funcionárias e duas clientes —, então ficou presa em conversas, recebendo pêsames e boas-vindas, antes de encontrar a avó.

— Chegou na hora certa. Acabei de fazer luzes em Dolly Wobuck, e minha próxima cliente cancelou, então tenho tempo para fazermos uma limpeza de pele. Coloque o roupão de volta.

— Ah, mas...

— Callie está bem. Ela e Chelsea estão dando uma festinha para as bonecas, fantasiadas. Ada Mae disse que as duas se deram bem logo de cara e fizeram ela se lembrar de você e Emma Kate.

— Que bom. — Shelby tentou não pensar nos olhares gélidos que a amiga de infância lhe lançara.

— Sua filha vai estar em casa daqui a duas horas. É tempo suficiente para nós fazermos a limpeza de pele e conversarmos. — Viola inclinou a cabeça, e a luz que entrava pela janela da frente tingiu os cabelos ruivos de dourado. — Vonnie lhe ajudou bastante, não foi?

— Ela é maravilhosa. Mas não me lembrava de ser tão baixinha.

— Puxou a mãe.

— Bem, ela pode até ser pequena, mas tem mãos fortes fantásticas. Só que não me deixou dar gorjeta, vovó. Disse que mamãe já tinha cuidado disso e que, de toda forma, nós somos parentes.

— Você pode me dar a gorjeta com uma hora do seu tempo. Ande, vá vestir o roupão. As salas de limpeza de pele continuam no mesmo lugar. Vamos usar a primeira. Vá logo!

Shelby obedeceu. Queria que Callie fizesse amigas, não queria? Que tivesse alguém com quem brincar, com quem passar o tempo. E era besteira se sentir ansiosa por passar o dia no salão da avó.

— Já sei o que vamos fazer — disse Viola quando a neta entrou na sala. — Minha limpeza de pele revitalizante. Vai deixar você e sua pele mais alegres. Pendure o roupão ali, deite aqui, e vamos começar.

— Tudo aqui também é novo. Não a sala, mas a cadeira e alguns dos equipamentos.

— Se você quer ser competitiva nos negócios, precisa se manter sempre atualizado. — Viola pegou um avental e amarrou-o por cima da calça pescador e da camisa laranja. — Na sala ao lado, tenho uma máquina que melhora rugas com pulsos eletromagnéticos.

— Jura? — Shelby se sentou na cadeira inclinada, entrando embaixo do lençol.

— Por enquanto, só duas pessoas foram treinadas para usá-la, sua mãe e eu, mas Maybeline... você se lembra de Maybeline?

— Sim. Não consigo nem me lembrar de quando ela não trabalhava aqui.

— Já faz alguns anos, e agora a filha dela também trabalha aqui. Lorilee tem o mesmo talento para fazer unhas que a mãe. Maybeline está aprendendo a usar a máquina também, então vamos ter três pessoas que sabem fazer o tratamento. Não que você precise se preocupar com rugas por enquanto. — Ela colocou uma coberta leve sobre o lençol e então prendeu os cabelos de Shelby para trás. — Vamos ver o que temos aqui. Sua pele está um pouco desidratada, querida. O estresse causa essas coisas.

Viola começou a limpar o rosto, sua mão era tão macia quanto a de uma criança contra a pele de Shelby.

— Há coisas que uma garota não contaria para a mãe, mas pode falar para a avó. Nós somos mais seguras. E Ada Mae só vê o lado bom das coisas, é abençoada com essa propensão. Você está com problemas, e não é por ter perdido seu marido. Eu sei como é estar de luto.

— Eu parei de amá-lo. — Shelby conseguia dizer isso em voz alta enquanto estava com os olhos fechados e tinha as mãos da avó sobre seu rosto. — Talvez nunca o tenha amado de verdade. Sei que ele não me amava. É difícil saber esse tipo de coisa, é difícil saber que nós não nos sentíamos como deveríamos nos sentir, e que agora ele se foi.

— Você era jovem.

— Mais velha do que você era.

— Tive muita sorte. E seu avô também.

— Eu era uma boa esposa, vovó. Posso afirmar isso. E Callie... nós fizemos Callie, então isso foi especial. E eu queria outro filho. Sei que talvez seja errado querer outro quando as coisas não estão tão bem quanto deveriam estar, mas eu achava que não havia problema em viver daquela forma. Tudo melhoraria se eu tivesse mais um bebê para amar. Queria tanto outro filho; sentia uma ânsia dentro de mim.

— Sei bem como é.

— E ele disse que tudo bem. Que seria bom para Callie ter um irmão ou uma irmã. Mas isso não aconteceu, e foi tão rápido e fácil da primeira vez. Eu fiz exames; ele disse que fez também.

— Disse que fez? — repetiu Viola enquanto passava um esfoliante suave na pele da neta.

— Eu... eu precisei olhar os documentos e os arquivos dele depois de tudo. Havia tantas coisas para resolver. Advogados e contadores e fiscais do imposto de renda, credores, contas e dívidas. E encontrei um atestado ou um recibo do médico, não sei bem o que era. Richard, ele guardava tudo. A data era um pouco depois de Callie ter nascido, quando eu a trouxe aqui, na sua primeira visita, e ele disse que tinha uma viagem de negócios. Richard foi tão solícito, fez todos os preparativos para que nós duas viéssemos. Jatinho particular e limusine para chegarmos até aqui. Mas, enquanto isso, estava num médico em Nova York, fazendo uma vasectomia.

As mãos de Viola pararam.

— Ele fez o procedimento e deixou você pensar que estavam tentando ter outro filho?

— Nunca serei capaz de perdoá-lo por isso. De todas as coisas que ele fez, essa foi a pior.

— Era direito dele decidir se queria mais um filho ou não, mas não podia fazer uma vasectomia e não lhe contar. É uma mentira horrível. E um homem capaz de fazer algo assim, de viver sabendo que fez isso, tinha algum parafuso a menos.

— Foram tantas mentiras, vovó, e só fui descobrir depois que Richard morreu. — Isso deixara um vazio dentro dela, pensou Shelby, e ele jamais seria preenchido novamente. — Eu me sinto uma idiota, sinto como se tivesse vivido com um estranho. E não entendo por que ele quis se casar comigo, morar comigo.

Apesar de se sentir abalada por dentro, Viola manteve as mãos suaves no rosto da neta, e a voz calma.

— Você é uma garota linda, Shelby Anne, e disse que era uma boa esposa. Não deve se sentir idiota por ter confiado no seu marido. Sobre o que mais ele mentiu? Houve outras mulheres?

— Não tenho certeza, e não posso mais perguntar. Mas acho que sim, por causa das coisas que encontrei; sim, havia outras mulheres. Só que já nem me importo mais. Nem me importo com quantas... ele viajava tanto sem nós. Fui ao médico algumas semanas atrás e fiz exames para o caso de... Ele não me passou nada, portanto, se teve outras mulheres, tomou cuidado. Então não me importo se foram centenas de amantes.

Ela tomou coragem enquanto Viola espalhava a máscara revitalizante.

— O dinheiro, vovó. Ele mentiu sobre o dinheiro. Nunca prestei muita atenção nisso porque Richard dizia que aquilo era assunto dele, e o meu era cuidar da casa e de Callie. Ele... ele era capaz de me acertar como chicote, sem nunca levantar a voz nem a mão.

— O desprezo pode ser uma lâmina mais afiada do que um gênio ruim.

Sentindo-se mais segura, Shelby abriu os olhos e olhou para a avó.

— Richard me intimidava. Odeio admitir isso e não sei nem como começou. Mas, agora, olho para trás e vejo isso com tanta clareza. Ele não gostava que eu fizesse perguntas sobre dinheiro, então eu não fazia. Nós tínhamos tanto... as roupas, os móveis, os restaurantes e as viagens. Mas ele também mentia sobre isso, e aplicava algum tipo de golpe nas pessoas. Ainda não sei ao certo como era. — Shelby fechou os olhos novamente; não por vergonha, não sentiria isso com a avó, mas por cansaço. — Tudo era pago no crédito, e ainda não havia quitado nem uma prestação da casa lá no Norte, que ele comprou no verão. E eu nem sabia de nada, porque só me contou que íamos nos mudar um pouco antes de o inverno começar. E havia os carros, os cartões de crédito e as prestações... e algumas dívidas que ele deixou para trás em Atlanta. O imposto de renda que não foi pago.

— Ele deixou dívidas?

— Eu tenho cuidado disso, fiz planos de pagamento... e vendi muita coisa nas últimas semanas. Fizeram uma oferta pela casa, e, se der certo, isso vai aliviar bastante o total.

— Quanto foi que ele deixou em dívidas?

— Agora? — Ela abriu os olhos, olhou para a avó. — Um milhão, novecentos e noventa e seis mil dólares e oitenta e nove centavos.

— Nossa. — Viola precisou respirar fundo, soltando o ar devagar. — Nossa. Jesus Cristo, Shelby Anne, isso é muito dinheiro.

— Quando a casa for vendida, vai melhorar. A oferta é de 1,8 milhões. Eu devo mais 150 por ela, mas vão perdoar a dívida se eu usar a casa como pagamento. E comecei devendo cerca de três milhões. Um pouco mais, na verdade, porque tenho que pagar os advogados e os contadores.

— Você já pagou um milhão de dólares desde janeiro? — Viola balançou a cabeça. — Aqueles seus móveis deviam mesmo valer um dinheirão.

Capítulo 7

◆ ◆ ◆ ◆

O HUMOR DE Shelby melhorou drasticamente depois de uma massagem, uma limpeza de pele revitalizante e de chegar em casa e encontrar sua filhinha dando pulos de alegria.

Mas o que mais contribuiu para sua tranquilidade fora desabafar com a avó. Ela contara tudo — sobre encontrar o cofre bancário e o que estava dentro dele, o detetive particular, a planilha que criara e a necessidade de encontrar um emprego assim que possível.

Quando finalmente terminou de dar jantar e banho na filha, e colocá-la na cama para dormir, sentiu como se já conhecesse Chelsea — e prometeu que deixaria Callie convidar a amiga para brincar assim que pudesse.

Ao voltar para o andar de baixo, encontrou o pai estirado na sua poltrona favorita, assistindo a um jogo de basquete na televisão nova. E a mãe estava sentada no sofá, fazendo crochê.

— Ela dormiu logo?

— Apagou antes de eu terminar de ler a historinha. Você deu uma canseira na menina, mamãe.

— Foi divertido. Elas pareciam dois girinos nadando numa poça; não paravam quietas. Suzannah e eu conversamos sobre nos revezarmos: um dia Chelsea vem brincar aqui, e, no outro, Callie vai para lá. E peguei o telefone de Tracey para você, prendi no quadro de mensagens da cozinha. Ligue para a mãe de Chelsea, faça amizade.

— Pode deixar. Callie se divertiu hoje. Posso pedir um favor?

— Você sabe que sim.

— Encontrei com Emma Kate hoje.

— Eu soube. — Com os dedos ainda manipulando a lã e a agulha, Ada Mae olhou para a filha com um sorriso. — Estamos em Ridge, querida. Se eu não ficar sabendo de algo dez minutos depois que aconteceu, vou precisar que seu pai examine meus ouvidos. Hattie Munson... Você se lembra dela, mora na casa em frente à de Bitsy, apesar das duas estarem sempre brigando. Agora, estão se estranhando porque Bitsy resolveu reformar a cozinha e não pediu a opinião de Hattie sobre os eletrodomésticos novos. O filho dela trabalha na LG, mas Bitsy comprou tudo de outra marca, então Hattie encarou isso como uma ofensa pessoal. Mas é claro que ela se ofenderia até se espirasse na própria cozinha e nós não gritássemos *Saúde!* da nossa.

Achando graça da forma como a mãe sempre dava um jeito de inserir uma fofoca na conversa e em como o pai xingava os jogadores, os juízes e os treinadores, Shelby apoiou o quadril no braço do sofá.

— Então, elas podem até estar brigadas, mas Hattie não perde nada, e viu você e Emma Kate conversando na frente da casa de Bitsy e depois entrando. Como está a cozinha? Faz mais de uma semana que não vou lá.

— Estavam instalando os armários. São bonitos.

— O namorado de Emma Kate, Matt, e Griffin. São duas gracinhas, e trabalham bem. Quero fazer uma suíte com um banheiro grande; vou pedir que transformem seu quarto antigo.

— Vá com calma, Ada Mae. — Clayton havia se distraído do jogo por tempo suficiente para ouvir sobre o banheiro.

— Já está decidido, Clayton, então é melhor você se conformar. Griff disse que poderiam derrubar uma parede para fazer um banheiro parecido com o de um spa. Andei lendo umas revistas para me inspirar. E Griff tem vários livros que falam só de instalações sanitárias; estão cheios de ideias fantásticas. E o rapaz fez um banheiro assim na casa dele. Fui lá ver, e parece que saiu de uma revista, apesar de ele ainda estar dormindo em um colchão de ar. Mas já terminou a cozinha também, e fiquei morrendo de inveja dela.

— Não invente moda, Ada Mae.

— Estou satisfeita com a minha cozinha — disse ela para o marido, e então sorriu para Shelby, articulando com os lábios: *Por enquanto.* — Aposto que foi como se você e Emma Kate nunca tivessem deixado de se ver.

Nem tanto, pensou Shelby.

— Este é o favor. Ela disse que me encontraria amanhã no Bootlegger, às 19h30, se eu pudesse, mas...

— Pode ir. Velhos amigos são a coisa mais importante da vida. Não sei o que eu faria sem Suzannah. Seu pai e eu tomaremos conta de Callie. Vamos adorar.

— Finalmente você diz algo com que eu concordo. — Clayton olhou para a filha. — Vá passar um tempo com Emma Kate. Nós dois ficaremos mimando Callie.

— Obrigada. — Ela se inclinou, beijou a mãe, se levantou e beijou o pai. — Vou subir. É cansativo passar o dia sendo paparicada. Obrigada por isso também, mamãe. E vamos precisar jantar às 18h amanhã, porque eu vou cozinhar.

— Ah, mas...

— Já está decidido, Ada Mae — disse Shelby, no mesmo tom que a mãe usara com o pai, e Clayton começou a rir. — Virei uma ótima cozinheira, mas vocês vão descobrir isso amanhã. Não vou abusar da sua hospitalidade enquanto Callie e eu estivermos aqui, porque meus pais me deram educação. Boa noite.

— Os pais dela lhe deram educação — disse Clayton quando a filha começava a subir. — Então é melhor nos darmos por satisfeitos e esperarmos para o ver que jantaremos amanhã.

— Ela parece menos cansada e pálida hoje.

— Verdade. Vamos ver o que acontece nos próximos dias. Temos que ficar felizes por elas estarem em casa.

— Eu estou. E vou ficar ainda mais se Shelby conseguir fazer as pazes com Emma Kate.

$\mathcal{N}$ÃO ERA DIFÍCIL se manter ocupada. No meio da manhã, ela tirou o carrinho de bebê do armário. Levar Callie para dar uma volta pela cidade e ir comprar os ingredientes para o frango do jantar era um jeito fácil — despreocupado — de passear por Ridge e ver se alguém estava contratando.

As nuvens haviam ido embora, e o ar tinha aquele frescor de primavera pós-chuva. Shelby vestiu a filha com uma jaqueta jeans rosa e um gorro leve — e, já que talvez se candidatasse para um emprego, se maquiou antes de sair.

— Nós vamos brincar com Chelsea, mamãe?

— Vamos passear na cidade, querida. Vamos ao mercado, e preciso abrir uma conta no banco. Talvez possamos parar no caminho para visitar a bisa.

— Visitar a bisa! E Chelsea também.

— Quem sabe. Mais tarde ligo para a mãe de Chelsea, e veremos.

Ela passou pela casa de Emma Kate, notou a picape estacionada diante da garagem — e precisou se controlar para não levantar uma mão e acenar para o ponto do outro lado da rua onde imaginava que Hattie Munson estaria a observando como um gavião.

Shelby sabia que pessoas como a Sra. Munson adoravam um bafafá. Ridge era um lugar acolhedor, mas havia gente — bastante gente — que adoraria fofocar com vizinhos no quintal, nos corredores do mercado, durante um almoço no Sid & Sadie, sobre a pobre menina dos Pomeroy, que voltara para casa enviuvada e com uma filha. O que mais poderia esperar depois de ter ido embora com um homem que ninguém conhecia?

Falariam sobre como se mudara para o Norte, quase nunca visitava a família, largara a faculdade que os pais se esforçaram tanto para pagar.

As pessoas teriam muito do que fofocar. E não sabiam de quase nada.

A atitude mais sensata a se tomar seria ficar na dela, ser simpática e conseguir um emprego fixo. E isso significaria mandar Callie para a creche, então também precisava resolver esse detalhe.

A menina iria adorar ir para a creche. Era só ver como havia se apegado a tal Chelsea. Ela precisava interagir com outras crianças, mesmo que isso sugasse qualquer salário que a mãe recebesse.

Enquanto Callie conversava com Fifi, Shelby virou na bifurcação para a cidade. Ficou atenta para ver se havia alguma propriedade à venda. Quando saísse da casa dos pais, queria se mudar para algum lugar perto. Perto o suficiente para Callie conseguir ir visitar a avó e a bisavó a pé. E também para que fosse andando até a cidade, até a casa de amigos, como ela mesma costumava fazer.

Um lugar pequeno, com dois quartos, talvez um quintal para plantar um jardinzinho. Sentira falta de plantas na época em que moraram no apartamento, e não tivera tempo de plantar nada na Filadélfia.

Shelby deixou a mente se perder em pensamentos, imaginando como seria a casa. Um chalé cairia bem, e ela plantaria flores e uma horta com legumes e algumas ervas. Ensinaria à filha sobre jardinagem, sobre como cuidar das plantas e colher seus frutos.

Poderia dar uma olhada em brechós e mercados de pulga para encontrar móveis baratos que pudesse reformar, pintar ou trocar o estofamento. Cores quentes e poltronas fofas.

As duas teriam uma vida boa ali, custe o que custasse.

Shelby entrou na rua principal, com lojas e umas poucas casas antigas em cada lado da estrada sinuosa.

Talvez conseguisse encontrar emprego em uma loja de souvenires, ser garçonete em um restaurante, ser estoquista na farmácia ou no mercado. A avó tinha dito que poderia trabalhar no salão, mas Shelby não tinha talento algum para cortar cabelos — nem permissão de trabalho. A única coisa que poderia fazer lá seria causar mais incômodo, e a família já estava fazendo mais do que o necessário por ela.

Poderia dar uma olhada no hotel e na pousada um pouco antes da cidade. Não hoje, não enquanto estava com Callie, mas era algo para se colocar na lista de afazeres.

A cidade estava bonita, se aprontando para receber a primavera com as vitrines brilhando ao sol, cestas e potes cheios de flores pendurados na fachada dos estabelecimentos que se estendiam pela rua montanhosa. Shelby gostava de ver as pessoas parando para conversar, os poucos turistas passeando pelas calçadas íngremes, aventureiros com mochilas pesadas tirando fotos do poço da cidade, onde a lenda dizia que, no passado, um casal de amantes, de famílias rivais, se encontrava à meia-noite.

Até o pai da garota matar o rapaz com um tiro, e ela morrer de tristeza, com o coração partido.

O local do *rendez-vous* deles, ou encontro, dizia a história, fora o que dera origem ao nome da cidade, e o poço — assombrado, obviamente — acabara se tornando alvo de muitas câmeras e telas de pintura.

Talvez ela conseguisse emprego em um escritório, já que era boa em informática. Mas a verdade é que não tinha experiência alguma na área. Seus únicos trabalhos foram ajudar no salão — enchendo frascos de shampoo, varrendo o chão, operando a caixa registradora —, babá e funcionária da livraria da faculdade por alguns semestres.

E vocalista de banda.

Não parecia provável que formasse outra banda, e encher frascos de shampoo não era mais uma possibilidade. Talvez pudesse trabalhar como vendedora em uma loja. Ou poderia abrir uma creche. Mas já havia uma em Ridge — e as pessoas que tinham família na cidade geralmente pediam para a mãe, primos ou uma irmã para cuidar das crianças enquanto trabalhavam.

Vendedora, pensou novamente. Vendedora ou garçonete. Haveria vagas para esse tipo de trabalho, ainda mais com o verão chegando, época em que mais turistas, mais aventureiros e mais famílias alugavam casas ou se hospedavam no hotel.

Ridge Artística — vendia obras de artistas locais, em sua maioria. Tesouros da Montanha, souvenires e lembrancinhas. O Mercado Rápido — oferecia comidas e lanches para aqueles que não queriam percorrer os oitocentos metros até o supermercado Haggerty. Havia a farmácia, a sorveteria, o bar, a Pizzateria, a Loja de Bebidas do Al.

Mais adiante, depois da curva, estava o Boteco do Shady, um lugar com uma reputação extremamente duvidosa. Sua mãe teria um ataque cardíaco se Shelby fosse trabalhar lá.

Considerando as opções que tinha, entrou no salão para que a avó pudesse exibir Callie para as clientes.

— Vou dar um jeito nesses seus cabelos — disse Viola para a menina. — Crystal, pode pegar a cadeirinha de criança? Você vai sentar bem aqui com a bisa, Callie Rose. Eu costumava pentear os cabelos de sua vovó e de sua mamãe. Agora, posso fazer um penteado nos seus também.

— Cabelos de Callie. — A menina levantou os braços para Viola e encostou nos cabelos dela. — Cabelos da bisa.

— São iguaizinhos, não são? Apesar dos meus darem bem mais trabalho hoje em dia.

— Bem mais trabalho — repetiu Callie, o que fez Viola rir.

— Pode sentar ali, Shelby, Crystal está livre agora. Veja só que cabelos lindos.

A menina, que às vezes ficava impaciente e nervosa enquanto era penteada, parecia satisfeita ao encarar seu reflexo no espelho.

— Quero ser uma princesa, bisa.

— Você *é* uma princesa, mas vamos lhe dar um penteado digno da sua realeza.

Viola afastou alguns cachos, usou um prendedor prateado grande para mantê-los no lugar e começou a fazer uma trança embutida na lateral.

— Ouvi dizer que Bonnie Jo Farnsworth, a prima do marido da irmã de Gilly, está se separando. Ela é casada com Les Wickett, Shelby, que brincava com Forrest quando eram pequenos. Não faz nem dois anos que se casaram, e o bebê deles ainda não completou nem seis meses. Fizeram uma festa no hotel que custou os olhos da cara do pai dela.

— Eu me lembro vagamente de Les. É uma pena não ter dado certo.

— Pelo que eu escutei falar, já não estava dando certo bem antes deles cortarem o bolo de casamento. — Crystal, que tinha longos cabelos louros, levantou as sobrancelhas como quem indica que sabe do que está falando. — Mas não quero fazer fofoca.

— Claro que quer. — Viola prendeu a primeira trança, começou a fazer a segunda. — E é melhor entrar em detalhes.

— Bem, talvez você não saiba que Bonnie Jo costumava sair com Boyd Kattery.

— O filho do meio de Loretta Kattery. Aqueles garotos são problema. Forrest se meteu numa briga com Arlo, o mais novo, pouco tempo atrás. O rapaz encheu a cara no Boteco do Shady e resolveu arrumar confusão por causa de um jogo de sinuca. Deu um soco em Forrest quando ele foi separar a briga. Você conheceu Arlo, Shelby. Um garoto magricela e mal-educado, com cabelos cor de palha. Tinha uma moto, arrastava asa para você.

— Eu me lembro de Arlo. Foi suspenso por um tempo por ter batido num garoto que era metade do tamanho dele.

— Bem, Boyd é bem pior que o irmão. — Enquanto falava, Crystal aprontava suas coisas para a próxima cliente. — Ele e Bonnie Jo estavam sempre juntos, mas terminaram quando ele foi preso por...

A cabeleireira olhou para Callie, que estava ocupada demais se admirando no espelho para prestar atenção à conversa.

— Por, ah, estar em posse de certas substâncias ilegais. Então, Bonnie Jo passou a sair com Les, e nem esperou muito para começar a planejar o casamento. Acho que o pai dela ficou tão aliviado da filha se casar com um homem bom e se livrar daquele crápula, que pagaria o dobro do que gastou com a festa. Mas Boyd foi solto logo antes do casamento, e andam falando por aí que ele e Bonnie Jo estão, bem, se encontrando de novo, e que agora se mandaram para a Flórida. Ele tem uns primos que moram lá. E ela abandonou o bebê como se fosse um pedaço de pizza que não queria mais, ou coisa assim. E dizem que são esses primos que fabricam as tais substâncias que fizeram Boyd ser preso.

Ficar ali, observando a avó criar um penteado de princesa enquanto Callie se admirava no espelho, era quase tão bom quanto fazer uma massagem e uma limpeza de pele. E ouvindo fofocas que não eram sobre ela.

Viola montou uma coroa com as tranças e fez um rabo de cavalo com os cachos restantes, que prendeu com uma faixa rosa.

— Que bonita! Estou bonita, bisa!

— Sim, está mesmo. — Viola se inclinou para a frente, de forma que os rostos das duas aparecessem lado a lado no espelho. — É sempre bom que uma menina saiba o quanto é bonita. Mas sei de algumas outras coisas que são mais importantes.

— Tipo o quê?

— Ser inteligente. Você é inteligente, Callie Rose?

— A mamãe diz que sim.

— E ela sabe disso melhor do que ninguém. E também ser gentil. Se você for bonita, inteligente e gentil, será uma princesa de verdade.

Ela beijou a bochecha de Callie e a tirou da cadeira.

— Se eu não tivesse uma cliente agora, levaria as duas para almoçar. Da próxima vez, vamos combinar alguma coisa.

— Da próxima vez, nós vamos levar você para almoçar. — Shelby colocou a filha no carrinho. — Crystal, estou pensando em arrumar um emprego. Você sabe se alguém está contratando?

— Ah, deixe eu pensar. Geralmente contratam bastante gente na primavera e no verão. Não achei que você fosse querer trabalhar, Shelby, não com a grana que recebeu do...

A mulher bateu com a mão na boca, e pareceu morta de vergonha ao olhar para Callie.

— Desculpe! Não sei por que não consigo pensar antes de falar.

— Não tem problema. Só quero me manter ocupada. Sabe como é.

— Bem, sei como é ter contas para pagar, mas, se você quer algo que te distraia, pode tentar na Ridge Artística. É um lugar mais fino, e lá sempre tem bastante trabalho, ainda mais quando os turistas começam a aparecer. Talvez precisem de mais uma hostess para o restaurante. Gostam de contratar mulheres bonitas. Ah, e o Jardins de Rendezvous. Sabe, aquele lugar de paisagismo? Eles sempre precisam de ajuda nesta época do ano. Pode ser algo divertido se você gosta de plantas e coisas assim.

— Obrigada. Vou pensar. Precisamos ir ao mercado agora. Vou fazer jantar para meus pais hoje. Você e vovô também deveriam ir, vovó. Eu adoraria cozinhar para vocês.

— E nós adoraríamos comer seu jantar. Vou avisar a Jackson.

— Combinei com eles às 18h, mas vocês deveriam chegar um pouco mais cedo, porque preciso sair às 19h20 para encontrar com Emma Kate.

— Você já conheceu o namorado dela? — perguntou Crystal.

— Ainda não.

— Ela tirou a sorte grande com aquele homem. E o outro, Griffin? — Ela deu tapinhas sobre seu coração. — Se eu não estivesse noiva pela segunda vez na vida, não pensaria em outra coisa além dele. O rapaz tem gingado. Eu adoro homem com gingado.

— Sua cliente chegou, Crystal.

— Já volto. Foi ótimo conversar com você, Shelby. — Ela apertou o braço da outra mulher de forma reconfortante. — É muito bom tê-la de volta.

— É bom estar de volta.

— O primeiro marido dela tinha gingado — disse Viola baixinho. — E gingava com qualquer mulher que passasse diante dele.

— Espero que o próximo seja melhor.

— Eu gosto deste rapaz. Não tem gingado, mas é confiável, e Crystal precisa de alguém que a mantenha com os pés no chão. Amo aquela garota de paixão, mas ela precisa de um pouco de estabilidade. O que vamos jantar?

— É surpresa. E é melhor eu ir logo comprar as coisas, ou vamos acabar pedindo na Pizzateria.

Shelby encontrou com Chelsea e a mãe no mercado, o que adicionou mais meia hora ao passeio — e fez com que combinassem um encontro no parquinho da cidade no dia seguinte, para as meninas brincarem.

Agora que cozinharia para seis pessoas, fez algumas modificações no menu enquanto pensava no que comprar. Seu frango assado com alho, sálvia e alecrim era gostoso, e podia fazer batatas com aquele molho picante que aprendera numa revista, as cenouras com manteiga e tomilho que Callie gostava tanto, e ervilhas. E faria bolinhos.

Richard não gostava de bolinhos. Shelby lembrou que ele os chamava de pão de caipira.

Bem, dane-se o que ele achava.

Também poderia realmente se esbaldar e fazer umas entradas. E profiteroles para a sobremesa. A cozinheira que ia três vezes na semana na casa de Atlanta a ensinara a receita.

Pegou tudo de que precisava, chantageou Callie com biscoitos com formatos de animais. E tentou não fazer cara feia quando viu o valor da conta.

Era para sua família, lembrou a si mesma enquanto contava o dinheiro. Sua família, que estava abrigando ela e a filha. Poderia e iria gastar um pouco com um jantar para os pais e os avós.

Foi apenas quando empurrou o carrinho do mercado e o de bebê que se lembrou de que havia andado até o mercado.

— Pelo amor de Deus, mas que idiotice.

Três sacolas de compras, um carrinho de bebê e uma caminhada de mais de dois quilômetros.

Xingando a si mesma, pendurou as duas sacolas maiores no carrinho, colocou a bolsa de Callie no ombro e segurou a terceira sacola.

Trocou o peso de braço depois de percorrer oitocentos metros, considerando seriamente ligar para a mãe ou fazer uma visita à delegacia para ver se Forrest estava lá para lhe dar uma carona.

— Vamos conseguir. Vai dar tudo certo.

Pensou na época em que ia e voltava correndo da cidade, quando era pequena. Subia e descia por aquelas montanhas, aquelas curvas.

Bem, agora tinha uma filha e três sacolas de compras. E provavelmente uma bolha no calcanhar.

Shelby chegou à bifurcação com os braços doendo, e decidiu fazer uma parada para se preparar para o trecho final.

A picape dos Consertadores parou ao seu lado. Griff se inclinou para fora da janela.

— Oi. Seu carro quebrou? Griff — adicionou ele, para o caso de Shelby ter esquecido. — Griffin Lott.

— Eu me lembro de você. Não, a merda do carro não quebrou. Mas não quis ir dirigindo porque não pretendia voltar com tantas sacolas.

— A merda do carro — disse Callie para Fifi, e Shelby suspirou.

— Tudo bem. Quer uma carona?

— Agora, mais do que qualquer coisa que já quis na vida. Mas...

— Sei que me conheceu ontem, mas faz uns anos que sou amigo de Emma Kate. E estaria preso se fosse um assassino psicopata. Olá, lindinha. Como você se chama?

— Callie. — A garotinha inclinou a cabeça, esperta que só ela, e ajeitou o penteado novo. — Eu sou bonita.

— Muito bonita. Olha, não posso te deixar andando pelo acostamento da estrada, com uma menina bonita e três sacolas de compras.

— Eu ia dizer que quero uma carona, mas você não tem uma cadeirinha de criança.

— Ah. Claro. — Ele passou a mão pelos cabelos. — Vamos quebrar a lei, mas é menos de um quilômetro de distância, e vou devagar. Posso parar no acostamento sempre que outro carro aparecer, em qualquer direção.

O calcanhar de Shelby ardia, seus braços doíam e suas pernas pareciam uma borracha que fora esticada por tempo demais.

— Acho que basta ir devagar.

— Espere aí. Vou te ajudar.

Isso fazia dele a segunda pessoa fora da família que se oferecia para ajudá--la em muito pouco tempo. Era difícil se lembrar da última vez que isso tinha acontecido antes dessas duas ocasiões.

Griff saiu da picape, pegou a sacola. O alívio foi tanto que o braço dela começou a formigar.

— Obrigada.

— Disponha.

Ele guardou as compras enquanto Shelby pegava Callie.

— Fique sentadinha aqui — disse à filha. — Não saia daí enquanto dobro o carrinho.

— Como é que...? Ah, entendi. — Griff dobrou o carrinho como se fizesse isso há anos.

Shelby se virou para Callie enquanto ele o guardava, e viu que a menina havia aberto uma embalagem de comida que estava no assento ao seu lado.

Agora, ela comia batatas fritas.

— Callie! Essa comida não é sua.

— Estou com fome, mamãe.

— Não faz mal. — Rindo, Griff entrou na picape. — Eu não confiaria em uma pessoa que resistisse a batatas fritas. Precisei ir à cidade para pegar umas coisas e comprei almoço para mim e Matt. Callie pode ficar com as batatas.

— Já passou da hora do almoço dela. Não achei que fôssemos demorar tanto.

— Você não cresceu aqui?

Ela respirou fundo enquanto ele — cumprindo o que prometera — dirigia a trinta quilômetros por hora.

— Fui ingênua.

Agora sentada no colo de Shelby, Callie ofereceu uma batata a Griff.

— Obrigada. Você é a cara de sua mãe.

— Cabelos da mamãe.

— Os seus estão bem bonitos. Fez uma visita à dona Vi?

— Ele está falando da bisa, Callie. Dona Vi é a bisa.

— A bisa fez um penteado de princesa. Eu sou bonita, inteligente e gentil.

— Estou vendo. Você é a primeira princesa a entrar no meu carro, então este é um acontecimento muito importante para mim. Quem é a sua amiga?

— Esta é Fifi. Ela gosta de batatas fritas.

— Eu espero que sim. — Ele estacionou diante da garagem. — Ufa. — Griffin enxugou suor imaginário da testa. — Chegamos. Você pode carregar a princesa para fora da carruagem. Eu pego as compras.

— Ah, tudo bem, eu posso...

— Carregar três sacolas de compras, uma criança, um carrinho de bebê e seja lá o que está naquela mala que você trouxe? Sem dúvida, mas eu pego as compras.

— Você me pega! — A menina se libertou dos braços da mãe e pulou em Griff.

— Callie, não...

— Já recebi minhas ordens. — Ele saiu do carro, se agachou e bateu nas costas. — Tudo bem, princesa, pode subir.

— Eba! — disse Callie, e se prendeu nas costas de Griff enquanto Shelby saia do carro para pegar as coisas.

Ele foi mais rápido e pegou duas das sacolas, segurando uma em cada mão e seguindo para a porta, com a menina pulando alegremente em suas costas.

— Está trancada?

— Acho que não. Mamãe pode ter...

Shelby nem se deu ao trabalho de terminar a frase, pois Griff já havia entrado; Callie se agarrava ao pescoço dele, tagarelando em seu ouvido como se o homem fosse seu novo melhor amigo.

Aturdida, ela pegou o carrinho e a sacola que restava, jogou a bolsa da filha por cima do ombro. Carregou tudo para dentro da casa e deixou o carrinho ao lado da porta, para guardar mais tarde.

Griff já colocara as sacolas nas bancadas no centro da cozinha. Antes que ela conseguisse abrir a boca, ele lhe deu um susto ao puxar Callie de suas costas e pendurá-la de cabeça para baixo, enquanto a garotinha gritava de alegria; depois, a jogou no ar, pegando-a de volta com facilidade. Então, apoiou-a contra o quadril.

— Amo você — disse Callie, e lhe deu um beijo entusiasmado na boca.

— Era só isso que eu precisava fazer? — Sorrindo, Griff acariciou os cabelos dela. — Pelo visto, faz anos que estou tentando conquistar as mulheres do jeito errado.

— Fica pra brincar comigo.

— Ficaria se eu pudesse, mas preciso voltar ao trabalho.

A menina agarrou uma mecha de cabelos dele e, obviamente entretida, enrolou os dedos nos fios.

— Volta pra brincar comigo.

— Pode deixar; um dia desses. — Griff olhou para Shelby e sorriu, e, já que ela estava encarando a cena, notou que os olhos dele eram verdes e espertos como os de um gato. — Ela é ótima.

— É mesmo. Obrigada. Ah, você tem filhos?

— Eu? Não. — Ele colocou Callie no chão e lhe deu um tapinha amigável na bunda. — Preciso ir, ruivinha.

A menina agarrou as pernas dele em um abraço.

— Até logo, senhor.

— Griff. Só Griff.

— Gwiff.

— Grrr-iff — corrigiu Shelby, automaticamente.

— Grrr — repetiu Callie, e riu.

— Grrr-iff precisa ir agora — disse ele, e olhou de volta para Shelby. — Precisa de mais alguma ajuda?

— Não. Não, muito obrigada.

— Sem problema. — Ele começou a se movimentar para ir embora. — Adorei a cozinha — adicionou, e saiu pela porta (o homem tinha mesmo gingado) antes de Shelby conseguir pensar em qualquer coisa para dizer.

— Grrr-iff — explicou Callie para Fifi. — Ele é bonito, mamãe, e tem um cheiro gostoso. E vai voltar e brincar comigo.

— Eu... humm. Ahn.

— Estou com fome, mamãe.

— O quê? Ah. É claro que está.

Balançando a cabeça, Shelby voltou à realidade.

Capítulo 8

♦ ♦ ♦ ♦

QUANDO SUA mãe chegou em casa, Shelby já havia colocado o frango no forno, lavado as batatas e as cenouras e arrumado a mesa de jantar — usada apenas em ocasiões importantes — com o jogo de louça bom.

Não era o *melhor*, o que havia sido herdado da avó do pai e tinha mais valor sentimental do que financeiro, mas o que usavam quando recebiam visitas, decorado com rosas nas bordas.

Adicionara guardanapos de linho, arrumando-os em pé sobre os pratos, dobrando-os em forma de leque, montara um arranjo bonito no centro da mesa com flores e velas, e estava tirando a última fornada dos profiteroles.

— Minha nossa, Shelby! A mesa está linda, parece um jantar de gente chique.

— Nós *somos* chiques.

— A comida parece chique também. O cheiro está *maravilhoso*. Você sempre teve talento para arrumar as coisas de um jeito bonito.

— É divertido decorar tudo. Espero que não tenha problema eu ter convidado vovó e vovô.

— Você sabe que não. Mamãe me contou quando passei no salão depois da reunião do clube de jardinagem; depois, fui fazer compras com Suzannah. Comprei umas roupinhas *fofas* para Callie usar na primavera. Foi muito divertido.

Ada Mae colocou três sacolas de compras sobre a bancada e começou a tirar coisas de dentro delas.

— Mal posso esperar para vê-la usando este. Não é uma graça? A sainha listrada de branco e rosa, e a blusa de babados. E os sapatinhos cor-de-rosa! Bem, dei uma olhada no número que ela calça antes de sair, então devem caber. Mas, se ficarem apertados, podemos trocar.

— Mamãe, Callie vai adorar. Ela vai ficar louca com esses sapatos.

— E comprei uma blusa com "Princesa" estampado, e o casaquinho branco mais lindo; é enfeitado com fitas. — Ada Mae continuou tirando coisas das sacolas enquanto falava. — Cadê ela? Já pode experimentar algumas roupas.

— Está tirando a soneca. Desculpe por ela estar dormindo tão tarde, mas demorei mais do que esperava, precisei fazer almoço, e ela estava tão agitada que já eram quase 15h quando consegui que deitasse.

— Ah, não se preocupe com isso. Então, dei um pulo no salão e dei de cara com Maxine Pinkett. Você se lembra dela, se mudou para o Arkansas uns anos atrás, mas está na cidade de visita, e foi ao Vi's atrás de mim, querendo cortar e pintar os cabelos. Eu não trabalho mais com isso, mas abri uma exceção porque é uma cliente antiga e conheço seus gostos.

Shelby se recordava vagamente da Sra. Pinkett, então fez um som afirmativo enquanto começava a encher as carolinas com creme.

— Ela me disse que ficou chateada quando Crystal falou que eu não estava, mas aí apareci e ela implorou para que eu desse um jeito nos seus cabelos. A mulher não está nada satisfeita com os cabeleireiros que experimentou em Little Rock. Então quebrei um galho. Parece que o marido da filha dela talvez aceite um emprego em Ohio agora, e Maxine só foi para o Arkansas para ficar perto da garota e dos três netos. Vou lhe contar, a mulher está um caco. E eu sei bem como ela se sente, então... — Ada Mae fechou os olhos, balançou a cabeça.— Eu e minha boca grande.

— Não tem problema. Você passou mais de três anos sem conviver muito com Callie. E, pior ainda, ela também passou esse tempo sem conviver com você. E a culpa é minha, mamãe.

— Mas isso está no passado agora, e nós duas estamos convivendo bastante. O que está fazendo aí? Bombinhas de creme? Ah, Callie acordou. — Ada Mae observou a babá eletrônica sobre a bancada. — Vou levar as roupas novas para ela, e vamos nos divertir um pouco. Precisa de ajuda com o jantar, querida?

— Não, mamãe, obrigada. A única coisa que quero que faça é comer. Vá brincar com Callie.

— Ah, espero que os sapatinhos cor-de-rosa caibam, porque são a coisa mais fofa.

Ela tiraria fotos da filha com os sapatinhos, pensou. Callie poderia até não se lembrar deles depois que crescesse, mas lembraria que a avó a amava, gostava de comprar roupas bonitas para a neta. Lembraria que a bisavó lhe fizera um penteado de princesa.

Era esse tipo de coisa que importava. Como um bom jantar em família na sala de jantar, era esse tipo de coisa que importava.

Shelby terminou de confeitar as carolinas, molhou o frango e começou a fazer as batatas e cenouras.

Precisava trocar de roupa, não só para o jantar como para ir encontrar Emma Kate. Depois de verificar o timer, correu para o andar de cima e passou na ponta dos pés pela porta de Callie para não distrair a menina e a avó do desfile de moda.

E passou os próximos 15 minutos se perguntando o que vestir. Ela já tivera três, talvez quatro vezes mais roupas que agora, e nunca se preocupara com isso.

Talvez, pensou, porque tivesse deixado de se importar com o que vestia.

Era apenas o bar, lembrou a si mesma. As pessoas não se arrumavam muito para ir lá. O lugar era um meio-termo entre o Boteco do Shady e o restaurante enorme do hotel.

Acabou colocando uma calça jeans preta e uma blusa branca simples. E jogaria a jaqueta de couro que guardara — e amava — por cima. O cinza-chumbo combinava com a cor de seus cabelos, e não era tão escuro quanto preto.

Já que as noites ainda estavam frias, se decidiu por botas de cano curto com salto.

Pensando na comida, desceu para o primeiro andar e foi direto para a cozinha, desta vez colocando um avental para fazer os bolinhos.

Era *mesmo* divertido decorar as coisas, pensou depois de encontrar um prato bonito para colocar o frango, enquanto tentava imaginar se seria mais apresentável cercá-lo com as batatas e cenouras ou colocar os acompanhamentos em outros pratos.

Forrest entrou pela porta dos fundos.

— O que está acontecendo? — Ele cheirou o ar. — O que está no forno?

— Está ruim?

— Não disse isso. Parece cheiro de... Cheiro de fome.

— Você pode ficar para o jantar se quiser. Vovó e vovô estão vindo. Eu cozinhei.

— Você cozinhou?

— Isso mesmo, Forrest Jackson Pomeroy, então pense bem antes de decidir.

— Você sempre se arruma antes de cozinhar?

— Não estou arrumada. Droga. Estou arrumada demais para ir ao Bootlegger?

Os olhos dele se estreitaram.

— Por quê?

— Porque, seu idiota, vou ao Bootlegger e não quero ter me arrumado demais.

— Quis dizer por que você vai ao bar depois de fazer o jantar?

— Vou depois de comer, se você precisa saber de todos os detalhes. Para me encontrar com Emma Kate.

A expressão dele se tornou mais tranquila.

— Ah.

— Estou arrumada demais ou não?

— Sua roupa está boa. — Ele abriu o forno, deu uma olhada no frango. — Isso parece delicioso.

— Vai ser delicioso. Agora, saia da frente. Preciso terminar os aperitivos.

— Mas que chique.

Forrest deu a volta na irmã, pegou uma cerveja.

— Só quero fazer uma coisa legal. Mamãe está me dando massagens, vovó faz penteados em Callie, e... Você viu como arrumaram os quartos lá em cima para nós duas. Só quero que fique legal.

Ele apertou um dos ombros de Shelby.

— Está legal. Parece até que a mesa foi servida para visitas. Que bom que você vai sair com Emma Kate.

— Vamos ver se vai ser bom mesmo. Ela ainda está bem irritada comigo.

— Talvez você devesse fazer um jantar para ela.

Shelby gostou de ver a família reunida à mesa para comer uma refeição que ela mesma cozinhara. E chegar a essa conclusão fez com que percebesse que aquela era a primeira vez que fazia algo assim. Prometeu a si mesma que teria uma segunda vez, e convidaria Clay, Gilly e o pequeno Jackson na próxima.

Soube que se saíra bem quando o avô repetiu o prato e a avó pediu as receitas.

— Vou escrevê-las para você, vovó.

— Pode escrever duas vezes. — Ada Mae se levantou para ajudar a limpar a mesa. — Seu frango é bem melhor que o meu.

— Espero que tenham guardado espaço para a sobremesa.

— Temos espaço, não é, Callie? — Jack bateu na barriga, e a bisneta o imitou, se inclinando na cadeirinha para bater na dela.

A melhor parte foi ver a cara deles quando entrou carregando a torre de profiteroles cobertos com chocolate derretido.

— Isso aí é tão bonito que parece que saiu de um restaurante — disse o pai para ela. — Espero que também seja gostoso.

— Vocês vão ter que provar para descobrir. Preciso ir, mamãe, então pode servir os pratos? Não quero me atrasar.

— Não saia antes de passar um batom. — Essa era a regra de ouro da avó. — Algum com um tom rosado. Afinal de contas, estamos na primavera.

— Tudo bem. Obriguem Forrest a lavar a louça.

— Eu já ia fazer isso — disse ele imediatamente. O irmão segurou sua mão quando ela se inclinou para dar um beijo em Callie. — A comida estava muito boa, Shelby. Não vá beber e dirigir.

— É você que está tomando cerveja com o jantar. Callie, comporte-se.

— A vovó disse que vou tomar banho de espuma.

— Parece divertido. Não vou voltar tarde.

— Ah, volte tarde. — Ada Mae servia porções generosas do doce. — Vá se divertir.

— Eu vou. Mas não...

— Vá logo!

— Tudo bem.

Era uma sensação estranha sair à noite, sozinha. E, para piorar seu nervosismo, havia a preocupação de Emma Kate não estar disposta a perdoá-la.

Mas Shelby passou o batom, aplicou um pouco mais de blush para garantir. E dirigiu até a cidade torcendo para conseguir encontrar as palavras certas, para mostrar o quanto estava arrependida e ter a melhor amiga de volta em sua vida.

Os postes de rua brilhavam, e ela notou algumas luzes acesas nas montanhas. As lojas fechavam às 18h, mas Shelby observou que a Pizzateria estava cheia e que algumas pessoas passeavam pelas calçadas.

O estacionamento apertado ao lado do Bootlegger já estava cheio, então teve que parar o carro na rua. Precisou respirar fundo e tomar coragem antes de saltar, caminhou metade de um quarteirão para chegar ao bar, abriu a porta e entrou no salão barulhento.

Shelby não se lembrava de o lugar ser tão movimentado assim em dias de semana. Por outro lado, ainda não tinha idade para beber legalmente quando fora embora, então passava a maior parte do tempo na pizzaria ou na sorveteria.

Ainda assim, a maioria das mesas e cabines estava cheia, e o ar cheirava a cerveja e churrasco.

— Como vai? — Uma garçonete, ou hostess, aproximou-se dela com um sorriso despreocupado, e seus olhos escuros analisaram o salão, provavelmente procurando por uma mesa livre. — Você pode sentar no bar se... Shelby? Shelby Anne Pomeroy!

Ela se viu envolta por um abraço que cheirava a flores de pessegueiro.

A mulher, que era bonita e tinha uma pele lustrosa, olhos escuros e cílios grandes, a soltou.

— Você não se lembra de mim.

— Sinto muito, eu... — Foi então que percebeu, chocada, quem era. — Tansy?

— Você lembrou! Não é de se admirar que tenha demorado. Estou um pouquinho diferente.

— Um pouquinho?

A Tansy Johnson que Shelby conhecera era desajeitada, tinha dentes tortos, acne e usava óculos. Aquela era cheia de curvas, tinha um sorriso lindo, pele lisa e olhos radiantes.

— Minha pele melhorou, ganhei corpo, coloquei aparelho nos dentes e passei a usar lentes de contato.

— Você está linda.

— Que gentil da sua parte. Mas você e Emma Kate nunca zombaram de mim como as outras garotas faziam. Sinto muito sobre seu marido, Shelby, mas fico feliz por ter voltado.

— Obrigada. E você trabalha aqui agora. Está mais cheio do que eu me lembrava, e bem mais bonito.

— Também é muito gentil de sua parte me dizer isso, porque não apenas trabalho aqui, mas sou a gerente. E casada com o dono.

— Uau. As coisas mudaram mesmo. Quando se casou?

— Faz um ano em junho. Quando eu tiver um tempinho, te conto tudo sobre o meu Derrick, mas Emma Kate está lhe esperando.

— Ela já chegou?

— Eu levo você até a mesa. Consegui uma cabine num canto para vocês. É difícil conseguir uma mesa dessas na Noite das Asinhas de Frango. — Ela passou um braço pelo de Shelby. — Você tem uma filha, não é?

— Callie. Ela tem três anos.

— Também vou ter uma.

— Ah, que ótimo, Tansy! — Isso era motivo para mais um abraço. — Parabéns!

— Acabei de completar quatro semanas, e sei que dizem para esperar até o fim do primeiro trimestre para contar, mas não consigo me controlar. Estou contando para todo mundo que encontro, até para desconhecidos. Olhe só quem eu encontrei!

Emma Kate tirou os olhos do telefone.

— Você veio.

— Vim. Desculpe pelo atraso.

— Não se atrasou. Eu tinha me esquecido de que era a Noite das Asinhas de Frango. Pedi a Tansy para guardar uma mesa e cheguei um pouco mais cedo.

— Sente. — A outra mulher acenou com uma mão na direção da cabine. — E coloquem as novidades em dia. O que vai querer, Shelby? A primeira é por conta da casa.

— Vim de carro, então... Bem, acho que aguento uma taça de vinho.

— Temos ótimas opções de taças. — Tansy começou a listar todas as variedades.

— *Pinot noir* parece ótimo.

— Já lhe trago um. Precisa de alguma coisa, Emma Kate?

A amiga levantou sua cerveja.

— Estou bem, Tansy.

— É tão bom te ver! — Ela apertou um ombro de Shelby antes de se afastar.

— Por um instante, não a reconheci.

— Ela cresceu. E é a pessoa mais feliz que conheço, mas, também, ela sempre foi animada.

— Apesar de implicarem e zombarem dela o tempo todo. Lembro que, na escola, o foco de Melody Bunker e Jolene Newton era atormentar a vida de Tansy.

— Melody continua amargurada e metida. Ficou em segundo lugar no concurso de Miss Tennessee, e adora ficar se gabando disso. E você sabe que ela nunca te perdoou por ter vencido a eleição para rainha do baile.

— Meu Deus, faz anos que não penso nisso.

— A vida de Melody se resume a ser a mais bonita e a mais popular. Mas nunca foi nada disso. E Jolene também não melhorou muito. — Emma Kate se inclinou para trás, se acomodando no assento, ficando na diagonal de Shelby. — Ela está noiva do filho dos donos do hotel, e gosta de dirigir aquele carro chique que o pai lhe deu pela cidade.

Uma garçonete trouxe o vinho de Shelby.

— Tansy disse para você aproveitar, e pediu para me avisar se precisar de mais alguma coisa.

— Obrigada. Não quero saber de Melody ou Jolene — continuou Shelby enquanto girava a taça em círculos pequenos com os dedos. — Quero saber de você. Virou enfermeira, como sempre quis. Gostava de morar em Baltimore?

— Gostava o suficiente. Fiz alguns amigos, tinha um bom trabalho. Conheci Matt.

— É sério entre vocês dois?

— Sério suficiente para eu ter enfrentado a crise histérica da minha mãe quando contei que íamos morar juntos. Ela ainda fica insinuando que deveríamos casar e ter filhos.

— Você não quer?

— Só não estou com a mesma pressa que você teve.

Shelby aceitou a punhalada, tomou um gole de vinho.

— Está gostando de trabalhar na clínica?

— Eu teria que ser uma idiota para não gostar de trabalhar para o Dr. Pomeroy. Seu pai é um bom homem, um bom médico. — Depois de tomar mais um gole de cerveja, Emma Kate se empertigou no assento. — O que quis dizer quando falou que não tinha dinheiro para voltar? Pelo que eu soube, estava cheia da grana.

— Richard cuidava do dinheiro. Eu não trabalhava...

— Não queria trabalhar?

— Eu precisava cuidar de Callie e da casa. Não sou qualificada para ter um emprego de verdade. Não terminei a faculdade ou...

— Você poderia cantar.

Shelby ficou incomodada por não conseguir terminar de falar. Houve uma época em que ela e Emma Kate completavam as frases uma da outra — mas isto era diferente.

— Aquilo era só um sonho bobo. Não é como se eu tivesse habilidades ou experiências de verdade, e tive uma filha, ele casou comigo, nos sustentava, nos deu um bom lar.

Emma se recostou no assento.

— E era isso que você queria? Ser sustentada?

— Com Callie, sem ter um diploma nem experiência...

— Ele te disse que era burra? Você quer mesmo que eu te perdoe, Shelby? — continuou Emma Kate quando a outra não respondeu à primeira pergunta. — Fale a verdade. Quero que olhe nos meus olhos e fale a verdade.

— O tempo todo, de várias formas. E ele estava errado? Eu não sei fazer nada.

— Mas que monte de merda. — Com os olhos irradiando raiva, Emma Kate colocou a cerveja sobre a mesa, tirou-a da frente dela e se inclinou na direção de Shelby. — Você não era só vocalista daquela banda; também gerenciava a agenda e cuidava do marketing. E aprendeu a fazer isso sozinha. Foi promovida a gerente-assistente depois de um mês trabalhando na livraria da faculdade, então sabia o que estava fazendo. Começou a escrever músicas, e elas eram boas, Shelby. Isso era mais uma coisa que sabia fazer, droga. E redecorou meu quarto quando tínhamos 16 anos. Ficou lindo, e você ainda deu um jeito de deixar mamãe feliz. Então não fique aí me dizendo que não sabe fazer nada. Essas são as palavras dele. Diga o que pensa de verdade.

As palavras, rápidas como tiros de metralhadora, deixaram Shelby sem ar.

— Nenhuma dessas coisas era prática ou realista. Emma Kate, as coisas mudam quando você tem um filho para cuidar. Eu era dona de casa. Não há nada de errado com isso.

— Não há nada de errado se isso for algo que a deixa feliz, se as pessoas te valorizam. Mas, pelo jeito que você fala, não era valorizada e não estava feliz.

Shelby balançou a cabeça em negação.

— Ser a mãe de Callie é a melhor coisa em minha vida; é a minha luz. Richard trabalhava para eu ficar em casa com ela. Muitas mulheres querem fazer isso e não podem, então eu deveria ser grata por ele nos sustentar.

— Lá vem você com essa palavra de novo.

Ela se sentia enojada por dentro, coberta por uma fina camada de vergonha.

— Precisamos falar sobre esse assunto?

— Você quer que eu te perdoe por ir embora, e posso fazer isso. Só que é mais difícil te desculpar por me excluir da sua vida, por desaparecer, por não estar aqui quando precisei. E você fica evitando me contar o motivo real para essas coisas.

E fazia isso porque era um assunto feio e complicado. O som de vozes e pratos tilintando, que antes lhe soara alegre e festivo, agora parecia explodir em sua cabeça.

A garganta de Shelby estava tão seca que ela desejou ter pedido água. Mas empurrou as palavras para fora.

— Eu não tinha dinheiro porque, se conseguisse juntar qualquer quantia que fosse, ele encontraria e pegaria. Dizia que era para investir, porque eu não sabia lidar com finanças. Afinal de contas, era para isto que o meu cartão de crédito servia, para comprar roupas ou brinquedos e bobagens para deixar Callie feliz. Não havia motivo para eu ter dinheiro vivo. E do que é que eu estava reclamando, se tinha uma empregada para limpar a casa, uma babá para cuidar de minha filha e uma cozinheira, já que a única coisa que sei fazer é comida de caipiras. Eu deveria agradecer a ele. E não podia ir embora para o Tennessee toda vez que alguém morresse, casasse ou fizesse aniversário. Richard precisava da esposa em casa.

— Ele afastou você da sua família, dos seus amigos. Acabou com todas as suas opções e te dizia que devia ficar feliz com aquilo.

Fora isso mesmo que o marido fizera, é claro. Shelby não vira o que estava acontecendo porque fora um processo muito gradual — até se tornar simplesmente a maneira como sua vida era.

— Tinha dias em que pensava que ele me odiava, mas não era o caso. Richard mal pensava em mim. Nos primeiros meses, até mesmo no primeiro ano, nossa vida era boa e divertida, e ele fazia com que eu me sentisse especial. Deixei que tomasse conta de tudo. Eu ia com a maré, fiquei grávida de Callie e estava tão feliz. Depois que ela nasceu, Richard... as coisas mudaram. — Ela respirou fundo, deu um tempo para se acalmar. — Achei que isso fosse normal — disse, devagar —, porque um bebê muda as coisas. Richard nunca prestava muita atenção na filha, e, se eu reclamasse disso, ele ficava irritado ou se fazia de ofendido. Tudo que fazia era para garantir que nós duas tivéssemos uma vida tranquila, não era? Depois que ela nasceu, eu não quis mais viajar tanto, e ele não insistia. Então começou a passar muito tempo fora. Às vezes, voltava e as coisas ficavam bem por um tempo; às vezes, nem tanto. Eu nunca sabia como ia ser. Não conseguia prever, então me certificava de que tudo estivesse da maneira como ele gostava. Queria que minha filha tivesse um lar calmo, feliz. Era só isso que importava.

— Mas você não era feliz.

— Aquela era a vida que eu escolhi, Emma Kate. A decisão era minha.

— Então decidiu deixar que ele abusasse de você.

O corpo de Shelby se tornou rígido.

— Ele nunca tocou em mim ou em Callie com raiva.

— Você é inteligente suficiente para saber que há outros tipos de abuso. — O tom dela era afiado, prático, e mais baixo que as conversas ao redor. As pessoas sempre dão um jeito de ouvir o que você preferiria manter em segredo, mesmo em um restaurante lotado. — Ele fez com que você se sentisse inferior, pequena, burra e sem saída. E fez o máximo possível para lhe afastar das pessoas que a faziam se sentir bem, especial e feliz de verdade. E, pelo que eu entendi, usava Callie para te manter na linha.

— Talvez fosse isso mesmo. Mas o homem morreu, então não faz mais diferença.

— Você teria continuado com ele, vivendo dessa forma?

Shelby franziu a testa e passou um dedo pela borda da taça.

— Pensei em me separar... Seria a primeira pessoa da família a fazer isso, o que tornava tudo mais difícil. Mas considerei a ideia, especialmente quando ele viajou da última vez. O combinado era que nós três iríamos; seria uma viagem em família. A ideia era fugir do frio, mas Callie ficou doente, e Richard foi sozinho. Ele nos largou naquela casa horrorosa no dia depois do Natal, em um lugar onde não conhecíamos vivalma, e nossa filha estava com febre. — Agora, ela olhou para cima, e um pouco da raiva contida transpareceu. — Richard nem se despediu de Callie. Disse que não queria pegar a doença dela. Foi quando eu entendi que ele não a amava. Não tinha problema se não me amasse, mas ele não amava a própria filha, e ela merecia mais que isso. Merecia mesmo. Pensei em me separar, mas não tinha dinheiro para contratar um advogado, e se ele pedisse a guarda de Callie só para se vingar? Estava pensando no que fazer, em como fazer, quando a polícia apareceu. Disseram que havia ocorrido um acidente na Carolina do Sul, com o barco, e Richard tinha desaparecido. — Shelby pegou a taça de vinho. — Ele emitiu um sinal de socorro, avisou que havia água entrando no barco, que o motor tinha parado de funcionar. A guarda costeira chegou a entrar em contato, estava tentando descobrir a rota ou o rumo, não sei como chamam, para enviar resgate, mas perderam o sinal.

"O barco foi encontrado em pedaços, e passaram quase uma semana procurando por Richard. Acharam algumas coisas dele. O casaco, todo rasgado, e um sapato. Só um. Encontraram um colete salva-vidas. Disseram que o barco virou e ele foi levado pela maré; provavelmente se afogou. Então não precisei pensar mais em me separar."

— É besteira se sentir culpada por isso, se for o caso.

— Não me sinto mais assim.

— Você não está me contando a história toda, não é?

— Não, mas podemos deixar desse jeito por enquanto? Isso pode ser suficiente? — Precisando do contato físico, Shelby estendeu a mão para segurar a da amiga. — Sinto muito por te magoar, por não ter sido forte suficiente para fazer o que sabia ser certo. Eu só... Nossa, preciso tomar um pouco de água.

— Ela olhou ao redor, procurando pela garçonete, mas então se levantou do assento com um salto. — Espere!

Quando Shelby saiu correndo, se desviando das mesas no caminho, tentando atravessar a multidão no bar, Emma Kate foi atrás.

— Você está se sentindo mal? O banheiro fica do outro lado.

— Não. Achei que tinha visto uma pessoa.

— O que mais tem na Noite das Asinhas de Frango são pessoas.

— Não, uma pessoa da Filadélfia. Um detetive particular que apareceu perguntando por Richard.

— Detetive particular? Você não me contou a história toda mesmo.

— Não podia ter sido ele. Não tem motivo. Eu só estava falando sobre Richard, remoendo aquilo tudo. Não quero mais pensar nisso. Quero esquecer esse assunto por enquanto.

— Tudo bem.

— Podemos falar sobre outra coisa? Até mesmo sobre Melody e Jolene. Não me importa. Qualquer coisa.

— Bonnie Jo Farnsworth está se divorciando. Ela se casou com Les Wickett há menos de dois anos, fez um festão.

— Fiquei sabendo. Ela voltou com Boyd Kattery, e os dois foram para a Flórida fabricar metanfetamina com os primos dele.

— Então você já está se inteirando das fofocas. Vamos sentar. Quero tomar mais uma cerveja, já que não vim de carro.

Satisfeita, Shelby começou a voltar com Emma Kate para a mesa.

— Você mora por aqui?

— Em um apartamento em cima da Tesouros da Montanha, então vim andando. Só preciso achar a garçonete e... ah, droga.

— O que foi?

— Matt e Griff acabaram de chegar. Eu me distraí. Fiquei de mandar uma mensagem para Matt caso não quisesse mais que ele aparecesse e me desse uma desculpa para ir embora. Como não fiz isso, os meninos vão nos fazer companhia, e não posso mais tentar arrancar alguma coisa de você depois que se sentir mais calma.

— Adiantaria se eu dissesse que só vovó sabe mais sobre o que aconteceu do que você?

— Por enquanto, é o suficiente. — Emma Kate sorriu, acenou com uma mão.

— O seu Matt é bem bonitinho.

— É mesmo. E muito talentoso com as mãos.

Enquanto Shelby soltava uma risada engasgada, Matt chegou até elas. Ele usou as mãos muito talentosas para segurar Emma Kate pelos cotovelos e levanta-la, e a beijou.

— Aqui está a minha garota. — Matt colocou a namorada de volta ao chão e virou-se para a amiga dela. — E você deve ser Shelby.

— É um prazer te conhecer.

— O prazer é meu. Vocês não vão embora agora, não é?

— Só estávamos voltando para a mesa — respondeu Emma Kate. — Estou pronta para outra rodada.

— Esta é por conta de Griff.

— Duas Black Bears. Acho que vou tomar uma Bombardier. E você, Shelby?

— Só quero um copo de água.

— Não sei se posso bancar isso tudo, mas, já que é para você, vou esbanjar.

— Vim de carro — explicou ela enquanto voltavam para a mesa.

— Mas nós, não — disse Matt alegremente, e passou um braço ao redor dos ombros de Emma Kate enquanto sentavam. — E tivemos um dia fantástico. Forçamos um pouco a barra com sua mãe, querida, e a bancada está pronta.

— Ela gostou?

— Ela não gostou. *Amou.* Eu bem que avisei.

— Você tem mais esperança e menos experiência com as indecisões de minha mãe.

— Eu vi a cozinha outro dia, quando alguns armários já estavam instalados — comentou Shelby. — Estava bem legal. O trabalho de vocês é ótimo.

— Gostei da sua amiga. Ela tem muito bom gosto e presta atenção nas coisas. Está feliz por ter voltado?

— Parece que fiz a coisa certa. Você deve estar achando a cidade bem diferente de Baltimore.

— Não podia deixar esta aqui escapar.

— Isso mostra que você tem muito bom gosto e presta atenção nas coisas.

— Vamos brindar a isso quando Griff aparecer com a cerveja. Ele disse que sua filha é uma graça.

— Eu acho que é.

— Quando foi que Griff conheceu Callie? — quis saber Emma Kate.

— Ah, ele me deu uma carona hoje quando me meti numa enrascada sem carro, com três sacolas de mercado e Callie. Eu perdi a noção no mercado. Ela ficou louca por ele.

— Pareceu que era ele quem estava louco por ela. Então... — Sorrindo, Matt enroscou uma mecha de cabelos da namorada num dedo. — Agora que somos amigos, me conte alguma história vergonhosa sobre Emma Kate que a mãe dela não saiba. Acho que consegui arrancar as piores de Bitsy.

— Ah, eu jamais faria isso. Não poderia de jeito nenhum contar sobre a vez que ela roubou duas latas de cerveja do pai, nós duas saímos escondidas da casa e bebemos até ela vomitar nas flores da mãe.

— Vomitou? Vomitou nas flores depois de uma cerveja?

— Nós tínhamos 14 anos. — Emma Kate estreitou os olhos na direção da amiga, mas havia humor em seu olhar. — E Shelby vomitou mais do que eu.

— Vomitei mesmo. Virei a latinha o mais rápido que pude, porque achei o gosto tão ruim e forte, e acabei vomitando tudo na mesma hora. Nunca consegui gostar de cerveja.

— Ela não gosta de cerveja? — Griff colocou as tulipas diante dos amigos e um copo de água com uma fatia de limão na frente de Shelby, sentando do lado dela com sua bebida. — Isso pode atrapalhar meus planos de pedir sua ajuda para fugir com Viola.

— E ele não está brincando. — Matt levantou seu copo. — Bem, brindo aos amigos, mesmo quando eles não têm o bom senso de beber cerveja.

PRIVET FAZIA ANOTAÇÕES dentro do carro. Ele estacionara do lado oposto ao da minivan de Shelby. Parecia que a jovem viúva estava se divertindo, bebendo uma taça de vinho com uma velha amiga. Mas a mulher não era tão boba quanto ele pensava, e quase o vira.

Agora, parecia que a noite no bar local virara um encontro duplo de casais.

Mesmo assim, ela não agia de forma suspeita e nem esbanjava dinheiro.

Talvez não estivesse mesmo envolvida com os negócios do marido no fim das contas. Talvez não soubesse de nada.

Ou talvez fosse esperta suficiente para se esconder num buraco do Tennessee até a barra ficar limpa. Considerando o que estava em jogo, ele esperaria mais alguns dias.

Por sua recompensa por encontrar os trinta milhões de dólares, poderia dedicar um pouco de tempo àquilo.

Capítulo 9

◆ ◆ ◆

Ela estava se divertindo, se divertindo com outros adultos, fazendo coisas que adultos fazem. Às vezes, notava vestígios da antiga amizade com Emma Kate aparecendo, e isso lhe dava esperança de que tudo voltaria ao normal entre as duas.

E ver um homem, que parecia ser legal, de quatro — esse era o termo que lhe vinha à mente — pela amiga a deixou animada.

Shelby gostava dos dois juntos, tranquilos e confortáveis, mas com algumas faíscas de intimidade. Já vira Emma Kate apaixonada antes, mas isso viera acompanhado do drama, do sofrimento e da fascinação do amor na adolescência, que surge como um cometa no céu noturno, e desaparece tão rápido quanto. O que via ali parecia verdadeiro e sólido, como uma muda de árvore firme e saudável fincando raízes.

Se os anos perdidos entre as duas fizessem com que aquela fosse a única oportunidade de observar a forma como Emma Kate e Matt combinavam, a amizade entre ela e Griff e a óbvia camaradagem entre os dois homens, Shelby pelo menos ficaria grata por ter sido incluída no grupo por uma noite.

Talvez precisasse se esforçar mais para relaxar ao lado de Griff — apertados na cabine, encostava uma perna inteira na do vizinho. Fazia tanto tempo desde a última vez que chegara perto de um homem, e isso talvez explicasse as borboletas que ocasionalmente sentia no estômago. Mas era fácil conversar com ele — com todos eles. E como era bom passar uma hora sem falar de si mesma ou dos seus problemas.

Shelby enrolou para beber sua água, torcendo para que isso fizesse o momento durar.

— Não acho que as coisas tenham mudado o bastante em Ridge para agora ser fácil abrir seu próprio negócio, ainda mais quando a pessoa não é... local.

Matt sorriu para ela do outro lado da mesa.

— Você quer dizer do Norte.

— Isso seria um fator. Mas o sotaque de vocês é uma graça — respondeu ela, provocando uma risada.

— Ajuda o fato de nós sermos bons, e quero dizer bons mesmo. E também tínhamos Emma Kate do nosso lado. — Ele tocou os cabelos repicados da namorada. — Conseguimos alguns bicos de gente que estava curiosa o suficiente para descobrir quem era o forasteiro que a conquistou.

— Pintando casas — comentou Griff. — Achei que ficaríamos pintando casas para sempre. Mas, então, o pai de Emma Kate nos ajudou quando uma árvore caiu na casa dos Hallister. A família o contratou para consertar o telhado, e ele nos indicou para fazer o restante. O azar deles foi a nossa sorte.

— A família do garoto dos Hallister? — perguntou Shelby. — Aquele que vive grudado com minha prima Lark?

— Esse mesmo — confirmou Emma Kate. — E depois foi a vez de vovó ajudar.

— Ah, é?

— Ela contratou Dewey Trake e sua equipe em Maryville para fazer a Sala do Relaxamento no spa e terminar o pátio pequeno. E consertar uma coisinha ou outra — continuou a amiga.

— E o Sr. Curtis? Vovó sempre o contratava.

— Faz uns dois anos que o homem se aposentou, e nem vovó conseguiu convencê-lo a mudar de ideia. Então ela contratou Trake, mas isso não durou nem duas semanas.

— Um trabalho muito malfeito. — Griff virou a cerveja.

— E superfaturado — adicionou Matt.

— Foi o que vovó achou, e o demitiu.

— Por acaso, eu estava lá quando aconteceu. — Griff assumiu a história com tranquilidade. — Nossa, ela acabou com o sujeito. Fazia quatro dias que o cara tinha começado, e já estava se arrastando, reclamando de estar sobrecarregado e de atrasos. Um monte de merda, basicamente. Ela deu um escândalo, disse para nunca mais aparecer lá.

— Parece algo que vovó faria.

— Foi quando me apaixonei. — Griff soltou um suspiro, abrindo o que Shelby descreveria como um sorriso sonhador. — Não há nada mais sensual do que uma mulher descascando um cara daquele jeito. De toda forma, não quis perder a oportunidade...

— O azar de Dewey Trake foi a sorte de vocês.

— Exatamente. Perguntei se eu não poderia dar uma olhada.

— Griff é o nosso chefe de marketing — explicou Matt.

— E Matt cuida da contabilidade. Dá certo assim. Eu dei uma olhada, pedi para ver as plantas, disse que entregaria um orçamento no dia seguinte, mas já dei uma estimativa na hora.

— Você errou por uma diferença de 11 mil — lembrou Matt.

— Dei uma estimativa na hora. Ela me lançou um olhar, me analisando... A dona Vi provavelmente já fez isso com você.

— Várias vezes — concordou Shelby.

— Eu me apaixonei um pouco mais, mas me controlei e não pedi que fugisse comigo. É importante saber o momento certo para essas coisas. Ela disse algo como: "Rapaz, quero essa obra pronta até o Natal, e quero um serviço bem-feito. Amanhã cedo, me entregue esse orçamento no papel, e, se eu gostar, pode começar a trabalhar na mesma hora."

— Imagino que ela tenha gostado.

— Gostou, e nós fizemos o trabalho — contou ele. — Por aqui, a aprovação de Viola Donahue é tudo de que se precisa para se dar bem.

— Também não foi ruim o fato de Griff ter comprado aquela casa velha com seus 15 mil metros quadrados de terreno abandonado e sujo — adicionou Matt. — Era como se ela estivesse pedindo. "Você precisa me comprar, Griff! Tenho muito potencial."

— Tem mesmo — concordou Shelby, e ganhou um sorriso rápido e radiante do outro homem, o que fez as borboletas reaparecerem.

— Qualquer um que olhar para ela com atenção percebe isso. Mas um monte de gente achou, e ainda deve achar, que eu era doido.

— Isso provavelmente também foi bom para os negócios. A loucura é bastante valorizada por nós, sulistas.

— Ora, você sabe aquele rapaz Lott que veio de Baltimore? — começou Emma Kate.

— Ele pode até ter problemas de cabeça — completou Shelby —, mas trabalha muito bem.

Ela viu Forrest entrar. Veio ver se eu estou bem, pensou. Algumas coisas nunca mudam.

— Um oficial da lei está chegando — comentou Griff enquanto Forrest vinha na direção deles. — E aí, Pomeroy? Veio patrulhar o bar?

— Não estou trabalhando. Vim atrás de cerveja e mulheres selvagens.

— Esta aqui já está comprometida. — Matt se apertou mais contra Emma Kate. — Mas você pode sentar com a gente e pegar uma cerveja.

— A cerveja primeiro. — Ele indicou o copo de Shelby com a cabeça. — Está bebendo água?

— Sim, papai. Você veio de casa? Callie está bem?

— Sim, mamãe. Ela tomou um banho de espuma homérico, convenceu o avô a contar duas histórias, e estava dormindo com Fifi quando saí. Quer outra água?

— Acho melhor voltar para casa.

— Relaxe. Mais cerveja? — perguntou ele para o restante da mesa.

— Quero uma Coca Diet desta vez, Forrest — disse Emma Kate. — Já cheguei à minha cota do dia.

Quando o irmão se afastou para buscar as bebidas, Shelby deu uma olhada ao redor.

— Sei que nós não vínhamos muito aqui, mas não me lembro do lugar ficar cheio assim.

— Você precisa ver como fica aos sábados à noite. — Já que havia uma nova a caminho, Matt terminou sua cerveja. — Fazem shows ao vivo. Griff e eu estamos conversando com Tansy, e ela está conversando com Derrick sobre fazer um palco maior, uma pista de dança e um segundo bar.

— Eles poderiam alugar para eventos particulares. — Agora era Griff quem analisava o salão. — Só é preciso manter a arquitetura original, se certificar de que a acústica e o fluxo de tráfego fiquem bons. Daria certo.

— As bebidas estão vindo. — Forrest se acomodou na beirada do assento. — Como vai a cozinha da dona Bitsy?

— Só precisamos de mais uns dias para acabar tudo — respondeu Matt.

— Sabem de uma coisa, minha mãe comentou que quer transformar o quarto dela numa suíte. Com uma ducha com vapor. — Ele estreitou os olhos na direção de Griff. — Você já sabia.

— Talvez tenhamos conversado sobre o assunto.

— A ideia é transformar o antigo quarto de Shelby em banheiro e, agora que ela está usando o de Clay, e Callie, o meu, não tem mais nenhum sobrando.

— Você está pensando em voltar a morar com seus pais?

— Não, mas nunca se sabe. — Ele olhou para a irmã. — Não é? Então, se isso acontecer mesmo, o que provavelmente vai ser o caso, e minhas circunstâncias mudarem, vou ter que ir morar na sua casa.

— Tenho bastante espaço. Domingo ainda está de pé?

— Você vai comprar cerveja?

— Vou.

— Então estarei lá.

— Griff vai derrubar mais uma parede ou outra na velha casa dos Tripplehorn — explicou Emma Kate a Shelby.

— Será que, depois de eu passar uns vinte anos morando lá, as pessoas vão passar a chamá-la de a velha casa do Lott?

— Não — respondeu Forrest, sem hesitar. — E aí, Lorna, como você está?

A garçonete serviu as bebidas.

— Bem, mas estaria melhor se estivesse aqui, bebendo com esses homens lindos.

Ela entregou a Shelby seu copo, e tirou os vazios da mesa.

— Cuidado com este aqui, querida. — Ela cutucou o ombro de Griff. — Um homem charmoso desse jeito consegue convencer uma mulher a fazer qualquer coisa.

— Estou segura. Ele está atrás da minha avó.

Lorna apoiou a bandeja com os copos vazios contra o quadril.

— Você é a netinha da Vi? Mas é claro, uma é a cara da outra. Bem, sua avó está tão feliz por você estar de volta. Você e sua filha. Estive no salão hoje, e ela me mostrou uma foto que tirou depois de fazer um penteado na sua menina. Ela é a coisa mais fofa.

— Obrigada.

— Podem me chamar se precisarem de mais alguma coisa. Já estou indo, Prentiss! — gritou ela por cima do ombro quando outra mesa a chamou. — De toda forma, fique atenta com ele — disse a Shelby.

— Não me lembro dela. Deveria?

— Você se lembra da dona Clyde?

— Ela foi minha professora de inglês no ensino médio.

— Ela foi professora de todo mundo. Lorna é irmã dela. Ela veio de Nashville para cá faz uns três anos. O marido dela morreu de ataque cardíaco aos 50.

— Que triste.

— Eles não tinham filhos, então ela fez as malas e veio morar com a irmã. — Forrest deu um gole na cerveja. — Derrick diz que Tansy é a mão direita dele no bar, e Lorna é a esquerda. Você encontrou com Tansy?

— Encontrei. Demorei um pouco para reconhecê-la. Matt disse que estão pensando em fazer uma reforma, colocar uma pista de dança, um palco e outro bar.

— Agora já era — disse Emma Kate quando o assunto da conversa se voltou para demolições e materiais. — Só vamos falar sobre obras agora.

Shelby gostou da conversa sobre obras e da meia hora a mais que passou com o irmão.

— Hoje foi divertido, mas preciso ir.

— Levo você até o carro — disse Griff enquanto se levantava do assento para ela sair.

— Não precisa. Acho que meu irmão mantém as ruas de Ridge seguras o suficiente. Você pode sentar no meu lugar — disse ela para Forrest. — Vai ficar menos apertado.

— Pode deixar. Mande uma mensagem quando chegar em casa.

Shelby começou a rir, mas viu que ele estava falando sério.

— Que tal eu mandar uma mensagem se encontrar algum problema nos dois quilômetros e meio daqui até em casa? Boa noite, pessoal. Obrigada pela bebida, Griff.

— Foi só uma água.

— Vou tentar fazer você gastar mais dinheiro da próxima vez.

Shelby foi embora feliz. Feliz o suficiente para abrir as janelas, apesar do frio, ligar o rádio e cantar junto. Não notou o carro que saiu logo depois dela e a seguiu por aqueles dois quilômetros e meio.

Dentro do bar, Forrest trocou de lugar.

— Ia levar ela até o carro?

Griff analisou sua bebida.

— Sua irmã é uma gata.

— Não me obrigue a bater em você.

— Você pode até me bater, mas ela vai continuar sendo gata.

Forrest decidiu ignorá-lo, e mudou seu foco para Emma Kate.

— Parece que vocês duas se acertaram.

— Foi um começo.

— Quanto conseguiu arrancar dela?

— O suficiente para ter certeza de que o marido morto era um filho da puta. Você tinha razão, Forrest.

— É, eu tinha. — Os olhos dele se tornaram frios; a boca, apertada. — E não podia fazer nada.

— Que tipo de filho da puta? — quis saber Griff.

— O tipo que a fazia se sentir burra e insignificante, e não deixava que tivesse acesso a um centavo do dinheiro dele. — A raiva que Emma Kate tentara segurar antes agora transparecia. — O tipo que provavelmente tinha amantes enquanto ela ficava em casa cuidando da filha; tive a impressão de que ele não prestava muita atenção na menina. E tem mais nessa história, sei que tem. Ela não me contou tudo. — Emma Kate respirou fundo. — Juro que, se o homem não estivesse morto, eu mesma seguraria seu casaco enquanto você arrebentava ele, Forrest, ou você teria que segurar o meu.

— Era Shelby quem deveria ter arrebentado ele.

— Aposto que ninguém nunca fez você se sentir burro e insignificante. — Griff balançou a cabeça. Pensou naqueles olhos tristes e na menininha esperta e sapeca.

Sua raiva pareceu ferver. E podia continuar assim — borbulhando por bastante tempo. Mas quando ela transbordava, era capaz de queimar até os ossos.

— Minha irmã saiu com um cara assim por um tempo. Um babaca passivo--agressivo e manipulador. Ele mexeu com a cabeça dela, fez um belo estrago em poucos meses. Não havia filhos no meio da história. Pessoas assim começam fazendo com que você ache que é fantástico, que elas têm sorte de lhe ter na vida delas. E então começam a provocar, aos poucos. O cara a convenceu a perder peso, e minha irmã não tem nada de gorda.

— Não tem mesmo — concordou Forrest. — Eu a conheci. Sua irmã é uma gata.

— Mereci essa. O idiota perturbava Jolie. Por que ela não fazia alguma coisa diferente com os cabelos? Se não pudesse bancar um salão mais caro porque trabalhava naquele lugar horroroso, ele pagaria. Seria um presente.

— Morde e assopra — disse Matt. — Eu me lembro desse cara. Quando Jolie finalmente terminou o namoro, você o provocou até ele o atacar.

— Eu precisava dar um jeito naquele sujeito, e assim podia dizer que foi ele que começou.

— Ele ainda podia fazer queixa de agressão.

— Deixa disso, policial. Valeu a pena.

— Shelby sempre foi tão... qual é a palavra? — murmurou Forrest.

— Vibrante — respondeu Emma Kate. — Ela ia atrás do que queria. Não passava por cima dos outros para conseguir nada, mas entrava na competição. E, se você tentasse sacanear ela ou outra pessoa, especialmente outra pessoa? — A mulher fez uma pausa e olhou para Griff. — Ela acabava com você.

— Ela continua sendo vibrante. Talvez vocês dois não percebam porque a conhecem desde sempre. Mas eu notei.

Emma Kate inclinou a cabeça na direção dele.

— Ora, ora, Griffin Lott. Shelby disse que a filha dela ficou louca por você. E você ficou louco pela mãe?

— O irmão dela está bem aqui, e ele já ameaçou me bater.

— Ela seria o seu tipo — adicionou Matt.

— Meu tipo?

— Porque você não tem um tipo, contanto que seja mulher.

— O irmão dela está bem aqui — repetiu Griff, e passou a se dedicar à sua cerveja.

$\mathcal{S}$HELBY FOI AO ENCONTRO no parque e se divertiu quase tanto quanto Callie. A melhor parte foi que ela e a mãe de Chelsea fizeram um acordo. Tracey tomaria conta das meninas por algumas horas enquanto Shelby fazia algumas tarefas no dia seguinte, e depois as duas trocariam.

Todo mundo ganhava.

E, talvez, pensou ela enquanto examinava suas roupas, conseguisse pelo menos um emprego de meio expediente.

Shelby escolheu um vestido — de corte simples, amarelo-claro para a primavera — e um belo par de saltos nude, com uma jaqueta branca curta para finalizar.

Prendeu os cabelos em um rabo de cavalo, colocou brincos com pequenas pérolas. Falsas, uma vez que eram da época da faculdade, mas era um acessório bonito e que combinava com a roupa.

Com a mãe de volta ao trabalho, ela e Callie estavam sozinhas em casa, e Shelby não teria que explicar que estava se arrumando para procurar emprego. Se tivesse sorte e conseguisse alguma coisa, só precisaria dar a boa notícia.

E se conseguisse um emprego *e* vendesse a casa? Daria piruetas pela rua principal, na frente de qualquer um que quisesse ver.

— A mamãe está bonita.

— Callie está mais bonita. — Shelby olhou para a filha, sentada na cama, metodicamente tirando as roupas de duas Barbies.

— Querida, por que suas bonecas estão peladas?

— Elas precisam trocar de roupa para sair na rua. Chelsea tem uma gatinha chamada Branca de Neve. Posso ter uma gatinha?

Agora, Shelby olhou para o velho cachorro que roncava ao pé da cama.

— Você acha que Clancy gostaria disso?

— Ele poderia brincar com a gatinha. O nome dela vai ser Fiona, como em *Shrek*. Por favor, mamãe, posso ter uma gatinha? E um cachorrinho. Quero mais um cachorrinho.

— Vamos fazer assim. Quando tivermos a nossa casa, conversamos sobre ter uma gatinha.

— E um cachorrinho também! O nome dele vai ser Burro, como em *Shrek*.

— Vamos ver.

Richard não deixara que a filha tivesse animais. Bem, na casa dela, Callie teria um gato e um cachorro.

— E um pônei!

— Agora você está forçando a barra, Callie Rose. — Mas Shelby pegou a menina no colo e a girou no ar. — A mamãe está mesmo bonita hoje? Quero causar uma boa impressão.

— A mamãe está linda.

Ela deu um beijo na bochecha da filha.

— Callie, você é a melhor coisa do mundo.

— Já está na hora de irmos para a casa de Chelsea?

— Quase. Vista suas bonecas para as guardarmos na sua bolsa e irmos.

Depois de ter deixado Callie e batido papo com Tracey, Shelby foi direto para a cidade.

Ela era capaz de fazer aquilo, pensou. Era inteligente o suficiente para aprender coisas novas. Até mesmo sabia um pouco sobre arte, e conhecia — ou conhecera — alguns dos artistas e artesãos locais. Fazia sentido tentar conseguir um emprego de meio expediente na Ridge Artística.

Depois de estacionar o carro, ficou lá dentro um pouco, tentando se acalmar.

Não pareça desesperada. Na pior das hipóteses, compre alguma coisa. Tudo ia dar certo.

Colocando um sorriso no rosto, ignorando o estômago embrulhado, Shelby saiu do carro, caminhou pela calçada e entrou na galeria.

Ah, o lugar era bonito — ela adoraria passar um tempo lá. O salão cheirava a velas perfumadas e era iluminado por luz natural. Olhando ao redor, viu várias coisas que gostaria de ter em sua casa, quando tivesse uma.

Castiçais de ferro forjado, taças de vinho de vidro azul-claro moldado, a pintura de um riacho em uma montanha em uma manhã nublada, uma jarra creme, comprida e retorcida, brilhante como vidro.

As cerâmicas de Tracey também — e Shelby adorou as tigelas empilhadas em formato de tulipa.

As prateleiras de vidro reluziam, e, apesar de estalar um pouco, o velho piso de madeira apresentava um brilho discreto.

A garota que saiu de trás do balcão não devia ter mais de 20 anos, e usava meia dúzia de brincos coloridos na curva da orelha.

Não era ela quem mandava ali, pensou Shelby, mas talvez fosse uma porta de entrada.

— Bom dia. Posso ajudar?

— Como é lindo aqui dentro!

— Obrigada! Vendemos produtos de artistas e artesãos locais. Há muitas pessoas talentosas na região.

— Eu sei. Ah, aquele quadro é de minha prima. É um conjunto. — Ela seguiu na direção de um grupo de quatro telas pintadas em aquarela.

— Você é prima de Jesslyn Pomeroy?

— Sim, por parte de pai. Sou Shelby Pomeroy. Agora, Foxworth. — Shelby sabia que família era algo valorizado ali, e isso talvez pudesse ser outra porta de entrada. — É a filha do meio do meu tio Barlet. Estamos tão orgulhosos.

— Vendemos um dos quadros dela no domingo passado, para um homem de Washington D.C.

— Mas que ótimo! A obra da prima Jessie na parede de um homem de Washington D.C.!

— Você está visitando a cidade?

— Nasci e cresci aqui, mas passei uns anos fora. Agora, voltei. Faz poucos dias, na verdade. Ainda estou me aclimatando. E queria encontrar um emprego de meio expediente. Seria maravilhoso trabalhar em um lugar assim, com as obras de minha prima bem ali. E as de Tracey Lee — adicionou, já que não fazia mal conhecer as pessoas. — Nossas filhas já se tornaram melhores amigas.

— É difícil encontrar as canecas de Tracey nas prateleiras, elas saem voando. Minha irmã, Tate, é casada com Woody, primo de Robbie. O marido de Tracey. Eles moram em Knoxville.

— Sua irmã é Tate Brown?

— Isso mesmo. Agora, é Bradshaw, mas é ela. Vocês se conhecem?

— Sim. Tate namorou meu irmão Clay quando eles estavam na escola. Então ela casou e se mudou para Knoxville?

Portas de entrada, pensou Shelby, enquanto as duas conversavam sobre suas famílias.

— Estamos começando a procurar pessoas para ajudar na alta temporada. Quer conversar com a gerente?

— Quero, obrigada.

— Já volto. Pode dar uma olhada pela loja, se quiser.

— Vou, sim.

De fato, assim que a garota saiu de seu campo de visão, Shelby deu uma olhada no preço da jarra comprida. Fez uma careta. Supunha que o preço devia ser justo, mas era um pouco fora do seu orçamento no momento.

Faria daquilo uma meta.

Quando a garota voltou, seus olhos não pareciam mais amigáveis, e seu tom de voz foi frio.

— Pode subir. Levo você lá.

— Obrigada. Deve ser bom — continuou Shelby enquanto elas seguiam para os fundos da loja. Lá, caixas e prateleiras de madeira estocavam cerâmicas e tecidos. — Trabalhar cercada de coisas bonitas.

— Suba as escadas, a sala fica no primeiro andar. A porta está aberta.

— Obrigada.

Ela subiu, entrou em uma sala com três janelas estreitas que davam vista para a cidade e as montanhas além dela.

O lugar também estava cheio de arte e coisas bonitas, uma cadeira fofa com pernas curvas em um tom de azul-escuro, e uma bela escrivaninha antiga reformada para que a madeira tivesse um brilho dourado. Um vaso com rosas vermelhas e gipsófilas estava sobre ela, assim como um computador e um telefone.

Demorou apenas um instante para Shelby se concentrar na mulher atrás da mesa — e compreender a mudança abrupta no comportamento da vendedora.

— Ora, ora, olá, Melody. Não fazia ideia de que trabalhava aqui.

— Sou gerente da galeria. Minha avó a comprou faz quase um ano, e pediu para que eu desse um jeito no lugar.

— Bem, pelo que eu vi, está fazendo um ótimo trabalho.

— Obrigada. A gente faz o que pode pela família, não é? E olhe só para você.

Ela se levantou então, uma mulher cheia de curvas em um vestido cor-de-rosa justo. Seus cabelos louros caiam nos ombros em ondas suaves e longas, emoldurando o rosto em formato de coração, com uma pele lisa que brilhava devido à aplicação habilidosa de um bronzer ou de um bom autobronzeador.

Shelby sabia muito bem que Melody jamais exporia a pele ao sol, se arriscando a ter rugas e manchas.

Seus olhos, de um azul frio, analisaram Shelby enquanto caminhava na sua direção para cumprimentá-la com um encosto de bochechas.

— Você não mudou nem um pouco, não é? Minha nossa, essa umidade que está chegando deve fazer um estrago nos seus cabelos.

— Que bom que eu tenho acesso a bons produtos de salão. — E sua raiz já está pedindo um retoque, pensou, porque ninguém a irritava com tanta facilidade quanto Melody Bunker.

— É bom mesmo. Soube que você estava de volta. É uma tragédia o que aconteceu com seu marido, Shelby. Uma tragédia. Meus sentimentos.

— Obrigada, Melody.

— E agora está de volta onde começou, não é? Soube que voltou para a casa da sua mãe. Ah, por favor, sente-se. — A mulher apoiou o quadril na mesa, se mantendo superior, em uma posição de poder. — E como você está, Shelby?

— Bem. É bom estar de volta. Como vai a sua mãe?

— Ah, está ótima. Nós duas vamos para Memphis daqui a duas semanas para tirar uns dias de folga, fazer compras. Vamos ficar no Peabody, é claro.

— É claro.

— Sabe, é tão difícil encontrar roupas boas aqui, então tentamos ir a Memphis no início de cada temporada. Tenho que admitir que nunca achei que a veria de volta a Ridge, mas, sendo uma viúva agora, deve precisar do apoio da família.

— Eles me apoiam mesmo.

— Fiquei muito surpresa quando Kelly apareceu para dizer que você estava lá embaixo, pedindo emprego. As pessoas falavam tanto sobre como estava bem de vida, depois de ter arrumado um marido rico. E você teve uma filha, não é? — Agora, os olhos azuis brilhavam, mas não de uma forma amigável. — Dizem que isso ajudou a fisgar o marido.

— Imagino que as pessoas façam todo tipo de comentário horroroso só porque gostam de ouvir o som da própria voz. Eu quero trabalhar — disse ela, simplesmente.

— Tenho certeza de que gostaria de ajudar, Shelby, mas são necessários certos requisitos para trabalhar aqui, na Ridge Artística. Imagino que você nunca tenha operado uma caixa registradora.

Melody sabia muito bem que ela já fizera isso no salão.

— Aprendi a mexer nelas quando tinha 14 anos, nos fins de semana e nas férias da escola, no salão da minha avó. E fui gerente-assistente na livraria da faculdade. Da Faculdade de Memphis, se você não lembra. Já faz alguns anos, mas posso conseguir referências se precisar. Sei mexer em uma caixa registradora e em computadores. Uso todos os softwares básicos.

— O salão de beleza da família e uma livraria de faculdade não contam muito para trabalhar em uma galeria de arte e artesanato sofisticada. E você tem experiência com comércio? Trabalhando em uma livraria? Ora, livros se vendem por conta própria, não? Nós vendemos obras de arte de alto nível, e muitas são exclusivas. Somos referência na cidade agora. Na verdade, no condado. E temos uma reputação a manter.

— Tenho certeza de que sua reputação é merecida, considerando as peças em oferta e a forma como as exibe. Apesar de eu achar que deveria juntar aquelas cadeiras de vime lá da frente com a mesa com tampo de tronco nos fundos, e expor nela algum arranjo com os pratos de cerâmica, algumas taças de vidro e uns tecidos.

— É mesmo?

Shelby sorriu em resposta ao tom de voz frio.

— Sim, mas é só a minha opinião. E posso dizer esse tipo de coisa, porque você não tem intenção alguma de me contratar.

— Nem consideraria essa hipótese.

Acenando em tom afirmativo com a cabeça, Shelby se levantou.

— O azar é seu, Melody, porque eu seria uma boa adição ao negócio de sua avó. Obrigada por me receber.

— Por que não procura uma vaga no Vi's? Tenho certeza de que sua avó encontraria algo para você que fosse mais adequado às suas habilidades e experiência. Ela deve precisar de alguém que consiga varrer o salão e lavar as pias.

— Você acha que isso seria degradante? — Shelby inclinou a cabeça. — Não estou surpresa, Melody, nem um pouco. Você não mudou nada desde os tempos de escola, e ainda está remoendo o fato de terem colocado a coroa de rainha do baile na minha cabeça em vez de na sua. Que coisa triste. É muito triste o fato de sua vida não ter se tornado mais interessante e gratificante desde a escola.

Ela saiu da sala de cabeça erguida, começou a descer as escadas.

— Eu fiquei em segundo lugar no concurso de Miss Tennessee!

Shelby se virou e sorriu para a outra mulher, que estava parada no topo da escada com as mãos no quadril.

— Que gracinha — disse, continuando a descer as escadas e saindo do prédio.

Ela queria tremer. Não tinha certeza se era de raiva ou humilhação, mas queria tremer. Caminhe para liberar a tensão, disse a si mesma, e atravessou a rua.

Seu primeiro instinto era ir para o salão e desabafar, mas fez uma virada abrupta e foi na direção do bar.

Talvez Tansy precisasse de mais uma garçonete no Bootlegger.

Cheia de raiva e humilhação, bateu à porta. Talvez o lugar não abrisse por mais meia hora, mas tinha que haver alguém ali.

Na segunda série de batidas, a porta abriu. Um sujeito com cara de durão, vestindo uma camiseta sem mangas que exibia braços tão musculosos que pareciam montanhas, lhe lançou um olhar ríspido com olhos escuros como um ônix.

— Só abrimos às 11h30.

— Eu sei disso. Está escrito na placa. Quero falar com Tansy.

— Por quê?

— Isso é problema meu, então... — Ela se interrompeu, caiu em si. — Desculpe... Sinto muito. Estou nervosa e estou sendo mal-educada. Meu nome é Shelby, sou amiga de Tansy. Gostaria de falar com ela, se puder.

— Shelby. Eu sou Derrick.

— Ah, o marido de Tansy. É um prazer lhe conhecer, Derrick, e sinto muito por ter sido mal-educada. Que vergonha.

— Não tem problema. Você parece nervosa. Entre.

Alguns dos funcionários estavam botando as mesas. No silêncio relativo do salão, Shelby ouviu sons na cozinha, vozes conversando.

— Por que não se senta no bar? Vou buscar Tansy.

— Obrigada. Não vou ocupar muito o tempo dela.

Shelby se sentou, tentou respirar do jeito que aprendera nas aulas de ioga que fizera em Atlanta. Não funcionou.

A amiga apareceu, sorridente.

— Que bom que veio! Não tivemos tempo de conversar ontem.

— Fui mal-educada com o seu Derrick.

— Não foi tão ruim assim, e já pediu desculpas duas vezes. Quer beber alguma coisa? — perguntou ele.

— Eu...

— Que tal uma Coca? — sugeriu Tansy.

— Nossa, por favor. Obrigada. Estou me repetindo, mas sinto muito. Tive uma pequena discussão com Melody Bunker.

Tansy deslizou para fora do banco.

— Quer algo mais forte do que uma Coca?

— Até queria, mas não, obrigada. Fui até a galeria ver se conseguia um emprego de meio expediente. Queria não ter gostado tanto do lugar. Ela é tão bonita e agradável. Mas então subi e fui conversar com Melody. Ela passou o tempo todo me provocando. Era de se esperar que tivesse amadurecido desde a época da escola.

— Pessoas como ela nunca amadurecem. Sou eu quem deveria pedir desculpas. Falei para você ir lá. Nem pensei em Melody. Tento fingir que ela não existe.

Tansy sorriu para Derrick quando ele colocou um refrigerante na sua frente.

— Obrigada, querido. Melody só trabalha por duas ou três horas em alguns dias da semana. Fora isso, está sempre com as amigas, fazendo as unhas ou almoçando no restaurante do hotel. É Roseanne, a gerente-assistente, que realmente cuida da galeria.

— Independentemente de quem for, Melody jamais ia deixar que me contratassem. Obrigada — disse para Derrick quando ele colocou a Coca diante dela. — Tenho certeza de que vou gostar de você, porque teve muito bom gosto ao escolher sua esposa. E adoro este lugar. Eu me diverti muito aqui ontem à noite. Ah, e parabéns pelo bebê.

— Acho que isso cobriu todas as bases. Já gosto de você. — Ele serviu água com gás para si mesmo. — Tansy me contou sobre você, sobre como a defendia quando pessoas como aquela vaca do outro lado da rua implicavam com ela.

— Derrick, não deveria falar assim de Melody.

— Ela é uma vaca — insistiu Shelby, e tomou um gole. — Pelo menos rebati tudo que disse. Fazia um tempo desde a última vez que fiz isso. Eu gostei. Talvez tenha gostado mais do que deveria.

— Você sempre foi boa em se defender.

— É? — Mais calma, Shelby sorriu, bebeu o refrigerante. — Bem, não foi difícil. Tinha fumaça saindo das orelhas dela quando saí de lá, então acho que a irritei. De toda forma, não vou conseguir um emprego na Ridge Artística tão cedo. Estava me perguntando se vocês não precisam de gente aqui. Talvez mais uma garçonete?

— Você quer ser garçonete?

— Eu quero um emprego. Não, preciso de um emprego — corrigiu-se ela. — Essa é a verdade. Preciso de um emprego. Estou tentando encontrar alguma coisa hoje, enquanto Tracey Lee toma conta de Callie. Se não houver vaga aqui, não tem problema. Tenho uma lista de lugares para ir.

— Você tem experiência servindo mesas? — perguntou Derrick.

— Já limpei muitas mesas, já servi comida. Não tenho medo de pegar pesado. Só estou procurando por algo de meio expediente por enquanto, mas...

— Ser garçonete não é para você, Shelby — começou Tansy.

— Tudo bem. Obrigada por me ouvirem, e pela Coca.

— Não terminei de falar. Derrick e eu estamos pensando em ter alguma atração nas noites de sexta. Estamos, sim — insistiu ela quando o marido franziu a testa.

— Vagamente.

— Temos uma banda ao vivo dois sábados ao mês, e o bar enche. O movimento de sexta aumentaria se tivéssemos uma atração. Posso te contratar agora mesmo, Shelby, para cantar de 20h à meia-noite nas sextas.

— Tansy, agradeço a oferta, mas faz anos que não faço nada assim.

— Sua voz continua a mesma?

— Não é isso...

— Não podemos pagar muito, pelo menos até vermos como vai ser o movimento. Seriam sets de quarenta minutos, e, em dez dos vinte minutos de intervalo, você conversaria com a plateia. Passaria pelas mesas. O que eu queria mesmo era tentar organizar um tema diferente para cada semana.

— Ela é cheia de ideias — murmurou Derrick, mas seu tom de voz parecia orgulhoso.

— Sou cheia de boas ideias. — Segurando o copo em uma mão, Tansy tamborilou com um dedo no bar. — E esta boa ideia é que começássemos com os anos 1940. Com músicas e drinques daquela época. O que eles bebiam? Martínis ou uísque com cerveja. Vamos bolar alguma coisa — disse ela, afastando a questão com um aceno de mão. — Depois, vamos passar para os anos 1950, e assim vai. Por enquanto, podemos usar uma máquina de karaokê. Talvez, se fizermos a reforma, possamos comprar um piano ou contratar uma banda. Por enquanto, para começar, vamos comprar a máquina, Derrick, porque teremos as Segundas de Karaokê também.

— Ela é cheia de ideias — repetiu o marido.

— Você não gostou do plano? — perguntou Shelby a ele.

— Ela é a gerente. Sou apenas o dono.

— Não nesta sexta — continuou Tansy, ignorando os dois. — Está muito em cima da hora, e preciso organizar as coisas. Na semana que vem. E seria bom se você pudesse vir aqui ensaiar, depois que eu já tiver tudo esquematizado. Vamos precisar fazer a reforma, Derrick, para isso tudo dar certo. É melhor você resolver logo as coisas com Matt e Griff, só para garantir.

— Sim, senhora.

— Muito bem. Shelby?

Ela respirou fundo uma vez, depois outra.

— Tudo bem. Aceito. Mas, se não der certo, não tem problema. Eu aceito e agradeço a oportunidade. Serei sua nas Noites de Sexta.

Capítulo 10

◆ ◆ ◆ ◆

SHELBY FOI praticamente dançando até o salão.

— Ora, ora, mas que carinha feliz — disse Viola assim que ela entrou. — Sissy, você se lembra de minha neta, Shelby.

Isso começou uma conversa fiada com a mulher na cadeira da avó, que desenrolava uma floresta de bobes enormes e começava a fazer o penteado.

Assim que teve uma abertura, Shelby contou a novidade.

— Que ótimo! Tansy e Derrick estão tornando aquele lugar um sucesso, e você vai estar lá. Atração principal.

Shelby riu, automaticamente tirando a cesta de bobes usados do caminho da avó.

— Vai ser só às sextas-feiras, mas...

Sissy a interrompeu para contar uma história sobre a época em que a filha estrelara o musical da escola, enquanto Viola afofava os cabelos dela para dobrarem de volume.

— É melhor eu ir. Imagino que mamãe deva estar trabalhando.

— Ela está com a agenda lotada de limpezas de pele. Callie vai ficar na casa de Tracey por mais um tempo, não é? — perguntou Viola. — Já vou fazer um intervalo.

— Ainda preciso ir a alguns lugares. Pensei em passar na Tesouros da Montanha para ver se querem contratar alguém por meio expediente, ou talvez na Loja de Antiguidades, porque Tansy disse que ela faz sucesso com turistas e os moradores locais.

— Comprei umas ótimas xícaras de vidro da época da Depressão lá; combinam com a minha coleção — contou Sissy.

— Está na minha lista. Mas não é o caso da Ridge Artística, já que não há vagas lá, pelo menos não para mim, se depender de Melody Bunker.

— Melody tem inveja de você desde que eram pequenas. — Conhecendo a cliente que tinha, Viola espirrou uma nuvem de spray fixador sobre a montanha de cabelos. — É uma benção ela não ter lhe contratado, querida. Se trabalhasse lá, aquela mulher infernizaria sua vida. Pronto, Sissy. Está grande o suficiente para você?

— Ora, Vi, você sabe que gosto que meus cabelos chamem atenção. Deus me deu tanto volume, então tenho que fazer bom uso dele. Está maravilhoso. Ninguém consegue deixá-los tão altos quanto você. Vou almoçar com as minhas amigas — disse ela a Shelby. — Vai ser um evento chique, lá no hotel.

— Parece divertido.

Sissy ainda ficou ali por alguns minutos antes de ir embora. Viola bufou e sentou na cadeira.

— Juro que, da próxima vez, uso uma bomba de ar para inflar aqueles cabelos dela. Agora me diga, está pensando em trabalhar por quantos dias na semana?

— Talvez três ou quatro... ou, quem sabe, cinco, se Tracey puder me ajudar ou se pedir para mamãe cuidar de Callie às vezes. Se for mais do que isso, vou ter que procurar uma creche para ela.

— Isso vai sugar todo o seu salário.

— Queria esperar o outono para fazer isso, e dar mais tempo a ela para se aclimatar, mas talvez precise adiantar meus planos. Vai ser bom para Callie passar tempo com outras crianças.

— É verdade. Mas tenho uma proposta a lhe fazer. Não sei por que insiste em ir à Tesouros da Montanha ou a qualquer um desses outros lugares quando tenho uma vaga aqui. Você poderia atender ao telefone, cuidar da agenda, do estoque, dos fornecedores e dos clientes. E ajudaria a manter tudo organizado, porque sempre foi boa nisso. Se achar algo melhor, não tem problema. Mas, por enquanto, seria bom para mim te contratar por três dias na semana. Quatro, quando o salão estiver muito cheio. E poderia trazer Callie às vezes. Você passava muito tempo aqui quando tinha a idade dela.

— Passava mesmo.

— E era ruim?

— Não, eu adorava. Tenho ótimas memórias de brincar aqui, ouvir conversas e fazer os cabelos e as unhas como se fosse uma adulta. Mas não quero me aproveitar de você, vovó. Não quero que crie trabalho para mim.

— Não se trata de se aproveitar nem de criar trabalho quando você seria útil. Não posso dizer que estaria me fazendo um favor, porque vou ter que te pagar. Mas faz sentido, a menos que não queira trabalhar aqui.

— Acharia ótimo que aceitasse — intrometeu-se Crystal da sua cadeira. — O restante de nós ficaria feliz em não precisar atender ao telefone ou ficar verificando a agenda quando Dottie está lá nos fundos ou fazendo um intervalo.

— Você poderia vir três dias na semana, de 10h às 15h, e aos sábados, de 9h às 16h, nas épocas mais cheias. — Viola fez uma pausa, vendo a hesitação no rosto de Shelby. — Se não aceitar, vou ter que contratar outra pessoa. Isso é um fato. Não é, Crystal?

— É um fato. Acabamos de falar sobre contratar alguém para trabalhar por meio expediente. — Segurando um pente fino, Crystal colocou a mão sobre o coração. — Eu juro.

— Precisaríamos te atualizar sobre algumas coisas, já que faz tempo desde a última vez que trabalhou aqui — continuou Viola —, mas você é uma garota esperta. Imagino que não vai demorar muito até entrar no ritmo.

Shelby olhou para Crystal.

— Jura que ela não está criando trabalho para mim?

— Claro que não. Dottie anda correndo de um lado para o outro, entre o salão e as salas de tratamento e o vestiário e a área de relaxamento nos fundos. E Sasha mal tem tempo para cuidar dessas coisas desde que tirou a permissão dela e começou a fazer tratamentos de corpo e pele. Nós nos viramos, mas seria bom ter alguém para ajudar.

— Tudo bem. — Shelby soltou uma risada, surpresa. — Adoraria trabalhar aqui.

— Então está contratada. Pode usar a hora que gastaria procurando emprego para começar. Vá lá nos fundos. As toalhas já devem estar secas. Pode dobrá-las, trazê-las para cá e colocá-las nos lavatórios.

Shelby se inclinou para a frente e pressionou a bochecha contra a de Viola.

— Obrigada, vovó.

— Você vai ter bastante trabalho.

— É exatamente isso que quero — disse Shelby, e pôs as mãos na massa.

QUANDO FINALMENTE chegou em casa com Callie, já havia bolado um cronograma eficiente. Deixaria a filha um dia por semana com Tracey, e pagaria a ela o dobro quando precisasse trabalhar aos sábados. Ada Mae decretara que teria um "Dia de Callie e vovó", o que a deixava com menos outro dia para ser preocupar.

Quando esse esquema não funcionasse, levaria a filha para o trabalho.

Nas noites de sexta, a mãe e a avó se revezariam — fora ideia delas, pensou enquanto parava o carro diante da casa.

Shelby ganharia dinheiro suficiente, e sua filha seria bem-cuidada. Não podia pedir por mais nada.

Como o olhar de Callie se tornou sonolento na curta viagem de volta, calculou que poderia botar a menina para tirar uma soneca agora, e então pesquisaria músicas dos anos 1940 para montar seu repertório. Com a filha meio adormecida apoiada no ombro, Shelby começou a subir as escadas.

Seguiu na direção do quarto de Callie, ninando-a e murmurando para mantê-la sonolenta, e então soltou um berro quando Griff apareceu no corredor.

A menina pulou em seus braços e, em vez de gritar, começou a chorar de forma estridente.

— Desculpe! — Griff tirou os fones de ouvido. — Não escutei você chegar. Desculpe. Sua mãe disse... Ah, Callie, me desculpe por ter te assustado.

Apertando a mãe, a menininha o encarou, soluçando, e depois se jogou na direção dele. Griff teve que correr para pegá-la. Callie se agarrou ao homem, chorando em seu ombro.

— Está tudo bem. Está tudo certo. — Ele esfregou as costas dela enquanto sorria para Shelby. — Sua mãe quer o banheiro novo. Eu disse que daria um pulo aqui assim que pudesse, para tirar as medidas. Uau, você está bonita.

— Preciso sentar por um instante. — E foi o que ela fez, bem no primeiro degrau da escada. — Não vi sua picape.

— Vim andando da casa da dona Bitsy. Estamos acabando lá, então podemos começar aqui na semana que vem.

— Semana que vem?

— Isso. — Ele dava tapinhas e se movia enquanto as lágrimas de Callie se tornavam fungadas. — Temos alguns trabalhos menores agendados, mas vamos encaixar este. Estava ouvindo música, então não escutei quando chegaram.

— Tudo bem. Eu provavelmente não precisava daqueles dez anos de vida que perdi com o susto. Só vou colocar ela no quarto para tirar uma soneca.

— Pode deixar. É ali, não é?

Ele entrou no quarto de Callie. Quando Shelby finalmente saiu da escada e entrou no cômodo, Griff já havia a colocado na cama, sob um cobertor fino, e respondia baixinho às perguntas cantaroladas que ela geralmente fazia quando era hora de dormir.

— Beijo — exigiu Callie.

— Sim, senhora. — Ele beijou a bochecha da menina, levantou-se, olhou para Shelby. — É só isso?

— É só isso. — Mas sinalizou para ele se afastar e saiu do quarto. — Foi fácil porque ela estava cansada de tanto brincar com Chelsea.

— Ela cheira a cereja.

— Aposto que deve ter sido de algum suco que tomou lá.

E a mãe dela cheirava ao prado de uma montanha — um aroma fresco, doce e selvagem, tudo ao mesmo tempo. Talvez a palavra do dia poderia ser "feromônios".

— Você está mesmo bonita.

— Ah, eu estava procurando por emprego, queria estar apresentável.

— Você está bem mais que apresentável, está — ele se controlou para não dizer "uma gata" — excelente. Como foi a caça ao trabalho?

— Foi ótimo, rebati a bola para fora do estádio e cobri todas as bases.

Jesus, uma metáfora sobre beisebol. Ele provavelmente teria que se casar com aquela mulher.

— Quero uma Coca — decidiu ela. — Quer uma?

— Não recusaria. — Especialmente porque isso significava que passariam mais tempo juntos. — Então, qual é o emprego?

— Veja bem, aqui no Sul, não somos tão diretos assim — alertou Shelby enquanto eles desciam as escadas. — Nós precisamos conversar sobre como foi que eu consegui o emprego antes.

— Desculpe, ainda estou tentando me livrar dos hábitos do Norte.

— Bem, não se livre de todos, faz parte do seu charme. O que estava ouvindo? — Ela indicou os ouvidos.

— Ah, é uma playlist bem eclética. Acho que estava tocando The Black Keys quando fiz você perder aqueles dez anos de vida. "Fever".

— Pelo menos perdi uma década por uma música que gosto. Agora, de volta à sua pergunta. Primeiro, fui escorraçada quando tentei arrumar um emprego na Ridge Artística, já que minha antiga rival dos tempos de escola, pelo menos na cabeça dela, é a gerente de lá.

— Melody Bunker. Sei quem é. Ela deu em cima de mim.

— Não brinca. — Surpresa, Shelby parou no meio do caminho, abriu a boca e deu a Griff uma chance de observá-la de perto. Seus olhos eram mesmo quase roxos. — Está falando sério?

— Ela havia bebido um pouco, e eu era novo na cidade.

— Você não vai dizer que deu em cima dela de volta, não é?

— Considerei a ideia — disse ele enquanto os dois entravam na cozinha. — A mulher é linda, mas é meio má.

— Nem todo mundo repara nisso, especialmente os homens.

— Consigo identificar pessoas más de longe. Ela estava com uma amiga, e as duas estavam... Bem, acho que se alfinetando.

— É isso mesmo, é assim que ela é. Sempre foi dissimulada. E é bem má mesmo. Hoje, fez o máximo possível para fazer com que eu me sentisse burra e inútil, mas não conseguiu. Ela estava querendo se fazer de superior, só que não deu muito certo. — Shelby se controlou, balançou a cabeça e pegou o refrigerante e os copos. — Não importa, foi melhor assim. Bem melhor.

— O que ela disse? Ou essa pergunta também é direta demais?

— Ah, começou fazendo comentários maldosos sobre os meus cabelos.

— Seus cabelos são lindos. Tipo cabelos mágicos de sereia.

Shelby riu.

— Nunca ouvi essa antes. Cabelos mágicos de sereia. Preciso usar isso com Callie. Voltando ao assunto, Melody Má fez algumas observações sobre as minhas circunstâncias atuais, que eu tolerei porque queria o emprego. Mas ela continuou insistindo, dizendo que eu não tinha experiência, bons modos e inteligência suficiente, e ficou bem claro que não teria a mínima chance de trabalhar lá, então decidi fazer alguns comentários também, que, na minha opinião, foram mais sutis e classudos.

— Aposto que foram mesmo.

Com um sorriso afiado, Shelby serviu a Coca nos copos com gelo.

— Melody estava tão nervosa quando saí que gritou que ficou em segundo lugar no concurso de Miss Tennessee, que foram os cinco minutos de fama dela. Então, terminei a conversa com o insulto mais gentil e compadecido que uma mulher sulista pode dar.

— Essa eu conheço. — Griff apontou com um dedo. — Já ouvi por aí. Você disse "Que gracinha".

— Você aprende rápido. — Depois de completar os copos, Shelby entregou um a ele. — Sei que isso com certeza a irritou, mas estava tão nervosa que fui direto para o Bootlegger. Ia perguntar a Tansy se ela não podia me contratar como garçonete. Conheci Derrick, e o homem parece um ator de filme de ação.

— Nunca pensei nisso.

— Porque você não olharia para ele desse jeito. Mas sob a perspectiva feminina? — Ela riu de novo, acenou uma mão diante do rosto. — Tansy é uma mulher de sorte. E Derrick também é sortudo, porque ela é uma pessoa gentil, inteligente e sensata. Então, depois de me desculpar por ser mal-educada com ele, porque estava muito nervosa, não quiseram me contratar como garçonete.

— Parece que foi um dia difícil para se conseguir emprego.

— De forma alguma. Eles querem que eu trabalhe lá nas noites de sexta, cantando. Vou ser a atração do dia. Ou, como Tansy disse, serei as Noites de Sexta.

— Jura? Isso é ótimo, ruiva, ótimo de verdade. Todo mundo diz que sua voz é fantástica. Cante alguma coisa.

— Não.

— Vamos lá, só um pouquinho.

— Vá ao Bootlegger na sexta da outra semana e poderá me ouvir. — Depois de levantar o copo na direção dele, Shelby deu um gole. — Depois, porque ainda não terminei a história, fui ao salão contar as novidades para vovó, antes de continuar procurando vaga em outros lugares, e ela me convenceu a trabalhar lá em meio expediente. Disse que realmente precisa de ajuda, e estou torcendo para ser verdade.

— Pela pouca experiência que tenho com ela, a dona Vi geralmente não fala as coisas por falar.

— É verdade, e Crystal jurou que já estavam conversando sobre contratar alguém. Então, não consegui apenas um emprego, mas dois. Sou assalariada agora. Nossa, como estou feliz!

— Quer comemorar? — Griff observou o olhar dela se transformar de reluzente de alegria para desconfiado. — Talvez pudéssemos ir jantar com Matt e Emma Kate.

— Ah, parece divertido, de verdade, mas preciso começar a bolar meu repertório. Tansy quer usar um tema diferente a cada semana, então preciso fazer uma pesquisa. E também tem Callie, apesar de eu desconfiar de que vai ser mais difícil para mim do que para ela passarmos muito tempo separadas.

— Ela gosta de pizza?

— Callie? Claro. É sua segunda comida favorita, depois de sorvete.

— Então vou levar as duas para comer pizza algum dia desses, depois do trabalho.

— Isso é muito gentil da sua parte, Griffin. Ela já adora você.

— O sentimento é mútuo.

Shelby sorriu para ele, encheu seu copo mais uma vez.

— Faz quanto tempo que se mudou para Ridge, Griffin?

— Quase um ano.

— E ainda não arranjou uma namorada? Com certeza deve haver um monte de garotas correndo atrás de um cara como você.

— Bem, Melody fez isso por uns dez minutos. E tem a dona Vi, se ela me quisesse.

— Vovô brigaria com você por ela.

— Eu luto sujo.

— Ele também, e meu avô é um homem ardiloso. Mas fico surpresa por Emma Kate, ou até mesmo a dona Bitsy, não terem tentado te arrumar alguém.

— Tentaram, mas não funcionou. — Griffin deu de ombros, bebeu o refrigerante. — Não havia me interessado por ninguém de verdade. Até agora.

— Acho que essas coisas... Ah. — Talvez já fizesse um tempo, mas Shelby supunha que uma mulher não se esqueceria do que significava aquele olhar nos olhos de um homem, aquele tom em sua voz. Aturdida e, lá no fundo, lisonjeada, tomou um gole da bebida. — Ah — repetiu. — Preciso dizer, Griff, que, agora, minha mente é uma coisa confusa e complicada.

— Este é meu trabalho, ruiva. Conserto as coisas.

Ela soltou uma risada nervosa.

— Estaria mais para uma reforma completa. Acho que pode se dizer que seria melhor demolir tudo e construir de novo. E venho com uma bagagem extra.

— Eu gosto da sua bagagem extra, e sei que estou dando em cima de você rápido demais, considerando as circunstâncias. Mas me parece que é melhor ser direto. Você me deixou de queixo caído quando apareceu na cozinha da dona Bitsy. Meu plano era ir devagar e ser mais discreto, mas de que adiantaria isso, Shelby?

Isso fora tão sincero quanto direto, pensou ela, e tão inquietante quanto lisonjeiro.

— Você não me conhece de verdade.

— Mas planejo conhecer.

Desta vez, ela soltou uma risada que soava mais chocada.

— Simples assim.

— A menos que passe a me detestar, o que acho que não vai ser o caso. As pessoas geralmente gostam de mim. Quero levar você para sair, quando se sentir à vontade e quiser ir. Enquanto isso, estou sempre com Matt, e ele está sempre com Emma Kate, então vamos nos encontrar bastante. Além do mais, realmente gosto da sua filha.

— Eu sei. Se achasse que não fosse o caso, que você estivesse se aproximando dela para se aproximar de mim, esta conversa estaria sendo bem diferente. Mas, do jeito que as coisas são, não sei o que dizer.

— Bem, pode pensar em tudo que falei. Eu preciso voltar, e você tem coisas para fazer. Diga a sua mãe que tirei as medidas. Quando ela decidir o azulejo e os acabamentos, podemos encomendar o material.

— Tudo bem.

— Obrigado pela Coca.

— De nada.

Shelby foi com ele até a sala, observando que estava com os nervos à flor da pele — era aquela sensação interessante, de borboletas na barriga, que não sentia havia muito tempo. Seria um erro, um erro imenso, agir de acordo com um sentimento assim naquele momento da sua vida.

— Estava falando sério sobre levar vocês para comer pizza — disse ele quando chegaram à porta.

— Callie adoraria.

— Escolha um dia e me avise. — Griff saiu e franziu a testa, observando o carro que passava pela rua. — Você conhece alguém que dirige um Honda cinza? O modelo parece de 2012.

— Não que eu lembre. Por quê?

— Esse carro está sempre por aqui. Eu o vi passando várias vezes nos últimos dias.

— Bem, temos vizinhos.

— As placas são da Flórida.

— Deve ser um turista. É uma boa época para fazer caminhadas; o tempo ainda está agradável, e há flores brotando por todos os cantos.

— É, deve ser isso. Bem, parabéns pelos empregos.

— Obrigada.

Shelby observou enquanto Griff se afastava — aquele gingado era mesmo atraente. E ele fizera seu sangue ferver de uma maneira que esquecera ser possível.

Mesmo assim, seria melhor manter o foco em Callie, em seus empregos novos e em se livrar da montanha de dívidas que a cercava.

Pensando nas dívidas, Shelby começou a subir as escadas. Ela trocaria de roupa, calcularia um novo orçamento, verificaria a situação da venda da casa e se receberia mais algum dinheiro da loja de segunda mão. Depois disso, bolaria o repertório.

Esta última parte seria trabalho, é claro, mas também serviria para a divertir — era melhor tirar a parte chata do caminho primeiro.

Ela parou de supetão diante da porta do quarto.

Um Honda cinza com placa da Flórida. Shelby foi correndo até a cômoda, abriu a gaveta onde guardara os cartões de visita da Filadélfia.

E lá estava Ted Privet, detetive particular. Miami, Flórida.

Então fora ele *mesmo* quem vira no bar. O homem a seguira até Ridge. Por que faria algo assim? O que isso significava?

Estava sendo vigiada.

Shelby se forçou a ir até a janela, observar a rua, procurar o carro.

Não tivera escolha quanto a deixar que as dívidas voltassem para casa com ela, mas não ficaria parada, sem tomar uma atitude, enquanto outras partes da bagunça de Richard tentavam invadir sua vida ali.

Em vez de começar a trabalhar, pegou o telefone.

— Forrest? Desculpe ligar para você no trabalho, mas acho que tenho um problema. E queria que você me ajudasse.

ELE OUVIU O QUE SHELBY tinha a dizer; não a interrompeu, não fez perguntas. E contar a história toda para o irmão enquanto ele ficava ali sentado, frio como gelo, com os olhos a encarando sem esboçar reação, só fez com que se sentisse mais nervosa.

— E isso é tudo? — perguntou Forrest quando ela acabou de falar.

— Acho que sim. Sim, isso é tudo. Imagino que seja mais que o suficiente.

— Você trouxe as identidades, as que encontrou no cofre bancário?

— Sim.

— Vou precisar delas.

— Vou pegá-las.

— Sente. Ainda não terminei.

Então Shelby voltou a se acomodar à bancada da cozinha, colocando as mãos entrelaçadas sobre ela.

— Você trouxe a arma?

— Eu... Sim. Vi que não estava carregada, e a guardei numa caixa em cima do armário, onde Callie não alcança.

— E o dinheiro? O que estava no cofre?

— Guardei três mil em dinheiro. Também está no meu armário. Usei a maior parte do que sobrou, como disse, para pagar contas. E depositei o restante no banco daqui. Abri uma conta em Ridge.

— Vou precisar de tudo. As identidades, a arma, o dinheiro, os envelopes, qualquer coisa que tenha saído daquele cofre.

— Tudo bem, Forrest.

— Agora, preciso te perguntar por que raios, por que raios, Shelby, você só resolveu me contar isso agora?

— As coisas foram piorando tanto, e tão rápido. Primeiro, Richard morreu, e, enquanto eu tentava decidir o que fazer, os advogados apareceram e me contaram que havia um monte de problemas. Comecei a olhar as contas. Nunca havia feito isso antes, porque Richard trancava tudo no cofre. Aquilo não era problema meu, e não ouse me criticar por isso. Você não estava lá, não vivia aquela vida, então não me critique. Foi aí que descobri sobre a situação da casa e todo o resto. Precisei lidar com aquilo. E depois encontrei a chave, e *precisava* saber o que ela abria. Quando achei o cofre bancário e o que havia dentro dele... Não sei com quem me casei, com quem vivia, quem é o pai de minha filha. — Shelby respirou fundo. — E não podia deixar isso ganhar muita importância, me dominar. O importante é lidar com o que acontece agora, e me livrar de tudo isso. Deixar Callie livre de tudo isso. Não sei por que o detetive me seguiu até aqui. Não tenho nada. Não sei de nada.

— Eu cuido disso.

— Obrigada.

— A vontade que eu tenho é de te sacudir até você acordar, Shelby. Você é minha irmã, droga. Somos a sua família.

Ela entrelaçou os dedos novamente para se controlar.

— Você acha que me esqueci disso, e está enganado. Se pensa mesmo que não dou valor a isso, é um idiota.

— E o que eu deveria pensar? — argumentou ele.

— Que eu fiz o que achei que fosse certo. Não podia voltar antes de conseguir escalar aquela montanha de problemas, Forrest. Não podia. Talvez você pense que foi por orgulho, ou por burrice, mas não podia voltar para cá e colocar minha família no meio daquilo.

— Não podia pedir por ajuda, por uma mão para te puxar para cima?

— Ai, meu Deus, Forrest, não é exatamente isso que estou fazendo agora? Mas precisava conseguir escalar alto o suficiente para alcançar a mão. É o que está acontecendo.

O policial se levantou, andou pela cozinha, parou diante de uma janela por um tempo, observando a rua em silêncio.

— Tudo bem. Talvez eu consiga entender o seu lado. Mas não preciso concordar com o que fez. Vamos, pegue as coisas do cofre.

— O que você vai fazer? Isso continua sendo da minha conta, Forrest.

— Vou conversar com o detetive da Flórida, deixar claro que não gostei de saber que ele anda perseguindo a minha irmã. Depois, vou fazer o que puder para descobrir quem era o seu marido.

— Acho que ele roubou o dinheiro que estava no cofre, ou que o conseguiu em um golpe. Meu Deus, Forrest, se eu precisar pagar tudo aquilo de volta...

— Não vai. Não foi ilegal ter pegado o dinheiro. E, seja lá o que ele fez, já está bem claro que não restou nada para devolver a alguém. Mais uma coisa. Você vai contar a história toda para o restante da família. Vai explicar a situação.

— Gilly está prestes a ter o bebê.

— Não invente desculpas, Shelby. Hoje à noite, depois que Callie dormir, você vai sentar e contar o que aconteceu para eles. Vou dar um jeito de todo mundo estar aqui. Quer que eles descubram por conta própria que há um detetive particular na cidade fazendo perguntas sobre a filha deles, a irmã deles?

Aquilo fazia sentido, e Shelby pressionou os olhos com os dedos.

— Não, tem razão. Vou contar. Mas você precisa ficar do meu lado, Forrest, quando mamãe e papai começarem a dizer que vão me ajudar a pagar as dívidas. Não vou deixar.

— Tudo bem. — Ele foi até Shelby, colocou as mãos nos ombros dela. — Estou do seu lado, sua idiota.

Ela encostou a testa no peito do irmão.

— Não posso desejar que nada disso não tivesse acontecido, pois assim Callie não existiria, mas posso desejar ter tido mais coragem para enfrentar Richard. Parecia que toda vez que eu conseguia me estabilizar, algo mudava e eu voltava para onde havia começado.

— Pelo que entendi, parece que o sujeito era bom em não deixar as pessoas se estabilizarem perto dele. Vamos, pegue as coisas do cofre. Quero acabar logo com isso.

Não demorou muito para Forrest encontrar o detetive, o homem optara por não se esconder. Ele se registrara no hotel usando o nome verdadeiro — apesar de ter dito por aí que era um escritor de viagens freelancer.

Forrest considerou confrontá-lo lá, mas achou melhor dar a Privet um gostinho do próprio veneno. Depois de sair do serviço, no seu tempo de folga e na sua caminhonete, dirigiu pela cidade até encontrar o Honda estacionado diante da Ridge Artística.

Estacionou a picape, saltou e entrou na galeria. E, como previra, o homem a quem passara mais ou menos uma hora procurando estava conversando com Melody.

Aquela seria uma ótima fonte de informações sobre Shelby, sem sombra de dúvidas. Tendo encontrado seu alvo, Forrest voltou para a picape e esperou.

Ele observou Privet sair, atravessar a rua e entrar no Bootlegger. Provavelmente não seria tão bem-recebido ali, mas, se o sujeito fosse um bom detetive — e não parecia ser dos piores —, conseguiria alguma coisa.

Forrest chegou à conclusão de que ele estava fazendo uma ronda, já que, quinze minutos depois, saiu do bar e seguiu para o salão.

Estava refazendo os passos de Shelby naquele dia, o que significava que a seguira a manhã toda.

Isso criou um nó na garganta do policial.

Aquela parada levou mais tempo, porém, quando Forrest passou diante do salão, notou que Privet estava sentado em uma cadeira, cortando os cabelos. Pelo menos estava colaborando com a economia local enquanto tentava obter informações.

Ele se acomodou na picape, paciente, e esperou que o detetive saísse e voltasse para o carro.

Perseguiu o sujeito pela rua, facilmente o seguindo no trânsito leve da cidade. Privet virou na bifurcação, seguindo na direção de Shelby e da casa deles. Quando o Honda passou direto, Forrest pensou, fez a volta e parou o carro virado para a estrada.

Pegou sua sirene portátil, prendeu-a no teto e esperou.

Quando Privet voltou pela rua e parou do lado oposto, a alguns metros antes da casa, Forrest deu partida no carro e acendeu o sinalizador luminoso, para que o detetive o visse pelo espelho retrovisor.

Ele parou atrás do Honda e foi até a janela do motorista — que já estava aberta.

Privet segurava um mapa esticado, e seu rosto esboçava uma expressão frustrada.

— Espero que eu não tenha feito nada de errado, policial, e que o senhor possa me ajudar. Acho que virei no lugar errado. Estou procurando pelo...

— Não desperdice o meu tempo. Acho que o senhor sabe exatamente quem eu sou, da mesma forma que sei quem é, Sr. Privet. Quero que coloque as mãos sobre o volante, onde posso vê-las. Veja bem — disse Forrest, apoiando uma mão no cabo do seu revólver —, estou ciente de que o senhor tem licença para carregar uma arma, e, se não colocar suas mãos no volante, vamos ter um problema.

— Não quero confusão. — O detetive colocou as mãos para o alto, posicionando-as cuidadosamente sobre o volante. — Só estou fazendo o meu trabalho.

— E eu estou fazendo o meu. O senhor foi visitar a minha irmã no Norte, mentiu para entrar na casa dela.

— Ela me convidou para entrar.

— O senhor intimidou uma mulher com uma filha pequena dentro de casa, depois a seguiu por vários estados, e a espionou, a vigiou.

— Sou detetive particular, policial. Minha licença...

— Eu disse que sei quem o senhor é.

— Policial Pomeroy, tenho um cliente que...

— Se Richard Foxworth aplicou um golpe na pessoa que lhe contratou, minha irmã não tem nada a ver com isso. O homem morreu, então seu cliente está sem sorte. Se o senhor passou dez minutos conversando com Shelby e ainda acha que ela teve parte no que aconteceu, então é um idiota.

— Matherson. Ele usou o nome David Matherson.

— Seja lá como for que ele disse que se chamava, seja lá qual for o nome com que foi batizado, o sujeito morreu. Em minha opinião, espero que os tubarões tenham gostado da refeição. Agora, se for mesmo verdade que o senhor não quer confusão, vai parar de seguir minha irmã e parar de perguntar sobre ela pela cidade. Imagino que, se eu fosse à Ridge Artística, no bar e no salão de minha avó, todos me diriam que, enquanto o senhor estava lá, a conversa acabou se voltando para Shelby. Isso vai parar agora. Se descobrir que continua insistindo, vou te prender. Por aqui, chamamos o que o senhor está fazendo de assédio, e temos leis contra isso.

— Na minha linha de trabalho, isso se chama fazer o serviço.

Forrest se inclinou para a frente, apoiando-se na parte de baixo da janela.

— Deixe-me lhe fazer uma pergunta, Sr. Privet. O senhor acha que, se eu te prendesse agora, neste momento, e o levasse para a delegacia, qualquer juiz da região diria que não há nada de errado em ficar sentado aqui, com aqueles binóculos no assento ao seu lado?

— Sou ornitologista amador.

— Diga o nome de cinco pássaros nativos da região. — Forrest esperou dois segundos antes do detetive fazer uma careta. — Veja bem, o senhor poderia até responder, mas não vai colar. Se eu disser para o meu chefe, e nós dissermos para o juiz Harris, que é meu primo de terceiro grau, que o senhor anda observando a casa da minha família e minha irmã, que segue ela e minha sobrinha pela cidade, que faz perguntas por aí sobre uma viúva e sua filha órfã, acha mesmo que ele vai dizer "Ah, sem problema. Vamos deixar isso pra lá"? Ou acha que passaria a noite em uma cela, em vez de no seu quarto de hotel?

— Meu cliente não foi o único que Matherson enganou. E há a questão de quase trinta milhões de dólares em joias que ele roubou em Miami.

— Acredito no que está dizendo. Acredito que ele era um filho da puta, e sei muito bem que não vou me esquecer tão cedo de como o babaca maltratou a minha irmã. Mas não vou deixar que o senhor faça o mesmo.

— Policial, o senhor sabe quanto é a recompensa da pessoa que recupera 28 milhões?

— Será zero — disse Forrest, inabalável —, se o senhor insistir em usar minha irmã para encontrar o dinheiro. Fique longe dela, Sr. Privet, ou vai se meter em uma confusão do tipo que não quer, porque, se eu descobrir que não desistiu, vou fazer questão de causá-la. Pode dizer ao seu cliente que sentimos muito pelo azar dele. Se eu fosse o senhor, voltaria para a Flórida e faria isso. Hoje mesmo. Mas a escolha é sua. — Forrest se esticou novamente. — Estamos claros?

— Estamos. Mas tenho uma pergunta.

— Diga.

— Como sua irmã viveu com Matherson por tantos anos sem saber quem ele era?

— Vou lhe fazer outra. Seu cliente é uma pessoa razoavelmente inteligente?

— Eu diria que sim.

— Então como é que ele foi enganado? É melhor o senhor ir embora, e nem pense em voltar por estas bandas novamente.

Forrest voltou para a picape, esperou até Privet sair com o carro. Então, dirigiu a pequena distância até a casa dos pais e estacionou. Queria estar lá quando Shelby contasse à família a sua história.

Parte II

As raízes

❖ ❖ ❖

*"Somos ligados demais.
E ir para casa para nos separarmos
significa ver a razão."*

ROBERT FROST

Capítulo 11

◆ ◆ ◆ ◆

*F*AZER CONFISSÕES e contar a verdade eram ações exaustivas para o corpo e a mente. Quando Shelby se arrastou da cama pela manhã, percebeu que já começaria o dia cansada.

Era horrível desapontar as pessoas que a criaram. Pensou em Callie, imaginando se algum dia a filha tomaria uma decisão idiota que a faria acordar com aquela mesma sensação de estar se arrastando.

Provavelmente sim, então Shelby jurou que se lembraria daquele dia e tentaria ser legal com a menina quando o momento chegasse.

Encontrou Callie, felizmente ainda pequena demais para tomar decisões idiotas, sentada na cama, tendo uma conversa animada com Fifi. Então mergulhou com a menina no colchão, em um aconchego matinal que melhorou um pouco seu humor.

Depois que as duas trocaram de roupa, Shelby levou Callie para a cozinha.

Ela fez café e, decidindo compensar um pouco a chateação que causara aos pais na noite anterior, fez rabanada — e os ovos poché que o pai gostava.

Quando a mãe finalmente desceu, ela já havia acomodado Callie na cadeirinha com uma tigela de bananas e morangos picados, e o café da manhã estava quase pronto.

— Bom dia, mamãe.

— Bom dia. Acordou cedo hoje. Bom dia, meu raio de sol — disse ela para a neta, atravessando a cozinha para beijá-la.

— A gente vai comer pão de ovo, vovó.

— É mesmo? Ora, mas que delícia!

— Está quase pronto — disse Shelby. — Estou fazendo ovos poché para o papai. Quer também?

— Hoje, não. Obrigada.

Quando Ada Mae foi servir o café, Shelby se virou e abraçou a mãe por trás.

— Você ainda está irritada — murmurou ela.

— É claro que ainda estou irritada. Esse tipo de coisa não se desliga com um interruptor de luz.

— Continua bem irritada comigo.

Ada Mae suspirou.

—Está diminuindo aos poucos.

— Sinto muito, mamãe.

— Sei que sente. — Ela deu batidinhas na mão de Shelby. — Eu sei. E estou tentando compreender que o problema era a situação em que você estava, não o fato de não confiar em sua família para a ajudar.

— Não foi isso. Nunca. Eu só... Eu me meti naquela furada, não foi? Alguém me criou para ser capaz de assumir meus problemas e lidar com eles.

— Parece que fizemos um bom trabalho nesse ponto. Mas não o bastante para você aprender que os problemas diminuem quando são compartilhados.

— Fiquei com vergonha.

Ada Mae se virou e segurou firmemente o rosto de Shelby.

— Você nunca, *jamais*, deve sentir vergonha de me contar nada. — Ela olhou para Callie, que estava ocupada com suas frutas. — Eu poderia dizer mais, e provavelmente direi, quando nossas paredes tiverem menos ouvidos.

— Paredes não têm ouvidos, vovó! Que bobagem.

— É mesmo, não é? Acho que vou pegar para você um pedaço desse pão de ovo que sua mãe está fazendo.

Clayton entrou na cozinha, vestido para o trabalho com uma de suas habituais camisas brancas presas para dentro de uma calça cáqui. Ele foi até Shelby, despenteou os cabelos da filha e deu um beijo no topo da sua cabeça.

— Parece que estamos tendo café da manhã de fim de semana hoje. — Ele pegou uma xícara. — Quer puxar o nosso saco? — perguntou a Shelby.

— Sim.

— Bom trabalho.

$\mathcal{S}$HELBY HONROU SEU COMPROMISSO com Tracey e levou as meninas para o parquinho. Emma Kate foi encontrá-las para participar do piquenique no seu horário de almoço e finalmente conhecer Callie.

— Quando eu era pequena, Emma Kate era a minha melhor amiga no mundo, que nem você e Chelsea.

— Vocês faziam festinhas? — perguntou Callie a Emma Kate.

— Sim, e também fazíamos piqueniques iguais a este.

— Você podia ser nossa convidada para uma festinha na casa da vovó.

— Eu adoraria.

— Vovó guardou o jogo de chá da mamãe, então podemos usar ele.

— Ah, o que tem violetas e rosinhas?

— Aham. — Os olhos de Callie se arregalaram. — Temos que tomar cuidado para não quebrar nada, porque ele é bem deliquado.

— Delicado — corrigiu Shelby.

— Tudo bem. Vamos brincar no balanço agora. Vamos para o balanço, Chelsea!

— Ela é linda, Shelby. Linda e esperta.

— Ela é tudo isso. É a melhor coisa na minha vida. Emma Kate, você tem algum tempo livre depois do trabalho? Preciso contar a você algumas coisas. Só a você.

— Tudo bem. — Como ela estivera esperando por aquilo, ou torcendo por aquilo, já havia bolado um plano. — Podemos fazer uma caminhada até o mirante, como antigamente. Saio às 16h hoje, então posso te encontrar na entrada da trilha às 16h15, talvez.

— Seria perfeito.

Emma Kate observou Callie correndo em volta dos balanços com Chelsea.

— Se eu tivesse alguém assim dependendo de mim, faria muitas coisas de que não gostaria.

— E não faria muitas de que gostaria.

— Mamãe! Mamãe! Venha nos empurrar! Quero ir alto!

— Ela puxou você — comentou Emma Kate. — Você sempre queria ir mais alto.

Com uma risada, Shelby se levantou.

— Hoje em dia, prefiro ficar mais perto do chão.

E, enquanto se levantava para ajudar a empurrar as meninas nos balanços, Emma Kate pensou que isso era uma pena.

* * *

$\mathcal{S}$HELBY ARRUMOU tempo para começar a montar o repertório de músicas e comemorar quando soube que a loja de segunda mão conseguira vender dois vestidos de festa, um vestido longo e uma bolsa. Atualizou a planilha e calculou que teria o bastante para quitar as dívidas de mais um dos cartões se fizesse outra venda grande.

Organizou-se para o dia seguinte, o primeiro em que trabalharia no salão, e então pegou suas velhas botas de caminhada — as que escondia no armário para que Richard não insistisse que jogasse fora.

Deixou Callie na casa de Clay para que ela brincasse com Jackson, conforme combinado, e, antes de partir para a trilha, observou enquanto a filha explorava com alegria o pequeno quintal do primo.

Ao estacionar o carro e sair, deparou-se com mais coisas de que sentira falta. O silêncio que permitia que se ouvisse o canto dos pássaros, a brisa que cantava através das árvores. O cheiro forte de pinho no ar fresco, o clima perfeito. Shelby colocou sua mochila leve nas costas — outra coisa que escondera de Richard.

Desde pequena aprendera que sempre deveria levar água e alguns itens de necessidade básica ao fazer uma trilha, mesmo que ela fosse curta e fácil. O sinal de celular seria fraco — pelo menos fora da última vez que estivera ali —, mas guardou o telefone no bolso.

Queria poder receber uma ligação ou mensagem de texto caso a filha precisasse falar com ela.

Levaria Callie ali, pensou. As duas poderiam caminhar, ver as flores, as árvores, talvez encontrar um cervo ou um coelho correndo pelo mato.

Talvez a ensinasse a identificar fezes de urso, pensou, sorrindo ao concluir que Callie estava na idade certa para achar a ideia nojenta e divertida ao mesmo tempo.

Shelby observou as nuvens que cobriam o topo das montanhas mais altas. Poderiam passar a noite ali. Montariam uma barraca, e a filha descobriria como é divertido dormir sob as estrelas em uma noite fresca, ouvindo histórias enquanto sentava diante de uma fogueira.

Aquela era sua verdadeira herança, não? Os anos viajando de um lugar para outro, o tempo em Atlanta, na Filadélfia, tudo isso fazia parte de um mundo diferente. Se Callie escolhesse viver dessa forma, ou de qualquer outra, ela teria aquelas raízes para voltar sempre que quisesse.

Sempre teria família em Ridge, sempre teria um lar na cidade.

Shelby se virou ao ouvir um carro chegando e olhou para trás, observando a cidade aparecendo e sumindo por entre as montanhas. E, apesar de saber que precisaria fazer mais uma confissão dolorosa, sorriu quando Emma Kate estacionou ao seu lado.

— Quase esqueci o quanto é bonito aqui, bem aqui, com a cidade de um lado e a trilha do outro, onde você pode escolher que caminho quer tomar.

— Matt e eu fizemos a trilha até a caverna Sweetwater na primeira vez que ele veio me visitar. Queria saber se aguentaria o tranco.

— Aquela trilha acaba com as pernas de qualquer um. Como ele se saiu?

— Continuamos juntos, não é? Você ainda tem essas botas?

— Elas já têm o formato do meu pé.

— Era o que você sempre dizia. Finalmente troquei as minhas no ano passado. Tento caminhar pelo menos uma vez por semana. Matt preferiu se matricular na academia de Gatlinburg, já que gosta de levantar pesos e usar máquinas. Ele anda falando sobre encontrar um lugar em Ridge para construir uma, para não precisar dirigir até lá para malhar. Mas eu prefiro fazer trilhas e, às vezes, encaixar uma daquelas aulas de ioga que tem aos sábados no spa de sua avó.

— Ela não falou nada sobre isso.

— Ela faz muita coisa ao mesmo tempo. E é melhor irmos se quisermos chegar até o mirante.

— Nosso lugar favorito para conversar sobre garotos, pais e tudo que nos incomodava.

— É isso que estamos fazendo agora? — perguntou Emma Kate quando as duas começaram a andar.

— De certa forma, acho. Eu abri o jogo, por assim dizer, com a minha família. E você sempre fez parte dela, então quero que saiba de tudo também.

— Está fugindo da polícia?

Com uma risada, e porque aquilo parecia certo, Shelby pegou a mão da amiga.

— Não da polícia, sinto como se estivesse fugindo de tudo. Mas já parei com isso.

— Que bom.

— Eu te contei uma parte. Agora, vou contar o resto. Tudo começou quando Richard morreu. Na verdade, começou antes, mas só fiquei atolada com os problemas depois.

Shelby preencheu os buracos do que dissera antes, entrando em detalhes quando Emma Kate fazia perguntas. A trilha se tornou mais íngreme, sinuosa, fazendo com que suas pernas doessem de um jeito bom. Ela teve um vislumbre das penas coloridas de um azulão que atravessava um corniso selvagem, suas flores recém-abertas, quase, quase, explodindo em branquidão.

O clima se tornava mais frio conforme caminhavam, mas Shelby ainda sentia o suor frio e bom que o esforço físico causava na sua pele.

Era mais fácil, percebeu, contar aquilo tudo ali, a céu aberto, onde as montanhas carregavam o som das suas palavras.

— Primeiro, ainda não superei o choque de alguém que eu conheço ter milhões de dólares em dívidas. E a dívida ainda por cima não é sua, Shelby.

— Assinei os documentos de empréstimo para a compra da casa, ou pelo menos acho que sim.

— Acha?

— Não me lembro de assinar empréstimo algum, mas ele vivia colocando papéis na minha frente e dizendo "assine aqui, não é nada demais". Acho que na maioria das vezes devia até falsificar a minha assinatura. Eu poderia ter me livrado de tudo se tivesse aberto um processo ou declarado falência. Mas não quis fazer isso. Quando a casa for vendida, o que vai acontecer, vou conseguir pagar boa parte da dívida. Até lá, estou dando o meu jeito.

— Vendendo roupas?

— Já consegui 15 mil vendendo roupas. Isso sem contar o casaco de pele que devolvi com a etiqueta. E talvez consiga dobrar isso se vender tudo. Richard era cheio de ternos, e eu tinha coisas que nunca usei. Era um mundo diferente, Emma Kate.

— Mas seu anel de noivado era falso.

— Acho que ele não viu motivo para me dar um diamante de verdade. Richard nunca me amou, entendo isso agora. Eu era útil. Não sei bem como, mas devo ter sido útil.

— Parece impossível que você tenha encontrado aquele cofre bancário.

Olhando para trás, Shelby via que perseguira moinhos de vento. Mas...

— Eu estava obstinada. Você sabe como é.

— Sei como você é quando está obstinada. — Como o sol havia mudado de ângulo, Emma Kate ajustou a aba do boné. — E toda aquela grana lá, sem contar as identidades.

— Ele não deve ter conseguido nada daquilo de forma legal. Eu me senti culpada por gastar o dinheiro, mas não fui eu quem roubou nem enganou os outros, e preciso pensar em Callie. Se tiver que devolver aquilo para alguém, darei um jeito. Por enquanto, guardei um pouco no banco, e, quando conseguir me livrar das dívidas, vou usá-lo para comprar uma casa.

— E o detetive particular?

— Ele está perdendo tempo comigo. Tenho que esperar para ver se ele vai perceber isso sozinho ou se Forrest o convenceu a ir embora.

— Seu irmão consegue ser bem persuasivo.

— Ele ainda está irritado comigo, pelo menos um pouco. E você?

— É difícil ficar irritada quando se está fascinada.

As duas andaram em silêncio pela trilha familiar.

— Os móveis eram mesmo muito feios?

Achando graça do fato de a amiga decidir se focar nisso, Shelby riu.

— Piores do que você imagina. Queria ter tirado fotos. Tudo era duro e escorregadio, escuro e cheio de curvas. Naquela casa, eu me sentia como se fosse uma visita que nunca conseguia ir embora. Ele nunca pagou a entrada, Emma Kate. Quando morreu, o banco já havia enviado notificações que eu nem cheguei a ver. — Ela fez uma pausa para abrir a garrafa de água. — Agora, acho que ele devia estar em alguma encrenca. Algo em Atlanta, talvez. Então arrumou aquela casa enorme no Norte sem me contar. Fez todos os preparativos e me contou que íamos nos mudar, que tinha oportunidades de negócios lá. E eu nem discuti. Acho que essa era uma das minhas utilidades. Eu não discutia. Olhando para trás, é difícil pensar em quantas vezes fiz isso.

"Não sei nem quem ele era. Não posso nem dizer que sabia seu nome. Não sei o que fazia, como ganhava o dinheiro que tinha. A única certeza que tenho é que nada daquilo era real; nem meu casamento, nem a vida que levávamos."

Shelby parou no mirante, sentiu o coração ficar mais leve.

— Isto é real.

Ela conseguia enxergar a quilômetros de distância, as planícies e montanhas cheias daquele verde profundo e secreto, os declives de vales cercados por montes — delicados como seu velho jogo de chá. E os picos acarpetados que surgiam por entre as nuvens, tão cheios de mistério e silêncio.

A luz se tornava mais suave conforme entardecia. Shelby pensou em como aquele lugar ficava durante o pôr do sol, com pinceladas de dourado e pequenos focos de vermelho-fogo enquanto as montanhas se tornavam cinza.

— Também sei que não valorizei nada disto. Nada. Nunca mais cometerei o mesmo erro.

As duas se sentaram em uma pedra grande, como fizeram inúmeras vezes no decorrer dos anos. Emma Kate tirou um saquinho de sementes de girassol da mochila.

— Você costumava trazer balinhas de goma — comentou Shelby.

— Eu costumava ter 12 anos. Mas comeria balinhas de goma agora — decidiu ela.

Sorrindo, Shelby tirou abriu sua mochila e tirou um saquinho.

— Dou algumas para Callie às vezes. Sempre que abro um pacote, penso em você.

— Essas balinhas são ótimas. — Emma Kate abriu a embalagem e atacou.

— Sabe, sua família poderia te ajudar com as dívidas. É, eu também não aceitaria — disse ela, antes que Shelby conseguisse responder.

— Obrigada. Que bom que você entende. Minha vida vai ser boa aqui. Sei que vai. Talvez eu precisasse ir embora para ser capaz de voltar e entender o que vale a pena para mim e o que não vale.

— E, no fim das contas, vai cantar para se sustentar.

— Essa é a cereja no topo do bolo. E gostei bastante do Derrick de Tansy.

— Ele é ótimo. E tem aquele rosto.

— O homem realmente é bonito. Mas...

— Que corpo — disseram as duas juntas, então riram até perderem o fôlego.

— Agora estamos sentadas aqui. — Shelby soltou um suspiro, observou o verde diante delas. — Que nem antigamente. Continuamos falando de meninos.

— Um enigma que nunca conseguimos decifrar.

— E que vale a pena ser discutido. E nós duas estamos fazendo o que sempre sonhamos. Ou, no meu caso, vou começar a fazer. Emma Kate Addison, enfermeira. Você está feliz?

— Estou. De verdade. Nossa, nunca me esforcei tanto na vida quanto para conseguir aquele diploma. Eu queria trabalhar em um hospital grande. E fiz isso. Eu gostava, gostava bastante. — Ela olhou para Shelby. — Mas não sabia que ia gostar ainda mais de trabalhar na clínica. Então, talvez eu também precisasse ir embora por um tempo.

— Matt é sua cereja?

— Com certeza. — Emma Kate sorriu enquanto colocava outra balinha de goma na boca. — E a cobertura do bolo.

— Vai se casar com ele?

— Não me vejo casando com outra pessoa. Mas não estou com pressa, mesmo que seja isso que minha mãe quer. As coisas estão indo bem por enquanto. Soube que eles vão fazer um banheiro enorme na sua casa.

— Mamãe está cheia de amostras e fotos de revista. Papai finge que acha que ela enlouqueceu, mas está se divertindo com a ideia. — Shelby tomou um gole de água, e lentamente fechou a tampa da garrafa. — Griffin foi tirar medidas outro dia.

— Eles estão empolgados para começar a planejar as coisas. Os dois se divertem tanto com o planejamento que parecem duas crianças.

— Humm.

Shelby se perguntou se deveria tocar no assunto enquanto observava a paisagem e vislumbrou o brilho de um rio sinuoso sob o sol. Falar sobre meninos naquele lugar era, afinal de contas, tradição.

— Mas acontece que, quando Griffin estava lá, ele foi bem direto em dizer que estava interessado. Em mim.

Soltando uma risada seca, Emma Kate pegou outra balinha.

— Já imaginava.

— Porque ele vive dando em cima de mulheres?

— Tanto quanto qualquer outro homem, mas não é isso. Porque parecia que um raio tinha batido na cabeça dele quando você entrou na cozinha de minha mãe naquele primeiro dia.

— É mesmo? Não percebi. Deveria ter percebido?

— Você estava ocupada demais se sentindo culpada e desconfortável. O que respondeu?

— Dei uma enrolada. Não posso pensar nesse tipo de coisa agora.

— Só que você está pensando nesse tipo de coisa agora.

— Mas não deveria. Richard acabou de morrer. E isso nem é oficial.

— Richard, ou seja lá qual era o nome dele, não faz mais parte da sua vida. — Apesar de se sentir irritada só de pensar no homem, Emma Kate fez um gesto como se estivesse pegando uma bola e a jogando pelo penhasco. — Você está aqui. Seu casamento não era feliz, além de ter sido basicamente uma farsa. Você mesma disse isso. Não precisa ficar de luto, Shelby.

— Não estou. Mas não parece certo.

— Você não está cansada de só fazer o que acha que é certo? Passou quatro anos agindo assim, e isso só parece ter causado problemas.

— Nem conheço ele. Griffin, quero dizer.

— Eu sei quem você quer dizer, e é por isso que inventaram essa coisa que chamamos de encontros. Vocês saem, conversam, descobrem interesses em comum e se ficam atraídos um pelo outro. E o sexo?

— Richard não parecia interessado nos últimos meses antes de... Ah, você quer dizer com Griffin. Meu Deus, Emma Kate. — Rindo, Shelby pegou as balinhas de goma. — Nós nem saímos naquela invenção chamada encontros. Não posso simplesmente fazer sexo com ele.

— Não sei por que não. Os dois são pessoas livres, saudáveis e adultas.

— E veja só o que partir logo para o sexo com alguém que eu mal conhecia causou da última vez.

— Juro para você que Griff não se parece em nada com o Sujeito Sem Nome.

— Acho que nem sei mais como é sair em um encontro.

— Você vai pegar o jeito. Nós quatro podemos fazer alguma coisa juntos.

— Talvez. Griff quer nos levar para comer pizza, e cometi o erro de comentar isso com Callie. Ela já me perguntou duas vezes quando vamos.

— Ótimo! — Com o problema resolvido em sua mente, Emma Kate deu um tapa na perna de Shelby. — Vocês vão comer pizza com ele, e nós quatro podemos jantar ou coisa assim. Depois, podem tentar sair sozinhos.

— Minha vida está uma bagunça agora, Emma Kate. Não deveria sair com ninguém.

— Querida, quando se está solteira, sair com um cara bonito *é* a vida. Vá comer pizza — aconselhou ela — e veja no que dá.

— Você vai se cansar de ouvir isto, mas senti tanto sua falta. Senti tanta falta disto. De sentar aqui e conversar com você sobre tudo, comendo balinhas de goma.

— Isso que é vida.

— É a melhor vida. — Empolgada, ela segurou a mão de Emma Kate. — Vamos fazer uma promessa. Quando tivermos 80 anos e não conseguirmos mais subir a trilha, vamos contratar uns garotões para nos trazer aqui, para podermos sentar, conversar sobre tudo e comer balinhas de goma.

— Agora essa é a Shelby Pomeroy de que me lembro. — Emma Kate pressionou a mão contra o coração. — Eu prometo. Mas precisam ser garotões bonitos.

— Achei que isso já estivesse subentendido.

SHELBY ENTROU NUMA ROTINA, uma rotina agradável, bolando seu repertório, praticando as músicas, voltando a fazer parte da vida em Ridge com o seu emprego no salão.

Era estranha e, ao mesmo tempo, maravilhosa a forma como conseguia retomar tudo com tanta facilidade, reconhecendo as vozes, o ritmo, as fofocas inofensivas, a visão da cidade e das montanhas se enchendo de vida com a primavera.

Como prometido, a obra começou; então, nas manhãs de segunda antes do trabalho ou das tarefas do dia, a casa era inundada pelo som de homens conversando, martelando e furando.

Shelby se acostumou a encontrar com Matt e Griff — e talvez estivesse pensando nele um pouco. Às vezes. É difícil não pensar em um homem quando ele aparece todos os dias na sua casa, com um cinto de ferramentas preso à cintura e aquele olhar no rosto.

— Gostei da música hoje cedo.

Ela parou no caminho para pegar a bolsa de Callie, vendo Griff aparecer no corredor, saindo do seu antigo quarto.

— Desculpe, o quê?

— A música. Era boa. A que você cantou no chuveiro.

— Ah. É um lugar prático de ensaiar.

— Sua voz é ótima, ruiva. Qual era a música?

— Eu... — Shelby precisou pensar. — "Stormy Weather". É dos anos 1940.

— Soa sexy em qualquer década. Olá, ruivinha.

Ele se abaixou quando Callie subiu as escadas.

— A mamãe vai trabalhar na bisa. E eu vou para a casa de Chelsea, porque a vovó trabalha hoje também.

— Parece que todo mundo vai se divertir.

— Podemos comer pizza?

— Callie...

— Preciso cumprir minha parte do acordo — interrompeu Griff. — Eu poderia comer pizza hoje. É um bom dia para você? — perguntou ele a Shelby.

— Bem, eu...

— Mamãe, eu quero comer pizza com Grrr-iff.

Para selar o acordo, a garotinha subiu nos braços dele e então se virou para a mãe e sorriu.

— Quem poderia dizer não desse jeito? Hoje seria ótimo, obrigada.

— Podemos ir às 18h?

— Claro.

— Venho buscar vocês.

— Ah, bem, tem a cadeirinha dela. É melhor encontrarmos você lá.

— Tudo bem. Então, às 18h. Estamos combinados? — perguntou ele a Callie.

— Estamos combinados — respondeu a menina e o beijou. — Vamos, mamãe. Vamos para a casa de Chelsea.

— Já estou indo. Obrigada, de verdade — disse Shelby quando Callie voltou a descer as escadas. — Você fez o dia dela.

— E o meu. Vejo vocês mais tarde.

Quando Griff voltou para a obra, Matt levantou as sobrancelhas.

— Está investindo nos talentos locais?

— Dando um passo de cada vez.

— Ela é bonita. Mas tem uma vida bem complicada, irmão.

— É. Que bom que eu tenho ferramentas. — Ele pegou uma pistola de pregos. — E que sei usá-las.

Griff passou o dia pensando nela. Não conseguia imaginar uma mulher que o deixasse mais intrigado — aquele contraste entre o olhar cauteloso e triste e o sorriso rápido quando se esquecia de ser cuidadosa. O jeito tranquilo de cuidar da filha. A forma do corpo em uma calça jeans apertada.

Tudo aquilo lhe parecia ótimo.

Quase ficou triste pelo trabalho estar andando bem e rápido. Se tivessem alguns problemas, poderia passar mais tempo encontrando com Shelby por alguns minutos todos os dias.

Mas Ada Mae era bem diferente de Bitsy. Depois que tomava uma decisão sobre azulejos, cores e acabamentos, não mudava de ideia.

Griff teve tempo de voltar para casa, tomar banho e trocar de roupa. Um homem não levava duas mulheres bonitas para comer pizza todo suado e sujo de poeira. Noites com uma criança de 3 anos terminavam cedo, pensou ele. Provavelmente seria melhor assim. Poderia trabalhar um pouco na própria casa.

Na verdade, considerou mudar o foco para o quarto. Um homem não trazia uma mulher bonita para casa quando sua cama era um colchão de ar no chão.

E ele tinha toda intenção de levar Shelby para a casa. Assim que ela e o quarto estivessem prontos para isso.

Griff dirigiu até a cidade, conseguiu uma vaga um pouco depois da Pizzateria. E viu que chegou na hora certa quando Shelby saltou de uma minivan a duas vagas de distância.

Ele foi até lá enquanto ela tirava Callie do carro.

— Posso ajudar?

— Ah, não precisa. Obrigada.

— Ei. — Griff ouviu as lágrimas em sua voz antes mesmo de ela se virar com a filha nos braços e os olhos inchados. — Qual o problema? O que houve?

— Ah, é só...

— A mamãe está feliz. Ela tem lágrimas alegres — explicou Callie.

— Você está feliz?

— Sim. Muito.

— Eu e pizza geralmente não somos uma combinação que faz mulheres chorarem.

— Não é isso. Acabei de desligar o telefone. Chegamos um pouco mais cedo, porque Callie estava muito ansiosa. E a corretora ligou. Venderam a casa do Norte. — Uma lágrima desceu por sua bochecha antes que Shelby conseguisse enxugá-la.

— Lágrimas alegres — anunciou a menina. — Abrace a mamãe, Griff.

— Claro.

Antes que Shelby conseguisse fugir, ele abraçou mãe e filha.

Griff a sentiu se enrijecer por um instante, mas depois simplesmente derreter.

— É um alívio tão grande. Parece que tirei uma montanha dos meus ombros.

— Ótimo. — Ele beijou o topo da cabeça dela. — Então vamos comemorar. Não é, Callie? Pizza alegre.

— Nós não gostamos da casa. Estamos felizes por ela não ser mais nossa.

— Isso mesmo. Isso mesmo. — Shelby respirou fundo, se apoiou nele por mais um segundo, e então se esticou. — Não gostamos da casa, não para nós. Agora, alguém que gosta dela pode morar lá. É uma pizza muito alegre. Obrigada, Griffin.

— Precisa de um minuto?

— Não. Não, estou bem.

— Então passe a garota para cá. — Ele pegou Callie no colo. — E vamos começar a festa.

Capítulo 12

◆ ◆ ◆ ◆

$\mathcal{A}$ MENINA ERA uma conquistadora nata, divertindo-o e distraindo — e lisonjeando, ao insistir que se sentasse ao lado dela.

Griff talvez tivesse passado alguns instantes desejando que a mãe flertasse com ele tanto quanto a filha, mas um homem não podia ter tudo.

Aquele seria um bom intervalo no seu dia, entre o trabalho e o projeto da casa.

Quando o gerente apareceu e puxou Shelby do assento para um abraço, Griff analisou sua reação.

Não era exatamente ciúme, mas um tipo de "É melhor tomar cuidado, meu camarada" interno, enquanto esperava para ver o que estava acontecendo.

— Estava morrendo de saudades. — John Foster, um homem com um sorriso travesso e um jeito tranquilo, manteve as mãos nos ombros de Shelby para observá-la. — Mas aqui está você. Não sabia que conhecia Griff. — Johnny passou os braços ao redor dos ombros dela enquanto virava para o outro homem. — Shelby e eu sempre fomos próximos.

— Meu primo Johnny, aqui, e meu irmão Clay costumavam andar por aí arrumando encrenca.

— Sempre que possível.

— Vocês são primos?

— De terceiro ou quarto grau, algo assim — disse o gerente.

— Acho que de terceiro, com uma ou duas gerações de diferença.

— O tipo de primo que se pode beijar — comentou ele, e lhe deu um beijo rápido. — E você é Callie, e não é a menininha mais bonita? É um prazer conhecê-la, prima.

— Eu e Griff estamos em um encontro. Vamos comer pizza.

— Então veio ao lugar certo. Nós dois temos que conversar para colocar as novidades em dia — disse ele para Shelby. — Está bem?

— Está bem. Clay disse que você é gerente daqui agora.

— Pois é. Quem diria. Vocês já fizeram o pedido?

— Acabamos de pedir.

— Fique olhando para lá, Callie. — Ele apontou para o balcão no qual um homem de avental branco cobria uma massa de molho. — Eu mesmo vou fazer uma pizza especialmente para vocês. E sei alguns truques. Estava para lhe dizer, Griff, que seja lá o que vocês fizeram com aquele forno funcionou que é uma beleza. Não tivemos mais nenhum problema.

— Que bom!

— A pizza está saindo.

Shelby voltou a sentar.

— Parece que você e Matt estão consertando tudo em Ridge.

— Essa é a ideia. Sabe o cara que consegue consertar um forno quando ele começa a ter problemas com temperatura baixa ou desentupir sua privada em uma manhã de domingo, quando você vai receber visitas? Ele é popular.

Ela riu.

— E quem não gosta de ser popular? E ocupado também. Como você consegue conquistar fãs e fazer a obra na velha casa dos Tripplehorn ao mesmo tempo?

— Conquistar fãs é meu trabalho. A casa é meu projeto. Sou melhor no meu trabalho quando tenho um bom projeto em paralelo.

— Mamãe, olhe! — Callie pulou na cadeira. — O moço-primo está fazendo truques!

— E esses são novos — comentou Shelby enquanto Johnny jogava a massa para cima, girava o corpo e a pegava de volta.

— Parece que vamos comer pizza mágica.

Com os olhos arregalados, a garotinha se virou para Griff.

— Pizza mágica?

— Isso mesmo. Não está vendo o pó mágico voando?

Os olhos azuis pareciam que iam saltar do rosto enquanto ela se voltava para Johnny e arquejava.

— Ela brilha!

O poder da imaginação de uma criança, pensou Griff.

— Brilha mesmo. Depois de comer pizza mágica, quando a pessoa sonha, ela vira uma princesa fada.

— Jura?

— Foi o que ouvi por aí. Mas você precisa comer, ir dormir na hora que sua mãe mandar e desejar que isso aconteça.

— Vou fazer isso. Mas você não pode virar uma princesa fada, porque é menino. Que bobagem.

— É por isso que eu viro o príncipe que enfrenta o monstro dentuço.

— Príncipes lutam contra dragões!

— Não entendo isso. — Ainda na brincadeira, Griff soltou um suspiro triste, balançou a cabeça e viu Shelby sorrindo para ele do outro lado da mesa. — Eu gosto de dragões. Talvez você possa ter mais um desejo para pedir um dragão só seu. Poderia sobrevoar seu reino montada nele.

— Eu também gosto de dragões. Vou voar no meu. O nome dele é Lulu.

— Não consigo nem pensar em um nome mais adequado para um dragão.

— Você leva jeito — murmurou Shelby, e Griff sorriu para ela.

— Ah, eu tenho vários jeitos.

— Aposto que sim.

Ele decidiu que aquela foi a melhor hora do seu dia, sentado na pizzaria barulhenta, divertindo uma garotinha e fazendo a mãe dela rir. Na sua mente, não havia motivo para não fazer daquilo um hábito.

Todo mundo precisava de pizza mágica de vez em quando.

— Foi divertido — disse Shelby enquanto Griff as acompanhava até a minivan. — Você com certeza fez com que o primeiro encontro de Callie fosse memorável.

— Precisamos ter um segundo. Você vai sair comigo de novo, Callie?

— Tudo bem. Eu gosto de sorvete.

— Mas que coincidência! Estou começando a pensar que fomos feitos um para o outro. Eu também adoro sorvete.

A menina lhe lançou o que só poderia ser descrito como um sorriso de femme fatale.

— Pode me levar para tomar sorvete.

— Você fica botando ideias na cabeça dela. — Achando graça, Shelby pegou Callie e a colocou na cadeirinha.

— Que tal no sábado?

Enquanto prendia a filha, ela olhou para trás.

— O quê?

— Que tal irmos tomar sorvete no sábado?

— Sim! — Callie pulou na cadeirinha.

— Preciso trabalhar — começou Shelby.

— Eu também. Depois do trabalho.

— Bem, eu... Tudo bem. Tem certeza?

— Se não tivesse, não teria perguntado. Não se esqueça de fazer o desejo, Callie.

— Vou virar uma princesa fada e passear no meu dragão.

— Callie, como se diz ao Griffin?

— Obrigada pelo encontro. — Em sua inocência alegre, ela abriu os braços. — Beijo.

— Sim, senhora.

Griff se inclinou para a frente, deu um beijo nela. Rindo, a menina esfregou a bochecha dele.

— Gosto da sua lixinha. Ela faz cócegas. Beije a mamãe agora.

— Claro.

Ele imaginou que Shelby ofereceria uma bochecha, mas não viu motivo para se conformar com isso. Um homem podia ser rápido de um jeito discreto, principalmente quando tinha um plano.

Griff colocou as mãos no quadril de Shelby, depois as subiu até as costas, olhando nos seus olhos. Viu quando os dela se arregalaram em surpresa — mas não em protesto. Então, foi em frente.

Ele inclinou a cabeça para baixo, tomou os lábios dela como se tivessem todo o tempo do mundo. Como se não estivessem parados na calçada da rua principal, onde podiam ser vistos por qualquer um que passasse ou espiasse pela janela.

Foi fácil esquecer onde estavam quando o corpo de Shelby derreteu contra o dele, com seus lábios, quentes e macios, cedendo.

A mente dela simplesmente apagou, cada pensamento — de passado, presente ou futuro — se esvaindo conforme sensações lhe invadiam e inundavam. Seu corpo se tornou fraco, ao mesmo tempo em que parecia mais vivo. A cabeça girava em voltas longas e preguiçosas, como se tivesse bebido muitos goles de um bom vinho.

Shelby sentiu o cheiro de sabonete e pele e dos jacintos no barril de uísque do outro lado da rua. E escutou o que depois percebeu ser um ruído de prazer vindo da sua garganta.

Griff a soltou de uma maneira tão suave quanto lhe tomara. Seus olhos encontraram os dela mais uma vez, observadores.

— Foi o que pensei — murmurou ele.

— Eu... só... — Shelby percebeu que não conseguia mais sentir os pés, precisou lutar contra a vontade de olhar para baixo e verificar se ainda estavam lá. — Preciso ir.

— Até logo.

— Eu... Dedos no nariz, Callie.

A menina colocou os dedos no nariz.

— Tchau, Griff. Tchau!

Ele acenou enquanto Shelby fechava a porta e prendeu os polegares nos bolsos da calça ao observá-la caminhar até a porta do motorista. Não conseguiu evitar o sorriso ao ver que ela cambaleava um pouco.

Griff acenou de novo quando, depois de se enrolar, Shelby ligou o motor e saiu com o carro.

Sim, realmente fora a melhor hora de seu dia. Mal podia esperar para repetir a dose.

SHELBY TOMOU MAIS CUIDADO do que o normal ao dirigir até em casa. Parecia até que havia tomado vinho com a pizza, não refrigerante. E aquele ruído ficava querendo voltar à garganta, como que para ecoar as borboletas que dançavam em seu estômago.

No curto caminho de volta, Callie começou a cair no sono, finalmente sendo afetada pelo cansaço das aventuras do dia. Mas a menina voltou a se animar, um pouco hiperativa, assim que a mãe estacionou.

Esperaria até a filha se cansar novamente, pensou. Não demoraria muito. E precisava ser sensata, deixar aquela questão de lado. Não tinha tempo para borboletas ou ruídos.

Shelby não precisou fazer muito além de escutar enquanto Callie contava, entusiasmada, os detalhes do encontro para os avós.

— E vamos sair para tomar sorvete no sábado.

— É mesmo? Bem, parece que o relacionamento de vocês está ficando sério. — Ada Mae lançou um olhar questionador para a filha. — Talvez seu avô devesse perguntar a esse rapaz quais são as intenções dele.

— E a situação financeira — adicionou Clayton.

— Eu sou a dama de companhia dela — disse Shelby alegremente. — Ah, encontrei Johnny Foster. Ele estava ocupado, então não conversamos muito. Foi ele que jogou a massa para o alto. E fez pizza mágica, não é, Callie?

— Aham, e Griff disse que eu poderia passear de dragão, e ele vai matar o... qual era o nome, mamãe?

— Acho que era um monstro dentuço.

— Griff vai matar ele até morrer, e então vamos nos casar.

— Essa pizza parece boa mesmo — comentou Clayton.

— Você pode ser o rei, vovô, e a vovó é a rainha. — Ela correu em círculos pela sala, girando, pulando. — E Clancy também pode vir com a gente. — Callie jogou os braços em volta do velho cachorro. — Eu vou usar um vestido bonito, e então vão dizer para ele beijar a noiva. Faz cócegas quando Griff beija, não é, mamãe?

— Eu...

— Ah, é? — Agora, Ada Mae exibia um sorriso convencido.

— Aham. Quando é sábado, mamãe?

— Logo. — Shelby agarrou Callie em movimento, a fez girar. — Agora, vamos subir. Você precisa tomar banho antes de ir sonhar e casar com príncipes bonitos.

— Tá bem.

— Suba e coloque suas roupas no cesto. Já estou indo. Ela se divertiu tanto — disse Shelby quando Callie saiu correndo pelas escadas.

— E você?

— Foi divertido. Griff é tão legal com ela. Mas o que eu queria contar a vocês é que, logo antes do jantar, recebi uma ligação. Venderam a casa.

— A casa? — Ada Mae pareceu confusa por um instante, mas então desabou sobre uma cadeira enquanto seus olhos se enchiam de lágrimas. — Ah, Shelby, a casa do Norte. Estou tão feliz. Muito feliz.

— Lágrimas alegres. — Shelby pegou um dos lencinhos de papel que sempre guardava no bolso. — Também chorei. É como se tivesse me livrado de um peso enorme. — Ela se voltou para o pai quando ele se aproximou, envolvendo-a em seus braços e a balançando de um lado para o outro. — Achei que soubesse o quanto era pesado, porque estava carregando aquilo nos ombros. Mas, agora que foi embora, percebi que era pior do que eu imaginava.

— Podemos te ajudar com o restante. Sua mãe e eu conversamos, e...

— Não, papai. Não. Muito obrigada. Eu amo vocês. — Shelby colocou as mãos nas bochechas dele. — Mas vou resolver isso. Vai demorar um pouco, mas já estou resolvendo, e é bom ter essa sensação de dever cumprido. É como se fosse uma penitência por todas as vezes que deixei as coisas acontecerem, parei de fazer perguntas, deixei outra pessoa cuidar de tudo. — Ela se aconchegou no pai, sorriu para a mãe. — E o pior já passou. Consigo lidar com o que vier por aí. E estou tão feliz por saber que, se as coisas ficarem pesadas novamente, posso pedir ajuda.

— E nunca mais se esqueça disso.

— Juro que não vou. Preciso colocar Callie no banho. Hoje foi um dia bom — disse ela enquanto se afastava, pegava a bolsa. — Um dia muito bom.

Depois de colocar a filha para dormir, Shelby foi ajustar a planilha. Provavelmente deveria esperar até receber o dinheiro, mas achava que tinha todos os motivos do mundo para ser otimista. Quando adicionou o valor da venda, fechou os olhos e respirou fundo.

A dívida continuava enorme, mas, meu Deus, como estava menor agora.

O pior, pensou, já passou. E o que viria por aí?

Shelby deitou na cama e ligou para Emma Kate.

— Como foi a pizza?

— Foi mágica, ou pelo menos Griff convenceu Callie de que era, e ela foi dormir com um sorriso enorme, esperando se transformar numa princesa fada que voa em um dragão. Antes de ela e Griff se casarem com toda pompa.

— Ele tem jeito com crianças. Acho que ainda tem um garotinho dentro daquele homem.

— Ele me beijou.

— Isso também foi mágico? — perguntou Emma Kate, sem perder a deixa.

— Meu cérebro ainda parece meio derretido. Não conte para Matt que meu cérebro derreteu. Ele vai contar para Griffin, e vou me sentir uma idiota. Não sei se foi porque faz tanto tempo desde a última vez que me beijaram de verdade ou se ele realmente é bom nisso.

— Já ouvi falar que ele realmente é bom nisso.

Shelby sorriu, aconchegando-se.

— Seu cérebro derreteu na primeira vez que beijou Matt?

— Ficou completamente líquido e escorreu pelas minhas orelhas. O que parece nojento, mas não foi.

— Eu me senti tão bem, tão bem. Tinha me esquecido de como é se sentir assim. Precisava ligar para você. Vendi a casa e fui beijada até meu cérebro derreter na rua principal.

— Você... Ah, Shelby, que notícia ótima! As duas coisas são boas, mas quis dizer sobre a casa. Estou tão feliz por você.

— Estou começando a ver a luz no fim do túnel, Emma Kate. Estou mesmo. Ainda tem alguns obstáculos no caminho, mas vejo a luz.

E parte da luz era estar aconchegada na cama, conversando no telefone com sua melhor amiga.

O DIA BOM SE TRANSFORMOU em uma semana boa. Shelby saboreava a sensação de se sentir feliz e produtiva, fazendo por merecer o que ganhava.

Ela limpava o chão, enchia potes de shampoo, marcava horários, ligava para fornecedores e ouvia fofocas. Foi compreensiva quando Crystal reclamou do namorado, consolou Vonnie quando a avó da massagista faleceu tranquilamente durante o sono.

Ajustava mesas e cadeiras no pequeno jardim dos fundos, que fazia parte do spa, e colocou algumas flores em vasos.

Depois de dar uma olhada na pré-escola em que Chelsea estudaria no início do ano letivo, matriculou Callie. E sentiu o orgulho e a dor do que sabia ser a primeira de muitas camadas do sentimento de separação.

Tomou sorvete com Griff, e descobriu que o segundo beijo podia ser tão poderoso quanto o primeiro. Mas se esquivou quando ele a convidou para jantar:

— É só que ando tão ocupada ultimamente. Já criei uma rotina no salão, então está mais fácil por lá. Mas até eu cantar na sexta e ver como vai ser, estou usando meu tempo livre para ensaiar e planejar o que farei.

— Então depois de sexta. — Ele dispôs os elementos que aqueceriam o piso do novo banheiro. — Porque vai dar tudo certo.

— Espero que sim. Talvez você pudesse ir ao Bootlegger na sexta para dar uma olhada.

Ele parou o que estava fazendo, mas continuou agachado.

— Ruiva, eu não perderia por nada. Gosto de ouvir seus ensaios no banho.

— Estou indo para lá agora, para ensaiar antes do bar abrir. Espero que Tansy tenha razão sobre as pessoas quererem ouvir músicas antigas enquanto comem costelas ou nachos. — Ela pressionou uma mão contra a barriga. — Imagino que vamos descobrir.

— Está nervosa?

— Por ter que cantar? Não. Não fico nervosa com isso, é divertido demais. Mas estou com medo da quantidade de gente na plateia não ser suficiente para justificar o que me pagam. Preciso ir. O banheiro está ficando bonito.

— Estamos dando um jeito. — Griff sorriu para ela. — Acho que a palavra do dia deveria ser "gradação". Um passo de cada vez.

— Humm — disse Shelby, sabendo muito bem que ele não estava falando apenas do banheiro novo.

$\mathcal{E}$LA DEU UM JEITO DE ENCAIXAR UM ÚLTIMO ENSAIO na manhã de sexta, e se obrigou a não pensar em como as músicas ficariam muito melhores se uma banda a acompanhasse.

Mesmo assim, estava bom, pensou enquanto dava sua própria interpretação para o velho clássico "As Time Goes By".

— Toque, Sam — disse Derrick de trás do bar.

— Tantos bares, em tantas cidades do mundo.

— Você gosta de filmes antigos?

— Meu pai gosta, então todos nós temos que gostar também. E quem não adora *Casablanca*? O que você achou, Derrick?

— Acho que Tansy estava certa. Vamos lotar a casa nas Noites de Sexta. — Guardando os copos recém-limpos da noite anterior, ele levantou uma sobrancelha para Shelby. — O que você acha?

— Estou esperançosa. — Ela desceu do pequeno palco. — Só queria dizer que, se não aparecer muita gente, se isso não funcionar, não tem problema.

— Já está se preparando para o fracasso, Shelby?

Ela inclinou a cabeça para o lado, foi andando até o bar.

— Esqueça o que eu disse. Vamos fazer tanto sucesso hoje, que a fila lá fora vai bater na lua, e então vocês precisarão me dar um aumento.

— Não se empolgue. Quer uma Coca?

— Não tenho tempo, preciso ir para o salão. — Para ter certeza de que não estava atrasada, tirou o celular do bolso para dar uma olhada. — As pessoas devem aparecer hoje nem que seja por curiosidade. Tem o fato de eu ter sumido por um tempo, além da propaganda que Tansy fez. Tantos folhetos, e minha cara está estampada na sua página do Facebook. Ora, minha família é grande o suficiente para formar uma multidão, e muitos deles vão vir. Isso já conta de alguma coisa.

— Vai ser um sucesso.

— Vai ser um sucesso — concordou ela. — Até mais tarde.

Shelby saiu do bar, distraída, ainda ensaiando em sua mente. Mal notou a mulher que apareceu ao seu lado antes dela começar a falar.

— Shelby Foxworth?

— Desculpe. — Ela se acostumara tão rápido a voltar a ser chamada de Pomeroy que quase disse não. — Sim. Olá.

Ela parou, sorriu e fez uma busca na própria memória. Mas a morena deslumbrante com olhos castanhos frios e lábios vermelhos perfeitos não lhe era familiar.

— Sou Shelby. Sinto muito, não a reconheço. Quem é você?

— Meu nome é Natalie Sinclair. Sou casada com Jake Brimley. Você o conhecia como Richard Foxworth.

O meio-sorriso continuou no rosto de Shelby enquanto as palavras soavam como um idioma estrangeiro aos seus ouvidos.

— O quê? O que foi que disse?

Os olhos da mulher pareceram ganhar um ar felino.

— Nós realmente precisamos conversar, talvez em algum lugar mais privado. Vi um parquinho lindo aqui perto. Por que não vamos para lá?

— Não entendi. Não conheço nenhum Jake Brimley.

— Mudar o nome não muda a pessoa. — Natalie mexeu na bolsa azul-clara que carregava, tirou uma foto. — Reconhece?

Na imagem, a morena tinha a bochecha encostada com a de Richard. Os cabelos dele estavam mais compridos do que ela se lembrava, um pouco mais claros. Havia algo diferente no nariz, pensou Shelby.

Mas lá estava Richard, sorrindo para ela.

— Você... Sinto muito, mas está dizendo que era casada com Richard?

— Não. Não fui clara? Vou dizer novamente, para o caso de você estar tendo algum problema para compreender. Eu fui, e sou, casada com Jake Brimley. Richard Foxworth nunca existiu.

— Mas eu...

— Levei bastante tempo para te encontrar, Shelby. Vamos conversar.

Brimley não era um dos nomes que encontrara no cofre bancário. Meu Deus, ele tivera outro? Outro nome. Outra esposa.

— Preciso dar um telefonema. Vou me atrasar para o trabalho.

— Fique à vontade. Aqui é uma cidade pitoresca, não? Se você gosta de armas e camuflagem.

E ela não falava igualzinho a Richard?

— Também temos arte. — Shelby rosnou as palavras. — Arte, tradição e história.

— Não precisa ficar irritada.

— As pessoas que acham que somos caipiras geralmente são esnobes metidos que vem de outra cidade.

— Ui. — Parecendo achar graça, Natalie estremeceu. — Parece que atingi um ponto fraco.

Em vez de tentar explicar o que estava acontecendo em uma ligação, Shelby enviou uma mensagem para a avó, se desculpando e avisando que chegaria um pouco atrasada.

— Algumas pessoas gostam de coisas pitorescas. Eu sou mais uma garota de cidade grande. — Natalie gesticulou na direção da faixa de pedestres, e começou a andar sobre lindas sandálias de salto douradas. — E Jake também era assim. Mas você não o conheceu aqui.

— Conheci Richard em Memphis. — Tudo parecia estar um pouco turvo. — Estava fazendo um show com a minha banda durante as férias da faculdade.

— E ele te deixou de quatro. O homem era bom nisso. Interessante, charmoso, sexy. Aposto que a levou para Paris, para aquele café no Left Bank. Devem ter se hospedado no George Cinq. Ele te deu rosas brancas.

Uma sensação ruim, ardida, surgiu em seu estômago — e a expressão de Shelby deve ter deixado isso claro.

— Homens como Jake tem uma fórmula. — Natalie deu tapinhas no braço dela.

— Não entendo. Como pode ser casada com ele? Quero dizer, o homem morreu, mas como pode ter sido casada com ele? Ficamos juntos por mais de quatro anos. Tivemos uma filha.

— Sim, isso foi uma surpresa. Mas dá para entender que parecer um homem de família seria útil para Jake. Cometi o erro de casar com ele. Fomos, no calor do momento, para Las Vegas. Parece familiar? E tive o bom senso de não me divorciar quando ele me largou numa furada.

Foi então que Shelby foi atingida por um peso que esmagava seu peito.

— Nunca fomos casados. É isso que sua história significa. É isso que quer dizer.

— Já que ele ainda era legalmente casado comigo, não, vocês nunca foram casados.

— E ele sabia.

— É claro que sabia. — Agora, a mulher riu. — Que menino malvado! Mas isso faz parte da atração. Meu Jake era um menino muito, muito malvado.

O parquinho estava em silêncio. Não havia crianças nos balanços ou na gangorra, ninguém correndo pelo gramado ou escalando o trepa-trepa.

Natalie se sentou em um banco, cruzou as pernas, bateu no espaço ao seu lado.

— Não tinha certeza de que você sabia e não se importou. Parece que ele te enganou. Mas esse é o tipo de coisa que Jake faz. — Por um segundo, algo que parecia ser tristeza passou pelos olhos da mulher. — Ou fazia.

— Não consigo pensar. — Shelby se sentou no banco. — Por que ele faria isso? Como pôde fazer isso? Ai, meu Deus, será que há outras? Ele fez isso com mais alguma mulher?

— Não sei. — Natalie deu de ombros. — Mas, já que ele foi bem rápido ao me trocar por você, acho que não teve nenhuma outra esposa no meio do caminho. E é no meio do caminho que estou interessada.

— Não entendo. — Sentindo-se subitamente sem ar, Shelby esticou a coluna, passou as duas mãos pelos cabelos, segurando-os para trás por um instante. — Não consigo entender nada disso. Nunca fui casada — disse, devagar. — Era tudo falso, que nem o diamante.

— Você teve uma vida boa por um tempo, não foi? — Natalie se voltou para ela, lhe direcionou um olhar de desprezo. — Paris, Praga, Londres, Aruba, Saint Barth, Roma.

— Como sabe de tudo isso? Como sabe para onde fui com ele?

— Fiz questão de saber. Você teve um apartamento de luxo em Atlanta, clubes, vestidos da Valentino. E então a mansão em Villanova. Não pode dizer que ele não era generoso. Ao que me parece, vocês tinham um esquema bom.

— Um esquema bom? Um *esquema* bom? — O ar pareceu voltar no momento em que a ofensa e a fúria tomaram conta. — Richard mentiu para mim, desde o início. Fez com que eu virasse a prostituta dele sem o meu conhecimento. Achei que o amava. No início, pensei que o amava o suficiente para abandonar minha família e tudo que conhecia e achava que queria.

— Foi um erro seu, mas foi compensada por isso. Conseguiu sair desta cidadezinha caipira, não foi? Ah, me *desculpe*, desta cidade cheia de arte e cultura. Você passou uns anos vivendo cheia de regalias, então não reclame, Shelby. Fica feio.

— Qual é o seu problema? Aparece aqui do nada e joga isso tudo em cima de mim. Talvez a mentirosa seja você.

— Fique à vontade, pode verificar a merda da história. Mas você sabe que não estou mentindo. Jake tinha talento para fazer mulheres se apaixonarem por ele e fazerem o que queria.

— Você o amava?

— Eu gostava bastante dele, e nos divertimos juntos. Isso era suficiente, seria suficiente, se o idiota não tivesse me largado naquela enrascada. Pode-se dizer que investi nele. E paguei caro por isso. Agora quero minha recompensa.

— Que recompensa?

— Os 28 milhões.

— Os 28 milhões de quê? De dólares? Está doida? Ele não tinha nem perto disso.

— Ah, tinha, sim. E sei disso porque fui eu quem o ajudou a conseguir. Um pouco menos de trinta milhões em diamantes, esmeraldas, rubis, safiras e selos raros. Onde ele os guardou, Shelby? Vou embora por metade disso.

— Eu por acaso pareço com alguém que tem diamantes, esmeraldas e tudo mais? Ele me deixou endividada até a alma. Esse é o preço que paguei por acreditar nele. Qual foi o seu?

— Quatro anos, dois meses e 23 dias em uma cela no condado de Dade, Flórida.

— Você... você foi presa? Por quê?

— Por fraude, já que eu fiz das tripas coração por Jake e Mickey. Estou falando de Mickey O'Hara, o terceiro membro de nossa pequena quadrilha. Da última vez que soube, ele ainda ficaria preso por mais uns vinte anos. — Com um sorriso afiado e cheio de chacota, ela apontou um dedo para Shelby. — Não quer que Mickey O'Hara venha atrás de você. Acredite em mim.

— Você contratou aquele detetive particular para me investigar.

— Não. Eu faço minha própria investigação. É um dos meus talentos. Metade, Shelby, e vou embora. Mereci cada centavo daquele dinheiro.

— Eu não tenho *nada* para te dar. — Shelby se levantou. — Você está dizendo que Richard roubou milhões de dólares? Que o detetive da Flórida estava falando a verdade?

— É o que fazemos, querida. Ou, no caso de Jake, o que fazia. Encontráva-mos um alvo. Viúvas ricas e solitárias funcionavam melhor para ele. Bastava alguns dias para ficarem aos seus pés. Era fácil convencê-las a "investir" em um terreno. Essa era sua especialidade. Mas o maior golpe, o maior de nossas carreiras, o que deu errado, eram as joias e selos, e a mulher tinha coisas lindas. Se você acha que vou acreditar que não sabe nada sobre isso, não está me convencendo.

— Não quero te convencer de nada. Se Richard tinha tudo isso, porque estou pagando todas as suas dívidas?

— Ele sempre foi bagunceiro. E aquelas joias tinham acabado de sair do forno. Os selos? Seria preciso encontrar o comprador certo. Quando tudo deu errado, Jake foi embora com a mercadoria, mas, se tentasse vender as coisas, mesmo que tentasse partir as joias em pedras, teria sido encontrado. Em situações assim, é melhor esperar alguns anos, ficar na encolha.

— Na encolha — murmurou Shelby.

— Esse era o plano. Imaginamos que seria melhor esperar quatro ou cinco anos antes de vendermos tudo e nos aposentarmos. Ou nos aposentarmos por um tempo, pois quem é que quer largar a diversão? Você era o disfarce dele, isso é óbvio. Mas vai ter trabalho para me convencer de que é idiota o suficiente para não saber de nada.

— Fui idiota o suficiente de acreditar nele, e vou ter que viver com isso.

— Vou te dar um tempo para pensar. Mesmo que seja inocente nessa história, Shelby, você passou mais de quatro anos vivendo com o homem. Acho que, se pensar bastante no assunto, vai se lembrar de alguma coisa. Pense na metade de trinta milhões, talvez mais um pouco agora, como incentivo.

Agora era a vez de Shelby demonstrar desprezo.

— Não quero metade de nada que tenham roubado.

— A escolha é sua. Entregue sua parte, tire apenas uma comissão caso se sinta ofendida demais. Seria dinheiro suficiente para pagar algumas dessas dívidas que estão te atrapalhando. Como disse, depois que pegar o que é meu, vou embora. Você quer continuar aqui, no meio do nada, trabalhando no salão de beleza de sua avó por uns trocados, cantando às sextas à noite por gorjetas? A escolha é sua. Levo o que é meu, você fica com o seu. Não se esqueça de que tem aquela menininha para cuidar.

— Se chegar perto de minha filha, se sequer pensar em chegar perto dela, acabo com você.

Natalie apenas olhou por cima do ombro, os lábios curvados.

— Acha que consegue?

Shelby não pensou; agiu. Esticou as mãos, puxou a mulher pela frente da blusa até ela ficar em pé.

— Posso e vou.

— Foi isto que chamou atenção de Jake. Ele gostava de alguém com atitude, mesmo quando a pessoa era um alvo. Relaxe. Não estou interessada em garotinhas nem em voltar para a cadeia. Meio a meio, Shelby. Se eu colocar Mickey nesta história, a única coisa que vai conseguir será um problema. Ele não faz negócios de forma tão civilizada quanto eu. — Natalie afastou as mãos dela da blusa. — Pense no que eu disse. Vou manter contato.

Como suas pernas estavam tremendo, Shelby voltou a sentar no banco quando a mulher foi embora.

Vinte e oito milhões? Joias e selos roubados? Bigamia? Quem era o homem com quem se casara? Ou com quem achava que se casara?

Talvez tudo fosse mentira. No entanto, por que ela inventaria aquilo?

Mas verificaria a história, nos mínimos detalhes.

Ela se levantou, pegou o telefone enquanto caminhava para ligar para Tracey e ver se Callie estava bem.

Quando finalmente chegou ao salão, a raiva havia voltado.

— Desculpe, vovó.

— O que houve? E quem causou esse olhar de cólera?

Shelby enfiou a bolsa embaixo do balcão da recepção.

— Preciso conversar com você e mamãe assim que puderem. Sinto muito, Sra. Hallister, como vai?

A mulher na cadeira de Viola — a avó do garoto dos Hallister — sorriu.

— Estou bem. Vim retocar a raiz, mas Vi me convenceu a fazer luzes. Vamos ver se o Sr. Hallister percebe.

— Vai ficar ótimo, é bom deixar tudo mais claro na primavera. Vovó, preciso fazer uma ligação rápida, e depois vou dar uma olhada no estoque.

— As toalhas devem estar prontas para serem dobradas.

— Farei isso.

Ignorando a conversa no salão, as duas trocaram um olhar. Viola fez que sim com a cabeça e levantou uma mão por trás da cadeira. Cinco minutos.

Shelby foi para os fundos, onde ficava a lavanderia e o estoque, e ligou para Forrest.

Capítulo 13

◆ ◆ ◆ ◆

NÃO PODIA ficar pensando naquilo. Callie estava segura, e Tracey a manteria assim. Shelby não sabia nada sobre joias roubadas, e não identificaria um selo raro nem se alguém o grudasse na sua testa. Se aquela tal de Natalie achava que estava mentindo, acabaria se decepcionando.

Mas era triste a facilidade que tinha de acreditar que Richard — ou Jake, ou seja lá qual fosse o nome dele — fora um ladrão, um mentiroso.

Mas nunca seu marido, concluiu enquanto dobrava e empilhava toalhas. Era terrível, mas agora que havia se acostumado com o novo peso, achava o pensamento reconfortante.

Shelby trabalharia sorrindo e conversando com as clientes e repondo os produtos. Então iria para casa e jantaria com a filha antes de ir para o bar e fazer valer o investimento de Tansy e Derrick nela.

Não decepcionaria mais ninguém, incluindo a si mesma.

Forrest a encontrou no fim do dia, enquanto ela varria o pequeno pátio.

— Você a encontrou? — quis saber Shelby.

— Não. Não tem ninguém com esse nome ou aparência hospedado no hotel, na pousada, em qualquer um dos chalés. Ela não está em Ridge. E não encontrei nenhum registro de qualquer Natalie Sinclair que tenha cumprido pena por fraude no condado de Dade.

— Ela não deve ter me dado seu nome verdadeiro.

— É provável, mas uma morena bonita com certeza vai marcar a memória de alguém se estiver se hospedando em Ridge ou bisbilhotando por aí. Vamos ter que pegar mais pesado se ela voltar, se te incomodar novamente.

— Não estou preocupada com isso.

— Então comece a ficar. Contou para mamãe?

— Para ela e para vovó, e as duas vão falar com o restante da família. Não vou me arriscar, Forrest, mas não sei nada sobre essas joias e esses selos que ela quer.

— Talvez saiba mais do que imagina. Não venha com quatro pedras na mão para cima de mim — disse ele quando a irmã se voltou em sua direção.

— Pelo amor de Deus, Shelby, não acho que tenha tido nada a ver com isso. Mas, em algum momento, ele pode ter dito algo, feito algo, ou talvez você tenha visto alguma coisa que não parecia fazer sentido na época. Agora que sabe da história toda, talvez consiga se lembrar. Só isso.

Cansada, Shelby esfregou o ponto entre suas sobrancelhas onde uma dor de cabeça despontava.

— Aquela mulher me deixou irritada.

— Quem diria.

Ela soltou uma risada curta.

— É loucura parte de mim estar feliz, lá no fundo, por saber que nunca fui casada com ele?

— Eu diria que é muito sensato da sua parte.

— Muito bem, então estou sendo sensata. Já terminei por hoje, então vou para casa. Mamãe já buscou Callie na casa de Chelsea. Vou passar um tempo com a minha filha, me certificar de que ela jante direitinho. Depois vou trocar de roupa e me arrumar para ficar parecida com uma pessoa que canta nas sextas à noite.

— Vou seguir você até em casa. O seguro morreu de velho — disse o irmão antes que Shelby pudesse protestar.

— Tudo bem, obrigada.

Será que ela sabia mesmo de algo, lá no fundo? Ficou pensando nisso enquanto fazia o caminho de volta, com Forrest vindo atrás, na viatura. Era verdade que, agora, quando olhava para trás, conseguia vislumbrar pequenos sinais de que Richard aprontava alguma coisa. Ligações que terminavam quando ela entrava na sala ou passava por perto, as portas e gavetas trancadas. A recusa em responder qualquer pergunta sobre o que ele fazia, ou aonde ia.

Pensara, mais de uma vez, que o marido tinha um caso. Mas, até agora, nunca tinha considerado roubo — não algo tão grandioso, independentemente do que aquele detetive tivesse alegado. Milhões de dólares em joias?

Nada poderia ser pior que isso.

E agora que entendia o que estava acontecendo? Shelby balançou a cabeça e estacionou diante da casa. Não sabia de nada. Nada mesmo.

Pegou suas coisas, acenou para Forrest. E, quando o primeiro som que ouviu ao abrir a porta da frente foi a risada de Callie, parou de pensar em qualquer outra coisa.

Depois de abraços, beijos e uma história animada sobre seu dia com Chelsea, a menininha se acalmou o suficiente para ficar pintando um livro de colorir enquanto Shelby ajudava a mãe na cozinha.

— Há tulipas brancas bonitas no seu quarto — disse Ada Mae.

— Ah, mamãe, minhas favoritas! Obrigada!

— Não me agradeça. Elas foram entregues faz uma hora. São de Griffin. — Ela olhou para a filha e sorriu. — Acho que você tem um admirador, Shelby Anne.

— Não, eu... Foi muito gentil da parte dele. Um doce.

— Ele é mesmo um doce, mas não do tipo que faz seus dentes doerem. Um rapaz ótimo.

— Não estou atrás de um admirador, mamãe, nem de um namorado.

— Sempre achei que as coisas são mais emocionantes quando você não as procura, mas acaba encontrando.

— Mamãe, tenho que me preocupar com Callie, com aquele monte de problemas, sem contar o que caiu no meu colo hoje cedo.

— Mesmo assim, a vida precisa ser vivida, querida. E um rapaz legal que lhe manda flores adiciona um toque especial.

Adicionava mesmo. Era impossível negar isso ao observar as tulipas brancas. Suas flores favoritas, pensou Shelby, então era óbvio que ele perguntara a alguém que a conhecia bem. Pensou nisso enquanto colocava um vestido preto de corte clássico e simples.

Estando atrás daquilo ou não, Griffin estava lhe dando um pouco de romance, e já fazia muito, muito tempo desde a última vez que alguém fizera algo assim para ela.

Shelby apostava que o homem sabia que as flores a fariam lembrar da forma como ele a beijara — duas vezes agora. Não poderia culpá-lo por isso, e descobriu que também não se culpava por decidir que gostaria de receber outro beijo.

Logo.

Ela colocou brincos. Pensou em fazer algo chamativo para o palco, mas optou por ser mais simples, e prendeu os cabelos nas laterais, deixando os cachos caírem sobre as costas.

— O que acha, Callie? — Ela deu uma voltinha para a filha. — Como estou?

— Mamãe liin-da.

— Callie liin-da.

— Quero ir com você. Por favor, por favor!

— Ah, queria que pudesse. — Shelby se agachou, acariciou os cabelos da filha enquanto ela fazia bico. — Mas eles não deixam crianças entrarem.

— Por quê?

— Porque é tipo uma lei.

— Tio Forrest é um homem da lei.

Rindo, Shelby abraçou a filha.

— Um homem da lei.

— Aham. Ele que disse. Ele pode me levar.

— Hoje, não, querida. Mas vamos combinar assim. Semana que vem, a levo para assistir ao ensaio. Vai ser um show especial só para você.

— Posso usar meu vestido de festa?

— Claro que pode. Hoje, a vovó e o vovô vêm tomar conta de você, então vão poder brincar juntos. — E, depois do primeiro intervalo, os pais voltariam de casa para revezar.

Era bom saber que sua família estaria lá.

— Vamos descer. Preciso ir.

O LUGAR ESTAVA LOTADO. Shelby esperara uma casa cheia na primeira noite, já que as pessoas eram curiosas ou, no caso da família e dos amigos, queriam apoiá-la. Seja lá o que as trouxera até ali, era bom, bom demais, saber que fizera por merecer o pagamento nesta primeira vez.

Ela cumprimentou e agradeceu as muitas pessoas que lhe desejavam boa sorte antes de chegar à mesa, bem na frente, onde Griff estava.

— Você está maravilhosa.

— Obrigada, essa era a ideia.

— Acertou na mosca.

— Obrigada pelas flores, Griffin. Elas são lindas.

— Que bom que gostou. Emma Kate e Matt estão chegando, e precisei lutar com meia dúzia de pessoas para conseguir guardar os lugares deles. E isso foi quase no sentido literal com um cara que Tansy chamou de Budão.

— Budão? Ele veio?

Shelby analisou a multidão e encontrou o homem enorme apertado em uma cabine, devorando uma costela, enquanto uma mulher magra que ela não reconhecia, sentada diante dele, remexia a comida no prato e parecia entediada.

— Estudamos juntos. Soube que ele é caminhoneiro agora, mas...

Ela interrompeu a frase quando seu olhar passou por Arlo Kattery, que a observava.

O sujeito não mudara muito, pensou Shelby, e aqueles olhos pálidos ainda conseguiam deixá-la incomodada quando a encaravam.

Ele estava jogado sobre uma cadeira, dividindo a mesa com dois outros homens que pensou reconhecer como seus comparsas de sempre.

Shelby torceu para que o grupo não ficasse ali por muito tempo, e que Arlo e seu olhar maldoso voltassem logo para o Boteco do Shady, onde ele geralmente bebia.

— O que houve? — perguntou Griff.

— Ah, nada, só outra pessoa do passado. Achei que algumas pudessem aparecer hoje, curiosas para ver se isto vai dar certo ou se vou ser um fracasso.

— Sensacional — disse Griff. — É a palavra do dia, já que é como o show vai ser.

Shelby se virou para ele, esquecendo Arlo.

— Mas como você é espertinho com suas palavras.

— A palavra do dia tem que fazer sentido. Essa faz. Tansy pediu para avisar que ela colocou seus pais, Clay e Gilly ali. — Ele apontou para a mesa à sua direita, com um grande cartão escrito RESERVADO sobre ela. — Ninguém criou caso com isso. Nem Budão.

— Ah, Budão sempre adorou Clay. Ele é gente boa, Griff, só... insistente às vezes. Meu pai estava esperando mamãe terminar de se emperiquitar, então já devem estar vindo. Mas fico feliz por você estar aqui agora.

— Onde mais eu estaria?

Shelby hesitou, mas então se sentou à mesa. Ainda havia bastante tempo.

— Griffin, você realmente vai ignorar o que eu disse sobre a minha vida estar uma bagunça e tudo mais?

— Não me parece tão bagunçada assim.

— É porque não é você que está nela. E descobri mais coisas hoje, coisas terríveis. Não posso falar disso agora, mas é algo muito ruim.

Griff acariciou as costas da mão dela.

— Posso ajudar a consertar as coisas.

— Porque é isso que você faz?

— Sim, e porque o que sinto por você continua aumentando. E você também gosta de mim.

— Tem certeza?

Ele sorriu.

— Está estampado na sua cara, ruiva.

— Não ganho nada ao gostar de você — murmurou Shelby. E então, assim como fizera ao ouvir a risada de Callie, parou de pensar nisso. — Ou talvez ganhe. — O sorriso que lançou enquanto se levantava era pura tentação. — Talvez ganhe mesmo. — Ela passou um dedo pelo braço de Griffin, e sentiu uma pequena vibração. — Espero que goste do show.

Shelby foi para a cozinha, que estava um completo caos, e se enfiou no armário de vassouras de um escritório para conseguir um momento de paz.

Tansy entrou apressada.

— Ai, meu Deus, Shelby, tem gente saindo pelas janelas! O bar está tão cheio que Derrick foi ajudar a servir bebidas. Como se sente? Está pronta? Estou tão nervosa que acho que vou vomitar. — Ela pressionou uma mão contra a barriga. — E você parece tão tranquila. Não está ansiosa?

— Não com o show. Tenho tantas outras coisas com que me preocupar, mas cantar? É como se nunca tivesse deixado de fazer isso. Vou te deixar orgulhosa, Tansy.

— Sei que vai. Daqui a pouco, vou sair, acalmar a plateia e anunciar você.

Ela tirou um pedaço de papel gasto do bolso.

— Minha lista de afazeres. Funciono melhor quanto tenho uma. Certo. A máquina está configurada do jeito que pediu e você sabe como usá-la.

— Sei.

— Se ela der algum problema...

— Eu resolvo — assegurou Shelby. — Obrigada por reservar a mesa para os meus pais.

— Está brincando? É claro que guardamos um lugar para eles na primeira fileira. Isso estava no topo da minha lista. E ela vai continuar reservada quando forem embora até seus avós aparecerem. Tenho que verificar alguns detalhes, mas depois podemos começar. Precisa de alguma coisa?

— Estou bem.

Já que Shelby queria que tudo tivesse um clima tranquilo e natural, saiu do armário e conversou com algumas pessoas que conhecia no bar. Pegou uma garrafa de água.

Ela sabia que a mãe costumava ficar nervosa antes das suas apresentações — ou sempre ficara antes —, então não foi até a mesa dos pais, mas sorriu para eles. Também sorriu para Matt e Emma Kate. E para Griff, enquanto Tansy subia no pequeno palco.

Quando a gerente começou a falar ao microfone, as vozes e os sons vindos do bar ficaram mais baixos.

— Bem-vindos à primeira Noite de Sexta. Hoje, o Bootlegger vai voltar aos anos 1940, então sentem e aproveitem os martínis e os drinques de uísque com cerveja enquanto apresentamos a atração da noite. A maioria de vocês conhece Shelby e já a ouviu cantar. Para aqueles que ainda não tiveram a chance, podem ter certeza de que vão adorar. Derrick e eu temos orgulho de apresentá-la aqui, hoje, no nosso palco. Agora, vamos receber, com a hospitalidade típica de Rendezvous Ridge, a nossa Shelby Pomeroy!

Ela subiu ao palco, encarando o bar lotado e os aplausos.

— Quero agradecer a todos por terem vindo hoje. Estou tão feliz por ter voltado a Ridge, poder ouvir vozes familiares e respirar o ar puro das montanhas. Esta primeira música me faz pensar em como era estar longe.

Começou o show com "I'll Be Seeing You".

E ali se sentia como ela mesma. Shelby Pomeroy fazendo o que melhor sabia fazer.

— Ela é ótima — murmurou Griff. — Sensacional.

— Sempre foi. Você tem faíscas saindo dos olhos. — Emma Kate deu um tapinha no seu braço.

— Não tem problema, ainda consigo enxergar bem. Faíscas deixam as coisas mais brilhantes.

Shelby cantou a primeira parte do show, feliz ao ver as pessoas entrando, se aglomerando no bar ou em mesas. Quando fez um intervalo, Clay foi diretamente até ela e a levantou do chão.

— Estou tão orgulhoso de você — sussurrou ele ao seu ouvido.

— Eu me senti tão bem. Ótima.

— Queria que pudéssemos ficar mais, mas preciso levar Gilly para casa.

— Ela está bem?

— Só cansada. É a primeira noite em um mês que consegue ficar acordada depois das 21h. — Ele riu, abraçou a irmã de novo. — Vá falar com ela antes de irmos.

Shelby olhou na direção da cunhada e viu Matt e Griff juntando as mesas, de forma que a família e os amigos ficassem juntos.

Talvez seu dia tivesse começado mal, mas a noite ficava cada vez mais perfeita.

Passou um tempo com eles, e então foi ao bar para pegar mais água.

Não ficou magoada ao notar que Arlo e seus amigos estavam indo embora. Aquele leve desconforto que o olhar do homem causava finalmente a abandonaria.

Quando eram adolescentes, ele a observava da mesma forma e com certa frequência. Pelo que Shelby lembrava, tentara mais de uma vez convencê-la a dar uma volta em sua moto ou cabular aula para beber.

Ela nunca aceitara nenhum desses convites.

E lhe dava arrepios o fato de ele continuar a encarando anos depois, sem piscar, feito um lagarto.

Griff apareceu no bar ao seu lado, fazendo-a pensar na companhia muito mais agradável.

— Saia comigo amanhã à noite.

— Ah, eu...

— Vamos, Shelby, me ajude. Realmente quero passar um tempo com você. Só com você.

Ela se virou, olhou dentro dos seus olhos — ousados, verdes, espertos. Absolutamente nada neles a fazia se sentir desconfortável.

— Acho que também quero, mas não me sinto bem largando Callie por duas noites seguidas, deixando meus pais cuidarem dela.

— Tudo bem. Escolha um dia na semana que vem. Qualquer dia, e vamos aonde você quiser.

— Ah... Terça provavelmente seria melhor.

— Terça. Aonde quer ir?

— Eu realmente quero conhecer sua casa.

— É mesmo?

Ela abriu um sorriso.

— É mesmo, e estava pensando em um jeito de me convidar para um tour.

— Então está marcado.

— Posso levar o jantar.

— Eu cuido disso. Às 19h?

— Se marcarmos às 19h30, posso dar banho em Callie antes.

— Então às 19h30.

— Preciso falar com minha mãe antes, mas acho que não vai ter problema. E você deveria saber o que mais eu descobri antes de marcarmos um encontro de verdade.

— Vai ser um encontro de verdade. — Griff lhe deu um beijo leve antes de voltar para a mesa.

Shelby pensou que aquele gesto rápido fora uma declaração, como se ele a marcasse. Não conseguiu decidir se se importava com isso ou não. Ignorou o assunto por ora, e voltou para o palco.

Viu Forrest entrar com os avós, e ocuparem os assentos vazios.

Mas só foi notar a morena quando entrava na parte final do show. O coração de Shelby deu um salto, mas continuou cantando enquanto seus olhos se encontravam.

Será que ela estivera lá o tempo todo, acomodada na mesa nos fundos, quase invisível no meio da escuridão?

Shelby desviou o olhar, procurou pelo irmão, mas ele estava no bar, virado de costas para o palco.

A morena se levantou, ficou em pé por um instante, dando um último gole no martíni. Então, colocou o copo sobre a mesa, vestiu um casaco escuro. Deu um sorriso, beijou a ponta dos dedos, agitou-os na direção dela, e foi embora.

Shelby continuou cantando até o fim do show — o que mais poderia fazer? Quando acabou, foi direto falar com o irmão.

— Ela estava aqui.

Forrest nem precisou perguntar de quem estava falando.

— Onde?

— Nos fundos.

— Quem? — quis saber Griff.

— Ela saiu — continuou Shelby. — Deve fazer uns 15 minutos. Foi embora, mas estava aqui.

— Quem? — insistiu Griff.

— É difícil de explicar. — Ela colocou um sorriso no rosto, se virou e acenou quando alguém chamou seu nome. — Preciso trabalhar. Talvez você pudesse dar uma olhada por aí, Forrest. Não consegui chamar sua atenção quando a vi, mas juro que ela estava aqui.

— Quem? — perguntou Griff pela terceira vez, quando Shelby saiu andando para outra mesa.

— Vou lhe contar, mas quero dar uma olhada lá fora.

— Também vou. — Quando Matt começou a se levantar, Griff balançou a cabeça. — Guarde a mesa. Já voltamos.

— O que houve? — Viola se inclinou na direção deles.

— Nada de mais. Explico quando voltar. — O neto apertou os ombros dela, e então seguiu na direção da saída com o amigo.

— Que merda está acontecendo, Forrest? Que mulher? E por que ela fez Shelby ficar com aquela cara?

— Que cara?

— Meio assustada, meio irritada.

Forrest parou perto da porta.

— Você entendeu direitinho o que ela estava pensando.

— Estou me dedicando ao assunto. Pode começar a se acostumar com isso.

— Sério?

— Bem sério.

O olhar de Forrest se estreitou enquanto ele fazia que sim com a cabeça.

— Preciso digerir isso. Mas, por ora, estamos procurando por uma morena bonita, com cerca de 30 anos de idade, mais ou menos 1,65 de altura, olhos castanhos.

— Por quê?

— Porque parece que ela era casada com o cara que Shelby pensava ser seu marido.

— O quê? Pensava? O quê?

— E ela é problema, que nem aquele canalha com quem minha irmã aparentemente não se casou. Bem pior do que eu imaginava, e já achava que ele era bem ruim.

— Shelby era casada ou não?

— É difícil saber.

— Como pode ser difícil? — Frustrado e começando a se irritar, Griff jogou as mãos no ar. — Ou era, ou não era.

Forrest observou a rua, os carros estacionados na calçada, as luzes do trânsito passando.

— Por que as pessoas do Norte estão sempre com pressa? Precisamos de tempo para contar uma história direito. E é o que vou fazer enquanto damos uma volta, vemos se encontramos alguma coisa. Você encostou na minha irmã?

— Não muito. Ainda não. Mas vou encostar, então é melhor se acostumar com essa ideia também.

— Shelby quer que você encoste nela?

— Mas que droga, Forrest, você já devia me conhecer o suficiente a esta altura do campeonato. Não encostaria em lugar nenhum se ela não quisesse.

— Eu te conheço o suficiente, Griff, mas estamos falando da minha irmã, o que dificulta as coisas. Minha irmã, que foi sacaneada de todas as formas possíveis. O que complica ainda mais a situação.

Ele contou a história enquanto caminhavam pela lateral do prédio, seguindo na direção dos fundos e do estacionamento.

— E vocês acham que essa mulher está contando a verdade?

— Ela falou verdades o suficiente para eu saber que o canalha com quem Shelby vivia era tanto mentiroso quanto ladrão. Vou pesquisar sobre esses milhões em joias e selos que diz terem roubado de alguém. — Os olhos do policial, obscurecidos pela pouca luz, analisavam os carros. — Se já não tivessem limpado a mesa dela, podia ter coletado impressões digitais e descoberto seu nome, o verdadeiro.

— Se essa mulher estiver falando a verdade sobre ter sido casada com Foxworth, então ele estava usando Shelby o tempo todo. — Griff enfiou as mãos nos bolsos, afastando-se um pouco. — E Callie...

— Callie vai ficar bem independentemente de qualquer coisa. Shelby vai cuidar disso. Mas eu queria ter uma conversa com essa mulher.

— Morena, certo? Uma morena bonita, de olhos castanhos?

— Isso mesmo.

— Acho que você não vai conseguir conversar com ela. É melhor vir aqui. — Griff respirou fundo enquanto Forrest se apressava na sua direção. — Parece que a encontramos.

Estava sentada, jogada no banco do motorista de uma BMW prata, com os olhos arregalados e encarando o nada. Ainda havia sangue escorrendo do buraco na sua testa.

— Bem, mas que merda. Mas que merda — repetiu Forrest. — Não toque no carro.

— Não vou tocar em coisa alguma — disse ele enquanto o policial pegava o telefone. — Não ouvi tiros.

Forrest tirou uma foto da lateral, outra da frente.

— Calibre pequeno, e viu como as bordas do ferimento de entrada estão escuras? O assassino encostou a arma na testa dela. Alguém deve ter escutado um estouro, mas não seria muito alto. Preciso ligar para o meu chefe.

— Shelby?

Assim como Griff fazia, Forrest olhou para o bar.

— Vamos esperar um pouco antes de contar. Só um pouco. Precisamos isolar a área. E, merda, precisarei interrogar as pessoas lá dentro. Xerife? — O policial ajustou a postura e reposicionou o telefone.— Sim, senhor. Temos um corpo no estacionamento do Bar e Grill do Bootlegger. Sim, senhor, é um cadáver. — Ele olhou para Griff enquanto falava, quase sorriu. — Tenho certeza, porque estou olhando diretamente para ele e para o ferimento de bala de calibre pequeno, disparado em proximidade, na testa. Entendi.

Suspirando, Forrest guardou o telefone no bolso.

— Queria ter terminado aquela cerveja, porque essa vai ser uma noite longa. — Estudou o corpo por um instante, e então se virou para o amigo. — Vou te transformar em policial honorário.

— O quê?

— Você é um cara esperto, Griff, e consegue manter a cabeça no lugar quando encontra um corpo, como acabou de provar. Não se abala com facilidade, não é?

— Este é o meu primeiro corpo.

— E você não saiu correndo, gritando como uma garotinha. — Apoiando uma mão incentivadora no ombro do amigo, Forrest lhe deu um tapinha amigável. — Além disso, tenho certeza de que não a matou, porque estava lá dentro comigo.

— Nossa.

— Ela ainda está quente, então não foi morta há muito tempo. Preciso pegar algumas coisas na minha picape, e quero que você fique aqui. Bem aqui.

— Posso fazer isso. — Porque, pensou ele enquanto o amigo se afastava, que outra opção tinha?

Griff tentou entender o que havia acontecido. A mulher estava no bar, saíra e fora para o carro. A janela do motorista estava aberta.

A noite estava um pouco quente. Teria ela a aberto para deixar o vento entrar ou porque alguém aparecera do lado de fora? Uma mulher sozinha, em um estacionamento, abria a janela para falar com um estranho?

Talvez, mas parecia mais plausível que fizesse isso por alguém que conhecia. Mas...

— Por que ela abriu a janela? — perguntou a Forrest. — Pelo que me disse, ela não conhecia ninguém aqui. E devia ser uma mulher esperta, então para quem faria isso?

— Foi nomeado policial honorário há dois minutos e já está pensando como um de verdade. Isso me deixa orgulhoso dos meus instintos. Coloque isto.

Griff olhou para as luvas.

— Caramba.

— Não quero que toque em nada. Mas é só para garantir. Pegue seu telefone, faça algumas anotações para mim.

— Por quê? Não estão mandando reforços?

— Sim. Só que essa mulher mexeu com a minha irmã. Quero me adiantar. Anote o nome da montadora, o modelo, a placa. É melhor tirar uma foto da placa. Ela alugou um carro chique. Vamos descobrir de onde ele veio. — O policial iluminou o veículo com uma lanterna. — A bolsa ainda está ali, no banco do passageiro. Fechada. Chaves na ignição, mas o motor não está ligado.

— Ela teria que ligá-lo para abrir a janela. Provavelmente trancaria o carro em uma cidade desconhecida, não é?

— Meu amigo, se um dia você abandonar essas bobagens de carpintaria, eu te contrato. — Forrest abriu a porta do passageiro, agachou-se e abriu a bolsa. — E aqui temos uma bela Glock pequena.

Agora, Griff se inclinou por cima do ombro do amigo.

— Ela carregava uma arma na bolsa?

— Estamos no Tennessee, Griff. Metade das mulheres dentro daquele bar está armada. Esta foi carregada e limpa. Diria que não foi disparada recentemente. Tem uma carteira de motorista da Flórida com o nome de Madeline Elizabeth Proctor, e não foi esse o nome que deu a Shelby. Endereço em Miami. Nasceu em 22 de agosto de 1985. Um batom, que parece novo, e uma faca de combate dobrável.

— Jesus.

— E é coisa boa. Da Blackhawk. Cartões Visa e American Express, no mesmo nome. Temos duzentos e... trinta e dois dólares em dinheiro. E uma chave da Pousada do Riacho Buckberry em Gatlinburg. Chique.

— Não queria ser descoberta. — Quando Forrest olhou para trás, Griff deu de ombros. — Ela devia saber que Shelby tem um irmão policial. Se mexesse com Shelby, com certeza seria investigada por um tira. Além disso, vocês têm parentes demais por aqui. Então seria melhor não se hospedar no hotel local, que também é bem chique. Ela se distanciou de Ridge e deu à sua irmã um nome falso.

— Viu porque fiz de você um policial honorário? Então, o que acha que aconteceu?

— Sério?

— Tem uma mulher morta no carro, Griff. — Curioso, Forrest se levantou, girou os ombros. — Eu diria que é bem sério.

— Bem, imagino que ela tenha vindo hoje para perturbar Shelby. Não deixar que ela se esquecesse do problema. Depois que sua irmã a viu, estava liberada para ir embora. A mulher saiu, entrou no carro, provavelmente para voltar para Gatlinburg. Alguém apareceu, parou do lado da janela. Aposto que ela reconheceu a pessoa e se sentiu segura o suficiente para abaixar a janela em vez de sair com o carro ou pegar a própria arma. Depois que a abriu...

Griff fez um gesto como se encostasse uma arma na testa e puxasse o gatilho.

— Também acho que foi isso. Se não soubesse que é melhor minha mãe ligar para você em vez de para mim toda vez que precisar lixar e pintar as portas da casa, tentaria te convencer a mudar de carreira.

— Sem chance. Odeio armas.

— Você superaria isso. — Ele olhou para a viatura que chegava. — Merda, devia ter imaginado que ele mandaria Barrows primeiro. O cara é gente boa, mas lento como uma tartaruga. Volte para o bar, Griff, encontre Derrick e conte o que houve.

— Você quer que eu conte a Derrick o que houve?

— Para economizar tempo. Ele também é um cara esperto, e estava trabalhando no bar durante a maior parte da noite. Pode ter visto alguém estranho.

— Seja lá quem for, está longe daqui.

— Sim, pelo menos por enquanto. Você é bem mais rápido que Barrow, Griff. Mas isso também não quer dizer muito.

— O que aconteceu, Forrest? Oi, Griff, como vai? O xerife disse que... Puta merda! — exclamou Barrows quando viu o corpo. — Ela está morta?

— Eu diria que sim, Woody. — Forrest revirou os olhos para o amigo.

Griff voltou para o bar e foi atrás de Derrick para contar o que havia acontecido.

Capítulo 14

◆ ◆ ◆ ◆

SHELBY ESTAVA sentada no escritório minúsculo, segurando com ambas as mãos a Coca que Tansy lhe obrigara a aceitar. Mas não achava que conseguiria engolir coisa alguma.

O.C. Hardigan era xerife desde que Shelby se entendia por gente. O homem sempre a assustara um pouco, mas imaginava que isso se dava mais por seu distintivo do que pela pessoa que era. Não que ela já tivesse se metido em encrencas — não de verdade. No tempo que passara fora da cidade, os cabelos do xerife se tornaram completamente brancos, e os fios curtos se assemelhavam a lã tosquiada. O rosto quadrado parecia mais cheio do que antes, e a barriga estava mais avantajada.

Ele cheirava a menta e tabaco.

Shelby sabia que o homem conduzia o interrogatório de forma gentil, e ficou grata por isso.

O xerife disse que Forrest lhe dera um relatório completo sobre o encontro dela com a vítima — ele chamava a mulher de "a vítima" —, mas Shelby precisou recontar a história.

— E, antes de hoje, você nunca vira, fora contatada ou conversara com essa mulher?

— Não, senhor.

— E o seu... O homem que conhecia como Richard Foxworth nunca mencionou ninguém chamado Natalie Sinclair ou Madeline Proctor?

— Não, senhor, não que eu lembre.

— E o detetive particular... o tal Ted Privet. Ele nunca mencionou o nome dela?

— Não, xerife. Tenho certeza.

— E o homem sobre quem ela falou, Mickey O'Hara?

— Também nunca ouvi esse nome antes. Não até ela o mencionar.

— Tudo bem, então. Que horas eram, aproximadamente, quando você a viu na plateia?

— Acho que por volta de 22h30. Já estava na metade da parte final do show, comecei a cantar às 22h. Ela estava nos fundos, à direita. — Shelby levantou uma mão para demonstrar. — À minha direita, quero dizer. Não a vi antes disso, mas o fundo do salão não é muito iluminado. — Ela se obrigou a dar um gole no refrigerante. — Depois que a vi, ela levantou. Mas sem pressa. Era como se quisesse mostrar que já tinha feito o que queria e agora poderia ir embora. Estava bebendo um martíni, mas não sei quem servia a mesa. Só terminei o show e falei com Forrest quinze minutos depois, mais ou menos. Com certeza não foi mais do que vinte minutos. Cantei mais quatro músicas depois que a vi, e tentei falar o mínimo possível entre elas. Então, deve ter sido quinze, dezessete minutos, no máximo.

— Viu se alguém a seguiu?

— Não, mas, depois que ela levantou e foi na direção da saída, comecei a procurar por Forrest. Não olhei para a porta.

— Aposto que viu muitos rostos conhecidos na plateia.

— Sim. Foi bom rever todo mundo. — Shelby pensou em Arlo. — Na maioria dos casos.

— E muitos rostos desconhecidos também.

— Tansy fez bastante propaganda. Ela distribuiu panfletos pela cidade toda. Ouvi falar que muitos hóspedes do hotel e da pousada vieram. E algumas pessoas que estão acampando na região também. Era uma novidade, sabe?

— Queria ter conseguido vir. Eu e minha esposa faremos questão de aparecer na próxima vez. Bem, notou alguém diferente, Shelby? Alguém que te passou uma impressão estranha?

— Não. Arlo Kattery estava aqui, com aqueles dois caras que sempre andam com ele, mas os três foram embora logo depois do intervalo.

— Arlo geralmente frequenta o Boteco do Shady ou os bares na beira da estrada.

— O homem não fez nada além de ficar sentado, tomar algumas cervejas e ir embora. Só o mencionei porque ele sempre me pareceu estranho.

— É porque ele é estranho mesmo.

— Acho que prestei mais atenção nos rostos familiares e nos casais. Muitas das músicas que cantei eram, bem, românticas, então entrei no clima. Não pode ter sido alguém de Ridge, xerife. Ninguém aqui a conhecia.

Ele tocou a sua mão.

— Não se preocupe com isso. Vamos descobrir o que aconteceu. Se você se lembrar de mais alguma coisa, qualquer coisa, me avise. Ou conte a Forrest, se for mais fácil.

— Não sei o que pensar. Não sei o que pensar sobre nada disso.

No restaurante, Griff já fizera tudo que podia para ajudar. Organizara as pessoas para os policiais colherem depoimentos, ou apenas nomes. Servira café, refrigerante e água com Derrick enquanto outro policial interrogava os funcionários na cozinha.

Saíra para tomar ar e vira as luzes da polícia ao redor da BMW, chegando bem na hora de ver o corpo, coberto por um saco preto, ser levado para o rabecão.

Decidiu que aquela era uma experiência que não gostaria de repetir.

Quando já distribuía café pela segunda vez, Forrest o puxou para um canto.

— Shelby vai ser liberada daqui a pouco. Preciso ficar aqui e saber o que está acontecendo. Vou confiar em você para cuidar da minha irmã, Griff, porque sei que posso fazer isso.

— Vou ficar de olho nela.

— Sei disso. Shelby insistiu que Emma Kate fosse para casa, e provavelmente foi melhor assim. Quanto menos mulheres para consolá-la e pedir por detalhes, mais rápido ela consegue sair daqui. Leve-a para casa.

— Pode deixar.

— O legista acha que a arma tinha calibre .25, mas só vai ter certeza quando tirar a bala.

— Você já sabe quem ela era? Descobriu o nome verdadeiro?

Distraído, Forrest negou com a cabeça.

— Já recolhemos as impressões digitais. Eu mesmo vou colocá-las no sistema hoje. Shelby saiu. Preciso falar com ela por um segundo, mas depois a leve embora. Se ela criar caso, a carregue daqui.

— Se chegar ao ponto de eu precisar fazer isso, não atire em mim.

— Desta vez, não. — Forrest foi até a irmã, segurou-a pelos ombros enquanto analisava seu rosto, e então a trouxe para perto, abraçando-a.

Shelby balançou a cabeça repetidas vezes ao ouvir o que ele falava, seja lá o que fosse, enquanto se acomodava cada vez mais no abraço. Então, a resistência pareceu abandonar o seu corpo, e ela deu de ombros. Forrest finalmente soltou a irmã, que andou na direção de Griff.

Ele a encontrou no meio do caminho.

— Forrest disse que você vai me levar para casa. Desculpe por ele estar sendo tão fresco.

— Não importa o que ele disse, levaria você de qualquer jeito. E homens não são frescos... Essa é uma palavra muito feminina. Somos lógicos e protetores.

— Ainda acho que é frescura, mas obrigada.

— Vamos.

— Eu deveria falar com Tansy antes, ou Derrick, ou...

— Eles estão ocupados. — Griff não precisou carregá-la, mas pegou sua mão e a puxou com firmeza para fora do prédio e para longe das luzes ofuscantes. — Vamos na sua minivan.

— Como você vai voltar para casa se...

— Não se preocupe com isso. Você vai precisar do seu carro. Eu dirijo. — Ele esticou a mão para que Shelby lhe desse as chaves.

— Tudo bem. Meu cérebro está cansado demais para discutir. Ninguém na cidade a conhecia. Pelo amor de Deus, as pessoas daqui não vão até mulheres desconhecidas e lhe dão um tiro na cabeça.

— Sinal de que quem fez isso não é local.

A expressão no rosto dela quando olhou para Griff era de imenso alívio.

— Foi o que eu disse para o xerife.

— Aquela mulher trouxe problemas com ela, Shelby. É o que eu acho.

— Tem que ter sido o tal do O'Hara. — O homem, lembrou ela, que a morena tinha mencionado. — Natalie disse que ele estava na cadeia, mas quem mente sobre o próprio nome pode mentir sobre qualquer coisa. Se foi mesmo esse cara, e se ela estava falando a verdade sobre Richard e todo aquele dinheiro, não é seguro ficar perto de mim.

— Tem muitos "se" nessa frase. Vou adicionar mais alguns. — Griff olhou para Shelby de soslaio, sentindo-se mais triste do que poderia explicar ao ver que o brilho que estivera em seus olhos durante o show tinha se esvaído. — Se o tal do O'Hara estiver por aqui, e se ele pensa que você sabe alguma coisa sobre o dinheiro, seria uma idiotice te machucar. — Griff esperou Shelby entrar na minivan, só então se sentou atrás do volante. — E, se o cara é tão durão assim, por que ela não saiu com o carro, não pegou a arma na bolsa? Por que simplesmente continuar ali, parada?

— Não sei. — Ela apoiou a cabeça no assento. — Pensei que as coisas não poderiam ficar mais desesperadoras. Depois que Richard morreu e eu perdi o chão, achei que não tinha como a situação piorar. Mas piorou. E, de novo, pensei que tinha chegado ao fundo do poço, mas que conseguiria dar um jeito de reverter a situação. Foi quando essa mulher apareceu aqui, e complicou tudo de novo. E agora, isso.

— É só uma maré de azar.

— Esse é um jeito de encarar as coisas.

— A sorte muda. A sua já está se transformando. — Em uma velocidade tranquila, ele seguiu as curvas da estrada. — Conseguiu vender a casa, está pagando as dívidas. Fez o bar lotar hoje, e todo mundo adorou o show.

— Acha mesmo?

— Eu estava lá — disse ele. — Além disso, vai sair num encontro comigo. Sou um ótimo partido.

Shelby não achava que seria capaz de sorrir, mas ele dera um jeito nisso.

— Ah, é?

— Claro. Pode perguntar à minha mãe. Bem, pode perguntar à sua mãe.

— Falta de confiança não é um problema para você, não é, Griffin?

— Eu me conheço — disse ele enquanto estacionava diante da casa.

— Como vai voltar para a cidade? — Shelby posicionou os dedos no ponto entre os olhos em que uma dor de cabeça começava a dar sinais de vida. — Nem pensei nisso. Leve o meu carro, papai pode me dar uma carona amanhã.

— Não se preocupe com isso.

Griff saiu do carro, deu a volta. Shelby abriu a porta, mas ele ainda chegou a tempo de pegar sua mão enquanto ela saía.

— Você não precisa me levar lá dentro.

— Isso é só uma das muitas coisas que fazem de mim um bom partido.

A porta se abriu quando os dois chegaram perto.

— Ah, minha filhinha.

— Estou bem, mamãe.

— É claro que está. Entre, Griffin. — Ada Mae envolveu Shelby em um abraço apertado. — Sua avó e seu avô passaram aqui, contaram o que houve. Forrest ainda está lá?

— Sim, continua no bar.

— Ótimo. Não se preocupe com Callie. Está dormindo. Dei uma olhada nela há uns cinco minutos. Vou preparar algo para você comer.

— Acho que não consigo comer agora, mamãe.

— Deixa eu dar uma olhada na menina. — Clayton se aproximou, levantando o rosto da filha. — Você está pálida e cansada.

— Estou mesmo.

— Se não conseguir dormir, posso te dar um remédio. Mas tente primeiro.

— Pode deixar. Acho que vou subir. Papai, Griff deixou a picape dele no bar para me trazer. Obrigada, Griff. — Ela se virou e encostou os lábios na bochecha dele.

— Vou te colocar na cama. — Ada Mae passou os braços ao redor da cintura de Shelby. — Obrigada, Griff, por trazê-la para casa. Você é um ótimo rapaz.

— Mas sou um bom partido?

Ao ouvir a risada cansada de Shelby, Ada Mae deu um sorriso confuso.

— O melhor de todos. Venha, querida.

Clayton esperou até que as duas tivessem subido as escadas.

— Tem tempo para tomar uma cerveja e me contar os detalhes, Griff?

— Se puder ser um refrigerante, tenho tempo. De toda forma, meu plano é dormir no seu sofá hoje.

— Posso te dar uma carona até em casa.

— Eu me sentiria melhor dormindo aqui. Não acho que vá acontecer mais nada, mas ficaria mais tranquilo.

— Tudo bem, então. Tomaremos uma Coca e conversaremos. Depois, trago um travesseiro e um lençol para você.

Uma hora mais tarde, Griff se esticou sobre o sofá — e era um sofá bem confortável. Deus sabia que já havia dormido em lugares piores. Passou um tempo encarando o teto, pensando em Shelby e relembrando algumas das canções que ela cantara naquela noite.

Em algum momento, repassaria a noite inteira em sua mente, assim como fazia agora com as músicas. Era desse jeito que resolvia a maioria dos problemas. Deixava todas as peças aparecerem e tentava encaixá-las até formar uma imagem.

Naquele momento, a única imagem clara que tinha era de Shelby.

Sem dúvida ela estava bastante encrencada. Talvez ele apenas não conseguisse resistir a uma donzela em apuros. Não que fosse dizer isso em voz alta. Entretanto, se uma mulher gostava de ser vista dessa forma, se era do tipo que preferia ficar prostrada, sem fazer nada, esperando ser salva, bem, ela o faria morrer de tédio em um instante. E isso aconteceria logo antes dele se irritar tanto que desejaria nunca mais ter que lidar com a criatura.

Então, pensando no assunto, provavelmente não era a questão de ser uma donzela em apuros. Era mais o caso de ser uma mulher forte e inteligente que precisava de um pouco de ajuda. Era a sua aparência, sua voz. Seu comportamento.

Griff seria um idiota se não quisesse o pacote completo.

E ele não tinha nada de idiota.

Fechou os olhos, fez com que a mente vagasse. Caiu num sono leve e inquieto até que, quando estava prestes a sonhar, ouviu um som que o deixou totalmente em alerta.

Seria apenas a casa velha estalando?, perguntou a si mesmo enquanto se esforçava para ouvir.

Não. Eram passos sobre o piso de madeira. Griff saiu do sofá, moveu-se em silêncio na direção do barulho. E, se preparando para um ataque, acendeu a luz.

Shelby apertou uma mão contra a boca para abafar o grito.

— Desculpe! Meu Deus, desculpe! — começou Griff.

Ela acenou com a mão livre, balançou a cabeça e então se apoiou contra a parede. Lentamente, baixou a outra mão.

— Bem, que diferença faz perder mais dez anos? O que está fazendo aqui?

— Estou dormindo no sofá da sala.

— Ah. — Agora, ela passava os dedos pelos cabelos, de um jeito que fazia todos aqueles cachos parecerem ainda mais descontrolados e tencionava todos os músculos do corpo dele. — Desculpe. Não conseguia dormir, então resolvi descer para tomar um chá ou coisa assim.

— Tudo bem.

— Quer tomar um chá ou coisa assim? — Franzindo a testa enquanto pensava, ela inclinou a cabeça para o lado. — Quer ovos mexidos?

— Com certeza.

Griff a seguiu para a cozinha. Shelby usava uma calça de pijama de algodão — azul com flores amarelas — e uma camiseta amarela.

Queria lambê-la como se fosse um sorvete.

Ela colocou a chaleira no fogo e pegou uma frigideira.

— Não consigo desligar os pensamentos — começou. — Mas, se pedisse a papai um remédio, mamãe ficaria preocupada de novo.

— Eles amam muito você.

— Sorte a minha. — Shelby colocou um pouco de manteiga na frigideira e deixou derreter enquanto batia os ovos. — Quando a mulher me contou aquelas coisas hoje cedo, pensei que o cliente do detetive devia ser a pessoa de quem roubaram.

— É um bom palpite.

— Agora, fico pensando se não seria Natalie a cliente. Será que ele me encontrou, me seguiu, fez tudo aquilo, por aquela mulher? Quando perguntei, ela disse que não, mas Natalie é, *era*, uma mentirosa. Então, talvez tenha mandado o detetive me seguir para que ela pudesse vir atrás de mim e me questionar sobre algo que não sei.

— Outro bom palpite, mas você está se perguntando se o detetive a mataria? Por que ele faria algo assim?

— Não consigo pensar em nada além dela talvez tê-lo enganado em algum momento. O sujeito falou com Forrest sobre receber uma recompensa por recuperar o dinheiro que eu não acreditava ter sido roubado. Quero dizer, não acreditava que Richard tivesse roubado tanto.

— Eu entendi o que você quis dizer.

— Mas agora acredito, e acho que ela e Richard eram bons nesse tipo de coisa. Em roubar e enganar os outros. Ou talvez a mulher e o detetive fossem amantes, e ela o traiu.

— Acho que não.

Franzindo a testa novamente, Shelby colocou pão na torradeira.

— Por que não?

— Acho que, quando há amor ou sexo envolvido, ou os dois, o assassinato se torna passional. As pessoas precisariam brigar antes, não?

Ela considerou a ideia.

— Imagino que sim.

— A maioria brigaria — decidiu Griff. — Você deve querer dizer à outra pessoa o que ela te fez. Você deve querer, imagino eu, contato físico. Aquilo me pareceu frio demais.

— Foi mesmo você quem a encontrou?

— Forrest estava procurando no lado esquerdo, e eu, no direito. Foi isso.

— Você continuou tão calmo. Pelo menos foi o que achei. Parecia tranquilo quando voltou para o bar. Não consegui perceber que havia algo errado ao olhar para você. A maioria das pessoas teria entrado em pânico.

— Evito ficar nervoso, porque isso leva ao caos, o que leva a acidentes. É assim que as pessoas se machucam. Foi o que aconteceu comigo quando tinha 17 anos, descendo da janela do quarto de Annie Roebuck.

— Descendo?

O sorriso dele foi rápido e torto.

— Escalar foi moleza.

— E ela estava te esperando?

— Ah, e como estava. Ela foi o foco da minha obsessão hormonal por seis meses muito loucos e maravilhosos, e vice-versa. Nós dois parecíamos dois coelhos sob efeito de crack. E o fato dos pais dela dormirem do outro lado do corredor só deixava a loucura mais divertida. Até a noite em que estávamos deitados, num coma pós-coito, e ela esticou o braço para pegar uma garrafa de água, mas derrubou o abajur. Ele explodiu feito uma bomba.

— Opa.

— Opa mesmo — concordou ele. — Escutamos o pai dela chamando. Eu me enrolei tentando vestir a calça, com o coração disparado e suando bicas.

É, pode rir — disse Griff quando Shelby fez isso. — Mas, na hora, foi um pesadelo. Annie gritou de volta, dizendo que estava tudo bem, que estava bem, que só tinha derrubado algo, e sussurrou para eu sair dali, sair dali naquele exato momento, porque ela não lembrava se tinha trancado a porta. Pulei pela janela em pânico, vestido pela metade, e me desequilibrei.

— Opa de novo.

— E, desta vez, um bem doloroso. Aterrissei nas azaleias do quintal, mas quebrei o pulso. Eu *vi* a dor, como se fosse uma luz branca, enquanto fugia correndo. Se não tivesse ficado nervoso, teria descido como sempre, e não teria precisado fingir ter tropeçado no caminho para o banheiro depois que cheguei em casa, só para o meu pai me levar para o hospital.

Shelby colocou um prato com ovos e torrada diante de Griff. E precisou controlar a vontade bizarra de se enroscar nele e se aconchegar, do mesmo jeito que fazia com Callie.

— Realmente espero que você não tenha inventado essa história para me distrair.

— Não inventei, mas esperei que fosse te distrair um pouco mesmo.

— O que aconteceu com Annie?

— Virou apresentadora de jornal. Passou um tempo trabalhando em Baltimore. Agora, está em Nova York. Trocamos e-mails às vezes. Ela casou há uns dois anos com um cara legal. — Griff provou a comida. — Os ovos estão gostosos.

— Ovos mexidos são sempre mais gostosos depois das três da manhã. Ela foi a sua primeira? Annie?

— Bem, ah...

— Não, não precisa responder. Deixei você sem graça. Minha primeira vez foi logo depois de completar 17 anos. Foi a primeira vez dele também. Julho Parker.

— Julho?

— Nasceu no primeiro dia do mês. Era um garoto legal. Fomos meio desajeitados. — Com um sorriso, seus olhos se tornaram um pouco embaçados enquanto lembrava. — Foi fofo, como Julho era, mas não o suficiente para eu querer tentar de novo, não até as férias de verão logo antes de ir para a faculdade. Não foi muito melhor, e o garoto não era tão bonzinho quanto Julho. Decidi me concentrar na música, na banda e nos estudos. Então, veio a paixão por Richard, e deu no que deu.

— O que aconteceu com Julho?

— Ele é guarda florestal. Mora em Pigeon Forge agora. Mamãe sempre fala dele. Ainda não se casou, mas está com uma moça legal. Imagino que você esteja pensando em transar comigo em algum momento.

Griff não deixou que a mudança repentina de assunto o abalasse.

— Planejando, na verdade.

— Bem, agora você tem o resumo da minha experiência na área. Um momento desajeitado, mas fofo. Uma decepção, e Richard. E, com Richard, não era de verdade. Nada era de verdade.

— Não tem problema, ruiva. Eu te mostro o caminho.

Ela riu.

— Bem, você tem charme.

— Como?

— Você é um homem charmoso, Griffin, muito charmoso. — Shelby terminou os ovos e foi lavar o prato na pia. — Se eu acabar concordando com os seus planos, não posso prometer que vai ser bom ou que haverá comas pós-coito, mas vai ser de verdade. E isso importa. Boa noite.

— Boa noite.

Griff ficou sentado por um bom tempo na cozinha, desejando que Richard Foxworth não tivesse entrado naquele barco. Desejando que ele pelo menos tivesse sobrevivido ao maremoto, para que os dois tivessem uma chance de se enfrentar.

Para que tivesse ele mesmo a chance de acabar com aquele babaca.

— O NOME VERDADEIRO DELA era Melinda Warren. — Forrest estava no que antes fora o quarto de Shelby, e observava Griff lixar a parede. — Tinha 31 anos, nasceu em Springbrook, Illinois. Foi presa por fraude, então essa parte era verdadeira. Esta foi sua primeira condenação, apesar de ter passado um tempo no reformatório quando jovem e ter sido detida vez ou outra por suspeita de roubo, fraude e falsificação. Nada nunca foi provado. Casou mesmo com um sujeito chamado Jake Brimley, em Las Vegas, cerca de sete anos atrás. Não há registro de divórcio.

— Tem certeza de que Jake Brimley era Richard Foxworth?

— Ainda estou trabalhando nisso. O legista estava certo sobre a arma ser calibre .25. Tiro à queima-roupa. Isso faria a bala ricochetear no cérebro dela como uma bolinha de gude numa frigideira.

— Parece divertido. — Ainda de pé, Griff olhou ao redor. — Por que está me contando isso tudo?

— Bem, você a encontrou, então ganhou o direito de saber.

— Você é um sujeito engraçado, Pomeroy.

— As pessoas sempre morrem de rir comigo. Também vim contar a Shelby, só que parece que não tem ninguém em casa. Só você.

— Agora, sou só eu mesmo — confirmou Griff. — Matt foi comprar o material que vamos precisar usar aqui na segunda-feira. Além disso, sou melhor em lidar com paredes. Ele não tem muita paciência.

— E você tem.

Griff ajustou o boné do Baltimore Orioles que usava para proteger os olhos de poeira.

— É trabalhoso ficar lixando a parede, mas, quando você menos espera, ela se torna tão lisa quanto vidro. Shelby foi para o salão — acrescentou ele. — Sua mãe levou Callie para a floricultura, foram comprar plantas para algo que estão chamando de jardim das fadas. A amiga dela, Suzannah, vem para cá mais tarde com Chelsea, para as meninas cavarem a terra. Seu pai está na clínica.

Forrest tomou um gole da garrafa de refrigerante que carregava.

— Você está muito bem-informado sobre a minha família, Griffin.

— Eu dormi no sofá da sala ontem.

O policial fez que sim com a cabeça.

— Mais um motivo para te contar as coisas. Se eu não estiver de olho neles, tenho certeza de que você vai estar. Sou grato por isso.

— Eles são importantes.

Griff passou uma mão pela parede e, satisfeito, passou para outro trecho.

— Hoje cedo, tirei um tempo para conversar com Clay sobre tudo que está acontecendo, e sobre outras coisas também. Estávamos nos perguntando, como irmãos fazem, se você não quer só comer a nossa irmã.

— Meu Deus, Forrest. — E bateu levemente a cabeça contra a parede.

— É uma dúvida válida.

— Não enquanto eu lixo paredes e você me encara com uma arma no coldre.

— Não vou atirar em você. Desta vez.

Griff olhou para trás, analisou o sorriso despreocupado do amigo.

— Que consolador. Quero passar tempo com a sua irmã e ver o que acontece. Minha impressão é que o marido de mentira a deixou bem complexada nessa área com que você está preocupado.

— Isso não me surpreende. Vou voltar ao trabalho.

— E o outro cara? O tal do O'Hara?

Forrest sorriu mais uma vez.

— E aí está mais um motivo para eu te contar as coisas. Você não se distrai. O nome não é O'Hara. James Harlow, atende por Jimmy. Foi preso junto com a morena, mas ganhou uma pena maior. De acordo com o depoimento dela na época, estavam tentando aplicar um golpe em uma viúva rica chamada Lydia Redd Montville. A mulher tinha muito dinheiro, tanto por conta própria quanto por causa do marido morto. Foxworth, ou pelo menos é como vamos chamá-lo por enquanto, a seduziu. Tinha documentos que provavam que era um empresário bem de vida interessado em arte e importação/exportação. — Forrest tomou mais um gole da garrafa, usou-a para gesticular. — A morena fingiu ser assistente dele, enquanto Harlow era o segurança. Os três investiram quase dois meses na mulher, conseguiram arrancar mais ou menos um milhão dela. Só que queriam mais. Ela era conhecida por suas joias, e o marido morto, pela coleção de selos. Tinha um cofre cheio deles. De acordo com a morena, esse seria o maior golpe do grupo. Depois, se aposentariam.

— Não é sempre assim que essas coisas funcionam?

— O filho da viúva começou a fazer perguntas demais sobre os negócios que Foxworth apresentava para a mãe, então eles decidiram acabar logo com aquilo. As coisas deram errado.

— É o que acontece no último golpe, não é? Dá azar dizer que será o último.

— Faz sentido. A viúva disse que passaria uns dias fora, num spa. Mas ia mesmo dar uns retoques no rosto. Cirurgia plástica.

— Porque tinha um amante jovem e não queria contar a ele que daria uma melhorada no visual.

— Isso mesmo. Então, os três entraram na mansão da viúva e chegaram ao cofre. Pegariam tudo e iriam embora. O filho a levou para casa, onde ela pretendia se esconder até as marcas roxas da cirúrgia desaparecerem, imagino eu. E pegaram o bando com a mão na massa.

— E que massa!

— Parece que Foxworth ou Harlow atirou no filho, enquanto a morena saía do quarto e derrubava a viúva. Disse que foi para evitar que Harlow atirasse na mulher também, apesar de ele ter afirmado que era Foxworth quem atirara.

— Um bando de dedos-duros se entregando. Duplicidade — decidiu Griff.

— É a palavra adequada para o dia de hoje.

— Boa.

— O que aconteceu depois?

— Bem, tanto Warren quanto Harlow foram consistentes com o fim da história. Foxworth pegou a bolsa em que haviam guardado as joias e os selos, e os três fugiram, deixando o filho e a viúva jogados lá.

— Entraram em pânico. — Meticulosamente, Griff testou a parede. — É isso que causa acidentes.

— A viúva retomou a consciência, ligou para uma ambulância. O filho ficou em estado grave, mas sobreviveu. Nenhum dos dois sabe com certeza quem atirou. Tudo aconteceu muito rápido, e o filho ficou em coma por três semanas. Nunca conseguiu recuperar a memória do que aconteceu.

— E os bandidos?

— Se separaram. Planejaram se encontrar em um hotel de beira de estrada, e então pegariam um jatinho particular em Keys para a Ilha de São Cristóvão, no Caribe.

— Sempre quis ir lá. Imagino que eles não tenham chegado aos trópicos.

— Não, não chegaram. A morena e Harlow apareceram no hotel. Foxworth, não. Mas a polícia estava lá.

— Foxworth os denunciou.

— Agora você está estragando o fim da história. A polícia recebeu uma denúncia anônima de um telefone público, e é fácil presumir que a ligação tenha sido feita por Foxworth.

Griff pegou a garrafa de refrigerante das mãos de Forrest, e tomou um longo gole antes de devolvê-la.

— Essa coisa de existir honra entre os ladrões é uma baboseira.

— A baboseira mais cheia de merda que existe. Para piorar a situação, Harlow tinha um anel de diamante no bolso. Valia uns mil contos. Estava bem claro que Foxworth o havia plantado lá para firmar sua... duplicidade.

— Usou bem a palavra.

— Sou esperto. Harlow tinha sido preso antes, mas nada que envolvesse violência. Ele jura que não atirou em ninguém e que a morena viu quem deu o tiro, mas ela já havia feito um acordo e manteve a sua versão dos fatos. Warren foi condenada a quatro anos; Harlow, a vinte e cinco. E Foxworth escapou com milhões.

— Isso bastaria para deixar alguém muito irritado.

— Não é?

— Mas, se Harlow vai ficar preso por 25 anos...

— Deveria, mas já saiu.

Lentamente, Griff baixou a lixa.

— Como isso foi acontecer?

— As autoridades carcerárias e o estado da Flórida estão se perguntando a mesma coisa. Ele fugiu um pouco antes do Natal.

— Boas festas. — Griff girou o boné, tirou-o, sacudiu a poeira e colocou-o de volta. — Ele tem que ser o principal suspeito do assassinato. Por que não me disse logo isso?

— Queria ver se você perguntaria. Já mandei a foto dele para o seu telefone, apesar dos três serem bons em se disfarçar. Ele é um cara grande, impressionante.

— Tipo Budão?

Achando graça, Forrest riu.

— Não, eu disse grande, não gigante. Dê uma olhada na foto que mandei, e, se vir alguém parecido, saia de perto e me ligue.

— Pode deixar. Forrest, você disse que o cara nunca foi preso por crimes violentos, mas a morena deu a entender outra coisa para Shelby. Disse que ele era agressivo.

— É estranho, não? Fique de olho na minha irmã, Griff.

— Vou ficar com os dois olhos nela.

O policial se moveu na direção da saída.

— Seu trabalho parece mesmo tedioso.

Griff deu de ombros.

— Alguém tem que fazê-lo.

Capítulo 15

◆ ◆ ◆ ◆

SHELBY SE apoiava na bancada da pequena cozinha de Emma Kate, observando-a colocar uma lasanha no forno. Não tinha muito tempo livre, mas conseguira dar um jeito de visitar a amiga e seu apartamento.

— Hoje a noite vai ser boa. — Com um sorriso travesso, ela ajustou o timer no forno. — Lasanha de espinafre é o prato favorito de Matt, e comprei uma garrafa de vinho quando voltava da clínica. Minha ideia de jantar romântico não envolve nada que tenha espinafre, mas Matt não pensa assim. Vou ser recompensada.

— Vocês dois são ótimos juntos. Realmente combinam. E gostei muito do seu apartamento.

— Também gosto.

Virando de costas para o fogão, era possível ver, através do batente — Matt retirara e guardara a porta —, a velha mesa de açougueiro que ele restaurara, e sobre a qual o casal comeria a romântica lasanha de espinafre.

— É claro que, quando Matt e Griff estão aqui, tudo que falam é sobre derrubar uma parede ali, fazer tal coisa com os azulejos da cozinha. Acho que, um dia desses, vou acabar deixando Matt construir uma casa. Ele sempre fala em fazer isso.

— É o que você quer?

— Está começando a parecer que ele nasceu aqui, Shelby. Quer um lugar escondido nas montanhas, na floresta, como o que Griff tem. Acho que também consigo imaginar algo assim. Tranquilo e nosso. Talvez eu aprenda a cuidar de uma horta. Mas, por enquanto, é bem fácil passar pela porta, andar alguns minutos e estar na clínica.

— Ah, mas não seria divertido construir uma casa? Decidir onde quer colocar os cômodos, como as janelas seriam e coisa assim?

— Vocês três podem conversar sobre isso — decidiu Emma Kate. — Qualquer coisa além de decidir a cor da tinta da parede já me deixa nervosa. Em um apartamento não há muito o que mudar. Quer provar o vinho?

— Melhor não. Não posso ficar muito tempo. Só queria ver você e o apartamento. Tendo muito o que mudar ou não, ele é a sua cara, Emma Kate, colorido e divertido — disse ela enquanto saía da cozinha e entrava na sala, com um sofá macio vermelho e várias almofadas de estampas variadas sobre ele. Os pôsteres emoldurados com imagens de flores grandes e chamativas adicionavam mais cor e charme.

— Algumas coisas são de Matt. Ele pegou a muda da planta suculenta do jardim da avó. Cuida dela como se fosse um bebê. É fofo. — Ela esfregou um braço de Shelby. — Eu quis te dar um tempo, mas estou vendo que não quer falar sobre ontem nem nada do que aconteceu.

— Não quero mesmo, mas tenho que te contar que o nome dela não era Natalie nem Madeline. Era Melinda Warren, e o homem que ela disse que eu deveria ter medo se chama James Harlow. Ele fugiu da prisão, Emma Kate, no Natal. — Shelby pegou o telefone. — Esta é a foto do sujeito. Então, se vir alguém parecido, tome cuidado. Forrest disse que ele deve ter mudado os cabelos, pode ter uma aparência um pouco diferente. Mas tem 1,90m e pesa cem quilos, e não pode mudar muito essa parte.

— Vou ficar atenta. Essa foto é de quando ele foi fichado, não?

— Acho que sim.

Emma Kate olhou novamente e balançou a cabeça.

— Não seria de se esperar que ele parecesse ameaçador, durão ou mau nesse tipo de fotografia? O cara parece bonzinho. Como alguém que era do time de futebol na escola e agora dá aula de ciências sociais.

— Acho que aparentar bonzinho ajudava todos eles a enganarem as pessoas.

— Você tem razão. E a polícia acha que ele é o assassino?

— Quem mais poderia ser? — Shelby fizera a si mesma essa pergunta dezenas de vezes. E nunca conseguia pensar em uma alternativa. — Acho que estão interrogando todo mundo que esteve no show ontem, e fazendo perguntas pela cidade. Forrest disse que tentaram entrar em contato com o detetive que estava atrás de mim, mas ainda não conseguiram falar com ele.

— É fim de semana.

— Pode ser isso. Ela, Melinda Warren, disse a verdade sobre ser casada.

— Com Richard? — Desta vez, Emma Kate colocou a mão no braço de Shelby, e a deixou lá.

— É provável. Eles ainda precisam fazer uma pesquisa e analisar alguns documentos para ter certeza de que o homem com quem ela casou era o mesmo com quem eu achei que era casada. Mas... Droga, Emma Kate, não é só provável, simplesmente é a verdade.

— Shelby... Se estiver triste com isso, também estou.

Aquilo também era algo que ela debatera consigo mesma muitas vezes. Estava magoada? Triste? Com raiva?

— Estou feliz. — Sentindo-se mais tranquila, Shelby colocou uma mão sobre a da amiga. — Por pior que pareça, estou feliz com isso.

— Não acho que seja ruim se sentir assim. É inteligente e sensato, isso, sim. — Virando a mão, ela entrelaçou seus dedos com os da amiga. — Também estou feliz.

— Ele me achava uma idiota, mas o meu problema foi ser flexível demais. — Após apertar a mão da amiga, Shelby a soltou para dar uma volta pelo pequeno e colorido espaço. — É revoltante olhar para trás agora. É... você sabe que não uso esta palavra com frequência, mas ela é adequada para o que eu sinto. É irritante para caralho, Emma Kate.

— Aposto que é.

— Na época, eu achava que era a coisa certa a fazer, que estava mantendo minha família unida. Mas não éramos uma família. Pensei que, depois que eu resolvesse os problemas, poderia virar a página. Mas não posso. Não até encontrarem esse tal de Harlow. Não sei se um dia vão encontrar as joias e os selos daquela mulher. Não consigo nem imaginar o que Richard teria feito com eles.

— Isso não é problema seu, Shelby.

— Acho que é.

Ela foi até a janela, olhou a vista que Emma Kate tinha de Ridge. A longa e íngreme curva da estrada, com prédios cercando a descida, como se abraçassem as calçadas.

Flores em barris e vasos, flores chamativas, vermelhas e azuis, que indicavam a aproximação do verão e substituíam os tons pastéis da primavera.

Viajantes com suas mochilas, notou ela, e alguns moradores locais aquecendo os bancos da calçada diante do salão da avó e do barbeiro.

Shelby conseguia enxergar o poço à distância, apenas uma parte dele, e a jovem família que visitava o ponto turístico, lendo sua placa. Alguns garotinhos a fizeram sorrir ao saírem correndo atrás do cachorro que escapara da coleira, partindo em disparada pelas ruas, com a língua para fora.

Era uma boa vista de tudo que havia para se ver em Ridge.

Por um minuto, precisou visualizar o que havia além daquela rua cheia de curvas, além das montanhas, lojas e flores. E voltar às nuvens que ainda sobrevoavam seu passado.

— Se a polícia conseguisse encontrar as coisas, ou descobrir o que Richard fez com elas, ou pelo menos com a maior parte, eu não precisaria ficar bolando hipóteses ou me preocupando. Poderia virar a página.

— E de que adianta se preocupar?

— De nada. — Shelby se virou, sorriu para a praticidade que a equilibrava. — Só não queria passar cada segundo do dia pensando nisso. Talvez, se eu parar de pensar, alguma coisa surja na minha mente.

— Isso sempre acontece comigo quando passo o aspirador de pó na casa. Odeio passar o aspirador.

— Sempre odiou.

— Sempre odiei, então meus pensamentos vagam. Coisas surgem.

— Espero que isso aconteça comigo. Agora, preciso ir para casa. Mamãe fez Callie e a amiga plantarem um jardim das fadas. Lembra quando ela fazia isso com a gente?

— Lembro. Toda primavera, até quando já éramos adolescentes. Se algum dia eu construir aquela casa, vou tentar plantar um.

— Você poderia ter um minijardim das fadas na sua janela maior.

— Ora, nunca tinha pensado nisso. Agora que você deu a ideia vou acabar comprando vasinhos e plantas. Não ficaria bonito?

— Com certeza.

— Eu poderia... Espere aí. — Emma Kate pegou o telefone quando ele apitou. — Matt mandou mensagem avisando que chega daqui a meia hora.

O que significa que vai levar quase uma hora, já que deve estar terminando de ajudar Griff na casa, e vão acabar batendo papo sobre trabalho. Elabore.

— Elaborar pode levar um tempo. Vou sair num encontro com Griff na terça.

Emma Kate levantou as sobrancelhas.

— É mesmo? E só pensou em mencionar isso quando já estava indo embora?

— Ainda não tenho certeza sobre o que eu acho de sair com ele, mas quero visitar sua casa. Sempre quis ver o que um visionário poderia fazer com aquele lugar.

As sobrancelhas continuaram levantadas.

— E visitar a casa dele é o único motivo para o encontro?

— É um dos fatores. Sinceramente, de verdade, não sei o que vou fazer com o que está acontecendo entre nós.

— Aqui vai uma sugestão. — Com os lábios levemente se curvando, Emma Kate levantou o indicador de ambas as mãos. — Por que não tentar algo que não priorizou nos últimos anos? O que você quer fazer?

— Agora que você mencionou — a risada de Shelby foi rápida e fácil —, parte de mim, talvez a maior parte, só quer agarrar ele, mas a parte mais realista me diz para ir devagar.

— E que parte vai ganhar?

— Não sei. Griff definitivamente não estava na minha lista de afazeres, e ainda tenho muitos itens para tirar dela.

— Na quarta, telefone para mim para eu descobrir se você tirou "fazer sexo com Griff" da lista.

Agora foi a vez de Shelby levantar as sobrancelhas, apontar um dedo.

— Isso não está na lista.

— Então coloque nela — sugeriu a amiga.

Talvez fizesse isso em algum momento no futuro. Mas, por enquanto, passaria o restante do fim de semana com a filha.

NA SEGUNDA, AINDA NÃO HAVIA nenhuma novidade sobre Jimmy Harlow nem sinal de alguém que se encaixasse na descrição dele estava pela cidade, fazendo perguntas sobre a morena em Gatlinburg.

Shelby decidiu ser otimista. Era melhor pensar que o homem completara sua missão ali ao se vingar de Melinda Warren e seguira em frente.

Chegou cedo ao salão, estacionando o carro diante dele, então foi até o bar. Otimismo era uma escolha pessoal, mas nem todo mundo via as coisas assim.

Tansy atendeu a porta.

— Shelby. — A amiga imediatamente a envolveu num abraço. — Passei o fim de semana todo pensando em você.

— Sinto muito sobre o que aconteceu, Tansy.

— Todos sentimos. Venha, entre.

— Preciso ir para o trabalho, mas queria passar aqui primeiro, dizer que entendo se você e Derrick decidirem cancelar as Noites de Sexta.

— Por que faríamos isso?

— O que aconteceu não foi exatamente o que tínhamos planejado para a estreia.

— E não teve nada a ver conosco, com você ou com o bar. Derrick conversou pessoalmente com o xerife ontem. A polícia está tratando do caso como assassinato por vingança, algum problema antigo que seguiu aquela mulher até aqui.

— Eu sou parte do problema antigo.

— Não acho. É... — Arfando, ela se apoiou em um banco. — Ainda me sinto um pouco enjoada e tonta durante as manhãs.

— E cá estou eu, te perturbando. Vou pegar um pano molhado para você.

— Refrigerante geralmente ajuda.

Rapidamente, Shelby foi para trás do bar, serviu o refrigerante em um copo cheio de gelo.

— Beba devagar — ordenou ela, e então pegou uma toalha limpa, encharcou-a com água gelada e a torceu até ela parar de pingar.

Quando saiu de trás do bar, levantou os cabelos de Tansy e colocou a toalha na base do pescoço dela. A amiga emitiu um *ahhhh* bem longo.

— Isso realmente ajuda.

— Era o que eu fazia quando estava grávida de Callie.

— Fico assim na maioria das manhãs, mas geralmente passa rápido. Tem dias que dura mais tempo, volta uma vez ou outra. É só um desconforto, sabe?

— Sei. Não parece certo que algo tão maravilhoso faça as mulheres se sentirem tão mal, mas a recompensa faz tudo valer a pena.

— É o que digo a mim mesma todas as manhãs, quando estou debruçada no vaso sanitário.

Tansy suspirou mais uma vez, e Shelby virou a toalha, encostando o lado mais gelado contra a pele da amiga.

— Já está passando. Vou me lembrar desse truque. — Esticando a mão para trás, ela deu um tapinha no braço de Shelby. — Obrigada.

— Quer um biscoito? Posso pegar na cozinha.

— Não, já está passando. Agora, sente aqui e me deixa te ajudar.

Depois de puxar a amiga para dar a volta, Tansy olhou diretamente nos seus olhos.

— Essa tal de Warren? Ela era uma mulher horrorosa e, pelo que soube, não se importava com mais ninguém além dela mesma. Não merecia morrer por causa disso, mas era uma pessoa terrível. E quem a matou, seja lá quem for, também é. Você não conhecia essa gente, Shelby.

— Conhecia Richard. Ou pelo menos pensei que conhecesse.

Claramente se sentindo melhor, Tansy bufou e acenou com a mão para dispensar o último comentário.

— E Derrick tem um primo em Memphis que é traficante de drogas. Isso não significa que estejamos envolvidos no que ele faz. Você não quer mais cantar na sexta? Vou entender se não quiser. Perdemos uma garçonete por causa do que houve.

— Droga. Sinto muito.

— Ah, não sinta. A mãe dela fez um escândalo, disse que, se quisesse trabalhar em um lugar onde as pessoas levam tiros, teria ido ao Boteco do Shady. Como se esse tipo de coisa acontecesse sempre. De toda forma, a garota vivia reclamando — adicionou ela com um aceno de mão —, e Lorna não achou ruim que tenha ido embora. Nem eu.

— Não é que eu não queira mais cantar. Estarei aqui se você e Derrick quiserem. Já até comecei a bolar meu repertório.

— Então vou distribuir os panfletos novos hoje. Batemos um recorde na sexta.

— É mesmo?

— Ganhamos 53 dólares e 6 centavos a mais do que na nossa melhor noite, quando os Rough Riders de Nashville vieram tocar. Envie o repertório por e-mail quando acabar, para eu programar a máquina. E como está sua mãe e o restante da família?

— Indo. É melhor eu ir trabalhar antes que vovó resolva descontar o atraso do meu pagamento.

Shelby chegou bem na hora, e foi direto colocar a mão na massa. Varreu o pátio, molhou as plantas, abriu guarda-sóis para as clientes sentarem sob a sombra, se assim desejassem.

Lá dentro, dobrou as toalhas deixadas para trás enquanto ouvia as conversas das primeiras clientes. Quando saiu, notou que a avó já havia chegado e atendia uma mulher. Crystal tagarelava alegremente com a moça cujos cabelos lavava.

E Melody Bunker e Jolene Newton estavam sentadas nas cadeiras de pedicure, com os pés dentro da água quente.

Shelby não encontrava Jolene desde que chegara à cidade, e não via Melody desde aquele dia na Ridge Artística. Não teria ficado triste se isso não tivesse mudado. Mas a mãe não a criara para ser mal-educada, então, no caminho para as salas de tratamento, parou nas cadeiras.

— Olá, Jolene. Como vai?

— Minha nossa, Shelby! — Ela colocou a revista brilhante sobre o colo, jogou a cabeça para trás de um jeito que fez o longo rabo de cavalo saltitar. — Você não mudou nadinha, mesmo depois de tudo que aconteceu. Também veio fazer as unhas?

— Não, eu trabalho aqui.

— É mesmo? — Jolene arregalou os olhos castanhos como se isso fosse novidade. — Ah, bem, acho que sabia disso. Você me contou, não foi, Melody, que Shelby estava trabalhando no Vi's de novo, que nem fazia na época da escola?

— Acho que sim. — Sem tirar os olhos da revista, a outra mulher virou uma página. — Vejo que seguiu meu conselho, Shelby, e encontrou um emprego mais adequado para as suas capacidades.

— Queria te agradecer por ele. Tinha me esquecido do quanto me divirto trabalhando aqui. Espero que gostem das suas pedicures.

Ela se afastou para atender ao telefone, marcou um horário na agenda, e então saiu para dar uma olhada nas salas da frente.

De canto de olho, viu Melody e Jolene falando baixinho uma com a outra e ouviu a risada estridente desta última. Era como se nunca tivessem saído da escola.

Ignorou a risada e as duas, lembrando a si mesma de que tinha coisas mais importantes com que se preocupar.

Quando finalmente voltou para o salão, Maybeline e Lorilee — mãe e filha — estavam sentadas nos bancos baixos, esfregando os pés da dupla.

Então elas tinham comprado o pacote especial, pensou Shelby, e foi verificar se a parafina estava morna. Deu uma olhada no vestiário, juntou os robes usados, terminou de fazer as tarefas da manhã.

Teve uma conversa animada com uma mulher de Ohio, que dava a si mesma um dia de folga depois de muitas caminhadas aventureiras pelas montanhas com o noivo, e se ofereceu para pedir o almoço, já que ela tinha tratamentos no spa agendados até o último horário.

— Pode comer no jardim se quiser. O dia está tão bonito.

— Parece maravilhoso. Seria demais pedir uma taça de vinho?

— Vou dar um jeito — disse Shelby, e lhe entregou alguns cardápios. — Veja o que quer e me avise. Alguém vai comprar para a senhora. Que tal às 13h15? É o intervalo entre sua sessão de aromaterapia e a limpeza de pele com vitaminas.

— Estou me sentindo muito paparicada.

— É para isso que estamos aqui.

— Adorei este lugar. Sinceramente, só vim aqui para não precisar passar três dias seguidos fazendo trilha. Mas está sendo fantástico, e todas vocês são tão legais. Quero esta salada verde com frango grelhado. Com o molho da casa separado. E uma taça de Chardonnay tornaria meu dia bem melhor.

— Pode deixar.

— Aquela senhora na frente, a dona, é sua mãe? Vocês são tão parecidas.

— É minha avó. Minha mãe fará sua limpeza de pele mais tarde.

— Sua avó? Está brincando!

Shelby riu, achando graça.

— Vou contar que a senhora disse isso e o dia dela também vai melhorar. Posso ajudar com mais alguma coisa?

— Não preciso de mais nada. — A mulher se aconchegou em uma das cadeiras. — Só quero ficar aqui e relaxar.

— Faça isso. Daqui a uns dez minutos, Sasha virá te buscar para a sessão de aromaterapia.

Ela voltou para o salão com um sorriso no rosto, foi direto para o telefone fazer o pedido. Estava indo na direção da avó quando Jolene a chamou com um aceno.

— Que esmalte bonito — disse Shelby, indicando com a cabeça os dedos dos pés dela, que estavam sendo pintados com um rosa brilhante.

— Ele me lembra das peônias da minha mãe. Eu me esqueci de dizer antes, e você está tão ocupada andando de um lado para o outro, mas soube que está cantando no bar nas noites de sexta. Queria ter ido ao show, mas não consegui, e, depois que soube do que aconteceu, realmente fiquei feliz por não ter passado lá. Acho que teria tido um treco quando soubesse que uma mulher foi baleada do lado de fora. — Ela deu batidinhas no peito como se estivesse em perigo naquele instante. — Ouvi falar que você a conhecia. É verdade?

Shelby olhou na direção de Melody.

— Sei que considera Melody uma fonte confiável de informações, e sei que ela tem certeza de que você vai falar o que ela mandar para me irritar.

— Ora, Shelby, só queria saber...

— O que Melody queria saber. A resposta é não, não a conhecia.

— Seu *marido* conhecia — disse Melody. — Ah, mas ele não era seu marido de verdade, não é?

— Pelo visto, não.

— Deve ser horrível ser enganada assim. — Jolene se meteu de novo no assunto. — Ora, eu *morreria* se passasse tantos anos vivendo com um homem, tivesse uma filha com o cara, e descobrisse que, durante esse tempo todo, ele tinha outra esposa.

— Ainda estou respirando, então devo ser menos sensível do que você.

Ela começou a se afastar.

— Se você não está fazendo nada importante — começou Melody. —, gostaria de um copo de água com gás, com gelo.

— Eu pego — disse Maybeline, mas a outra lhe lançou um olhar irritado.

— Você está ocupada pintando as minhas unhas. Shelby pode pegar, não é, Shelby?

— Posso. Você quer alguma coisa, Jolene?

A mulher teve a graciosidade de corar.

— Acho que também aceitaria um copo de água gelada, se não for incômodo.

— Não seria incômodo algum.

Shelby se virou, foi para os fundos, entrou na pequena cozinha. Poderia se irritar com aquilo mais tarde, prometeu a si mesma, mas, por enquanto, pegaria a droga da água.

Levou os copos para o salão e entregou um para Jolene.

— Obrigada, Shelby.

— De nada.

Quando esticou o copo para Melody, a outra mulher bateu nele com a mão, fazendo com que a água respingasse.

— Olhe só o que você fez!

— Vou pegar uma toalha.

— Esta calça é de seda, e agora está manchada. O que vai fazer para resolver isso?

— Vou pegar uma toalha.

— Deve ter feito de propósito, só porque eu não quis que gentinha como você trabalhasse na minha galeria.

— Pelo que eu soube, a galeria é da sua avó. E pode ter certeza de que, se eu tivesse feito de propósito, teria jogado o copo inteiro no seu colo. Vai querer a toalha, Melody?

— Não quero nada de gente da sua laia.

Shelby sabia que o lugar havia se tornado silencioso. Até mesmo o vento dos secadores de cabelo havia sido desligado. Todas as orelhas no salão estavam ligadas. Então, sorriu.

— Ora, Melody, você continua sendo tão mesquinha e convencida como era na época da escola. Deve ser difícil carregar tanta amargura dentro de si mesma. Sinto muito por você.

— Sente muito por mim? Sente muito por *mim*? — A mulher jogou para longe a revista, que bateu no chão. — Foi você que voltou para Ridge com o rabo entre as pernas. E o que tem para mostrar?

Quanto mais ela se irritava, mas esganiçada se tornava sua voz. Seu rosto estava marcado por manchas vermelhas.

— Só a minha filha. Você está muito corada, Melody. Acho melhor tomar a água.

— Não quero saber o que acha. Vou te dizer o que *eu* acho. Eu sou a cliente. Você apenas trabalha aqui, varrendo o chão. Não tem nem o mínimo de inteligência necessário para pintar unhas ou pentear cabelos.

— Mínimo. — Shelby ouviu Maybeline sussurrar a palavra, e viu, de canto de olho, a funcionária antiga cuidadosamente fechar o vidro de esmalte coral, tendo pintado apenas metade das unhas da cliente.

— Melody — começou Jolene, mordendo o lábio ao ver a expressão inflexível no rosto da manicure.

Mas a amiga afastou a mão dela com um tapa.

— É de se pensar que você teria respeito depois de ter voltado do buraco onde se enfiou, depois de tudo que aconteceu. Quem é a culpada por uma mulher ter sido baleada em nossa cidade?

— Eu diria que a pessoa que puxou o gatilho.

— Nada daquilo teria acontecido se você não tivesse voltado, e todos sabem disso. Nenhuma pessoa decente a quer por aqui. Foi você que foi embora com um *criminoso*. E não venha dizer que achava que era casada. Goste ou não, você enganava as pessoas tanto quanto ele, e, quando o sujeito morreu e te deixou encrencada, voltou correndo para cá, com a filha bastarda.

— É melhor tomar cuidado com o que diz, Melody — avisou Shelby enquanto Jolene deixava escapar um sibilo chocado. — É melhor tomar bastante cuidado.

— Digo o que penso, e é o que a maioria das pessoas aqui pensa também. Vou dizer o que quiser.

— Não aqui dentro. — Viola se aproximou, segurou firmemente o braço de Shelby e tirou o copo que a neta estava prestes a jogar na outra. — Acabei de te poupar de ser encharcada ou pior, já que imagino que Shelby estava

241

prestes a fazer o que eu mesma faria, que seria tirar você dessa cadeira e te dar uns bons tabefes, sua garota mal-educada, rancorosa e patética.

— Não ouse falar comigo assim! Quem você pensa que é?

— Sou Viola MacNee Donahue e este é o *meu* salão. Vou falar com você do jeito que merece, e o bom Deus sabe que alguém já deveria ter feito isso antes. E vou te dizer, vou dizer para vocês duas, que tirem seus traseiros preguiçosos e mesquinhos das minhas cadeiras e saiam daqui. Podem levantar e sair, e nunca mais voltem.

— Nós ainda não acabamos — começou Melody.

— Ah, acabaram, sim. Nem precisam pagar. Saiam agora. Nunca mais quero vê-las aqui dentro.

— Ah, mas, dona Vi! Crystal vai fazer meu penteado para o casamento. — Os olhos de Jolene se debulharam em lágrimas. — Estou com o dia todo reservado.

— Não está mais.

— Não se preocupe, Jolene. — Melody pegou a revista esquecida sobre o colo da amiga, a arremessou para o outro lado do salão. — Você pode pagar Crystal para ir à sua casa.

— Nem se me desse todo o dinheiro do mundo — interferiu a cabelereira.

— Ah, mas Crystal...

— Que vergonha, Jolene. — Crystal se abaixou, pegando a revista. — Esperamos esse tipo de comportamento de Melody, mas você deveria se envergonhar.

— Não precisamos de vocês — gritou a outra com a cabelereira enquanto Jolene chorava. — Este lugar é uma espelunca. Não precisamos vir aqui. Só queríamos ser solidárias e apoiar o comércio local. Existem muitos outros lugares mais sofisticados para ir.

— Você nunca aprendeu a ser sofisticada — comentou Viola enquanto Melody pegava os sapatos. — É uma pena, considerando a pessoa que é sua avó. Ela vai ficar muito desapontada quando eu contar como se comportou aqui e o que disse para a minha neta. O que disse sobre a minha bisneta. Vejo que isso abaixou um pouco sua bola — adicionou quando as bochechas de Melody pareceram ficar pálidas. — Você se esquece de que conheço sua avó há mais de quarenta anos. Nós duas nos respeitamos.

— Pode dizer o que quiser.

— Ah, eu direi. Agora, tire seu traseiro de vice-Miss do meu salão.

Ela saiu em disparada enquanto a amiga juntava suas coisas.

— Ah, Melody, espere! Ah, dona Vi!

— Foi você quem escolheu a companhia dela, Jolene. Já está na hora de crescer um pouco. Ande logo, vá.

Ela saiu chorando pela porta.

Depois de um momento de silêncio, várias pessoas — funcionárias e clientes — começaram a aplaudir.

— Eu juro, Vi. — A mulher que estava na cadeira de Viola girou para encará-la. — Sempre disse que vir aqui é mais divertido do que assistir à novela.

Já que estava ali, Shelby pegou a água de volta e a bebeu em um gole.

— Desculpe, vovó. Não ia dar um tabefe nela. Ia arrancá-la daquela cadeira e lhe dar um soco na cara. Ninguém fala da minha filha daquela forma.

— Nem da minha. — Viola passou um braço em volta dos ombros da neta.

— Você realmente vai ligar para a avó dela?

— Não vou precisar. Pode ter certeza de que Melody está ligando para Flo agora mesmo, enchendo os ouvidos dela de histórias. Flo ama a garota, mas também a conhece. Deve me telefonar daqui a meia hora. Maybeline, Lorilee, tirem sua comissão do dinheiro do caixa.

— Não, senhora — disseram as duas praticamente ao mesmo tempo.

— Não precisa — adicionou Maybeline. — Viola, vou ficar irritada se você insistir. Aquela garota tem sorte de eu não tê-la atacado com o alicate. Shelby, ela passou a última meia hora falando mal de você. Acho ótimo que nunca mais dê as caras aqui. E ela sempre me dava pouca gorjeta.

— Jolene não é tão ruim quando vem sozinha — acrescentou Lorilee. — Mas as duas juntas são terríveis.

— Tudo bem. — Com um brilho de orgulho se misturando ao que sobrara da irritação, Viola fez que sim com a cabeça. — Então vou pagar o almoço de todo mundo hoje.

— O almoço! — Shelby deu uma olhada no relógio, suspirou de alívio. — Preciso ir à Pizzateria para pegar uma salada e uma taça de vinho para uma cliente. Posso trazer o restante da comida se vocês quiserem.

— Vamos ter uma festa — declarou Crystal. — Traseiro de vice-Miss. — Ela soltou uma gargalhada. — Vi, juro que te amo de paixão. Demais.

— Eu também. — Shelby pressionou sua bochecha contra a da avó. — Eu também.

O assassinato e a expulsão de Melody do salão competiam como as fofocas mais comentadas do dia. Apesar de ser verdade que o último assassinato em Ridge acontecera havia três anos, quase quatro, quando Barlow Keith atirara no cunhado — e acertara outros dois pobres coitados — durante uma briga sobre um jogo de sinuca no Boteco do Shady, ninguém conhecia a mulher que atualmente ocupava uma gaveta fria da funerária local, que também funcionava como necrotério.

E todo mundo conhecia Melody e Viola, então essa foi a história que mais se destacou.

O incidente ganhou um empurrãozinho na manhã de terça-feira, quando as pessoas começaram a cochichar que Florence Piedmont brigara com a neta e mandara que pedisse desculpas a Viola e Shelby.

A cidade inteira esperava ansiosamente para ver se Melody obedeceria.

— Não quero que ela peça desculpas. — Shelby empilhava toalhas limpas nos lavatórios. — Não seria sincero, então não faz sentido.

— O fato de ela pedir, e você aceitar, faria a avó dela se sentir melhor. — Viola desta vez estava sentada na cadeira, enquanto Crystal retocava as suas raízes.

— Acho que posso fingir aceitar um pedido de desculpas de mentira, se isso chegar a acontecer.

— Talvez leve alguns dias, mas pode contar com isso. A garota sabe onde o sapato dela aperta. O dia hoje está mais lento. Por que não deixa Maybeline fazer os seus pés? Seria bom estar com as unhas bonitas para o encontro com Griffin.

Crystal e Maybeline, no momento as únicas duas outras pessoas no salão, olharam para Shelby.

— Não acho que ele vá notar meus pés, independentemente de qualquer coisa.

— Quando um homem se interessa por uma mulher, ele nota tudo no início.

— É verdade — concordou Crystal. — Depois de um tempo, não perceberiam nem se um dedo extra crescesse e você pintasse cada unha de uma cor diferente. Especialmente se ele estiver com uma cerveja na mão, assistindo a um jogo na televisão.

— Temos uns esmaltes muito bonitos para a primavera — acrescentou Maybeline. — Gosto do Azul Noturno. É quase da cor dos seus olhos. Tenho três mãos marcadas para hoje, mas só um pé. Adoraria fazer os seus, Shelby.

— Se tiver tempo sobrando, seria ótimo. Obrigada, Maybeline.

— O que vai usar? No seu encontro — quis saber Crystal.

— Não sei. Na verdade, só vou conhecer a casa dele. Sempre adorei aquele lugar, e queria ver como a obra está indo.

— Já que ele vai fazer o jantar, você deveria se arrumar um pouquinho. Shelby se virou para a avó.

— Griff vai fazer o jantar? Como sabe disso?

— Porque ele passou aqui para me ver no domingo à tarde, e perguntou, como quem não quer nada, se tem alguma coisa especial que você goste, ou não goste, de comer.

— Achei que fosse comprar alguma coisa. — Agora não sabia se deveria se sentir lisonjeada ou nervosa. — O que ele vai fazer?

— Acho melhor ser surpresa. Você deveria usar um vestido bonito. Nada muito arrumado, mas bonito. Suas pernas são lindas, garota. Longas e lindas. Puxou de mim.

— E lingerie bonita.

— Crystal! — Maybeline corou e riu como uma menininha.

— Uma mulher sempre deve usar lingerie bonita, de qualquer forma, mas especialmente em um encontro. Acho que isso nos deixa mais confiantes. E é sempre bom estar preparada.

— Se eu quiser deixar Jackson no clima, só preciso vestir uma calcinha e um sutiã pretos.

— Ah, vovó. — Envergonhada, Shelby escondeu o rosto entre as mãos.

— Se eu não conseguisse deixar ele no clima, você não estaria aqui. E creio que sua mãe diz que a cor favorita do seu pai no que se refere a lingerie é azul-escuro.

— Vou lá nos fundos, verificar umas coisas.

— Que coisas? — quis saber Viola.

— Qualquer coisa que não envolva meus pais e meus avós entrando no clima.

Shelby andou rápido, mas, mesmo assim, ainda conseguiu ouvir as risadas femininas que a seguiram.

$\mathcal{E}$LA PINTOU AS UNHAS DO PÉ de azul-violeta e, depois de Callie insistir muito, optou por um vestido da cor de narcisos. E, porque não conseguia tirar aquilo da cabeça, colocou um sutiã branco com pequenas rosas amarelas bordadas na renda das extremidades, e uma calcinha do mesmo conjunto.

Não que alguém além dela fosse vê-los, mas talvez isso de fato a fizesse se sentir mais confiante.

Depois que terminou de se vestir, Callie se agarrou à sua perna.

— Também quero sair num encontro com Griff.

Como já estava esperando por algo assim, Shelby tinha uma contraproposta.

— Por que não levamos Griff para sair com a gente, quem sabe no domingo à tarde? Podemos fazer um piquenique. Levaríamos frango frito e limonada.

— E cupcakes.

— Com certeza, cupcakes também. — Ela pegou a filha no colo antes de sair do quarto. — Não seria divertido?

— Aham. Quando é domingo à tarde?

— Daqui a uns dias.

— Como você está bonita! — exclamou Ada Mae. — Sua mãe não está bonita, Callie?

— Aham. Ela vai sair num encontro com Griff, e nós vamos fazer um piquenique com ele no domingo à tarde.

— Ora, isso parece muito divertido. Não tenho certeza se o aro para fazer bolhas de sabão que seu avô está montando no quintal será tão divertido quanto um piquenique.

— Bolhas de sabão?

— Por que não vai lá fora dar uma olhada?

— Vou criar bolhas, mamãe. Até logo! — A menina deu um beijo na bochecha de Shelby, desceu do seu colo e saiu em disparada, gritando pelo avô.

— Muito obrigada por cuidar dela de novo, mamãe.

— Adoramos cada segundo. Acho que seu pai está tão animado com as bolhas quanto ela. Divirta-se hoje à noite. Está levando camisinha?

— Ah, mamãe.

Ada Mae tirou uma do bolso da calça.

— Só para garantir. Coloque isso na bolsa, e eu terei menos uma coisa com que me preocupar.

— Mamãe, só vou conhecer a casa dele e jantar.

— As coisas acontecem, e mulheres inteligentes estão sempre preparadas para o que vier. Seja inteligente, Shelby.

— Sim, senhora. Não vou chegar tarde.

— Chegue na hora que quiser.

Com a camisinha dentro da bolsa, Shelby saiu da casa. Havia acabado de abrir a porta da minivan quando Forrest estacionou o carro.

— Aonde vai com esse vestido amarelo?

— Jantar com Griff.

— Onde?

Shelby revirou os olhos.

— Na casa dele, porque quero conhecê-la, e vou me atrasar se você ficar me interrogando.

— Ele pode esperar. O xerife me deu permissão para te contar. Richard também não era Jake Brimley.

Os batimentos cardíacos de Shelby se aceleraram. Ela os sentia pulsar na garganta.

— Como assim?

— Jake Brimley, com os documentos usados na certidão de casamento, morreu aos 3 anos de idade, em 2001. Richard falsificou a identidade, ou pagou para que alguém falsificasse.

— Quer dizer que... ele usava esse nome, mas não era essa pessoa?

— Isso mesmo.

— Quem era ele então? Pelo amor de Deus, quantos nomes um homem pode ter?

— Não tenho certeza... Não sei — corrigiu-se Forrest. — Estamos trabalhando nisso. Vou fazer o máximo possível para descobrir, Shelby. Imagino que você queira saber, independentemente de qualquer coisa.

— Quero. Acho que não vou conseguir seguir em frente até saber de tudo. Vocês descobriram mais alguma coisa sobre o assassinato?

— Na verdade, uma testemunha apareceu hoje. Ela estava no estacionamento. No banco de trás de um carro com outra pessoa, para ser mais exato. Outra pessoa que não era o marido dela. Enquanto estavam ocupadas fazendo coisas que deixaram as janelas embaçadas, a mulher ouviu algo estourar. O horário bate com o do tiro. Ela fez uma pausa nas suas atividades por tempo suficiente para ver alguém entrar em um carro e ir embora alguns segundos depois.

— Meu Deus, ela viu o assassino?

— Na verdade, não. Acha que foi um homem, mas não estava usando seus óculos no momento, então não tem certeza. Não saberíamos nem disso se a consciência dela não tivesse pesado. O que sabemos é que o assassino provavelmente é um homem que entrou em um carro escuro, talvez um SUV. Não sabemos o fabricante, o modelo ou a placa, mas a testemunha acha que era preto ou azul-escuro, brilhante. Pareceu a ela que era um carro novo, mas não tem certeza.

— E o homem que estava com ela? Ele não viu nada?

— Não disse que era um homem.

— Ah.

— Isso foi parte do motivo para ela não dar o depoimento antes. Digamos apenas que, no momento do tiro, a outra pessoa estava bem ocupada abaixo do nível da janela, e não viu nada.

— Tudo bem. E Harlow?

— Ainda não sabemos nada sobre ele. Tome cuidado no caminho até a casa de Griff, Shelby. Mande uma mensagem avisando que chegou.

— Ah, pelo amor de Deus, Forrest.

— Se não quiser que eu ligue enquanto vocês estiverem... ocupados, mande uma mensagem quando chegar. Vou ver se arrumo umas sobras do jantar.

— Eles estão no quintal — gritou ela enquanto o irmão seguia na direção da casa. — Papai fez um aro de bolhas de sabão para Callie.

— Ah, é? Vou pegar uma cerveja e brincar também. Avise quando chegar.

Capítulo 16

◆ ◆ ◆ ◆

ELA PAROU o carro no topo da estradinha que levava à velha casa dos Tripplehorn, retocou o batom e se analisou criticamente no espelho retrovisor.

Tudo bem, as olheiras haviam desaparecido, e nem toda a cor no seu rosto vinha do potinho de blush cremoso que a avó insistira que experimentasse.

Os cabelos bagunçados pelo vento davam um toque casual. Não era melhor ser casual?, perguntou a si mesma.

E respirou fundo.

Shelby não ia a um encontro — um encontro de verdade, e, independentemente do que dizia para os outros, aquele era mesmo um desses — desde que fora para Las Vegas com Richard, quando se casaram.

Ou pelo menos quando achara que estavam se casando.

Mas esteve em muitos encontros antes disso, lembrou a si mesma, na época da escola e da faculdade. Só que essas memórias lhe pareciam vagas e indistintas em comparação com a enormidade do que acontecera no meio-tempo entre aquela época e agora.

E Griff fizera o jantar, o que tornava o encontro um tanto *sério*, não? Shelby se obrigou a atravessar a enormidade e analisar as memórias indistintas. Não conseguia se lembrar de uma única vez que um homem tivesse cozinhado para ela.

Mas talvez isso não tornasse o encontro sério. Talvez fosse simplesmente algo que as pessoas, pessoas adultas, faziam depois de sair da faculdade.

E, de toda forma, ela estava complicando muito as coisas.

Shelby fez a curva, atravessou a estradinha esburacada — que obviamente era algo que Griff ainda não se dera ao trabalho de consertar —, parou o carro mais uma vez e observou o lugar.

Ela sempre adorara o charme da velha casa, a forma como se escondia em meio à floresta, próxima de um córrego escondido pela mata.

Agora, estava ainda mais charmosa.

Griff limpara a fachada, e isso fazia uma diferença monumental. Shelby chegou à conclusão de que ele lavara as pedras antigas com uma mangueira de alta pressão — e as restaurara também, porque exibiam vários tons de marrom e dourado enquanto se erguiam no meio das árvores.

E instalara janelas novinhas em folha, substituíra as quebradas por uma porta dupla no local onde Shelby imaginava ser a suíte master, devido à adição de uma varanda cercada por uma balaustrada bronze.

Ele deixara a maior parte das velhas árvores, bordos e carvalhos no lugar, e o verde delas estava escurecendo, transformando-se naquele tom intenso de verão. Ainda plantara alguns cornisos, que agora floresciam e permaneciam verde-claros. Tirar o entulho e as ervas daninhas que se amontoavam em volta da casa deve ter sido um trabalho difícil, cansativo e chato. O esforço valera a pena, pois, agora, jovens azaleias e rododendros enchiam a base das pedras de cor, enquanto as plantas mais antigas, mais selvagens, se espalhavam ao fundo, através de sombras verdes.

Griff parecia estar construindo algum tipo de pátio nos fundos, seguindo a subida do terreno com paredes de pedra ainda não terminadas, imitando os tons da casa. Shelby imaginou como ficaria com a obra concluída, enchendo-a de flores e arbustos nativos.

Encantada demais para se sentir nervosa, deixou a minivan estacionada ao lado da picape dele, pegou o vaso de louro-da-montanha que trouxera como presente, e foi até a larga varanda.

Admirou o conjunto de cadeiras de madeira pintadas de verde-musgo e a mesa rústica — um toco de árvore que ele devia ter lixado e selado — entre elas. Quando levantou a mão para bater à porta, Griff a abriu.

— Ouvi o carro chegando.

— Já estou apaixonada por este lugar. Deve ter sido bem cansativo recuperar o terreno em volta da casa, com todo aquele entulho e trepadeiras.

— Detestei ter que matar as trepadeiras. Elas davam um clima meio *Bela Adormecida*. Você está linda.

Ele também estava. Recém-barbeado e vestindo uma camisa azul levemente desbotada, dobrada até os cotovelos.

Griff pegou a mão dela e a puxou para dentro.

— Que bom que você gosta de plantas, porque vai precisar achar um lugar para esta.

— Obrigado. Vou...

— Ai, meu Deus!

O choque no tom dela fez com que Griff procurasse freneticamente por algo parecido com as aranhas monstruosas que passara semanas tirando da casa.

Mas, quando Shelby soltou a mão da dele e girou pela sala, tinha um sorriso radiante no rosto.

— Que lugar lindo. Griff, que lugar lindo!

Ele havia retirado algumas paredes, transformando o que antes era um corredor escuro e estreito em um hall de entrada que se abria para uma sala com lareira, restaurada com pedras locais. A luz do início da noite passava pelas janelas sem cortina e brilhava no piso de carvalho escuro.

— Ainda não uso muito esta área, então só joguei um sofá velho e algumas cadeiras aqui. Não consegui pensar numa cor para pintá-lo, então... não pintei.

— A questão é o espaço — disse ela, e caminhou pela sala. — Espiei pelas janelas várias vezes, até entrei aqui uma vez e explorei a casa. O piso é original?

— É. — E Griff tinha orgulho de cada metro quadrado dele. — Deu trabalho, mas é sempre melhor manter o original quando possível. Também tentei recuperar o rodapé o máximo que pude; nos pontos em que ele estava muito ruim, copiei o estilo.

— E o medalhão no teto. Passei semanas sonhando com ele depois que entrei aqui. Com os rostinhos ao redor do círculo.

— Bonito e assustador. Ainda não consegui entrar no estado de espírito certo para mexer ali. — Como Shelby, ele olhava para o medalhão de gesso. — Preciso estar inspirado.

— Tem que parecer antigo. Nada aqui deveria parecer novo e brilhante. Bem, só a cozinha e os banheiros, mas o restante... E aqui estou eu, dando opinião sobre seu trabalho, quando é óbvio que você sabe o que está fazendo. Quero ver tudo.

— Ainda não mexi em tudo. Tem áreas que começo, mas percebo que não estou no clima certo. Se insistir em fazer as coisas assim, pode acabar errando.

Ele deveria pintar aquela sala num tom dourado, forte e acolhedor — não brilhante ou escuro demais, mas um ouro velho bonito. Teria que deixar as janelas sem cortinas, para exibir aqueles rodapés maravilhosos, e...

E Shelby precisava parar de decorar o lugar por ele.

— Você não está fazendo a obra toda sozinho, está?

— Não. — Griff pegou a mão dela de novo, guiando-a para os fundos da casa. — Matt é meu escravo quando tem tempo livre; trabalha em troca de cerveja. Forrest também. Clay deu uma força algumas vezes. Meu pai vem visitar, passa uma semana ou duas por aqui quando pode. Meu irmão também. Minha mãe ajudou a limpar o quintal, e disse que isso foi mais cansativo do que as 14 horas de trabalho de parto para me ter. Aqui tem metade de um banheiro — adicionou enquanto Shelby ria.

Ela deu uma olhada no cômodo.

— Olha só para essa pia. Parece um lavatório antigo. Como se estivesse aqui desde que a casa foi construída. E o acabamento bronze nas ferragens e nos bocais de luz dá um ar antigo lindo. Você também tem bom gosto com cores, Griff. Tudo parece muito acolhedor e natural. Esta casa não deveria ser moderna e chamativa. O que tem ali?

— Ferramentas e material, principalmente. — Por que não?, pensou ele, e abriu a velha porta de correr.

— Esse pé-direito alto é fantástico — disse Shelby, obviamente sem se importar com as pilhas de ferramentas e lenha, com os grandes tubos de massa para parede e os montes de poeira. — E outro medalhão no teto. Imagino que você saiba que o primeiro Sr. Tripplehorn a morar aqui tinha quase dois metros de altura, e construiu a casa para acomodar o seu tamanho. A lareira funciona?

— Ainda não. Precisa ser restaurada e receber uma entrada de gás decente. Tenho que dar um jeito nos tijolos, talvez trocá-los por ardósia ou granito. Está caindo aos pedaços.

— O que vai ser este cômodo?

— Talvez uma biblioteca. Acho que uma casa assim deveria ter uma. — Visualizando como o salão ficaria, começou a apontar para determinados pontos. — Prateleiras embutidas ao redor da lareira, uma escada para alcançar o topo das estantes, coisas assim. Um sofá grande de couro, talvez um vitral no teto, se conseguir encontrar algum que fique bom aqui. Um dia desses, quem sabe. — Griff deu de ombros. — Ainda não sei o que fazer com todas as salas daqui de baixo. Não quis derrubar todas as paredes. Uma coisa é abrir mais a casa, outra bem diferente é perder a originalidade e o charme do lugar.

— Acho que você está indo bem. Poderia fazer uma sala de estar bonita aqui, ou um escritório, quem sabe um quarto de hóspedes. — Shelby analisou outra sala vazia. — As janelas têm uma vista linda para as florestas e aquela curva do rio. Se fizesse um escritório aqui, seria legal colocar a escrivaninha no centro da sala, e então poderia olhar a paisagem sem ficar de costas para a porta. E aí, você... Já comecei a me meter de novo.

— Pode continuar. É uma boa ideia.

— Bem, eu ia me tornar uma cantora famosa, mas designer de interiores era o meu plano B. Fiz algumas matérias na faculdade.

— Sério? Por que eu não sabia disso?

— Foi algo que aconteceu há muito tempo.

— Vou me aproveitar de você. Mas, primeiro, vou te dar uma taça de vinho.

— Eu adoraria. — Apenas uma, pensou Shelby, pois o efeito passaria bem antes de precisar voltar para o carro. — A comida está com um cheiro incrível. Não achei que você fosse...

Ela se interrompeu, maravilhada.

Tudo pareceu se abrir. No espaço em que Shelby lembrava como um labirinto de cômodos, uma sala de jantar sombria que dava em uma cozinha ainda mais assustadora e o que imaginara ser os quartos dos empregados, agora havia um cômodo maravilhoso que, com a ajuda de uma parede de portas de vidro, parecia trazer a floresta e o rio para dentro da casa.

— Acho que exagerei nas coisas modernas e chamativas aqui.

— Não, não, não ficou chamativo. Ficou lindo. Olhe só o tamanho daquela pia. E adorei as portas de vidro dos armários.

— Apesar da maioria ainda estar vazia.

— Você vai acabar enchendo eles. Eu daria uma olhada em mercados de pulgas e brechós para ver se encontrava louças antigas. Talvez bules de chá ou xícaras, e os colocaria ali. E... — Shelby se interrompeu antes de decorar a casa inteira por ele. — O espaço entre a área das refeições e a parte mais social ficou bem harmonioso. Você poderia morar neste cômodo, é tão grande. E há tantas bancadas. Que material é esse?

— Ardósia.

— É perfeito, não é? Tão bonito. Minha mãe choraria de emoção só de olhar para aquele *cooktop*. Adorei a iluminação, o tom amarelado contrastando com o bronze. Você projetou tudo isso?

— Pedi a opinião do meu pai, de Matt e de alguns engenheiros que conheço. E de um arquiteto. É fácil ter os contatos certos quando se tem um pai empreiteiro.

— Mesmo assim, o trabalho é seu. É a sua cara. Sinceramente, nunca estive em uma cozinha tão bonita, e ela se encaixa bem com o restante da casa. Tem todas as comodidades, mas também personalidade. Poderia fazer um jantar para metade dos moradores de Ridge nesse espaço. Deve ser maravilhoso cozinhar aqui.

— Não cozinho muito. — Griff puxou uma orelha. — Só faço o básico. Mas sempre achei que, se um dia tivesse a minha casa e fizesse a minha cozinha, me esforçaria para deixar tudo nos trinques. A cozinha é o coração de um lar.

— É mesmo. E esta aqui é grande e maravilhosa.

— Você ainda não viu a melhor parte.

Griff entregou a Shelby uma taça de vinho, pegou a dele, e então seguiu para a parede de portas. Quando as abriu, elas se dobraram como um acordeão, sendo deixadas em um canto e trazendo a paisagem exterior para dentro da casa.

— Ah, essa é *mesmo* a melhor parte. Que fantástico! Você pode deixá-las abertas em noites mais quentes e nas manhãs de sol. E durante festas.

Shelby saiu para a varanda e suspirou.

— Ainda falta muito para fazer. Mal comecei a mexer nessa parte do terreno.

— A vista é imbatível.

E agora, com ela, o olhar de Griff atravessou o gramado malcuidado e observou as grandes abóbadas verdes. Elas se agigantavam, suaves e encobertas por névoas, sob a luz que se esvaía.

— É sim. Em qualquer época — adicionou ele. — Alguns meses atrás, eu só via neve, e os pontos mais altos continuaram brancos ou cinza-claros até meados de abril. E no último outono? Nunca vi tantas cores, e as folhas em Maryland ficam bem coloridas. Eram quilômetros. Quilômetros de cores que iam até o céu. Passei semanas admirando toda vez que olhava pela janela.

Ele amava aquele lugar, percebeu Shelby, e também compreendia o sentimento. A velha casa dos Tripplehorn tinha sorte de ter Griff como novo dono.

— Dá para ouvir o rio passando — disse ela, e descobriu que aquele som era mais romântico que o de violinos. — Você poderia fazer um jardim ali perto, plantar coisas que atraíssem borboletas e beija-flores. E aqui bate sol suficiente para fazer uma horta do lado de fora da cozinha... Para quando resolver cozinhar.

— Talvez você pudesse me ajudar com isso.

— Jardinagem é um assunto muito sério para mim. — Shelby levantou a cabeça na direção do vento. — Você deveria plantar salgueiros e colocar um sino de vento grande naquele carvalho ali. Algo que seja masculino. E alguns comedouros para pássaros, só que eles precisam ficar na varanda de cima. Caso contrário, vai acabar recebendo a visita de ursos.

— Preferia que isso não acontecesse. Já vi alguns na floresta. De longe. Para mim, se tratando de ursos, isso é suficiente.

— Fiquei com inveja desse lugar, Griff. O clima, a aparência, o potencial e a história. Gosto de saber que alguém que conheço está cuidando da casa e que, mais importante, sabe o que está fazendo. Não tinha ideia de que você era tão bom.

— É mesmo?

Shelby riu, balançando a cabeça enquanto se virava para ele.

— Quero dizer que sabia que é bom no seu trabalho. Já vi suas obras e observo o que você e Matt estão fazendo na casa da mamãe. Mas, aqui, não se trata apenas de mudar algo, de deixar um espaço melhor, mais bonito ou funcional. Você está devolvendo vida a um local que outras pessoas deixaram morrer.

— Vim visitar a casa por acaso, e foi amor à primeira vista.

— Acho que ela passou anos esperando por isto, então deve te amar também. Não sei o que está cheirando tão bem, mas poderíamos esperar um pouco antes de comer. Queria ficar sentada aqui fora por um tempo.

— Podemos ficar. Já volto.

— O que vamos comer? — perguntou Shelby enquanto Griff corria em direção à cozinha para desligar o forno.

— Espero que seja penne com molho apimentado de tomate, azeitonas pretas e manjericão.

Ela sorriu enquanto seu anfitrião voltava para a varanda.

— E como é que você sabia que esse é um dos meus pratos favoritos de massa?

— Sou vidente...?

— Duvido muito. Foi gentil da sua parte descobrir o que eu gosto e se dar ao trabalho de cozinhar.

— Você pode me dizer se fui gentil ou não depois de comermos; talvez esteja horrível. — Isso, sabia Griff, realmente era uma preocupação válida. — Mas não fui eu quem fez os cannoli, então devem estar bons.

— A sobremesa vai ser cannoli?

— Que eu não fiz, assim como o pão italiano. E comprei a salada no mercado. Concentrei todas as minhas habilidades no macarrão.

— Você é o primeiro homem a cozinhar para mim. Tudo parece perfeito.

— O quê?

— Tudo parece perfeito.

— Não, a outra parte. — Ele fez um círculo com o dedo no ar, sinalizando que ela deveria voltar ao que tinha dito antes. — Sou o primeiro homem a cozinhar para você?

— Bem, além do meu pai, é claro, e do vovô, que já fez muitos churrascos na vida.

— Eu... Se eu soubesse que era o primeiro, teria comprado pratos bonitos ou coisa assim.

— Não quero pratos bonitos. Já comi neles. A comida continua tendo o mesmo gosto que em um prato normal.

Griff pensou nisso por um instante.

— Tenho duas receitas confiáveis para quando quero cozinhar e agradar uma mulher. Uma é filé grelhado na churrasqueira, com uma batata assada gigante e a famosa salada de mercado. A outra, quando realmente quero impressionar, é frango com molho de vinho. Esta sempre fica muito boa.

— Por que não vamos comer o frango com molho de vinho?

— Porque não queria fazer para você o que sempre faço. E só não propus esse encontro no instante em que você chegou na cidade porque queria te dar tempo para se acomodar antes.

Griff tirou a taça de vinho das mãos dela, colocou-a sobre uma mesa, deixou a dele ao lado, e puxou Shelby para perto.

Ela cheirava ao pôr do sol nas montanhas; um aroma fresco, relaxado e radiante. Ele passou os dedos pelos cabelos longos e suntuosos, cheio de cachos.

E, enquanto encostava os lábios nos dela, lembrou a si mesmo de que deveria ir devagar, sem pressioná-la.

— Eu não pensei... não posso. Não... Ah, droga. Droga.

Quando Griff deu por si, Shelby estava em cima dele. Num único gesto, ela o fez perder o equilíbrio, removeu todo pensamento racional da sua cabeça e deixou seu sangue em brasa.

Ele cambaleou dois passos para trás antes de se estabilizar novamente e passou os braços ao redor dela para evitar que os dois caíssem da varanda. E mal conseguiu controlar a vontade de arrancar aquele vestido fora.

Aquela mulher era um terremoto, uma explosão de calor incandescente que soltava bolas de fogo pelos ares. Seus pensamentos ficaram perdidos em meio às cinzas e à fumaça.

Griff a virou, encostando as costas de Shelby em uma coluna. Agora que tinha as mãos livres, fez bom uso delas: enfiou-as embaixo da saia do vestido, passando pelo quadril de Shelby e pelo calor, mais embaixo.

Ela estremeceu, gemendo contra a sua boca, quase acabou com o pouco controle que lhe restava ao remexer o quadril contra o dele.

Griff precisou se afastar.

— Espere.

Shelby segurava seus cabelos, e puxou sua boca de volta para a dela.

— Por quê?

Ele se perdeu de novo por um momento, por uma vida inteira.

— Espere — repetiu, e então encostou a testa na dela. — Respire.

— Estou respirando.

— Não, eu. Quis dizer que eu devia respirar. — Griff respirou fundo uma vez, depois outra. — Tudo bem.

Ela obviamente interpretou isso como um sinal verde, e o puxou novamente na sua direção.

— Não, quero dizer... — Resolveu o dilema ao se aproximar mais de Shelby, abraçando-a. Meu Deus, ela precisava continuar tão alta e macia logo naquele instante? — Tudo bem. Vamos respirar. Vamos respirar um pouco.

Suas mãos eram sempre firmes, pensou ele. Firmes como uma rocha. Eram mãos de cirurgião. Então, por que estava tremendo agora?

Griff segurou os ombros de Shelby, afastou-se até ter a distância de um braço entre eles. Só precisava olhar para ela, pensou, com aqueles olhos grandes, deslumbrantes e quase roxos, na luz que se esvaía.

Lembrou a si mesmo de como ela havia sofrido, de como ainda sofria.

— Talvez devêssemos... Não quero que se sinta pressionada a fazer nada.

Algo brilhou naqueles olhos, fazendo com que a garganta de Griff se tornasse tão seca quanto um deserto.

— Eu parecia estar me sentindo pressionada?

— Não sei. Talvez. A questão é que, se não pararmos agora, respirarmos, e... sei lá, fizermos outra coisa, vamos acabar nus na varanda.

— Tudo bem.

— Certo, então... — Griff tirou as mãos dela, deu um passo para trás. — Vamos esperar um minuto.

— Quis dizer que não tem problema se terminarmos nus na varanda.

Ele perdeu o fôlego de novo.

— Você está me matando, ruiva.

— Sei que passei por um período de seca, mas ainda consigo identificar os sinais de quando um homem me quer. E, mesmo que não conseguisse, você deixou isso bem claro para mim no outro dia, na cozinha da minha mãe.

— Se não te quisesse, seria um idiota, e minha mãe se orgulha de não ter criado um.

— E eu também te quero, então é um bom sinal.

— Isso... sim, é um bom sinal. Também consigo identificar quando uma mulher me quer. A questão é que, considerando as circunstâncias, o plano era jantar com você, te deixar mais tranquila, sairmos mais algumas vezes, e só depois te levar para a cama.

Shelby se apoiou contra a coluna, afirmando com a cabeça. Um ar divertido brilhava em seus olhos.

— Imagino que goste de fazer planos, tanto no lado profissional quanto no pessoal.

— As coisas geralmente funcionam melhor assim.

— Não gosta de surpresas?

— Elas não me incomodam. — Feliz Natal, feliz aniversário. Vamos ficar pelados na varanda. Minha nossa. — Lido bem com elas — insistiu.

— Mas talvez precise de um tempo para se acostumar com uma.

— Pelo visto, sim.

Agora, Shelby abriu um sorriso lento e tranquilo.

Olhos de início de noite, cabelos mágicos de sereia, um corpo que era como uma rosa em um galho longo, bem longo.

Sim, aquela mulher estava o matando.

— Quer ouvir o meu plano? — perguntou Shelby. — É meio improvisado, mas acho que pode ser feito.

— Sou todo ouvidos.

— Meu plano é pularmos a parte do jantar e de sair algumas vezes. Podemos voltar nesse ponto se quisermos, mas só depois de ficarmos nus na varanda.

— Você é uma surpresa ambulante. Mas não.

Shelby suspirou.

— Você está se fazendo de difícil, Griffin.

— Quero dizer, nada de ficarmos nus na varanda. Podemos fazer melhor que isso desta vez.

— Existe alguma coisa melhor do que isso?

— Desta vez. — Da primeira vez, pensou ele. Da primeira vez surpreendente. — Ainda não te mostrei o segundo andar.

Shelby inclinou a cabeça para o lado, e seu sorriso se alargou.

— Não, não mostrou.

— Quero que conheça. — Griff esticou uma mão para ela. — Quero muito que conheça.

Ela colocou a mão na dele.

— Eu gostaria, mas talvez esteja um pouco enferrujada.

— Não me pareceu — disse ele enquanto os dois seguiam para a cozinha.
— Mas não se preocupe. Eu te ajudo.

Shelby parou, deu um tapinha na bolsa que deixara sobre a bancada.

— Não é curioso o fato da minha mãe ter me dado uma camisinha antes de eu sair de casa?

— Ah. Nossa. — Griff passou a mão livre pelo rosto. — Eu agradeceria a ela pela consideração, mas seria vergonhoso. De toda forma, já cuidei disso. Rá!

— Tudo bem então.

— Podemos subir pelas escadas dos fundos.

— Esqueci que ela existia. — Encantada, Shelby foi com ele. — Quem não ama uma casa com escadas nos fundos?

— Eu amo esta. Vou reformar os degraus, mas eles estão firmes o suficiente. — Ele acendeu uma luz, uma lâmpada pendurada em um fio. — Vou dar um jeito nisso também.

— Vai ficar lindo, mas agora realmente dá um ar assustador e sombrio. Gostei dela acabar aqui, de permitir que escolhamos se vamos para a direita ou para a esquerda.

— Vamos para a esquerda.

— A casa tem quantos quartos?

— Eram sete no segundo andar. Vou transformar em cinco. Agora são seis, depois que decidi colocar a suíte master na parte da frente.

— Com aquela varanda coberta linda.

— Isso. E o terceiro andar é um labirinto de cômodos pequenos e ângulos estranhos. Vou ter que resolver o que fazer com ele depois.

Shelby estava tão calma. Não esperava se sentir assim, percebeu enquanto andavam pelo corredor largo e cheio de sombras. Tão tranquila. Eufórica, sim, meu Deus, e como, mas não nervosa. E nem um pouco tímida.

Havia algo naquele homem, pensou ela, que acabava com todo sinal de nervosismo.

— Ah! Uma porta dupla. É elegante e simples o suficiente para combinar com o restante da casa.

— Ainda não terminei o quarto — avisou Griff, e abriu as portas, acendendo as luzes em seguida.

— Ah, mas é maravilhoso. Vai ficar maravilhoso. Veja como a luz da noite passa pelas portas, e a lareira... o granito preto. É impressionante. Cheio de personalidade.

— Ainda não decidi a cor das paredes. — Ele indicou com a cabeça um ponto onde pintara várias faixas de tinta, de tons variados. — Encontrei o lustre de ferro em um mercado de pulgas. Refiz a pintura e a fiação. Estou procurando por mais lustres que combinem com ele, mas, por enquanto, uso as coisas que minha família descarta. Mas a cama é nova. Bem, o colchão é novo. Encontrei a cama umas semanas atrás. Em outro mercado de pulgas.

Shelby passou a mão pelo pé da cama cheio de curvas. Era suave, pensou ela, firme e simples.

— É linda.

— É de castanheira. Uma madeira bonita. Só preciso dar um jeito nela.

— Quase tudo precisa de um jeito. Onde estava dormindo antes?

— Num colchão de ar. Mas, depois que bolei o plano de te trazer aqui, cheguei à conclusão de que era melhor ter uma cama de verdade. Que bom que não esperei.

— Que bom mesmo. — Shelby se virou para ele. — Que bom que não esperamos.

Griff se moveu, abriu as portas da varanda para deixar que o ar noturno entrasse, então apertou um interruptor para acender a lareira e desligou as luzes.

— Está bem assim?

— Mais do que bem. Está perfeito.

Ele foi até Shelby e envolveu sua cintura com os braços.

— Era aqui que você queria estar?

— Exatamente aqui. — Um pouco admirada, ela passou uma mão pelos cabelos dele. — Você também é uma surpresa, porque não esperava estar aqui com ninguém, não por um bom tempo. — Shelby levantou os braços e envolveu o pescoço de Griff.

O beijo foi longo agora; lento e profundo, como se fosse a primeira vez. E, como acontecera antes, seu corpo se derreteu como uma vela acesa.

Todos aqueles sentimentos, pensou ela, todas aquelas sensações de frio na barriga. Shelby esquecera mais do que lembrava, percebeu, sobre como era ser uma parte de dois.

Ela se permitiu se entregar, se entregar e flutuar como flores de dente-de-leão numa brisa de verão. Uma tempestade estava chegando, ah, era capaz de senti-la se formando dentro de si, mas a suavidade e tranquilidade vinham primeiro.

Suas mãos foram para o rosto dele quando Griff mudou o ângulo do beijo. E Shelby estremeceu de antecipação ao sentir o zíper nas costas do vestido sendo aberto.

Ele passou um dedo por sua espinha, descendo. O toque leve fez com que se arqueasse na direção de Griff, ronronando enquanto ele levava as mãos até as alças do vestido, retirando-as dos ombros.

O tecido escorregou e caiu.

— Muito bonito — murmurou ele, e passou aquele dedo, com seus calos brutos, pela alça rendada do sutiã.

— Meu coração está batendo tão rápido.

— Estou sentindo.

— E o seu. — Shelby colocou uma mão sobre o coração dele, aliviada quando o sentiu pulsar rápido e com força sob sua palma. — O seu também.

Começou a desabotoar a camisa de Griffin, soltou uma risada ofegante quando notou que seus dedos não pareciam funcionar como queria.

— Estou tremendo por dentro. E por fora também.

Ele levantou as mãos para ajudá-la, mas Shelby as afastou.

— Não, quero fazer isso. Você vai ter que aguentar enquanto eu me enrolo. Quero... — Ela o sentiu estremecer quando finalmente conseguiu abrir a camisa e colocar as mãos na sua pele. E olhou nos seus olhos. — Quero tudo e mais um pouco.

Shelby acabou com ele, destruiu a última gota de controle que restava. Arfou quando Griff a tirou do chão, jogando-a sobre a cama. Cobrindo-a com seu corpo.

Era tão magra, e parte dele sentiu medo de machucá-la. Porém até mesmo essa preocupação ficou para trás quando Shelby contra-atacou e puxou seu quadril contra o dela, unindo-os no centro.

O sol desceu no horizonte vermelho, e uma noitibó-da-europa começou a cantar, procurando por seu companheiro.

A tempestade começou dentro dela, um temporal tórrido e cheio de ventanias. Shelby se tornou cada vez mais gananciosa, querendo mais.

Os músculos de Griff pareciam ferro, apesar do corpo esguio e cheio de charme. Suas costas eram um muro. Ai, meu Deus, como era fantástico tatear todos aqueles músculos. Sentir o peso dele a pressionando contra a cama.

Aquelas mãos fortes, calejadas e impacientes, percorrendo cada centímetro do seu corpo. Não parecia estar despertando vontades — despertar era uma palavra fraca demais para o que acontecia.

Era uma ressureição.

Depois da boca dele se fechar sobre um seio, do roçar de dente, de uma lambida, e da mão de Griff descer para o meio das suas pernas, o orgasmo a atravessou, deixando-a chocada e tremendo.

Ele não parou, não fez uma pausa; continuou insistindo.

Shelby era como um pedregulho numa catapulta, voando pelo ar. Indefesa e abalada. Seu corpo agora era de Griff — estava aberto, e ele tomou o que lhe pertencia, causando sensações interligadas, fazendo com que suas vontades se transformassem em uma única ânsia latejante.

E então ele estava dentro dela, e o prazer percorreu seu corpo como uma enchente.

Shelby o seguiu, imitando seu ritmo, o coração batendo acelerado como o dele. Seus cabelos de pôr do sol espalhados pelo lençol, e sua pele brilhando contra a luz nebulosa do crepúsculo.

— Shelby. Olhe para mim. — O corpo de Griff urgia por aquele alívio final, aquele último salto. Mas queria olhar nos olhos dela. — Olhe para mim.

Ela abriu os olhos, escuros e atordoados, e o encarou.

— Isto é tudo e mais um pouco — disse Griff, e se libertou.

Capítulo 17

◆ ◆ ◆ ◆

DEPOIS QUE o atordoamento passou, o primeiro pensamento coerente de Shelby foi: então é *assim* que deveria ser.

Ela se sentia pesada, leve, mole, vazia e preenchida, tudo ao mesmo tempo. Achava que seria capaz de correr uma maratona ou passar uma semana dormindo.

Mas, acima de tudo, sentia-se completa e totalmente viva.

Griff estava jogado em cima dela, e não havia problema nenhum com isso. Sentia-se reconfortada pelo peso dele, pela sensação da sua pele contra a dela, de tudo estar quente e úmido, como o ar depois de uma forte tempestade de verão.

Em um contraste delicioso, a brisa que passava pelas portas abertas refrescava suas bochechas, fazendo-a sorrir. Tudo a fazia sorrir. Se não se controlasse, começaria a cantar.

— Já vou me mexer — murmurou ele.

— Estou bem com você aí. Está tudo bem. Está tudo muito, muito bem.

Griff mexeu a cabeça o suficiente para roçar os lábios no pescoço dela.

— Fui um pouco mais bruto do que planejava.

— Achei bruto o suficiente. Não consigo lembrar se já me senti tão esgotada assim, ou se apenas me esqueci da sensação. Você realmente fez um trabalho completo, Griffin. Com certeza é muito competente.

— Bem, eu me esforço. — Ele se apoiou nos braços para observá-la sob a luz do fogo na lareira. — E você não estava nada enferrujada, aliás.

Sentindo-se letárgica de tão satisfeita, Shelby tocou a bochecha de Griff.

— Acabei me esquecendo de ficar preocupada com isso.

— Me perguntava como seria ter você aqui, deitada desse jeito. É melhor, bem melhor, do que eu imaginava.

— Neste instante, tudo me parece melhor do que eu imaginava. Talvez seja por causa da seca, mas prefiro te dar o crédito por isso.

— Obrigado. Está esfriando. Você vai ficar com frio.

— Estou bem.

— Por enquanto. E ainda não te alimentei. — Ele beijou seus lábios. — Preciso terminar o jantar. Mas, primeiro...

Griff rolou e a puxou junto. O coração de Shelby deu um salto quando ele ficou de pé e a levantou ao mesmo tempo.

Músculos de ferro, lembrou a si mesma. Ele era mais forte do que parecia.

— Deveríamos tomar um banho.

— Deveríamos?

— Com certeza. — Griff sorriu enquanto a carregava. — Você vai adorar o banheiro.

E ela adorou mesmo. Adorou o espaço amplo, a banheira gigante com pés no estilo vitoriano, os tons amarronzados dos azulejos. Mas, acima de tudo, adorou o chuveiro enorme, com vários jatos de água — e as coisas que duas pessoas criativas e ágeis eram capazes de fazer no meio de todo aquele calor e vapor.

Quando finalmente voltaram para a cozinha, Shelby se sentia limpa, rejuvenescida e tão feliz que se arrependia por nunca ter aprendido a sapatear.

— Preciso avisar aos meus pais que vou chegar um pouco mais tarde do que o previsto.

— Fique à vontade. Mas sua mãe te deu uma camisinha antes de você sair, então acho que eles não vão se surpreender com a notícia.

Ela mandou uma mensagem de texto, perguntou se Callie fora dormir sem fazer pirraça. Então, enquanto Griff esquentava novamente o molho e a água para ferver o macarrão, Shelby canalizou um pouco da alegria em outra mensagem de texto para Emma Kate.

Estou no Griff há duas horas. Ainda não jantamos. Aposto que você consegue adivinhar o motivo. Por enquanto, antes de conversarmos pessoalmente, só quero dizer que UAU. UAU duas vezes. Shelby.

— O que eu faço? — perguntou a Griff.

— Pode tomar aquela taça de vinho que não chegamos a beber.

— Tudo bem. — Shelby pegou o telefone quando ele apitou. — É só mamãe dizendo que Callie está dormindo como um anjo e para eu me divertir. Ah, me esqueci de falar, Callie não gostou de não ter um encontro com você hoje. Eu disse que nós duas o convidaríamos para sair.

— Ah, é? — Ele olhou para trás enquanto tirava a salada da geladeira.

— Eu cuido disso. Tem um misturador de salada?

— Como?

— Também posso usar dois garfos para misturar.

— Isso eu tenho. E vocês vão me convidar para o quê?

— Para um piquenique. — Shelby pegou os garfos, o vidro de molho italiano, e sorriu para ele.

— Um piquenique com frango frito frio e salada de batata ou um piquenique com uma festinha de bonecas? Porque isso faz diferença na roupa que vou usar.

— A primeira opção. Conheço um lugar ótimo. Não fica muito longe de carro, e precisaríamos fazer uma trilha pequena para chegar. Achei que poderíamos ir no domingo, se você puder.

— Duas ruivas bonitas e comida? Já estou lá.

— Ela gosta muito de você, Griffin.

— É mútuo.

— Eu sei, dá para perceber. Só queria te dizer que ela precisou se adaptar a muita coisa num espaço curto de tempo, e...

— Está querendo encrenca, ruiva?

— É assim que as coisas são. Você é uma pessoa boa, Griff. Também dá para perceber isso. Só queria dizer que, aconteça o que acontecer entre nós, espero que você... continue saindo em encontros com Callie de vez em quando.

— Tenho sorte de conhecer quatro gerações de mulheres da família Donahue/Pomeroy. Sou louco por cada uma delas, e não imagino que isso vá mudar. Vocês todas são fortes e corajosas.

— Ainda estou tentando descobrir esse meu lado.

— Isso é mentira.

Griff pronunciou as palavras de um jeito tão casual que Shelby levou um instante antes de tirar os olhos da salada e piscar.

— A maioria das pessoas que conheço, e provavelmente também seria o meu caso, ficaria arrasada ao se descobrir com uma dívida de milhões de dólares, sem ter gastado um centavo desse dinheiro.

Ele sabia da história, pensou Shelby. Era assim que as coisas funcionavam ali.

— Eu concordei com...

— Vou me repetir. Isso é mentira. O que você fez foi ser jovem e impulsiva, e se apaixonar pelo homem errado. Pelo que ouvi falar, o homem mais errado possível.

— Você tem razão nesse ponto.

— Então, em vez de entrar em pânico quando descobriu o quanto ele era errado, ao se ver sozinha, com uma filha para criar e uma montanha de dívidas para pagar, você foi à luta e começou a resolver o problema. E aquela garotinha? Ela é feliz e confiante porque você se certificou disso. Eu te admiro muito.

Chocada, Shelby o encarou.

— Ah. Bem, não sei o que dizer.

— Além do mais, você é uma gata — Griff jogou o macarrão na água borbulhante —, e essa parte é bastante importante.

Isso a fez rir, e Shelby voltou a misturar a salada.

— Mas tenho uma dúvida que queria que você respondesse. Já faz um tempo que me pergunto isto.

— Posso tentar.

— Por que não foi embora? Você não era feliz, e não é difícil deduzir que ele não era um pai muito presente na vida de Callie. Por que não foi embora?

Uma pergunta justa, decidiu Shelby, diante das circunstâncias.

— Considerei me divorciar, mais de uma vez. E se eu soubesse na época o que sei agora... mas não sabia. E não queria ser um fracasso. Sabia que a minha avó tinha 16 anos quando se casou com meu avô?

— Não. — Isso era surpreendente. — Imaginei que fosse nova, mas ela era um bebê.

— Daqui a pouco, vão completar cinquenta anos de casamento. Metade de um século, e é de se imaginar que tenham tido seus problemas. A mãe dela se casou aos 15, e ela e o meu bisavó ficaram juntos por 38 anos, até o dia em que ele morreu em um acidente, quando um reboque bateu no seu caminhão e em mais três carros, no inverno de 1971. Minha mãe se casou com meu pai logo depois de ter completado 18.

— As mulheres da sua família são apegadas.

— E os homens também. Ah, já aconteceram alguns divórcios, uns bem amargurados, de primos e tias distantes. Mas consigo estabelecer uma linhagem direta de sete gerações de mulheres que já ouvi falar, e nenhuma delas criou os filhos num lar desfeito. Não queria ser a primeira. — Shelby deu de ombros, pegando o vinho e determinada a tornar o clima mais leve. — Por outro lado, é verdade que a minha tataravó por parte de mãe casou três vezes. O primeiro marido morreu por causa de uma rixa com a família Nash. Ele só tinha 18 anos quando, de acordo com a história, Harlan Nash o pegou desprevenido e deu um tiro nas suas costas, deixando a minha tataravó com três filhos para criar e grávida de mais um. Ela se casou com um primo de terceiro grau do primeiro marido, e teve tempo de ter mais dois filhos com ele antes do homem morrer por causa de uma febre. Então, casou com um irlandês forte chamado Finias O'Riley. Nessa época, ela já estava com 22 anos, e teve mais seis filhos.

— Espere, estou fazendo as contas. Foram doze filhos? Ela teve doze filhos?

— Sim, e, ao contrário da maioria das mulheres daquela época, viveu até os 91 anos. Viveu mais que cinco dos seus filhos, o que deve ter sido um sofrimento, e perdeu seu Finias, que era xerife da região, então Forrest tem a quem puxar, quando tinha 82 anos, e ele, 88. Minha bisavó, que mora em Tampa, Flórida, com a filha mais velha, conta que a mãe... O nome dela era Loretta, mas todos a chamavam de Coelhinha...

— Um nome profético, considerando a situação.

Com uma risada, Shelby levantou a taça novamente.

— Dizem que ela quase casou de novo, porque tinha um admirador, um viúvo que a visitava toda semana, para levar flores, mas o senhor morreu antes dela se decidir. Gosto de imaginar que eu seria capaz de ter um admirador com essa idade.

— Eu levaria flores para você.

— Então vou ficar muito desapontada se não estiver batendo à minha porta daqui a uns sessenta anos.

$\mathcal{G}$RIFF FICOU ALIVIADO pelo jantar não estar apenas comestível, mas também gostoso. Shelby o divertiu com a história da expulsão de Melody do salão. Ele já ouvira algumas versões do que acontecera, mas conseguia visualizar exatamente a cena enquanto a escutava recontar o evento.

— Qual é o problema dela?

— Melody sempre gostou de provocar as pessoas. É mimada, se acha superior, e é má, como você mesmo já disse. A mãe sempre a paparicou. Inscreveu a filha em todos os concursos de beleza possíveis, desde que era pequenininha. E ela ganhou a maioria deles. Depois ficava se pavoneando por aí, se achando importante.

— Pavoneando. Não é uma palavra que se escuta todo dia.

— É adequada. Melody quase sempre conseguiu o que queria, quando queria. Mas nunca demonstrou muita gratidão por nada. E me odeia desde que me entendo por gente.

— Provavelmente porque ela sabia que, se você entrasse naqueles concursos, teria acabado com seu reinado.

— Não sei se seria bem assim, mas ganhei algumas coisas que ela queria. É simples assim.

— Que coisas?

— Ah, bobagens... Ou pelo menos parece ser bobagem agora. Um menino que ela queria quando tínhamos 14 anos, mas que gostava de mim. Melody convenceu Arlo Kattery a dar uma surra nele. Sei que foi ela, mas Arlo nunca admitiu. Fui capitã da nossa equipe de líderes de torcida durante todos os anos na escola, e ela também queria ser. Meu avô restaurou um carro velho para eu não precisar voltar andando para casa depois dos treinos. Ela pichou "piranha" e coisas piores no capô. Sei que foi Melody, porque quando fui atrás dela perguntar, Jolene fez a cara mais culpada do mundo. Fez a mesma cara na noite do baile, quando fui eleita rainha e o vidro do meu carro velho apareceu quebrado, e os pneus, furados.

— Ela está parecendo mais psicótica do que chata.

— Melody só é mesquinha. Suponho que algumas pessoas sejam assim mesmo e, se não sofrerem algum tipo de consequência por seus atos, só pioram com o tempo. Não estou preocupada com ela, ainda mais agora que não pode mais entrar no salão e no spa. E a comida estava maravilhosa, Griffin. Talvez você seja mesmo um bom partido.

— Foi o que eu disse.

— Vou te ajudar a limpar a cozinha. Depois, preciso ir.

Griff passou um dedo pelo braço de Shelby.

— Não tenho como te convencer a ficar?

Ele tinha aqueles olhos verdes maravilhosos, aquelas mãos habilidosas, detalhistas e firmes, e um jeito de beijá-la que fazia seu sangue borbulhar.

— Queria poder, porque ainda não usamos a varanda. Queria mais do que esperava. Mas seria estranho passar a noite longe de Callie.

— Talvez eu pudesse levar Callie para comer pizza esta semana, antes do piquenique.

— Ah, seria ótimo, mas vou estar tão ocupada. Preciso ensaiar, e...

— E quem disse que você está convidada? — Ainda assim, ele se inclinou para a frente e a beijou. — Fica ruim se eu levar a ruivinha para comer pizza?

— Eu... acho que não. Ela adoraria. — Shelby se levantou, levando os pratos para a pia. — Tem certeza de que quer que as coisas sejam assim?

— Com Callie ou com você?

— Somos um conjunto.

— Um ótimo conjunto.

Enquanto colocavam os pratos no lava-louças, Griff a distraiu falando dos seus planos para a casa. Gostava de discutir suas ideias com pessoas que as entendiam, que viam o potencial do espaço.

— A única coisa de que você realmente precisa, e rápido, é um balanço na varanda. Não faz sentido ter uma varanda da frente tão grande se não tiver um balanço.

— Certo, balanço na varanda da frente. E na de trás?

— Um banco antigo, talvez uma cadeira de balanço. Você poderia sentar nela enquanto admira o jardim que deu tanto trabalho para plantar.

— Vou plantar um jardim?

— Na minha imaginação, ele terá uma treliça cheia de glicínias, e aqueles salgueiros lindos. — Shelby secou as mãos depois de limpar o fogão. — Me diverti muito hoje. Não quero dizer só a parte do... bem, o tour do segundo andar foi marcante.

Griff envolveu a cintura dela com os braços.

— Ainda tenho muito para te mostrar.

Shelby se deixou derreter, simplesmente se rendeu ao beijo. E lamentou de verdade ter que se afastar.

— Preciso mesmo ir embora.

— Tudo bem, mas você vai voltar para terminar o tour.

— Acho que não conseguiria resistir.

Ela pegou a bolsa; Griff tirou um molho de chaves da bancada.

— Ah, você vai sair? — perguntou Shelby enquanto os dois seguiam para a porta da frente.

— Claro. Vou te seguir até em casa.

— Não seja bobo.

— Não estou sendo bobo. Vou te seguir até em casa. Pode reclamar se quiser, mas vou. A mulher que te ameaçou foi assassinada há menos de uma semana, bem ao lado do lugar onde você estava. Não vai dirigir sozinha até em casa depois de ter escurecido.

— Não posso te impedir de me seguir até lá só para depois voltar, mas é bobagem.

— Vou mesmo assim.

Griff a puxou para mais um beijo, e então foi andando até a picape, enquanto Shelby seguia até a minivan.

Que bobagem, pensou de novo, mas sem dúvida era fofo. Griffin acumulava vários pontos.

Meu Deus, há anos não pensava no sistema de pontos. Ela e Emma Kate o inventaram na época da escola. Achando graça, começou a contar a pontuação de Griff.

Beleza, numa escala de um a dez. O homem com certeza merecia um dez, decidiu, e não achava que era exagero.

Conversa. Outro dez. Ele sabia bater papo e escutar.

Humor. Pontuação máxima. Shelby fez a curva na estrada, observou os faróis dele vindo atrás.

Dedicação. Talvez até um pouco mais do que deveria, considerando que estava perdendo tempo a seguindo por estradas pelas quais ela passara a vida inteira dirigindo.

Beijo. Não havia pontos suficientes na escala. Shelby abriu a janela, deixando o vento esfriar o calor que aquela lembrança causava. Era sincera ao afirmar que nunca recebera beijos tão bons.

Quais eram os outros requisitos para um namorado perfeito? Havia os escrito em algum lugar. A lista fora bolada antes de qualquer uma das amigas terem feito sexo, então não havia nada sobre esse tema na avaliação.

A lista adulta de Shelby incluiria esse item, e Griffin também fizera por merecer a nota máxima.

Ela entrou por ruas paralelas, automaticamente evitando o centro da cidade, e então virou na estrada sinuosa, com os faróis de Griff seguindo-a de perto.

Tudo bem, eles a faziam sorrir. Não era tão ruim assim deixar que outra pessoa cuidasse dela, só para variar. Shelby não conseguia mais se lembrar de uma época em que não estivesse encarregada da própria vida, e da de Callie.

Estacionou diante da casa e notou que a luz do quarto dos pais ainda estava acesa. Quando saiu, pensou que se despediria de Griff com um aceno, mas ele já saltava da picape.

— Você não precisa me levar até a porta.

— Claro que preciso. É assim que se faz. E, se eu não te levar até a porta, como vou te dar um beijo de boa noite?

— Gostei da segunda parte. A primeira vez que isso aconteceu na frente desta porta, eu tinha 15 anos, e Silas Nash, membro da infame família Nash, me deu um beijo que me fez entrar flutuando na casa. Sonhei com ele por boa parte da noite.

— Posso fazer melhor que isso — disse Griff depois de um momento. — Posso fazer melhor que um adolescente chamado Silas.

— Ele agora está estudando direito na Faculdade do Tennessee.

— Com certeza posso fazer melhor que um advogado — alegou Griff, e, na opinião de Shelby, realmente cumpriu o que prometeu.

— Acho que vou flutuar até lá em cima e sonhar com você.

— A noite toda. — Ele acariciou os cabelos de Shelby, beijando-a até o mundo começar a girar ao seu redor. — Boa parte da noite não é suficiente para mim.

— Boa noite, Griffin.

— Boa noite.

Ele esperou até a porta se fechar, só então voltou para a picape. Também sonharia naquela noite, pensou. Aquela mulher o deixava de quatro. Tudo nela o atraía.

Griff olhou para o segundo andar, e imaginou Shelby indo dar uma olhada em Callie. Pensando nele, era bom que pensasse nele, quando tirasse a roupa antes de dormir.

Ele com certeza pensaria nela.

Saiu com o carro e, assim como Shelby fizera, pegou as ruas paralelas.

Não estava com pressa, tinha muito no que pensar. Planos a fazer.

Comeria pizza com uma menininha linda, e faria um piquenique com ela e a mãe.

Talvez pudesse comprar uma garrafa de champanhe, dando ao passeio um toque mais sofisticado e inesperado.

Griff olhou os faróis vindo atrás dele pelo espelho retrovisor e, já que estava andando devagar, acelerou um pouco.

Aparentemente, não havia acelerado o suficiente, pensou quando os faróis piscaram mais perto. Agora, conseguia ver que era uma picape, e esperou-a passar, já que o motorista estava com tanta pressa.

Em vez disso, o carro acertou sua traseira com força suficiente para fazê--lo bater no volante.

Por instinto, Griff pisou no acelerador. Pensou no telefone que guardara, como sempre, no porta-copos, mas não queria arriscar tirar a mão da direção.

A picape bateu nele novamente, com mais força, fazendo com que der-rapasse pelo asfalto e cantasse pneu. Griff tentou controlar o carro, mas a batida seguinte, bem na curva, tirou o veículo da estrada, atravessando o acostamento e acertando um carvalho.

Ele ouviu o som de algo sendo esmigalhado e teve um momento para pensar, Merda! Merda!, antes do airbag ser acionado; o impacto fez com que batesse a cabeça contra a janela lateral. Griff viu estrelas, e os olhos vermelhos dos faróis de freio da outra picape enquanto ela parava, esperava um pouco, e completava a curva para ir embora.

— Não me machuquei — murmurou ele, mas havia as estrelas, e elas eram afiadas, pontiagudas, e enchiam a sua visão. — Não foi tão ruim, não quebrei nada.

Só o carro.

Ele tateou com a mão até encontrar o telefone, observou sua visão ficar nublada como se tivesse enfiado a cabeça embaixo da água.

Não desmaie, ordenou a si mesmo.

Sob a luz do painel, conseguiu encontrar o nome que queria, ligou para o número.

— Onde está minha irmã? — perguntou Forrest.

— Em casa. Eu, não. Preciso de ajuda. Caso desmaie, estou na estrada Urso Negro, a uns três quilômetros da minha casa. Sabe aquela curva com um carvalho enorme?

— Sei.

— Minha picape está nele. Alguém fez com que eu saísse da estrada. Um policial seria de grande ajuda agora.

— Parece que você precisa de um reboque. Está machucado?

— Não sei. — As estrelas afiadas e pontiagudas continuavam a dar voltas. — Bati com a cabeça. Estou sangrando um pouco.

— Fique aí. Estou indo.

— A picape está na árvore. Para onde eu iria?

Mas Forrest já havia desligado.

Griff permaneceu sentado, tentando se lembrar do carro que o atingira.

Era da Chevrolet, isso mesmo, Chevrolet, pensou. Uma picape com capacidade para meia tonelada. Modelo antigo. Talvez de quatro, cinco anos atrás. Havia algo preso na frente, como um... arado?

Pensar fazia com que sua cabeça doesse ainda mais, então parou, tirou o cinto de segurança e descobriu, depois de lutar para abrir a porta e se mover, que tudo doía um pouco.

O melhor que poderia fazer agora era sentar de lado no assento e respirar o ar frio da noite. Esfregou o rosto, que parecia molhado, e viu o sangue espalhado na mão.

Merda.

Havia uma bandana no porta-luvas, mas não tentaria pegá-la agora, não naquele instante.

Não havia quebrado nada, lembrou a si mesmo. Quebrara um braço quando tinha 8 anos e o galho da árvore em que estivera se balançando quebrara. E o pulso, aos 17, pulando da janela de Annie.

Sabia como era a dor de um osso partido.

Estava só um pouco machucado, nervoso e atordoado.

Mas a sua picape — e como ele amava aquela picape — já era outra história.

Griff se forçou a levantar, só para se certificar de que era capaz. Estava um pouco tonto, mas nada muito ruim. Deu a volta, apoiando-se no carro, para ver o prejuízo.

— Merda! Caralho. Que merda do caralho!

Furioso ao ver que a situação era tão ruim quanto temia, passou uma mão pelos cabelos. E voltou a ver estrelas quando acertou o machucado.

A grade já era, e, pela forma como o capô havia se dobrado como um acordeão, imaginava que ele também não teria salvação. E sabe se lá o que isso significava para o motor.

Griff não era mecânico, mas tinha quase certeza de que, para melhorar a situação, o eixo havia quebrado.

A batida fora forte, forte suficiente para transformar o para-brisa em uma teia de aranha.

Seus pés esmigalhavam pedaços de vidro enquanto ele fazia a volta para pegar a bandana e uma lanterna do porta-luvas. O sinalizador de emergência, pensou. Devia ter acendido o sinalizador de emergência na mesma hora.

Antes que tivesse a chance de fazer qualquer coisa, faróis brilharam na escuridão.

Forrest estacionou a viatura atrás da picape destruída, saiu do carro, analisou Griff de cima a baixo, e então se voltou para o veículo acidentado.

— Meu amigo, sua cabeça está sangrando.

— Eu sei. Filho da puta. — Griff chutou um dos pneus traseiros, e imediatamente se arrependeu do ato violento, que fez a parte de trás do pescoço doer.

Ele *não* tinha uma lesão em chicote. *Não* poderia ter.

— Você bebeu, Griff?

— Tomei duas taças de vinho, a segunda foi mais de uma hora antes disto. Alguém me tirou da estrada, Forrest. O babaca estava atrás de mim, bateu no carro mais de uma vez até me pegar na curva e me lançar contra a árvore.

— Que babaca?

— Não faço ideia. — Ele pressionou a base de uma mão (ai!) no ferimento que latejava, cansado de ter sangue pingando no olho. — Era uma picape da

Chevrolet, capacidade para meia tonelada, modelo de quatro, talvez cinco anos atrás. Havia um arado, ou algum tipo de equipamento de fazenda... algo preso na frente. Vermelha, acho que era vermelha. A picape. O arado era amarelo. Acho.

— Tudo bem, por que não senta? Tenho um kit de primeiros socorros na viatura. É melhor estancarmos o sangue.

— Vou ficar encostado aqui. — E se apoiou contra a traseira amassada da picape. — Ah, tinha mais alguma coisa... — Griff se esforçou para lembrar enquanto Forrest voltava para a viatura. — Ele diminuiu a velocidade depois que bati. Só por alguns segundos, como se quisesse se certificar de que eu tinha mesmo acertado a árvore. Vi os faróis de freio e... um adesivo! Tinha um adesivo do lado... Que mão é esta? — Griff levantou a esquerda, estudou-a por um momento antes de se lembrar do lado em que ela ficava. — Esquerdo, do lado esquerdo do para-choque.

Fechou os olhos, descobriu que isso fazia a dor diminuir um pouco.

— O cara não estava bêbado. Foi de propósito. Não tenho certeza de quando apareceu atrás de mim, mas não foi muito depois de eu deixar Shelby na casa dos seus pais.

— Você a seguiu até em casa?

— Claro. Não ia deixar que ela andasse sozinha no meio da noite depois do que aconteceu.

— Uhum.

Forrest acendeu o sinalizador de emergência. Griff fechou os olhos de novo.

— Acho que foi perda total, ou quase. Só faz três anos que tenho a picape. Já rodei muito com ela, mas ainda estava ótima.

— Vamos pedir para o meu avô dar uma olhada depois que ela for rebocada. Você está lúcido — adicionou Forrest enquanto se aproximava com o kit de primeiros socorros. — Ainda não vomitou.

— Não vou vomitar.

— Se mudar de ideia, mire longe de mim. Está enxergando bem?

— Tudo ficou meio embaçado no início. Agora, estou vendo direito. Ai, mas que merda!

— Não seja fresco — disse Forrest calmamente, e continuou a limpar o corte com álcool.

— Você também seria fresco se tivesse sendo tratado por um enfermeiro sádico.

— Só vou conseguir ver se o machucado está muito ruim depois de limpá-lo. E a enfermeira Emma Kate está a caminho.

— O quê? Não. Por quê?

— Porque se ela disser que você tem que ir para a emergência do hospital em Gatlinburg, é para lá que vai. E, já que eu tenho que lidar com esta bagunça, ela e Matt podem te levar.

— Você ligou para eles.

— Sim. Vou ligar para o reboque depois de dar uma olhada no carro. Você se lembra de mais algum detalhe sobre a picape?

— Além do fato do motorista ser um lunático?

— Você não viu a cara do lunático, viu?

— Tive a impressão de que era um homem. Mas estava ocupado demais tentando evitar que o que aconteceu acontecesse. Ou algo pior. — Griffin ficou em silêncio por um momento, estudou o amigo enquanto ele prendia um curativo no corte. — Você já descobriu quem é só pela minha descrição.

— Tenho uma ideia. Sou eu quem vai resolver o problema, Griff.

— Nada disso. Foi a minha picape, a minha cabeça.

— E esse é o meu trabalho. Aquele ali deve ser o carro de Matt e Emma Kate. Você irritou alguém ultimamente?

— A pessoa que cheguei mais perto de irritar foi você, considerando que estou dormindo com sua irmã.

Forrest parou o que estava fazendo, apertou os olhos.

— É mesmo?

— Imagino que esta seja uma boa hora para te contar, já que você está agindo como policial e eu estou sangrando. Sou louco por ela. De verdade.

— A transição de conhecidos para loucos um pelo outro foi bem rápida.

— Ela parece um trovão. — Griff cutucou o coração com o polegar. — Bum!

Antes de Forrest conseguir falar outra coisa, Emma Kate saiu correndo do carro, carregando um kit médico.

— O que aconteceu? Deixe-me ver. — Ela acendeu uma lanterninha. — Siga a luz com os olhos.

— Estou bem.

— Cale a boca. Diga o seu nome completo e a data de hoje.

— Franklin Delano Roosevelt. Hoje é 7 de dezembro de 1941. Um dia que marcou a história.

— Palhaço. Quantos dedos tem aqui?

— Onze menos nove. Estou bem, Emma Kate.

— Vou decidir isso depois que lhe examinar na clínica.

— Não preciso...

— Cala a boca — repetiu ela, e então o abraçou. — Nada contra suas habilidades médicas, Forrest, mas vou tirar esses curativos na clínica e dar uma olhada. Talvez precise de pontos.

— Nada disso — disse Griff.

Matt estava de pé, com as mãos no quadril, analisando a picape.

— O babaca acabou com o seu carro, cara. Forrest disse que alguém te tirou da estrada. Quem foi?

— Pergunte para Forrest. Ele acabou de dizer que acha que sabe quem foi, com base no que eu falei.

— Vou investigar. Por enquanto, levem ele para a clínica para ser examinado. Vou chamar o reboque para levar a picape para a oficina do meu avô. Você pode passar lá amanhã para pegar o que precisar.

— Minhas ferramentas...

— Vão estar no mesmo lugar amanhã. Preciso abrir um boletim de ocorrência sobre o que houve, mas já tenho seu depoimento. Ligo se precisar de mais alguma coisa. Não tem mais nada que você possa fazer aqui, Griff, além de se irritar.

Ele discutiu, mas, como estava em minoria, acabou sendo arrastado para a picape de Matt.

— Forrest sabe quem fez isso e não quer dizer. — A garganta de Griff parecia entalada de raiva.

— Porque ele sabe que você é um cara tranquilo na maior parte do tempo, mas, neste caso, vai querer esfolar alguém vivo. — Matt balançou a cabeça. — Não te culpo. Mas você já levou uma porrada, está em desvantagem e vai ser tão gratificante ver a pessoa que fez isso atrás das grades...

— Ele podia ir para trás das grades depois de eu enfiar a porrada nele.

— Foi de propósito? — perguntou Emma Kate. — Você tem certeza?

— Ah, absoluta.

— O que fazia naquela estrada?

— Estava voltando depois de deixar Shelby em casa. — Griff subitamente se sentou mais ereto no assento. — Saí da casa dela, e a outra picape apareceu atrás de mim logo depois de eu voltar para a estrada. Ou o cara estava na minha casa, ou na dela. Estava vigiando a casa de Shelby, ou nos seguiu desde a minha, esperando uma oportunidade.

— Você acha que o sujeito foi atrás de você porque não conseguiu pegá-la? — perguntou Matt.

— Acho que quem fez isso não era simplesmente um lunático. Acho que era pior. Bem pior.

Capítulo 18

◆ ◆ ◆ ◆

SHELBY COMEÇOU a manhã cantando no chuveiro. Sabia que até a forma como andava deixava clara a sua felicidade, e não se importava que os outros notassem nem que imaginassem o motivo por trás de tanta alegria.

Ela se vestiu, em seguida ajudou Callie a se vestir.

— Você vai para a casa da bisa hoje.

— Para a casa da bisa?

— Isso mesmo. Ela pediu que você a visitasse e fizesse companhia a ela no seu dia de folga. Não parece divertido?

— A bisa tem biscoitos e o Urso.

Urso era o cachorro grande e amarelo que passaria o dia inteiro brincando com a garotinha — e, quando não tivesse mais ninguém por perto com quem se divertir, dormiria no sol.

— Eu sei. E o biso também vai passar um tempo com vocês. Sua avó vai te deixar lá quando sair para o trabalho. Preciso cuidar de uma papelada hoje. Quando terminar tudo, vou te buscar.

Com Callie tagarelando sobre todas as coisas que precisava levar para a casa da bisa e tudo que faria lá, as duas entraram na cozinha.

Os pais de Shelby imediatamente interromperam a conversa, e o olhar rápido que trocaram chamou atenção da filha.

— Aconteceu alguma coisa?

— O que poderia ter acontecido? — disse Ada Mae, em um tom animado. — Callie Rose, o dia está tão bonito. Decidi que vamos tomar o café da manhã na varanda dos fundos, como se fosse um piquenique.

— Eu adoro piqueniques. Vou convidar Griff para fazer um comigo.

— Fiquei sabendo. Podemos treinar neste antes. Já piquei uns morangos bonitos, e fiz ovos mexidos cremosos. Vamos lá para fora.

— A mamãe também quer fazer um piquenique.

— Ela já vem.

Shelby ficou parada enquanto Ada Mae pegava a neta no colo e a levava para a varanda.

— Alguma coisa aconteceu. Ai, meu Deus, papai, mais alguém foi baleado?

— Não. Não é nada assim. E, antes de qualquer coisa, é melhor você saber que ele está bem.

— Ele... Griff? Você está falando de Griffin. — Enquanto seu coração saltava no peito, Shelby agarrou as mãos do pai. Sabia que ele permaneceria inabalável, independentemente de qualquer coisa. — Se fosse alguma coisa com Clay ou Forrest, mamãe estaria arrasada. O que aconteceu com Griff?

— Ele se machucou um pouco, só isso. Não é nada grave, Shelby. Você sabe que eu te contaria se fosse. Alguém tirou a picape dele da estrada, e ela acertou aquele carvalho grande na estrada Urso Negro ontem à noite.

— Machucou onde? Quem fez isso? Por quê?

— Sente e respire fundo. — Virando de costas, Clayton abriu a geladeira e pegou uma Coca. — Ele teve alguns ferimentos por causa do cinto de segurança e do airbag. E levou uma bela pancada na cabeça. Emma Kate o levou para a clínica ontem à noite e o examinou, e eu mesmo vou dar uma olhada nele agora cedo. Mas, se Emma Kate disse que ele não precisava de um médico nem de um hospital, podemos confiar na avaliação dela.

— Tudo bem, mas também quero vê-lo.

— Pode fazer isso — continuou o pai com sua habitual calma —, depois de respirar fundo, como eu disse.

— Deve ter acontecido quando ele estava voltando daqui. Griff não estaria na estrada se não tivesse insistido em me seguir até em casa, só para garantir que eu chegaria bem. Quero ver como ele está, se vocês puderem ficar com Callie.

— Não se preocupe com Callie. Griff não foi para casa. Está no apartamento de Emma Kate, porque ela não achou que seria bom que ele ficasse sozinho.

— Ótimo. — Shelby conseguiu respirar fundo agora. — Isso é ótimo.

— Mas imagino que esteja indo para a delegacia agora. Forrest e Nobby, você se lembra do meu primo de segundo grau, Nobby, foram até o vale ontem e prenderam Arlo Kattery.

— Arlo? Foi ele quem tirou Griff da estrada? — Ela pressionou os dedos contra os olhos. — Imagino que estava bêbado, dirigindo feito um louco.

— Não sei se foi isso mesmo que aconteceu. Vá até lá. É melhor ouvir a história toda do que os pedaços que eu sei. E diga a Griffin que ele tem um exame marcado às 10h, e que não deve ficar dirigindo por aí nem encostar um dedo naquelas ferramentas dele.

— Pode deixar. Callie...

— Ela está bem. Vá.

— Obrigada, papai.

Quando Shelby saiu correndo, deixando a lata de Coca fechada sobre a bancada, Clay teve certeza de que sua garotinha estava se apaixonando. Com um suspiro, abriu o refrigerante e bebeu. Era mais sensato do que começar o dia tomando uísque.

GRIFF ENTROU com passos largos na delegacia, com os olhos — incluindo o esquerdo, que se tornara roxo durante a noite — cheios de raiva. Foi direto até a mesa de Forrest.

— Quero falar com aquele filho da puta.

O policial parou de digitar no teclado, pegando o telefone que estava preso entre o ombro e a orelha.

— Já retorno a ligação — disse, e desligou. — É melhor você se acalmar antes.

— Não estou com vontade de me acalmar. Nem conheço Arlo Kattery, nunca falei com o sujeito na vida. Quero saber por que ele me tirou da estrada de propósito.

— Forrest? — chamou o xerife da porta de sua sala. — Por que não deixa Griff ir falar com Arlo lá nos fundos? — adicionou, e viu que Forrest hesitava. — No lugar dele, eu iria querer fazer o mesmo.

— Tudo bem, obrigado. Nobby, liga para o cara do laboratório e termina aquela conversa?

— Claro. O olho não parece tão ruim assim, Griff. — Nobby, que tinha vinte anos de experiência, analisou o rosto do outro. — Já vi coisas bem piores. É só colocar um pouco de carne crua por cima; funciona que é uma beleza.

— Vou fazer isso.

Enquanto Griff se virava na direção dos fundos, Shelby entrou apressada pela porta.

— Ah, Griff!

— Ora, Shelby, querida, acabei de dizer a ele que não estava tão ruim assim.

— Não está. — Griff entrou na onda de Nobby e fez bom uso dela. — Estou bem. Não dói. — Latejava como o inferno, mas não doía.

— Papai disse que foi Arlo Kattery. Não sei como aquele homem pode ter uma carteira de motorista se continua dirigindo bêbado como fazia quando éramos adolescentes.

— Não sabemos se ele estava embriagado quando bateu em Griff.

— Devia estar. Por que outro motivo faria algo assim?

Forrest trocou olhares com o xerife, fez levemente que sim com a cabeça.

— Por que não vamos lá atrás perguntar a ele? Arlo estava um pouco bêbado quando Nobby e eu fomos prendê-lo, e tentou nos convencer de que tinha passado a noite toda em casa. O arado ainda estava preso na picape. Ele recebe dinheiro para limpar algumas estradas particulares fora da cidade — explicou a Griff. — Não parecia haver muitos motivos para ter um arado de neve preso ao carro no meio de maio. Muito menos um com tinta branca nele. Encontramos tinta amarela, como a do arado, na traseira do carro de Griff. Nobby e eu o informamos desses fatos, então Arlo alegou que alguém roubou a picape e prendeu o arado nela.

— Mas que monte de merda.

— Ele está atolado nela — disse Forrest, acenando com a cabeça para Griff. — Não adianta insistir em discutir com um homem bêbado, que usa baseado como acompanhamento para tequila, então o prendemos. Deixamos que passasse a noite pensando no fato de que o acusaríamos de tentativa de assassinato pela manhã.

— Meu Deus. — Shelby fechou os olhos.

— Essa é a reação que queremos dele. Tentativa de assassinato é exagero — comentou Forrest, prendendo os dedões no cinto. — Mas com certeza poderia ser acusado de omissão de socorro, conduta perigosa, e coisas assim.

— Podemos fazer um belo pacote de coisas assim — disse Hardigan.

— É, imagino que possamos. Independentemente de qualquer coisa, ele vai passar uns anos atrás das grades. Só estamos deixando que a ficha dele caia. O xerife, se estou entendendo certo, acha que, seja lá o que cair, pode acabar sendo mencionado numa conversa com vocês dois.

— Entendeu muito bem, policial.

— Tudo bem, então. Vamos ver o que acontece. Não falem nada sobre advogados, certo? O cérebro de minhoca dele ainda não entendeu que precisa de um.

Forrest os guiou até os fundos, passando por uma porta de ferro e chegando ao espaço que continha três celas.

Na do meio, Arlo estava jogado sobre uma cama.

Shelby o observara naquela noite no Bootlegger — a ele e aos olhos pálidos que a encaravam. O que via agora não era muito diferente do que encontrara no último encontro deles sob a luz do dia, muitos anos antes. Os cabelos cor de palha estavam curtos; o rosto, áspero com uma barba loura-clara por fazer. E aqueles olhinhos de cobra — agora fechados — e o pescoço comprido, com uma tatuagem de arame farpado ao redor.

Ele era baixo e robusto, com cicatrizes nas mãos por causa das inúmeras brigas nas quais se metera — e que geralmente instigava.

Forrest soltou um assovio agudo que a fez dar um pulo, e os olhos de Arlo se abriram, arregalados.

— Acorde, meu bem. Temos visitas.

Os olhos azuis, tão claros que mal pareciam ter cor, analisaram Griff, foram até Shelby, e se desviaram de novo.

— Não pedi visitas. É melhor você me deixar sair daqui, Pomeroy, ou vai acabar se encrencando.

— Parece que é você quem está encrencado, Arlo. Tudo que Griff quer saber é por que bateu no carro dele e o jogou contra aquela árvore. É uma dúvida razoável.

— Não fui eu. Já disse.

— Uma picape da Chevrolet com capacidade para meia tonelada, vermelho-escura, com um arado amarelo preso na frente e um adesivo no canto esquerdo do para-choque. — Griff o encarou enquanto falava, viu o maxilar de Arlo dar um espasmo.

— Muitos carros são assim por aqui.

— Não, não com todos esses detalhes. E o adesivo era engraçadinho também. Tem um alvo cheio de buracos de bala, e diz: "Se você consegue ler isto, está na minha mira." — Forrest balançou a cabeça. — Achei hilário, Arlo. E, levando em consideração a transferência de tintas, não resta muita dúvida sobre quem foi. Nobby está falando com o cientista forense do laboratório. Talvez demore um pouco, mas vão confirmar que a tinta amarela era do seu arado, e que a tinta branca veio da picape de Griff.

— Essa coisa de laboratório é um monte de merda. Pior do que o restante da sua ladainha.

— Julgamentos geralmente levam a sério esse tipo de informação, ainda mais nos casos sérios, como os de tentativa de assassinato.

— Não matei ninguém! — O criminoso se agitou agora. — Ele está bem aí, vivo, não é?

— É por isso que eu disse "tentativa", Arlo. É quando alguém tenta e fracassa.

— Não tentei matar ninguém!

— Hum. — Forrest acenou com a cabeça, como se estivesse considerando a ideia, e depois fez que não. — É, não vejo um júri acreditando nisso. Sabe, nós fazemos um negócio chamado "reconstrução de acidentes". E isso vai mostrar que você bateu na picape de Griff de propósito, e mais de uma vez. Esse tipo de coisa é difícil de fazer, então não adianta dizer que estava fora de si, bêbado. De toda forma, não diminuiria muito a sentença. Imagino que talvez pegue uns vinte anos.

— É ruim, hein.

— Pode acreditar — discordou Griff. — Forrest, feche os olhos e os ouvidos enquanto eu digo para esse babaca que vou jurar sobre uma pilha de bíblias e diante de Deus e do mundo que o vi atrás do volante. Vou jurar que contei o número de balas naquele adesivo idiota, e que sei o número da placa do carro.

— Isso é mentira, cacete! Cobri as placas com um pano.

— Você realmente é um idiota, Arlo — murmurou Forrest.

— Ele é um mentiroso. — Irritado, o homem esticou um dedo por entre as barras de ferro. — Você está mentindo, cacete!

— Você tentou me matar — lembrou Griff.

— Não tentei matar ninguém. Nem era para ter sido você. Era para ser ela.

— Quer repetir isso?

A voz de Forrest soou como o sibilo de uma cobra, mas Griff já havia se adiantado, esticado as mãos através das barras para agarrar a camisa de Arlo e puxá-lo, fazendo com que sua cabeça batesse na grade.

— Ora, Griff, não posso deixar que faça uma coisa dessas. — Mas não reagiu quando o amigo repetiu o gesto. — Tudo bem, chega. Por enquanto. — Forrest colocou uma mão sobre o ombro do outro homem. — Não queremos que ele escape por causa de um detalhe técnico, não é? É melhor se afastar.

— Por quê? — Shelby continuava no mesmo lugar, mesmo depois de ouvir aquelas palavras, de receber o olhar maldoso que Arlo lhe direcionara ao dizê-las e de presenciar o repentino ato de violência. — Por que queria me machucar? Nunca fiz nada contra você.

— Sempre achou que era boa demais para mim, me olhando como se eu fosse inferior, me esnobando. Foi embora com o primeiro ricaço que encontrou, não é? Soube que não deu muito certo.

— Queria me machucar porque não saí com você na época da escola? Tenho uma filha. Eu tenho uma garotinha, e ela só tem a mim. Teria arriscado deixar minha filha órfã porque eu não quis sair com você?

— Não ia deixar ninguém órfão. Só queria te assustar, só isso. Ia te ensinar uma lição, dar um susto. E a ideia nem foi minha.

— E de quem foi, Arlo?

Pela primeira vez, um brilho de sagacidade surgiu no olhar do homem. Ele se voltou para Forrest, depois para Shelby, e então para o policial de novo.

— Tenho coisas para contar, mas quero aquele negócio de imunização. Não vou cumprir vinte anos por uma ideia que nem foi minha.

— Se me der um nome, posso pensar no assunto. Caso contrário, vou insistir para que te condenem a 25 anos de prisão. Está falando de minha irmã, seu babaca. Sei que você entende como é proteger sua família. Diga de quem foi a ideia, ou vou me certificar de que tenha o que merece. Mais do que merece.

— Preciso ter uma garantia de que...

— Você não vai ter coisa alguma.

— Ah, vai — disse Griff. — Porque vou encontrar um jeito de te pegar. Vou encontrar um jeito. E, quando isso acontecer, vai desejar ter sido condenado por aqueles tantos anos.

— Nunca toquei nela, está bem? Nunca encostei um dedo em Shelby. Só queria a assustar. Ela me deu mil dólares, disse que me daria outros mil depois do susto e de lhe ensinar a lição. Só ia bater no carro para a tirar da estrada, só isso, mas você saiu pelo outro lado da estrada. Quando finalmente dei a volta e comecei a te seguir, vi que estava indo para a velha casa dos Tripplehorn.

— Você me seguiu.

— Precisei esperar, mas achei que não teria problema, que ia te ensinar uma lição quando voltasse. Seria melhor no escuro, não é? Mas então ele a seguiu, e não consegui fazer nada. Não vi motivo para desperdiçar a minha noite. Imaginei que você também se assustaria se eu o tirasse da estrada.

"Pelo visto, só os caras do Norte são bons o suficiente para você. Foi logo para a cama desse aí, mas nunca nem olhou para alguém da minha laia. Vi ele tirando a sua roupa."

— Você estava olhando. — Irritada demais para sentir nojo, Shelby se aproximou. Ela sabia, simplesmente sabia, quem fora a pessoa que o pagara. — Melody Bunker também mandou que me espionasse?

— Me deu mil dólares, disse que daria mais mil. Não me falou o que fazer, só para eu tomar uma atitude. Vossa Majestade está muito irritada com você, irritada mesmo. Foi me visitar no meu trailer no vale, pagou em dinheiro vivo. Para você ver o quanto está puta por ter sido expulsa do salão.

— Espero que tenha dado uma boa olhada, Arlo, e que leve essa visão com você para a cadeia em Bledsoe e para a cela que vai ocupar lá. E, enquanto pensa no que viu, tem mais uma coisa que quero que lembre. Nunca achei que era boa demais para sua laia. Simplesmente não gostava de você.

Shelby se virou, saiu dali. Forrest sinalizou a Griff para ir atrás dela.

— Calma, ruiva.

— Não consigo me acalmar! Mal consigo respirar! Juro que, se você não tivesse batido nele, eu mesma o faria. Arlo foi atrás de você porque não conseguiu me pegar. Podia ter te matado.

— Mas não matou.

— Se você não tivesse me seguido até em casa...

— Mas segui. — Griff segurou os ombros dela. Não queria que ficassem pensando nas hipóteses, não ali. — O sujeito está preso, Shelby. Vai continuar assim.

— Tudo isso porque Melody foi humilhada, e só foi porque merecia. Ela sabia muito bem o que Arlo seria capaz de fazer. E deu dinheiro e motivo para ele.

— Aposto que, até o fim do dia, ela vai estar na cela ao lado da dele.

— É uma ótima aposta — disse Forrest ao entrar na sala. — Esperem um pouco. Nobby, pode ficar um pouco com o idiota do Arlo? Eu o convenci a escrever um depoimento.

— Claro. Ele confessou?

— Mais do que esperávamos. Xerife, preciso conversar com o senhor, e depois preciso de um mandado. E vai ser meio complicado, porque ele vai ser para Melody Bunker, como mandante do crime e por conspiração.

— Bem, mas que inferno, Forrest. — Depois de soltar um suspiro longo, Hardigan esfregou a parte de trás do pescoço. — Tem certeza absoluta disso?

— Vou te contar o que Arlo disse.

— Ele não estava mentindo — acrescentou Griff. — Não deu um nome aleatório. A mulher o pagou, e ele provavelmente ainda não teve tempo de gastar o dinheiro.

— Vamos ao trailer dele — começou Forrest, e então olhou ao redor. — Onde está Shelby?

— Ela... ela estava bem aqui. Ah, droga. Mas que droga.

— Melody. Minha irmã tem um gênio bem ruim quando provocada. Xerife? — disse Forrest enquanto Griff já saía correndo da delegacia.

— É, vá com ele. Era só isto que faltava para tornar o dia melhor. Sua irmã jogando a neta de Florence Piedmont por uma janela.

SHELBY NÃO PLANEJAVA jogar Melody da janela, principalmente porque ainda não tivera essa ideia. Não sabia bem o que pretendia fazer, mas uma coisa era clara: não ficaria de braços cruzados.

Ignorar aquela *vaca* não tinha funcionado, sarcasmo não tinha funcionado, ser direta não tinha funcionado.

Então finalmente tomaria uma atitude que tivesse efeito, e acabaria de uma vez por todas com aquilo.

A casa dos Piedmont ficava em um terreno alto e verde, escalonado com tijolos brancos, exibindo uma série de árvores bonitas e arbustos perfeitamente podados.

Da colina que ocupava, tinha vista para toda a cidade, as montanhas ao longe, os vales entre elas. Era uma moradia elegante, construída antes da guerra civil americana, cercada por uma varanda que se destacava na fachada branca como a neve. Jardins corriam aos seus pés, criando rios de cores.

Shelby sempre admirara aquela casa. Agora, ia em direção a ela como uma lança disparada por um arco.

Sabia que Melody morava nos fundos, e era para lá que ia. Com a raiva zumbindo em seus ouvidos, bateu a porta da minivan, passou direto pelo carro da mulher, e teria chegado à porta se alguém não a tivesse chamado.

— Ora, é Shelby Anne Pomeroy!

Ela reconheceu a empregada, que trabalhava no casarão havia anos — era irmã de Maybeline —, e se forçou a controlar a raiva o suficiente para sorrir em resposta.

— É ótimo vê-la, dona Pattie. Como estão as coisas?

— Bem. — A mulher, alta, magra, com os cabelos grisalhos e cacheados presos numa toquinha, foi até ela. Carregava uma cesta cheia de flores recém-podadas. — Estamos tendo uma primavera tão bonita este ano, apesar de já estar começando a esquentar. Fico tão feliz por você estar aqui para aproveitar. Sinto muito pelo seu marido.

— Obrigada. Dona Pattie, realmente preciso falar com Melody.

— Ah, ela está tomando café da manhã na varanda com a Sra. Piedmont e a dona Jolene. Imagino que seja sobre a confusão no salão da dona Vi. Maybeline e Lorilee me contaram o que houve.

— É, tem algo a ver com isso.

— Bem, pode ir lá. Espero que vocês duas se acertem.

— Vim aqui para acertar as coisas mesmo. Obrigada.

Shelby deixou a fúria voltar, borbulhar, ao seguir o caminho, atravessar o gramado verde, enquanto escutava vozes femininas e sentia o cheiro das rosas.

E lá estava Melody, sentada à uma mesa forrada com uma toalha branca, cheia de louças bonitas e sucos em garrafas de vidro.

— Eu *não* vou me desculpar, vovó, então pode parar de insistir. Não disse nada que não fosse verdade, e não vou me rebaixar e implorar perdão para aquela *gentinha* só para Jolene ter sua cabelereira brega de volta.

— Crystal não é brega, Melody, e nós não deveríamos...

— Pare com isso, Jolene, e pare de ficar se lamentando. Estou de saco cheio da sua lenga-lenga. Se muito, aquela piranha e a avó dela deveriam...

Ela viu Shelby, ficou de pé em um salto enquanto a outra subia o terreno como um trem desgovernado. Os olhos de Melody se arregalaram quando viu que Forrest e Griff vinham correndo atrás.

— Saia daqui! Você não é bem-vinda!

— Eu digo quem é ou não bem-vinda aqui — ralhou Florence.

— Se ela for, então eu não sou.

Melody começou a se afastar, mas Shelby agarrou seu braço, a virou para encará-la.

— Você deu dinheiro a ele. Deu dinheiro a Arlo Kattery para tentar me machucar.

— Tire as mãos de mim. Não sei do que está falando.

— E ainda por cima é mentirosa. — Antes de compreender o que realmente iria fazer, Shelby fechou a mão num punho e fez uso dele.

Ela ouviu gritos por trás do zumbido em seus ouvidos, e viu, através da névoa vermelha que nublava sua visão, os olhos de Melody se tornarem vítreos.

Quando deu por si, alguém havia prendido seus braços para trás, tirando-a do chão. Shelby tentou se soltar, porque ainda não tinha acabado. Mal havia começado, mas a pessoa que a prendia a segurou mais forte.

— Pare com isso. Vamos, ruiva, se controle. Você já deu um belo soco nela.

— Não é suficiente. Isso não basta para o que ela fez.

Melody caíra de bunda no chão no meio da elegante varanda, e lá permaneceu.

— Ela me bateu! Vocês todos viram que fui atacada! — Chorando, tocou o queixo. — Quero prestar queixa.

— Tudo bem — respondeu Forrest. — Mas acho que as acusações contra você serão bem piores.

— Eu não fiz nada. Não sei do que ela está falando. Vovó, está doendo.

— Jolene, pare de balançar as mãos como se fosse levantar voo e pegue uma bolsa de gelo. — Florence, que havia se levantado, sentou-se novamente, cansada. — Preciso de uma explicação. Preciso saber por que essa menina veio aqui, cheia de acusações, e bateu na minha neta.

— Eu explico — disse Shelby antes que o irmão tivesse a oportunidade. — Pode me soltar, Griffin. Não vou fazer nada. Peço desculpas, Sra. Piedmont. Não à ela, mas à senhora. Esta é a sua casa, e eu jamais deveria ter vindo aqui desta forma. Estava com raiva demais para raciocinar.

— Vovó, mande que ela vá embora. Essa mulher deveria estar *presa*.

— Fique quieta, Melody. Falar só vai piorar a dor. E por que veio até aqui tão irritada?

— Porque ela foi além de fazer fofocas maldosas, furar pneus ou inventar mentiras. Desta vez, deu mil dólares a Arlo Kattery, e prometeu pagar mais mil, se ele me assustasse e me ensinasse uma lição.

— Nunca fiz isso. Ora, jamais me rebaixaria a ponto de falar com Arlo Kattery ou sua família. Ele é um mentiroso, e você também.

— Eu disse para ficar quieta, Melody Louisa! Por que acha que ela fez isso?

— Porque Arlo bateu no carro de Griffin ontem à noite até que ele saísse da estrada. Olhe para ele, Sra. Piedmont. Está machucado porque quis se certificar de que eu chegaria bem em casa, e, por causa disso, Arlo não conseguiu me pegar e fazer o que combinara com Melody. Então foi atrás de Griffin. Ela foi até o vale, ao trailer de Arlo, e o pagou.

— Essa mulher é louca. Mentirosa.

— Ai, meu Deus. — Jolene estava parada logo depois da porta francesa, com uma bolsa azul de gelo na mão. — Ai, meu Deus, Melody, não achei que estava falando sério. Jamais achei que poderia estar falando sério.

— Cale a boca, está escutando? Não ouse dizer mais uma palavra, Jolene, nem mais uma palavra.

— Não vou calar a boca. Não vou. Meu Deus, Melody, isso não é uma brincadeira, não é fazer fofoca ou rir dos outros. Não achei que ela estivesse falando sério, juro por Deus, nunca achei que estivesse falando sério.

— Feche essa matraca, Melody. Falando sério sobre o quê, Jolene? — exigiu Florence. — Pare de tagarelar e diga logo.

— Ela disse, depois que a dona Vi nos expulsou, que sabia como se vingar de Shelby. Sabia exatamente como lhe ensinar uma lição que jamais esqueceria, e que Arlo provavelmente faria o serviço de graça, mas lhe daria dinheiro como um incentivo extra.

— Mentirosa! — Levantando-se, Melody se jogou contra a amiga, que, chocada, arremessou a bolsa de gelo nela.

O golpe fez com que Melody desse um passo para trás, dando a Forrest tempo suficiente para segurá-la.

— É melhor você obedecer a sua avó e fechar a matraca. Jolene, conte o que mais aconteceu.

— Qual é o seu *problema*? O que há de errado com você, Melody? Não entendo.

— É melhor ficar quieta, Jolene, ou vai se arrepender.

— Jolene! — A voz de Florence atravessou a nova onda de choros da mulher. — Conte ao policial Pomeroy o restante da história agora mesmo. Se não calar a boca, Melody, juro por Deus Todo Poderoso que eu mesma vou te dar um tabefe.

— Ah, dona Florence. Contei o que ela disse, e prometo, *juro*, que não acreditei que estivesse falando sério. Estava tão nervosa, chorando, e só pedi para Melody parar com aquilo, e comecei a falar sobre quem poderia fazer o meu penteado para o casamento, porque Crystal sabe exatamente o que quero, e é o dia do meu casamento, dona Florence. Estava tão nervosa, e Melody não falou mais nada. Mas disse mesmo aquilo. Não pensei que fosse...

— Sua vaca traidora. Ela me ajudou. — Melody esticou um braço, apontou. — Ela me ajudou.

— Não fiz nada disso, e talvez você não acredite em mim, Shelby, porque sempre a ajudei antes. Mas nunca machucaria ninguém. Estou cansada disso. Estou tão cansada disso.

Com a coluna completamente ereta, Florence fez que sim com a cabeça.

— Sim, dá para entender. Jolene, pare de chorar e vá com o policial Pomeroy. Melody, você também.

— Não quero. Isso é tudo uma história que um bandido inventou. Jolene está mentindo. Simplesmente está mentindo.

— Não estou!

E isso fez com que as duas começassem a gritar uma com a outra, até Forrest interferir.

— Eu as aconselharia a pararem de falar. Melody, pode vir por vontade própria, ou eu posso te prender.

— Tire as mãos de mim! — A ameaça fez com que ela começasse a lutar contra o policial. — Não sou obrigada a ir a lugar nenhum contra a minha vontade!

E então a avó dela se levantou.

— Melody Louisa Bunker, se não for com o policial Pomeroy e parar de resistir, pode acreditar quando digo que não levantarei um dedo para te ajudar. E vou me certificar de que sua mãe também não.

— Não está falando sério.

— Por Deus, e como estou. Vá com Forrest, ou lavo minhas mãos.

— Eu vou. Mas agora sei que você é tão mesquinha quanto os outros.

— Eu levo Melody — disse Forrest para Griff. — É melhor que você leve Shelby e Jolene. Ainda é policial honorário.

— Droga. Tudo bem. Jolene?

— Eu vou. Não quero causar problemas. Shelby sinto tanto por tudo que aconteceu. Só estou...

— Provavelmente também seria melhor se todos ficassem em silêncio até chegarmos à delegacia — sugeriu Griff, e recebeu um sorriso do amigo.

— Como eu disse, se algum dia quiser mudar de carreira... Melody, se não for andando até a viatura por conta própria, terei que te algemar.

— Ah, estou indo. Antes de o dia terminar, você vai estar no olho da rua. Vou me certificar disso.

Antes de levar Melody embora, Forrest se virou para Florence.

— Sinto muito, Sra. Piedmont. Sinto muito pela confusão que isto vai causar à senhora e à sua família.

— Eu sei. — Ao olhar para Griff, seus olhos pareciam cheios de lágrimas, mas sua coluna continuou ereta. — E eu sinto mais do que poderia dizer.

Capítulo 19

◆ ◆ ◆ ◆

JOLENE NÃO fez silêncio durante o trajeto, mas chorou, soluçando alto e inconsolavelmente até chegarem. Com os ouvidos doendo, Griff decidiu que tudo que desejava naquele momento era voltar ao trabalho e à sanidade.

E sabia que a única maneira de conseguir ter as duas coisas era levando Shelby e Jolene até a delegacia.

O xerife Hardigan olhou de Griff para as duas mulheres — Shelby, com os olhos cheios de raiva, e Jolene, com os olhos cheios de lágrimas. Indo até elas, o homem tirou um lenço do bolso, entregou-o para a segunda mulher.

Disse, em um tom que miraculosamente misturava alegria e compadecimento:

— Ora, mas o que houve?

— Forrest já está chegando — começou Griff.

— Provavelmente vou ser presa. — Depois de colocar as mãos no quadril, Shelby olhou diretamente, com ar de desafio, para Hardigan. — Soquei a cara de Melody Bunker.

— Humm. — Foi a única resposta do xerife antes de se concentrar em Jolene.

— Eu não sabia que ela estava falando sério! — Sua histeria se tornou cada vez mais aparente em meio aos soluços. — Juro que não sabia. Achei que só estivesse com raiva e falando bobagens. Não pensei que fosse mesmo dar dinheiro a Arlo para ele machucar Shelby. Estou muito nervosa com essa história toda.

— Dá para notar. Vamos lá para dentro, para conversarmos melhor. Pode tomar conta dela? — perguntou o xerife para Griff, e levantou as sobrancelhas para Shelby.

— Acho que sim.

— Policial honorário? — Ela lhe lançou um olhar irritado enquanto Hardigan guiava Jolene até sua sala.

— Coisa do seu irmão. — Ficou feliz quando viu Forrest entrar com Melody, que tinha uma expressão gélida no rosto.

— Jolene?

— Está conversando com o xerife.

— Muito bem. Pode tomar conta dela?

Ao ouvir a mesma pergunta, Griffin fez uma careta.

— Sim, sim.

Forrest levou Melody para uma sala nos fundos, e voltou até onde eles estavam.

— Nobby, preciso que fique um pouco com ela enquanto resolvo umas coisas.

— Sem problemas.

Quando Forrest se virou para a irmã, ela esticou as duas mãos, com os pulsos encostados um no outro.

— Pare com essa merda.

— Talvez você prefira que o seu policial honorário faça as honras.

Quando Shelby se voltou para Griff fazendo o mesmo gesto, ele apenas emoldurou seu rosto com as mãos.

— Pare com isso. Agora.

Ela passou um instante fumegando, mas Griff não a soltou, olhando-a nos olhos até Shelby finalmente soltar um suspiro.

— Não estou irritada com os dois, não muito, e me sinto tão mal pelo que aconteceu com você, Griff. Só estou com raiva do mundo. Vou ser presa?

— Não vai chegar a tanto — respondeu Forrest. — Mesmo que ela force a barra, Melody está bem mais encrencada do que você. Ela mereceu aquele soco.

— Sem dúvida.

— Belo gancho de direita, ruiva.

— Obrigada, Clay que me ensinou. Foi a primeira vez que o coloquei em prática. O que faço agora?

— Deixe eu e o xerife cuidarmos do problema. É o que deveria ter feito antes de resolver comprar a briga. Não que eu te culpe por aquele soco. Mas vá para casa, e vá trabalhar. Faça o que precisar fazer.

— Posso ir? Simples assim?

— Isso mesmo. E, se Melody insistir em prestar queixa, vamos resolver o problema. Mas acho que ela pode ser convencida a deixar isso para lá.

— Tudo bem. — Se o irmão não a jogaria numa cela, não havia motivo para permanecer irritada com ele. — Sinto muito por ter colaborado com a confusão desta manhã.

— Não sente, não.

— Não, não sinto. Ainda não. Mas talvez possa mudar de ideia.

Shelby saiu da delegacia, mas parou quando viu que Griff a acompanhava.

— Nada do que aconteceu foi culpa minha, e já estou ficando cansada de me responsabilizar pelas coisas que não fiz. Mas...

— Não existe "mas" — interrompeu ele.

Shelby fez que não com a cabeça.

— Mas não há dúvida de que causei problemas. Não te culparia se achar melhor se afastar de mim. Vou ficar triste e desapontada se isso acontecer, mas vou entender.

A resposta dele foi emoldurar o rosto de Shelby com as mãos novamente, desta vez tomando-lhe a boca com os lábios. Longa, séria e lentamente.

— Acho que isso responde as suas dúvidas. Agora, vou me encontrar com seu pai e ver se consigo ser liberado para voltar ao trabalho.

Shelby sorriu um pouco.

— O olho roxo faz com que fique com cara de mau.

— Essa era a ideia. Vejo você mais tarde. Até agora, a manhã tem sido bem interessante.

Aquela era uma forma de encarar a situação, pensou ela enquanto caminhava até o salão. Mas algumas manhãs tediosas não cairiam mal.

Imaginou que as notícias sobre a manhã interessante — e sobre o incidente na noite anterior — já teriam alcançado o salão.

Pela forma como as conversas pararam e os olhos se voltaram na sua direção quando passou pela porta, Shelby teve certeza de que suas suposições estavam corretas.

— Como está o rapaz? Ele se machucou muito? — quis saber Viola.

— Ele ia se consultar com papai agora, mas acho que não é nada muito grave. Sofreu alguns cortes e contusões.

— Ouvi falar que Arlo Kattery foi preso por omissão de socorro — disse Crystal. — E Lorilee viu você entrando como uma bala no casarão.

— Não se faça de rogada e conte que Melody teve algum envolvimento com o que aconteceu — disse Viola. — Logo, logo, todo mundo vai ficar sabendo.

— Ela deu dinheiro a ele, pagou a Arlo para fazer aquilo.

Depois de uma expressão coletiva de surpresa, Shelby se jogou sobre uma cadeira. Havia chegado antes do seu horário, de toda forma, e manhãs interessantes de fato eram cansativas.

— Espere aí. — Com os olhos apertados, Viola virou a cadeira para que a neta ficasse de frente para ela. — Está dizendo que Melody pagou ao garoto dos Kattery para tirar o carro de Griffin Lott da estrada? Por que diabos faria algo assim?

— Melody deu dinheiro a ele para vir atrás de mim, mas Griff estava no caminho, então Arlo resolveu atacá-lo.

— Atrás... atrás de *você*? Mas isso... Por quê...? — Quando compreendeu o que havia acontecido, o sangue de Viola gelou, e seu rosto empalideceu. — Porque eu a expulsei daqui.

— A culpa não é sua, vovó, e também não é minha. Não é nossa. Não é de nenhuma de nós.

— Deus sabe que aquela garota é mimada, e sempre foi maldosa, mas nunca imaginei que faria algo assim.

— Ela pagou mil dólares a Arlo, e disse que daria mais mil depois que o serviço fosse feito.

Viola fez que sim com a cabeça. O rosto passando de pálido para vermelho e quente.

— Ela foi presa?

— Está na delegacia, dando sua versão dos fatos.

— Se não a prenderem, vou querer saber exatamente por quê.

— Não sei o que vai acontecer, mas, com certeza, não vai ser bonito. E é melhor eu contar logo o resto. Fui até o casarão e dei um soco na cara dela. Estava cheia de raiva e Melody caiu de bunda no chão. Se pudesse, faria de novo.

Mais sons de surpresa se seguiram, e Viola sorriu. Ela se inclinou para a frente, abraçando apertado a neta.

— Esta é a minha menina.

— Queria ter estado lá para ver. — Maybeline cruzou os braços. — Não é caridoso da minha parte, mas queria ter estado lá e tirado uma foto com meu telefone.

— Tia Pattie diz que, quando a Sra. Piedmont não está por perto, Melody vira um monstro e a manda fazer todo tipo de coisa. — Lorilee balançou a cabeça, sensata. — Então também queria ter estado lá para ver, mas teria filmado. — Ela se aproximou, deu um abraço em Shelby. — Não se preocupe com isso, Shelby. Conheço um monte de gente que pagaria caro para te ver derrubando no chão aquele... traseiro de vice-Miss. Não é, dona Vi?

— Isso mesmo, Lorilee.

— Não vou me preocupar. — Shelby deu um tapinha na mão da outra mulher. — Mas vou começar a trabalhar antes do meu horário, se não houver problema. Dar uma olhada nas toalhas, no estoque e tal. Acalma a mente.

— Fique à vontade.

Crystal esperou até Shelby sair.

— Como vocês acham que a Sra. Piedmont vai reagir a tudo isso?

— Acho que precisaremos esperar para ver.

Acabou que a espera não foi longa.

No meio da calmaria do período da tarde — quando donas de casa pegavam os filhos na escola ou os recebiam na porta das suas moradias, antes que as trabalhadoras pudessem encaixar horários após o expediente para cortar ou pintar os cabelos, ou fazer uma massagem —, Florence Piedmont entrou no Vi's.

Mais uma vez, o salão ficou tão silencioso quanto uma igreja. Florence, cheia de dignidade em um vestido azul-marinho e sapatos confortáveis, acenou com a cabeça para Shelby, que estava atrás da recepção, e para Viola.

— Viola, você tem alguns minutos livres para conversarmos? Em particular. Você e Shelby.

— É claro que temos. Shelby, tem alguém usando a Sala de Relaxamento?

— Ah... acho que não. Há três tratamentos agendados para daqui a uma hora, e outros dois sendo feitos agora.

— Ótimo. Então vamos para lá, Florence. É mais tranquilo. Crystal, quando minha cliente chegar, arrume uma revista para ela.

— Fico grata pelo seu tempo, Viola.

— Você faria o mesmo por mim. — A dona do salão guiou as outras duas pela área dos fundos, passando pelo vestiário. — Já faz muitos anos que nos conhecemos.

— É mesmo, muitos anos. Como vai sua mãe, Vi?

— Animada como sempre. E a sua?

— Está diminuindo o ritmo. Mas adora morar na Flórida. Meu irmão Samuel a visita todos os dias.

— Ele sempre foi um amor. Sente.

— Obrigada, Vi, estou precisando mesmo. A verdade é que estou exausta.

— Temos um chá de pêssego bem gostoso, Sra. Piedmont. Quente ou gelado — adicionou Shelby. — Quer uma xícara?

— Adoraria um chá quente, se não for muito incômodo. Obrigada.

— Claro. Vovó?

— Seria ótimo, querida, obrigada.

— Esta sala é linda, Viola. Tão tranquilizadora e calma. Você sempre foi esperta, sempre soube transformar coisas boas em ótimas.

— É sempre bom ouvir algo assim. Todo mundo precisa de um lugar tranquilizador e calmo às vezes.

— Acho que às vezes nem sempre é suficiente. Como se chama a cor dessas paredes?

— Dourado Pôr do Sol. É um nome bonito.

— É mesmo. Calmo — repetiu ela, como se suspirasse. — Viola, Shelby, quero começar dizendo que vou conversar com Griffin Lott depois que sair daqui. Mas queria falar com vocês duas primeiro. Deveria ter perguntado a Ada Mae se poderia vir.

— Ela está fazendo uma limpeza de pele. Não há problema, Flo. Contaremos a ela tudo o que quiser.

— Quero pedir desculpas para vocês. Para seu pai também, Shelby, para sua filha e para os seus irmãos. E para Jackson, Viola.

— Sra. Piedmont, não tem motivo para se desculpar.

— Insisto que aceite o meu pedido de desculpas.

— É claro. — Shelby levou o chá até elas, servido em xícaras bonitas.

— Obrigada. Pode se sentar? Acabei de sair da delegacia. Melody admitiu que procurou Arlo Kattery, que lhe deu dinheiro para causar problemas, Shelby. Imagino que teria demorado mais antes de assumir a culpa, mas já tinham encontrado três pessoas que a viram indo até o trailer dele no vale. E, apesar de doer ter que falar uma coisa dessas, eu não contrataria um advogado antes dela admitir a verdade.

Sem dizer uma palavra, Viola esticou o braço e segurou uma das mãos de Florence.

— Não sei o que ela pensou que aconteceria, ou por que faria algo tão terrível, tão imprudente. Não sei por que Melody sempre sentiu tanta inveja de você, Shelby. Quando virou chefe das líderes de torcida na escola, ela teve uma crise histérica, implorando para que eu prometesse fazer uma doação generosa ao departamento de atletismo se concordassem em retirar a sua nomeação e colocar a dela no lugar. E quando você foi eleita rainha do baile, Melody voltou para casa e rasgou o vestido todo. — Florence suspirou. — Parece que ela está sempre irritada. Achei que se tornaria uma pessoa mais feliz depois de assumir a direção da Ridge Artística e de se mudar para a casa dos fundos. Que passaria a ser mais responsável. Mas eu sei, eu entendo agora, que sempre a mimei demais. E a mãe dela, mais ainda. Melody é minha neta, minha primeira neta, e e u a amo.

— É claro que ama.

— Passei a mão na cabeça dela por tempo demais, mas não vou ignorar o que aconteceu. Melody poderia ter machucado de verdade alguém, e a situação poderia ter acabado muito pior. E agiu por pirraça. Vai pagar um preço por isso. Não tenho direito de pedir nem de esperar nada de vocês, mas ela é minha neta, então, mesmo assim, farei isso. O xerife deu a entender que, se você e Griffin Lott concordarem, em vez de ir para a prisão... — Pela primeira vez, a mão de Florence tremeu, então ela depositou a xícara de chá cuidadosamente sobre o pires. — Ela poderia cumprir seis meses em um centro de reabilitação, um centro particular, onde receberia tratamento psicológico para os seus muitos problemas. Precisaria trabalhar lá, imagino que fazendo tarefas pequenas. Limpeza, jardinagem, lavanderia, esse tipo de coisa. Então, se avaliarem que é o momento certo, cumpriria mais seis meses de serviço comunitário em uma casa de detenção, para depois passar um ano em condicional.

"Não vou fingir que seria igual a ser presa. Mas ela não poderia sair de lá e receberia tratamento, algo que creio precisar urgentemente, e teria que obedecer ao regulamento. Perderia a liberdade, o que já é um tipo de prisão. E, caso se recuse a seguir os termos do acordo, as regras, então iria para a cadeia. A mãe dela não vai gostar disso, mas o pai... Já conversei com o meu genro. Discutimos o assunto, e ele apoia a decisão."

Parecendo mais tranquila, Florence pegou o chá novamente.

— São as nossas netas, Vi. Quem diria que isso aconteceria?

Mais uma vez, Viola segurou a mão da outra mulher.

— A vida é cheia de curvas e reviravoltas. O melhor que podemos fazer é seguir em frente da melhor maneira possível, sem se deixar abater.

— Tem dias que a melhor maneira possível não basta. Se quiser pensar no assunto, Shelby, leve o tempo que precisar.

— Não é isso... foi Griff quem ela machucou, ou pelo menos fez Arlo machucar.

— Mas a intenção era que fosse você.

— Juro que a única coisa que desejo, Sra. Piedmont, é que Melody deixe a mim e a minha família em paz. Tenho uma filha para criar. Estou tentando reconstruir a nossa vida, e só quero que ela não nos aborreça mais. Se Griffin aceitar sua proposta, também aceito. Foi ele quem sofreu as consequências, independentemente das intenções de Melody.

— Vou conversar com Griffin, e faremos o que o rapaz decidir. Eu me sinto tão mal por ele ter se machucado, por alguém da minha família ser responsável por isso. Estava me perguntando, Viola, se Jackson te contou qual foi o tamanho do estrago na picape.

— Ele me disse agora mesmo pelo telefone que não tem como dar jeito.

— Ah, vovó.

— Bem, a maioria das coisas pode ser consertada, mas Jack disse que não ficaria bom o suficiente, e acha que a companhia de seguros vai concordar em pagar por perda total.

— Vou cuidar disso. Vocês têm a minha palavra.

— Nunca achei que faria diferente, Flo.

— Sei que vocês duas são muito ocupadas, e agradeço por terem me dado um tempo, por serem compreensivas. E por sua gentileza.

— Vou levar você até a porta — disse Viola, passando um braço pela cintura de Florence quando se levantaram. — E vou te dar um panfleto, para que considere voltar para fazer uma bela massagem de pedras quentes, ou uma limpeza de pele rejuvenescedora.

Shelby ouviu a outra senhora rir enquanto elas se afastavam.

— Acho que é tarde demais para tentar me rejuvenescer, não é, Viola?

— Nunca é tarde demais, Flo. Não, mesmo.

SHELBY CHEGOU À CONCLUSÃO de que era melhor tentar ser discreta e enfrentar os desafios diários conforme apareciam. Desde que voltara a Ridge, passara tempo demais sendo a estrela das fofocas locais. Sabia, por experiência própria, que outra coisa logo aconteceria para mudar o foco das conversas.

Já era suficiente ser o destaque da Noite de Sexta, cantando músicas de pop, rock e baladas dos anos 1950. A plateia também pareceu gostar, e, desta vez, ninguém morreu.

E, já que Callie passaria a noite na casa da bisa, fechar o dia com chave de ouro na cama de Griff foi ainda melhor do que da primeira vez.

Antes e depois do expediente de sábado, Shelby se dedicou à sua planilha, meticulosamente pagando contas e refazendo os cálculos.

Balançou as mãos trêmulas em direção ao teto quando finalmente terminou de pagar mais um cartão de crédito.

Três já foram, agora só faltam nove.

Logo depois do café da manhã de domingo, ela comandava o fogão, fritando frango e ouvindo Callie tagarelar, animada, enquanto brincava com suas amadas bolhas de sabão.

Ada Mae entrou na cozinha e abraçou as costas de Shelby.

— Esse é o melhor som do mundo.

— Também acho. Ela está tão feliz, mamãe, que deixa meu coração apertado.

— E como você se sente?

— Estou tão contente quanto uma garotinha com bolhas de sabão.

— Foi maravilhosa cantando na noite de sexta, querida. E estava tão bonita com aquele vestido azul.

— Vou me divertir com os anos 1960. Já estou bolando ideias para a semana que vem. Tansy me disse que vão fazer mesmo a reforma. Vai ficar ótimo.

— Que bom que Griff e Matt estão quase acabando aqui. Gosto tanto do meu banheiro quanto Callie gosta dessas bolhas. — Para demonstrar, Ada Mae deu uma volta completa com o corpo, e a filha sorriu. — Eles são homens talentosos. E um homem talentoso vale ouro. Você deve ter se divertido depois.

A parte de trás do pescoço de Shelby ficou quente.

— Foi divertido, sim. Mamãe, você não ficou acordada até eu chegar, não é?

— Não é uma questão de esperar acordada. Se um filho seu mora na sua casa, tenha ele 14 ou 40 anos, você o escuta chegar. Nem pense em se desculpar. Fico feliz só de pensar que está com um bom homem. E sei que ele também a deixa feliz.

Shelby sabia aonde a mãe queria chegar.

— Deixa, sim. Tenho que admitir que achava que ficaria longe de *todos* os homens por um bom tempo. Mas me surpreendi. Mesmo assim, não consigo fazer planos a longo prazo.

— Tudo bem. Não precisa ter pressa, faça um bom test-drive antes.

— Mamãe!

— Acha que foi a sua geração que inventou o sexo? E vai trabalhar com os anos 1960 na semana que vem? Aposto que as pessoas daquela época pensavam a mesma coisa. Falando em test-drives, soube que Florence Piedmont comprou uma picape nova para Griff.

— Ele disse que ela não aceitou não como resposta, fez parecer que seria uma ofensa grave da parte dele recusá-la. Vovô vai tirar as peças que podem ser vendidas do carro antigo, e a picape nova já está na oficina sendo pintada. — Shelby fez uma pausa, tirou alguns pedaços de frango da frigideira. — Fizemos a coisa certa, mamãe? Deixando Melody ir para aquele centro de reabilitação, com terapia de controle de raiva e coisas assim?

— Imagino que o lugar seja bem parecido com um *country club*, o que me incomoda. Mas, no fundo, acho que era a coisa certa a fazer. Acho que Melody não vai voltar para a cidade, pelo menos não por um tempo. Sei que a Sra. Piedmont não vai deixar aquele emprego esperando por ela.

— Ah.

— E imagino que você seria contratada, se quisesse.

— Eu... Não. Acho que gosto das coisas como estão. Gosto de trabalhar na vovó. Gosto de saber que, se tivesse algum problema, ninguém se importaria se eu saísse no meio do expediente para resolver. E eu sei, com certeza absoluta, que não iria querer trabalhar no escritório de Melody, no cargo de Melody, em nada dela. Seria... mau agouro. Entende o que quero dizer, mamãe?

— Entendo. Você tem o dom da sua avó com frango frito, menina. Se não quer mesmo fazer planos em longo prazo, é melhor tomar cuidado. Um frango bom assim pode fazer um homem querer pedir sua mão em casamento.

— Acho que estou segura.

E segura, pensou Shelby, era como deveria estar.

Ao meio-dia, quando Griff estacionou a picape alugada diante da casa, a cesta já estava cheia e pronta, e Callie usava vestido e laço amarelos. Shelby optara por jeans e as velhas botas de caminhada.

A menina saiu correndo antes mesmo de Griff passar pela porta, e se jogou em cima dele.

— Você está com cara de piquenique, ruivinha.

— Eu tenho um laço. — Callie esticou a mão para trás, alcançando o laçarote que ocupava a parte de trás do vestido.

— Percebi. Você está linda, e sua mãe também. Aqui, deixe que levo a cesta.

— Você já está carregando Callie. Como sou eu quem sabe o caminho, acho melhor irmos com o meu carro. Já deixei a toalha lá.

— Só preciso pegar umas coisas na picape.

Griff prendeu Callie na cadeirinha — como um especialista, observou Shelby. O homem sempre aprendia as coisas rápido. Em seguida, foi até a picape alugada e voltou com uma bolsa.

— Minha contribuição — disse, guardando-a no carro de Shelby, junto com a cesta.

— Espero que o lugar continue tão bonito quanto me lembro. Já faz um tempo que não vou lá.

Ela seguiu de carro em direção à cidade, e então entrou em uma das ruas paralelas, margeando o vale enquanto Callie tagarelava sem parar. Quando começou a subir a colina, ziguezagueando pela estrada, reconheceu a área, a paisagem e os cheiros.

As cores.

Passando pelos verdes e marrons, os lírios-do-bosque amarelos e íris lilás se espalhavam, enquanto os trompetes das aquilégias brincavam na luz do sol.

Ali e acolá, loureiros iluminavam as sombras, e sapatinhos-de-vênus dançavam.

— Que bonito. É um campo bonito — comentou Griff quando Callie passou a conversar com Fifi.

— Daqui a pouco as azaleias selvagens começam a florear. Adoro esse verde. Esse verde infinito e ondulante, e a forma como as cores das flores aparecem e somem.

Shelby passou por uma pequena fazenda, onde um menino da idade de Callie rolava na grama com um cachorro amarelo.

— Um cachorrinho! Mamãe, posso ter um cachorrinho?

— É a mais nova obsessão dela — comentou Shelby, baixinho. — Quando tivermos a nossa casa, podemos pensar no assunto. Estamos quase chegando no lugar do piquenique — adicionou, esperando que isso distraísse a garotinha da infinidade de perguntas que provavelmente faria.

O carro entrou em uma estrada de terra estreita, e seguiu balançando suavemente por ela.

— Esse terreno faz parte daquela fazendinha pela qual acabamos de passar. Papai fez o parto de três bebês lá. Talvez o número tenha aumentado desde que fui embora. Também ia até lá para cuidar da avó da família antes dela falecer. Eles nos deixam usar a estrada, fazer piqueniques ou trilhas por aqui. Gostam muito de papai.

— Eu também. Ele já me liberou para voltar ao trabalho.

— Seu olho parece melhor.

— Dei um beijo nele para sarar, mamãe, quando fui comer pizza com Griff. Já chegamos?

— O carro não passa deste ponto. — Shelby estacionou num canto da estrada. — É uma caminhada curta. Uns quinhentos metros. Mas é uma subida, então talvez canse.

— Estamos prontos.

Griff resolveu as questões logísticas ao colocar Callie sobre seus ombros e pegar a cesta.

— Você leva a bolsa e a toalha — disse para Shelby. — Aqui é tão silencioso.

Ele notou que um cardeal vermelho os observava de um galho de pilriteiro.

— E essa nem é a melhor parte.

— Ninguém vai vir atrás da gente com uma espingarda, não é?

— Pedi para papai perguntar se havia problema virmos, e a família disse que tudo bem. É só deixarmos tudo como encontrarmos. Mas talvez tenham usado esse método para expulsar pessoas mais aventureiras na época da lei seca. Muita gente fabricava uísque nas montanhas e nos vales. Inclusive meus parentes. Dos dois lados.

— Contrabandistas. — Isso o fez sorrir.

— É difícil encontrar algum local que não tenha contrabandistas na sua árvore genealógica.

— Era uma lei idiota.

— Idiota — repetiu Callie, obviamente.

— Desculpe.

— Não é a primeira vez que isso acontece. Essa é uma palavra de adultos, Callie.

— Eu gosto de palavras de adultos. — Quando a garotinha soltou um berro, Griff jogou a cesta para Shelby e a alcançou em suas costas. — Um coelho! Eu vi um coelhinho!

— Cacete... caraca — corrigiu-se Griff. — Você me assustou para... caramba, ruivinha.

— Pegue o coelhinho, Griff! Pegue!

— Eu me esqueci de trazer minhas ferramentas para capturar coelhos. — Com o coração ainda disparado, ele pegou a cesta de volta e continuou a caminhar.

Quando chegaram ao topo, Griff logo decidiu que cada passo da subida havia valido a pena.

— Nossa, uau.

— Era assim mesmo que eu me lembrava daqui. O riacho, as árvores, especialmente aquela velha nogueira escura. E uma clareira grande suficiente para ver parte das montanhas e dos vales.

— De agora em diante, você está encarregada de todos os lugares para fazer piquenique.

— É difícil encontrar um melhor do que este, a menos que seja na sua casa.

Quando Callie foi posta no chão, saiu em disparada na direção do riacho.

— Callie, não chegue perto da margem — começou Shelby, mas Griff pegou a mão dela e a guiou na mesma direção.

— Que legal. — Ele se abaixou ao lado da garotinha. — Olhe só aquelas quedinhas d'água. As pedras brilhantes.

— Quero nadar!

— Não é fundo suficiente para nadar, querida, mas pode tirar os sapatos e as meias, e andar na água.

— Tá. Vou andar na água, Griff!

Callie se jogou no chão e atacou os sapatos. Shelby abriu a toalha ao lado do riacho irregular, com troncos cheios de musgo e samambaias.

— Não está com medo dela molhar o vestido? — perguntou Griff.

— Trouxe outra muda de roupas. Duvido que exista alguma garotinha que não gostaria de brincar nesse riacho.

— Você é uma ótima mãe.

Enquanto Callie entrava na água, pulando e dando gritinhos, Griff tirou a garrafa envolta numa embalagem térmica.

— Champanhe? — Depois de uma risada de surpresa, Shelby balançou a cabeça. — Isso vai fazer meu frango frito parecer sem graça.

— Acho difícil.

Ela tomou a bebida, sentindo-se satisfeita ao observar Griff devorar o frango. Deixou que Callie gastasse energia enquanto perseguia borboletas ou entrava no riacho novamente.

Relaxou, percebendo que não fazia isso, não de verdade, desde a manhã em que encarara Arlo Kattery em sua cela.

O homem teria a mesma vista, através das grades, por bastante tempo.

Mas Shelby tinha aquilo — os tons de verde e azul, a cantoria dos pássaros, o sol brilhando através das árvores, criando sombras no chão, e sua filha brincando no riacho.

— Seu trabalho com certeza foi aprovado — disse Griff enquanto pegava mais um frango e outra colherada de salada de batata.

— Sentada aqui, sinto como se o mundo fosse perfeito.

— É por isso que precisamos de lugares assim.

Shelby esticou o braço, passou os dedos pelo corte que cicatrizava na testa dele.

— Forrest disse que ainda não pegaram Harlow, e isso me faz pensar que o sujeito fez o que queria fazer e foi embora.

— Faz bastante sentido.

— Então por que você quis me seguir até em casa às 2h de uma sexta-feira?

— Porque isso também fez sentido para mim. Quando vou poder te seguir de novo?

Ah, Shelby estava mesmo torcendo para que ele fizesse essa pergunta.

— Vou perguntar à mamãe se ela pode cuidar de Callie em alguma noite dessa semana.

— Podemos ir ao cinema, e depois voltar para a minha casa.

Ela sorriu, pensando que também tinha aquilo.

— Podemos. Callie, se não comer seu almoço, não vai ganhar cupcake.

Enquanto dirigia o carro pelo caminho de volta, com a filha lutando contra o sono no banco de trás, Shelby pensou que aquela fora uma tarde perfeita, e tentava bolar algum plano para prolongá-la.

Talvez perguntasse a Griff se ele não queria passar um tempo na varanda enquanto Callie tirava sua soneca. Ou poderia convidar Emma Kate e Matt para uma visita, e fariam churrasco para o jantar.

— Você deve ter coisas para fazer em casa, não é?

— Sempre tenho coisas para fazer em casa. Por quê? Alguma coisa em mente?

— Estava pensando que, se você quisesse ficar um tempo, poderia convidar Emma Kate e Matt para passarem lá em casa mais tarde. Tomaríamos um vinho, faríamos churrasco.

— Mais comida? Como eu poderia negar?

— Vou perguntar aos meus pais se eles se incomodam, e aí...

Shelby se interrompeu quando estacionou diante da casa e viu a mãe sair correndo pela porta.

— Ai, meu Deus, o que será que aconteceu agora? — Ela saiu com pressa da minivan. — Mamãe.

— Eu ia te mandar uma mensagem. Gilly entrou em trabalho de parto.

— Ah, agora?

— Já faz algumas horas, mas eles só nos contaram quando já estavam indo para o hospital. Papai está cuidando de Jackson. E seu pai e eu estamos indo agora para a maternidade em Gatlinburg. Forrest vai levar sua avó. Clay diz que as coisas estão acontecendo rápido. Ah, não sei por que bebês sempre me deixaram tão nervosa.

— Porque é uma coisa boa e feliz.

— É melhor você ir — disse Griff. — Deveria estar lá.

— Ah, não quero deixar meu avô tomando conta de duas crianças pequenas.

— Eu fico com ela. Cuido de Callie.

— Ah, bem, eu...

— Quero ficar com Griff! Por favor, mamãe, por favor. Griff, quero ir para sua casa! Posso ir brincar na sua casa?

— Seria ótimo — disse Ada Mae. — Shelby não estava aqui quando Jackson nasceu. Significaria muito para todos nós, Griff.

— Então está combinado.

— Eba! Eba!

Shelby olhou para o rosto radiante da filha.

— Mas pode demorar horas.

— Não de acordo com Clay. Clayton, ande logo! — gritou Ada Mae. — Não vou perder o nascimento do meu neto porque você está enrolando. Griff, muito obrigada. Callie, é melhor se comportar, porque, caso contrário, vou ficar sabendo. Clayton Zachariah Pomeroy! — Ada Mae marchou para dentro da casa.

— Tem certeza? Porque...

— Temos certeza, não é, Callie?

— Sim! Vamos, Griff. — Animada, ela esfregou as duas mãos no rosto dele. — Vamos agora para sua casa.

— Só preciso... — Pensar no que fazer, completou Shelby mentalmente. — Vou lá dentro pegar uns brinquedos.

— Estou cheio de tesouras e pedaços de pau para ela brincar, sem contar aquele monte de caixas de fósforo.

— Como você é engraçado. Preciso de dois minutos. E, bem, é melhor ir com o meu carro, só para o caso de precisar levá-la em algum lugar. Se eu puder pegar o seu emprestado.

— Ele é alugado. Que diferença faz?

— Tudo bem, então, tudo bem. Dois minutos. Não, cinco. Cinco minutos.

Ela entrou correndo na casa enquanto a mãe saía, arrastando o pai.

— Ada Mae, eu sou médico, e estou dizendo que temos tempo suficiente.

— Ah, não me venha com essa. Quando der à luz um filho, pode dar sua opinião. Estamos indo, Shelby!

— Saio em cinco minutos. Sei o caminho.

Griff se apoiou na minivan, do lado da janela de Callie.

— Nós dois vamos nos divertir, ruivinha.

Capítulo 20

◆ ◆ ◆ ◆

E SE DIVERTIRAM mesmo.

Griff fez uma máscara de monstro com um papelão e, usando-a, perseguiu Callie pelo quintal. A menina o derrubou com a varinha de condão que ele montara usando mais papelão e um tubo de cola.

Já reinstaurado ao seu posto de príncipe, recebeu a primeira mensagem de texto de Shelby.

Estou no hospital — tudo indo bem. E por aí?

Ele pensou na resposta por um momento.

Estamos ótimos. Vamos sair agora para brincar em alguma rua cheia de carros.

Griff levou Callie para a cozinha e lhe deu uma Coca; julgando pela forma como seus olhos se arregalaram e brilharam, refrigerante não fazia parte do menu de bebidas da criança. Ela levou meia hora para gastar o açúcar. Sem fôlego e tirando uma lição da experiência, prendeu a menina no banco de trás da minivan e a levou para um passeio rápido, em busca de suco.

Com certeza aquilo seria uma opção melhor.

Griff viu a placa *Filhotes à Venda*, decidiu que uma parada no local a divertiria por um tempo. Estacionou diante de uma caminhoneta, ao lado do mercadinho.

Orientado pela seta na placa, seguiu o caminho de cascalho até os fundos.

Em um canil, seco e limpo, três filhotes creme e um marrom instantaneamente se animaram, latindo e correndo até a cerca, balançando seus corpos gordinhos.

Callie não gritou e foi na direção deles como Griff esperava que fizesse.

A menina arfou e pressionou as duas mãos contra a boca.

Então virou a cabeça, inclinando o rosto na direção de Griff. Seus olhos estavam cheios de curiosidade, amor e uma alegria imensurável.

O pensamento que imediatamente surgiu na cabeça dele foi: Ah, merda, o que foi que eu fiz?

Então a garotinha agarrou às suas pernas, apertou.

— Cachorrinhos! Eu *amo* você, Griff. Obrigada, obrigada.

— Bem, ah, escute... Pensei que nós poderíamos...

Enquanto ele se enrolava, Callie levantou o rosto mais uma vez e quase o cegou com o brilho de felicidade que irradiava dela, e então saiu correndo, finalmente, na direção da cerca.

Uma mulher segurando um bebê, com um lenço vermelho nos cabelos, saiu da parte de trás da caminhonete.

— Boa tarde — disse ela enquanto o bebê encarava o visitante com desconfiança.

— Olá. Nós viemos ao mercado, e pensei que ela gostaria de ver os filhotes.

— Ah, claro. Quer entrar no canil, querida? Mais amigáveis que eles, impossível. Já têm três meses — continuou a mulher, e abriu o portão para Callie. — Foi uma ninhada de oito. A mãe é a nossa Georgie, uma mistura de golden retriever com labrador, e o pai é o labrador chocolate da minha prima.

Callie entrou correndo no canil, abaixou-se, e foi imediatamente soterrada por cachorrinhos.

— É ótimo ouvir esse som, não é? — disse a mulher quando as risadas da garotinha se misturavam aos latidos e rosnados de brincadeira dos filhotes.

— Sim, mas...

— É uma raça boa para crianças, papai — acrescentou ela, balançando o filho. — São gentis, leais e brincalhões.

— Ah, eu não sou o pai. A cunhada da mãe dela está dando à luz agora mesmo, então fiquei cuidando de Callie.

— Griff! Griff, venha ver! Venha ver os cachorrinhos.

— Tudo bem, já vou.

— Pode ir, leve quanto tempo quiser. Ela tem jeito com os filhotes. A maioria das crianças na mesma idade quer puxar rabos, orelhas, apertar os bichinhos, mas parece que ela sabe ser gentil e brincar. Vão vender bem rápido — adicionou a mulher enquanto o bebê decidia que Griff fora aprovado, e lhe oferecia um sorriso largo e babão. — Coloquei a placa hoje cedo. Os quatro primeiros já tinham sido reservados. Só os vendemos depois que pararam de mamar e foram vacinados e liberados pelo veterinário.

— Eu não estou... Quero dizer, até pensei em comprar um cachorro. Mais tarde. Depois que a minha casa estiver mais organizada.

A mulher estreitou os olhos.

— Foi você que comprou a velha casa dos Tripplehorn! E trabalha com o namorado de Emma Kate. Ela e o Dr. Pomeroy fizeram o parto de Lucas na sala de exames da clínica. Fui lá para uma consulta de rotina, e meu menino resolveu se apressar. Não dava tempo de chegar ao hospital. Aquela é a filha de Shelby Pomeroy?

— É.

— Pelos cabelos, devia ter imaginado. Se resolver comprar um, faço por metade do preço, já que o avô da menina e a namorada do seu sócio ajudaram a trazer meu filho ao mundo.

— Ah, bem... isso é...

— Griff, venha brincar com os cachorrinhos!

— Pode ir. Qualquer coisa, só me avisar.

Ele levou o filhote marrom.

Mas tudo tinha limite, e recusou as sugestões de nomes de Callie. Não chamaria o cachorro de Fifi, em homenagem à melhor amiga de pelúcia da menina. Nem de Burro, em homenagem ao companheiro de Shrek.

Decidiu-se por Snickers, por causa do chocolate, e então precisou ir ao mercado para comprar um, para Callie entender a referência. Também teve que levar comida de cachorro, uma vasilha, uma guia, uma coleira e biscoitinhos.

Quando finalmente terminaram de carregar as compras, com o filhote explodindo de alegria dentro da minivan, Griff se sentia meio atordoado.

A próxima mensagem de Shelby veio enquanto tirava Callie do carro, e a menina e o cachorro saíam em disparada pelo quintal.

Gilly está indo muito bem. O bebê já vai começar a sair. Está quase na hora. Quando terminarem de brincar na rua, dê notícias.

Griff começou a escrever sobre o cachorro, apesar de tudo ainda parecer um pouco como um sonho, e então mudou de ideia.

Brincar na rua nos deixou com fome. Queremos fazer um lanchinho, então vamos procurar pessoas estranhas que estejam oferecendo doces por aí. Força para Gilly.

Bebês levam o tempo que precisarem para nascer, e Beau Sawyer Pomeroy chegou ao mundo às 19h11 — que, de acordo com o pai, era um horário de sorte —, com saudáveis três quilos e quinhentos gramas. Shelby passou um tempo admirando o sobrinho — o menino era a cara do irmão dela —, pegou lenços de papel para a mãe, deu um abraço nos orgulhosos pais.

Mandou uma mensagem rápida: *É um menino! Beau Sawyer é lindo, mãe e pai estão bem e felizes. Já estou voltando.*

Quando finalmente conseguiu se despedir de todos e sair do trânsito de Gatlinburg, o sol começava a se pôr. Considerou fazer uma parada para mandar outra mensagem, ver se Griff queria que comprasse comida, mas decidiu que eles provavelmente já teriam jantado.

Estacionou ao lado da sua minivan e pensou: Mas que dia!

Bateu à porta, e ninguém respondeu, o que lhe causou um instante de preocupação, mas rapidamente descartou o sentimento ruim. Devagar, entrou, chamando por Griffin. E então inclinou a cabeça ao ouvir os sons familiares.

Shrek.

Balançando a cabeça, começou a seguir na direção da sala.

Shrek e Burro discutiam na tela. No sofá, sua filha estava estirada sobre Griff. Os dois dormiam.

Shelby quase gritou quando algo molhado e frio bateu em seu tornozelo. Ao olhar para baixo, encontrou um cachorrinho marrom e rechonchudo, que imediatamente resolveu morder o cadarço das suas botas de caminhada.

— Ah, nada disso. — Ela pegou o filhote, o encarou. — E de onde foi que o senhor veio?

— Do mercadinho — disse Griff, abrindo os olhos sonolentos.

— E quem é o dono dele?

— Acho que sou eu. Foi meio inesperado. Snickers.

— Desculpe, o quê?

— O nome dele. Snickers. É uma mistura de labrador com golden retriever, chocolate.

— Ele é uma fofura. — Achando graça, encantada, Shelby abraçou o filhote enquanto ele lambia seu queixo. — Você deu uma olhada no tamanho das patas?

— Não. Não de verdade.

— Você vai ter um cachorro bem grande. — Ela sorriu quando Snickers passou a lamber uma bochecha, remexendo-se alegremente no seu colo. — Qual dos dois o cansou? Callie ou o cachorro?

— Acho que nós cansamos uns aos outros. Está tudo bem no mundo dos bebês?

— Está perfeito. Beau Sawyer, se você não recebeu minha mensagem. Ele é saudável e lindo, e a família toda está encantada. Não tenho nem como te agradecer, Griff, por cuidar de Callie para eu poder ir. Isso foi muito importante para mim.

— Nós nos divertimos. Que horas são?

— Umas 20h30.

— Tudo bem, acho que caímos no sono há uns vinte minutos.

— Comeram alguma coisa? Eu devia ter...

— Sobrou frango do piquenique — interrompeu Griff. — E fiz um macarrão, porque isso sempre dá certo. E também tinha um saco de ervilhas congeladas, que eu usava como saco de gelo, mas serviu para comer.

Ele acariciava as costas de Callie enquanto falava e se levantava. A menina caiu no sofá como um saco de batatas.

— Ela apagou.

— Callie se divertiu muito hoje. Eu também.

Shelby soltou o cachorro, e ele foi pulando até o dono, mirando nos cadarços. Griff pegou Snickers com um braço, olhou ao redor e encontrou o pedaço de corda velha que cortara para ele mastigar.

— Tente isto — sugeriu, e deixou o cachorro com o brinquedo.

— Ela te convenceu a comprar o filhote?

— Nem precisou dizer uma palavra. — Griff olhou para a menina adormecida de bruços, um braço ao redor de Fifi. — Foram os olhos dela. Estava planejando comprar um no outono. Depois que a obra estivesse um pouco mais avançada. Adiantei um pouco as coisas. Além disso, estava em promoção. Quer comer? Sobrou um pouco de macarrão. O frango já era.

— Não, obrigada. Fizemos um lanche no hospital. Preciso levá-la para casa e para a cama.

— Talvez pudessem ficar.

A ideia era tentadora, tão tentadora, ainda mais com os braços dele a cercando.

— Eu gostaria, e imagino que Callie também. Mas ainda não, Griff. Ainda não.

Mas Shelby podia prolongar o momento, com sua boca na dele. Então, recostou a cabeça no ombro de Griff.

— Hoje foi um dia bom.

— Foi marcante.

Ele pegou Callie no colo. A menina se apoiou, mole, sobre seu ombro, e Shelby pegou a cesta e a bolsa. O cachorro saiu em disparada na frente do grupo, correndo em círculos pelo quintal enquanto Griff prendia Callie na cadeirinha.

Depois, observou o carro se afastar, sob um céu que se tornava cada vez mais da cor dos cabelos de Shelby. E então só havia silêncio.

Ele gostava do silêncio, lembrou a si mesmo, porque, caso contrário, jamais teria comprado uma casa tão afastada da cidade. Mas o lugar parecia *extremamente* quieto depois de uma tarde passada na presença de uma menininha tagarela.

Olhou para Snickers, que estava ocupado mordendo o cadarço de um dos seus sapatos.

— Pare com isso. — Só precisou balançar o pé. — Vamos dar uma volta.

Deram mais dois passeios antes da meia-noite. Griff não se matara para restaurar o piso de madeira para que ele fosse arruinado por um cachorrinho.

Na hora de dormir, fez uma cama temporária para Snickers com uma caixa, algumas toalhas e um pano amarrado em formato de cachorro. O filhote não pareceu gostar muito, mas a diversão do dia finalmente cumpriu seu papel. Quando ele parecia estar tão desmaiado quanto Callie estivera, Griff abraçou a sensação de dever cumprido e caiu na cama.

Não sabia exatamente o que o acordou. O relógio marcava 2h12, e, usando o aplicativo de lanterna do telefone, Griff viu que Snickers continuava aconchegado como uma bola na sua caixa.

Apesar disso, algo parecia estranho. Estranho suficiente para ele se levantar e caminhar lentamente pelo quarto. Prestar atenção nos sons.

Casas velhas rangiam e estalavam, pensou — e sabia bem disso. Mesmo assim, abriu a porta, pegou uma chave inglesa. Acendendo as luzes enquanto seguia pelo corredor, desceu as escadas.

E lá estava... um estalo baixinho. O som de uma porta fechando.

Griff se moveu rapidamente agora, correndo diretamente para os fundos e as portas de vidro.

Acendeu as luzes, iluminando o quintal.

Um invasor saberia onde ele estava, mas, se havia mesmo alguém ali, a pessoa também ficaria aparente.

Não viu coisa alguma, nenhum movimento.

Havia trancado as portas dos fundos? Achava que não, pois raramente pensava nisso. E, com a quantidade de vezes que levara Snickers para passear, provavelmente não o fizera.

Saiu para a varanda traseira, escutando os sons noturnos, o vento, o chamado triste de uma coruja, o eco distante de um cachorro latindo em algum ponto na serra.

E ouviu o som de um motor ligando, pneus esmagando o cascalho.

Ficou ali por um tempo, observando a escuridão.

Alguém estivera na sua casa, tinha certeza absoluta disso.

Griff entrou e trancou as portas — porém lhe ocorreu que, se alguém realmente quisesse entrar, o fato de elas serem de vidro ajudaria.

Analisou a área, procurando qualquer coisa que parecesse fora do lugar.

Seu olhar passou pelo laptop que deixara na bancada da cozinha. Andou na sua direção.

Havia deixado a tela aberta — quase sempre fazia isso; agora estava fechada.

Foi até a máquina, tocou-a, e sentiu que estava um pouco quente.

Griff abriu a tela e começou a mexer no computador. Não era nenhum gênio da informática, mas sabia o suficiente para se virar.

Não demorou muito para descobrir que alguém havia hackeado suas contas e baixado seus arquivos. Dados bancários, contas, e-mails, a coisa toda.

— Mas que merda é essa?

Passou os próximos vinte minutos xingando e mudando todas as senhas, todos os códigos e nomes de usuário. Tudo que conseguia lembrar.

Só não era capaz de compreender por que alguém iria querer tais informações.

Passou mais tempo mandando um monte de e-mails — para amigos, parentes, contatos de negócios, qualquer pessoa em sua lista —, informando que seus dados haviam sido comprometidos, e para não responderem a nenhuma mensagem que viesse do e-mail antigo.

Depois de verificar cada porta e janela, levou o laptop para o quarto.

Um sistema de segurança melhor, pensou ele, para seus dados e para sua casa, havia acabado de entrar no topo da sua lista de prioridades.

Uma hora depois de ter acordado, Griff tentou dormir de novo, prestando atenção em cada rangido, em cada som do vento. Assim que caiu no sono, o cachorro acordou e começou a chorar.

— É, fazer o quê? — Ele se levantou, colocou a calça de novo. — Melhor levar você para passear, Snickers.

Lá fora, sua lanterna iluminou a marca óbvia de uma pegada na terra macia ao lado do caminho de cascalho da garagem.

— Seu olho ainda nem ficou totalmente bom e você já teve alguém invadindo a sua casa?

Matt retocava a tinta enquanto Griff instalava o último acabamento no novo banheiro da suíte de Ada Mae.

— A pessoa simplesmente entrou. É um saco ter que trocar as senhas, enviar notificações e depois passar quase uma hora na delegacia, registrando o boletim de ocorrência. Não faz sentido, e, se não fosse o laptop fechado, eu teria achado que eram apenas os sons de uma casa velha.

— Tem certeza de que o deixou aberto?

— Tenho. Além disso, ele estava quente, e eu o tinha desligado horas antes. Aí encontrei a pegada. Não era minha, Matt. Calço 43, e aquele pé era ainda maior. Ainda escutei um barulho de carro.

— O que a polícia disse?

— Foi por isso que me atrasei hoje. Voltei para casa com Forrest, e ele deu uma olhada no quintal, tirou fotos da pegada, mesmo que isso não adiante nada. Não foi vandalismo. Já havia pensado que, se fosse o caso, seria coisa dos parentes ou dos coleguinhas de Arlo Kattery.

— Bem, não é como se você fosse um cara cheio da grana, mas está bem de vida. Alguém deve ter percebido, vendo que comprou aquele casarão e está com uma picape nova.

— Porque aquele babaca destruiu a antiga.

— Mesmo assim. — Matt sacudiu o pé para afastar Snickers dos seus cadarços, chutou a bola de tênis que Griff levara para distrair o cachorro. — Parece que alguém resolveu que poderia tirar alguma coisa das suas contas bancárias, algo assim.

— Então esse alguém deu azar. Fico irritado só de pensar em um desconhecido entrando na minha casa daquele jeito. Parece que comprar um cachorro foi um ato... fortuito. A palavra do dia.

— Fortuito, coisa nenhuma. — Matt riu, e chutou novamente a bola. — Quantas vezes já teve que limpar as idas dele ao banheiro?

— Algumas. — Talvez cinco ou seis. — Mas ele está aprendendo. Vai ser um bom cachorro para me acompanhar nos trabalhos. Não tem medo da furadeira. E vai ficar enorme. Cachorros enormes intimidam gente que quer entrar na sua casa no meio da droga da madrugada. Vocês também deviam comprar um, e aí ele teria um amigo.

— Moro num apartamento, lembra? — Matt subiu na escada com o balde e o pincel. — Mas estou pensando em começar a construir uma casa.

— Você está pensando nisso desde que chegamos aqui.

— Estou pensando ainda mais agora que vou pedir Emma Kate em casamento.

— Se vai mesmo fazer isso, precisa... O quê? — Griff quase estragou o que estava fazendo ao esticar a coluna. — Quando? Uau.

— É, eu sei. — Com um olhar meio vidrado, Matt sorriu. — Enquanto você estava conversando com os policiais hoje cedo, eu estava vendo Emma Kate se aprontar para o trabalho. Ela estava fazendo suco verde, e...

— Nem mencione os infames sucos verdes.

— Se você começasse a tomar um copo todo dia, também sentiria os benefícios.

— Não entendo pessoas que comem couve, que dirá as que bebem. Você decidiu se casar com ela por causa do suco verde?

Matt empurrou a aba do boné, e agora o olhar vidrado se tornara sonhador.

— Eu olhei para ela. Estava descalça, meio mal-humorada, ainda não tinha passado maquiagem. Vestia uma calça e um top azul, e a luz do sol brilhava contra a janela. E pensei: É isso que eu quero, todas as manhãs.

— Emma Kate mal-humorada e suco verde?

— Todas as manhãs. Não consigo imaginar algum momento em que não queira isso. Então, pensei que você poderia ir me ajudar a escolher um anel depois do trabalho. Vou pedir hoje à noite.

— Hoje? — Isso foi suficiente para fazer com que Griff ficasse totalmente de pé. — Está falando sério? Não quer bolar um plano?

— Vou comprar flores. O anel é o plano. Não sei o tamanho certo, mas...

— Use um molde. Vá em casa, pegue um anel dela e use como molde.

— Devia ter pensado nisso.

— O que vai dizer?

— Não sei. — Matt se moveu sobre a escada. — Amo você, quer casar comigo?

— Cara, tem que falar alguma coisa melhor do que isso.

— Você está me deixando nervoso.

— Vamos pensar em alguma coisa. Vá pegar o anel.

— Agora?

— É, agora. Preciso levar o cachorro para passear, de qualquer forma, antes que ele faça xixi no azulejo novo. Vamos fazer um intervalo. — Acostumado com a ideia, Griff deu um soquinho no ombro do sócio. — Meu Deus, Matt, você vai se casar.

— Se ela aceitar.

— E por que ela não aceitaria?

— Talvez não queira que todas as suas manhãs se resumam a mim e suco verde. — Matt desceu da escada. — Estou me sentindo meio enjoado.

— Pare com isso. Ande, vá buscar o anel. — Griff pegou o cachorro, que havia começado a cheirar os cantos de uma forma que deixava claro que o xixi era iminente. — Preciso levá-lo lá fora. Tome uma atitude. É só assim que a gente consegue o que quer.

— Estou tomando uma atitude.

$\mathcal{S}$HELBY DEU UM JEITO DE FAZER UM ENSAIO. Gostava do novo repertório — tinha de Beatles a Johnny Cash e Motown. É claro que, se tivesse uma banda, poderia diminuir o ritmo de "Ring of Fire", tornando-a uma balada sensual.

Quem sabe algum dia, pensou enquanto terminava os serviços matutinos no salão. Anotou o que algumas clientes do spa queriam de almoço, e então pegou o pedido de algumas das funcionárias.

Enquanto guardava sua lista e pegava a bolsa, Jolene entrou cautelosamente no estabelecimento.

— Com licença. Dona Vi? Dona Vi, posso entrar por um minutinho? Não é como cliente nem nada. Eu... eu conversei com o reverendo Beardsly, e ele disse que eu deveria vir aqui, conversar com vocês, se a senhora permitir.

— Tudo bem, Jolene. — Acenando com a cabeça para a mulher, Viola tirou o último pedaço de papel-alumínio dos cabelos da cliente. — Dottie, pode lavar os cabelos de Sherrilyn para mim?

— Claro, dona Vi. — Dottie e Sherrilyn trocaram olhares chocados. Nenhuma das duas queria perder o show.

— Quer conversar na minha sala, Jolene?

— Não, senhora, dona Vi. Gostaria de falar o que vim dizer bem aqui, na frente de todos. — O rosto dela se tornava cada vez mais rosado conforme fazia o discurso, e os olhos se encheram de lágrimas; porém, para alívio de uns e decepção de outros, não gaguejou. — Quero dizer para vocês, dona Vi, Shelby... Quero... quero começar dizendo que estou muitíssimo arrependida. Quero me desculpar, falar que sinto muito pela forma como agi da última vez que estive aqui. E... — Sua voz tremeu, as lágrimas ameaçaram cair, mas Jolene levantou uma mão enquanto respirava fundo algumas vezes. — Sinto muito pelas outras vezes em que te tratei mal ou zombei de você pelas suas costas, Shelby. Por todas as vezes, desde a quinta série. Quero dizer que me envergonho do que fiz, de tudo o que fiz, agora que olho para trás. Queria tanto que Melody fosse minha amiga que agi de forma imperdoável. — Algumas lágrimas escorreram, mas Jolene retorceu os dedos e seguiu em frente. — Eu soube do que ela fez com seu carro, Shelby, na época da escola. Só descobri depois que já tinha acontecido, e não participei daquilo. Juro que admitiria minha culpa se tivesse participado.

— Acredito em você.

— Mas descobri depois, e nunca falei nada. Eu sabia e fingi que achava graça naquilo, e disse que você merecia. Só queria que ela fosse minha amiga, mas agora sei que nunca foi, não de verdade. Hoje entendo isso, o que só piora a situação. As coisas que ela falou naquele dia, Shelby, sobre você e sobre sua filha... eu devia ter te defendido. Ouvir aquilo me deixou tão mal, mas fiquei quieta. Não disse que Melody estava errada. Espero que dizer isso agora possa ser o começo do que o reverendo Beardsly chama de reparação. Só estava pensando em mim mesma, e sinto muito. — Ela fungou e limpou as lágrimas das bochechas. — Não sabia que ela havia falado com Arlo. Deveria ter imaginado, e não posso dizer com absoluta certeza que não percebi as suas intenções, lá no fundo. Mas não parei para pensar tanto assim no assunto porque não quis. E, não sei, mesmo assim, se teria tomado uma atitude caso tivesse percebido. É vergonhoso não saber se teria tido coragem suficiente para fazer alguma coisa.

— Mas você fez — lembrou Shelby. — Quando descobriu o que aconteceu com Griff.

— Estava tão chocada e nervosa. Ver o rosto de Griff todo machucado e roxo, ouvindo o que havia acontecido. Não teria sido capaz... não teria sido capaz de ficar quieta, não naquelas circunstâncias.

— Jolene, vou te perguntar uma coisa, e quero que me olhe nos olhos quando responder. — Viola esperou até ela piscar e limpar as lágrimas. — Você sabe alguma coisa sobre alguém ter entrado na casa de Griff ontem à noite, no meio da madrugada?

— Minha nossa! Ah, não, dona Vi.

— O que aconteceu? — quis saber Shelby. — O quê...? — E se interrompeu quando a avó levantou um dedo.

— Juro, dona Vi. Eu *juro*. — Jolene colocou a mão sobre o peito. — E não pode ter sido Melody. Ela já está na clínica, em Memphis. Fui visitar a dona Florence hoje cedo, para pedir desculpas, e ela me contou. Alguém o machucou de novo? Alguém o roubou?

— Não. — Viola olhou para Shelby. — Não. Parece que foi uma bobagem, e imagino que todas aqui sabemos bem do que a família Kattery é capaz. Eles teriam quebrado tudo. — Viola cerrou um punho sobre o quadril. — Há mais alguma coisa que queira dizer, Jolene?

— Acho que não. Apenas que estou arrependida. Vou tentar me tornar uma pessoa melhor.

— Você nunca teve muita iniciativa — observou Viola. — Esta é a primeira vez que a vejo demonstrar um pouco de coragem, e estou orgulhosa. Quero dizer que não está mais banida do salão. Pode voltar quando quiser.

— Ah, dona Vi! Obrigada, dona Vi... Mas não vou voltar se isso a deixar desconfortável, Shelby.

— Como a minha vó, também sei aceitar um pedido de desculpas honesto.

— Também queria me desculpar com a sua mãe. Ela não está aqui, mas... Eu queria.

— Ada Mae está ocupada agora, mas pode falar com ela mais tarde.

— Então farei isso.

— E é Crystal quem decide se quer fazer o seu penteado para o casamento — adicionou Viola.

— Ah, dona Vi. Ah, Crystal, poderia? Perder você é quase tão ruim quanto perder o meu noivo. E eu realmente amo ele.

— É claro que pode contar comigo. Fiquei muito orgulhosa de você hoje, Jolene.

Soluçando, a mulher foi até a cabelereira e se jogou contra ela.

— Está tudo bem. Vamos lá nos fundos, podemos tomar uma bebida gelada.

— Senti tanto medo de vir aqui. Tanto medo.

— Isso me deixa ainda mais orgulhosa. — Crystal lançou um sorriso para Viola, e levou Jolene para os fundos do salão.

— Dottie, pode ir lavar os cabelos de Sherrilyn. O show acabou.

Shelby se voltou imediatamente para a avó.

— O que aconteceu na casa de Griff?

— Exatamente o que eu falei. Alguém entrou lá. Ele disse, pelo que eu entendi — acrescentou ela —, que alguém mexeu no computador. É só isso que sei. É melhor perguntar para o rapaz.

— Farei isso. Preciso ir buscar o almoço. — Ela lançou um olhar para os fundos. — Tem gente que precisa levar um baque para tomar jeito. Sei bem como é. Talvez Jolene se torne uma pessoa melhor.

— Ela é uma cabecinha de vento, provavelmente sempre será. Mas respeito um bom pedido de desculpas. Vá pegar o almoço, ou as clientes vão ficar com fome. Tenho que começar a pensar em abrir uma lanchonete.

Shelby não duvidava nada de que fizesse mesmo algo assim. Mas, por enquanto, tinha que sair.

Queria ligar para Griff, mas não tinha tempo para isso agora, enquanto corria até o Sid & Sadie para pegar os pedidos, e ia até a Pizzateria para fazer o mesmo. Carregada de embalagens, apressou-se de volta para o salão.

Quase esbarrou em um homem que estudava mapas locais.

— Desculpe! Não estava olhando para onde ia.

Ele sorriu para Shelby.

— Nem eu. Parece estar com fome.

Levou um instante até ela entender, e riu.

— Serviço de entrega.

— Então deve conhecer a região.

— Nasci e cresci aqui, então, sim, conheço. Está perdido?

— Não exatamente. Vim passar alguns dias na cidade. Queria tentar fazer a trilha Rendezvous, ver a cachoeira Miller, o mirante Bonnie Jean e o rio Dob. Queria almoçar, mas estou perdido.

— Posso ajudar. — Shelby virou o mapa para analisá-lo. — Siga esta estrada, a que estamos agora, até sair da cidade, passe pelo hotel e vire à esquerda na bifurcação. Viu?

— Sim. — Olhando para baixo, o homem confirmou lentamente com a cabeça. — Certo.

Ela lhe deu mais orientações e sugeriu Sid & Sadie para o almoço.

— Muito obrigado.

— De nada. E aproveite sua estada em Ridge.

— Pode deixar.

Quando Shelby saiu apressada pela rua, o homem dobrou o mapa e guardou-o no bolso, junto com as chaves que tirara discretamente da bolsa dela.

Parte III

O verdadeiro

♦ ♦ ♦

"Não pode amar quem não revela amor."

WILLIAM SHAKESPEARE

Capítulo 21

◆ ◆ ◆ ◆

No FINAL do expediente, Shelby esvaziava a bolsa pela segunda vez.

— Juro que elas estavam aqui. Sempre as guardo no bolso lateral para não precisar procurar.

— Crystal foi dar uma olhada lá nos fundos de novo — disse Viola enquanto procurava sob as cadeiras das manicures. — Será que não estão mesmo dentro do carro? Podem ter caído hoje cedo. Vou ligar para Sid e para a Pizzateria de novo. Você estava cheia de sacolas, querida, e pode tê-las deixado cair enquanto pegava a comida.

— Obrigada, vovó. Tenho uma chave reserva do carro em casa, mas estou com medo de ter perdido o chaveiro todo. Lá tem as chaves da minivan, da casa de mamãe, do bar, daqui. Se não o encontrar, todo mundo vai precisar trocar a fechadura. Não sei como pude ser tão descuidada.

Ela passou a mão pelos cabelos, e o telefone sobre o balcão da recepção, onde o conteúdo de sua bolsa fora espalhado, começou a tocar.

— É da Pizzateria. Oi, aqui é Shelby. Você... Ah, obrigada! Sim, vou agora mesmo. Muito obrigada.

— Agora pode parar de se preocupar com as pessoas tendo que trocar de fechadura — observou Vi.

— Que alívio! — Isso fez com que o aperto que sentia no peito sumisse. — Devo ter deixado o chaveiro cair quando fui buscar o almoço, como você disse. Johnny contou que uma das garçonetes o encontrou debaixo do balcão da frente. Alguém deve tê-lo chutado lá para baixo sem perceber. Desculpe pelo trabalho.

— Não se preocupe. Vou avisar às meninas.

— Estou atrasada para buscar Callie. — Shelby jogou tudo de volta na bolsa. Depois arrumaria as coisas. — Contei que vou cuidar do Jackson amanhã? Assim, Clay pode passar o dia inteiro com Gilly e o neném, e arrumar a casa para quando voltarem do hospital. Parece que Jackson está precisando cortar os cabelos, então estava pensando em trazer ele e Callie aqui, se não houver problema.

— Adoro ver os meus bebês. Pode vir à hora que quiser. Encaixamos os dois na agenda. Talvez Callie possa fazer uma manicure de princesa, se tiver tempo.

— Então até amanhã.

Shelby deu um beijo na avó e saiu apressada.

Pegou Callie na escola e então, sabendo que os pais iam sair num encontro — não era fofo? —, decidiu, por impulso, passar na casa de Griff. A filha poderia brincar um pouco com o cachorrinho, e Griff poderia contar o que acontecera naquela madrugada.

Só depois de entrar na rua dele que lhe ocorreu que deveria ter mandado uma mensagem ou ligado. Aparecer de surpresa era arriscado, e, às vezes, falta de educação.

Mas não podia mudar de ideia, não depois de Callie se animar. Já tinha um pedido de desculpas pronto quando estacionou ao lado da picape.

Ele estava no quintal com o cachorro; virou-se para elas e sorriu. Snickers saiu em disparada na direção da minivan.

— Apareceram na hora certa. Acabei de chegar.

Shelby tirou Callie do carro, e, assim que a botou no chão, a garotinha se abaixou para abraçar o filhote, que se remexia de felicidade.

— Ei. Parece que já perdi o primeiro lugar. — Ele se agachou. — E eu?

— Griff. — Com um sorriso sapeca, Callie levantou os braços. Ela beijou sua bochecha, riu, e esfregou o rosto contra a barba por fazer. — Faz cócegas.

— Não sabia que ia receber visita de moças bonitas.

— Eu deveria ter ligado. É feio aparecer sem avisar.

— Não precisava. — Com Callie apoiada no quadril, Griff se inclinou para a frente antes mesmo de Shelby conseguir decidir se queria evitá-lo, e a beijou. — Nunca.

— O Shrek beija a Fiona, e aí ela vira quem é de verdade.

— Isso mesmo. Você é de verdade, ruiva?

— Até onde eu sei. Como vão as coisas? — Um pouco nervosa, Shelby se agachou para afagar Snickers.

— Hoje foi um dia bom. Ele se comportou. Acabamos a obra.

— Acabaram? — Shelby olhou para cima enquanto o cachorro lambia tudo que conseguia alcançar. — Na casa da mamãe? Minha nossa, ela vai ficar louca. Papai a buscou no salão hoje, eles foram a Gatlinburg visitar Gilly e o bebê, e depois vão ao cinema e jantar. Ela não sabe que terminaram.

— Vai saber quando voltar para casa. — Griff soltou Callie. — Ruivinha, me faça um favor. Corra um pouco com Snickers. Ele precisa fazer exercício.

— Vamos, Snickers! Você precisa de zercício.

— Estou pensando em tomar uma cerveja gelada. Quer?

— Melhor não, mas fique à vontade. Você merece depois de trabalhar até tarde para terminar o banheiro.

Griff pensou na ida a Gatlinburg e no anel. Mas havia jurado por tudo que era mais sagrado que não contaria nada antes de Matt falar com Emma Kate.

— Ah, bem...

— Só quis dar um pulinho aqui para deixar Callie feliz e te perguntar o que aconteceu ontem. As pessoas comentaram no salão.

— A fofoca não é rápida por aqui, ela simplesmente paira no ar. Não sei direito. — Ele olhou para a casa, descobriu que ainda estava com raiva. — Alguém entrou e baixou arquivos do meu computador.

— Por que... Ah, aposto que você faz todas as suas transações bancárias pela internet.

— Acertou. Está tudo bem. Mudei as senhas, não tem risco. Só achei estranho. Seria mais fácil entrar durante o dia e levar tudo. Mas invadir a casa no meio da madrugada, com um pen-drive? É esquisito. Me convenci a instalar um alarme. Além de agora ter um cão de guarda raivoso e mortal.

Shelby olhou para o ponto na grama onde Snickers cambaleava e rolava.

— Ele realmente é ameaçador. Acho melhor mesmo investir em segurança quando se está mais distante da cidade, apesar de quase nunca termos problemas. Tirando os que aconteceram nos últimos tempos. Às vezes, acho que eles me seguiram até aqui.

— Pare com isso.

Ela mudou de assunto.

— Vá pegar sua cerveja. Vou deixar Callie gastar energia com Snickers, se você não se importar. Depois vou levá-la para casa e fazer o jantar.

— Podíamos comer aqui.

— Eu adoraria, e Callie também, mas tenho um monte de coisas para fazer. E já estou atrasada, porque perdi minhas chaves e passei uma hora procurando por elas.

— Você sempre as guarda na lateral da bolsa.

Shelby levantou uma sobrancelha.

— Que observador.

— Você faz isso sempre.

— Bem, acho que não fiz hoje, porque elas foram parar embaixo do balcão da Pizzateria. Não sei como isso aconteceu. Tenho certeza de que não as tirei da bolsa enquanto estava lá, mas foi onde as encontraram.

— Você passou o dia inteiro com a bolsa?

— É claro. Bem, não estava *comigo* — corrigiu-se. — Não posso ficar carregando ela por aí enquanto trabalho.

— Vamos dar uma olhada no seu laptop.

— O quê? Por quê? — Shelby quase riu, mas um nervosismo repentino a impediu. — Você acha que alguém roubou minhas chaves da bolsa e depois as jogou embaixo do balcão da pizzaria?

— Vamos dar uma olhada. Provavelmente é paranoia minha. Callie pode correr com Snickers no seu quintal. Paro no caminho e compro o jantar.

— Eu ia comer o que sobrou do presunto de domingo de mamãe, e fazer purê de batatas e vagens salteadas na manteiga.

— Ah, é? Gostei da ideia, se tiver suficiente.

— Sempre tem suficiente. — Um bom cozinheiro sempre dá um jeito, e Shelby ia gostar de passar tempo com Griff. Mas... — Acha mesmo que alguém roubou as minhas chaves? Isso é loucura.

— Vamos só dar uma olhada para garantir.

Porque, loucura ou não, ele achava possível.

Griff trancou a casa, por mais que não fizesse diferença, e seguiu a minivan pelas ruas sinuosas — lançou um olhar irritado para o carvalho enquanto fazia a curva.

Pensou em Matt e se perguntou se o amigo já fizera a pergunta. Chegou à conclusão de que não, pois, quando o fizesse, Shelby com certeza receberia uma ligação ou uma mensagem de Emma Kate.

Esperava que isso acontecesse logo. Era capaz de guardar segredos, mas não gostava.

Griff olhou para Snickers, que, como qualquer cão que se dê ao respeito, passeava de carro com a cabeça para fora da janela, a língua voando alegremente. O cachorro fora um bom impulso.

Não demorou muito para convencer Callie a ir para o quintal. O paraíso infantil da menina incluía as bolhas de sabão, um filhote e o velho cachorro da família.

— Olhe só para Clancy, correndo como se também fosse criança. Acho que a visita de Snickers vai fazer com que perca uns cinco anos de vida.

— A mulher ainda tinha mais uns filhotes para vender.

— Acho que este é suficiente por enquanto. Vou pegar meu laptop para ficarmos mais tranquilos. Vai querer a cerveja?

— Aceito.

Enquanto esperava, Griff considerou as possibilidades. Se o computador de Shelby tivesse sido invadido, como o dele, isso significaria que Ridge era lar de algum ladrão cibernético. Essa talvez fosse a hipótese que fazia mais sentido.

Mas era estranho que justamente os computadores dos dois fossem alvos, ainda por cima em um intervalo de tempo tão curto. Isso parecia mais pessoal, mais direto.

Deixou as suposições correrem por sua mente enquanto se apoiava na porta da cozinha, observando os cães brincarem de cabo de guerra com o brinquedo caseiro que ele fizera, enquanto Callie dançava ao redor dos dois, envolta numa nuvem de bolhas de sabão.

Ir morar em Ridge não fora um impulso como o cachorro. Ele pensara bastante antes de se mudar, considerara todos os fatores, os pontos positivos e negativos. Mas a decisão fora, como Snickers, boa.

A vida era boa naquela cidade. Mais tranquila do que em Baltimore, mas ele gostava de tranquilidade. Havia alguns choques culturais ocasionais, mas Griff era capaz de se adaptar e se ajustar.

Não era interessante — ou fortuito — que Shelby tivesse voltado para casa meses depois dele se mudar? Talvez a palavra do dia devesse ser "sorte".

— Ah, Griffin!

— O quê? — Ele se virou. — Alguém invadiu seu computador também?

— Não sei, não olhei. A *Suíte* — disse Shelby com um florejo, em letras maiúsculas. — Ficou maravilhosa, *espetacular*. Tinha certeza de que ficaria, acompanhei a obra. Mas o produto final é... vou precisar ter uma caixa de lenços à mão, porque mamãe vai chorar baldes de alegria e felicidade quando vir o banheiro. Está perfeito, do jeito que ela queria. E vocês deixaram tudo limpinho.

— Faz parte do trabalho.

— E com flores.

— Também faz parte do trabalho para clientes especiais.

— Sua cliente especial vai chorar de alegria e tomar um banho naquela banheira no instante em que pisar em casa. Quando eu comprar uma casa, vocês estão contratados.

— Vou colocar você na lista. Agora, vamos dar uma olhada nisso aí.

— Tudo bem.

Shelby colocou o laptop sobre a bancada e o ligou.

— Fez algum download ou atualizou alguma coisa hoje?

— Clay mandou algumas fotos do bebê por e-mail hoje cedo, mas só.

— Vejamos. — Griff apertou algumas teclas, abriu o histórico de navegação. — Você abriu algum desses documentos ou entrou em algum desses sites hoje à tarde?

— Não. — Ela levantou uma mão e esfregou a garganta. — Não, não toquei no computador desde esta manhã, e só olhei o meu e-mail.

— Shelby, alguém acessou esses sites e documentos. E dá para ver que os dados foram enviados para outro lugar. Copiados.

— Igualzinho aos seus.

— Sim, igual aos meus. — Aqueles olhos verdes espertos esboçaram irritação. — É melhor ligar para o seu irmão.

— Sim. Meu Deus. Quem faria uma coisa dessas? Preciso checar se... Preciso checar minha conta bancária.

— Então faça isso. Eu ligo para Forrest.

Ele se afastou para fazer o telefonema.

— Está tudo lá. — A voz de Shelby soava trêmula de alívio. — Tudo continua lá.

— Forrest está a caminho. É melhor trocar as senhas. Mas...

Ela olhou pra cima enquanto começava a seguir a orientação de Griff.

— Mas o quê?

— Acho que, se alguém fosse tirar dinheiro da sua conta, já teria feito isso. Eu troquei as minhas senhas minutos depois da pessoa ter invadido o meu computador, mas ela teve horas para limpar a sua conta, se fosse esse o objetivo por trás de tudo.

— E que outro objetivo teria?

— Informação, talvez. E-mails, contas bancárias, sites que acessamos, agendas. A minha vida toda está naquele computador. Nós... nós estamos juntos, não é, eu e você?

— Eu... eu acho que estamos. — Era estranho dizer isso em voz alta.

— E os nossos computadores foram invadidos com aproximadamente 12 horas de intervalo. Talvez seja melhor dar uma olhada no seu quarto, garantir que não há nada faltando ou fora do lugar. Eu vigio Callie.

Com um aceno de cabeça, Shelby saiu apressada.

Griff voltou a olhar para os fundos da casa. Tudo estava bem naquele universo. A menininha linda, bolhas de arco-íris e dois cachorros felizes, tudo cercado por montanhas verdes cheias de nuvem.

Mas, do lado de fora, algo estava muito errado.

$\mathcal{D}$EMOROU UM POUCO porque Shelby queria ter certeza. Mas não encontrou nem um fio de cabelo fora do lugar.

— Nada. — Ela voltou para a cozinha, esperou que Griff se virasse do seu posto na porta. — Tudo está onde deveria estar. Dei uma olhada no escritório de papai, e acho que alguém esteve lá também. Não parece que tenham copiado nada, mas há buscas realizadas em horários que ninguém estava em casa.

— Certo. Por que não senta por um instante?

— Tenho que fazer o jantar. Callie precisa comer.

— Que tal uma cerveja?

Shelby negou com a cabeça, e então suspirou.

— Acho que uma taça de vinho cairia bem. Estou tão nervosa. Nem consigo explicar o quanto estou de saco cheio de me sentir assim.

— Nem parece. Este serve? — Griff pegou uma garrafa de vinho tinto com uma grande rolha de vidro azul da bancada.

— Acho que sim.

Ele saiu em busca de uma taça enquanto Shelby pegava batatas para descascar.

— Você disse que achava que isso era mais pessoal. — Ela deixou que a tarefa simples a acalmasse e tentou pensar objetivamente. — A primeira pessoa em que pensei foi Melody, mas sinceramente não a imagino fazendo algo assim. É complicado demais.

— Não foi Melody. Ela sempre recorre a vandalismo ou violência.

Shelby descascou rapidamente uma batata.

— Você está pensando que as invasões tiveram a ver com o que houve com Melinda, mas também foi um ato de violência. Não dá pra ficar mais violento do que um assassinato.

— Estou considerando as conexões, e como uma coisa se encaixa na outra.

— Richard. — As mãos dela ficaram imóveis por um instante, enquanto olhava para cima. — Richard foi a raiz de todos os problemas, e todos os problemas que você teve apareceram por minha causa.

— Não por sua causa, ruiva.

— Foi sim — insistiu Shelby. — Não estou assumindo a culpa. Passei tempo demais aceitando responsabilidade por coisas que não fiz, por coisas que não era capaz de controlar, mas não é possível mudar os fatos. Nem as conexões — afirmou ela, passando para a próxima batata.

— Certo. Se pensarmos nas conexões... — Griff se interrompeu quando ouviu a porta da frente batendo. — Deve ser Forrest. Vamos deixar o profissional lidar com o problema.

— Eu adoraria.

O policial entrou na cozinha e pegou uma cerveja na geladeira.

— Expliquem o que aconteceu.

— Alguém roubou as minhas chaves e as usou para entrar na casa. Invadiram o meu computador, que nem aconteceu com Griff. Não achei mais nada fora do lugar, e guardo um pouco de dinheiro na primeira gaveta da cômoda.

— Que seria o primeiro lugar que um bandido procuraria. Tire de lá. Uma embalagem de absorventes é o lugar mais seguro.

— Vou manter isso em mente, mas é óbvio que a pessoa que entrou aqui não estava procurando dinheiro ou coisas valiosas.

— Informações são valiosas. Onde estavam suas chaves?

— Dentro da bolsa.

— Vamos, Shelby, colabore.

— Tudo bem, tudo bem. — Ela respirou fundo, pegou a taça de vinho. Sentindo-se mais calma, voltou a descascar batatas enquanto narrava os eventos do dia. — Sei que estava com elas quando ensaiei. Uso a chave que Derrick me deu para entrar no bar mais cedo, antes das pessoas chegarem para trabalhar. Foi o que fiz hoje. O lugar estava vazio quando fui embora, então as usei para trancar a porta, guardei-as na lateral da bolsa, como sempre. Sempre faço isso. Não sou descuidada.

— Nunca foi. Shelby nasceu com uma alma organizada — disse Forrest a Griff. — Talvez você não entenda por que ela guarda as coisas em determinados lugares, mas ela vai lembrar onde estão.

— Economiza tempo. Fui para o salão, deixei a bolsa atrás do balcão da recepção. Ninguém pegaria as minhas chaves enquanto estava lá, Forrest. Conheço todas as meninas que trabalham ali, e a maioria das clientes. Quero dizer, das clientes habituais. Atendemos turistas e tal, mas seria quase impossível que uma delas fosse atrás do balcão, remexesse minha bolsa e saísse com as chaves sem ninguém perceber. O dia não foi cheio hoje.

— Então a bolsa ficou atrás do balcão até a hora que voltou para casa e não conseguiu encontrar as chaves?

— Sim. Quero dizer, não. Levei a bolsa comigo quando fui pegar os pedidos de almoço. Então ela estava comigo quando fui ao Sid & Sadie, depois a Pizzateria, onde, de alguma forma, acabaram embaixo do balcão. Achei que as tivesse deixado cair.

— E era isso mesmo que você deveria ter concluído, e o que continuaria acreditando se o nosso policial honorário não tivesse prestado atenção.

— Não foi difícil de ver a conexão — disse Griff.

— Eu não teria percebido — corrigiu Shelby. — Não teria nem parado para pensar nisso.

— Você esbarrou em alguém quando estava pegando os pedidos? — perguntou Forrest.

— Não. — Com a testa franzida, Shelby refez seu caminho mentalmente, como fizera várias vezes enquanto procurava as chaves. — Fui buscar o almoço depois da confusão, porque Jolene apareceu para pedir desculpas, e isso tomou algum tempo. Acho que alguém poderia ter enfiado a mão na minha bolsa, mas eu provavelmente perceberia. Quase esbarrei em um cara — lembrou ela. — Já estava ficando tarde, então apertei o passo, e quase acertei um homem que queria saber qual era o melhor caminho para chegar à trilha Rendezvous.

— Uhumm. Ele pediu orientações?

— Sim. Está visitando a cidade e queria... — Shelby fechou os olhos. — Ai, meu Deus. Sou uma idiota. Sim, ele perguntou qual era o melhor caminho, eu mostrei no mapa, e estava com as mãos cheias de sacolas. Voltei para o salão depois, larguei a comida, guardei a bolsa e fui distribuir os pedidos. Foi a única hora em que alguém poderia ter mexido nas minhas coisas. Quando a bolsa estava pendurada na droga do meu próprio ombro.

— Como ele era? — quis saber Griff, e então olhou para o policial. — Desculpe.

— Sem problemas. Essa era mesmo a próxima pergunta.

— Alto. Precisei olhar para cima. Ah... esperem um pouco. — Shelby levou as batatas para a pia, lavou-as, colocou-as sobre a tábua e começou a cortá-las. — Branco, uns 40 e poucos anos. Estava de óculos escuros. Eu também, o dia estava ensolarado. Ele usava boné.

— De que cor? Tinha algum logotipo?

— Acho que era marrom. Não lembro se tinha algum desenho ou coisa assim. Os cabelos eram escuros; não pretos, mas castanho-escuros, um pouco compridos. Meio que cacheavam ao redor das orelhas. A barba e o bigode eram meio grisalhos. Bem-aparados. Ele parecia... um professor de faculdade que jogava futebol americano.

— Era um cara grandalhão?

— Isso. Grandalhão, forte. Não era gordo nem flácido. — Shelby colocou as batatas na água para ferver.

Fazendo que sim com a cabeça, Forrest pegou o celular, mexeu nele.

— Que tal este?

Ela olhou para a foto; a foto de James Harlow.

— Não, o cara era mais velho.

— Com barba grisalha?

— É, e... tinha mesmo cara de professor.

— Olhe de novo, tente imaginá-lo de barba, cabelos mais compridos. Como se desenhasse essas coisas sobre o rosto dele.

— Costumava fazer isso quando era pequeno — comentou Griff, e estudou a imagem por cima do ombro de Shelby.

— Eu não... Ele tinha sobrancelhas mais grossas, escuras, como os cabelos, e... Meu Deus, eu sou *mesmo* uma idiota.

— Adoro chamar você de idiota. Faz parte do meu papel de irmão, mas não é este o caso.

— Eu estava no meio da calçada, conversando com Jimmy Harlow, tão perto quanto estou de você, e nem pensei nisso, a ideia nem passou pela minha cabeça. Mesmo enquanto o homem tirava as chaves da minha bolsa.

— É o que ele faz da vida — lembrou Forrest a ela. — O sujeito mudou a aparência, e a pegou em um momento de distração, perguntou algo inofensivo. Fez com que prestasse atenção no mapa para conseguir te roubar, e, depois de usar as chaves, certificou-se de que as encontraria num lugar que fizesse sentido. Você acharia que tudo foi um acidente por causa da pressa, e nunca verificaria o notebook.

— O que ele queria encontrar? O que está procurando?

Forrest levantou uma sobrancelha para Griff.

— O que você acha, meu amigo?

— Acho que ele queria saber se nós temos milhões de dólares escondidos em algum lugar, ou se sabemos onde encontrá-los.

— Por que você? — quis saber Shelby. — Entendo porque Harlow chegaria à conclusão de que eu sei de alguma coisa. Talvez até mesmo acredite que seria impossível eu não saber.

— Passamos bastante tempo juntos desde que você voltou.

— Eu sei que está dormindo com a minha irmã — comentou Forrest. — Seus eufemismos estão sendo desperdiçados. Você volta para Ridge e logo se engraça com esse daí — disse para Shelby —, que se mudou para cá há pouco tempo. Uma pessoa, especialmente uma que vive de aplicar golpes, iria se perguntar se vocês não se conhecem há mais tempo.

— Ele matou Melinda Warren, então está sozinho — considerou Griff.
— Ficaria com a grana toda, mas precisa encontrar as joias e os selos antes.
Você é a única conexão que ele tem, ruiva.

— Não sei onde nada disso está. Se Richard vendeu tudo e gastou o dinheiro, se enterrou ele em algum canto ou se depositou numa conta bancária na Suíça. Esse sujeito não conseguiu encontrar nada no meu computador. Nem no seu, Griffin.

— Vamos torcer para isso ser suficiente — disse Forrest —, mas é melhor não contarmos com essa hipótese. Vou falar com o xerife, contar a história toda. O que temos para o jantar?

— Presunto, purê de batatas e vagens salteadas na manteiga.

— Parece delicioso. Aquele é o seu cachorro, Griff? O filhote que comprou de Rachel Bell?

— Sim. Snickers.

— Ele está começando a cavar as flores da minha mãe. Ela vai esfolar vocês dois vivos por isso.

— Ah, merda. — Griff saiu voando como uma bala para o quintal, chamando o cachorro.

Forrest sorriu, apoiando-se na bancada.

— Não gosto de pensar que minha irmã está fazendo sexo.

— Então não pense nisso.

— Estou me esforçando bastante. É mais difícil — continuou ele — se dar bem com algumas pessoas de cara, antes de conhecê-las o suficiente para saber se quer mesmo ser amigo delas ou não. Com outras, algo parece se encaixar, é quase como se você se lembrasse delas de algum lugar. Sabe-se lá de onde, mas algo se encaixa. Entende?

— Acho que sim.

— Com Griff, algo se encaixou. Demorei mais tempo para me aproximar de Matt; acho que teríamos ficado amigos com o tempo. Mas Griff agilizou o processo. — Tirando o telefone do bolso, Forrest discou um número. — O que quero dizer é que ele é meu amigo, um bom amigo, e, conhecendo o tipo de homem que é, sei que você merece muito mais alguém como Griff do que alguém como aquele último cara. Sim, xerife, espero não estar atrapalhando o seu jantar — disse Forrest para o aparelho, e se afastou enquanto dava o relatório.

$\mathcal{D}$EPOIS DO JANTAR, que acabou gostoso mesmo sem Shelby prestar atenção ao que cozinhava, ela expulsou Griff e Callie da cozinha, mandando-os caçar vagalumes. Os primeiros da noite brilhavam suas luzes amarelas contra a escuridão, abrindo caminho para a multidão de insetos que iluminaria as montanhas e as florestas nos meses mais quentes.

O verão com certeza se aproximava, e o inverno cheio de neve do Norte desaparecia até se tornar uma fantasia distante e fora daquele mundo. Algo que acabara quase no momento que começara.

Shelby pensou no quanto quisera deixar aquilo para trás; porém, apesar dos vagalumes, do belo jardim das fadas e do verde cada vez mais intenso das montanhas, algo frio a seguira até o Sul. Sua filha podia estar dançando com as luzinhas no quintal, segura sob os olhos do homem com quem ela estava... envolvida. O irmão já havia partido para investigar o ocorrido. Mas a sombra estava lá, seguindo-a, e Shelby não podia mais fingir que ela não existia.

Havia saído da cidade atrás de aventura, amor e de um futuro empolgante; voltara decepcionada e cheia de dívidas. Havia outros problemas, ainda piores, e teria que enfrentá-los também.

Queria ter a droga dos milhões de dólares. Embalaria a fortuna com um papel de presente bonito, daria um laço e a entregaria para Jimmy Harlow sem nem pensar duas vezes.

Vá embora, pensou. Vá embora e me deixe cuidar da vida que consigo me imaginar tendo.

Não fazia ideia do que Richard fizera com aqueles selos e joias, ou com o dinheiro que teria conseguido com a venda deles. Como poderia saber, quando nunca conhecera de verdade o próprio marido? Ele usara um disfarce durante o casamento, assim como fez Jimmy Harlow naquela tarde.

Shelby nunca desconfiara. Talvez tivesse visto o homem real de relance, nas sombras, mas nunca por inteiro.

Sabia agora o que Richard via quando olhava para ela. Uma boba — um alvo, como eles a chamavam. Alguém útil, talvez valioso por um tempo, e que, depois de usado, seria descartado sem nem pestanejar.

Mas ela estava se livrando das dívidas, não estava? Tomara o controle, tomara atitude. Daria um jeito de fazer o mesmo com a situação atual.

Não passaria a vida sendo assombrada pelas ações de um homem que a usara, que mentira e que fora um desconhecido.

Shelby guardou o último prato e decidiu que tomaria, sim, outra taça de vinho. Deixaria Callie brincar um pouco mais antes de tomar banho e dormir, um tempo a mais dançando com as luzinhas. No dia seguinte começaria a bolar um plano para tirar o passado da sua vida, de uma vez por todas.

Serviu o vinho, e ia na direção da porta quando o telefone apitou.

Ela o tirou do bolso, vendo que era uma mensagem de Emma Kate.

Eu vou casar! Puta merda! Não sabia que queria até ele pedir. Ganhei um anel, e estou doida de felicidade. Preciso conversar com você amanhã — agora estou muito ocupada. Estou mandando isto do banheiro, antes de me ocupar de novo. Ai meu Deus e ai que merda! Vou me casar. Preciso ir.

Shelby releu a mensagem, sentiu seu sorriso aumentando, ficando mais radiante. Sua melhor amiga parecia eufórica.

Estou tão feliz por você!, enviou como resposta. *Doida de felicidade. Vá se ocupar. Estou com inveja, por que não sei quando será a próxima vez que vou ficar ocupada. Conversamos amanhã. Quero saber cada detalhe. Amo você. Diga a Matt que ele é o cara mais sortudo do planeta.*

Shelby enviou a mensagem, e foi dançar com as luzinhas no quintal.

Capítulo 22

◆ ◆ ◆ ◆

SHELBY SE encontrou com Emma Kate no parquinho, deixando Callie e Jackson brincando.

— O doutor foi um amor, me deu uma hora de intervalo. Ele sabia o quanto eu queria conversar com você. Olhe!

A amiga esticou o braço, e o diamante em lapidação princesa brilhou ao sol.

— É lindo. É perfeito.

— E a cravação é embutida. Viu como o diamante fica cercado pelo anel, sem espetar para fora?

— Sim. Achei maravilhoso, Emma Kate.

— Matt explicou que escolheu este porque não prenderia nas coisas enquanto trabalho com os pacientes. Adorei que tenha pensado nisso. E é exatamente do meu tamanho. Ele disse que usou um dos meus anéis para ver se caberia. Foi ideia de Griff.

— Fiquei sabendo um pouco da história quando falei com ele depois de receber a sua mensagem. Griff não deixou escapar um pio sobre ter ido com Matt comprar o anel.

— Matt diz que ele é um túmulo quando você pede para que guarde um segredo.

— Quero saber todos os detalhes. Opa, só um minuto. — Shelby foi correndo até Jackson, que havia caído. Depois de tirar a poeira do menino e dar um beijo em seu joelho, ela pegou um caminhãozinho na bolsa para que o sobrinho pudesse se ocupar na caixa de areia. — Isso vai distraí-lo por um tempo. Callie gosta de mandar nele, algo normal quando se é o mais velho.

— Conversamos sobre ter filhos. Queremos esperar um pouco, mas talvez daqui a um ou dois anos... Meu Deus, casada, com filhos. — Rindo, Emma Kate pressionou ambas as mãos contra o coração, deixando os ombros subirem e descerem. — Mal posso acreditar.

— Você quer isso tudo.

— Com Matt, quero. Ontem ele me mandou uma mensagem dizendo que sairia do trabalho um pouco mais tarde, mas que compraria o jantar. Levou vinho também, e flores. Acho que devia ter imaginado que alguma coisa ia acontecer, mas só pensei que era bom tomarmos um vinho, com flores na mesa, sem a preocupação de cozinhar. Comecei a falar sobre precisar ir ao salão, fazer alguma coisa diferente com os cabelos, e ele disse que eu era linda. Que tudo em mim é lindo. Achei que ele só estava querendo me levar pra cama.

— Emma Kate!

— Não é que ele nunca fale esse tipo de coisa, mas foi a *forma* como disse. O que eu pensei foi que estava tão cansada e que era tão bom não precisar fazer comida. Estava me sentindo tão bem depois de duas taças de vinho. Então, quem sabe, ir para cama com ele seria algo que deixaria os dois felizes. — Pressionando a mão contra o coração mais uma vez, ela suspirou. — E acabou que esta última parte aconteceu, mas, antes... Antes, ele pegou a minha mão e olhou para mim. Juro, Shelby, estamos juntos há quase três anos, mas meu coração deu uma cambalhota. Deu mesmo, e depois deu outra quando Matt falou o quanto me ama. Falou que dou sentido a tudo na vida dele, e que estar comigo, compartilhar uma vida comigo, é tudo que ele quer. O homem se ajoelhou e tudo!

— Que lindo! Emma Kate, você conseguiu um conto de fadas.

— Também estou achando, e nunca esperei por nada daquilo, nunca achei que sentiria o que senti quando Matt me mostrou aquele anel.

— Quero saber o que ele disse. Como foi?

— Ele disse... ele só disse: "Case comigo, Emma Kate. Passe sua vida comigo." — Os olhos dela se encheram de lágrimas e sua voz embargou. — "Construa uma vida comigo."

— Ah. — Shelby pegou lenços de papel para as duas. — Foi perfeito.

— Eu sei. Perfeito. Então respondi que sim. Sim, quero me casar com você. Sim, quero passar minha vida com você. Sim, quero construir uma vida com você. Então Matt colocou o anel no meu dedo, e ele coube. Eu estava tão feliz que me debulhei em lágrimas, que nem agora.

Ela suspirou, apoiou a cabeça no ombro de Shelby.

— Queria falar com você ontem à noite, mas...

— Vocês estavam ocupados.

— Muito, muito ocupados.

Callie foi até as duas, deu um tapinha nas bochechas molhadas de Emma Kate com as duas mãos.

— Lágrimas alegres?

— Isso mesmo, querida. Lágrimas muito, muito alegres. Vou casar com Matt, e isso me deixa muito feliz.

— Eu vou casar com Griff.

— Ah, é?

— Aham. Eu *amo* ele.

— Sei exatamente como se sente. — Balançando de um lado para o outro, ela abraçou a menina. — Exatamente. Quer saber de uma coisa, Callie? Acho que você deveria ser minha dama de honra.

Os olhos da garotinha se arregalaram. Em um murmúrio reverente, ela disse:

— Mamãe!

Com medo de começar a chorar de novo, Shelby colocou Jackson e seu caminhão de areia no colo.

— Minha nossa, Callie, isso é uma grande honra. Você nunca foi dama de honra.

— E eu nunca fui noiva, então é perfeito — decidiu Emma Kate.

— Posso ganhar um vestido novo e sapatos brilhantes?

— Nós *duas* vamos ganhar vestidos novos e sapatos brilhantes. E sua mãe também. Você vai ser a madrinha, não é, Shelby?

— Sabe que sim. — Mais feliz do que tudo, ela jogou os braços ao redor da amiga, prendendo as crianças entre as duas. — Você sabe que sim. Vou organizar o melhor chá de panela que já aconteceu no estado do Tennessee. Como planejamos quando éramos garotas. Já escolheram uma data?

— Se dependesse da minha mãe, seria amanhã, ou daqui a dois anos, para que ela pudesse me enlouquecer com os planos de fazer a recepção na mansão do governador, no mínimo.

— Você é a única filha dela. — Assim como Shelby, pensou ela com uma pontada de culpa. — Mães ficam animadas com o casamento da única filha.

— Minha mãe nasceu animada. Já está falando de vestidos, temas, salões de festa e listas de convidados. Matt e eu queríamos um casamento pequeno e discreto no outono, mas agora que mamãe já se meteu, concordamos com uma festa maior, em abril. Então serei uma noiva da primavera.

— Vai ser lindo. Ah, vamos dar uma festa de noivado, Emma Kate. Todo mundo gosta de uma bela festa.

— Eu quero uma festa — interferiu Callie.

— É claro que quer. Também quer uma, Jackson?

— Vou ganhar presentes?

— Se não houvesse presentes, não seria uma festa.

— Mamãe pensou nisso antes de você. Não consegui a convencer de dar um churrasco. Não, ela quer um evento chique, e já está planejando usar o hotel. Estou deixando que faça o que quiser porque sou eu quem vai decidir tudo o mais. E vou ser enfática nisso. Estou contando com você para me ajudar a controlá-la.

— Pode deixar. Que tal empurrarmos vocês nos balanços? — perguntou Shelby para as crianças.

— Quero ir alto! — Callie foi correndo para seu assento.

— Não faz sentido brincar no balanço se não for para ir alto. — Shelby apoiou Jackson no quadril. — Vamos empurrá-los, futura noiva, e, enquanto isso, discutiremos vestidos.

— Um dos meus assuntos favoritos atualmente.

$\mathcal{S}$HELBY NÃO CONTOU a Emma Kate sobre as chaves e sobre o laptop. Não queria estragar a felicidade do momento. Mas ficou remoendo o assunto na sua mente.

Depois que deu comida às crianças e deixou que tirassem a soneca da tarde — aleluia! —, sentou-se diante do computador. Negócios primeiro, ordenou a si mesma, meticulosamente pagando contas, ajustando a planilha, calculando quanto faltava para quitar o próximo cartão de crédito.

O valor continuava alto.

As vendas da loja de segunda mão tinham diminuído — o que não era inesperado —, e lembrou a si mesma o tamanho do buraco que elas ajudaram a tampar.

Tentou não pensar no quanto era humilhante saber que um desconhecido copiara todos os seus problemas — os e-mails, a correspondência com o advogado e a receita federal, a planilha, as contas que lentamente eram pagas.

Disse a si mesma que não devia deixar que aquilo a afetasse. Pensaria no lado positivo. Analisar sua tragédia financeira mostraria a Jimmy Harlow que, se ela tivesse acesso a milhões, não estaria contando moedinhas para pagar dívidas.

O homem iria embora, não iria? Com certeza sabia que corria o risco de ser pego e voltar para a cadeia se chegasse perto demais.

Porém, mais uma vez, precisava considerar que milhões de dólares eram um incentivo poderoso.

E a sede de vingança era outro. Shelby compreendia isso. Era uma sensação que a acompanhara nos últimos meses.

Tome uma atitude, pensou, comece uma lista.

Deu uma olhada nas fotos que separara em uma pasta. Será que Harlow faria o mesmo? Estaria o homem estudando os anos que ela passara com Richard através das fotografias? E por que Shelby não apagara aquelas imagens do marido, dos dois, em Paris, Trinidad, Nova York e Madri? Em todos aqueles lugares.

Em todos aqueles lugares, pensou novamente.

Será que pegou os objetos que roubara e escondeu nas cidades que visitavam? Em outros cofres bancários ou armários em aeroportos, guardando-os ou vendendo-os aos poucos?

Shelby tinha fotos para contar aonde tinham ido e quando.

E então Atlanta, onde ficaram por mais tempo. Ou onde ela ficara, concluiu. Richard continuara saindo em suas "viagens de negócios". E Shelby levava o bebê às vezes, quando o marido insistia para que saíssem juntos de férias.

— Aonde ia quando eu não estava junto? — perguntou-se. — E por que, em alguns casos, levava a esposa e a filha por quem não se interessava?

Shelby se levantou, andou pela cozinha, abriu a porta para arejar o cômodo e deu outra volta.

Um disfarce, é claro. Era a única utilidade que ele tinha para as duas. Eram apenas mais um disfarce. Quanto o marido roubara durante aquelas viagens em família? Não queria nem pensar nisso.

Mas teria que pensar.

Shelby se sentou novamente, adicionando as fotos à lista. Tentou voltar no tempo, se ver naqueles lugares. Mas, meu Deus, tantas vezes estivera tão estressada e cansada, tentando lidar com um bebê num lugar estranho, numa cidade que não conhecia nem falava o idioma.

Dedicou-se ao que tinha, escrevendo observações, tentando se lembrar das pessoas a quem Richard a apresentara, ou em homenagem a quem pedira que organizasse festas. Pessoas ricas, pensou. Mas, por outro lado, na época, também acreditara que eles próprios fossem ricos.

Seriam alvos? Comparsas?

Talvez as duas coisas.

Ela pulou na cadeira quando ouviu passos, e, com o coração na boca, girou para pegar uma faca na bancada.

— Shelby? Shelby Anne?

— Mamãe. — Suspirando, guardou a faca e colocou um sorriso no rosto enquanto a mãe entrava na cozinha.

— Aí está você. Onde estão os meus anjinhos?

— Tirando uma soneca depois de terem passado o dia no parquinho. Mas devem acordar logo, e provavelmente vão querer um lanche.

— Vou cuidar disso. Veja, tirei mais fotos do bebê hoje, quando fui ao hospital de manhã. — Ada Mae pegou o celular e grudou na filha enquanto Shelby passava as imagens. — Ele é um príncipe. Tem o queixo do pai, viu? Passei na casa de Clay e dei um jeito nas coisas, porque Gilly e Beau vão receber alta amanhã.

— Que ótimo! Ela vai adorar estar em casa com Jackson e o bebê.

— Se deixassem, ela sairia de lá agora, mas se deu por satisfeita em ser liberada amanhã. Comprei o basset de pelúcia mais fofo para deixar no berço de Beau, e coloquei flores no quarto para Gilly. O quarto do bebê está uma graça. Fiz duas limpezas de pele no salão. Mais tarde, vou fazer espaguete para deixar lá, porque Gilly gosta da minha receita. Assim, ninguém precisa se preocupar com o jantar de amanhã.

— Você não é apenas a melhor mãe, como também é a melhor sogra.

— Sou apaixonada por Gilly. Mas agora, quero passar o restante do dia com os meus outros dois netos. Vá fazer alguma coisa divertida. Ande!

— Mamãe, você foi até Gatlinburg e voltou nem sei quantas vezes nos últimos dois dias, papariou Clay, foi trabalhar e ainda planeja fazer jantar para que eles não precisem cozinhar.

— Isso mesmo. — Radiante de alegria, Ada Mae tirou a jarra de chá da geladeira. — E agora vou aproveitar o restante do dia. Ah, também fiz umas compras. Comprei as roupinhas de bebê mais lindas para aquele menino. E comprei um brinquedo de irmão mais velho para Jackson, e um presentinho para Callie.

— E também é a melhor vovó. Mamãe, você mima todo mundo.

— Sou boa nisso. — Ela serviu o chá em dois copos cheios de gelo, tirou um pouco de hortelã do vaso no parapeito da janela. — Não me lembro de já ter me sentido tão feliz. Não há nada como um bebê novinho em folha. E agora tenho uma suíte digna de capa de revista. Juro que teria dormido naquela banheira ontem se pudesse. Minha filhinha e a filhinha dela estão em casa comigo. Meus filhotes estão felizes e em casa, e meu marido ainda me leva para sair. Tenho tudo que poderia desejar.

Ada Mae entregou o copo a Shelby, dando-lhe um beijo na bochecha.

— Agora, vá conquistar o seu.

— O meu o quê?

— O seu tudo. Começaria convidando aquele rapaz bonito e talentoso para sair. Então, compraria alguma coisa bonita para vestir.

Shelby pensou na planilha.

— Tenho roupas suficientes.

— Uma coisinha nova de vez em quando deixa a vida mais feliz. Você trabalha duro, Shelby. Sei que tem contas para pagar, e sei que estava sentada na frente desse computador se preocupando com isso. Eu a criei para ser inteligente e responsável, mas pode confiar... — Ada Mae colocou as mãos no quadril, da mesma forma que Viola fazia. — Sua mãe está te dizendo para sair e comprar um vestido novo. Faça um agrado para si mesma com o seu próprio dinheiro. Vai ver como isso é divertido. E então deixe que Griff te divirta mais um pouco. Vou chamar Suzannah e Chelsea para virem aqui mais tarde, e as meninas podem fazer uma festa do pijama. Faça o mesmo.

— Devo fazer uma festa do pijama?

Depois de soltar uma gargalhada, Ada Mae tomou um gole do chá.

— Vamos usar esses termos na frente das visitas. Ande, compre um vestido, vá se embelezar no salão e surpreenda Griff.

— Você sabe que eu te amo, mamãe.

— É melhor amar mesmo.

— Mas não acho que te diga o bastante o quanto você é incrível. Além de ser a melhor mãe, avó e sogra.

— Ora, isso é a cereja no topo do meu bolo de chocolate de hoje. — Ela apertou a filha.

— Só vou guardar isto aqui. Não estava pagando contas, e estou indo bem nesse aspecto, então não precisa se preocupar. Acho que estava tentando entender as coisas, olhando fotos da minha época com Richard. Queria me lembrar dos lugares que visitamos, quando e por quê.

— Vocês viajavam bastante, e isso é uma coisa que não podem te tirar. Eu adorava receber cartões-postais, cartas e e-mails dos países que vocês visitavam.

— Imagino que não os tenha guardado.

— Pelo amor de Deus, é claro que guardei. Está tudo dentro de uma caixa.

— Mamãe, você é maravilhosa. Posso dar uma olhada? Eu te devolvo tudo depois que acabar.

— A caixa está na prateleira do meu armário. Ela é azul com tulipas brancas. Tem uma etiqueta.

— Obrigada, mamãe. — Shelby lhe deu um apertão. — Obrigada.

$\mathcal{E}$LA FOI MESMO ÀS COMPRAS, e levou um vestido levinho de verão, da cor da folha de hortelã que a mãe colocara no chá. E Ada Mae tinha razão. Era muito bom saber que comprara algo com o seu próprio dinheiro.

Só precisou fazer algumas perguntas pela cidade para descobrir onde Griff estava trabalhando naquele dia, e encontrou tanto ele quanto Matt, suados e sem camisa (nossa!), construindo uma varanda bem nos limites da cidade.

— Oi! — Griff limpou o rosto com uma bandana já úmida. — Não encoste em mim, estou para lá de nojento. Na verdade, é melhor ficar contra o vento.

— Tenho irmãos — disse Shelby, prática, e se abaixou para cumprimentar o alegre Snickers. — Parabéns, Matt. Imagine que te dei um abraço.

— Obrigado. Emma Kate disse que vocês se encontraram no parquinho hoje, e que vai ser a madrinha. Este aqui é o padrinho.

— Bem, padrinho, nós dois temos muito o que conversar. Mas, antes, preciso pedir um favor.

— Pode falar. — Griff pegou um frasco e bebeu seja lá qual fosse o conteúdo direto da garrafa.

— Mamãe está cuidando das crianças, e tenho uma... pesquisa que preciso fazer. Queria saber se posso fazer isso na sua casa. Cozinho o jantar como agradecimento pelo lugar tranquilo para trabalhar.

— Claro, só tenho a ganhar. Estou trancando a porta desde... então... — Ele tirou um molho de chaves do bolso e tirou uma do chaveiro. — Esta aqui a abre.

— Muito obrigada. Matt, nós quatro vamos precisar nos reunir logo. Casamentos precisam ser bem planejados. Sei que a dona Bitsy está encarregada da festa de noivado...

— Não me assuste enquanto trabalho com ferramentas pesadas.

— Vamos dar um jeito nela — garantiu Shelby. — Emma Kate e eu começamos a planejar nossos casamentos quando tínhamos 10 anos. É claro que, agora, talvez ela não queira mais uma carruagem prata de princesa guiada por seis cavalos brancos.

— Estou ficando realmente assustado.

— Mas eu conheço a essência do que ela quer, e vou ajudar com a dona Bitsy.

— Pode colocar isso por escrito? — perguntou ele, e tirou o frasco de Griff. — Talvez em sangue. Não me importa de quem for.

— É uma promessa. Mas preciso saber o que você quer. Sou ótima em organizar as coisas.

— Foi o que Emma Kate disse. Estou contando com você.

— Então vamos nos reunir logo, não é?

— Que tal na minha casa, sábado à noite? — perguntou Griff. — Colocamos uma carne na churrasqueira e bolamos um plano. Se você não quiser deixar a ruivinha com seus pais, pode levar ela também. — adicionou, adiantando-se. — Podemos pendurá-la num cabide do armário ou guardá-la numa gaveta.

— Vou considerar a ideia. Preciso ir, vou deixar vocês voltarem ao trabalho. Finja que te dei outro abraço, Matt. Você deixou minha melhor amiga mais feliz do que eu achava ser possível. Então estou inclinada a te amar também.

— Eu vou me casar — disse Matt quando Shelby foi embora.

— Isso aí, cara. Espere um pouco. — Griff largou a furadeira que havia acabado de pegar e correu atrás de Shelby. — Ei! Eu não ganhei um abraço de mentira.

— Não, não ganhou, mas só porque estou planejando te dar bem mais que isso mais tarde. E nada vai ser de mentira.

— É mesmo?

— Ordens da minha mãe.

— Eu realmente gosto da sua mãe.

— Eu também. Até logo.

— Devemos acabar aqui por volta das 16h, 16h30 — gritou ele.

— Vou estar lá.

— Bom saber — disse Griff, baixinho, e então sorriu para Snickers, que seguira o dono e seus cadarços. — Bom saber mesmo.

SHELBY, JÁ DECIDIDA SOBRE o que fazer para o jantar, passou no mercado primeiro.

Ela se sentiu em casa na cozinha dele, posicionando-se de forma que pudesse observar a vista através daquelas portas de vidro maravilhosas sempre que levantasse a cabeça.

Porém, depois de abrir a caixa da mãe e começar a ler o conteúdo, não olhou para fora com muita frequência.

Fez um intervalo para preparar o jantar, colocá-lo no forno. E pensar.

Era estranho e fascinante observar a si mesma, avaliar sua própria perspectiva através do tempo. Poucos anos haviam se passado, mas, na verdade, parecia uma vida inteira.

Conseguia ver agora a ingenuidade, a tela quase em branco que fora. Richard também vira isso, e usara essas características para benefício próprio.

Callie a transformara — o que também ficava óbvio nas fotografias e nas cartas. As coisas que escrevera, a forma como escrevera, tudo mudara depois do nascimento da menina.

Será que Ada Mae se deixara convencer pelo tom alegre das cartas, dos e-mails e dos cartões-postais escritos com pressa depois que sua filha também se tornara mãe? Shelby duvidava. Até mesmo agora, conseguia se lembrar da fragilidade por trás daquelas mensagens animadas.

Tornara-se infeliz tão rapidamente; toda a sua autoconfiança, antes tão firme, fora gradual e habilidosamente retirada dela. Agora entendia isso. O único sinal de entusiasmo verdadeiro aparecia quando mencionava Callie.

Não, a mãe não se iludiria. Tinha percebido, claramente, como a filha escrevia cada vez menos sobre o marido.

Mas, durante o primeiro ano, havia muitas menções a ele; detalhes minuciosos sobre todos os lugares para onde viajavam, as pessoas que conhecia e as coisas que via.

Era fácil se orientar por suas palavras e começar a compreender a realidade.

Prometeu a si mesma que pensaria bem mais naquelas coisas. Talvez nunca encontrasse as respostas, mas havia descoberto um cofre bancário quando sua única pista era uma chave em uma jaqueta.

Então tiraria mais tempo para refletir sobre aquilo.

Shelby arrumou a bancada para servir o jantar, colocou o vinho que comprara — estava torcendo para receber boas gorjetas na noite de sexta — na geladeira, e ouviu a picape de Griff estacionar.

Pegou uma cerveja, abriu a lata e saiu da casa para encontrá-lo.

O homem era gostoso, mesmo suado, e Shelby poderia tê-lo devorado quando ele sorriu para ela, apoiou-se contra o carro e levantou os óculos escuros para observá-la enquanto o cachorro corria em círculos pelo quintal.

— Ah, era isto que estava faltando na varanda da frente. Uma ruiva linda com uma cerveja gelada.

— Imaginei que fosse querer uma. — Shelby desceu os degraus. — Tenho irmãos.

— Quero mesmo. Mas ainda não vou encostar em você. Parece que o verão chegou mais cedo este ano.

— É o que geralmente acontece.

— Depois que eu sair do banho, se prepare. Como está Callie?

— Deve estar pronta para jantar cachorro-quente com o primo e a melhor amiga, depois deles terem tirado as roupas para correrem em volta dos irrigadores.

— Um irrigador cairia bem. E um cachorro-quente também não seria de todo ruim.

— Isso vai ter que ficar para a próxima.

— Tudo bem, já é suficiente uma ruiva linda, com uma cerveja gelada, fazendo o jantar. — Griff entrou na casa com ela, e o cachorrinho os seguiu, correndo para alcançá-los. — O que tem no forno? O cheio está ótimo.

— Bolo de carne com batatas e cenouras.

— Bolo de carne? — Ele inspirou o ar mais uma vez. — Jura?

— Está um dia quente demais para comer algo assim, mas é um prato masculino. Quando te vi hoje, me pareceu alguém que comeria bolo de carne no jantar.

— Não como bolo de carne caseiro desde a última vez que fui a Baltimore e convenci minha mãe a fazer um. Por que a maioria das mulheres não aprecia o bolo da carne?

— Você acabou de responder à própria pergunta. Vou dar uma olhada nele.

— Vou tomar uma chuveirada. Pode ir se preparando, ruiva.

Achando graça e empolgada, Shelby foi até o forno, concluindo que cronometrara o tempo certo. Depois, mudou de ideia.

Autoconfiança, pensou. Ela se lembrava de como era ser uma mulher confiante e ousada.

Desligou o forno e subiu as escadas dos fundos.

Griff tomava a cerveja enquanto a água gelada corria, maravilhosamente, por sua cabeça. Parecia que quilos de suor e sujeira saiam do seu corpo. A varanda ficaria ótima, pensou ele, mas não estivera preparado para o calor do dia.

A primavera havia começado de forma tão discreta e inofensiva que Griff se esquecera de que os verões eram abafados e tórridos nas montanhas Smoky.

Hoje fora apenas uma prévia do que estava por vir.

No auge do calor, ele e Matt começariam a trabalhar mais cedo, terminando no começo da tarde. Isso lhe daria tempo suficiente para lidar com os próprios projetos. E também, depois que as licenças fossem aprovadas, para fazer a obra do bar.

E, é claro, havia Shelby. Griff queria passar o máximo de tempo possível com ela.

Como se conjurada por seus pensamentos, a porta de vidro se abriu.

Lá estava ela, os cabelos loucamente cacheados sobre os ombros, usando nada além de um sorriso convencido. Com os olhos nos dele, tirou a cerveja da mão de Griff e a colocou na bancada atrás de si.

— Você vai precisar das duas mãos — disse.

— Hoje é o dia dos milagres — comentou Griff, puxando-a para dentro.

— Está fria. — Inclinando a cabeça para trás, ela passou os dedos pelas costas dele. — A água está fria.

— Fria demais?

— Não, está ótima. E isto está ainda melhor.

Shelby ficou na ponta dos pés e encostou os lábios nos dele. E não havia nada gelado naquele beijo.

Griff pensou que, da forma como aquela mulher fazia seu sangue ferver, era surpreendente o fato da água não evaporar. Era instantâneo e intenso. Cada hora suada que trabalhara naquele dia, cada hora inquieta que passara querendo ela, preocupando-se com ela, se diluiu.

A pele macia, a boca ávida, as mãos cobiçosas — naquele momento, ela lhe deu tudo de que precisava.

— Eu te quero desde a última vez que estivemos juntos. — Mal podia esperar para tomá-la. — Estava doido para tocar em você.

— E eu fico doida quando me toca. Não pare.

Calor, necessidade e prazer se misturaram com o tambor que soava em seu peito, e pareciam irradiar por sua pele. Quanto mais Griff lhe dava, mais ela queria, e mais se surpreendia com a própria ânsia.

Com ele, apenas com ele, com aquelas mãos calejadas e o corpo musculoso de trabalhador. Sua boca, ao mesmo tempo paciente e exigente, fazia a cabeça de Shelby girar.

Griff a levantou pelo quadril, tirando seus pés do chão. Aquela força surpreendente e a firmeza das mãos grossas combinavam de forma a fazê-la se sentir vulnerável, desejada e poderosa.

Com os olhos nos dele, Shelby envolveu sua cintura com as pernas e segurou-lhe os ombros para se manter firme.

Gemeu quando ele a penetrou. Chocada, empolgada e trêmula, apenas esperando a próxima estocada intensa.

A água batia neles, escorrendo e brilhando pelos azulejos. A pele molhada deslizava, escorregadia sob suas mãos. Seus gemidos ofegantes ecoavam.

Shelby se sentia leve e maravilhosa, agarrando-se a Griff enquanto ele os levava além. Continuou segurando quando alcançaram aquela escuridão paradisíaca.

— Fique aí — conseguiu dizer ele, e tateou para desligar a água. — Fique aí mais um pouco.

— Hummm. Acho que poderia escorrer pelo ralo.

Shelby sentiu ele se mover, mas continuou abraçada mesmo depois de Griff jogar os dois na cama.

— Preciso de um minuto — disse ele.

— Não precisa ter pressa.

— Essa era a ideia. Mas você estava toda molhada e pelada. Já vou pegar as toalhas.

— Comprei um vestido novo.

— É mesmo?

— É, o plano era colocá-lo para o jantar, e depois deixar que o tirasse de mim. Também não fui muito paciente.

A imagem causou um novo, porém discreto, surto de energia.

— E o vestido ainda está aqui?

— Pendurado na sua área de serviço.

Griff passou um dedo pela lateral do corpo dela.

— Você pode seguir seu plano, e nós dois podemos refazer as coisas, sem pressa.

— Gostei da ideia. Mas não pensei em trazer um secador de cabelo. Você tem um?

— Não, sinto muito.

— Bem, entre o banho, a umidade, e a falta de acessórios, meus cabelos vão ficar do tamanho da lua. Devo ter algum prendedor na bolsa.

— Gosto dos seus cabelos.

Shelby se aconchegou contra ele.

— E eu gosto dos seus. Gosto de como está começando a ficar queimado de sol. Luzes assim custariam uma grana no salão da minha avó.

— Homens que comem bolo de carne não têm luzes.

Ela deu um beijo no ombro de Griff.

— Mas você tem. Vou pegar as toalhas e ligar o forno.

— Você o desligou?

Shelby lhe lançou aquele sorriso lento, sedutor e sapeca que geralmente era oferecido por Callie.

— Queria tomar banho com você, então o jantar vai demorar um pouquinho mais do que eu imaginava.

— Acho que foi uma ótima ideia. Vou pegar as toalhas. — Griff se levantou, andou até o banheiro. — O que estava pesquisando? Ou isso era só uma desculpa para dar o bote enquanto eu estava molhado e nu?

— Não era uma desculpa, mas foi um bônus. — Shelby sorriu, aceitando a toalha que ele oferecia. — Griffin, meus cabelos são como uma pessoa extra, e essa pessoa extra também precisa de uma toalha.

— Certo. — Ele pegou mais uma, além da cerveja que deixara esquecida sobre a bancada. — Então, o que estava pesquisando?

— Ah. — Shelby enrolou a primeira toalha ao redor do corpo, e depois jogou a cabeça para baixo para prender os cabelos na outra. — Você não quer conversar sobre isso. Era sobre as outras coisas. As coisas que têm a ver com Richard.

— Não quer falar sobre isso?

— Quero. — Ela se esticou, prendendo a toalha nos cabelos de um jeito que o deixava fascinado. — Quero discutir o assunto com alguém que tenha outra perspectiva. Pensei em conversar com Forrest, talvez amanhã, apesar dele provavelmente já ter pensado em metade das coisas que eu pensei, mas...

— Coloque seu vestido novo, e podemos falar sobre isso enquanto o bolo de carne assa.

Capítulo 23

◆ ◆ ◆ ◆

SHELBY LIGOU o forno, colocou o vestido e prendeu os cabelos, para que eles não armassem enquanto secavam.

Encontrou com Griff na varanda dos fundos, com uma taça de vinho, e passaram um momento observando as montanhas, com seus cumes suaves e serranias que subiam até o céu.

— Estava pagando contas hoje, enquanto as crianças dormiam, e pensei em como Jimmy Harlow, porque só pode ser ele, estaria remexendo as minhas coisas. Todos os problemas com advogados, credores, os registros de tudo que consegui vender. Pensei em como era humilhante ter um desconhecido se metendo nisso, e disse a mim mesma que valeria a pena se isso o fizesse perceber que não tenho o que ele quer.

— É bom pensar assim. É inteligente e otimista.

— Mas então continuei a pensar. Ele veria todas as fotos que estão no laptop. Elas estão numa pasta... Eu as transferi do computador antigo, depois que as autoridades o devolveram. Acabei não tendo tempo de ver o que estava lá nem de apagar as que eram... as que eram da época em que estava com Richard. Pensei que ele, Harlow, veria todos os lugares para onde fomos, especialmente no primeiro ano. E poderia seguir as dicas, como um mapa.

Griff fez que sim com a cabeça.

— E você também.

— Isso! Foi o que conclui. Griff, acho que Richard me levou a todos aqueles lugares por algum motivo. Agora entendo que ele não dava ponto sem nó. Eu era um disfarce. Eu, nós, depois que Callie nasceu, o fazíamos parecer um homem de família. E se ele escondeu as joias ou os selos, ou os dois, em um desses lugares ou os vendeu enquanto estávamos lá? E, quando comecei a olhar as fotos, pensei em outras coisas. Ele provavelmente também estava trabalhando. Na lua de mel, ou pelo menos no que eu achava que era uma lua de mel, com a esposa grávida. A esposa grávida devia ser um disfarce muito útil.

— Preciso concordar com você, apesar de imaginar que isso deve doer um pouco.

— Já estou além da dor. Vendo as fotos e lendo as cartas que mandei para cá, comecei a me lembrar do que ele me dizia, pelo menos nos primeiros meses. Quando íamos encontrar alguém, Richard sempre falava: "Apenas seja você mesma, Shelby." Isso deixaria todo mundo encantado. Não precisava me preocupar por não entender nada de arte, vinhos ou moda, esse tipo de coisa. Nunca fui de ficar nervosa por conhecer pessoas novas, mas isso mudou.

— Ele a fazia se sentir deslocada e... inferior.

— Sim. E o "seja você mesma", depois de um tempo, passou a ser como eu não deveria sequer tentar impressionar, porque as pessoas não cairiam naquela. Acho que eu não tinha muito o que falar, e isso era bom para o disfarce dele. — Shelby bebericou o vinho e resolveu mudar de foco por enquanto. — Pensei em dar uma olhada nas notícias da época, ver se elas batem com o tempo em que estávamos em determinado lugar. Houve algum roubo? Golpe? Alguma coisa pior? Consegui ainda mais material, porque mamãe guardou todos os meus cartões-postais e cartas. Cada um deles. Então li tudo para me lembrar do que fizemos, de onde fomos quando estávamos em Paris ou Madri, quem encontramos. No início, eu dava tantos detalhes, estava tão envolvida.

— E, olhando para trás, sabendo o que sabe agora, notou algo estranho?

— Algumas coisas. Por que Richard estava em Memphis? Não acredito que tenha sido um impulso. Mas ele estava lá, apenas quatro dias depois de ter roubado aquela mulher, Lydia Redd Montville, e atirado no filho dela.

— Quatro dias depois, de acordo com a morena, de ter traído os comparsas e fugido com a mercadoria.

— Isso mesmo. Acho que devia estar com as joias e os selos, ou os escondeu em algum lugar. Talvez em um cofre bancário. Ele tinha uma identidade nova e estava cheio da grana. Pelo menos foi o que me pareceu. E lá estava eu, prontinha para ser deslumbrada e me apaixonar.

— Quer saber o que eu acho?

Shelby respirou fundo.

— Quero.

— A polícia estava atrás de Jake Brimley, um cara sozinho. Ele sabia que ia ser dedurado. Não fugiria sem ter bolado um plano. A nova identidade, o dinheiro, a mudança de aparência. Só que precisava de mais uma coisa. Precisava ser parte de um casal.

— Acho que é isso mesmo.

— Ele não queria alguém como a morena, que fazia parte daquele mundo. Seria melhor uma mulher inocente, jovem, flexível e ingênua. E pronta para ser deslumbrada.

Shelby só foi capaz de assentir com a cabeça e suspirar novamente.

— Eu definitivamente me encaixava nos requisitos.

— O homem era um manipulador profissional, Shelby. A partir do momento que se focou em você, não havia escapatória. Ele arranjou uma ruiva deslumbrante e jovem, então não apenas viajaria acompanhado, mas com alguém que as pessoas notariam. Notariam primeiro, mas lembrariam por último. Qual foi o primeiro lugar aonde foram?

— Ele passou quatro dias em Memphis. Jamais havia conhecido alguém tão charmoso, tão empolgado, só pela forma como falava das suas viagens. Já tínhamos feito todos os shows que faríamos na cidade, e meu plano era voltar para casa e passar mais ou menos uma semana aqui antes do próximo trabalho. Mas, quando Richard disse que precisava ir para Nova York, a negócios, e me chamou para ir junto, aceitei. — Ela soltou uma risada irônica. — Simples assim. Era só por alguns dias. Pensei que seria uma aventura. E de fato era emocionante.

— Por que não seria? — argumentou Griff.

— Fomos em um jatinho particular. Nunca tinha conhecido alguém que tivesse um.

— Não seria preciso passar pela segurança do aeroporto e despachar bagagens. Você pode levar o que quiser em um jatinho particular, não?

— Nunca pensei nisso. Richard quase sempre viajava assim. Na época, era só mais um dos atrativos. Eu nunca tinha ido a Nova York, e ele era tão gentil, charmoso, e... bem, parecia enfeitiçado por mim. Não foi por causa do dinheiro, Griff, mas não vou negar que adorava o fato de Richard me encher de roupas bonitas e me levar a restaurantes caros. Era a forma como o mundo dele brilhava. Era ofuscante.

— Ele se certificou de que fosse assim.

— Mesmo agora, é difícil acreditar que Richard falava aquelas coisas só por falar. Dizia que eu era o que estava faltando para sua vida ser completa. E eu queria que fosse assim... queria ser o que faltava na vida dele. Então, quando me pediu para não voltar, para ir para Dallas, em outra viagem de negócios, eu fui. Joguei tudo pro alto e fui.

— Outra cidade grande.

Fechando os olhos, Shelby fez que sim com a cabeça.

— Sim. Entendeu o padrão? Sempre íamos para cidades grandes e ficávamos lá por poucos dias. Às vezes, Richard me dava um bolo de notas e me dizia para ir fazer compras, porque tinha reuniões. Então voltava com flores... rosas brancas. Disse que vivia na estrada ou em aviões, mas estava pronto, agora que havia me encontrado, para formar um lar em algum lugar.

— Exatamente o que você queria ouvir. O trabalho dele era interpretar as pessoas, ser o que elas queriam e esperavam.

Shelby ficou em silêncio por um momento, apreciando a noite que caía, o sussurro de vento passando por entre as árvores, o som da água correndo no riacho.

— Na época, se eu fosse construir o homem da minha vida, ele seria igual a Richard. Mas a questão, Griff, é que, naquelas primeiras semanas, viajamos pelo país inteiro.

— Apagando as pistas dele.

— É o que eu acho, e fico me perguntando se ele escondeu partes do roubo da Flórida pelo caminho. Se Richard tinha um cofre bancário na Filadélfia, provavelmente também tinha em outras cidades. Melinda Warren deu a entender isso. Os bolos de dinheiro nunca pareciam acabar, então acho que devia ter um estoque espalhado por esses cofres, ou que roubava enquanto viajávamos.

— Provavelmente as duas coisas.

Shelby se moveu para perto de Griff, posicionando-se de forma a ficarem cara a cara.

— Acho que era isso mesmo. Depois de olhar as fotos e as cartas, me lembrei de um dia, quando estávamos em St. Louis, quando acordei e Richard não estava no quarto. Ele gostava de caminhar, ou pelo menos era o que dizia. Tirar um momento para pensar. Mas só voltou ao amanhecer, e estava animado. Parecia vibrar de tanta alegria. Fomos embora naquela manhã. Richard alugou um carro e seguimos para Kansas. Disse que seria uma parada rápida. Queria encontrar um parceiro de negócios. E tirou um relógio da Cartier do bolso, disse que comprara um presentinho para mim. Alguns anos depois, fui procurar o relógio e ele havia sumido. Richard deu um ataque, disse que eu não prestava atenção nas coisas e perdia tudo, mas não foi isso que aconteceu. De toda forma, pesquisei na internet pelas datas, e descobri que houve um roubo em St. Louis naquela noite. Joias novamente, cerca de 250 mil em joias. E relógios.

— Ele roubou em St. Louis e vendeu a mercadoria em Kansas.

— Suponho que deve ter concluído que o relógio seria a minha comissão... por um tempo. Isso não aconteceu apenas uma vez. Vou ver se consigo encontrar uma conexão, como fiz com St. Louis.

Griff esticou um braço e esfregou o dela.

— E que bem isso vai fazer?

— Sei que não posso mudar o que aconteceu. — Shelby olhou para as mãos, para as suas anotações, pilhas de fotos e cartas. — Mas, talvez, ele tenha cometido roubos nesses lugares, e pelo menos posso contar o que sei, ou o que acho que sei, para a polícia. Vou poder sentir como se estivesse fazendo alguma coisa para ajudar.

— Você está fazendo alguma coisa.

— Agora, a única coisa que preciso fazer é servir o jantar. — Ela se levantou. — Obrigada por me ouvir.

— Por que eu não ouviria? — Griff a seguiu. — Já até comecei a minha própria lista.

— Que tipo de lista?

— Não tenho todas as informações que você tem. — Ele olhou para a caixa de recordações e, depois, para o notebook. — Não me importaria em dar uma olhada em tudo isso. A minha é basicamente uma lista de nomes, eventos, dias. Warren, Harlow e Brimley, como ele era conhecido na época. Um roubo em Miami, tiroteio, traição. E então veio você. Eu não tinha percebido que se conheceram dias depois do que aconteceu em Miami, mas sabia que não havia demorado muito.

— É como se eu tivesse sido feita sob medida, da mesma forma que pensava que ele fora para mim. — Shelby colocou o bolo de carne sobre um aparador e pegou a única bandeja que havia na casa. Transferiu a carne e os legumes para ela, e então olhou na direção de Griff, notando que ele tinha emudecido. — O que foi?

— Não quero que isso a deixe mais nervosa, mas não acho que ele entrou na boate onde você se apresentava e decidiu, ótimo, ela vai ser o meu disfarce.

— O que acha que aconteceu?

— Ele deve ter pesquisado sobre você antes. Você é linda, ruiva, e aposto também que era deslumbrante em cima do palco aos 19 anos. Seu nome estava bem ali, então era fácil pesquisar e fazer perguntas. Era solteira, desimpedida.

Pensativa, Shelby decorou o prato com salsinha e pedaços de pimentões vermelhos e amarelos.

— Uma caipira de uma cidadezinha no meio das montanhas do Tennessee.

— Você nunca foi caipira, e era jovem, inocente e inexperiente, mas decidida. Para subir num palco, a pessoa precisa ser decidida. Ele descobriu o que podia sobre você, depois investiu, foi ver se dava em alguma coisa. Nessa altura do campeonato, já sabia mais ou menos como era a sua personalidade, do que você gostava. E se tornou exatamente tudo o que você sonhava.

— E se eu tivesse dito que não, que não poderia simplesmente largar tudo e ir para Nova York?

— Ele teria seguido em frente, achado alguém que estivesse disposta. Sinto muito.

— Não precisa sentir. É um alívio saber que o que aconteceu nunca teve a ver comigo. Não era pessoal. Só torna tudo um mistério maior para se resolver.

— Tudo bem. Nossa, isso está com uma cara ótima.

Satisfeita, Shelby colocou a travessa decorada sobre a bancada.

— Minha mãe sempre diz que a apresentação importa. Então, mesmo que o gosto não seja bom, pelo menos a cara é. Vamos torcer para que tenha dado certo nos dois quesitos. Senta. Sirvo seu prato enquanto você me conta qual o próximo item da sua lista.

— Houston, certo?

— Foi Houston por uns seis meses, mais ou menos.

— Depois Atlanta, Filadélfia e Hilton Head. Você disse que Richard nunca dava ponto sem nó. Por que queria que você e Callie fossem com ele para Hilton Head?

— Acha que ele estava aprontando mais uma e queria que fôssemos seu disfarce outra vez. — Ela serviu um pedaço gordo de bolo de carne e uma porção generosa de batatas e cenouras no prato. — Meu Deus, Griff, e se não foi um acidente? E se o que ele estava fazendo deu errado, e alguém o matou? E jogou o corpo no mar?

— Você provavelmente nunca vai descobrir a resposta dessa pergunta. Ele emitiu um sinal de socorro, não foi?

— Alguém fez isso, mas... Griff, Forrest disse que Harlow escapou da prisão pouco antes do Natal. Richard... isso aconteceu logo depois.

— Matar Richard não seria uma forma inteligente de encontrar os milhões.

— Não, você tem razão. Mas uma briga, um acidente, pode ter acontecido, e você continuaria tendo razão. Nunca vou saber o que aconteceu, a menos que peguem Harlow. — Shelby serviu uma porção menor no seu prato. — Deve ter acontecido da maneira como a polícia disse. Ele gostava de se arriscar. Dirigia rápido demais, esquiava nas pistas mais perigosas, fazia mergulhos, escalava montanhas, saltava de paraquedas. Um maremoto não seria um obstáculo. Só que foi. O que mais?

— O detetive particular. Talvez o sujeito fosse quem disse ser, mas... — Depois da primeira mordida no bolo de carne, Griff parou. — Uau. — Comeu outro pedaço. — Certo, agora não resta sombra de dúvidas. Vou ficar com você. Este bolo de carne é mais gostoso do que o da minha mãe... e, se você contar a ela que disse isso, vou jurar que está mentindo.

— Jamais insultaria o bolo de carne de outra mulher. Gostou mesmo?

— Depois que eu lamber o prato, pode fazer essa pergunta de novo.

— Deve ser a cerveja. Na receita.

— Tem cerveja no bolo de carne?

— É uma velha receita de família.

— Vou ficar com você, isso é certo.

Ele parou de comer por tempo suficiente para colocar uma mão por trás do pescoço de Shelby e puxá-la para um beijo.

— Não faço bolo de carne há anos, então estou feliz por ter dado certo.

— Isto merecia um prêmio.

— Conte o que você acha sobre o detetive.

— Certo. Eu me distraí com o bolo de carne cheio de cerveja. Então, o detetive encontra você na Filadélfia, a segue até aqui. Ou o homem é dedicado, ou tem um bom motivo. Ele tem licença e tudo mais, só que jura de pés juntos que a morena não era sua cliente. Forrest disse que ele não quer contar quem o contratou.

— Meu irmão não me disse nada disso.

Griff deu de ombros.

— Estávamos conversando sobre o assunto. O sujeito tem um álibi para a noite do assassinato, então não há motivo para ir atrás dele. Por enquanto.

Com a cabeça inclinada, Shelby espetou um pedaço de cenoura.

— Você sabe mais do que isso.

— Uma coisa ou outra. Forrest disse que tanto a viúva quanto o filho negam terem contratado um detetive particular. O seguro cobriu o roubo, e eles querem deixar o passado para trás. A polícia de Miami conversou com os dois, e parece que eles também têm álibis para a noite do assassinato.

— Você é um poço de informações.

— Seu irmão está preocupado com você. A maioria das coisas que descobriu é inútil, então imagino que ele não queira te aborrecer com isso.

— É melhor saber de tudo do que ignorar o que está acontecendo.

— Mas agora você sabe. A maior parte do que sei é pura especulação. Podemos dizer com bastante certeza que Harlow esteve em Ridge. Não é difícil imaginar que o sujeito tenha matado a morena, simplesmente por que não haveria outro culpado e ele tinha motivo, já que a mulher alegou que foi Harlow quem atirou no filho da viúva. Talvez tenha sido ele mesmo, mas como a pistola que você encontrou no cofre bancário de Richard, na Filadélfia, foi a arma do crime, é mais lógico concluir que...

— O quê? O que foi que disse? A pistola que encontrei... a arma de Richard?

Griff decidiu que precisava de um longo gole de vinho.

— Certo, escute. Forrest descobriu isso hoje. A polícia de Miami fez o exame de balística e viu que a arma que você encontrou no cofre disparou o tiro que feriu o filho. Por um acaso, encontrei com ele esta tarde, e fiquei sabendo.

— Richard. Richard atirou em alguém.

— Talvez. Talvez só tenha pegado a arma depois, mas... precisamos ser lógicos. Se a arma era dele, o tiro foi dele. Harlow sempre negou e nunca foi acusado de porte de armas.

— Ela mentiu. Amava Richard. Jake, no caso. Do seu jeito, ela o amava. E mentiu, mesmo depois que ele a traiu. Não foi só o dinheiro e as joias que a fizeram vir atrás de mim. Ela sentia ciúme, raiva e ciúme, por Richard ter passado todos aqueles anos comigo. Por ter tido uma filha comigo.

— Provavelmente. — Como ele próprio já havia chegado à mesma conclusão, Griff fez que sim com a cabeça. — E tem mais, a maioria das pessoas projetam a si mesmas nas outras. Entende o que estou dizendo? Melinda não conseguia imaginar que você estaria com ele, mas não se envolveria com o resto da história. Ela era uma mentirosa golpista, então, pela lógica, você teria que ser igual.

— E Jimmy Harlow também pensaria a mesma coisa.

— Não sei.

— Você está hesitando agora — disse Shelby quando Griff ficou quieto. — Porque acha que isso tudo vai me deixar preocupada.

— Tudo bem. Acho que é bem provável que Harlow não estivesse apaixonado por Richard, então o raciocínio dele pode ser mais sensato que o da morena. Mas o homem está na minha lista, em várias colunas. Imagino que esteja hospedado em algum lugar próximo. Não tão distante quanto Gatlinburg, como Warren. E provavelmente não está no hotel. Talvez no camping ou num chalé, quem sabe em algum dos motéis.

— Para poder me vigiar.

Griff fez uma pausa, mas concordava com ela. Era melhor saber de tudo do que ignorar o que estava acontecendo.

— Pense nisto. Ele não te confrontou, não deixou claro que estava aqui e nem fez ameaças como a mulher. Está sendo cuidadoso, acho, então queria obter informações. Quer descobrir o tipo de pessoa você é. Quando isso acontecer, provavelmente vai seguir em frente. É melhor ser livre do que rico, especialmente quando a parte de ser rico não parece muito provável de acontecer.

— Espero que esteja certo.

— Se ele for cuidadoso mesmo, seria mais inteligente analisar todas as informações, como estamos fazendo. Harlow conhecia Richard melhor, e me parece que seguiria as pistas se ligasse os pontos.

Assim como os pensamentos e as conclusões de Griff faziam Shelby ligar os pontos.

— Passamos mais tempo em Atlanta do que em todos os outros lugares. Mas, quando fomos embora, aconteceu rápido. Acho que Richard estava trabalhando lá e tinha um alvo, e quis sair de perto assim que resolveu tudo. Mal tive tempo de fazer as malas quando soube que precisávamos ir embora. Ele foi embora antes de nós.

— Não sabia disso. Ele foi para o Norte sozinho?

— Uns dez dias antes. Eu deveria fazer as malas e entregar as chaves. Achava que o apartamento em Atlanta era nosso, mas era alugado, então só precisava devolver as chaves e pegar um avião para o Norte. Quase não fiz isso. Quase voltei para casa, mas pensei que talvez aquilo, aquela mudança, fosse ideal para nós. Poderíamos nos acertar, e ele vivia falando sobre termos um quintal para Callie. E... sobre como teríamos outro filho.

— Estava brincando com você.

— Entendo isso agora. Sem sombra de dúvidas — adicionou ela. — Encontrei documentos que provam que ele fez uma vasectomia logo depois de Callie nascer. Richard se certificou de que não teria outro filho.

— Vou dizer que sinto muito, porque isso a magoou e é uma coisa horrível de se fazer. Mas...

— Foi melhor assim — terminou Shelby. — Preciso ser grata por não ter tido outro bebê com aquele homem. A única coisa que ele fez foi brincar comigo, o tempo todo, ainda por cima naquela mudança-relâmpago para a Filadélfia, quando era óbvio que eu estava considerando largar tudo. Quando fez parecer que aquilo seria melhor para Callie, ele me convenceu a dar mais uma chance àquela vida, a ir e a tentar fazer dar certo.

— Um recomeço.

— Sim, fez parecer exatamente como um recomeço. Eu disse que passamos mais tempo em Atlanta, mas não acho que Richard teria deixado nada importante ali. Agora vejo, olhando para trás, que ele já estava planejando nossa fuga bem antes de me avisar, então acho que teria levado tudo que havia escondido na cidade.

Griff observou que, agora, Shelby apenas fingia comer, e desejou poder apagar aquilo tudo, todos os pensamentos, todas as especulações, todos os pontos de vista. Mas não era isso que ela queria.

— Você disse que ele viajava sozinho com frequência.

— Cada vez mais, especialmente depois de irmos morar em Atlanta. Eu queria um lar, uma rotina. Chegou ao ponto em que Richard não me chamava mais, simplesmente declarava que tinha uma viagem de negócios. Às vezes, nem se dava ao trabalho de me contar. Não sei exatamente para onde ia. Talvez tenha contado a verdade, talvez não. Mas sei para onde nós fomos, e isso é um começo.

— Você podia deixar a polícia lidar com essas informações.

— Acho que vou fazer isso, mas quero pensar um pouco mais em tudo, tentar compreender o que aconteceu.

— Ótimo. Eu também.

— Por quê?

— Por você — disse ele, imediatamente. — Por Callie. Se ainda não entendeu isso, não estou fazendo um bom trabalho.

— Você gosta de consertar as coisas.

— Gosto. Todo mundo deveria gostar do que faz. E eu gosto do seu rosto. Dos seus cabelos. — Griff esticou uma mão para tocar nos fios; ele realmente queria soltá-los daquele prendedor. — Gosto do seu bolo de carne — adicionou, limpando o último pedaço do prato. — Gosto de levar a ruivinha para comer pizza. Saio de mim quando aquela menina sorri. Vai além de querer consertar coisas, Shelby. Você é bem mais do que isso.

Sem dizer uma palavra, ela se levantou para tirar os pratos.

— Pode deixar. Você cozinhou. E muito bem.

Enquanto Griff limpava a mesa, ela abriu o notebook, buscando uma foto específica.

— Veja o que acha desta.

Shelby virou o computador para ele.

Franzindo a testa, Griff cruzou a cozinha, inclinou-se para a frente e analisou a imagem.

A fotografia fora tirada em um dos últimos eventos que Shelby fora em Atlanta, e exibia ela e Richard em trajes de gala.

— Você estava maravilhosa, mas triste. Pensei nisso na primeira vez que a vi. Está sorrindo, só que não parece estar alegre. E o que houve com seus cabelos? Estava linda, como eu disse, mas não parece muito com a Shelby que eu conheço. O que fez com seus cachos? Vendeu?

Ela o encarou por um tempo, e então encostou a cabeça em seu ombro.

— Sabe o que quero fazer?

— O quê?

— Quero dar uma volta no quintal, ver o pôr do sol, te dar um monte de conselhos indesejados sobre onde deve plantar coisas e colocar aquela treliça. Depois, quero que tire o meu vestido. E isso vai ser bem fácil, porque não estou usando nada por baixo.

— Podemos pular para a última parte?

Shelby riu, negando com a cabeça.

— Antes, quero te atormentar um pouco.

— Seu desejo é uma ordem — disse Griff enquanto ela pegava sua mão e o guiava para fora.

$\mathcal{E}$LE A SEGUIU ATÉ EM CASA NOVAMENTE, usando o trajeto de volta para pensar. Além disso, levou Snickers para um longo passeio, e gastou uma hora bolando as medidas para um armário em um dos quartos.

Um passo de cada vez, disse a si mesmo enquanto guardava as ferramentas e tomava um banho.

O próximo passo, no caso, foi sentar diante do computador e pesquisar roubos e casos de fraude não solucionados em Atlanta nos anos em que Shelby morara lá.

Um mistério para resolver, pensou. O homem não dava ponto sem nó, lembrou a si mesmo. Então, por que o filho da puta saíra correndo de Atlanta, cheio de pressa?

Talvez valesse a pena descobrir.

$\mathcal{E}$NQUANTO GRIFF FAZIA SUA PESQUISA, Jimmy Harlow fazia a dele em um notebook que roubara de uma convenção em Tampa. O hotel movimentado e os participantes meio bêbados foram alvos fáceis.

Ele saíra pela porta da frente com o computador — cheio de apetrechos e com uma bela bolsa de viagem —, quase dois mil em dinheiro, dois iPhones e as chaves de um Chevrolet Suburban que levara diretamente para uma oficina de desmonte.

Comprara uma identidade nova — sempre compensava ter contatos — e roubara uma lata velha da Ford, que dirigira até a fronteira da Geórgia e então vendera para um conhecido por cinco mil à vista.

Passara um tempo escondido, deixando a barba e os cabelos crescerem, tingindo ambos, e ganhando dinheiro de um jeito mais tradicional. Praticara alguns furtos, participara de uns roubos pequenos, e seguira em frente.

Fora para Atlanta pelo caminho mais longo, hospedando-se em motéis vagabundos, roubando um carro ou outro — uma habilidade adquirida e aprimorada na juventude. Durante uma parada em Nova Orleans, roubara e metera a porrada em um traficante que vendia drogas em uma escola de ensino médio.

Ele era extremamente contra o comércio de drogas para menores.

Também pegara um Toyota 4Runner em um bar em Baton Rouge, que levara para outra oficina de desmonte.

Pagara para que trocassem o NIV, pintassem o carro com outra cor e falsificassem a documentação para que batesse com a nova identidade.

Passara muito tempo assistindo ao jornal, e usava o notebook para ler obsessivamente notícias sobre a busca da polícia por ele.

Aparara a barba, comprara roupas simples e casuais — e as usara por tempo suficiente para que não parecessem novas. Passava autobronzeador religiosamente para se livrar da palidez da prisão.

Comprara mapas, até mesmo esbanjara dinheiro em uma câmera digital Canon, e grudara alguns adesivos de parques estaduais no carro, como qualquer turista faria.

Comia o que queria, quando queria. Dormia quando se sentia cansado, então acordava e seguia em frente quando disposto.

Não houvera um dia nos anos de prisão em que não pensara naquilo. Na liberdade. Sonhara com o que faria com ela.

Ele não se iludia achando que havia honra entre os ladrões — há muito tempo era um. Mas traições exigiam vingança. E era a vingança o que o fazia seguir em frente.

E seguira em frente para Atlanta, onde as perguntas certas para as pessoas certas e dinheiro para determinados informantes o ajudaram a coletar informações.

Roubara uma pistola .25 de uma casa em Marietta, onde algum idiota a guardava na mesa de cabeceira, sem proteção alguma, e pegou uma 9mm em uma gaveta na escrivaninha do escritório.

Ainda por cima havia crianças na casa, pensara enquanto fazia uma varredura do quarto de um menino e no de uma menina. Que droga, estava salvando vidas ali.

Deixara o Xbox das crianças, mas levara os iPads, outro notebook, o dinheiro escondido no congelador, uma pulseira de diamantes, brincos de diamantes, o rolinho de notas na caixa de joias e, porque calçaram bem, um par de botas de caminhada.

Quando finalmente chegara a Villanova, a mulher que se juntara a Jake já fora embora.

Ele arrombara a fechadura e fizera um tour pela casa. Seu comparsa realmente estava bem de vida, o que fez sua garganta arder de raiva.

Entrara em contato com a corretora de imóveis usando o telefone temporário, e descobrira que a venda da casa pagaria dívidas. Então, talvez, ele não estivesse tão bem assim.

Passara alguns dias na área, tentando se aclimatar melhor, e então seguira para o Tennessee.

Alugara um chalé a uns 15 quilômetros de distância de Rendezvous Ridge — fora um acordo por baixo dos lençóis, em dinheiro vivo, por três meses, diretamente com o proprietário. Ali, era Milo Kestlering, vindo de Tallahassee, onde trabalhava como gerente de um supermercado atacadista. Era divorciado, sem filhos.

Sua nova vida era cheia de detalhes, para caso houvesse necessidade, mas o dinheiro bastara para deixar o dono do chalé feliz.

Ele não tinha contatos na região, e precisava ser cuidadoso. Ainda mais com a cidade cheia de policiais curiosos depois da morte de Melinda.

Na opinião de Harlow, o que a matara fora estupidez. Talvez a prisão tivesse afetado seu julgamento, mas, de toda forma, a mulher não era mais da conta dele.

Mas a ruiva era outra história. Por enquanto, já tinha o que queria dela. Era o suficiente para mantê-lo ocupado.

Escapara por pouco da casa do namorado, refletiu. Admitia que tinha forçado a barra. Era sempre melhor invadir uma casa vazia — mas a porta fora deixada aberta, e o notebook estava bem ali.

Conseguira as informações que queria.

Foi arriscado falar com a ruiva no meio da rua, mas também dera certo. Mais do que isso, não vira nenhum sinal de reconhecimento no rosto dela quando olhara para ele.

Não teria imaginado que a mulher era o tipo de Jake, mas talvez fosse essa a ideia.

Havia muito a ser analisado, mas, por hoje, tinha números nos quais pensar. Tinha fotos e tinha e-mails. Tinha vidas inteiras espalhadas pela tela.

Chegaria a uma conclusão sobre o que fazer com aquilo tudo.

Chegaria a uma conclusão sobre o que fazer em retribuição àquilo tudo.

Capítulo 24

◆ ◆ ◆ ◆

As AZALEIAS selvagens floresceram nas margens dos rios, colorindo e iluminando as montanhas. No alto dos morros, lírios amarelos espiavam por entre esvoaçantes samambaias cada vez mais espessas e verdes.

Sempre que podia, Shelby levava a filha em caminhadas e passeios para observar as flores ou apenas para sentar e escutar o canto dos azulões e vendilhões. Uma vez, de uma distância segura, deixou a menina compartilhar da fascinação que era observar um urso pescando em um riacho borbulhante e depois se embrenhar na mata verde.

Callie comemorou seu quarto aniversário no quintal da casa onde a mãe crescera, com amigos da mesma idade, sua família e pessoas que se importavam com ela.

Para Shelby, esse era o melhor presente de todos.

Havia um bolo de chocolate em formato de castelo, com as personagens de *Shrek* posicionados ao redor; e brincadeiras, lembrancinhas, balões e serpentina.

— Foi o melhor aniversário que ela já teve.

Viola estava sentada com o bisneto no colo, observando as crianças brincarem com um dos preciosos presentes de Callie. Uma lona de plástico molhada, para escorregarem.

— Nessa idade, ela já entende o que são aniversários.

— É mais do que isso, vovó.

Viola fez que sim com a cabeça.

— É mais do que isso. Ela pergunta pelo pai?

— Não. Não disse uma palavra sobre ele desde que chegamos aqui. É como se tivesse se esquecido do homem, e não sei se isso é bom.

— Callie está feliz. Um dia vai te fazer perguntas, e você vai ter que respondê-las, mas está feliz agora. E está perdidamente apaixonada por Griff.

Shelby sorriu ao observar a filha, encharcada, agarrando as pernas dele.

— Está mesmo.

— E você?

— Não posso negar que estamos envolvidos e que isso *me* deixa feliz, mas não passo muito tempo pensando no que vai dar.

— Grande parte daquele olhar triste e preocupado que tinha quando chegou aqui sumiu. Seus olhos são iguais aos meus; fui eu que os passei para Ada Mae, para você e para Callie — afirmou Viola. — Não pense que não consigo ver o que está por trás deles.

— Eu diria que a tristeza se foi e a preocupação diminuiu. Você vai deixar outra pessoa passar tempo com ele?

A avó deu um beijo na testa de Beau.

— Aqui, pode pegar. Está dormindo como um anjo, mesmo com essa barulheira toda. Vá dar um passeio pelo sol com ele. Só um pouquinho; imagino que a vitamina D lhe fará bem.

Era maravilhoso ter um bebê nos braços novamente, sentir seu peso e calor, cheirar a penugem de cabelos. Shelby olhou para a filha. Ela estava tão grande agora, crescendo tão rápido. E o anseio pareceu inundá-la por dentro quando Beau acenou uma mãozinha no ar durante o sono.

Quando Clay, quase tão encharcado quanto as crianças, foi até ela, Shelby balançou a cabeça.

— Nem pense em roubar ele de mim. Você está molhado demais para segurá-lo. Além disso, a minha vez mal começou.

— Imaginei que não teria muitas chances de ficar com meu filho hoje.

— Ele é a sua cara, Clay.

— É o que mamãe diz.

— Ela tem razão.

— Vou pegar uma cerveja. Gilly vai dirigir. Quer uma?

— Até a festa acabar, acho melhor ficar só na limonada.

Mesmo assim, o irmão passou um braço pelos ombros dela, virou-a para que caminhassem na direção da grande caixa térmica onde estavam as cervejas.

— Forrest me atualizou sobre o que anda acontecendo com você.

— Não quero que se preocupe com nada disso. Você precisa focar no bebê, sem contar Jackson e Gilly.

Clay continuou com o braço ao redor dela. O homem tinha um jeito de abraçar, sempre tivera, pensou Shelby, que fazia com que você se sentisse importante.

— Tem bastante espaço para me preocupar com a minha irmã também. Ninguém parecido com esse tal de Harlow apareceu lá no trabalho. E nem vi alguém assim pela vizinhança. Sei que a polícia está investigando, porque é o protocolo. O homem provavelmente já foi embora. Mesmo assim. — Ele pegou uma latinha e a abriu. — Fique atenta, Shelby. Eu me sinto melhor sabendo que Griff está tomando conta de você.

Instantaneamente, os ombros que o irmão relaxara se tornaram tensos.

— Consigo tomar conta de mim mesma.

Depois de dar um gole na bebida, Clay bateu com o dedo na ponta do nariz dela — outro hábito.

— Pare de criar caso. Gosto de saber que você consegue tomar conta de si mesma. E gosto mais de saber que Griff está ajudando, então não tem motivo para ficar nervosinha.

— Não estou... — O bebê se moveu, soltando um berro alto.

Clay olhou para o relógio.

— Ele é sempre pontual. Hora de comer.

— Eu levo Beau para Gilly.

Ela *não* estava nervosinha, pensou. Um pouco irritada, sim, e com razão. Não havia dúvidas de que tinha se metido em uma furada, mas também dedicara muito tempo, esforço e criatividade em tirar ela e a filha da enrascada em que estavam.

Não queria que ninguém "tomasse conta dela". Isso parecia demais com o que deixara acontecer antes. Não permitira que Richard "cuidasse" das duas? Que tomasse todas as decisões e mandasse em tudo, levando-as para onde queria ir?

Isso não aconteceria de novo. E se certificaria de todas as formas possíveis de mostrar à filha de 4 anos o quanto uma mulher podia conquistar se trabalhasse duro, se fosse firme.

Se tomasse conta de si mesma.

$\mathcal{M}$AIS TARDE, SHELBY LIMPOU o que sobrara da festa, juntando restos de comida e jogando o lixo dentro de um saco. Na cozinha, a mãe e a avó davam um jeito na cozinha.

— Estou fazendo frozen margaritas — anunciou Ada Mae. — Mamãe e eu ficamos com desejo.

— Acho que também fiquei.

— Forrest e seu pai provavelmente vão continuar nas cervejas. — Enquanto trabalhava, Ada Mae olhou pela janela, fez que sim com a cabeça. — Parece que tiraram as cadeiras e as mesas do quintal. Não sei o que Matt e Griff vão beber, mas imagino que Emma Kate queira participar da nossa festinha de margaritas. Vá perguntar o que eles querem.

— Pode deixar.

— Ou, talvez, vocês quatro queiram sair um pouco. Ah, olhe como Griff tem jeito com Callie. — Ada Mae parou para admirar a vista da janela. — Está prendendo balões no pulso dela.

— Ela acha que, se tiver balões suficientes, vai sair voando por aí.

— Veja só! Griff a levantou para fingir que está voando. Esse homem nasceu para ser pai. Alguns são assim — disse Ada Mae enquanto pegava o liquidificador. — Como Clay. Ele cuida tão bem dos meninos. Queria que tivessem ficado mais um pouco, mas o pequeno Beau precisava voltar para casa e Jackson estava dormindo em pé. Callie, por outro lado, ainda está cheia de energia.

— Com tanto bolo de chocolate e animação, ela vai ficar ligada na tomada até a hora de ir para cama.

— Ela sem dúvida gosta muito de Griff, e vice-versa. Sempre digo que é possível saber o caráter das pessoas pela forma como tratam crianças e animais. Você conseguiu um homem bom, Shelby. Um que vai cuidar de você da maneira como deveria.

— Ada Mae — murmurou Viola, olhando para os céus até mesmo enquanto a neta rebatia a mãe.

— Estou cuidando de mim mesma.

— É claro que está, querida! Veja só o doce de criança que criou sozinha. Mas me preocupo menos sabendo que está com um bom homem... que também é bonito. Conhecemos a família dele quando vieram ajudar com a obra na velha casa dos Tripplehorn. São pessoas boas, íntegras. Deveria convidá-lo para jantar no domingo.

O coração de Shelby começou a palpitar. Sabia muito bem o que significava quando uma mulher sulista começava a falar sobre família e jantares de domingo.

— Mamãe, só faz dois meses que saio com Griff.

— Ele faz você feliz. — Alegre e distraída, Ada Mae jogou porções generosas de gelo no liquidificador, junto com tequila e a mistura de margarita. — E a sua filha também. E Deus sabe que o rapaz olha para você como se fosse um bombom de chocolate com recheio duplo. Ele se dá bem com a família e com os amigos, *e* é dono do próprio negócio. Você não quer deixar um homem assim escapar.

— Deixe eu te ajudar com isso, Ada Mae — disse Viola, e ligou o liquidificador para evitar que mais palavras fossem ditas.

Shelby não o convidou para jantar no domingo nem sugeriu que saíssem com Matt e Emma Kate. Nos dias que se passaram, disse a si mesma que não estava evitando Griffin — só estava muito ocupada. Queria provar que era *capaz* de cuidar de si mesma.

E foi o que fez na sua tarde livre, enquanto Callie brincava na casa de uma amiga nova.

Dedicou um tempo para bolar seu repertório — de volta para mais uma rodada dos anos 1950. E, com o aumento que ganhara na semana anterior nos dois empregos, decidiu usar o dinheiro extra para pagar um único cartão de crédito.

Se continuasse sendo cuidadosa — e não comprasse mais vestidos, independentemente do que a mãe dissesse —, terminaria o pagamento de mais um até seu aniversário, em novembro.

Seria o melhor presente que poderia receber.

Ao ouvir uma batida à porta da frente, fechou o notebook e desceu para receber a visita.

Griff estava na varanda, e sorriu para ela.

— Oi.

— Olá.

Shelby tentou controlar as borboletas na barriga, e educadamente deu um passo para trás, deixando-o entrar — bem a tempo de evitar ser cumprimentada com um beijo.

— Sua mãe quer prateleiras na área de serviço.

— Ela tem prateleiras na área de serviço.

— Quer mais.

— Isso parece algo que ela faria. Levo você até lá.

— Como vão as coisas?

— Bem. Ando ocupada, como disse antes. Estava montando o próximo repertório e dando uma olhada em alguns documentos. Parece que nunca vou me livrar deles. Chegamos. Viu? Cheio de prateleiras.

— Aham. — Ele entrou no cômodo depois da cozinha, analisou o ambiente. — O tamanho é bom. Não recebe muita luz natural. Tem um monte de prateleiras, mas... Seria melhor fazer armários em cima da lavadora e da secadora. É quase um quarto da bagunça, não?

Sentindo-se interessada, contra sua vontade, pela ideia de um projeto, Shelby franziu a testa ao observar o aposento.

— Acho que sim. Ela e papai guardavam suas galochas de jardinagem aqui, e botas de neve, esse tipo de coisa.

— Seria melhor tirar aquelas prateleiras ali e colocar um banco com espaço aberto para guardar as botas. Você pode sentar para tirar ou calçar os sapatos.

— Acho que, assim, daria para aproveitar mais o espaço. Ela provavelmente vai gostar da ideia.

— Colocar as prateleiras ali, alto o suficiente para ninguém bater com a cabeça nelas. Um balcão mais comprido para dobrar as roupas embaixo da janela. Eu aumentaria a abertura, para entrar mais luz. De toda forma, seria melhor ter uma bancada maior com a pia do outro lado, em vez de no meio, mantendo o varal sobre ela, mas colocando prateleiras e armários na parte de baixo. — Griff deu de ombros. — Ou ela poderia simplesmente colocar mais prateleiras na quina. Vou tirar as medidas.

— Tudo bem. Vou deixar você trabalhar.

— Estamos com algum problema? — perguntou ele enquanto tirava a fita métrica e um lápis do cinto de ferramentas e pegava um caderninho.

— Um problema? Não. Por quê?

— Porque é a primeira vez que a vejo desde o aniversário de Callie, e você está se esforçando bastante para nem chegar perto de mim.

— Só ando ocupada. Como já disse.

Griff tirou algumas medidas, anotou números.

— Não minta para mim, Shelby. É ofensivo.

— Não estou mentindo. Realmente estou cheia de coisas para fazer. — Mas ele tinha razão, era ofensivo. — E talvez precisasse de um tempo para mim. Só isso.

— Tudo bem. — Griff escreveu mais alguma coisa, e então aqueles olhos verdes inteligentes se voltaram para cima, mirando nela. — Eu te fiz se sentir pressionada de alguma forma?

— Não, não... não fez. Eu só precisava... Você está cuidando de mim, Griffin?

Ele escreveu mais alguns números, fez um esboço rápido, e então abaixou o caderninho para olhar para Shelby.

— Claro que estou.

— Sei cuidar de mim mesma. — Como isso era verdade, ela não se importava em parecer grossa ou na defensiva. — Preciso cuidar de mim mesma. Não posso e não vou me envolver de novo a ponto de deixar outra pessoa mandar na minha vida.

Shelby viu um brilho de irritação, uma surpreendente centelha de raiva, nos olhos dele.

— Sabe, no meu trabalho, o mais importante é tirar medidas corretas. Um número anotado errado pode ferrar com tudo. Se a sua medida de comparação é Richard e o que aconteceu antes, isso é problema seu, Shelby. Espero que consiga superar isso. Mas, se for começar me comparar com ele, vou ficar realmente puto.

— Não estou fazendo isso. Não exatamente. Mas qual seria a minha outra medida de comparação? Seis meses atrás eu ainda achava que era casada.

— Bem, mas não era. — Griff falou isso de forma tão inexpressiva que ela não sabia dizer por que as palavras a fizeram se retrair. — E me pareceu que estava se esforçando para superar o trauma e reconstruir a sua vida. Se isto, nós dois, juntos, não vai funcionar? Difícil, porque estou apaixonado por você. Mas estar apaixonado não significa que vou ficar parado, deixando que me compare com o filho da puta que mentiu para você, que a usou, que abusou da sua confiança e que te maltratou. Não vou aceitar isso. E não vou ser dispensado porque você precisa de uma merda de tempo só porque quero te ajudar da mesma forma que qualquer um que se importe faria. — Ele enfiou a fita métrica no bolso de trás do cinto de ferramentas. — Resolva o que tiver que resolver. Eu falo com sua mãe sobre a obra.

Griff passou direto por ela, e saiu andando antes mesmo de Shelby conseguir se recompor. Em momento algum levantara a voz — na verdade, seu tom fora tão calmo que a deixara nervosa, e parecia que havia recebido a pior das lições de moral.

Ele não podia simplesmente dizer o que queria ou falar com ela daquele jeito e dar o fora. Griff havia começado uma briga — era isso mesmo que fizera —, e então fora embora antes de Shelby ter chance de argumentar.

Ela não deixaria barato.

Saiu marchando da área de serviço — e, ah, planejava descascar a mãe também, porque, se aquilo não tinha sido um plano para forçar a filha a passar tempo com o homem que decidira ser o ideal para ela, Shelby não conhecia Ada Mae Donahue Pomeroy.

Sabia muito bem do que a mãe era capaz.

Frustrada, descobriu ou que fora lenta demais ou Griff fora muito rápido, pois, antes mesmo de chegar à porta da frente, ouviu a picape sair pela rua.

Tudo bem, disse a si mesma, andando em círculos e depois batendo os pés ao subir pelas escadas. Provavelmente era melhor assim. Era melhor estar mais calma quando fosse se defender. Seja lá como.

Como suas bochechas estavam quentes, foi ao banheiro e jogou água fria no rosto. O cérebro também parecia aquecido, mas ele também se acalmaria.

Suas atitudes deixaram Griff irritado de verdade; ela nunca o vira assim antes.

Porque fazia só alguns meses que saíam juntos, lembrou a si mesma. Estivera certa em querer que as coisas fossem mais devagar; estivera certa ao decidir se afastar um pouco.

Então pressionou o rosto contra a toalha.

Ele dissera que estava apaixonado. Isso a fazia sentir preenchida e vazia ao mesmo tempo. Tinha vontade de tremer e tinha vontade de chorar. Queria abraçá-lo com todas as suas forças.

Shelby não podia pensar naquilo agora; simplesmente não era capaz. Estava nervosa demais para raciocinar. Falaria com Emma Kate. Realmente precisava falar com Emma Kate.

Seguiu para as escadas, sentindo-se um pouco desesperada para sair de casa. Quando viu a porta da frente aberta, quase saiu correndo até ela.

— Escute aqui — começou, mas parou imediatamente ao ver Forrest e os dois homens de terno atrás dele.

— Alguém te deixou irritada — disse ele, calmo. E, já que tinha visto a picape de Griff seguindo para a cidade, vindo daquela direção, deduziu quem era o responsável.

— Eu só... ia dar uma volta.

— Isso vai precisar esperar. Trouxe os agentes Boxwood e Landry, do FBI, para uma visita. Eles querem conversar.

— Ah. Tudo bem. Eu...

— Aceitaríamos uma bebida gelada antes — continuou Forrest.

— É claro. Fiquem à vontade e sentem-se. Já volto.

O irmão lhe dera uma desculpa para se recompor, então fez o melhor possível para isso. Devia ser algo ruim, pensou enquanto enchia os copos com chá e gelo, e adicionava, por hábito, as folhas de hortelã da mãe. Se o FBI está em sua casa só podia ser coisa ruim. Colocou os copos em uma bandeja, adicionou pequenos guardanapos azuis-claros e começou a pegar um prato para os biscoitinhos que a mãe servia para visitas inesperadas.

Mas agentes do FBI não eram visita, pensou Shelby, e levou a bandeja como estava.

Ouviu Forrest falando algo sobre rafting em corredeiras e que seu irmão Clay poderia levá-los se tivessem tempo.

O agente mais alto se levantou quando ela entrou na sala e pegou a bandeja de suas mãos.

— Obrigado — disse ele, e Shelby reconheceu o sotaque da Geórgia na sua voz.

O homem era alto, observou ela, ao ponto de parecer desengonçado, tinha pele e olhos escuros, e cabelos pretos batidos curtos.

Colocou a bandeja sobre a mesa de centro e esticou uma mão.

— Agente especial Martin Landry. Meu parceiro é o agente especial Roland Boxwood. Obrigado por conversar conosco.

— É alguma coisa sobre Richard. Só pode ser sobre Richard. — Os olhos de Shelby foram de Landry para o outro agente.

Boxwood era mais largo, mais musculoso. Parecia o perfeito oposto de Landry, com cabelos louros escandinavos, olhos azuis muito claros.

— Sente, Shelby. — Forrest pegou uma das mãos dela, puxando-a para o assento ao seu lado no sofá. — Nossos amigos aqui vieram de Atlanta hoje.

— Atlanta — murmurou ela.

— Eles me deram permissão para te contar o que está acontecendo. — O irmão esfregou rapidamente a perna de Shelby. — Peguei o que você descobriu, o que Griff descobriu e o que eu descobri, juntei tudo, e enviei para os departamentos de polícia em Miami, Atlanta, Filadélfia, e tudo mais. E o tudo mais acabou se espalhando um bocado, e chegou ao FBI.

— Você disse que ia... você disse que era isso que faria.

— Exatamente. Agora, o chefe de lá mandou esses agentes para conversar com você.

Quando Shelby assentiu com a cabeça, Landry se inclinou para a frente.

— Sra. Foxworth...

— Nunca fui essa pessoa, só achei... É Pomeroy. Por favor.

— Sra. Pomeroy, a senhora vendeu alguns relógios em fevereiro. Para a Esterfield na Liberty, na Filadélfia.

— Sim. Richard tinha vários relógios, então eu... — Ela fechou os olhos. — Eles eram roubados, não eram? Eu devia ter imaginado, devia ter pensado nisso. O homem que os comprou, na loja, não poderia saber. Ele só estava me ajudando. Vou devolver o dinheiro. Eu não... — Ela não tinha como fazer isso. Mesmo com todas as suas economias, o fundo para a casa, não seria suficiente. — Só preciso de um pouco de tempo, mas vou devolver o dinheiro.

— Não se preocupe com isso, Shelby.

Decidida, ela balançou a cabeça para Forrest.

— Ele roubou os relógios, e eu os vendi. Usei o dinheiro. Isso não é certo.

— Há outros itens — disse Boxwood. O homem tinha uma voz rouca que parecia ameaçadora. — Abotoaduras, brincos, um grampo de cabelo vintage.

— Ainda estou com o grampo! Não achei que valesse muito, então fiquei com ele. Vou pegar!

— Sossegue, Shelby. — Forrest pressionou uma mão contra a perna dela. Fique aqui por enquanto.

— Todos esses itens, os que vendeu na Pensilvânia — continuou Boxwood —, batem com objetos registrados como roubados em assaltos na área de Atlanta entre maio de 2011 e setembro de 2014.

— Mais de um — disse ela, baixinho. — Mais de um assalto.

— Há vários outros objetos registrados como roubados nesses casos. Gostaríamos que a senhora olhasse algumas fotos.

— Sim. Vou olhar. É claro. Só nos mudamos para Atlanta na metade de 2011. Não estávamos lá em maio, mas... ele viajava. Não sei...

— Estavam morando lá em abril de 2012 — adicionou Boxwood.

— Sim. Estávamos.

— Pode me contar o que fez no dia 13 de abril daquele ano?

— Eu... Não, sinto muito. Não sei. Isso faz mais de três anos.

— Pense um pouco — incentivou Forrest, tranquilo, mas manteve a mão sobre sua coxa. — Isso foi pouco depois da Páscoa. Era Sexta-Feira Santa.

— Ah. Era Páscoa, Callie tinha quase um ano. Comprei uma roupinha para ela, tinha um gorrinho e tudo. Fomos tirar fotos naquela sexta. Estão em um álbum. O lugar tinha uns enfeites, pintinhos e coelhinhos de pelúcia. Cestas e ovos coloridos. Mandei cópias para mamãe e vovó.

— Eu me lembro dessas fotos.

— Isso foi na tarde de sexta. Não me lembro da hora, exatamente. O lugar se chamava Infantofoto. Gostei do nome. Me lembro de lá porque voltei com Callie para tirar outras fotografias depois, e a fotógrafa... o nome dela era Tate... Tate, ah... Tate Mitchell. Tenho certeza, tenho certeza de que é o nome certo. E depois, depois dessa primeira visita na sexta, troquei a roupa de Callie e fomos tomar sorvete. Usei isso como suborno, disse que, se ela se comportasse, tomaríamos sorvete depois. Mesmo pequena daquele jeito, ela já sabia o que era sorvete. Fomos ao Morelli's.

— O melhor sorvete de Atlanta — disse Landry.

— Já foi lá? Callie adorava aquele lugar. Fomos ao Morelli's e deixei que ela estragasse seu apetite. Eu me lembro disto, me lembro de pensar que ela não ia mais querer jantar, então deve ter sido no fim da tarde.

— E o que aconteceu naquela noite? — perguntou Boxwood.

— Preciso pensar. — Ela pressionou os dedos contra os olhos. — Preciso voltar àquele dia. As ruas estavam engarrafadas, disso eu lembro, e Callie dormiu no carro. Fiquei um pouco preocupada de Richard chegar primeiro em casa. Ele não gostava de ficar sem saber onde eu estava. Pensei em enviar uma mensagem, mas não mandei. Ele não gostava que eu ligasse ou mandasse mensagens enquanto ele estava no trabalho. — Baixando as mãos, Shelby respirou fundo. — Chegamos por volta das 18h. Charlene, a mulher que limpava a casa e cozinhava, estava de folga, então não estava lá. Fiquei feliz por estar sozinha. Eu gostava de Charlene, não quis insinuar ao contrário.

— Mas o apartamento estava vazio, eram só você e a sua filha.

Shelby fez que sim com a cabeça.

— Sim, isso. Callie estava um pouco mal-humorada depois das fotos, do sorvete e da soneca no carro, mas a deixei brincando com Fifi, a cadelinha de pelúcia, e alguns blocos de madeira. Ela gostava dos blocos, porque faziam barulho. Fiz o jantar correndo. Juro que não me lembro do que cozinhei, mas tudo estava pronto às 19h, 19h30, e fiquei aliviada. Mas ele se atrasou. Richard. Deixei a comida no forno, fiz o prato de Callie, a convenci a comer um pouco, o que ela fez, porque tinha deixado que terminasse o sorvete. Então lhe dei banho, li uma historinha e a coloquei para dormir.

"Mandei uma mensagem para Richard dizendo que o jantar estava na geladeira e que, se eu estivesse dormindo quando chegasse, poderia esquentar o prato. Fiquei irritada, acho, mas também estava cansada. — Shelby ficou esfregando a testa enquanto tentava voltar no tempo. — Fui me deitar logo depois de Callie. Não ouvi quando ele chegou. Só o encontrei pela manhã. Dei uma olhada no quarto de hóspedes, vi que estava dormindo lá. — Isso parecia uma informação muito pessoal, onde o marido dormira, e teve que se controlar para não corar. — Ele, ah, fazia isso às vezes, quando chegava tarde. Fiz o café da manhã de Callie, coloquei ovos para cozinhar. Íamos pintar as cascas mais tarde, para a Páscoa. Richard só acordou ao meio-dia, e estava de bom humor. Eu me lembro disso também, com muita clareza; ele estava de bom humor, todo animado e fazendo brincadeiras. Até fez Callie rir. Acho que percebeu que eu tinha ficado um pouco irritada, e deu alguma explicação, mas não lembro o que era, porque ele sempre tinha uma desculpa. Reuniões intermináveis, não havia conseguido escapar. Então falou qualquer coisa, e..."

Shelby parou de falar, apertando as mãos, cada vez mais apertado.

— Ai, meu Deus, o grampo. Ele disse que tinha um presentinho de Páscoa, e me deu o grampo. Falou que eu devia fazer um penteado bonito, arrumar Callie, porque queria levar suas meninas para almoçar. Era tão raro Richard querer levar a filha em qualquer lugar, e ela ficou tão feliz, que a minha irritação passou. Fiz exatamente o que ele queria. Já estava acostumada a fazer o que ele queria. — Ela apertou os lábios. — Ele roubou o grampo e depois me deu, como se dá um osso para um cachorro. — Shelby respirou fundo. — Imagino que possam verificar a hora da fotografia, só que não posso provar o restante da história. Alguém provavelmente me viu chegar com Callie, mas com certeza não se lembrariam disso depois de tanto tempo. E não havia ninguém em casa. Se vocês acham que eu estava com Richard, que participei do que ele fez, não posso provar o contrário.

— São muitos detalhes para algo que aconteceu há tanto tempo — informou Boxwood.

— Foi a primeira Páscoa de Callie, e as primeiras fotos profissionais que ela tirou. Eu queria tirar uma em família depois que ela nasceu, mas Richard nunca tinha tempo. Então foi algo especial. A fotógrafa, Tate, tirou uma de nós duas, e mandei para os meus pais. Callie tinha tirado o gorrinho, e seus cabelos estavam em pé, como os meus. Não tinha tido tempo de ir ao salão fazer escova, como Richard gostava. É uma das minhas fotos favoritas. — Shelby se levantou, tirou a foto da cornija da lareira. — Foi esta aqui que tiramos naquela sexta.

— Ela é a cara da mãe — comentou Landry.

— Quando se trata de Callie — meteu-se Forrest —, Shelby lembra.

— É mesmo. Especialmente as primeiras experiências dela. — Depois de devolver a foto para o lugar, sentou-se ao lado do irmão. — Ah! — Surpresa, quase se levantou do sofá novamente, antes de Forrest puxá-la de volta. — Escrevi sobre isso no livro do bebê. Escrevi sobre as fotos, e coloquei uma lá. Posso ir pegar.

— Acho que isso não vai ser necessário por enquanto, Sra. Pomeroy.

— Não é fácil admitir que fui feita de boba — disse ela, calma —, que fui enganada. Nunca imaginei que ele roubava os outros, que aplicava golpes, enquanto eu vivia naquele apartamento chique, tinha um monte de roupas e alguém para me ajudar a limpar a casa. Tudo isso porque Richard era um ladrão e um golpista. Não posso voltar no passado e mudar aquilo. Querem que eu pegue o grampo? Sei exatamente onde está. Podem devolvê-lo ao dono.

— Acreditamos que ele tenha roubado o grampo, um dos relógios que a senhora vendeu, e outros objetos avaliados em aproximadamente 65 mil dólares de Amanda Lucern Bryce, de Buckhead. A filha dela a encontrou na tarde de 14 de abril de 2012.

— A filha a encontrou?

— Ela caiu, ou foi empurrada, da escada de sua casa. Quebrou o pescoço durante a queda.

Todo sangue pareceu desaparecer do rosto de Shelby enquanto ela encarava Boxwood.

— A mulher morreu? Foi assassinada? Richard... Ele estava tão bem-humorado. Fez Callie rir. Desculpem. Preciso de um minuto. — Ela se levantou abruptamente. Suas pernas tremiam. — Com licença.

Shelby entrou correndo no lavabo e se apoiou na pia. Seu estômago estava embrulhado, mas não vomitaria. Não poderia vomitar.

Precisaria lutar contra o impulso. Só precisava respirar fundo. Depois que fizesse isso por alguns minutos, conseguiria enfrentar o próximo golpe.

— Shelby. — Forrest batia à porta.

— Preciso de um minuto.

— Vou entrar.

— Preciso de uma droga de um minuto — disse ela, grosseira, quando o irmão abriu a porta. Mas logo se jogou nos braços dele. — Ai, meu Deus, ai, meu Deus, Forrest. Ele nos levou para almoçar. Deixou aquela mulher morrer depois de roubá-la, voltou para casa e foi dormir. E então nos levou para almoçar. Pediu champanhe. Estava *comemorando*. Ele estava comemorando enquanto tinha deixado uma mulher morta no chão da própria casa, para a filha dela encontrar.

— Eu sei. Eu sei, Shelby. — Ele acariciou os cabelos da irmã, ninando-a um pouco. — Um dia, teria sido você. Também tenho certeza disso.

— Como pude não perceber o que ele era?

— Não é culpa sua. Não foi a única a ser enganada. Ninguém acha que participou dos esquemas dele.

— Você é meu irmão, é claro que pensaria que sou inocente.

— Todo mundo acha — insistiu Forrest, e então a afastou para olhar em seus olhos. — Os agentes precisam fazer o trabalho deles. Você vai olhar as fotos dos objetos roubados, das pessoas que ele roubou. Vai contar aos agentes tudo que souber. É só isso que pode fazer.

— Quero ajudar. Tudo que eu tenho, Forrest, tudo que minha filha tem. Fico enojada só de pensar de onde essas coisas vieram.

— Diga onde está o grampo de cabelo. Vou pegar.

— Na primeira gaveta da penteadeira, no banheiro que divido com Callie. Tem uma caixa lá dentro. Todos os meus prendedores estão lá. Ele é de madre-pérola, com pedrinhas azuis e brancas. Pensei que fosse falsificado, Forrest. Nunca achei... é um grampo, então nunca pensei muito nele.

— Não se preocupe com isso. Se não quiser mais conversar com eles, digo que acabamos por hoje.

— Não, quero contar tudo que sei. Tudo que não sei. Vou voltar.

— Quando quiser parar, é só avisar.

— Quero acabar com esta história.

Shelby voltou para a sala, e, mais uma vez, Landry se levantou.

— Desculpem — começou ela.

— Não precisa se desculpar. Ficamos gratos pela sua colaboração, Sra. Pomeroy.

Ela se sentou, pegou o copo de chá. Boa parte do gelo havia derretido, mas o líquido estava gelado suficiente.

— Richard matou outras pessoas? Vocês sabem?

— É possível.

— Ele nunca foi violento comigo ou com Callie. Se tivesse sido... Isso mudaria as coisas. Mas nunca prestou muita atenção na filha, e parecia se importar cada vez menos comigo. Dizia coisas, coisas cruéis, às vezes, para mim, mas nunca foi violento. — Cuidadosamente, Shelby colocou o copo sobre a mesa. — Nunca percebi o que ele era. Se soubesse, jamais teria deixado que chegasse perto da minha bebê. Espero que acreditem nisso. Callie deve voltar para casa em uma hora, mais ou menos. Se não tivermos acabado até lá, vamos ter que ir conversar em outro lugar, ou recomeçar amanhã. Não quero que ela escute nada disso. Minha filha acabou de completar quatro anos.

— Isso não vai ser um problema.

— Podem me dizer outra data. Se eu conseguir me lembrar de algum evento importante perto do dia, como um feriado ou uma consulta médica, algo que chame atenção, talvez consiga lembrar o que estava fazendo na época. O que ele estava fazendo. Não sei o que mais posso fazer para ajudar. E quero ajudar.

— Vamos nos focar em Atlanta por enquanto. — Landry acenou com a cabeça para Boxwood.

— Dia 8 de agosto, do mesmo ano — disse o outro agente.

— O aniversário de meu pai é dia 9 de agosto, e Forrest nasceu no dia 5. Sempre fazemos uma festa dupla, no sábado ou no domingo mais próximo. Eu queria vir. Fazia um tempo que não vinha para casa, e queria que Callie visitasse a família. Richard disse que não. Nós tínhamos uma festa naquele sábado, e eu não podia sair correndo para a casa do papai. Era a esposa dele, e as pessoas esperavam que eu estivesse ao seu lado, agisse como se estivesse à vontade. Foi no Ritz-Carlton, em Buckhead.

— No sábado, 8 de agosto, um valor de seis dígitos em joias e selos raros foi roubado da casa de Ira e Gloria Hamburg. Eles foram a uma festa no Ritz naquela noite.

— Igualzinho à Flórida — adicionou Shelby. — Joias e selos. Imagino que isso fosse... uma especialidade dele.

— Pode-se dizer que sim. — Landry se acomodou na poltrona. — Conte tudo que se lembra daquela noite.

Capítulo 25

♦ ♦ ♦ ♦

$\mathcal{E}$LA CONHECIA um pouco os Hamburg, até já tinha ido a uma festa na casa deles. Richard jogara golfe com Ira Hamburg algumas vezes, e Shelby e o marido certa vez convidaram o casal para irem ao *country club* do qual eram sócios. Os quatro se esbarravam em festas e eventos beneficentes de vez em quando.

Não era difícil se lembrar dos detalhes daquela noite específica, pois passara o tempo todo imaginando a família bem ali onde estava agora, na casa dos pais, comemorando aniversários — e sentira falta de todos eles.

Recordou-se de Richard lhe trazendo uma taça de champanhe em determinado momento, dizendo, impaciente, para que se enturmasse com as pessoas, pelo amor de Deus, e parasse de fazer cara feia. Ele ia lá fora, fumar um charuto e conversar sobre negócios com alguns clientes em potencial.

Shelby não sabia dizer quanto tempo passara conversando com as pessoas, vagando pelo salão e dando lances em alguns objetos do leilão silencioso, como o marido instruíra. Imaginava que podia ter levado até uma hora.

— Ele parecia de bom humor quando me encontrou, disse que estava atrás de mim, que deveríamos dar uma olhada nos nossos lances antes do leilão ser encerrado. Achei que devia ter fechado algum negócio, porque estava animado, e então deu um lance imenso em uma caixa de vinhos.

— Os Hamburg moram a menos de um quilômetro e meio do hotel — contou Boxwood.

— Eu sei.

Os agentes perguntaram sobre outras noites, outros dias e outras horas. Shelby se lembrava de alguns desses momentos, mas outros estavam perdidos em sua memória. Pelas fotos, reconheceu as abotoaduras, os brincos de diamante, um bracelete com três fileiras de diamantes e as esmeraldas que Richard lhe dera certa vez para, depois, a acusar de ter perdido quando sumira da caixa de joias.

Forrest ficou para trás quando os homens do FBI saíram da casa.

— Quer que eu fique?

— Não, não, estou bem. Mamãe já vai chegar com Callie. Só... eles acreditaram em mim? Não responda como meu irmão, mas como policial.

— Acreditaram em você. Deram uma de policial bom e policial mau, com Boxwood tentando te intimidar às vezes, fazendo cara feia. Mas acreditaram no que contou. Você ajudou bastante, Shelby. O melhor a fazer agora é deixar isso de lado. Deixe o pessoal do FBI fazer o seu trabalho.

— Eu vendi objetos roubados.

— Você não sabia que eram roubados, não tinha motivo algum para desconfiar disso. Vai dar tudo certo.

— Como foi possível não ter percebido... Como eles podem acreditar que eu não sabia? Juro que, se eu não soubesse que não sabia, nem acreditaria em mim mesma.

— O assassino BTK era casado e tinha filhos, era membro ativo da comunidade e frequentava a igreja. Ninguém desconfiava dele. Algumas pessoas são boas em disfarçar, Shelby, são melhores do que a média em esconderem a própria natureza.

— Ele não batia bem, não é? Quero dizer, Richard não podia bater bem da cabeça, agindo daquela forma.

— Policiais te diriam que o sujeito era sociopata, e um psiquiatra usaria vários termos complicados para o que ele era. Mas, não, ele não batia bem. Isso está no passado; você nunca mais vai voltar para aquela vida. Vai precisar lidar com o que aconteceu, mas, no geral? O que importa é o que está acontecendo aqui e agora, e o futuro.

— Estou tentando. Mas não consigo. Todo dia aparece uma coisa nova.

— Você é uma Pomeroy, e tem sangue dos MacNee. Vai superar isso. Ligue se precisar, entendeu?

— Pode deixar. Não sei o que eu teria feito se você não estivesse comigo hoje.

— Isso é outra coisa com a qual nunca mais vai precisar se preocupar.

Shelby pensou que, se a cidade inteira já não soubesse que o FBI estivera lá, logo descobririam. Então, contou tudo para os pais na primeira oportunidade que teve.

Na manhã seguinte, antes da primeira cliente passar pela porta do salão, explicou para a avó e o restante da equipe o que havia acontecido.

— Achei que deveriam saber.

— Ada Mae me ligou ontem e contou tudo — começou Viola. — Vou repetir para você o que falei para a sua mãe. Nada disso é culpa sua, de forma alguma. Podemos interpretar aquele maremoto como Deus se certificando de que você e Callie se livrariam daquele filho da puta.

— Preferia que Richard não tivesse morrido — disse Shelby após um minuto. — Preferia que estivesse vivo, para que eu pudesse dizer o que penso dele. Odeio que tenha morrido acreditando que eu era insignificante. Odeio que tenha morrido sabendo que eu não tinha nem noção das coisas que ele fazia.

— O ex da minha irmã passou seis anos sustentando uma mulher em Sweetwater — contou Vonnie. — Tinha um apartamento com ela e tudo. Ninguém da família sabia de nada, e aquele homem ia à igreja luterana todos os domingos em que estava na cidade. Era técnico da liga infantil e participava dos eventos. Lydia jamais teria descoberto se a mulher não tivesse ligado para sua casa e contado tudo depois de *ela* descobrir que Lorne havia arranjado uma terceira mulher. — Vonnie deu de ombros. — Acho que não é a mesma coisa, mas só quero dizer que todos nós adorávamos Lorne até descobrirmos que ele era um canalha.

— Obrigada, Vonnie. Sinto muito pela sua irmã, mas sua história me fez sentir melhor.

— Nem sempre conhecemos uma pessoa tão bem quanto achamos. — Crystal estava ajeitando suas coisas para a primeira cliente. — Sabe a prima da minha amiga Bernadette, que mora em Fayetteville? Bem, o marido dela afanou 12 mil dólares da loja do sogro sem ninguém perceber. E, pra piorar, a prima da Bernadette não largou o homem. Na minha opinião, uma pessoa que rouba sua família não merece coisa alguma.

— Ora, isso não é nada. — Lorilee plantou as mãos no quadril. — Eu quase me casei com Lucas John Babbott, vocês lembram. Dez anos atrás, estava pronta para ir para o altar com ele. Mas alguma coisa dentro de mim dizia:

Não faça isso, Lorilee. Então não casei. Foi por pouco. Depois descobri que ele havia herdado o chalé do avô em Elkmont. Sabem o que fazia lá? Metanfetamina. Agora está atrás das grades.

As outras seguiram o tema, empolgando-se. Viola interferiu e passou um braço pela cintura de Shelby.

— Tem gente que me pergunta por que não quero me aposentar. Dizem que eu e Jack poderíamos viajar, passar o dia sentados na varanda, tomando limonada. Eu me pergunto por que faria isso. Ora, não largaria este lugar por nada neste mundo. Onde mais me divertiria tanto... Ainda por cima ganhando dinheiro? — Ela deu um beijo na bochecha da neta. — Você fez bem em contar para todo mundo.

— É como contar para a família.

— Igualzinho. Crystal! Sua cliente está atravessando a rua. Meninas, de volta ao trabalho.

No dia seguinte, Shelby se encontrou com Emma Kate para um drinque após o trabalho — e depois de ela ter passado uma hora inteira com Bitsy.

— Eu pago. Estou te devendo.

— Não vou negar. — Shelby pegou seu caderno e o abriu. — Certo, primeiro a festa de noivado. Já está tudo certo, a hora, a data e o local. Convenci sua mãe a maneirar com as flores e com a comida. Só insinuei que seria mais interessante guardar a parte sofisticada para o casamento em si. Não seria melhor deixar a festa bonita e elegante? Elegância pode ser simples. Já que você quer amarelo e orquídeas para o casamento, a convenci a usar coisas diferentes. Disse que poderíamos usar branco, como o vestido da noiva. Era isso que você queria, não era?

— Sim. Só flores brancas. Conseguiu a convencer?

— Mostrei umas fotos que encontrei em revistas e na internet, e ela ficou toda animada. Aí, como eu já tinha conversado com a florista e resolvido tudo, disse que era melhor fazermos logo o pedido. Aproveitei a empolgação do momento. — Satisfeita e orgulhosa, Shelby esfregou as mãos. — Já está tudo certo.

— Então te devo duas bebidas.

— Emma Kate, você me deve tantas bebidas que já perdi a conta. Descartamos a orquestra de Nashville que sua mãe queria, e resolvemos contratar a Red Hot and Blue, como Tansy sugeriu e você gostou.

— Ai, meu Deus, não vamos mais ter homens em fraques brancos tocando valsas? Matt e eu adoramos essa banda quando eles tocaram no Bootlegger.

— Vai ser ótimo, e você e Matt podem avaliar se querem a mesma coisa no casamento também, ou se preferem contratar outra banda, ou um DJ, já que ainda não pensaram nisso. — Meticulosa, Shelby ticou um item da sua lista. — Então disse para Bitsy que eu lidaria com o hotel, porque ela precisava estar descansada e ser a mãe da noiva, e puxei assunto sobre o que ela vestiria e como seria seu penteado. Então mostrei uns cartazes que fiz com decorações de mesa, flores e coisas assim. — Shelby poliu as unhas na manga da blusa. — Soterrei a mulher com informações, e não lhe dei nem chance de abrir a boca.

— Com cartazes!

— Também decidi que não vou te mostrar nada. Vai ter que confiar em mim, e aceitar ser surpreendida. Você vai cuidar de cada detalhe do casamento, mas quero que a festa de noivado seja uma surpresa, e prometo que vai gostar.

— Não tenho que me preocupar com nada?

— Não tem que se preocupar com nada.

— Se eu não amasse Matt, teria que mudar de ideia e me casar com você. Mas, por outro lado, ele tem certos atributos que te faltam, sem mencionar que, junto com Griff, os dois conseguem consertar tudo. Estão juntos agora, fazendo alguma coisa na casa. Imagino que ele vá demorar, porque Matt colocou na cabeça que precisa decidir se prefere encontrar um terreno perfeito para construir uma casa ou começar a reformar uma como Griff.

— Você está pronta para isso?

— Da mesma forma que confio em você para deixar tudo lindo, confio em Matt para tomar uma decisão acertada. Vou dar minha opinião, mas quero que ele chegue a uma conclusão primeiro.

— Então tudo bem. — A amiga se acomodou na cadeira e se inclinou para a frente. — Vamos falar sobre o casamento.

As duas bolaram estratégias e planos enquanto Shelby escrevia.

— Coloque isso um pouco de lado. — Depois de vinte minutos, Emma Kate acenou uma mão para o caderno. — Minha cabeça está começando a girar.

— Estamos bem adiantadas no plano.

— Estamos mais do que bem adiantadas, e está na hora de mudar de assunto. Quero saber sobre você. Os agentes do FBI deram notícias?

— Não. Fico esperando que apareçam na minha porta de novo, com um pedido para a minha prisão como cúmplice ou coisa assim. Mas isso ainda não aconteceu.

— Se eles acham que você participou daquelas coisas, não deviam ser agentes especiais.

Forrest dissera a mesma coisa, pensou Shelby, mas se sentia mais tranquila ao ouvir isso da melhor amiga.

— Vou dar uma olhada nas fotos e nas cartas de novo. Precisei deixar isso de lado por alguns dias para recomeçar com uma nova perspectiva. Talvez consiga me lembrar de mais alguma coisa, ou encontrar uma pista.

— Que diferença isso faz agora, Shelby?

— Preciso saber. Só preciso saber. Não acho que vou descobrir um mapa do tesouro para o que ele roubou em Miami, ou para qualquer outra coisa que ninguém encontrou. Mas me parece importante saber.

— Queria que você esquecesse essa história, mas a garota com quem cresci nunca foi boa em abrir mão do que importava para ela.

— Isso é importante para mim. E se eu encontrar uma pista que ajude a polícia a descobrir alguma coisa, e depois outra coisa, e assim por diante até recuperarem algo? Pelo menos aquela mulher e o filho teriam isso.

— Shelby. — Emma Kate pegou a mão da amiga e lhe deu um apertão. — Você quer encontrar um jeito de recompensá-los, como se estivesse pagando uma dívida. E nada disso é culpa sua, nada. Esse é um dos motivos para ter pisado no freio com Griff. Conheço você.

Desconfortável, ela se distraiu organizando seus papéis.

— Não é bem assim.

— É assim o suficiente. Vocês pareciam felizes juntos. Ficavam bem juntos.

— Só queria ir um pouco mais devagar.

— Você tem que fazer as coisas no seu ritmo, jamais discordaria nesse ponto.

— Mas parece que ele discorda.

— Griff não disse quase nada sobre isso, não para mim. Nem para Matt, porque, se tivesse, eu já teria descoberto. Ele não sabe guardar segredos tão bem assim, e, de toda forma, tenho os meus truques. Imagino que Griff vá falar alguma coisa hoje, com os dois trabalhando na casa, bebendo cerveja e esse tipo de coisa. Vai ser fácil arrancar a conversa de Matt.

— Ele ficou puto da vida. É difícil saber como lidar com um homem que fica irritado de um jeito tão... racional.

— Eu odiaria isso! — Emma Kate riu, recostando-se na cadeira. — É impossível ganhar quando a outra pessoa está sendo racional.

— Sabe o que piora as coisas? Ele foi lá em casa durante o meu expediente. Com certeza sabia que eu tinha saído e que mamãe estava tomando conta de Callie. Passou quase uma hora no quintal brincando com ela no balanço e com o cachorrinho, segundo minha mãe.

— Ora! Isso só serve para mostrar o tipo de pessoa horrorosa com quem está lidando.

— Não tem graça, Emma Kate. — Shelby suspirou. — Não sei o que fazer. Tenho direito de estar irritada com algumas coisas que ele disse.

Bebericando o vinho, a amiga levantou uma sobrancelha.

— Coisas racionais?

— Acho que sob o ponto de vista dele, sim, mas isso não as torna aceitáveis para mim.

— Estou confiando em você com a festa de noivado, e ainda não me arrependi dessa decisão.

— Nem vai.

— Sim, porque confio em você. Por que não confia em mim?

— Eu... Mas é claro que confio. Confio em você.

— Ótimo. Vá conversar com Griff.

— Ah, mas...

— Por um acaso eu disse "mas" para a festa? Não — afirmou Emma Kate, categórica. — Então confie no que estou te falando e vá conversar com Griff. Matt diz que o homem está remoendo o assunto há dias. E parece que você também. Talvez até precisasse fazer isso, mas chega. Vocês precisam conversar. De um jeito ou de outro, colocar as coisas em pratos limpos vai fazer com que se sintam melhor e entender em que pé está a situação.

Shelby não queria obedecer a amiga — não seria melhor deixar tudo como estava por um tempo? Mas a ideia se infiltrou no seu cérebro, perturbando-a durante o jantar e, depois, enquanto colocava Callie para dormir.

Disse a si mesma para sossegar, passar o restante da noite analisando as fotos e as cartas de novo. Mas não conseguia fazer isso.

Desceu até a sala, onde o pai assistia à televisão enquanto a mãe fazia crochê, um ritual noturno deles.

— Callie já está na cama. Vocês se incomodam se eu sair um pouco? Preciso resolver uma coisa.

— Pode ir. — O pai lançou um sorriso distraído antes de voltar o olhar para o jogo. — Não vamos a lugar algum.

— Quando a partida acabar, pretendo arrastar seu pai até a varanda para tomarmos um chá e sentirmos o cheiro das rosas desabrochando na treliça.

— Divirtam-se, e obrigada. Não vou demorar muito.

— Pode levar o tempo que quiser — disse a mãe. — Passe um batom e arrume os cabelos. Não pode visitar Griff sem passar batom antes.

— Eu não disse que ia visitar Griff.

— Mães sabem das coisas. Passe o batom.

— Não vou demorar — repetiu Shelby, e saiu antes que Ada Mae sugerisse que trocasse de roupa.

GRIFF AINDA NÃO TINHA TOMADO BANHO para tirar a sujeira do dia, porque tinha decidido que o dia ainda não acabara. Mesmo depois de Matt ir embora, continuou trabalhando. Fez um intervalo rápido — deixou o cachorro sair, comeu um sanduíche, deixou o cachorro entrar —, mas se manteve concentrado no serviço.

Terminara o armário e, graças ao amigo, as paredes estavam prontas, devidamente emassadas. Então se concentrou no banco que projetara sob as janelas duplas, com vista para o quintal dos fundos. Seria um bom lugar para sentar — e teria um conveniente armário na parte de baixo.

Conseguia visualizar claramente o cômodo pronto. E, mesmo que a imagem o irritasse na maior parte do tempo, iria até o fim.

Ele tinha esse hábito de ser teimoso.

Depois que lixasse o armário, terminasse o banco sob as janelas e ajeitasse o rodapé, o quarto só precisaria ser pintado e limpo. Bem, ainda precisaria cuidar dos acabamentos — espelhos de tomada, interruptores e um ventilador de teto, para o qual já tinha instalado a fiação.

Precisava encontrar o modelo certo, que se encaixasse com a imagem que tinha do cômodo.

Talvez fizesse uma busca na internet naquela noite, tentaria encontrar algo interessante.

Depois, havia o pequeno banheiro. Cuidaria disso quando acabasse ali, provavelmente na noite seguinte ou na próxima, quando tivesse tempo.

Ouvia música, então não escutou nada até Snickers começar a latir. Só quando o cachorro saiu em disparada do quarto, correndo pelas escadas, Griff tirou os fones.

Pegou seu martelo e testou o peso. Seguiu para o andar de baixo com ele na mão. Quando ouviu uma batida à porta — realmente precisava comprar uma campainha —, pensou que o invasor dificilmente se daria ao trabalho de bater, e deu uma olhada pela janela.

Viu a minivan de Shelby.

As emoções se misturaram, em conflito e contraste. Havia prazer — Deus, como sentira falta do seu rosto. Irritação. E de quem era a culpa de não estar vendo aquele rosto? Confusão, já que não era do feitio dela aparecer depois das 21h. E um alívio enorme por ela ter aparecido.

Deixou o martelo em um dos degraus da escada e desceu até a sala, onde o cachorro latia e balançava o rabo.

Abriu a porta e se perguntou como estava conseguindo manter o coração no peito, sem deixá-lo cair aos pés dela.

— Espero que não tenha problema eu estar aqui — começou Shelby. — Queria falar com você.

E Griff queria tirá-la do chão, senti-la se agarrando a ele enquanto a beijava até seus cérebros derreterem.

— Claro.

— Oi, Snickers. Bom menino — cumprimentou ela enquanto se abaixava para afagar o filhote. — Ele cresceu. Talvez pudéssemos sentar lá fora. A noite está tão bonita.

— Pode ser. Quer beber alguma coisa?

— Não, não precisa se incomodar. Você está trabalhando. Está cheirando a serragem e suor, mas de um jeito bom.

— Só estava dando um jeito em algumas coisas. Seria bom fazer um intervalo.

Griff saiu para a varanda, gesticulando para uma das cadeiras.

— Sei que está irritado comigo — começou Shelby quando sentou. Continuou afagando o cachorro, que agora estava com as patas apoiadas nos joelhos dela. — E deixou seus motivos bem claros.

— Certo.

— Eu tentei me explicar, mas acho que você não entendeu.

— Entendi, sim — rebateu ele. — Só não concordo.

— Você não viveu a minha vida, Griffin. Já tive até que conversar com agentes do FBI.

— Fiquei sabendo disso, ouvi dizer que ficaram gratos pela sua cooperação.

— Forrest.

— Seu irmão não me contou segredos de Estado. Além do mais, eles vieram falar comigo.

— Eles... — As mãos dela pararam de se mover; sua cabeça se virou imediatamente na direção de Griff. — Eles vieram aqui?

— Queriam conversar. Também não é segredo de Estado o fato de nós termos passado um tempo juntos desde que você voltou. Não foi nada de mais.

Os olhos de Shelby brilharam, soltando faíscas. Irritação, ressentimento, frustração — foi fácil para Griff ver a mistura de emoções.

— Por que é que não entende que, para mim, faz diferença eles terem vindo aqui para te fazer perguntas sobre coisas com as quais você não teve envolvimento algum?

— Você também não viveu a minha vida, Shelby. Eles sabiam do problema com o notebook, e só estavam investigando. Acho positivo ter a polícia local e o FBI envolvidos.

— Ele matou uma pessoa.

— O quê?

— Não te contaram essa parte? Forrest não mencionou esse detalhe nos seus relatórios?

— Não, e pare de ser maldosa. Seu irmão é meu amigo — continuou Griff antes de Shelby ter a oportunidade de o atacar novamente. — Ele não faz relatórios para mim. Nós conversamos.

Ela tinha *mesmo* sido maldosa, precisava admitir, mas... Ordenou a si mesma a deixar aquilo de lado e dizer o que precisava ser dito.

— Richard matou uma mulher em Atlanta. Ou ela caiu escada abaixo enquanto a roubava. Não está muito claro o que aconteceu. Mas ele a deixou lá no chão, morta ou morrendo, e foi embora. Era essa a pessoa com quem me casei, com quem tive uma filha e com quem morei por quase cinco anos.

— Deve ser difícil para você, e sinto muito. Mas o que ele fez, a pessoa que ele era? Isso não tem nada a ver comigo. Não tem nada a ver com o que acontece entre nós.

— Mas tem tudo a ver comigo, o que significa que tem a ver com o que acontece entre nós. Por que não consegue entender isso?

— Porque estamos falando do presente — disse Griff, prático. — Porque estou apaixonado por você. Porque sei que sente alguma coisa por mim. Talvez não tenha os mesmos sentimentos que eu, e não posso discutir isso, mas sente alguma coisa. O que vejo é você tentando se afastar, e me afastar, porque um sociopata, golpista, ladrão e, pelo visto, um assassino filho da puta te usou e enganou, e você se culpa e responsabiliza por isso.

— Preciso ser responsável pelas minhas próprias escolhas, pelas minhas ações e pelas consequências delas.

— Tudo bem — disse Griff depois de um instante. — Nesse ponto, você tem razão. Mas quando vai parar de ficar se punindo pelo passado?

— Não posso cometer outro erro.

— Não sou um erro. — Ele precisou se levantar, precisou se afastar e se controlar. — Não venha colocar a culpa em mim.

— Não, não, o problema sou eu. É que...

— O problema não é você, sou eu? Essa é clássica.

— Ah, cala a boca por um segundo. Cala a boca! Eu sinto alguma coisa por você, e isso me assusta. Não posso simplesmente agir de acordo com os meus sentimentos de novo, porque, sim, estamos falando do presente. Agora, tenho uma filha. A vida dela, a nossa vida, precisa ser estável. Tenho que saber que estou fazendo as coisas do jeito certo, que não estou só agindo como acho que é melhor para mim. Preciso de um tempo, droga. Preciso parar e pensar, em vez de só sentir. Eu magoei pessoas. Magoei a minha família, e nunca, nunca mais vou fazer isso de novo. Magoei a mim mesma.

Shelby também se levantou, foi até o corrimão do lado da escada oposto ao que ele estava. Pelo gramado, através das árvores, vários vagalumes apresentavam um espetáculo, com inúmeros pulsos de luz quente brilhando no escuro.

— Não estou me punindo, ou pelo menos não tanto. Nem estou sentindo pena de mim mesma. Não mais. Voltei para casa, trouxe minha filha para a família, estou construindo uma vida para nós duas. Sinto como se estivesse tomando as atitudes certas. E me sinto bem. Isso teria sido suficiente, Griffin, teria sido mais do que suficiente. E aí você... Eu só... Os sentimentos surgiram.

— Eu planejava ir mais devagar. Pensei que poderíamos sair juntos, com Matt e Emma Kate, algumas vezes, durante alguns meses, talvez. Para que se acostumasse com a ideia. E aí a convidaria para um encontro. Mas não segui o esquema.

— Você tinha um esquema?

— Sempre tenho um esquema. Mas, às vezes, você acaba notando que uma mudança pode melhorar o plano. Às vezes, algumas mudanças. Então é isso que faz. Queria ter ido mais devagar, só que... Forcei a barra?

— Não. — Era errado, admitia Shelby, era injusto e errado deixar que ele pensasse assim. — Não, você não forçou a barra, Griff. Você... me atraiu, e você... — Ela olhou para o quintal, para todos aqueles pulsos de luz amarela. Ele a iluminara, concluiu. Colocara brilhos de luz no meio da escuridão que carregava dentro de si. — Não esperava me sentir deste jeito. Eu queria, quero, que fiquemos juntos. Você é o oposto de Richard. Perguntei a mim mesma se isso era parte da atração. Você é tão diferente dele. Não é exibido nem chamativo, só...

— Chato?

Shelby olhou rapidamente para ele, ficando aliviada ao vê-lo sorrir.

— Não, não chato. Verdadeiro. Eu precisava tanto de algo que fosse real na minha vida, e aí te encontrei. Sinto alguma coisa por você, e isso me assusta.

— Isso não me incomoda. Leve o tempo que precisar para se sentir à vontade. Mas não dê desculpas para me evitar. Seja sincera.

— Eu não sabia como fazer isso. Não tinha pensado em como agir porque não queria parar de te ver. Achava que devia, por um tempo, mas não queria.

— E esse tempo já foi suficiente?

— Acho que foi mais do que suficiente.

— Nesse ponto, concordamos. Senti muita falta de você, ruiva.

— Você visitou Callie enquanto eu estava no trabalho.

— Senti muita falta dela também. E eu e Callie não brigamos.

Com um aceno de cabeça, Shelby observou a escuridão e as luzes.

— Fiquei pensando que apareceria para falar comigo também. Você foi ao bar na sexta, mas nem chegou perto de mim.

— Você me magoou.

Num instante, ela se virou para encará-lo.

— Ah, Griff...

— É melhor ficar claro, Shelby, que não quero que me compare a ele, de forma alguma. Isso dói e realmente me irrita.

— Desculpe. Não posso prometer que não acontecerá de novo, mas vou trabalhar nisso.

— Já é alguma coisa.

— Você também me magoou, e realmente me irritou.

— Desculpe. Não posso prometer que não acontecerá de novo, mas vou trabalhar nisso.

Ao receber as próprias palavras de volta, Shelby riu com vontade.

— Senti muito a sua falta. Mesmo. Não quero dizer só a parte do sexo, apesar disso contar bastante. Sentia saudade de conversar com você. Mas...

— O-oh.

— Pensei que tinha me apaixonado antes, e tudo aconteceu tão rápido que parecia que tinha sido engolida por uma onda. Mas não era amor, não de verdade. Talvez você também precise de um tempo.

— Se ele fosse quem fingia ser quando aquela onda te engoliu, teria sido de verdade?

— Eu... — Shelby só foi capaz de levantar as mãos e deixá-las cair ao lado do corpo.

— Não sabe, porque não foi o caso. Ele não era a pessoa que você acreditava que fosse, então não tem como saber. Mas vou te contar o que eu sei. Eu te quis desde o primeiro instante em que a vi. Foi mais um momento de surpresa do que o que chamariam de amor à primeira vista. Olhe só para ela. É a mulher mais bonita que já vi na vida.

Shelby queria rir novamente, mas as palavras de Griff pareciam ter criado um bolo na sua garganta.

— Eu estava toda molhada e me sentindo péssima, pelo que lembro.

— Além de triste e linda. E aí encontrei você voltando para casa a pé com Callie, empurrando o carrinho estrada acima, cheia de sacolas de compras. Parecia tão irritada consigo mesma e tão cansada. E ela era uma gracinha. Então me senti atraído por você, e depois quis ajudar. É melhor deixar claro que me apaixonei por Callie primeiro. Aquela menina me tinha na palma da mão em dois minutos.

— Ela tem jeito.

— Ela tem o seu jeito. Muito me admira você não perceber isso. De toda forma, quando te ouvi cantando, comecei a me apaixonar. Quando te vi cantando, já era. Então ficamos juntos, e já não tinha mais jeito. Na verdade, o que fez não ter mais jeito mesmo foi... — Ele colocou as mãos dentro dos bolsos enquanto a analisava. — Droga, talvez você não queira saber.

— Eu quero. Não existe mulher no planeta que não gostaria de saber.

— Tudo bem. O que fez não ter mais jeito mesmo? Ver você dando aquele soco em Melody. Não sou um homem violento, mas, quando bateu nela, tudo que consegui pensar foi: Bem, mas que droga, Griff, você está apaixonado por essa mulher. Seria um idiota se não estivesse.

— Está inventando isso.

— Não estou. — Ele foi na direção de Shelby e tocou os seus ombros. — Precisei te tirar de cima dela. Quase não queria fazer isso. Foi quando percebi que, sim, eu precisava estar com você. Queria ajudar. Poderia consertar algumas coisas na sua vida. Mas, *minha nossa*, uma mulher que dá um soco daqueles? Ela sabe se virar. É capaz de fazer qualquer coisa que for preciso.

Shelby achou que ouvi-lo dizer que estava apaixonado por ela já a deixara abalada. Mas aquela última frase, o tom de admiração, era simplesmente estonteante.

— Acha mesmo isso?

— Sei disso. Já vi isso. E admiro demais. Eu amo você. Não me incomodo em te deixar um pouco assustada, porque sei que aguenta o tranco. Mas, quando olhar para mim, Shelby, veja só a mim. Só a mim. Quando pensar em mim, pense só em mim.

— Não penso em mais ninguém quando você me beija, quando me toca.

— Então acho que devia fazer isso com mais frequência.

— Ah, meu Deus, também acho.

Shelby se jogou em Griffin, pressionando seus lábios contra os dele.

E ele fez a sua parte.

— Vamos lá para dentro. — Aquilo não era suficiente. — Vamos para a cama.

— Sim. — Shelby acariciou suas costas com as duas mãos, feliz por sentir novamente aqueles músculos rígidos. — Sim. — Inspirou seu cheiro de serragem e suor. — Sim. — Os dois seguiram na direção da porta, e ela disse: — Ah. Espere um pouco.

— Por favor, Deus, não deixe isso virar um "não".

— Não... quero dizer, sim. — Ainda agarrada a Griff, Shelby soltou uma risada ofegante. — Só preciso mandar uma mensagem para a minha mãe. Disse que não ia demorar, mas vou.

— Tudo bem. Mande a mensagem enquanto caminha.

— Posso fazer isso. — Shelby pegou o telefone, controlando-se para manter as mãos firmes o suficiente para digitar o texto. — Ela sabia que eu vinha aqui, então não acho que vá se surpreender... Mas que resposta rápida.

Os dois já haviam entrado na casa e subiam as escadas. Shelby parou na metade do caminho.

— Algum problema?

— Não. Não, não é um problema. Ela disse... — Shelby soltou outra risada curta. — Disse que você ia acabar me seguindo até em casa, então seria melhor não te dar trabalho e passar a noite aqui. E disse, porque me conhece, para não me preocupar com Callie acordando e perguntando onde eu estou. Podemos acordar cedo e irmos tomar café lá. Ela vai fazer panquecas.

— Gosto de panquecas.

— Sim, mas...

— Digite: "Obrigada, mamãe. Estaremos aí amanhã cedo." — Griff a puxou para subir mais um degrau, de forma que estivessem na mesma altura, e então a beijou. — Fique. Passe a noite comigo. Acorde ao meu lado amanhã.

Como poderia resistir? Por que deveria? Shelby passou a mão pelas bochechas dele.

— Não estava contando com isso. Não trouxe o meu pijama.

— Se for esse o problema, também posso dormir sem o meu. Vamos ficar iguais.

— Justo.

Ela riu de novo, feliz, e então Griff a pegou no colo, carregando-a pelo restante do caminho, enquanto o cachorro corria para alcançá-los.

Capítulo 26

♦ ♦ ♦ ♦

SHELBY RESOLVEU incrementar os anos 1950 adicionando um pouco de *bluegrass* ao repertório.

Chegou cedo ao bar para ensaiar; pensou em como era maravilhoso e surpreendente já ter se apresentado em mais de meia dúzia de Noites de Sexta.

Tansy aplaudiu quando terminou de cantar "Rolling in My Sweet Baby's Arms".

— Adorei!

— Não vi você aí. Pensei em colocar um pouco de *bluegrass* no repertório, misturar músicas folk e tradicionais com as mais conhecidas. Achei que seria legal cantar bastante Patsy Cline. Como um tributo.

— Também adorei a ideia. Vai ser ainda melhor quando conseguirmos contratar músicos e tivermos um palco de verdade. O que vai acontecer até setembro, ou outubro, no máximo, pelo menos de acordo com Matt. Recebemos as licenças hoje cedo!

— Tansy, que notícia ótima!

— Mal posso esperar para começarmos. Estou com um pouco de medo, porque vamos investir bastante dinheiro na expansão. Mas... os últimos meses realmente mostraram que as pessoas gostam de vir aqui nos fins de semana e de ouvir música ao vivo.

— Você convenceu Derrick a contratar uma banda para tocar aos sábados, não é?

Unindo as mãos, Tansy levantou os braços sobre a cabeça e dez uma voltinha da vitória.

— Vamos fazer um teste durante o verão para ver se vai dar certo, se os rendimentos vão justificar os custos. E tenho que te agradecer por tudo isso, Shelby. Não sei quanto tempo teria levado para convencer Derrick a fazer a obra se você não fizesse das Noites de Sexta um sucesso.

— Eu me divirto muito fazendo isso, e você me deu a oportunidade. Acho que foi um ótimo negócio para nós duas. — Ela saiu do pequeno palco. — Como está se sentindo?

— Continuo enjoando um pouco na parte da manhã, mas Derrick me dá refrigerante e biscoitos de água e sal, o que geralmente ajuda. E olhe! — Tansy virou de lado, emoldurando a barriga com as mãos. — Já dá para ver!

— Minha nossa. — Shelby arregalou os olhos para a protuberância mínima. — Você está enorme!

— Talvez nem tanto — disse a amiga com uma risada —, mas — ela levantou a blusa — tive que amarrar minha calça com um barbante hoje. Não consigo mais abotoá-la. Vou começar a usar calça bailarina, e preciso comprar roupas de maternidade assim que tiver tempo.

Shelby se lembrava de como era aquela sensação, de como era estar tão radiante.

— Hoje em dia, tem umas bem legais, e você não precisa se sentir como se estivesse usando uma lona de circo ou a toalha de mesa de sua avó.

— Já coloquei umas na minha cesta de compras na internet. Quero escolher mais algumas antes de finalizar o pedido. Bem, sei que você quer voltar para seu ensaio, mas quero saber como vão as coisas.

Sabia que acabariam tocando no assunto, pensou Shelby. O passado a seguia como uma sombra em noite de lua cheia.

— Sinto muito por aqueles agentes terem vindo falar com vocês.

— Nós não nos importamos. Não precisa se preocupar.

— Forrest disse que eles voltaram para Atlanta. Não havia muito que eu pudesse fazer para ajudá-los a encontrar as coisas que Richard roubou. Sei que é bobagem, mas acho que, se conseguisse me lembrar de algum detalhe ou desse uma pista que levasse a alguma descoberta, me sentiria melhor com a situação. Mas, no fim das contas, os agentes me deram mais informações do que eu a eles.

— Você descobriu coisas terríveis.

— Mas aprendi com isso. Se eu quiser que Callie cresça e se torne uma mulher inteligente e forte, que valoriza a família e os amigos e respeita a si mesma, preciso dar o exemplo. Se quero que ela saiba como é bom construir a própria vida com esforço e trabalho, preciso dar o exemplo. E é isso que estou tentando fazer.

— É o que você está fazendo.

— Acho que preciso contrabalançar tudo que ela um dia vai escutar sobre o pai, sabe?

— Quando isso acontecer, ela vai contar com você e com a sua família. E conosco, seus amigos.

— Parece que Richard nunca aprendeu, nunca entendeu, que há coisas mais importantes que as joias que ele roubava, que o dinheiro que tirava dos outros. Se os anos que passei com ele serviram de alguma coisa, foi para que isso ficasse bem fixo na minha mente. Antes, havia muita coisa na minha vida a que eu não dava o devido valor.

AGORA, SHELBY VALORIZAVA TUDO, desde as risadas no salão aos suspiros de prazer na Sala de Relaxamento.

Deu um abraço rápido e impulsivo na avó depois de guardar mais toalhas perto dos lavatórios.

— Por que tudo isto?

— Porque quis. Adoro estar aqui com você. Estou feliz, só isso.

— Eu também estaria feliz se tivesse um homem como Griffin Lott olhando para mim como se eu fosse uma mistura de Vênus de Milo, Charlize Theron e Taylor Swift. — Crystal fez uma pausa no trabalho e fechou a tesoura. — Juro, preciso de homens para sexo, mas, se Charlize Theron entrasse aqui e dissesse "E aí, Crystal, que tal irmos para sua casa e brincarmos nos seus lençóis?", tenho certeza de que a levaria para lá e faria um teste.

Achando graça, Viola lavou os cabelos da sua cliente.

— Charlize Theron. Ela é a única que a faria abandonar os homens?

— Acho que sim. Bem, tem a Jennifer Lawrence. Ela é uma gracinha, e acho que seria divertido tomarmos uma cerveja juntas. Mas nem se compara a Charlize Theron. Por quem você trocaria de time, Shelby?

— O quê?

— Quem é sua amante lésbica imaginária?

— Nunca pensei nisso.

Crystal circulou um dedo no ar.

— Pense um pouco.

Não, pensou Shelby mais uma vez, jamais deixaria de valorizar aquelas conversas malucas e divertidas.

— Talvez a Mística — decidiu ela, e Crystal fez uma cara confusa.

— Quem?

— Ela é uma supervilã. De X-Men. Forrest e Clay adoravam assistir a X-Men, lembra, vovó? Jennifer Lawrence, aquela com quem você tomaria uma cerveja, a interpreta nos filmes agora. A Mística pode se transformar em qualquer pessoa, em qualquer formato, tudo. Então, acho que ir para a cama com ela poderia cumprir todos os requisitos que uma pessoa quisesse.

— Acho que não fica melhor que isso — decretou Viola, e fez a cliente sentar na cadeira diante dela.

Algumas horas depois, Shelby estava aconchegada com Beau, observando Callie e Jackson brincando nos balanços. Pensou em como choveria mais tarde, em como podia sentir o cheiro da chuva que se aproximava, em como podia vê-la. Mas, naquele momento, não poderia haver um fim de tarde de primavera mais perfeito.

O pai ainda não tinha voltado da clínica, então Clay dava um jeito no quintal enquanto Gilly sentava no balanço da varanda dos fundos, depois de ter sido expulsa da cozinha pela sogra.

— Devia ser ilegal se sentir tão feliz assim — disse ela.

— Que bom que não é. Senão estaria dividindo uma cela com você.

— Vi Griff mais cedo.

Shelby teria que se acostumar ao fato das pessoas associarem sua felicidade a Griff. Não estavam de todo erradas.

— É mesmo?

— Levei os meninos para dar uma volta, antes do dia começar a esquentar, e ele estava um pouco mais adiante na rua, consertando o portão da Sra. Hardigan, a mãe do xerife.

— Ela foi ao salão hoje.

— Parei para conversar um pouco. É legal da parte deles passarem lá e fazerem essas coisinhas para ela. Não cobram nada por isso. A própria Sra. Hardigan me contou. Ela faz bolos para os dois, e tricotou gorros e luvas para eles no Natal. Olhe só como Jackson cresceu! Faz pouco tempo que nem conseguia subir naquele balanço sem ajuda.

E os olhos de Gilly se encheram de lágrimas.

Ela balançou uma mão no ar enquanto Shelby dava batidinhas no seu braço.

— Meus hormônios estão enlouquecidos. Mas... acho que não vou querer voltar ao trabalho, Shelby, quando a minha licença-maternidade acabar.

— Não sabia que estava pensando nisso. Sei o quanto adora o hotel.

— Adoro mesmo, e não estava nem cogitando a ideia, até... — Ela esticou uma mão, passou os dedos pela bochecha de Beau. — Acho que não ia aguentar deixar os dois. Só quero passar um tempo em casa com eles. Talvez um ano. Clay e eu conversamos sobre isso. Sabemos que as coisas vão ficar um pouco apertadas, mas...

— É difícil. É difícil tomar uma decisão, é difícil ter que tomar essa decisão.

— Eu amo o meu trabalho, de verdade. E sou boa no que faço, mas quero um ano, só isso. Quero separar um ano para mim e para a minha família. Não me parece muito, tirar um ano de uma vida inteira para fazer o que quiser, mas faria muita diferença para mim.

— Então fique em casa. Você trabalha no hotel desde a faculdade. Aposto que conseguiria fazer um acordo. Talvez não consigam segurar seu emprego, mas, não sei, acho que vai conseguir voltar quando estiver pronta. E não vai se arrepender de nada.

— Isso colocaria muita pressão sobre Clay.

— Ele vai aguentar, Gilly.

— Nunca pensei que fosse sonhar em ser dona de casa, mas é o que quero por agora. E você? O que quer?

— Acho que já tenho tudo.

— Quis dizer para o futuro.

Shelby olhou para a porta da cozinha.

— Estava pensando, só pensando. Ainda não falei sobre isto com ninguém além de Emma Kate.

— Sei guardar segredos.

— Sabe mesmo. Depois que as coisas estiverem mais tranquilas, e conseguir encontrar uma casa, um lugar que tenha espaço suficiente para eu trabalhar... Pensei em começar uma empresa de decoração. Fazendo projetos e arrumando as coisas.

— Você sempre foi boa nisso.

— Tenho assistido a umas aulas pela internet para aprender mais sobre o assunto e ganhar experiência. Só algumas, para começar — adicionou Shelby. — Quando consigo encaixar nos meus horários.

— Nunca conheci ninguém que conseguisse encaixar tanta coisa junto. Além da vovó.

— Talvez esteja compensando por ter passado tanto tempo sem fazer nada. Pensei que, bem, se der certo, talvez Matt e Griff pudessem contar com a minha ajuda nas obras deles, ou talvez me indicassem para seus clientes.

— Tenho certeza de que fariam isso. E tem vários espaços e quartos no hotel que são remodelados com frequência, Shelby. Eu poderia indicar você.

— Ah, não sei se...

— Seja ambiciosa.

— Talvez seja mesmo. Estou sendo mais imediatista. Sei que sou capaz de administrar um negócio, só que, mesmo assim, queria assistir a mais aulas antes. Sou boa em lidar com dinheiro e fazer contas. Ainda falta bastante, mas estou economizando para me matricular em um curso de administração.

— É essa parte que me faz mudar de ideia sempre que começo a pensar em abrir uma confeitaria. O lado mais burocrático da coisa — disse Gilly, revirando os olhos. — Mas você tem sangue dos MacNee. Quer saber de uma coisa?

— O quê?

— Eu estava pensando em remodelar o nosso quarto. Entre Jackson e Beau, a reforma do quarto do bebê e comprar móveis maiores para Jackson, não mexemos no nosso há cinco anos. E isso é visível.

— Remodelar um quarto é divertido, mas...

— Aí está seu lado MacNee — disse Gilly, rindo. — Clay é igualzinho. Reformas custam dinheiro. Se vou ficar em casa, é melhor economizar, eu sei, mas, meu Deus, Shelby, como queria ter um quarto de adulto, um lugar onde Clay e eu pudéssemos ser nós mesmos de vez em quando. Se você me ajudasse, sairia mais barato. Podemos ser as suas cobaias. — Ela se moveu, passando os braços pelos ombros da cunhada para dar mais ênfase. — Shelby, ainda usamos os móveis antigos dos nossos quartos de adolescência, e aquele abajur horroroso que minha tia Lucy me deu de presente de casamento.

— Aquele abajur é mesmo horrível.

— Se ela não dissesse que era uma herança de família, eu já teria derrubado acidentalmente aquela coisa, e me certificado de que havia se espatifado em mil pedacinhos. Não quero nada chique. Só um quarto simples e bonito. Preciso da sua ajuda.

— Eu adoraria. — Teriam que se livrar do abajur, mas os móveis... podiam ser restaurados ou pintados, e trocariam os acabamentos. Ia ficar bom. — E estou cheia de ideias econômicas. Às vezes, basta trocar a mobília de lugar ou usá-la para outras coisas. Podemos usar o que vocês já têm de um jeito diferente, dar outro toque. E pintar. Uma nova pintura pode fazer muita diferença, e é barato.

— Acho que estou trocando minhas lágrimas por empolgação. Você tem tempo esta semana?

— Posso passar lá amanhã de manhã, depois de deixar Callie na casa de Chelsea, antes de ir para o salão. Umas 8h30? É cedo demais?

— Nenhum horário é cedo demais quando se tem um filho pequeno e um recém-nascido. Estava pensando em... Ora, olá, Forrest.

— Oi, Gilly. — Ele saiu da cozinha e se inclinou sobre o bebê. — Quando ele vai começar a fazer alguma coisa além de dormir?

— Venha nos visitar às 2h da manhã e verá. — Entendendo o olhar do cunhado, ela se levantou. — Vou ficar um pouquinho com ele, levá-lo para a avó. Assim, vou ficar um pouco na cozinha, quer ela queira ou não.

Gilly pegou o filho das mãos de Shelby e entrou na casa.

— Preciso de um minuto — disse Forrest à irmã.

— Claro. Sente.

— As crianças vão ficar bem aqui fora por um minuto? Clay está por perto, brincando de fazendeiro na horta.

— Ele herdou o talento do papai, e as crianças estão bem.

— Então vamos conversar lá na frente.

— O que houve?

— Lá na frente — repetiu ele, e pegou o braço da irmã.

— Você está me deixando nervosa, Forrest. Que droga, meu dia estava sendo ótimo.

— Desculpe, e desculpe jogar essa bomba em você num dia bom.

— Estou encrencada? Os agentes do FBI acham...

— Não, não é nada assim. — Ele a guiou pela lateral da casa, até o jardim da frente. Até ficar fora da visão das crianças, fora dos limites de audição da família. — É Privet, o detetive da Flórida.

— Eu me lembro dele — rebateu Shelby, irritada. — Ele finalmente contou quem é o cliente?

— Não, e nem vai. O homem foi encontrado morto hoje cedo, pela secretária.

— Ai, meu Deus! O que houve?

— Parece que aconteceu entre 22h e meia-noite, e usaram a mesma arma que matou Warren.

Aquilo não deveria ser uma surpresa, pensou Shelby, mas, mesmo assim, ficou chocada.

— Ele foi assassinado?

— Isso mesmo. A cena era de um assalto, pelo menos fizeram parecer assim. Como se o assassinato fosse culpa de algum ladrão descuidado. Mas concluímos, pelos relatórios dos policiais que estão investigando o caso, que Privet estava sentado à escrivaninha quando morreu. Ele tinha uma arma na gaveta. Não há sinal de que tenha tentado alcançá-la nem de que tenha lutado. Foi um tiro na cabeça, como Warren. Não à queima-roupa, mas de perto.

— Preciso de ar. — Ela se inclinou para a frente, colocando as mão sobre as coxas, e respirou fundo. — Eu não gostava dele. Morri de medo quando entrou na casa do Norte daquele jeito e depois me seguiu até aqui. Na... na espreita. Mas me deixou em paz quando você pediu.

— Encontraram as fotos que ele tirou de você e Callie no escritório, nos arquivos.

— Callie.

— E algumas anotações, uma conta. Ainda não tinha sido paga, e o prazo já havia vencido, de acordo com o arquivo. Não encontraram o nome da pessoa que o contratou para te seguir. A polícia local está interrogando a secretária e o sócio dele, mas, por enquanto, ninguém parece saber quem o contratou para o serviço. E não há registro.

— Talvez não existisse um cliente. Talvez tenha mentido.

— Talvez.

— Só que... você disse que parecia um assalto, mas não era.

— A porta foi arrombada e alguns equipamentos eletrônicos sumiram. Além do relógio dele, da carteira e de alguns trocados. Havia coisas espalhadas pelo chão. Parecia coisa de um ladrão inexperiente. Mas o tablet e o laptop também não estavam lá. Aparentemente, os que ficavam na casa dele também desapareceram.

— Você acha que alguém entrou na casa?

— Foi um trabalho profissional, porque não há nenhum sinal de invasão. Mas todas as informações sobre esse caso específico, com exceção das suas fotos, algumas anotações e relatórios de custo, desapareceram.

Shelby esticou a coluna. Ainda sentia o rosto quente e a cabeça leve demais, mas conseguia pensar logicamente.

— Você acha que o que aconteceu com ele está relacionado com aquele maldito assalto na Flórida.

— Acho, já que ele mencionou uma recompensa sobre o valor do roubo quando o aconselhei a ir embora.

— Então tudo volta para Richard, ou para Harlow. O homem fugiu da prisão, provavelmente conseguiu uma identidade nova em algum lugar. Contratou um detetive para ajudá-lo a encontrar Richard, mas as únicas pessoas que encontrou foram eu e Callie. Só nós duas, porque Richard já havia morrido. Veio até aqui e encontrou a antiga comparsa. Ela havia o dedurado, então a matou.

— Sabemos que Harlow esteve aqui. Você mesma o viu.

— Ou o detetive acreditou que era um cliente, ou estava mancomunado com ele. Agora, imagino que não faça mais diferença o que realmente aconteceu entre os dois. Mas Privet provavelmente o deixou entrar no escritório e se sentou para conversarem.

— E, ou Harlow não gostou do que ouviu, ou achou que o detetive fosse criar problema. Então deu um jeito nele. Encenou um assalto, pegou o que precisava, tudo que o incriminasse, alguns objetos valiosos, um pouco de dinheiro, e foi embora.

— Não é possível que ele ache que sou um problema, Forrest. Harlow roubou todas as informações que tenho, então sabe que estou soterrada em dívidas. Se ainda estiver procurando pelos milhões, já entendeu que não posso o ajudar.

— Não sei por que ele voltaria para cá, mas quero que continue tomando cuidado. O homem já matou duas pessoas. O departamento de Miami vai nos manter atualizados, como uma cortesia profissional. O FBI provavelmente vai se meter. Mas o problema, Shelby, é que não consigo encontrar mais ninguém além de você que tenha visto o sujeito por aqui.

— Ele me deixou vê-lo.

— Isso mesmo.

Ela olhou para o quintal, onde as crianças brincavam e o irmão mais velho cuidava da horta.

— Não posso fugir, Forrest. Não tenho para onde ir, e Callie está mais segura aqui do que em qualquer outro lugar. Não sei de nada que possa ajudar esse homem. Preciso acreditar que ele estava, como você disse, resolvendo um problema. É horrível dizer isso, mas foi o que fez.

— É o que parece. Não vá a lugar algum sem seu telefone.

— Nunca vou. — Shelby bateu no bolso onde o celular estava, mas Forrest balançou a cabeça em negativa.

— Estou falando sério. Se for tomar banho, leve-o para o banheiro. E... — Ele tirou uma latinha do bolso.

— O que é isso?

— Spray de pimenta. Você tem direito de carregar uma arma, mas sua pontaria sempre foi uma merda.

Como o irmão não estava de todo errado, Shelby não se sentiu ofendida.

— Não era tão ruim assim.

— Uma merda — repetiu ele. — E você não vai querer ter uma arma perto de Callie. Nem eu. Deixe as pistolas comigo, mas fique com isto. Carregue com você. Se tiver algum problema, mire nos olhos. Deixe na bolsa por enquanto — aconselhou Forrest enquanto ela analisava a lata.

— Vou aceitar, e vou tomar cuidado se isso fizer você se sentir melhor. Harlow não tem motivos para vir atrás de mim, especialmente agora. Quero esquecer essa história, o que não significa que vou fazer bobagens, mas não quero mais que isso domine a minha vida. Mamãe está fazendo aquelas batatas sofisticadas e couve. Coloquei o frango em marinada, e papai vai colocá-lo na churrasqueira quando chegar. Entre e coma com a gente.

— Odeio ter que dizer não. Amo essas batatas. Mas preciso cuidar de umas coisas. Diga à mamãe que volto mais tarde, se puder, e como as sobras.

— Pode deixar. Preciso voltar, dar uma olhada nas crianças.

— Tudo bem. Até mais tarde.

Forrest a observou voltar para dentro de casa. Tinha coisas para resolver, pensou. A primeira era dar um pulo na casa de Griff. Não faria mal deixar o amigo informado dos acontecimentos. Queria o máximo de olhos possíveis na irmã.

$\mathcal{D}$E QUATRO, Griff colocou o próximo azulejo no chão do banheiro. A cor de areia dourada o fazia pensar na praia, então achava que o banheirinho ficaria bonito e alegre.

Enquanto ouvia o que Forrest dizia, sentou-se sobre os tornozelos.

— Não pode ter sido aleatório. Assaltar o escritório de um detetive particular, *desse* detetive particular, e matá-lo. Vocês, caras com distintivos, não podem achar que isso foi por acaso.

— Estão investigando o caso. Mas não — adicionou o amigo, apoiado no batente enquanto Griff trabalhava. — Não achamos que foi por acaso. O problema é conectar Privet a Harlow, a Warren, ao maldito do Foxworth, e ao caso de Miami cinco anos atrás. Harlow deve ter matado o sujeito, mas não sabemos o motivo. Nem o que o detetive sabia, ou quem ele conhecia, e talvez essas informações façam diferença. Talvez tenha mais alguém envolvido na história, alguém que não conhecemos.

— Isso não é reconfortante.

— Nada sobre essa história é reconfortante.

— O que aconteceu em Miami cinco anos atrás ainda não acabou.

— Não.

— Quando Harlow recebesse a parte dele pelo trabalho, iria embora. Talvez o detetive fosse a última pendência a ser eliminada, e agora acabou. Ele desapareceu. — Griff ajustou os separadores, seguiu para o próximo azulejo. — Por outro lado, se o detetive sabia onde estava o dinheiro, ele próprio teria desaparecido.

— É um mistério.

— Você está com medo de Jimmy Harlow ainda não ter resolvido o problema e achar que Shelby sabe de alguma coisa.

Forrest se agachou.

— Não há muito que possamos fazer por aqui além de continuar buscando por ele nas redondezas, fazer perguntas e mostrar sua foto. Os agentes do FBI estão investigando nossas pistas, mas já entendi que, a esta altura do campeonato, não há muito mais o que investigar. Encontraram alguns comparsas antigos de Foxworth, e de Harlow e Warren. Mas não conseguiram nada. Pelo menos nada que tenham contado a nós, meros policiais.

— Acha que estão retendo informações?

— Não posso ter certeza disso, e não vejo por que fariam algo assim. Mas nunca se sabe. O que eu sei é que temos um assassinato sem resolução em Ridge, e nenhum de nós vê isso com bons olhos. Minha irmã está envolvida com o caso, e eu não me sinto confortável com isso, nem ninguém do departamento. Estamos de olho nela, fazendo patrulhas extras e coisas assim. Mas Shelby não gostaria de ir jantar na casa do xerife ou passar a noite com Nobby.

— Se fosse, eu acabaria sendo preso por agredir um policial. Estou tomando conta dela, Forrest. Sua irmã não gosta muito da terminologia, mas vai ter que aprender a aceitá-la. Vai ser mais fácil depois que ela se mudar para cá.

Agora foi a vez de Forrest se sentar sobre os tornozelos.

— É mesmo?

— Claro. Já instalei o alarme. Deu trabalho, mas consegui. E tenho um cão de guarda feroz.

Os dois olharam para o lugar onde Snickers dormia, roncando de barriga para cima, com os pés para o ar.

— Esse cachorro realmente é um monstro.

— Só está fazendo um intervalo entre as rondas.

— Aham. Acho que o meu "É mesmo?" era mais direcionado ao fato de Shelby se mudar para cá, não sobre a segurança da sua casa.

Griff continuou a trabalhar. Colocar fileiras de azulejos era um trabalho metódico. Então, para ele, era calmante.

— Ainda não posso tocar nesse assunto. Ela sairia correndo. Aquele babaca fez um estrago, mas Shelby está fazendo progresso, e rápido. Ainda não chegou nesse ponto, então a palavra do dia é "tenacidade", com uma pitada de paciência. Porque sim, é isso mesmo. Quero ela aqui, comigo. Quero ela e Callie aqui.

— Meu amigo, se você conseguir o que quer com sua tenacidade paciente, e conseguir convencê-la a mudar para cá, minha mãe vai começar a planejar um casamento.

— Tudo bem, essa é a próxima etapa do plano. Mas Shelby vai demorar um pouco mais até concordar com isso.

Forrest permaneceu em silêncio enquanto Griff posicionava mais separadores e cuidadosamente aplicava massa no piso.

— Estou certo em dizer que você quer se casar com a minha irmã?

Griff sentou de novo, girou os ombros e o pescoço.

— O que acha deste quarto?

Entrando na onda dele, Forrest se levantou e deu uma volta no cômodo.

— É espaçoso, as janelas devem deixar bastante luz entrar, a vista é bonita. O armário é gigantesco para um quarto de hóspedes. O banco sob a janela é legal, e ter o próprio banheiro também. Esses azulejos que está colocando devem dar um brilho bonito.

— Estou pensando em colocar uma banheira com pés aqui, e colocar uma pia oval embutida em uma penteadeira. Quero que tenha bastante espaço para guardar coisas. Talvez um armário embutido na parede sobre a pia, o que ajudaria com a questão do espaço e também ficaria bonito. Ainda vou colocar mais luzes, para ficar alegre.

— Banheira com pés e luzes? Parece bem feminino.

— E é. Penso em um verde-claro para as paredes do quarto, com um ventilador de teto que combine com as luzes do banheiro.

— Para ficar alegre.

— Isso mesmo. Vou colocar luzes no armário também, além de araras para cabide e prateleiras.

Fazendo que sim com a cabeça, Forrest deu outra volta e começou a visualizar o cômodo pronto.

— Você está montando este quarto para Callie.

— Verde é a cor favorita dela, pelo que me disse. Imagino que a obsessão por *Shrek* vá passar um dia. Mas a cor combina, e fica boa num quarto. Daqui a alguns anos, ter o próprio banheiro vai fazer diferença.

— E você é um homem que planeja as coisas com antecedência.

— Sou. Estou apaixonado pelas duas, e você, sendo observador profissional, já sabe disso. Callie e eu estamos no mesmo barco, mas Shelby vai chegar lá. Acho que chegará mais rápido depois que conseguirmos deixar essa confusão toda para trás.

— E se ela não chegar?

— Vou esperar. Ela é a mulher certa para mim, então tenho esse incentivo. E Callie? Aquela menina me enche de alegria. Ela me merece. As duas merecem. Sou um ótimo partido.

— Mas que merda, Griff, se tivesse peitos, até eu me casaria com você.

— Acho que já deu. — Vendo que chegara ao ponto em que precisaria tirar medidas e cortar os azulejos, ele se levantou. — Vou fazer um intervalo, comer um sanduíche. Quer?

— Obrigado, mas tenho mais algumas coisas para resolver. E as sobras da comida de minha mãe, quando eu finalmente conseguir voltar, vão ser bem melhores.

— Vamos descer com você. Venha, Snick. Está na hora da ronda.

O cachorro balançou as pernas no ar, girou de um jeito desajeitado, e ficou de pé.

— Um dia desses, vou comprar um cachorro — disse Forrest enquanto desciam as escadas, com Snickers descendo correndo pelos degraus e depois subindo.

— Os irmãos de Snick já foram, mas vi uma placa de filhotes de beagle na esquina da Urso Negro com a Riacho Seco.

— Ainda não chegou o momento certo. Não passo tempo suficiente em casa, e acho que o xerife não ia gostar de eu levar um cachorro nas minhas patrulhas. — Forrest olhou para o painel do alarme quando passaram por ele.

— O que vai fazer se esse seu sistema de segurança cheio de frescura apitar?

Griff deu de ombros enquanto abria a porta da frente.

— Ligar para você. E pegar minha chave inglesa. Ela é pesada.

— Uma arma faria bem mais estrago do que uma chave inglesa.

— Não tenho uma e nem quero ter.

— Garoto de cidade grande.

Griff respirou o ar noturno enquanto o cachorro corria até a parte da grama na beira da floresta onde o riacho corria.

— Não mais, mas continuo sem querer uma arma. — Ele olhou para o pedaço de céu coberto de nuvens, pintadas de rosa pelo sol que se punha. — Nunca tive problemas aqui. Fiquei um pouco preocupado quando trouxe aquele monte de cobre para refazer a fiação e o encanamento. Isso custa ouro e é fácil de transportar. Mas não tive nenhum problema. Nada além daquela vez, e ela foi culpa do babaca e da confusão que ele criou.

Como o amigo, Forrest olhou para o oeste, para as cores e as nuvens.

— Aqui é um lugar tranquilo, Griff. O clima é bom, aconchegante e calmo. Mas a verdade é que demoraríamos uns dez minutos para responder uma chamada sua. Pode carregar sua espingarda com sal se a ideia te incomodar tanto assim.

— Vou deixar você cuidar das armas, policial. Consigo me virar muito bem com uma chave inglesa.

— Se você acha que é melhor assim.

Achava mesmo, pensou Griff enquanto ficava ali, parado naquela calmaria, deixando o cachorro correr e cheirar o terreno, observando a primeira estrela da noite aparecer enquanto o céu se tornava da cor de veludo roxo-claro.

Tudo estava perfeito. Faria o sanduíche e terminaria de colocar os azulejos no banheiro de Callie.

— Um balanço na varanda da frente — disse ele, e se inclinou para afagar Snickers quando o cachorro voltou correndo. — Talvez eu construa um. As coisas ganham mais significado quando você as constrói. Vamos comer e pensar no assunto.

Se Griff soubesse que, enquanto sentava na cozinha e comia seu sanduíche, fazendo esboços do balanço, alguém o observava de binóculos, talvez tivesse mudado de ideia sobre a arma.

Capítulo 27

◆ ◆ ◆ ◆

LEVOU UM tempo até Griff deixar o quarto de Callie exatamente como queria e construir um balanço para a varanda da frente. Tempo, porém, era o que mais tinha, já que Shelby estava absorta nos planos para a festa de noivado da melhor amiga.

Ou melhor, pelo que ela dizia, em manter Bitsy sob controle.

Ele preenchia as noites em que não estavam juntos com os projetos para a casa e planos para o futuro.

Quando finalmente conseguiram marcar um encontro, Shelby vetou a ideia de saírem para jantar, preferindo fazer uma refeição mais simples em casa.

Por ele, sem problemas.

Griff estava no quintal quando ela chegou, terminando de pendurar o balanço de pneu que montara em um galho firme da velha nogueira.

— Olhe só para isso! — gritou Shelby. — Callie não vai ter olhos para mais nada.

— Não é legal? Seu avô que me deu o pneu.

Ele o havia pendurado na horizontal, e escolhera um pneu pequeno, no qual uma menininha conseguisse sentar sem cair. Passara a corrente por dentro da borracha de uma mangueira, protegendo o galho.

— É uma graça.

— Quer experimentar?

— É claro que quero. — Shelby lhe entregou uma jarra térmica e se inclinou para a frente quando Griff a puxou para um beijo.

— O que tem aqui?

— Limonada batizada. A receita é do meu avô, e é muito boa. — Ela correu para sentar no pneu e deu um puxão na corrente. — Está bem firme.

— Segurança faz parte da diversão — disse Griff, e a empurrou.

Shelby jogou o corpo para trás, com os cabelos voando, e soltou uma risada.

— E é divertido mesmo. De onde tirou a ideia?

Ele não queria contar — ainda — que, enquanto estivera pesquisando balanços de quintal, a ideia lhe viera à mente.

— Foi algo de que me lembrei. Na idade de Callie, tive um amigo... Qual era o nome dele? Tim McNaulty. Ele tinha um destes no quintal, mas era vertical. Faz mais sentido colocar o pneu assim.

— Adorei. Ela também vai amar.

Como se estivesse hipnotizado, o cachorro se sentara no chão, a cabeça indo de um lado para o outro, acompanhando Shelby.

— Juro que esse cachorro cresceu desde a última vez que vim aqui.

— O próximo projeto no quintal é uma casinha de cachorro. Uma bem grande.

— Ele vai precisar que seja grande mesmo.

Shelby pulou do balanço.

— Desculpe por andar tão ocupada. Parece que sempre tem alguma coisa para fazer.

— Sei como é. Não tem problema, ruiva. Nossos melhores amigos vão se casar. Isso é importante.

— Se eu deixasse a dona Bitsy fazer o que quer, o evento acabaria sendo um desfile de Carnaval. Isso suga toda a minha energia e criatividade. Ela mistura tanto o que quer fazer na festa de noivado e na de casamento que minha cabeça parece estar sempre girando. Enfiou na cabeça que Emma Kate deveria ir para a cerimônia, que ainda nem sabemos onde vai acontecer, numa carruagem de princesa. Com cavalos brancos e tudo, como estava na lista que fizemos quando tínhamos 13 anos. Demorei um pouco até convencê-la a mudar de ideia.

— Emma Kate vai ficar te devendo pelo resto da vida.

— Esse é o lado bom da história. Acho que devíamos... Ah, Griff, você comprou um balanço para a varanda! — Falando em não ter olhos para mais nada, foi exatamente isso que aconteceu com Shelby, que foi direto para o balanço e deu uma pirueta, deixando a saia rodada de seu vestido verde-bandeira inflar ao seu redor. — Adorei! Onde encontrou um nesse tom bonito de azul?

— É igual ao dos seus olhos. — Ele a seguiu até a varanda. — Eu pintei. Eu que fiz.

— Você mesmo fez? Mas é claro. — Shelby se sentou, balançando-se lentamente com os pés. — Ficou perfeito, ideal para sentar numa tarde preguiçosa ou numa noite tranquila. Seria ainda mais perfeito se você pegasse uns copos e sentasse aqui comigo, para provarmos a limonada batizada.

— Já volto.

Quando o cachorro tentou subir com ela, Shelby o levantou — o que já não era uma tarefa tão fácil.

— Você está quase grande demais. — disse, passando um braço ao redor dele, se balançando e pensando que poucas vezes na vida vira um lugar tão bonito.

Ali, tudo era verde e só deles. O céu formava um domo azul, riscado de nuvens brancas. Conseguia ouvir o riacho correndo, tão rápido e cheio de vida depois dos últimos dias de chuva, e o *rá-tá-tá* insistente e ecoante de um pica-pau ocupado em algum lugar da floresta, fazendo a percussão para o coral de passarinhos.

— Ele está no meu lugar — disse Griff quando apareceu com as bebidas.

— Snickers também queria participar.

Resignado, o dono da casa se sentou do outro lado do cachorro, que abanou o rabo, cheio de alegria.

— Acho que não poderia haver um lugar melhor para um balanço. — Shelby provou a limonada. — Vovô ficaria orgulhoso.

— Realmente.

— É suave, mas você consegue sentir o álcool. É bom beber aos poucos. E fazer isso num fim de tarde quente, sentada num balanço, é melhor ainda. Você tem seu próprio Jardim do Éden, Griffin.

— Ele ainda precisa de uns ajustes.

— Se Adão e Eva tivessem se concentrado mais na jardinagem em vez de colher maçãs, talvez ainda estivessem por lá. Jardins, casas, vidas, tudo isso precisa de trabalho constante, não é? Passei um tempo sem fazer progresso na minha, mas estou recuperando o atraso. Aqui é tão calmo. A forma como a luz bate, o balanço, esta limonada deliciosa. Você, este cachorro fofo. Vou tirar logo as coisas menos tranquilas do caminho, e então não vamos mais precisar nos preocupar com esse tipo de problema.

— Alguma coisa aconteceu.

— Não tenho certeza, mas agora sei que você não falou com Forrest hoje.

— Não, não hoje.

— Ele deve ter imaginado que eu viria aqui e te contaria. A polícia acha que pode haver uma testemunha. Do assassinato do detetive. Os agentes do FBI vão falar com o cara.

— O que ele viu?

— Não estão convencidos de que tenha sido algo importante. Mas o homem, o garoto, na verdade, estava no prédio na noite em que Privet morreu. Disse que ouviu um estouro. Só um, como se fosse o barulho abafado de uma bombinha. Nem tinha parado para pensar no que seria. Mas o horário bate, e, melhor ainda, ele viu o suspeito.

— Harlow?

— Ainda não podem afirmar isso, mas o garoto disse que a pessoa que viu não era tão grande assim; nem alta, nem larga. E também não tinha barba. Disse que o homem era louro, com os cabelos bem claros, e usava óculos com lentes grossas e escuras. Vestia um terno preto. Ele falou que não tem muita certeza de nada, que foi só um lampejo; viu o homem sair do prédio quando olhou pela janela. O sujeito atravessou a rua e entrou num SUV grande.

— Peruca, óculos, barba feita. — Griff deu de ombros. — Olhando rápido, no escuro, fica difícil dizer se era Harlow ou não.

— O pior é que o garoto estava meio chapado na hora, e não deveria estar ali. Então só foi dar depoimento quando acabou preso, não pela primeira vez, por posse de drogas. Ele trabalha como assistente de fotografia em uma das salas do prédio, e estava lá de madrugada porque ia fazer um filme pornô clandestino. Estava tentando conseguir um acordo para não ir para a cadeia.

— Então pode estar inventando a história toda para se safar.

— Pode, mas o horário bate, e ele disse que ouviu um estouro. Só um. A polícia não divulgou quantos tiros Privet levou nem quantos foram disparados. Então devem levar isso em conta.

Griff pensou no assunto enquanto os dois se balançavam e tomavam as bebidas.

— Não faria sentido pensar que outra pessoa matou o detetive. Disseram que a arma usada foi a mesma que mantou Warren. E sabemos que Harlow estava aqui. Mas vamos considerar a ideia. Há outra pessoa envolvida, e ela contratou Privet. Talvez alguém relacionado aos Monteville de Miami, à seguradora, ou algum comparsa antigo de Richard.

— Quem sabe essa pessoa matou Richard e fez tudo parecer um acidente.

— Isso faria menos sentido ainda.

— Eu sei, mas ele insistiu tanto na viagem que agora fico me perguntando se não iria se encontrar com alguém e finalmente resolver a questão das joias. E houve outra traição, dessa vez contra ele.

— O que você faria se conseguisse milhões em joias, que podem ser vendidas, e tivesse matado para isso?

— Fugiria bem rápido, para bem longe, mas...

— Ainda existem duas pessoas que querem o que você tem — terminou Griff. — Então contrata um detetive e o coloca no caso. Manda o homem atrás de você, ruiva, só para garantir que você não sabe de nada.

— Griff, estou pensando em quantas pessoas deixei entrar naquela casa no Norte nas semanas depois da morte de Richard. Talvez o assassino dele, se houver um, tenha entrado lá para me analisar, quem sabe levar alguma coisa embora. Estou pensando em todas as vezes que passei algumas horas fora de casa. Se a pessoa prestasse atenção, poderia saber quando entrar e bisbilhotar o que quisesse. Caso Richard tenha deixado alguma coisa de valor para trás. Não sei. Talvez eu só esteja complicando ainda mais a história.

— Seria bastante arriscado tentar simular um acidente de barco no meio do mar. Por que não simplesmente esconder o corpo, ou deixá-lo para trás, como fez com os outros?

— Não sei. — Mas já ficara remoendo aquilo por tempo demais. — Talvez para ganhar tempo. Ou quem sabe matar Richard tenha sido um acidente. E o restante aconteceu a partir disso. Acaba que a verdade é sempre mais simples — terminou ela. — Richard morreu num acidente. Harlow matou a mulher e o detetive. A testemunha estava cheia de cocaína e só viu um vulto pela janela. Chega de me preocupar com esse assunto. Temos uma noite linda para aproveitar, e algumas horas para nos divertir.

— Talvez você pudesse ficar aqui de novo. Eu poderia conseguir outro convite para tomar café da manhã.

Ela sorriu, dando um gole na limonada.

— Por acaso, só para estar pronta para uma proposta, trouxe uma malinha no carro.

— Vou pegar.

— Obrigada. Está no chão do lado do passageiro. Ah, e tem um cobertor no banco. Pode trazê-lo também?

— Está com frio? — perguntou ele enquanto seguia para o carro. — Deve estar fazendo quase uns trinta graus.

— Adoro noites quentes. Elas me fazem nunca ter vontade de entrar em casa, só ficar do lado de fora, vendo o céu mudar, a luz mudar, ouvindo o canto dos primeiros pássaros noturnos quando o sol se põe.

— Podemos ficar aqui fora por quanto tempo quiser. — Griff buscou a mala e o cobertor. — Meu plano para hoje eram os velhos e confiáveis filés grelhados na churrasqueira.

— Parece perfeito. Para mais tarde.

Shelby pegou o cobertor das mãos dele e o bateu rapidamente no ar, abrindo-o.

— Cadê o cachorro?

— Ah, eu o convenci a entrar com o osso de couro cru que trouxe no bolso. Acho que isso vai deixar todo mundo mais feliz. — Ela arrumou o cobertor esticado sobre o piso e jogou os cabelos para trás. — Porque chegou a hora de nós dois ficarmos pelados na varanda.

Shelby o surpreendia, excitava e o deliciava.

— Ah, é?

— Acho que já passou da hora, inclusive, mas sei que você é capaz de recuperar o tempo perdido.

— Posso fazer isso.

Griff colocou a mala em um canto e puxou Shelby para seus braços.

O beijo lento que ele deu fez as pernas dela ficarem bambas — seus joelhos pareciam gelatina, e os pensamentos se tornaram confusos. O homem tinha aquele jeito de transformar uma união de lábios em algo que repercutia por muito tempo, devagar. Era como um fogo que queimava lentamente, não uma explosão.

Enroscada nele, seduzida em vez de seduzir, Shelby se deixou ser guiada; permitiu ser levada pelo rio de sensações. Balançava-se contra Griff — com

Griff — na velha varanda, onde a luz do sol se espalhava como pedacinhos de ouro, e o mundo parecia tão imóvel que nem uma folha seria capaz de se mover.

Ele abriu o zíper nas costas do vestido, aproveitando, demorando-se em cada centímetro de pele que expunha. Macia como seda, suave como águas de um lago.

E sua para tocar.

Griff baixou as alças dos ombros de Shelby, dando a si mesmo o prazer de pressionar os lábios ali. Ela era mais forte do que parecia, pensou. Aquelas costas não se esquivavam dos pesos que precisavam carregar.

Ele queria — precisava — ajudá-la com isso.

Mas, por enquanto, passou as mãos rapidamente pelo vestido, de forma a deixa-lo cair em seus pés. Os pequenos pedaços de renda que Shelby vestia por baixo combinavam com o verde da roupa.

— Comprei especialmente para a ocasião. — Ela colocou os dedos entre os seios quando Griff olhou para seu corpo. — Não devia ter gasto tanto dinheiro, mas...

— Mereceu cada centavo. Vou fazer valer a pena.

— Estava contando com isso — disse ela antes da boca de Griff tomar a sua de novo.

Agora, o beijo era mais forte, mais intenso, e a cabeça de Shelby foi para trás para aceitar tudo que ele oferecia, para dar tudo que exigia.

Griff a puxou para baixo, de forma que os dois se ajoelhassem sobre a toalha. Seus lábios se afastaram tempo suficiente para ela tirar a camisa dele; retomaram o beijo assim que o tecido foi jogado para o lado. Sob as mãos de Shelby, a pele de Griff estava quente, e o cheiro de água e sabão do banho provocava seus sentidos enquanto beijava a curva do ombro dele.

Aquele cheiro leve e insistente de serragem continuava lá, lembrando a ela, assim como as palmas calejadas, que as mãos de Griff eram suas ferramentas de trabalho.

Um arrepio rápido correu por Shelby, passando pela sua pele e parando no sangue, quando ele abriu seu sutiã. Aquelas mãos envolveram seus seios, e as pontas dos dedos acariciaram os mamilos, despertando novas ânsias e agitando uma tempestade em seu ventre.

Tudo nela parecia tão cheio, tão sensível e desejoso. As mãos de Griff continuaram a brincadeira no seu corpo, encontrando mais e criando novas sensações.

Ele a deitou de costas, passou os dedos pela borda da calcinha, pelo limite vulnerável entre a coxa e o centro.

Um som abafado saiu da garganta de Shelby; não era bem um gemido nem um suspiro, mas era o suficiente para deixá-lo maluco. As necessidades de Griff também cresciam, mas ele habilmente as controlou, roçando a palma de uma mão por sobre renda, aumentando o calor na frágil barreira, até as mãos dela perderem a força com que o agarravam.

A respiração de Shelby acelerou, ficou mais pesada; as pálpebras se fecharam sobre o azul mágico dos seus olhos.

Ela era sua para tocar, pensou Griff novamente. Sua para tomar.

Acabou com os limites da barreira e tomou conta dela, com as mãos.

A sensação explodiu pelo corpo de Shelby, como relâmpagos em meio a uma tempestade; um prazer cortante, com um lampejo de desejo profundo e propulsor. Ela puxou o cinto de Griff, impaciente por tudo que ainda estava por vir, por tomar e por ser tomada.

Ele se sentou para ajudá-la, mas então tomou suas mãos quando Shelby tentou puxar a calça.

— Não tem pressa.

Arfando e sentindo um desejo que chegava a doer, ela olhou para Griff — viu o mesmo anseio, a mesma angústia.

— Talvez eu esteja com mais pressa do que você.

— Vamos só dar um minuto. — Ele manteve as mãos dela nas suas e tomou-lhe a boca mais uma vez. — Eu amo você.

— Ai, meu Deus, Griff.

— Precisava dizer isso, precisava que escutasse. Enquanto está despida na varanda. Eu amo você. Não estou com pressa.

— Ainda não entendo bem os meus sentimentos, o que você causa em mim, mesmo quando não está por perto. É intenso. — Shelby pressionou o rosto no ombro dele. — É demais.

— É o suficiente, por enquanto. — Griff a afastou novamente e levou as mãos dela até a boca, beijando-as antes de soltá-las. — É suficiente o bastante.

Ele se moveu, deitando mais uma vez no cobertor, deixando Shelby por cima. Passou os dedos pelos seus cabelos, adorando todo aquele volume, os cachos incontroláveis e a cor.

Ela não tinha a mesma paciência, mas tentou se controlar guiando o beijo, deixando as mãos acariciarem e estimularem e sentindo o coração dele bater rápido sob seus lábios.

Quando finalmente não havia mais nada entre os dois, levantou-se sobre ele e o deixou entrar.

Preenchida. Cercado. Unidos.

Pressionou as palmas de Griff sobre seu coração, para que ele sentisse os tambores rufando dentro do seu corpo enquanto ela controlava o ritmo.

Foram devagar. Shelby lutou para manter assim, e descobriu o prazer extasiante daqueles movimentos lentos. Parecia que dominava seu corpo como ondas, tornando-se nuvens cada vez mais espessas.

Com o ar doce como mel e a luz do sol iluminando-os, Shelby o levou por aquele mar e subiu mais alto nas nuvens. Ela se agarrou, com força, ao ponto mais alto. E depois se permitiu ser levada pela maré.

Conseguia ouvir o canto dos pássaros novamente, os trinados e assovios que vinham da floresta que os cercava. Conseguia até mesmo ouvir o leve farfalhar da brisa através das árvores, como uma respiração baixinha, agora que o som do coração batendo não martelava mais em seus ouvidos.

Vivenciou a alegria pura e satisfeita de estar preguiçosamente estendida na varanda, totalmente saciada, ao lado do homem a quem ela também saciara.

— Imagino o que o carteiro pensaria se tivesse passado por aqui.

Shelby suspirou.

— Está esperando alguma entrega?

— Nunca se sabe. Nem pensei nisso. Quem pensaria?

— É bom não ter que pensar. Sinto como se passasse a maior parte dos meus dias fazendo isso. Não penso quando estou cantando, e não preciso pensar quando você me beija. Acho que é como se fosse outro tipo de canção.

— Eu estava pensando.

— Hummm.

— Estava pensando que você parecia uma deusa da montanha.

Ela soltou uma gargalhada.

— Deusa. Continue, por favor.

— Com esses cabelos ruivos incontroláveis, a pele branca como a lua. Tão magra e forte, e olhos que mais parecem sombras azuis.

— Bem, isso parece mesmo uma canção. — Emocionada, e um pouco nervosa, Shelby girou novamente, apoiando-se no peito dele. — Você é um poeta, Griff.

— Nem tanto.

— É mais que o suficiente. — Ela passou um dedo sobre a bochecha dele. — Você poderia ser um deus, com essas covinhas. — Passou para o outro lado do rosto. — Os cabelos queimados de sol e todos esses músculos maravilhosos.

— Somos uma dupla.

Shelby riu, encostando a testa na dele.

— Esse seu riacho é muito fundo, Griff?

— Acho que a água bate no meio da coxa. Da sua coxa.

— Serve. Vamos entrar no rio.

Griff abriu um olho, um olho verde, como os de um gato.

— Você quer entrar no rio?

— Com você, sim. Podemos esperar até sentirmos fome, e então tomarmos outro copo de limonada enquanto preparamos o jantar.

Antes que ele conseguisse argumentar contra seu plano, Shelby levantou, puxando a sua mão.

— Ainda estamos pelados — disse Griff.

— Melhor não molharmos nossas roupas, não é? Solte o cachorro — sugeriu ela, e então saiu correndo.

Uma deusa, pensou ele. Ou aquela outra coisa... uma fada. Mas não achava que fadas tivessem pernas tão longas. Soltou o cachorro enquanto Shelby corria pelo gramado, e então, pensando em termos mais práticos, entrou na casa e pegou duas toalhas.

Griff não era pudico — e se sentiria ofendido se fosse chamado disso. Mas lhe parecia muito estranho correr pelo quintal da frente de sua casa da forma como viera ao mundo.

Antes de atravessar as árvores que cercavam as margens do rio, ouviu o espirro de água e o latido feliz do cachorro.

Aquela mulher criava arco-íris, pensou, enquanto Shelby jogava água para cima e as gotas passavam pela luz do sol, brilhando coloridas por um instante. Snickers correu pela beirada do rio, latiu, nadou um pouco num ponto mais fundo, e então voltou para a margem e se sacudiu.

Griff pendurou as toalhas em um galho.

— A água está ótima, tão gelada. Você podia jogar uma isca ali, talvez conseguisse pegar alguma coisa. Se seguir o rio até ele alargar, ficar mais fundo, poderia pescar seu jantar todos os dias.

— Nunca pesquei.

Shelby se esticou, pelada e obviamente chocada.

— Na vida?

— Cresci na cidade grande, ruiva, passei muito tempo fazendo coisas urbanas.

— Temos que remediar isso na primeira oportunidade. Pescar faz bem. É relaxante. E você é um homem paciente, então vai gostar. Que tipo de coisas urbanas fazia?

— Eu? — Griff entrou na água e viu que Shelby tinha razão; estava mesmo fria. — Esportes, na maioria das vezes. Basquete no inverno, beisebol no verão. Nunca fui muito de futebol americano. Sempre fui mais magrelo.

— Gosto de beisebol. — Ela se sentou dentro do rio, deixou que a água passasse correndo por seu corpo. — Acho que, se não fosse assim, meu pai iria querer me devolver para a maternidade. Em qual posição jogava?

— Às vezes arremessava, outras vezes cobria a segunda base. Acho que gostava mais deste último.

— Você podia jogar no Raiders, o time de softbol da cidade. Ele é bom.

— Talvez tente no ano que vem. Neste ano, todo tempo livre que tenho vai para a casa. Você não tem medo de sentar numa pedra ou de algum peixe entrar... no lugar onde eu estava?

Shelby riu, se inclinou para trás o suficiente para molhar os cabelos.

— Você realmente continua com o espírito de garoto de cidade grande. Conheço alguns poções. Podemos ir nadar um dia desses.

— Talvez eu faça um lago. Pensei em uma piscina, mas esse tipo de coisa precisa de muita manutenção, e acho que não ia se encaixar com o clima. Mas um lago, sim.

— Pode fazer isso?

— Talvez. É algo para se pensar.

— Adoro nadar. — Relaxada, talvez até um pouco sonhadora, Shelby balançava uma mão para a frente e para trás na água. — Comecei a ensinar Callie antes mesmo dela aprender a andar. Tínhamos piscina no condomínio em Atlanta, então podíamos nadar o ano inteiro. Quando ela for um pouco mais velha, vou levá-la para fazer rafting com os turistas de Clay. Aquela menina não tem medo de nada, e vai adorar. Mas quero esperar mais um ou dois anos. — Ela inclinou a cabeça para o lado. — Já fez?

— Rafting? Sim. É bem legal. Estava pensando em fazer de novo, quando meus pais vierem para cá, em agosto.

Os dedos de Shelby pararam de se mover.

— Ah, eles vêm te visitar?

— São férias para trabalhar. Vão passar uma semana me ajudando com a casa no início de agosto. Quero terminar algumas coisas antes deles chegarem. E quero que os conheça.

Isso causou uma onda de nervosismo no estômago dela.

— Quero que vejam por conta própria que não estou exagerando.

— Contou de mim para eles?

Griff lhe lançou um olhar demorado.

— O que você acha?

— Ora. — Shelby se sentou novamente. A onda de nervosismo parecia dar voltas dentro de seu corpo. — Hum. Bem, minha família sempre dá uma festa enorme no início de agosto. Se seus pais estiverem aqui na época, e você achar que eles gostariam de ir, estão convidados.

— Estava torcendo para dizer isso. Está com frio?

— Não. — Aquilo era alguma coisa além do nervosismo, pensou Shelby, e olhou, subitamente desconfortável, por cima do ombro. — Acho que foi só um calafrio. Que bom que você trouxe toalhas. — Ela se levantou, com a água escorrendo por sua pele, e pegou uma. — Não pensei em como faríamos para nos secar.

Griff virou o rosto dela na sua direção.

— Não quer conhecer os meus pais?

— Não é isso. Acho que estou um pouco nervosa com a ideia, mas isso é normal, não é? É só... — Ela se curvou, estremeceu. — Parece que tem algo na minha coluna, estou tremendo sem motivo. — Shelby se enrolou na toalha, o que a fez se sentir um pouco melhor. — Conhecer seus pais me deixa nervosa, mas gostei da ideia. É legal que eles venham te ajudar com a casa e passar tempo com você. E acho que devem ser boas pessoas, fizeram você.

— Vai gostar deles.

— Tenho certeza de que vou. Vamos entrar? Estou me sentindo estranha aqui fora.

Griff pegou a outra toalha, e depois tomou a mão dela.

Binóculos os seguiram através das árvores e do gramado.

Capítulo 28

♦ ♦ ♦ ♦

SHELBY PERMITIU que a mãe a convencesse a fazer uma limpeza de pele. Já devia ter imaginado que ficar pelada sob um lençol seria como dar carta branca a Ada Mae.

— Que bom que a família de Griff vem para cá no verão. Eu te contei que conhecemos os pais dele no outono. — Depois de ter limpado, tonificado e esfoliado a pele, ela usava seus habilidosos dedos para aplicar uma camada grossa de máscara revitalizante. — São pessoas ótimas. Levei uma cesta de tomates da horta lá de casa para eles. Sentamos na varanda e tomamos chá gelado enquanto a mãe dava um jeito no quintal. Ela capinou, cortou e cavou aquelas ervas daninhas e o matagal como se fosse uma mulher possuída. E tinha hera venenosa no meio do mato. Mostrei a ela como se passa maria-sem-vergonha para acabar com o ardor. Ela não sabia disso, já que é de Baltimore. Conversamos bastante.

— Você levou tomates até lá para ser convidada para entrar na casa.

— Só estava sendo uma boa vizinha. Mas Natalie, a mãe, é uma boa pessoa, e o pai, Brennan, também, além de ser bonito. Griff é a cara dele. Quer saber de uma coisa?

— O que, mamãe?

— Eles adoram Matt, tratam o rapaz como se fosse seu próprio filho, e Emma Kate também. Acho que isso diz muito sobre o caráter dos outros, essa capacidade de incluir uma pessoa na família, seja ela do mesmo sangue ou não. A máscara precisa secar. Vou fazer uma massagem nos seus pés e nas suas mãos enquanto isso.

Shelby considerou dizer que ela não devia se dar ao trabalho, mas não havia ninguém no mundo que fizesse uma massagem tão boa quanto Ada Mae Pomeroy.

— Você precisa fazer os pés, querida. Não diga que não tem tempo. Todo mundo que trabalha aqui precisa exibir os produtos e os tratamentos; você sabe como é sua avó. Precisa passar um esmalte alegre para o verão. Tem aquele Glicínia Glamorosa. Combina com os seus olhos.

— Tudo bem, mamãe. — Mais tarde, veria se Maybeline ou Lorilee conseguiam a encaixar num horário.

— Sua pele está tão bonita, e você também. Isso deixa meu coração mais leve.

— Comida caseira, trabalho estável e ver a minha menina feliz, ajuda.

— E uma vida sexual ativa.

Shelby precisou rir.

— Acho que é mesmo um fator.

— Sei que você ainda está com o pé atrás, mas isso vai passar. Aquele tal de Jimmy Harlow já está bem longe daqui, perturbando a vida de outras pessoas. Mas acho que, se o FBI não o encontrou, deve ter saído do país. Talvez esteja na França.

Com os olhos fechados e os pés no paraíso do relaxamento, Shelby sorriu.

— França?

— Foi o primeiro lugar que me veio a cabeça. Ele foi embora.

Ada Mae colocou meias nos pés massageados e hidratados da filha. Passou para as mãos.

— E nos livramos daquele vagabundo do Arlo Kattery, que deve ficar uns cinco anos na cadeia, pelo que ouvi falar. De Melody Bunker também. Fiquei sabendo que, quando ela sair daquele centro de reabilitação chique, vai se mudar para Knoxville, onde mora o irmão da dona Florence.

— Não me importa para onde ela vá nem o que faça. Parece que tudo aquilo aconteceu há anos. É difícil acreditar que foi apenas semanas atrás. Fico pensando em como alguém como ela, mamãe, que só consegue pensar em si mesma, não é capaz de deixar qualquer marca no mundo.

— Ela tentou deixar uma na sua vida.

— Mas não conseguiu.

— Você está indo bem, Shelby, estamos orgulhosos.

— Sei que estão. Vocês me mostram isso todos os dias.

— Querida, me conte o que quer fazer. Sei que está fazendo planos nessa sua cabecinha. Já notei.

Relaxada, tranquila, Shelby suspirou.

— Comecei a fazer um curso pela internet.

— Sabia que estava fazendo alguma coisa! Que curso?

— Design de interiores. São só algumas matérias, mas estou indo bem, e gosto das aulas. Pensei em fazer outro curso quando acabar esse e conseguir juntar dinheiro; também quero estudar administração. Para aprender e ganhar experiência.

— Você tem talento. Pode se inscrever nos cursos, Shelby Anne. Seu pai e eu pagamos.

— Vou pagar, mamãe.

— Quero que me escute bem. Eu e seu pai trabalhamos duro para pagar a faculdade dos seus irmãos. Eles também precisaram trabalhar, mas nós arcamos com a maior parte dos custos porque é isso que os pais fazem. Ajudamos no que podemos. E teríamos feito o mesmo por você. Só que, por um tempo, você quis seguir outro caminho. Se decidir que deseja estudar mais, vamos pagar. Você faria o mesmo por Callie, nem adianta negar.

— Não queria te contar nada porque sabia que diria isso.

— Pergunte ao seu pai o que ele acha e vai receber a mesma resposta. Você não está sentada com a bunda na cadeira, esperando ser sustentada por nós pelo resto da vida. Está trabalhando, cuidando da sua filha, e tentando aprimorar um dom que Deus te deu. Se não puder ajudar a minha própria filha, que tipo de mãe eu seria?

Abrindo os olhos, Shelby viu que a imagem que visualizara na cabeça era real. Sua mãe alta e ocasionalmente inflexível estava parada diante dela, com uma expressão resoluta no rosto.

— Amo tanto você, mamãe.

— É melhor me amar mesmo. Pode me compensar me ajudando a arrumar a sala de estar. Agora que fizemos obra no andar de cima, ela está me parecendo meio caidinha.

— Podemos convencer papai dizendo que preciso ganhar experiência.

— E é isso mesmo que vai acontecer, enquanto eu vou ganhar uma sala nova. — Ela colocou luvas nas mãos da filha, deu a volta e começou a fazer uma lenta e gloriosa massagem no pescoço. — Agora que você não tem como fugir, vou te dizer o que deve fazer. Quando os pais de Griff vierem visitar, dê um pulinho lá um dia e faça o jantar. Mostre a eles como cozinha bem.

— Mamãe...

— Sei que a maioria das mulheres não gosta que mexam nas suas cozinhas. — Em um tom de voz alegre, Ada Mae ignorou o protesto da filha. — Mas ela vai ser visita, e ainda por cima terá que trabalhar. Sei que eu gostaria que alguém fizesse uma bela refeição para mim depois de um dia cansativo de trabalho. Não fico feliz quando você faz isso?

— Sim, fica, mas...

— Deveria fazer aquela salada de macarrão que fez para nós no outro dia, com o peito de frango temperado e ervilhas frescas.

— Mamãe, vai demorar semanas para eles chegarem.

— O tempo passa rápido, estejamos prestando atenção no relógio ou não.

— Eu sei, a festa de noivado de Emma Kate vai ser neste fim de semana, mas parece que faz dois minutos que Matt a pediu em casamento.

— Queria tanto que me deixasse comprar um vestido chique para você.

As duas já tinham discutido aquele assunto, pensou Shelby, e ela ficara grata pela oferta, mas preferia gastar o dinheiro em outros cursos e na continuação dos seus estudos.

— Eu sei que quer, e obrigada por isso, mas acabaria só usando o vestido uma vez. Seria desperdício de dinheiro. Vou passar a noite inteira indo de um lado para o outro, vendo se tudo está indo como o planejado e tentando manter a dona Bitsy na linha, na medida do possível.

— Coitadinha, ela realmente precisa de uma babá.

— E é isso que eu vou ser na noite de sábado. Vai ser mais fácil se não estiver usando um vestido longo. — Nos últimos anos, tivera muitas roupas chiques, e vendê-las ajudara seu saldo a se tornar menos negativo. — Acha que devo fazer um penteado ou deixar os cabelos soltos? — perguntou, sabendo que Ada Mae se empolgaria com a mudança de assunto.

— Ah! Mamãe podia fazer aquele penteado lindo para valorizar os seus cachos, em vez de escondê-los.

Como a mulher começou a discorrer sobre o assunto, a filha fechou os olhos e aproveitou o restante da sua massagem.

Shelby tinha muito o que fazer e pouco tempo para resolver tudo. Trocar e-mails, telefonemas e mensagens de texto com o gerente de eventos do hotel a manteve bastante ocupada, já que o homem preferia lidar com ela do que com a "mãe criativa e entusiasmada" da noiva.

Ela entendeu direitinho o que ele queria dizer.

Tivera o que esperava ser a última conversa com a florista antes da arrumação do salão, e falou mais uma vez com Bitsy.

Mas tirou um momento — com suas unhas recém-pintadas de Glicínia Glamorosa — para sentar no pequeno pátio com a avó no fim do expediente.

— Você está radiante, menina.

Shelby tomou um gole de chá gelado.

— Mamãe é genial.

— Ela é talentosa, mas o trabalho já estava adiantado. Você parece feliz ultimamente, e não há tratamento de beleza melhor que isso. É difícil ficar radiante sem estar feliz.

— Estou feliz. Callie está indo bem, nós temos um bebê novo para mimar na família, minha melhor amiga vai casar. Trabalhar aqui me fez me lembrar do quanto amo Ridge. As Noites de Sexta no bar são a cereja no topo do bolo. — Ela tomou outro gole. — E, por último, mas não menos importante, tenho um namorado que me deixa radiante mesmo quando ele não está por perto. Tenho tanta sorte, vovó. Nem sempre as pessoas têm uma segunda chance de fazer as coisas darem certo.

— Você está trabalhando duro pela sua.

— E não vou parar de fazer isso tão cedo. Agora que estou radiante e minhas unhas estão bonitas, queria saber se você tem tempo no sábado para fazer meus cabelos antes da festa.

Viola observou a neta por cima da beira do copo.

— Você vai me deixar fazer o que eu quiser?

— Nem sonharia em questionar a especialista.

— Ótimo. Tenho algumas ideias. Agora, me diga com o que está preocupada.

A avó sempre fora boa em ler seus pensamentos.

— Meu foco principal é a festa agora. Você sabia que convenci a dona Bitsy, com algum esforço, de que era melhor não contratar uma pequena orquestra para tocar no salão como surpresa? Deus sabe o que ela vai inventar para o casamento.

— Ela ama a filha, mas, coitadinha, as ideias dela combinam tanto com Emma Kate quanto aqueles sapatinhos que usa. Mas sei que está preocupada com outra coisa também.

— Realmente quero saber sua opinião e receber seus conselhos. Só... Fico tão grata por me deixar trabalhar aqui, vovó, não só porque precisava de um emprego, mas porque foi algo que me ajudou a me aclimatar. Me ajudou a ficar à vontade na cidade de novo. Quero que saiba o quanto sou grata.

— Se tiver conseguido outro emprego, Shelby, não vou ficar chateada. Nunca pensei que ficaria aqui para sempre. Gerenciar este lugar também combinaria com você tanto quanto os sapatos de Bitsy. No que está pensando?

— Não vai ser agora. Provavelmente daqui a uns seis meses. Talvez mais; provavelmente mais — corrigiu-se ela. — Estou fazendo um curso de decoração pela internet.

— Você sempre teve talento para essas coisas, do mesmo jeito que Ada Mae tem para cuidar da pele das pessoas. Costumava achar que você ficaria rica com sua voz, e depois usaria seus talentos de decoração para enfeitar as mansões que teria.

— Não estou disposta a me dedicar à música do jeito que precisaria para ter uma carreira artística. As noites longas, as viagens, os... bem, me concentrar nessas coisas de novo. Isso não é mais para mim, não se enquadra mais com a pessoa que sou. Não vou ganhar uma segunda chance no ramo; joguei fora minha oportunidade, e não quero ir atrás dela.

— A vida é uma série de escolhas. Você está fazendo as suas.

— Acho que poderia construir algo sólido para mim e Callie, vovó.

Com os lábios curvados e os olhos afiados, Viola fez que sim com a cabeça.

— Você quer uma carreira. Não um emprego, mas uma vocação.

— Sim. E estou indo bem nas aulas, vou começar a assistir a outras. Uma delas é sobre administração de empresas.

Enquanto assentia novamente com a cabeça, o sorriso de Viola aumentou.

— Isso está no seu sangue, mas não custa aprender um pouco mais.

— Não estou com pressa. Ajudei Gilly a dar um jeito no quarto, e dei algumas ideias para Emma Kate sobre o apartamento, só para ver se conseguia trabalhar com o espaço de outra pessoa, de acordo com as necessidades de cada um. Agora, mamãe quer que eu decore a sala de estar. Não sei o que papai vai achar disso.

Viola devolveu o sorriso da neta.

— Como regra, homens não gostam de mudanças, mas se acostumam com o tempo.

Animada — ninguém sabia tão bem como era começar um negócio do zero como Viola MacNee Donahue —, Shelby se inclinou para a frente na cadeira.

— E tenho tantas ideias para a casa de Griff. Às vezes preciso me controlar, porque o espaço é dele, e seus planos já são bastante interessantes e inteligentes.

— Uma pessoa esperta sempre valoriza um segundo olhar, uma nova perspectiva sobre as coisas.

— Bem, mas nem sempre consigo me conter a tempo. Ele ainda não reclamou, pelo menos. De toda forma, assistirei às aulas, conseguirei um diploma, e então abrirei um pequeno negócio. Vou precisar continuar trabalhando para sustentar a mim e Callie e terminar de pagar aquelas malditas dívidas. A ideia é começar pequeno, como você e vovô fizeram. Conseguir estabilidade. Acha que é um bom plano?

— Ele a faz feliz? — Viola esticou um dedo e bateu na mesa. — Ser feliz com o que faz é importante, Shelby. Já é difícil trabalhar todos os dias e lidar com um chefe quando não se gosta do emprego. Mas, quando o negócio é seu, tudo depende de você. Se não estiver feliz, é melhor se conformar em receber seu salário e deixar outra pessoa se preocupar com as coisas.

— É por isso que eu queria conversar com você antes de seguir em frente com meus planos, vovó. Trabalhar com decoração me deixa feliz. Fiquei tão contente depois de ajudar Gilly e Emma Kate, de ver o quanto elas gostaram, de saber que sou capaz de entender o que elas queriam. E quase saí de mim de felicidade quando Griff pintou a sala da frente com a cor que eu escolhi, e depois comprou um baú pintado que vi na Ridge Artística. É tão bom poder ir lá. Eu só comentei que ficaria bem no pé da cama dele. E fica mesmo.

— Então vá em frente. Faça o que te deixa feliz.

Suspirando, Shelby se recostou na cadeira.

— Dou um passo para a frente, decidindo fazer o curso, mas então dou dois para trás. Pelo menos na minha cabeça. Achei que Richard me fizesse feliz.

— Você cometeu um erro — disse Viola, séria. — Não será o último. Não se tiver a sorte suficiente de ter uma vida longa e interessante.

— Mas posso torcer para nunca cometer um pior. — Shelby segurou a mão da avó. — Vai me ajudar? Não quero dizer com o dinheiro que vou precisar para fazer tudo dar certo. Mas quando estiver pronta para começar, posso te fazer todas as milhões de perguntas que com certeza terei?

— Eu me sentiria ofendida se não fizesse isso. Sei cuidar do meu negócio, assim como seu avô. Quem você acha que ajudou seu pai a lidar com o lado burocrático da clínica?

— Deveria ter imaginado. Estou contando com você.

— E eu estou contando com você. Ora, olhe só, temos a visita de um homem bonito.

— Dona Vi. — Matt foi até a mesa, inclinou-se para beijar a bochecha dela. — Desculpe os meus trajes. Acabei de sair da obra no Bootlegger.

— E como está indo?

— Já colocamos o piso, está pronto para a inspeção. Como vai você, Shelby?

— Bem, obrigada. Quer alguma coisa gelada para beber?

Ele levantou a garrafa que trazia consigo.

— Tenho um Gatorade.

— Então um copo com gelo.

— Homens de verdade não precisam de copos. — Com uma piscadela, Matt deu um gole direto da garrafa. — Emma Kate disse que você queria falar comigo. A sós. — Agora ele levantava as sobrancelhas, o que a fez rir.

— Sim, mas não achava que ia ser tão rápido. Vocês andam bastante ocupados.

— E você também. Acabei de ficar sabendo da orquestra. Considere seus pés beijados.

— Senta — disse Viola. — Fica com a minha cadeira — adicionou enquanto se levantava. — Vou levar meus pés cansados para casa e tomar alguma coisa mais forte do que chá. Comporte-se com a minha menina, Matt.

— Sim, senhora.

— Até amanhã, vovó. Mande um beijo para o vovô.

— Ele vai te mandar outro de volta — disse Viola enquanto voltava para o salão.

— Tem mais alguma coisa que eu deveria saber agora que conseguimos nos livrar do violoncelo? — Matt se sentou, esticou as pernas. Suspirou. — Nossa, como é bom sentar.

— Um homem que trabalha tanto quanto você deveria vir fazer uma massagem com Vonnie pelo menos uma vez por semana. Para se manter saudável e menos tenso.

— Emma Kate diz a mesma coisa sobre ioga. Acho que prefiro uma massagem a ficar me contorcendo feito um pretzel.

E provavelmente também preferia estar em casa, em vez de estar ali, esperando Shelby dizer o que queria.

— Achei que só fosse conseguir conversar com você depois da festa, então ainda não pensei muito bem no que falar. Acabei de conversar sobre isto com vovó. Só comentei sobre o assunto com ela e a minha mãe.

— Então não é sobre a festa.

— Não, não é. Ela vai ser ótima, não precisa se preocupar. É... — Ela respirou fundo. — Eu comecei a fazer um curso — começou, e explicou do que se tratava.

— Griff disse que você tem um olho bom para esse tipo de coisa. Nem sempre se pode acreditar num homem que está vendo estrelas, mas tive uma amostra do seu trabalho quando vi o que fez no nosso apartamento. Tudo por menos de duzentos contos.

— Aquilo foi mais usar as coisas que vocês tinham de uma forma diferente.

— Ficou bonito. Mais simples. E a ideia de enquadrar as toalhinhas de crochê da bisavó de Emma Kate? Achei que fosse ficar estranho. Quando ela me contou, pensei que parecia algo de mulherzinha, fresco demais, mas ficou ótimo.

— Ah, os quadros ficaram prontos?

— Emma Kate os pegou ontem à noite, e pendurou no lugar que você disse. Mesmo que eu não gostasse, o que não foi o caso, o olhar no rosto dela quando os colocou na parede já teria valido a pena.

— Que bom que vocês dois gostaram.

— Agora, Emma Kate está louca para mudar o restante do apartamento. Eu te agradeceria por isso, mas estaria mentindo. Estou tentando convencê-la a se controlar um pouco, já que vamos ver um terreno no domingo à tarde.

— Encontrou um lugar? Onde?

— Do lado da casa de Griff. São uns 120 mil metros quadrados, bem menos do que ele tem, mas é cortado pelo mesmo riacho.

— Deve ser bonito. Não sabia que queriam se afastar tanto da cidade.

— Emma Kate está um pouco nervosa com a ideia, mas acho que vai se convencer quando vir o espaço. Talvez você possa guardar suas ideias até eu começar a construção.

— Na verdade... Eu queria perguntar a você, e só a você, Matt, não a Griff nem a Emma Kate, se acha que, depois que eu conseguir o meu diploma, teriam algum uso para o meu trabalho, se for adequado e necessário. Ou se poderiam só mencionar meu nome para algum cliente que esteja pensando em redecorar a casa. Tenho dois projetos do curso aqui no celular. — Ela tirou o aparelho do bolso. — Sei que fica difícil ver os detalhes no telefone, mas dá para entender a ideia.

— Não falou nada disso com Griff?

— Não. — Depois de encontrar os projetos, entregou o aparelho para Matt. — Ele diria que sim porque não iria querer me deixar chateada, assim como Emma Kate. Não é isso que eu quero, não é assim que pretendo começar. Dou a minha palavra que, se você não gostar da ideia, nem vou tocar no assunto com nenhum dos dois. Não quero que pense que estou te jogando na fogueira. — Shelby respirou fundo enquanto ele analisava seu trabalho, e então passava para o próximo. — Seu trabalho, seu e de Griff, é tão bom. E vocês têm uma boa reputação também, apesar de estarem aqui há pouco tempo. Pelo menos nos padrões de Ridge. Acho que eu poderia contribuir. Como uma consultora externa.

Ele olhou para Shelby, depois voltou a observar a imagem no telefone.

— Foi você quem fez isto?

— Sim. Tem projetos escritos também, mas...

— Eles são bons, Shelby. Muito bons.

— De verdade?

— De verdade. Estou falando sério. Griff geralmente é quem cuida da parte estética do trabalho, e até se aventura a decorar um pouco se o cliente precisa de ajuda. Você devia mostrar isto a ele.

— Vou fazer isso, mas não queria que ele achasse que deve...

— Mostre a ele — interrompeu Matt. — Somos uma equipe e, quando tomamos uma decisão, os dois precisam concordar. É assim que trabalhamos. Então não posso te dar uma resposta antes de Griff ver o seu trabalho. O que posso te dizer é que, quando conversar com ele sobre o assunto, minha tendência é para o sim.

— É? Está falando sério? Você... espere aí. — Shelby se inclinou para a frente. — Olhe para mim. — Ela apontou para os olhos. — Não está me falando isso como um favor?

— Sim, acho que vai ser um favor para todos nós.

— Um favor para todos nós. — Ela voltou a se recostar na cadeira. — Obrigada. Vou mostrar a ele. Vou demorar um pouco até conseguir o diploma e montar um plano de negócios, mas saber que você me recomendaria já tira um peso das minhas costas.

— Não quer começar a fazer uns projetos como freelancer?

— Ainda nem terminei a primeira matéria.

— Tansy já está deixando Derrick maluco. Amostras de tinta, projetos de iluminação, amostras de piso, mais projetos. E acabamos de começar. Se pudesse trabalhar com ela, dar uma direção... Tansy tem boas ideias, mas está tudo embaralhado; mistura tudo com os planos para o quarto do bebê. Sua ajuda deixaria o cara mais tranquilo. Ele ficaria te devendo uma.

— Se ela quiser, vou adorar ajudar.

— Combinado. Você e Derrick podem acertar seu pagamento.

— Ah, não vou cobrar a eles por...

Balançando a cabeça, Matt devolveu o telefone.

— Isso não é um bom plano de negócios.

Shelby bufou.

— Você tem razão.

— Sabe quantos amigos, parentes, conhecidos e completos desconhecidos queriam que eu e/ou Griff construíssemos uma varanda, pintássemos uma casa, trocássemos os azulejos ou reformássemos uma cozinha quando começamos?

— Não.

— Nem eu, porque perdi a conta. Aceite o conselho de alguém que já passou por isso, e não faça as coisas desse jeito. Se Tansy quiser saber a sua opinião sobre berços e cores para o quarto do bebê, de amiga para amiga, isso é uma coisa. Mas estamos falando sobre a expansão do bar deles. Você merece ser paga.

— Tudo bem, se eles quiserem.

— Vou falar com Derrick. Se ele tiver interesse, entra em contato com você. Preciso ir agora.

— Eu também. — Os dois se levantaram. — Mamãe buscou Callie, mas elas já devem estar se perguntando onde eu estou. Obrigada, Matt. — Shelby o abraçou, dando-lhe um apertão extra. — Separe uma dança para mim no sábado.

— Claro. Mostre seus projetos para Griff — repetiu ele.

— Pode deixar, na primeira oportunidade que tiver.

Ela voltou para o salão. Ainda havia algumas clientes lá dentro — duas mulheres usando a Sala de Relaxamento depois do tratamento que fizeram, outras duas que foram fazer os cabelos depois do trabalho.

Mas o expediente de Shelby havia acabado.

Ela pegou a bolsa, se despediu, e saiu pela porta.

E inesperadamente acabou nos braços de Griff.

O beijo a pegou desprevenida, o que talvez tenha sido o motivo para sua cabeça girar.

— Oi — disse ele.

— Oi.

— Eu vi seu carro, então vim atrás de você.

— Só estava...

Sua cabeça parou de girar quando notou Crystal, a cliente e a menina que lavava os cabelos, que ficara até mais tarde para varrer o salão, com os rostos grudados na janela.

A cabelereira apenas colocou as mãos sobre o coração quando Shelby gesticulou para ela voltar ao trabalho.

— Somos o primeiro show da noite.

Griff sorriu e acenou para as mulheres enquanto Shelby o puxava na direção do carro.

— Trabalhou até tarde?

— Na verdade, precisei conversar com vovó, e depois tive um encontro com Matt.

— Um encontro. Preciso bater nele?

— Desta vez, não. Sabe, preciso conversar com você sobre uma coisa, e tem algo que quero te mostrar.

— Sobre a festa?

— Nem tanto. Venha comigo para casa, jante lá. Meus pais iam ficar felizes de te ver. E Callie ia adorar.

— Três ruivas, um médico e comida de graça. Eu seria louco se dissesse que não. — Mesmo assim, olhou para a camiseta suja e a calça jeans empoeirada. — Mas o trabalho hoje foi pesado, e ainda não tive tempo de me limpar.

— Pode fazer isso lá em casa, e podemos comer no quintal. Geralmente é o que acontece quando o tempo está assim.

— Então tudo bem.

— Só vou avisar à mamãe que você vai, para ela não ser pega sem batom. — Assim que pegou o telefone, ele apitou, avisando que recebera uma mensagem.

— Sua mãe? — perguntou Griff enquanto Shelby lia.

— Não. É de Derrick.

Ela apenas dizia: *Sim, por favor, sim. Pode me salvar dessa tortura de decoração.*

— Depois falamos sobre isso. — Shelby foi para a porta do motorista. — Por que ainda está na cidade?

— Pelo visto, porque estava esperando por você.

Isso a fez sorrir. Aquele dia inteiro a estava fazendo sorrir.

O SUV GRANDE passou lentamente pela rua enquanto Shelby entrava na minivan. Ela nem mesmo piscou em sua direção, mas provavelmente não teria reconhecido o motorista.

Havia mudado sua aparência de novo.

Enquanto a mulher seguia para casa, ele se dirigiu para as montanhas.

Já definira o que fazer e quando, e estava feliz por saber que o que começara em Miami finalmente chegaria ao fim.

Capítulo 29

◆ ◆ ◆ ◆

Quando Griff entrou no salão de Vi no sábado, Snickers causou comoção. Todas as mulheres — cabelereiras, clientes, manicures — se agacharam para fazer *aaah* para o cachorro, coçar sua barriga, acariciar suas orelhas e, no geral, fazer com que o animal ficasse abobado de tanta alegria.

Pensou na época em que era mais jovem, quando estava sempre pensando em formas para conhecer mulheres.

Devia ter providenciado um filhote.

Ele estava lá — sob protestos e ordens expressas de Emma Kate — para cortar os cabelos. Odiava fazer esse tipo de coisa, mas a amiga fora um pouco assustadora com a intensidade do pedido.

— Você precisa cortar esses cabelos — decretou Viola, e isso fez seus ombros caírem.

— Emma Kate disse a mesma coisa, mas você está ocupada, então...

— Ninguém está sentado na minha cadeira neste minuto. Venha aqui, Griff, e sente.

O cachorrinho imediatamente colocou a bunda no chão e fez cara de quem estava orgulhoso de si mesmo. As mulheres fizeram um coro de *oun!*

— Um homem deve estar apresentável na festa de noivado do melhor amigo. — Viola apontou um dedo para a cadeira. — Seja comportado que nem o seu cachorro.

— Mas só corte, sabe, um pouquinho. — Desejando estar em qualquer outro lugar, Griff se sentou.

— Por um acaso já tirei chumaços da sua cabeça?

— Não, senhora.

Ela passou uma capa ao redor de Griff e pegou um spray para umedecer os fios.

— Seus cabelos são tão bonitos, Griffin. Eles vão continuar aí. Imagino que tenha sofrido algum trauma numa barbearia, quando era pequeno.

— Eles trouxeram um palhaço. Um daqueles com uma peruca bizarra. Foi ruim. Bem ruim. Você já leu *It: a coisa*? Aquele livro do Stephen King? Foi um palhaço assim.

— Aqui não tem nenhum palhaço. — Divertindo-se, ela esfregou a bochecha dele. — Rapaz, você precisa se barbear.

— É, vou fazer isso mais tarde.

— Eu cuido disso. — Quando os olhos dele se arregalaram um pouco, Viola sorriu. — Alguma mulher já fez sua barba com uma navalha afiada?

— Não.

— Vai adorar. — Ela ajustou a cadeira e pegou a tesoura. — Ainda não perguntou onde está Shelby.

— Estava contando que você me contaria.

— Está nos fundos. Temos um grupo de seis mulheres hoje, amigas desde a época da faculdade. Estão passando o fim de semana juntas; se hospedaram no hotel. É bom ter amigos de longa data. Como você e Matt.

— É mesmo.

Viola continuou batendo papo enquanto separava pequenas seções dos cabelos dele com os dedos e cortava. Griff sabia que fazia aquilo para relaxá-lo. Toda vez que ele se convencia — ou era obrigado — a vir, uma vez a cada dois meses, ela fazia a mesma coisa.

Gostava de observá-la trabalhar — os movimentos rápidos, competentes e precisos, a forma como seus olhos mediam o corte enquanto conversava com ele, dava ordens e respondia perguntas.

A mulher era capaz de conversar com dez pessoas diferentes ao mesmo tempo. Griff considerava isso uma habilidade rara.

— Ela sempre vai ser linda.

— Shelby?

Viola encontrou os olhos dele no espelho, sorriu.

— Espere até vê-la hoje à noite. Ela vai precisar sair daqui cedo, para arrumar as coisas com Callie, e depois voltar para eu fazer o penteado. Sei exatamente como vai ser.

— Não vai alisar os cabelos dela, não é?

— Nada disso. Shelby disse que precisa ir cedo para o hotel, então não vai poder levá-la, o que é uma pena, porque acho que vocês dois causariam um alvoroço entrando juntos no salão. Lorilee, estou quase acabando aqui. Pode esquentar uma toalha para eu fazer a barba de Griff?

— Claro, dona Vi.

— Você não precisa...

— Griffin Lott, como vai me convencer a abandonar o homem com quem sou casada há quase cinquenta anos para fugir com você se não confia que não cortarei sua garganta?

Então ele acabou inclinado para trás na cadeira, com uma toalha úmida quente cobrindo o rosto todo — menos o nariz. Precisava admitir que a sensação era ótima — até ouvir os sons de Viola pegando a navalha.

— Ainda uso a do meu bisavô — disse ela, batendo papo. — Mais por sentimentalismo mesmo. Ele a passou para o meu avô, que foi quem me ensinou a fazer barba.

Griff foi capaz de sentir seu pomo de adão tentando se encolher.

— Quando foi a última vez que fez isso?

— Barbeio Jackson quase todas as semanas. — Viola se inclinou para bem perto dele. — Consideramos isso uma preliminar. — Enquanto Griff engasgava, ela retirou a toalha. — Mas nós não vamos pensar nisso, já que a pessoa com quem você faz essas coisas é a minha neta. Também costumava fazer a barba do prefeito Haggerty nas manhãs de sábado. Só que isso foi antes dele se aposentar e se mudar para Tampa, Flórida. Agora temos uma prefeita. — Viola passou óleo nas mãos, esfregou uma na outra, e então as passou pelo rosto de Griff. — Isto vai amolecer seus pelos e criar uma cobertura entre seu rosto, o creme de barbear e a lâmina. E o cheiro é delicioso.

— Não parece algo que seu avô faria.

— Precisamos nos atualizar com o tempo. — Ela se ocupou em espalhar uma grossa camada de creme de barbear no rosto e na garganta de Griff, usando um pincel largo e atarracado. — Então, voltando ao assunto, não faço mais a barba do prefeito. Mas tem um ou dois homens que aparecem às vezes para se barbear com navalha. Os outros vão à Barbearia do Lester. Ele está sempre dizendo que vai se aposentar, e, se um dia fizer mesmo isso, vou expandir meus serviços para cavalheiros.

— Sempre fazendo planos.

— Ah, sempre, Griffin.

O olhar dele bateu na lâmina com cabo perolado, e depois de afastou.

— O segredo — continuou ela — é fazer movimentos curtos, na direção do crescimento dos pelos. Então, se você quiser que fique bem rente, como estou fazendo aqui, é preciso voltar no sentido oposto. — Gentilmente, com o dedão, ela pressionou a costeleta de Griff para esticar a pele. — Você não sente muita pressão, não é? É preciso deixar que a navalha faça o trabalho. Se tiver que forçar muito, a lâmina não está afiada o suficiente.

Viola continuou trabalhando metodicamente, mantendo o fluxo de palavras. Ele se deixou relaxar, em grande parte, mesmo quando sentiu a lâmina contra a garganta.

— Está pensando em se casar com a minha menina, Griffin?

Ele abriu os olhos, olhou nos de Viola. Viu um brilho divertido ali.

— Assim que ela estiver pronta.

— Ótima resposta. Eu a ensinei a fazer barba.

— É mesmo?

— Talvez esteja um pouco enferrujada, mas a menina tinha talento. Falando nisso, lá vem ela.

Griff estava com medo de se mover, então só conseguiu mover os olhos. Ouviu o cachorro se levantar e, em seguida, escutou a voz dela. A risada dela.

— Um pulo no abismo — murmurou Viola. — É isso que os poetas dizem. Você deu um pulo no abismo, Griffin.

— E ainda estou caindo.

— Ora, olhe só para isso. Não sabia que você gostava de se barbear com navalha, Griff.

— É a minha primeira vez.

Shelby passou dois dedos na bochecha esquerda dele.

— Hummm. Está lisinho.

— Preliminar — repetiu Viola, e a neta riu.

— Isso realmente faz você considerar a ideia, não é? Vovó, sinto muito, mas preciso ir. Recebi uma mensagem de socorro do hotel, porque parece que a dona Bitsy apareceu por lá, mesmo depois de ter prometido que não faria isso. Agora, preciso dar um jeito na situação antes que ela crie um pandemônio.

— Pode ir. Eu tinha te dito para tirar o dia de folga.

— Pensei que ela fosse vir para cá. Tem horário marcado para fazer os cabelos e as unhas. Tenho meia hora para ir lá, convencê-la a deixar as pessoas em paz, controlar os estragos e voltar para pegar as meninas. Prometi que as levaria na Hora da Historinha, e Tracey está ocupada hoje. A dona Suzannah vai ao dentista. Não posso deixar a dona Bitsy criar problemas agora, e não quero decepcionar Callie e Chelsea.

— Posso fazer isso.

Shelby deu um tapinha no ombro de Griff antes de ir até o balcão da recepção e pegar sua bolsa.

— Não duvido que você seja capaz de lidar com a dona Bitsy, mas...

— Não, não, isso. Posso pegar as meninas e levá-las na Hora da Historinha.

Assim como acontecera com o cachorrinho, essa frase gerou um coro de *oun* das mulheres ao redor.

— Griff, estou falando de duas crianças de quatro anos de idade.

— Eu sei.

— Você não precisa ir trabalhar?

— Matt tirou o dia de folga. Ele e Emma Kate conseguiram marcar um horário para visitar uma casa de festas para o casamento.

— Que lugar?

— Não sei. Algum onde há casamentos. Já fiz tudo que poderia fazer sozinho e estou livre até às 15h, quando vão entregar mais material.

— Combinei de deixar as meninas na casa da dona Suzannah às 15h. Elas vão dormir lá.

— Então está resolvido. Pego as duas e as levo para a livraria. Depois podemos dar um tempo no parquinho se você ainda não tiver voltado. Deixo as meninas na casa e volto para receber o material. Você pode ir com a picape e eu fico com a minivan.

— Não sei se Tracey ia gostar de você ficar com elas.

— Ah, ela não vai se importar, Shelby. — Viola dispensou a ideia com um aceno de mão. — A moça é sensata, conhece Griff e sabe que você está com o dia cheio hoje.

— Tem razão. Minha cabeça já está girando. — Ela tirou as chaves da lateral da bolsa. — Obrigada, Griff. Volto assim que puder.

— Fique à vontade. Se não tiver aparecido até às 15h, posso deixar Callie com uma furadeira, e Chelsea com uma serra. Isso vai distrair as duas.

— Você sempre faz eu me sentir tão tranquila.

— As chaves estão no meu bolso.

Shelby arqueou as sobrancelhas.

— Você só queria dar um jeito de eu colocar a mão aí dentro.

— Não pensei que isso seria uma possibilidade quando as guardei, mas não vou reclamar.

Ela botou a mão no bolso e pegou as chaves.

— Obrigada — repetiu, o beijou e disse *hummm* novamente. — Rezem por mim — gritou enquanto saía correndo pela porta.

GRIFF SE ACOMODOU na Livraria Rendezvous, onde, pelo visto, a Hora da Historinha acontecia uma vez por mês. E quem não gostava de uma história, pensou ele, apoiado em uma das estantes, segurando uma xícara de café gelado, enquanto uma dúzia de criancinhas estava sentada em círculo, ouvindo a aventura de um garotinho e um jovem dragão com a asa machucada.

Ele conhecia dona Darlene — a professora aposentada que trabalhava em meio expediente na livraria. Griff e Matt haviam construído uma salinha na casa dela no último outono, onde a mulher montara uma aconchegante sala de leitura.

E merecia mesmo uma, pensou Griff. Ela lia muito, muito bem, imitando vozes, adicionando entonações certas de tristeza, alegria, surpresa e curiosidade.

Mantinha as crianças na palma da mão. Até ele estava interessado no que aconteceria com Thaddeus e o dragão Grommel.

Em algum lugar no fundo da loja, um bebê começou a chorar. Griff ouviu a voz baixinha de uma mulher tentando acalmá-lo, e então o som dos passos dela enquanto caminhava de um lado para o outro. O choro parou.

O sol entrava pela janela da frente, através dos painéis de vidro da porta, criando quadrados de luz no velho piso de madeira.

Os formatos se modificaram quando a porta abriu; o sininho preso a ela soou, e então os quadrados voltaram para o lugar. Foram novamente transformados quando um homem os atravessou. Griff mal tomou conhecimento dele além dessa percepção — uma sombra que modificara por um breve instante as formas de luz no chão.

Quando a história acabou, Callie foi correndo até ele.

— Você ouviu? Ouviu? A asa de Grommel ficou boa, e Thaddeus ficou com ele! Eu queria ter um dragão.

— Eu também. — Griff pegou a mão dela.

— Podemos comprar o livro? — quis saber Callie. — Sobre Thaddeus e Grommel?

— Claro. Depois vamos tomar sorvete e brincar no parquinho.

Levaram o livro, e, como a história tinha uma continuação, Griff comprou uma edição para cada uma delas, e então seguiram para o sorvete, que as meninas não conseguiram comer todo antes da sobremesa se derreter em gotas de morango.

Usou o bebedouro do parquinho para limpar as mãos grudentas, e depois as fez gastar o açúcar enquanto as perseguia pelo gramado, subindo e descendo dos brinquedos.

Quando se jogou no chão, fingindo-se derrotado, as meninas correram em círculos ao redor dele.

Callie puxou a mão de Chelsea para as duas se afastarem um pouco, e começou a sussurrar.

— Qual é o segredo?

— Chelsea diz que são os meninos que têm que perguntar.

Griff se sentou de pernas cruzadas.

— Perguntar o quê?

Depois de mais sussurros, Callie jogou a cabeça para trás num gesto inerentemente feminino e marchou até ele.

— Posso perguntar se quiser.

— Tudo bem.

— Podemos nos casar? Aí iríamos morar na sua casa, e mamãe também pode ir. Porque eu amo você.

— Uau. Eu também amo você.

— Então podemos nos casar como Emma Kate e Matt, e vamos todos morar na sua casa, com Snickers. Seremos felizes para sempre.

Emocionado, ele a puxou para um abraço.

— Vou dar um jeito de isso acontecer.

— Hoje não faz cosquinha — disse Callie, esfregando a bochecha dele.

— Hoje, não.

— Gosto da cosquinha.

Griff a abraçou mais uma vez. Um pulo no abismo, pensou.

— Ela vai voltar.

Tirou o telefone do bolso ao ouvir o sinal de mensagem.

Desculpe por ter demorado tanto — já resolvi tudo. Estou voltando.

Griff manteve um braço ao redor de Callie enquanto digitava a resposta.

Estamos no parquinho, fumando e tomando umas cervejas. Pode nos encontrar aqui.

A resposta veio logo depois. *Não joguem lixo na rua. Chego em dez minutos.*
Ele guardou o telefone de volta no bolso.

— Sua mãe está vindo, Callie.

— Mas nós queremos brincar com você!

— Eu preciso trabalhar. Mas, antes... — Griff se levantou de repente, pegou as duas meninas nos braços como se fossem bolas de futebol americano, e as fez darem gritinhos de alegria enquanto corria com elas ao redor dos brinquedos, com Snickers os perseguindo.

Ele viu, pelo canto do olho, o homem que entrara na livraria — ou pelo menos achava que era o mesmo cara — numa das extremidades do parquinho. Por algum motivo, percebeu que passou a segurar as meninas mais apertado.

Então o sujeito olhou para a esquerda, sorriu, acenou e saiu andando na direção de alguém além do campo de visão de Griff.

Crianças, pensou, depositando as meninas no chão para que pudessem correr atrás dele. Elas fazem com que você suspeite de tudo e todos.

O RESTANTE DO dia de Shelby foi uma correria. Ela encontrou com Griff para pegar as crianças e trocar os carros, e depois deixou as meninas na casa de dona Suzannah. Deu um abraço extra em Callie, pensando que aquela seria a primeira vez que a filha dormiria fora — na casa de alguém fora da família, para ser mais exata.

Voltou ao salão para fazer o penteado e, depois de Crystal muito insistir, se maquiar. Shelby preferia ter feito a própria maquiagem, mas não conseguiu

453

encontrar uma forma de dizer não sem ofender a mulher. Seu nervosismo, entretanto, ficara aparente suficiente para a cabelereira sentir a necessidade de jurar que não a "embonecaria demais".

O processo de ser paparicada como uma celebridade realmente agilizou as coisas, e aproveitou o momento para trocar mensagens de texto com o bufê do hotel, a florista e Emma Kate.

E com a dona Bitsy, por mais tempo do que necessário.

As duas mulheres não deixaram que olhasse no espelho enquanto trabalhavam em conjunto, e então, cheias de pompa, viraram a cadeira para a revelação final.

Todas as dúvidas de Shelby se evaporaram.

— Nossa, eu estou *maravilhosa*!

— Deixei seus olhos mais destacados do que sua a maquiagem normal — começou Crystal —, mas de um jeito sutil. Para ficar elegante como o seu penteado.

— Ficou elegante mesmo. Pareço comigo mesma, mas melhor. Nem parece que fiquei quase uma hora nesta cadeira. Adorei, Crystal, e nunca mais vou duvidar de você. Vovó, o penteado está fantástico. Essa faixa fininha com os brilhos destaca os cachos que caem do coque na parte de trás.

— E vamos deixar algumas mechas soltas na frente — adicionou Viola, mexendo mais nos cabelos —, para não parecer que você fez tudo em cinco minutos, mas que passou o tempo exato para ficar perfeito.

— Não sei se o restante de mim vai conseguir ficar tão bom quanto o que vocês fizeram, mas vou me esforçar. Obrigada, muito obrigada! — Shelby abraçou as duas. — Preciso ir. Tenho que chegar ao hotel antes da dona Bitsy. Até mais tarde.

Calculou que estaria sozinha na casa por uma hora antes da mãe voltar — duas, se Ada Mae decidisse fazer os cabelos e a maquiagem no salão.

Mas não precisaria de tanto tempo assim.

Pegou uma Coca na cozinha, e respirou fundo. Tinha planejado usar um vestido preto simples, mas, com o penteado no estilo grego que a avó criara, bolou um novo plano enquanto subia as escadas.

O vestido preto era ótimo para todas as ocasiões, sem sombra de dúvidas — e já fizera seu serviço em três Noites de Sexta. Mas ainda não usara o prateado que trouxera do Norte. Ele não parecia se adequar ao bar. Mas para a festa...

Tirando o vestido do armário, Shelby o segurou diante de si, virando-se para o espelho. O corte era mais fluido e mais rodado, combinaria com o penteado. Agora não poderia mais usar os sapatos pretos, decidiu. Não ficariam bem. Mas tinha aquelas sandálias azuis com saltos baixos — seria mais prático, de toda forma, já que passaria grande parte da noite indo de um lado para o outro.

E aquele vestido tinha bolsos, então poderia guardar seu celular em um deles, deixando-o por perto.

Tomada a decisão, Shelby se vestiu, adicionando brincos compridos e três pulseiras finas e brilhantes que ficavam na caixa que Callie guardava bijuterias para brincar de se arrumar.

Arrumou uma bolsa com coisas de banheiro e uma muda de roupas, já que ela também passaria a noite fora, pois combinara de dormir na casa de Griff depois da festa.

Após exatamente uma hora, satisfeita com sua aparência, Shelby entrou no carro e dirigiu até o hotel.

Concluiu que havia passado mais tempo ali nas últimas três semanas do que passara na vida, mas, mesmo assim, sorriu ao fazer a curva na estrada que subia e ver o grande prédio de pedras cercado por árvores.

Estacionou, seguiu o caminho de ardósia até a varanda enorme, onde dois vasos grandes abrigavam begônias vermelhas e brancas, além de umas poucas lobélias azuis.

Se Emma Kate e Matt decidissem fazer a festa de casamento ali, imaginava aqueles vasos cheios de lavanda e flores amarelas.

Alguns funcionários a cumprimentaram enquanto Shelby cruzava o piso de tábuas largas do lobby, indo direto para o salão de festas.

A decoração já estava quase pronta, e ela notou, feliz, que tomara decisões certas. As toalhas roxo-escuras sobre as brancas davam um ar de elegância casual, um cenário perfeito para os vasos de hortênsias brancas e os potes quadrados com pequenas velas dentro.

Ela misturara as alturas, colocando cadeiras e bancos nas mesas.

Planejara criar um clima parecido no pátio externo, com vasos brancos com rosas e lírios brancos, algumas peônias e folhagens verdes.

Tudo estava a cara de Emma Kate.

Encontrando a florista, Shelby foi até a mulher.

— Diga com o posso ajudar.

Quando os noivos chegaram, tudo estava no lugar — e ela viu, pela expressão no rosto da amiga, que todas as horas de trabalho, todas idas e vindas até o hotel, todas as dores de cabeça causadas por Bitsy tinham valido a pena.

— Ah, Shelby.

— Não comece a chorar! Porque aí vou chorar também, e vamos estragar nossas maquiagens. Nós duas estamos lindas.

— Ficou tão bonito. É tudo que eu queria e mais. Parece um sonho.

— Era o nosso sonho. — Shelby pegou a mão de Emma Kate e a mão de Matt. — Agora é o sonho de vocês. Eu os declaro noivos.

— Precisamos de mais um favor.

Shelby colocou a mão num bolso, tirou um punho fechado.

— Tenho um favor extra bem aqui. O que posso fazer?

— Matt e eu decidimos a nossa música. Pelo menos por enquanto. "Stand by me". Você conhece, não é?

— É claro.

— Queremos que a cante hoje.

— Mas vocês contrataram uma banda.

— Nós realmente queremos que você cante. — Emma Kate prendeu as mãos das amigas com as dela. — Por favor, Shelby? Só uma música. Por nós.

— Eu adoraria. Vou falar com a banda. Agora, vamos pegar uma bebida para vocês, e vou te mostrar o salão antes que as pessoas cheguem e tomem todo o seu tempo.

— Griff estava bem atrás de nós — disse Matt. — Na verdade, ali está ele.

— Ah, minha nossa! Olhe só para você. — Ela passou as mãos na lapela do paletó cinza-escuro dele, e pensou que fora mesmo uma sorte ter escolhido o vestido prateado. — Está tão elegante.

— Deusa da montanha — murmurou Griff. — Você me faz perder o fôlego.

Ele levantou uma das mãos de Shelby, a beijou. Ela corou — algo que, na condição de ruiva, ensinara a si mesma a parar de fazer ainda na adolescência.

— Obrigada. Nós quatro estamos quase tão bonitos quanto o salão. Acho que merecemos as primeiras taças de champanhe. E, Emma Kate, quero que veja o pátio. Colocamos luzinhas no meio dos vasos. Parece um conto de fadas.

— Flores, velas e contos de fadas — comentou Griff enquanto inspecionavam o espaço. — Muito brilho, mas sem frescura.

— Tirei os excessos das ideias da dona Bitsy, mas realmente acho que ela vai gostar do resultado final. Pode ser que chova, mas só depois da meia-noite. — Ela deu um tapinha no celular, guardado no bolso. — Toda hora checo o aplicativo de previsão do tempo, mas, por enquanto, não parece que vamos ter problemas. Dona Bitsy chegou. Ela não está bonita com o vestido vermelho? É melhor eu ir falar com ela.

— Quer apoio moral?

Shelby agarrou a mão de Griff.

— Sem dúvidas.

$\mathcal{E}$LES DANÇARAM JUNTOS. Só depois ocorreu a Shelby que em nenhum momento pensou em suas memórias de outras festas elegantes. Richard, o homem que vestia ternos como se tivesse nascido para usar um, nem surgiu em sua mente.

Tudo que importava era o agora.

Dançou com o pai, que arriscou alguns passos que aprendera quando Ada Mae insistira que fizessem aulas de dança de salão. E com o avô, que entrou no ritmo do sapateado — nesse quesito, ele era bem melhor que a neta — quando a banda se animou com músicas mais regionais. Depois foi a vez de Clay, que não herdara nem uma gota dos talentos de dança dos seus ancestrais, e a de Forrest, que parecia ter sugado toda a habilidade do irmão mais velho.

— Como entrou aqui? — perguntou Shelby a ele. — Não está de terno. Não colocou nem uma gravata.

— É o distintivo. — Forrest a fez girar. — Disse à dona Bitsy que ainda estou trabalhando.

— E está?

Ele apenas sorriu.

— Acho que nunca paro de trabalhar, e não uso um terno de palhaço desde a formatura da escola. Espero continuar assim.

— Nobby está de terno.

— Sim, mas ele jurou que confirmaria a minha história.

— O que usou para suborná-lo?

— Uma xícara de um bom café e bolinho de amêndoas.

Shelby riu, moveu-se em um círculo com Forrest.

— Você está bem bonita hoje à noite, irmãzinha.

— Estou feliz, irmãozão. Olhe como todo mundo está se divertindo. E Emma Kate está tão radiante que poderia iluminar o salão.

— Estou roubando ela de volta — disse Griff enquanto pegava a mão de Shelby.

— Eu poderia te colocar na cadeia por isso, mas vou relevar. Tem uma loura ali que parece precisar de companhia.

Shelby olhou na mesma direção que ele.

— O nome dela é Heather. Trabalhava com Emma Kate no hospital em Baltimore. É solteira.

— Ótimo.

Griff puxou Shelby mais para perto quando Forrest foi atrás da mulher.

— Parece que sua festa é um sucesso, ruiva.

— Eu sei. — Ela o abraçou, encostou a bochecha na dele. — É uma sensação tão boa, que nem encostar no seu rosto agora. Acabei de comentar sobre como todo mundo parece estar se divertindo. É bom saber que as pessoas estão felizes por Emma Kate e Matt. E a dona Bitsy... olhe só, começou a chorar de novo, está indo para o banheiro. Vou falar com ela. — Shelby virou a cabeça, deu um beijo na bochecha de Griff. — Não devo demorar. Ou quem sabe passe uns vinte minutos lá dentro, se for mesmo uma crise histérica. Provavelmente vou querer uma taça de champanhe quando estiver livre.

— Vou guardar uma para você.

Ela seguiu na direção das portas e dos banheiros que vinham logo depois. Tirou o telefone do bolso assim que ele começou a tocar.

— Dona Suzannah? Aconteceu alguma coisa?

— Não é nada de mais, querida. Callie esqueceu Fifi, e está tão triste. Só fomos perceber quando elas deitaram. Tentei usar substitutos, mas ela só quer a Fifi.

— Não faço ideia de como me esqueci dela. Não quero estragar a primeira noite de Callie fora. Vou dar um pulinho em casa e pegar Fifi, e a deixo aí. Não devo levar mais de quinze minutos.

— Desculpe interromper sua diversão. Bill teria ido buscar a cadelinha, mas sei que sua mãe anda trancando a casa.

— Não se preocupe. Já estou indo. Diga a Callie que vou levar Fifi.

Shelby encontrou Crystal no caminho, indo para o banheiro.

— Preciso te pedir um favor. A dona Bitsy está lá dentro, chorando, de felicidade, sabe como é, e um pouquinho emocionada. Preciso ir pegar Fifi para Callie. Pode acalmar a dona Bitsy, ou pedir à vovó para fazer isso, e avisar a Griff aonde fui, se encontrar com ele? Devo estar de volta em menos de meia hora.

— Claro, pode deixar. Quer que eu vá buscar Fifi?

— Obrigada, mas só vou demorar um instante.

— Ah, aqui! Eu me esqueci de te entregar isto no salão. O batom que passei em você.

— Obrigada, Crystal. Cuide da festa por mim!

— Pode contar comigo.

Correndo, Shelby colocou o batom no bolso direito e o telefone no esquerdo. Tentou pensar no momento em que fizera a mala da filha. Tinha *certeza* de que botara Fifi dentro da bolsa, mas...

Visualizou a cena agora, Callie pegando a cadela de pelúcia de volta para conversar com ela sobre a ida à casa de dona Suzannah.

E arrastando Fifi com ela enquanto seguia a mãe para o outro quarto.

— No parapeito da janela — lembrou. Nem imaginava como poderia ter ignorado isso.

Sem problemas — estaria de volta antes de alguém sentir sua falta. E Callie e Fifi estariam juntas novamente.

Usou as estradas que contornavam a cidade, já que as noites de sábado do verão às vezes tinham um pouco de trânsito, e chegou em casa em menos de dez minutos. Satisfeita por ter escolhido os saltos baixos, correu até a porta. Haviam combinado que cantaria a música no meio da festa, então ainda tinha meia hora — e nem um segundo a mais — para resolver tudo.

Subiu apressada pelas escadas e entrou no quarto.

— Aí está você, Fifi. Desculpe ter te deixado para trás. — Shelby tirou a amada cadelinha do peitoril da janela e se virou para descer correndo.

Então ele surgiu na porta. Enquanto caminhava na direção dela, a cadela escapou dos seus dedos entorpecidos.

— Olá, Shelby. Faz tempo que não a vejo.

— Richard.

Os cabelos dele estavam escuros, um castanho diferente, e caíam em ondas descuidadas sobre a gola da blusa. Uma barba grossa cobria a metade inferior do rosto. Vestia uma camisa camuflada e calça cáqui grossa com os coturnos gastos. Uma combinação que seu marido não vestiria nem morto.

Ai, meu Deus.

— Eles... eles disseram que você tinha morrido.

— Eles disseram o que eu queria que dissessem. Você não esperou muito tempo antes de voltar correndo para casa e abrir as pernas para um carpinteiro qualquer. Chorou por mim, Shelby?

— Não estou entendendo.

— Nunca entendeu muita coisa. Acho que nós dois precisamos ter uma longa conversa. Vamos.

— Não vou a lugar algum com você.

Richard casualmente colocou um braço atrás de si, puxou uma arma.

— Vai, sim.

Shelby achou que a pistola era tão inacreditável quanto o restante da cena.

— Vai atirar em mim? Por quê? Não tenho nada que queira.

— Mas tinha. — Ele acenou com a cabeça para a foto na cômoda. Agora, ela notou que a moldura fora aberta.

— Conheço você, Shelby. É uma pessoa tão simples. Se tem uma coisa da qual jamais se livraria seria a foto que me deu, sua e da criança. Caso tivessem me prendido, não teriam encontrado nada. Guardei o que eu precisava com minhas adoráveis esposa e filha.

— Atrás da foto — murmurou ela. — O que escondeu ali?

— A chave para o reino. Vamos conversar. Venha.

— Não vou...

— Eu sei onde ela está — disse Richard, num tom baixo. — Dormindo com a amiguinha, Chelsea. Na casa da avó. Talvez resolva dar um pulo lá, fazer uma visita a Callie.

Medo pareceu atravessar o corpo de Shelby como se fosse uma faca encontrando osso.

— Não. Não! Fique longe dela. Deixe Callie em paz.

— Vou te matar num lugar onde sua família possa te encontrar. Se quiser fazer as coisas desse jeito, a criança será minha próxima parada. A escolha é sua, Shelby.

— Eu vou. Só deixe Callie em paz, e vou com você.

— É claro que vai. — Richard gesticulou com a arma para a porta do quarto. — Você sempre foi tão previsível. Sempre vai ser assim. Sabia que seria um alvo fácil assim que a vi.

— Por que não pegou o que queria e foi embora? Não fazemos diferença alguma para você.

— E até onde eu conseguiria ir antes de você ligar para o seu irmão policial? — Enquanto saíam da casa, ele passou um braço pela cintura de Shelby, encostou a arma na lateral do corpo dela. — Vamos dar uma voltinha com o meu carro. Comprou uma minivan, Shelby? Você só me envergonha.

Aquele tom, aquele tom de pena. Quantas vezes o ouvira?

— Não faço diferença nenhuma para você, nunca fiz.

— Ah, mas me era tão útil. — Richard deu um beijo na testa dela, e Shelby estremeceu. — E, no início, droga, era até divertida. Deus sabe que se empolgava na cama. Aqui. Vamos, entre. Você vai dirigir.

— Aonde vamos?

— Para um lugarzinho que eu conheço. Tranquilo. Isolado. Exatamente o que precisamos para uma conversa.

— Por que não morreu?

— Isso a deixaria feliz.

— Juro por tudo que é mais sagrado que sim. — Richard a empurrou para dentro do carro, obrigando-a a engatinhar até o banco do motorista. — Nunca fiz nada para você. Sempre te obedeci, fui aonde me mandava ir. Te dei uma filha.

— E quase me matou de tédio. Dirija, e fique dentro do limite de velocidade. Se for rápido ou devagar demais, te dou um tiro na barriga. É um jeito bem doloroso de morrer.

— Não posso dirigir se não sei para onde vou.

— Pegue as estradas paralelas por fora daquele buraco que vocês chamam de cidade. Se reagir, Shelby, eu te mato e vou atrás da criança. Tenho muito a perder, e trabalhei e esperei demais para você estragar tudo.

— Acha que me importo com as joias, com o dinheiro? Pode levar tudo e ir embora.

— Ah, eu vou fazer isso. Segunda-feira de manhã. Se você não tivesse entrado no quarto, jamais saberia que eu estive ali. Agora, vamos ter que passar um tempo juntos, e depois vou embora. Apenas obedeça ao que eu disser, como sempre fez, e vai ficar bem.

— Eles vão procurar por mim.

— E não vão te encontrar. — Fazendo uma careta, ele pressionou a arma na barriga de Shelby. — Meu Deus, sua vadia idiota, acha mesmo que enganei a polícia esse tempo todo, mas não consigo passar um dia despistando um monte de caipiras? Vire na próxima à esquerda. Devagar.

— Seu comparsa esteve na cidade. Jimmy Harlow. Talvez ele consiga te encontrar.

— Duvido muito.

O tom de voz dele fez o sangue de Shelby gelar.

— O que você fez?

— Encontrei ele primeiro. Vá devagar naquelas curvas. Não queremos que a arma dispare sem querer.

Todos os órgãos dentro dela pareceram se contorcer, mas Shelby manteve as mãos firmes no volante enquanto subiam pela estrada sinuosa.

— Por que casou comigo?

— Porque, na época, me era útil. Mas nunca consegui que fosse mais sofisticada e que virasse alguém. É só olhar para você e te ouvir falando. Eu te enchi de dinheiro, te ensinei a comprar as roupas certas, a dar jantares decentes, e você continua agindo como a mesma caipira ignorante saída do meio das montanhas do Tennessee. Muito me surpreende eu não ter estourado seus miolos antes.

— Você é um ladrão e um golpista.

— Isso mesmo, querida. — A careta de Richard se transformou em um sorriso. — Sou muito bom no que faço. Mas você? Nunca foi boa em nada. Vire nesta droga de estrada à esquerda. Bem devagar.

Ele podia pensar que Shelby era ignorante, inútil, boba, mas ela conhecia aquelas montanhas. E tinha quase certeza de que sabia para onde estavam indo.

— O que aconteceu em Miami? Todos aqueles anos atrás — perguntou, tentando mantê-lo distraído, falando, enquanto enfiava uma das mãos no bolso.

— Ah, vamos conversar sobre isso. Temos muito o que conversar.

Escrever mensagens de texto enquanto dirigia, pensou ela, lutando para não se tornar histérica, realmente era perigoso.

Torceu muito para estar digitando as palavras certas.

Porque, apesar de conhecer as montanhas, agora também conhecia o homem ao seu lado. E acreditava sinceramente que ele a mataria antes de ir embora.

Capítulo 30

◆ ◆ ◆ ◆

A ESTRADA ESCURA, no meio do nada, enrolava-se como uma cobra enquanto subia, dando a Shelby uma desculpa para pisar menos fundo no acelerador. Deixou transparecer seu medo — não havia motivo para ser orgulhosa —, mas essa exibição poderia ser outra arma. Ou pelo menos um escudo, pensou, enquanto colocava a mão no bolso e rezava para estar escrevendo uma mensagem coerente.

— Por que não fugiu?

— Eu não fujo — disse ele com um sorriso satisfeito no rosto. — Dou uma volta. Você era exatamente o que precisava para tornar minha nova identidade verossímil, depois do trabalho em Miami. Não demorou muito para ficar óbvio que seria inútil no ramo, mas era um bom disfarce temporário.

— Por quase cinco anos, Richard?

— Nunca achei que fosse durar tanto, mas aí você ficou grávida. Virei os problemas a meu favor — lembrou a Shelby. — Quem desconfiaria de um homem de família, com uma esposa caipira e uma filha? Além disso, precisava esperar as joias esfriarem e Melinda sair da cadeia. Ela fez um ótimo acordo, preciso admitir. Pensei que ficaria presa pelo dobro do tempo, o que seria mais do que suficiente para eu vender a mercadoria e cobrir as minhas pistas. Mas ela sempre dava um jeito de me surpreender.

— Você a matou.

— E como eu faria isso? Estou morto, lembra? Vire à direita. Estamos quase chegando.

Não havia nada ali, pensou Shelby, além de alguns chalés — pelo menos era o que havia na época em que fora embora de Ridge.

Apertou Enviar — ou pelo menos torceu para ter feito isso —, porque precisava colocar a mão esquerda de volta ao volante.

— Mas você está vivo, e a matou.

— E por quem aqueles idiotas vão procurar? Jimmy. Eu estou livre. Vou continuar livre. E, na manhã de segunda, quando finalmente pegar o que é meu, vou também estar rico. Planos de longo prazo, Shelby, exigem muita paciência. Este me custou pouco mais de um ano para cada cinco milhões. Foi um ótimo negócio. Estacione do lado da picape.

— Tem mais alguém aqui?

— Agora, não.

— Meu Deus, Richard, de quem é este lugar? Quem você matou?

— Um velho amigo. Desligue o carro e me entregue as chaves. — Mais uma vez, ele a cutucou com o cano da arma. — Você vai ficar sentadinha aqui até eu dar a volta e abrir a porta. Se tentar reagir, de qualquer forma, te meto bala. E depois vou atrás de Callie. Sei de pessoas que pagariam uma grana preta por uma garotinha na idade dela.

Shelby nem imaginava que seria possível sentir ainda mais nojo daquele homem.

— Ela é sua filha. Vocês têm o mesmo sangue.

— Acha que me importo com isso?

— Não. — A mão dela voltou para o bolso, digitando freneticamente. — Não acho que se importe com nada nem com ninguém. E eu faria qualquer coisa para manter Callie segura.

— Então nós dois vamos passar um fim de semana bem tranquilo.

Shelby considerou a ideia de trancar as portas depois que Richard saísse, apenas para ter mais tempo de mandar a mensagem. Mas isso só serviria para irritá-lo. Seria melhor deixá-lo acreditar que estava completamente indefesa.

O que não era longe da verdade.

Quando ele deu a volta e abriu a porta, Shelby foi obediente e saiu do carro.

— Aqui está a nossa casinha. — Usando uma lanterna pequena, Richard iluminou o caminho até um pequeno chalé rústico.

Os sapatos de Shelby trituraram o cascalho que levava à decrépita porta da frente. Havia algumas cadeiras velhas e uma mesinha. Nada que pudesse ser usado como arma.

Ele guardou a lanterna no bolso, e lhe entregou uma chave.

— Abra a porta.

Shelby obedeceu à ordem e, sob a mira da arma, saiu da varanda escura e entrou no breu do chalé. Deu um pulo quando Richard acendeu a luz — não conseguiu se controlar. A iluminação saía amarela e fosca de globos presos a uma roda de carroça pendurada no teto alto.

— Chamo este lugar de Buraco na Terra dos Caipiras. Não é muito, mas é nosso. Sente.

Quando ela não se moveu rápido suficiente, Richard a empurrou na direção de uma cadeira com estofamento xadrez vermelho e verde. Shelby se equilibrou, virou-se para sentar e viu o sangue no chão, rastros que levavam a uma porta fechada.

— É, você vai precisar limpar isso, e, depois, tenho uma pá que vai querer usar. Vamos ter que enterrar Jimmy, e você está encarregada disso, para me poupar o trabalho.

— Tudo isto por dinheiro?

— Tudo sempre se trata de dinheiro. — A animação, a luz que a fizera se sentir atraída por aquele homem no início, irradiava de seus olhos. Mas agora Shelby sabia que ela era inclemente e falsa. — Tudo sempre se trata de dinheiro — repetiu ele —, mas adoro a adrenalina. Saber que você é a pessoa mais inteligente de uma sala, de qualquer merda de sala. Saber que, se você quiser algo, pode ter.

— Mesmo que pertença a outra pessoa.

— Especialmente, sua idiota, se pertencer a outra pessoa. Esse é o segredo da adrenalina. Vou pegar uma cerveja. — Richard lhe lançou um sorriso largo. — Quer alguma coisa, querida?

Shelby não respondeu, e ele foi até a pequena cozinha.

O homem tinha tanta certeza de que ela estava paralisada de medo, pensou, que nem se dera ao trabalho de amarrá-la. Shelby manteve as mãos apertadas no colo, as juntas brancas. Mas, agora, isso era tanto um sinal de medo quanto de raiva.

Analisou o abajur, o que estava sobre a mesa que também abrigava o urso preto agachado perto de um toco de árvore. Poderia ser pesado suficiente se conseguisse alcançá-lo.

Havia facas na cozinha.

Shelby se perguntou se o rifle sobre a lareira estaria carregado. Talvez não.

Havia também uma placa pendurada que dizia "William C. Bounty".

Relaxou os dedos e começou a deslizar uma das mãos em direção ao bolso, mas parou assim que Richard deu meia-volta e se sentou na cadeira da frente.

— Não é aconchegante?

— Como aconteceu? Como sobreviveu ao acidente no barco?

— Sobreviver faz parte do trabalho. Melinda ia sair da prisão. Nem imaginei que Jimmy fugiria, o que complicou um pouco as coisas. Não achei que ele seria capaz de uma coisa dessas. Mas sabia que Melinda seria um problema. Era uma mulher determinada, nunca desistia de coisa alguma, então eu precisaria lidar com ela antes de pegar o dinheiro. — Richard se recostou na cadeira, obviamente relaxado. — Pelos meus cálculos, teria uns cinco anos para cuidar de tudo, e foi quase isso mesmo. Então... era só tirar umas férias com a família, sofrer uma tragédia, e eu poderia desaparecer de novo.

— Nós teríamos ido junto se Callie não tivesse ficado doente. — Quando os olhos dele brilharam, a compreensão das suas intenções deixou Shelby horrorizada. — Você ia nos matar. Ia matar a sua própria filha.

— Viagem de jovem família termina em tragédia. Acontece.

— Você não teria escapado dessa. Se a polícia não desconfiasse que era o culpado, minha família não acreditaria na história.

— Não se eu morresse tentando salvar vocês. Esse era o plano. Passaríamos alguns dias passando a imagem de família feliz. As pessoas tendem a acreditar no que veem. Um casal bonito, uma filha fofa. Então, tiraríamos um dia para passear de barco, nos afastaríamos o suficiente da costa, você beberia umas taças de vinho, e eu só precisaria esperar até o pôr do sol. — Richard deu um gole na cerveja e sorriu para Shelby. — Eu jogaria a criança na água, e aposto que você pularia atrás dela. Nem daria muito trabalho.

— Você é um monstro.

— Sou um vencedor. Viraria o barco, colocaria meu equipamento de mergulho. Com a minha identidade nova e uma muda de roupas numa bolsa à prova d'água, conseguiria estar no Hilton Head em algumas horas. Foi o que fiz... só que sem vocês.

— O maremoto.

— Foi um bônus inesperado.

— Você poderia ter morrido. Por que arriscar?

— Você não entende, nunca vai entender. — Ele se inclinou na direção dela, aquela luz brilhando em seus olhos mais uma vez. — Esse é o *motivo*, essa é a graça. Só precisei me livrar do equipamento, pegar um táxi e buscar o carro que havia deixado no estacionamento do aeroporto. Dirigi até Savannah para pegar o meu cofre lá. Não precisaria fazer isso se tivesse encontrado a droga da chave do cofre da Filadélfia. — Richard a observou enquanto tomava outro gole de cerveja. — Você a encontrou. Onde estava?

— No bolso da sua jaqueta de couro bronze-escuro, a que te dei de aniversário, dois anos atrás. Ela havia entrado num furo do forro.

— Bem, que merda. — Ele soltou uma meia-risada, balançou a cabeça como poderia ter feito se tivesse errado uma tacada de golfe. — Aquela chave teria sido uma mão na roda. De toda forma, estou morto. Do jeito que as coisas aconteceram, você pôde brincar de viúva triste por um tempo. Achou divertido?

— Queria que tivesse sido de verdade.

Richard riu e brindou com a lata de cerveja.

— Vir para o fim do mundo trouxe de volta a sua velha ousadia. Vamos ver se um pouquinho de trabalho doméstico não resolve isso. — Ele se levantou e voltou para a cozinha.

Quando pegou uma embalagem de água sanitária e uma escovinha; Shelby se levantou.

— Quer que eu limpe o sangue?

— Você vai limpar o sangue, a menos que também queira limpar o seu.

— Não posso...

Richard moveu as costas da mão esquerda, rápido como uma cobra, e a acertou na maçã do rosto com força suficiente para mandá-la tropeçando para trás, até cair novamente na cadeira.

Shelby não sabia por que o golpe a chocava agora que o conhecia. Conhecia de verdade. O marido nunca batera nela antes.

— Meu Deus! Passei *anos* querendo fazer isso!

O prazer furioso no rosto de Richard fez o sangue dela gelar. Ele poderia, e iria, fazer mais do que lhe dar um tapa caso o desafiasse. Quando continuou seguindo na sua direção, Shelby levantou uma mão trêmula.

E, mais uma vez, isso era mais resultado da raiva do que do medo.

Mas só deixou que ele percebesse este último sentimento.

— Só quis dizer que precisava de um balde. Preciso de um balde com água e... e um esfregão. Não posso limpar o chão só com água sanitária e uma escovinha. Era isso que queria dizer. Por favor, não me machuque.

— Por que diabos não falou antes?

Shelby baixou a cabeça, e, pensando que poderia nunca mais ver Callie, sua família, Griff, e deixou as lágrimas caírem.

Deixe que ele me veja chorar, pensou. Deixe que ache que é só disso que sou capaz.

— Se começar a choramingar, vai receber algo pior do que um tapinha. Vá pegar a droga do balde. Se der um passo fora da linha, pode ter *certeza* de que também terá que limpar o seu próprio sangue.

Shelby foi para a cozinha, analisando tudo, tudo. Não havia facas aparentes, mas deveria haver alguma nas gavetas. Viu uma frigideira de ferro fundido sobre o fogão, que poderia ser útil, além de um bule. Cheio de café quente, que também seria uma arma interessante.

Olhou embaixo da pia, considerou suas opções ali. Então, seguiu para um armário fino. Lá, encontrou uma vassoura, um esfregão e um balde. Também havia uma corda velha, uma corrente enferrujada, fluido para isqueiro e repelente de insetos.

Pensou em pegar o repelente e mirar nos olhos dele, como teria feito com o spray de pimenta que ficara na bolsa, no carro. Mas o homem observava tudo que fazia.

Shelby pegou o esfregão e o balde, e o encheu com água e sabão.

Arrastou tudo até a mancha de sangue maior.

— Preciso usar o banheiro.

— Segure — aconselhou ele.

— Vou fazer tudo que você mandar. Só quero acabar com isto, Richard, mas preciso usar o banheiro.

Ele estreitou os olhos. Shelby continuou olhando para baixo, com os ombros caídos.

— O banheiro fica ali. Deixe a porta aberta.

— Se não vai me dar privacidade, pelo menos não olhe para mim.

Ela entrou no banheiro apertado — talvez houvesse lâminas de barbear no armário do espelho? A janela era pequena demais para escapar, caso tivesse a oportunidade.

Abaixou a tábua da privada enquanto Richard rondava a porta.

— Não olhe para mim! — Shelby soltou um soluço. — A porta está aberta, você está parado bem na minha frente. Só estou pedindo para não olhar. Pelo amor de Deus.

Richard se apoiou no batente, olhou para o teto.

— Mas é muita frescura para uma pessoa que está praticamente usando uma latrina.

Shelby afastou seus pudores, levantou a saia do vestido, abaixou a calcinha. E colocou a mão no bolso.

Por favor, Deus, se estiver ouvindo, faça isto dar certo. Faça a mensagem ser enviada.

Quando acabou, sentiu o calor subindo por seu rosto.

— Jesus, olhe só para você, toda suada, vermelha, os cabelos parecendo um ninho de rato. Juro que não sei como eu conseguia dar no couro.

Ela enfiou o esfregão no balde, tirou o excesso de líquido e começou a limpar o sangue.

— E o que tem a dizer em sua defesa? Que magoei seus sentimentos. — Richard fez sons de choro. — Meu Deus, como é fraca. Acha mesmo que aquele babaca com quem está fodendo vai ficar com você?

— Ele me ama. — Dizer isso, saber disso, a ajudava a manter o controle.

— Ama? Você é fácil e gostosa. É só isso que era, e é só isso que sempre vai ser. Uma mulher fácil e gostosa, que toma banho nua num riacho no meio do mato.

Shelby congelou e lentamente levantou a cabeça.

— Você estava nos espionando, me espionando?

— Poderia ter matado os dois. — Richard levantou a arma, apontou para a cabeça dela. — Pá, pá. Mas queria que Jimmy levasse a culpa. Embalar tudo num lindo presente.

— Só que você matou Jimmy.

— Foi uma mudança de planos inevitável. Não se preocupe, já bolei uma solução. Sempre bolo. Quero ver esse chão brilhando, Shelby.

Ela voltou ao trabalho, e começou a bolar seu próprio plano.

GRIFF FICOU CONVERSANDO sobre a obra com Derrick e perdeu a noção do tempo. Havia buscado o champanhe de Shelby, mas nem sinal dela. Uma olhada rápida pelo salão mostrou que Bitsy estava de volta — com os olhos um pouco inchados enquanto dançava com o futuro genro.

Shelby provavelmente estaria lidando com algum outro problema, pensou ele, mas decidiu procurar pela namorada mesmo assim.

— Ei, Griff, aqui! — Crystal seguia na sua direção, apontou para a taça de champanhe. — Está sobrando? — Ela pegou o copo, deu um longo gole.

— Estava precisando depois de acalmar a dona Bitsy. Parecia que um cano tinha estourado nos olhos dela.

— Parece que você e Shelby resolveram o problema.

— Ah, fui só eu... É por isso que estava te procurando, mas acabei me distraindo. A festa está ótima! Shelby precisou dar um pulinho em casa. Foi pegar Fifi para Callie. Acho que já devia até ter voltado.

— Quando ela saiu?

— Ah, não sei direito, porque estava lidando com o cano estourado, e depois a irmã da dona Bitsy, acho que o nome dela é Sugar, entrou no banheiro, e as duas começaram a chorar juntas. Acho que faz uns vinte minutos. Ela já deve ter chegado, ou está a caminho.

Talvez fosse um resquício de tudo que havia acontecido, mas uma sensação ruim o envolveu como névoa. Tirou o telefone do bolso, pensando em ligar para ela, mas o aparelho apitou, sinalizando o recebimento de uma mensagem.

— É de Shelby.

— Pronto. — Crystal deu um tapinha no seu braço. — Imagino que seja para avisar que está a caminho. Não precisa ficar com essa cara de preocupado, querido.

Mas, quando abriu a tela, o chão pareceu desaparecer sob seus pés.

— Onde está Forrest?

— Forrest? Acabei de encontrar com ele naquela direção, estava paquerando uma loura bonita. Eu...

Mas Griff já estava andando, e rápido. Atravessou a pista de dança, ignorando as pessoas que o cumprimentavam no caminho. Logo encontrou Forrest, e seus sentimentos deviam estar estampados no rosto. Depois de olhar rapidamente para o amigo, os olhos do policial se tornaram frios.

Ele se afastou da mulher sem dizer uma palavra.

— O que houve?

— Ela está com algum problema. — Griff mostrou o telefone.

Richard vivo tm arma eu dirgndo drango preto oeste na estrada un plca 529kpe

— Meu Deus.

— O que é estrada UN?

— Estrada Urso Negro. Espere. — Forrest segurou o braço de Griff antes de o amigo ir embora. — Não vai encontrá-la se sair dirigindo como um louco pelas montanhas.

— Não vou encontrá-la ficando parado aqui.

— E nem vamos fazer isso. Nobby está ali, no bar. Chame ele. Vou ligar para a delegacia.

— Vou atrás dela, Forrest.

— Não estou sugerindo nada diferente, mas precisamos fazer isso da melhor maneira possível para encontrá-la. Chame Nobby.

Os dois levaram o policial para um canto, além de Clay e Matt.

— Vamos fazer isso de uma maneira inteligente — começou Forrest. — Dois homens por equipe. O xerife está organizando uma patrulha. Vamos vasculhar a área que fica a oeste da cidade. Ele provavelmente vai usar as estradas paralelas. Clay, você fica com esta parte. — O irmão apoiou uma mão no ombro de Forrest, se inclinou para a frente para ver o mapa no telefone. — Você e Nobby ficam com esta seção. Fique atento a qualquer veículo com aquela descrição, com aquela placa. Matt, tem certeza de que quer ajudar?

— Claro.

— Então você vai para a cidade, encontrar o xerife, e ele...

— O que está acontecendo? — Viola se aproximou do grupo. — O que houve? Onde está Shelby?

Griff só esperou um segundo.

— Você está perdendo tempo pensando no que deveria dizer, Pomeroy. Richard está vivo, não sei como, e pegou Shelby. Vamos atrás dela.

A cor desapareceu do rosto de Viola, o que fez seus olhos brilharem como um fogo azul.

— Rapaz, se está organizando um grupo de busca, eu e seu avô iremos participar.

— Vovó...

— Não me venha com vovó — reclamou ela. — Quem foi que te ensinou a atirar?

— Estou indo — disse Griff.

— Nobby, você está no comando das coisas por aqui, tudo bem? Vou com Griff.

— Callie — gritou Viola.

— Ela está bem, Griff verificou, e mandamos um policial vigiar a casa.

Forrest continuou seguindo em frente até sair do hotel, abriu a caixa na traseira da picape e pegou um rifle Remington e uma caixa de munição.

— Já vi você atirar, e acho que consegue usar isto.

O máximo que Griff já fizera com uma arma fora atirar em alvos, mas não discutiu.

Forrest entrou na picape, tirou sua Colt favorita do porta-luvas.

— Vamos encontrar Shelby, Griff.

— Não se continuarmos sentados aqui.

— Estou contando com você para manter a calma. — Enquanto falava, o policial pisou no acelerador e os fez sair voando do estacionamento. — Vamos deixar seu telefone livre para o caso de ela mandar mais mensagens. Use o meu para manter contato com as outras equipes. O xerife já ligou para o FBI. Os agentes de lá têm equipamentos mais tecnológicos que não usamos em Ridge. Se Shelby ficar tranquila, deixar o telefone ligado, vamos conseguir rastrear o aparelho.

— Ele devia estar espionando ela, ou estava na casa quando Shelby voltou.

— Vamos descobrir tudo isso quando a encontrarmos.

— Foi ele quem matou a mulher.

O rosto do policial permaneceu sério enquanto o velocímetro aumentava.

— Provavelmente.

— Acho que passei por ele na rua. Tive um pressentimento ruim sobre um cara que vi quando levei Callie à livraria, depois, quando estávamos no parquinho. Ele me enganou.

— Vamos nos preocupar com o presente.

O presente era uma sensação de medo que atravessava seu coração, sua cabeça e seu estômago.

— Ele deve ter algum esconderijo. Shelby disse que o homem nunca dava ponto sem nó.

— Vamos pegá-lo, e a encontraremos. Segura.

Antes que Griff pudesse responder, seu telefone apitou.

— É de Shelby. Meu Deus, ela tem nervos de aço. — Ele se esforçou a ler enquanto voavam pelas curvas. — Estrada Viva Hester. Acho que quis dizer só Hester.

— Eu sei onde isso fica. É Velha Hester. Tem um monte de cabanas, cabines de caça e campings antigos por lá. Fica bem afastado. Passe a informação para Nobby, Griff, e ele vai saber o que fazer.

— Que droga ele quer com Shelby?

— Seja o que for, não vai conseguir.

Uma sensação gelada, afiada e aguda, foi adicionada ao medo lancinante.

— Estamos muito longe?

— Um pouco, mas estamos indo bem mais rápido que eles. Informe aos outros, Griff.

Ele obedeceu e arrancou a gravata.

Não iria perdê-la. Callie não perderia a mãe. Faria qualquer coisa para garantir isso. Olhou para o rifle sobre seu colo.

Qualquer coisa.

— Ela mandou outra. *Estrada de terra direita depois da amoreira. Chalé. Picape.* Já havia uma picape no chalé.

— Pode ser que haja mais reféns. Ou pode ser o antigo comparsa dele. Avise aos outros.

Griff não sabia como Forrest conseguia manter o carro na estrada, não naquela velocidade, não fazendo curvas tão fechadas que cantavam pneu. Mais de uma vez, derraparam ou chegaram perto demais da beira da estrada.

Mesmo assim, não estavam indo rápido o suficiente.

— Shelby mandou... disse... William, quis dizer William. William Bunty.

— Bounty — corrigiu Forrest. — Sei onde fica. Está nos levando até lá mais depressa do que os malditos agentes do FBI conseguiriam.

— Estamos perto?

— Dez minutos.

— Faça ser menos.

Com as mãos tão frias como aço, Griff começou a carregar o rifle.

* * *

SHELBY ESVAZIOU o balde duas vezes e o encheu de novo.

Estava enrolando, porque não havia nada que pudesse fazer para tirar as manchas do velho piso de madeira.

Mas jogou uma poça de água sanitária no sangue, ajoelhou-se e recomeçou a esfregar.

— Esse é exatamente o tipo de trabalho que é digno para você.

— Limpar o chão é um trabalho honesto.

— É trabalho de fracassados. Você teve uma vida boa por um tempo. Eu te proporcionei isso. — Richard cutucou sua bunda com o pé. — Eu te dei uma amostra de como é viver bem. Você deveria ser grata.

— Você me deu Callie, então sou grata. Seu plano sempre foi matar os dois, não é? Seus comparsas, a mulher com quem vivia... Ela disse que eram casados. É verdade?

— Tanto quanto nós dois éramos. Acreditar que eu tinha mesmo me casado com ela foi a única coisa realmente idiota que Mel fez enquanto estávamos juntos. Mulheres, sabe como é. Elas nascem programadas para agirem como imbecis. Mas ela não teria desistido, mesmo achando que eu estava morto. Ia querer o dinheiro. E chegou perto demais. Eu estava bem atrás dela, naquela espelunca em que você cantava um monte de porcarias. — Richard balançou a cabeça, andando em círculos ao redor de Shelby enquanto ela trabalhava. — Eu te salvei da humilhação de passar a vida pensando que poderia conquistar alguma coisa com sua voz medíocre. E a cara de Mel quando me viu? Foi genial. Retiro o que disse antes. Aquilo foi a segunda coisa realmente idiota que ela fez. Abriu a janela e disse: "Jake. Eu devia ter imaginado." Foram suas últimas palavras. Devia ter imaginado mesmo.

— Ela amava você.

— Viu só como o amor compensa? — Richard lhe deu mais um chute fraco. — É só mais uma enganação.

Shelby se sentou sobre os calcanhares e então se levantou, devagar, com o balde nas mãos.

— Vou precisar de mais água sanitária para tirar a mancha. Tem outra garrafa?

— Tem um monte, bem ali.

— Sim, mas preciso dela para...

Ela virou o líquido, água sanitária pura, rosada do sangue, direto na cara de Richard.

Quando ele gritou, Shelby tinha duas opções. Poderia tentar pegar a arma ou correr para a porta. E estava irritada demais para correr.

Ela chutou, mirando na virilha. O chão estava molhado o suficiente para que escorregasse um pouco, e isso fez com que o movimento perdesse o impacto. Mas o acertara. Enquanto tentava pegar a arma, ele a disparou — nervoso e cego.

O som ecoou em seus ouvidos. Shelby se abaixou, pegou o esfregão, torcendo para conseguir acertar melhor o saco dele com o cabo. Mas as mãos descontroladas de Richard pegaram seus cabelos, causando uma dor debilitante em seu crânio.

Shelby bateu com o cotovelo em algum ponto macio e soube que o machucara, que causara dor. Mas ele estava tão irritado quanto ela agora, e a mandou voando para o outro lado da sala.

— Vaca, sua vaca.

Ela girou. Não tinha certeza do quanto Richard conseguia ver, torceu para ele estar cego por causa do líquido. Desesperada, jogou um sapato para o lado oposto do cômodo, rezando para que seguisse o som.

Mas ele continuou andando lentamente na sua direção, o branco dos olhos agora vermelho e ardido.

— Não vou te matar agora. Primeiro, vou te machucar. — Ele esfregou o olho esquerdo com a mão livre.

Tornando a dor pior, sabia Shelby. Por favor, por favor, que isso torne a dor pior.

— Vamos começar com os joelhos.

Ela se preparou para a dor, mas então se levantou em choque quando a porta onde davam as manchas de sangue se abriu com força.

Richard virou, piscando os olhos embaçados e ardidos enquanto um homem gigantesco e ensanguentado pulava em cima dele.

Seguiram-se sons horríveis; gemidos, rosnados, o estalar de um punho contra osso. Mas o único barulho que importava era o retinir da arma caindo da mão de Richard e batendo no chão.

Shelby mergulhou atrás dela, quase a deixando escapulir novamente de suas palmas cheias de sabão e suor.

O homem enorme estava sangrando, e seja lá qual fosse a força que o impulsionara a entrar na sala e atacar o antigo comparsa claramente se fora agora. Richard estava com as mãos ao redor de sua garganta. Apertando e apertando.

— Morto. Achei que estivesse morto, Jimmy.

Pensei o mesmo sobre você, pensou Shelby, e chamou, num tom de voz calmo, frio:

— Richard.

A cabeça dele se virou. Ela imaginou como seria a imagem de si mesma vista através daqueles olhos arregalados. Esperava que parecesse a Vingança.

Richard mostrou os dentes, soltou uma risada curta.

— Você não teria coragem.

E pulou para cima dela.

ELES OUVIRAM os primeiros tiros quando Forrest virou na estrada de terra. Todos os planos de serem silenciosos, um entrando pela frente e o outro por trás, enquanto reforços os seguiam, foram abandonados.

O policial pisou no acelerador, foi derrapando sobre as pedras enquanto mais tiros soavam.

— Corra — gritou Forrest quando os dois saltaram da picape. — Se ele estiver de pé, derrube-o.

Os dois arrombaram a porta juntos. Griff levantou o rifle.

Mas Richard já estava no chão.

Ela ajoelhava no chão, segurando a arma esticada na frente do corpo com as duas mãos. Havia sangue e marcas roxas em seu rosto. O vestido estava rasgado no ombro, onde outros hematomas surgiam.

Seus olhos estavam frios e determinados, os cabelos, selvagens, um emaranhado cor de fogo.

Para Griff, nunca parecera tão bonita.

Shelby virou a arma na direção dos dois, e ele notou que seus braços tremiam. Então os baixou.

— Acho que ele está mesmo morto desta vez. Acho que o matei. Acho que morreu agora.

Griff enfiou o rifle nas mãos de Forrest. Seu coração voltou a bater quando passou os braços ao redor dela.

— Estou aqui. Você está bem. Estou aqui.

— Não me solte.

— Pode deixar. — Griff se afastou apenas o suficiente para tirar a arma de seus dedos rijos. — Ele machucou você.

— Não tanto quanto gostaria. E Callie?

— Ela está bem. Segura. Está dormindo.

— Ele disse que a mataria se eu não viesse. Disse que iria atrás dela. — Shelby olhou para o irmão, que pressionava os dedos contra a garganta de Richard. — Eu precisava protegê-la.

— Você fez o que tinha que ser feito — disse Forrest.

— Ele morreu mesmo?

— Está respirando. Os dois estão, mas por um fio. Só Deus e os médicos para dizerem se vão sobreviver.

— Richard atirou nele, atirou no grandalhão, Jimmy, e pensou que o tivesse matado, mas não matou. Eu joguei água sanitária na cara dele, mas não foi suficiente. Escorreguei no chão molhado, acho, quando chutei seu saco, mas Richard me pegou pelos cabelos. Ia atirar em mim, mas o outro saiu do quarto como se estivesse possuído pelo demônio. Peguei a arma. Peguei a arma, mas o grandalhão não conseguia mais lutar, estava sangrando demais. Richard começou a esganá-lo. Eu chamei o nome dele. Disse "Richard", e ele olhou para cima. Não sei por que achei que isso o faria parar. Ele achava que eu era menos que nada. Que era fraca, idiota e covarde. Disse isso. Disse que não teria coragem, e pulou em cima de mim. Mas tive coragem suficiente para atirar três vezes. Acho que foram três vezes. Ele só caiu depois do terceiro tiro.

Forrest se moveu, agachou-se para olhar a irmã nos olhos.

— Você fez o que tinha que ser feito.

Os olhos de Shelby perderam a determinação; tornaram-se vítreos e cheios de lágrimas.

— Retire o que disse.

— Retirar o quê, querida?

— Que minha pontaria é uma merda.

Com os joelhos bambos, Forrest apoiou a testa na dela por um instante.

— Retiro o que disse. Tire ela daqui, Griff. Eu cuido disto.

— Estou bem.

Em vez de discutir, Griff simplesmente a pegou no colo.

— Você veio. — Shelby tocou a bochecha dele. — De algum jeito, sabia que viria. Não fazia ideia se as mensagens estavam sendo enviadas nem para quem estava mandando. Os contatos estão em ordem alfabética, então seria para você ou Forrest. Sabia que, se as recebesse, você viria. Consertaria as coisas.

— Você consertou tudo sozinha antes de sequer termos a oportunidade.

— Não tinha opção... Alguém está vindo. — Os dedos de Shelby apertaram os ombros dele. — As luzes. Alguém...

— São os reforços. Está segura agora. — Griff virou o rosto para os cabelos dela. — Todo o departamento da polícia de Rendezvous Ridge e sabe-se Deus quem mais está procurando por você.

— Ah, então não tem problema. Pode me levar para ver Callie? Não quero acordá-la. Não quero que me veja até ter tomado um banho, mas preciso vê--la. Ah, meu Deus, é o carro que vovô usa para levar vovó para sair. Pode me colocar no chão? Não quero que eles se preocupem.

Griff a soltou, mas manteve um braço ao redor de Shelby. Quando a sentiu estremecer, tirou o paletó e passou pelos ombros dela enquanto seus avós saíam do carro.

— Estou bem. Não me machuquei. Eu... — O restante da frase foi abafado quando seu rosto foi apoiado contra o ombro do avô. Shelby o sentiu tremer, e sabia que chorava. E chorou com ele enquanto os outros estacionavam seus veículos.

— Onde está o maldito? — quis saber Jack.

— Lá dentro. Atirei nele, vovô. Richard não morreu, de novo, mas atirei nele.

Jack pegou o rosto da neta nas mãos, beijou suas bochechas molhadas.

— Deixe-me ver a menina. — Viola a puxou dos braços do avô e analisou seu rosto. — Você nasceu para cuidar de si mesma e da sua família. Só fez o que tinha que fazer. Agora, vamos te levar para casa, e... — Ela fez uma pausa, controlando-se. — Griff vai te levar para casa — corrigiu-se. — Sua mãe e seu pai estão na casa de Suzannah, com Callie. Só estão lá enquanto ela dorme. Precisam escutar sua voz.

— Vou ligar agora mesmo. Estava com o telefone no bolso. Ele nem soube. Acho que nunca soube nada sobre mim, de toda forma. Xerife.

A cabeça de Shelby parecia leve demais, e ela enxergou algumas manchas negras enquanto Hardigan vinha na sua direção.

— Eu atirei nele. Richard ia me matar, então atirei nele.

— Quero que me conte o que aconteceu.

— Ela já deu um resumo para Forrest — interrompeu Griff. — Shelby precisa sair daqui. Precisa ver a filha.

O xerife Hardigan tocou a própria bochecha no ponto em que a dela estava roxa.

— Ele fez isso?

— Sim, senhor. Foi a primeira vez que me bateu. Suponho que será a última.

— Vá para casa, querida. Passo lá amanhã para conversarmos.

Demorou um pouco para chegarem. Clay apareceu primeiro, levantou-a no ar e a apertou como se nunca mais fosse largar. Depois, veio Matt, que, depois de um abraço, passou-lhe o telefone para falar com Emma Kate.

— Avise a Forrest que vou levar a picape dele.

Griff a levou para longe do chalé, do sangue, das luzes, e então parou numa curva da estrada.

Ele a puxou para perto de si, abraçando-a apertado.

— Preciso de um minuto.

— Pode levar todos os minutos de que precisar. — Shelby começou a relaxar contra ele. — Ah, droga, Griffin, me esqueci de avisar a eles. Richard tinha uma chave no bolso. Pelo menos acho que estava lá. Ele tinha a guardado na moldura de uma foto que dei de presente, uma de mim e Callie. Disse que ia ao banco na manhã de segunda, e pareceu que estava falando de alguma agência em Ridge. Foi onde guardou as joias e os selos, acho. Bem aqui, no banco de Rendezvous Ridge.

Ainda com os olhos fechados, Griff apenas respirou o aroma dos cabelos dela.

— Quem imaginaria isso?

— Apesar de tudo, o homem era esperto. Preciso contar à polícia.

— E vai. Amanhã. Eles passaram cinco anos esperando. Podem ficar no suspense por mais uma noite.

— Mais uma noite. Quero um banho quente, um galão de água, e preciso queimar este vestido. Mas, acima de tudo, quero ver Callie.

— Esse é o primeiro item da lista.

— Sabe como voltar à cidade daqui?

— Não faço ideia.

— Tudo bem. — Ela segurou a mão dele. — Eu sei. Sei como nos levar de volta para casa.

Epílogo

SHELBY DORMIU profundamente por um longo tempo, sentindo-se acalentada depois de ver a filha descansando, de ser paparicada pela mãe e examinada pelo gentil, mas insistente, pai.

O sol brilhava alto no céu quando acordou, transformando as cores das montanhas que tanto amava num verde brilhante, iluminando as gotas da tempestade que caíra enquanto dormia.

Fez uma careta quando viu o reflexo do rosto no espelho, observando os pontos roxos e inchados. E fez outra, desta vez soltando um silvo de dor, quando pressionou os dedos nos hematomas.

Lembrou a si mesma de que os machucados curariam e desapareceriam. Não permitiria que Richard deixasse uma marca nela. Nem na sua família.

Ouviu vozes no andar de baixo enquanto descia as escadas, seguiu o som até a cozinha.

Se deparou com Griff apoiado na bancada, sorrindo para a avó, enquanto o avô instruía Matt sobre como prender um gancho na sua picape. A mãe preparara uma bandeja bonita; o pai bebia café sob a luz do sol. Emma Kate e Forrest cochichavam com as cabeças baixas, e Clay, Gilly e o bebê estavam juntos em um canto.

— Mas que festa.

Todas as conversas pararam; todos os olhos se voltaram para Shelby.

— Ah, querida, eu ia levar café na cama para você. Precisa descansar.

— Descansei enquanto dormia, mamãe, e me sinto bem. — Ela deu um beijo na mãe e pegou um pedaço de bacon da bandeja, mesmo sem querer, para fazê-la sorrir. — Festa. Ah, Emma Kate, sua festa.

— Nem comece. — Ficando em pé em um pulo, a amiga lhe deu um abraço apertado. — Você me assustou, Shelby. Nunca mais faça isso de novo.

— É a melhor promessa que já fiz.

— Sente aqui — ordenou o pai. — Quero dar uma olhada em você.

— Sim, senhor, papai. Onde está Callie?

— Deixamos ela e Jack na casa da dona Suzannah pra ela ter mais companhia. — Gilly sorriu, mas apertou a mão da cunhada com força. — Pensamos que você fosse dormir mais.

— Estou feliz por estarem aqui. Que bom que acordei a tempo de encontrar todos vocês. — Shelby olhou para Griff. — Todos vocês.

Ela se sentou para que o pai pudesse virar sua cabeça numa direção e na outra, e depois iluminar seus olhos com uma lanterna.

— Dor de cabeça?

— Não. Nem um pouco. Juro.

— Sente dor em algum lugar?

— Não... bem, minha bochecha está um pouco dolorida. Sensível.

— Coloque isto aqui em cima. — Viola lhe deu uma bolsa de gelo e um beijo na testa.

— Já melhorou. — E muito, pensou Shelby. — Ele me deu um tapa só porque podia, puxou meus cabelos como se aquilo fosse uma briga de mulher. No geral, tentou me machucar usando as palavras, como sempre. Não conseguiu. Nada que pudesse dizer iria... Ai, meu Deus, esqueci de novo. Forrest, preciso te contar porque ele estava aqui, na casa, quando vim buscar Fifi. Richard queria...

— Uma chave? Para o cofre bancário registrado para Charles Jakes, que ele pagava havia cinco anos?

Desanimando, Shelby mudou o ângulo da bolsa de gelo.

— Sim, era isso que me esqueci de te falar.

— Griff me contou quando passei aqui ontem à noite. Você dormiu bastante, Shelby. Descobrimos o que os agentes do FBI buscavam na agência do Banco do Tennessee na rua principal.

— Tudo? Aqui?

— A maior parte. Os donos e a seguradora serão informados. O FBI vai cuidar disso.

— Conte a ela o restante da história, Forrest. — A mãe o cutucou. — Ainda não consigo acreditar.

— Que restante? — O estômago de Shelby embrulhou, então pegou a Coca que Ada Mae colocara diante dela. — Richard morreu? Eu o matei?

— Não era essa parte do restante. Ele sobreviveu. Os médicos disseram que tem boas chances de se recuperar.

Fechando os olhos, ela suspirou. Fizera o que tinha de ser feito, como o irmão dissera, mas, meu Deus, não queria uma morte na sua consciência. Nem mesmo a de Richard.

— Ele vai ficar bem?

— Parece que sim. Vai poder passar o resto da vida atrás das grades. O outro cara é bem mais durão. Dizem que é praticamente certo que vai se recuperar.

— Eu não o matei. Não tenho que viver sabendo que o matei. — Shelby fechou os olhos de novo. — Mas Richard vai para a prisão. E não vai sair.

— Vai passar o resto da vida numa cela. Nunca mais vai encostar um dedo em você ou em Callie.

— Conte a ela a parte boa — insistiu Ada Mae. — Já chega de falarmos sobre esse homem nesta casa.

— Ele passando a vida na prisão é uma parte ótima — disse Forrest, mas deu de ombros. E então sorriu. — Existia uma recompensa pelos itens roubados em Miami. Dez por cento de tudo. Vai haver uma papelada e algumas burocracias para resolver, mas o agente especial Landry acha que você deve receber uns dois milhões.

— Dois milhões de quê?

— De dólares, Shelby. Preste atenção.

— Mas... ele roubou as joias.

— E a informação que você nos deu permitiu que as encontrássemos.

— Precisamos de bebidas. — Quando Ada Mae começou a chorar, Jack a abraçou. — Ah, papai, por que não comprei champanhe?

— Eles vão me dar esse dinheiro todo. — Shelby levantou as mãos, lutando para aceitar a realidade. — O suficiente para pagar as dívidas?

— Não sei como as dívidas podem continuar sendo suas — disse Viola —, mas vai se livrar delas. O homem não morreu, Shelby Anne, e você nunca foi casada com ele. A não ser que seus advogados sejam idiotas, parte das dívidas vai desaparecer. Você vai ter o suficiente, se quiser a minha opinião, para viver bem.

— Não consigo nem imaginar isso. A ficha ainda precisa cair. Não acredito que vou me livrar daquele peso. Que vou me livrar daquele homem, para sempre.

— Quero que coma um pouco, e depois descanse.

— Preciso ver Callie, mamãe.

— O que vai dizer a ela?

— Tudo que eu puder.

— A menina tem sangue dos MacNee, dos Donahue e dos Pomeroy — disse Viola. — Ela vai ficar bem.

$\mathcal{M}$AIS TARDE, Shelby levou a filha para a casa de Griff. Queria que as duas passassem um tempo com um homem que nunca as machucaria. E queria aproveitar a companhia dele.

Os dois ficaram sentados na varanda enquanto Callie corria pelo quintal com o cachorro, envolta num mar de bolhas de sabão.

— Não acredito que comprou outro aro para ela.

— Não é outro. É um para Callie brincar aqui.

— Fiquei feliz por você ter dito que não havia problema em trazê-la para cá.

— Nunca teria problema, ruiva.

— Acho que também sei disso. Tantas coisas se passaram pela minha cabeça ontem, naquele trajeto horroroso no chalé. Só estou tocando no assunto para contar que papai ligou para o hospital. Os dois sobreviveram. Richard quer fazer um acordo com a polícia, mas ninguém se interessou. E o outro cara está contando tudo que sabe. Acho que Forrest estava certo. Ele nunca vai sair da prisão. Não preciso me preocupar com Callie nesse quesito.

— Jamais deixaria que ele encostasse nela.

Shelby achou que isso ficava claro na voz de Griff — a determinação e o amor estavam lá.

— Também acredito nisso. Hoje, tudo que aconteceu parece meio embolado na minha cabeça. Não sei se te contei a história da forma certa.

— Não importa. Você está aqui.

— Queria fazer um jantar para nós três mais tarde.

— Eu cuido disso.

Sorrindo, Shelby apoiou a cabeça no ombro dele.

— Você até que não é um mau cozinheiro, mas eu sou melhor. E quero fazer alguma coisa normal. É assim que me sinto quando estou aqui. Normal.

— Então fique. Fique para o jantar, para o café da manhã. Fique.

— Tenho que cuidar de Callie.

Griff ficou em silêncio por um momento, e então se levantou.

— Vamos entrar por um segundo? Quero te mostrar uma coisa. — Quando Shelby olhou para o quintal, ele se virou. — Ei, ruivinha, pode vigiar Snickers por mim? Não deixe ele sair do quintal. Nós vamos lá dentro por um instante.

— Pode deixar. Pode deixar! Ele gosta das bolhas! Viu, mamãe, estou fazendo um arco-íris.

— Estou vendo. Fique no quintal com Snickers. Só vou entrar na casa por uns instantes.

— E para onde ela iria? — perguntou Griff enquanto a puxava para dentro. — E você vai conseguir vigiá-la pela janela.

— Começou a obra em outro quarto?

— Quase terminei um deles.

Ele a guiou pelas escadas. Shelby conseguia ouvir Callie rindo pelas janelas abertas, escutava os latidos contentes do cachorro.

Normal, pensou ela novamente. Seguro e verdadeiro.

No segundo andar, Griff abriu uma porta.

A luz natural inundava o quarto, iluminava o tom de verde bonito das paredes. Griff pendurara um cristal em uma das janelas, e mais arco-íris brilhavam pelo piso.

— Ah, que espaço maravilhoso. Com essa cor, é como se a floresta estivesse aqui dentro. Você montou um banco embaixo da janela!

— Pensei em colocar umas prateleiras ali, mas ainda não resolvi. O armário tem bastante espaço.

Griff abriu as portas duplas, e os olhos de Shelby se arregalaram.

— Ele é fantástico. Está tudo pronto, pintado e lindo. Tem até luz aí dentro. E aqui fica... — Ela abriu outra porta. — Um banheiro, tão bonito e simples. E...

Foi quando Shelby viu a pequena saboneteira. Estampada com um Shrek sorridente.

Parecia que alguém abraçava seu coração.

— Você fez este quarto para Callie.

— Bem, pensei que ela precisaria ter seu espaço, um lugar onde pudesse guardar suas coisas. Sabe que eu e Callie vamos nos casar. Não posso deixar minha noiva morando num quarto inacabado.

Os olhos de Shelby ardiam.

— Ela mencionou esse assunto. Sobre como vocês dois iam casar.

— Quer casar também?

Ela se virou para Griff.

— O quê?

— Não estava na hora certa. — Perturbado e frustrado, ele passou uma mão pelos cabelos. — Geralmente sou bom em identificar o melhor momento para as coisas. Talvez ainda esteja um pouco nervoso. Queria que Callie tivesse um espaço só seu, que a fizesse feliz. Quero que se sinta confortável aqui. Às vezes, você pode querer passar a noite, e ela teria esse canto. Que nem o escritório que você vai ter no terceiro andar.

— Escritório?

— Ainda não comecei, porque talvez você queira que ele fique em outro lugar, mas acho que o tamanho é bom. Seria do lado oposto do cômodo onde estou pensando em fazer o meu. Fazer um no primeiro andar era uma boa ideia — adicionou ele —, mas o terceiro andar pode ser um espaço separado para trabalho.

Shelby ainda não estava entendendo.

— Você vai construir um escritório para mim?

— Como vai administrar um negócio se não tiver um escritório?

Ela foi até a janela, observou Callie e o cachorro.

— Nunca falei com você sobre isso.

— A dona Vi falou.

— É claro que falou. Acha mesmo que consigo fazer algo assim? Abrir e administrar meu próprio negócio?

— Acho que você conseguiria fazer qualquer coisa que quisesse. Já está fazendo isso. Não tem nada que possa impedi-la. De toda forma, as duas teriam seus cantos, e você poderia passar mais tempo aqui. E veria se daria certo.

— E você, Griff? Como isso daria certo para você?

— Eu amo você. Posso esperar um pouco. Sua vida foi complicada, Shelby. E posso esperar mais um pouco, mas quero que vocês fiquem aqui o máximo possível. Quero que seja minha. Quero...

Quando ele se interrompeu, Shelby balançou a cabeça.

— Pode dizer. Você fez por merecer.

— Quero que Callie seja minha. Droga, ela me merece. Nós nos damos bem, e vai continuar sendo assim. E eu a amo, e ela deveria ser minha. Suponho que essa seja a segunda parte disso tudo, mas é tão importante quanto a primeira, tão importante quanto eu e você.

Shelby se sentou no banco e respirou fundo.

— E vocês duas podem contar comigo. Disso, eu faço questão. Você sabe o que é sentir medo. Sabe, porque já esteve numa situação assim. O tipo de medo que parece sugar todo o sangue do seu corpo. Quando a única coisa que te resta é pavor. Foi isso que senti quando ele a levou para aquele chalé. Sou paciente, Shelby, mas preciso deixar claro o que você significa para mim. O que você e Callie significam.

— Sei como é sentir medo. Esse tipo de medo que você falou. Também senti isso, além de uma raiva horrível, imensurável. As duas coisas estavam tão misturadas dentro de mim que eram como se fossem uma só. Era raiva e medo de que, se ele fizesse comigo o que planejava, nunca mais veria minha menina, nunca mais a colocaria para dormir, nem a veria brincar e aprender as coisas. Nunca secaria suas lágrimas. E era raiva e medo de nunca mais te ver, de nunca mais poder estar nos seus braços nem ter a sua mão segurando a minha. Há muitas coisas que não sou capaz de dizer. Provavelmente nunca vou conseguir. Mas sabia que você iria me ajudar. E ajudou. — Shelby respirou fundo de novo. — Nunca disse que eu te amava.

— Não tem pressa.

— E se eu disser agora?

Shelby viu a mudança acontecer no rosto dele, nos olhos, de forma tão sutil. E seu coração pareceu sorrir dentro dela.

— Também pode ser agora.

— Nunca disse que te amava porque não sabia confiar. Não em você, Griff. Comecei a confiar em você com tanta facilidade que me assustei um pouco, e parei de confiar em mim mesma. — Cruzando as mãos sobre o coração, Shelby seria capaz de jurar que o sentia ficar mais cheio. — Foi tudo tão rápido, então achava que não devia me deixar levar pelo momento. Não podia me permitir simplesmente ir com a maré. Mas fui. Estou indo. Amo você, amo a pessoa que é comigo e com Callie. Amo a pessoa que você é. Talvez tenha sido a raiva e o medo que deixaram tudo mais às claras. Mas está claro. Você fez este quarto para Callie. Ela já é sua. E eu também.

Griff foi até Shelby, e pegou as suas mãos.

— Havia um sim no meio disso tudo?

— Havia vários. Não estava prestando atenção?

— Fiquei um pouco aturdido depois do "amo você".

Ele a puxou para perto e a beijou, beijou-a embaixo da luz que invadia o ambiente e dos arco-íris que circulavam o piso.

— Amo mesmo você — murmurou Shelby. — É um sentimento que me preenche e me ilumina. Como Callie faz. Não sabia que outra pessoa poderia fazer com que eu me sentisse assim. Mas você faz.

Emocionado, Griff a balançou, balançou os dois.

— E nunca vou parar.

— Eu acredito. Acredito que nós dois vamos construir coisas maravilhosas juntos. Com você, consigo pensar além de hoje e de amanhã, e fazer planos para as semanas, os meses e os anos futuros.

— Preciso comprar um anel para você. E um para Callie também.

O coração de Shelby pareceu derreter.

— Tem razão. Callie merece mesmo você. E também vou te manter preenchido e iluminado. — Ela se afastou, emoldurou o rosto de Griff com as mãos. — Quero mais filhos.

— Agora?

— Agora. Não quero esperar. Temos jeito com crianças, e Callie deveria ter uma família grande e barulhenta.

Ele sorria, aqueles olhos espertos brilhavam de alegria.

— Grande quanto?

— Mais três, para serem quatro no total.

— Quatro é um número possível. A casa é grande.

— Tenho tantas ideias para essa casa. Estava me controlando.

— É mesmo?

— É mesmo. Vou insistir em algumas delas. — Shelby passou os braços ao redor de Griff. — Nós dois vamos trabalhar juntos nesta casa, nesta família, nesta vida. E *vamos* criar algo forte, verdadeiro e lindo.

— Já começamos a fazer isso. E, se você está cheia de ideias e quer me ajudar com a casa, acho que deveria se mudar para cá logo.

— Que tal amanhã?

Ela adorou ver a surpresa, seguida da alegria naqueles olhos.

— Amanhã também é possível. A palavra do dia. "Possível". Tudo é possível.

— Vamos contar a Callie?

— Vamos. Fique para o jantar — insistiu Griff enquanto desciam as escadas. — Fique para o jantar e para o café da manhã. Sei que ainda não tenho uma cama para ela, mas dou um jeito.

— Sei que vai dar.

Os dois saíram da casa antiga, que agora era deles. Foram até o local onde a garotinha e o cachorro desajeitado corriam entre um mar de bolhas brilhantes, onde as montanhas se estendiam, verdes, e as nuvens riscavam o céu azul. Onde a água borbulhava musicalmente sobre as pedras, envolta por luz e sombra.

Encontrara seu caminho para casa, pensou Shelby.

Para o seu lar.

Impresso no Brasil pelo
Sistema Digital Instant Duplex da Divisão Gráfica da
DISTRIBUIDORA RECORD DE SERVIÇOS DE IMPRENSA S.A.
Rua Argentina, 171 – Rio de Janeiro, RJ – 20921-380 – Tel.: (21)2585-2000